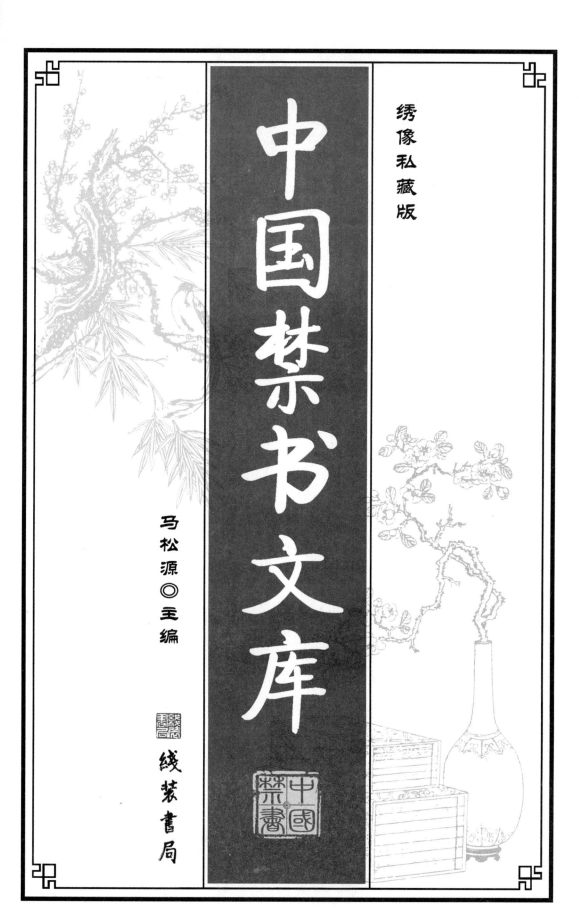

绣像私藏版

中国禁书文库

马松源◎主编

线装书局

图书在版编目 (CIP) 数据

中国禁书文库. 5/马松源主编.—北京:线装书
局,2010.3

ISBN 978-7-5120-0092-6

Ⅰ.①中⋯　Ⅱ.①马⋯　Ⅲ.①古典文学–作品综合集
–中国　Ⅳ.①I212.01

中国版本图书馆 CIP 数据核字 (2010) 第 027203 号

中国禁书文库

主　　编：马松源
责任编辑：崔建伟　赵　鹰
封面设计：博雅圣轩工作室
出版发行：线装书局
地　　址：北京市鼓楼西大街 41 号 (100009)
　　　　　电话：010-64045283
　　　　　网址：www.xzhbc.com
印　　刷：北京彩虹伟业印刷有限公司
字　　数：3600 千字
开　　本：787×1092 毫米　1/16
印　　张：336
彩　　插：8
版　　次：2010 年 3 月第 1 版 2010 年 3 月第 1 次印刷
印　　数：1-1000 套
书　　号：ISBN 978-7-5120-0092-6

定　　价：4680.00 元 (全十二卷)

ISBN 978-7-5120-0092-6

9 787512 000926 >

目　录

民间藏禁书

第一篇　民间藏手抄真本

《无声戏》

《梅花洞》

二

第二篇　民间藏绝世孤本

《金谷怀春》

《跨天虹》

中国禁书文库

目录

三

四

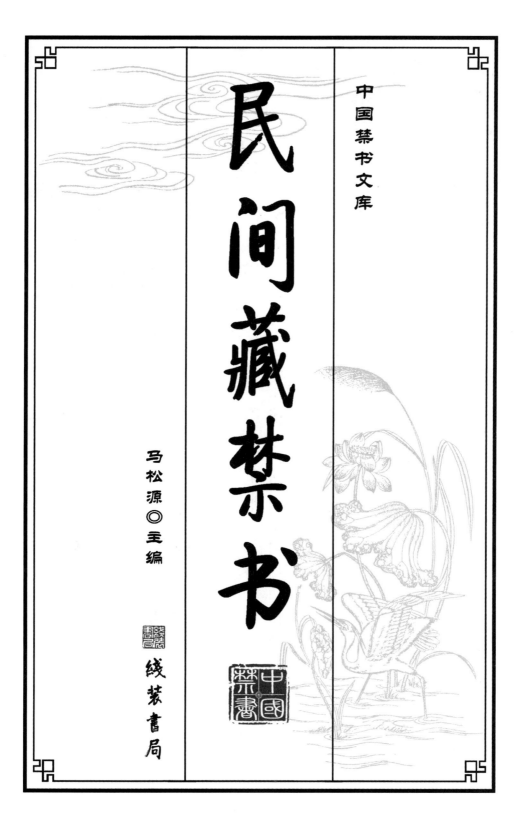

中国禁书文库

民间藏禁书

马松源◎主编

线装书局

民间藏手抄真本

第一篇

无声戏

[清]李渔 撰

第一回　丑郎君怕娇偏得艳

诗云：

> 天公局法乱如麻，十对夫妻九配差；
> 常使娇莺栖老树，惯教顽石伴奇花。
> 合欢床上眠仇侣，交颈帏中带软枷；
> 只有鸳鸯无错配，不须梦里抱琵琶。

这首诗，单说世上姻缘一事，错配者多，使人不能无恨。这种恨与别的心事不同。别的心事，可以说得出、医得好，惟有这桩心事，叫做哑子愁、终身病，是说不出、医不好的。

若是美男子，娶了丑妇人，还好到朋友面前去诉诉苦，姐妹人家去遣遣兴，纵然改正不得，也还有个娶妾讨婢的后门。

只有美妻嫁了丑夫，才女配了俗子，止有两扇死门，并无半条生路，这才叫做真苦。古来"红颜薄命"四个字已说尽了。

只是这四个字，也要解得明白，不是因他有了红颜，然后才薄命，只为他应该薄命，所以才罚做红颜。但凡生出个红颜妇人来，就是薄命之坯了，那里还有好丈夫到他嫁，好福分到他享？

当初有个病人，死去三日又活转来，说曾在地狱中，看见阎王升殿，鬼判带许多恶人，听他审录，他逐个酌其罪之轻重，都罚他变猪变狗、变牛变马去了，只有一个极恶之人，没有什么变得。阎王想了一会，点点头道："罚你做一个绝标致的妇人，嫁一个极丑陋的男子，夫妻都活百岁，将你禁锢终身，才准折得你的罪业。"

中国禁书文库 无声戏

那恶人只道罪重罚轻，欢欢喜喜的去了。判官问道："他的罪案如山，就变作猪狗牛马，还不足以尽其辜，为何反得这般美报？"阎王道："你那里晓得？猪狗牛马虽是个畜生，倒落得无知无识，受别人豢养终身，不多几年，便可超生转世；就是临死受刑，也不过是一刀之苦。那妇人有了绝标致的颜色，一定乖巧聪明，心高志大，要想嫁潘安、宋玉一般的男子。及至配了个愚丑丈夫，自然心志不遂，终日忧煎涕泣，度日如年，不消人去磨他，他自己会磨他自己了。若是丈夫先死，他还好去改嫁，不叫做禁锢终身；就使他自己短命，也不过像猪狗牛马，拚命一刀一索之苦，依旧可以超生转世，也不叫做禁锢终身。我如今教他偕老百年，一世受别人几世的磨难，这才是惩奸治恶的极刑，你们那里晓得。"

看官，照阎王这等说来，红颜果是薄命的根由，薄命定是红颜的结果，那哑子愁自然是消不去、终身病自然是医不好的了。

我如今又有个消哑子的愁、医终身病的法子，传与世上佳人，大家都要紧记。这个法子，不用别的东西，就用"红颜薄命"这一句话，做个四字金丹。

但凡妇人家，生到十二三岁的时节，自己把镜子照一照，若还眼大眉粗，发黄肌黑，这就是第一种恭喜之兆了，将来决有十全的丈夫，不消去占卜；若有二三分姿色，还有七八分的丈夫可求；若有五六分的姿色，就只好三四分的丈夫了；万一姿色到了七分八分、九分十分，又有些聪明才技，就要晓得是个薄命之坯，只管打点去嫁第一等，每一名的愚丑丈夫。

时时刻刻以此为念，看见才貌俱全的男子，晓得不是自己的对头，眼睛不消偷觑，心上不消妄想。预先这等磨炼起来，及至嫁到第一等，第一名的愚丑丈夫，只当逢其故主，自然贴意安心，那阎罗王的极刑，自然受不着了。若还侥幸嫁着第二三等、第四五名的愚丑丈夫，就是出于望外，不但不怨恨，还要欢喜起来了。

人人都用这个法子，自然心安意遂，宜室宜家，哑子愁也不生，终身病也不害，没有死路，只有生门，这"红颜薄命"的一句话，岂不是四字金丹？做这回小说的人，就是妇人科的国手了。

奉劝世间不曾出阁的闺秀，服药于未病之先；已归金屋的阿娇，收功于瞑眩之后，莫待病入膏肓，才悔逢医不早。

我如今再把一桩实事，演做正文，不像以前的话，出于阎王之口，入于判官之耳，

死去的病人还魂说鬼，没有见证的。

明朝嘉靖年间，湖广荆州府有个财主，姓阙字里侯。祖上原以忠厚起家，後来一代富似一代，到他父亲手里，就算荆州第一个富翁。

只有一件，但出有才之贝，不出无贝之才，莫说举人进士挣扎不来，就是一顶秀才头巾，也像平天冠一般，承受不起。

里侯自六岁上学，读到十七八岁，刚刚只会记帐，连拜帖也要央人替写。内才不济也罢了，那个相貌，一发丑得可怜，凡世上人的恶状，都合来聚在他一身，半件也不教遗漏。好事的，就替他取个别号，叫做"阙不全"。

为什么取这三个字？只因他五官四肢，都带些毛病，件件都阙，件件都不全阙，所以叫做"阙不全"。那几件毛病？

> 眼不叫做全瞎，微有白花；面不叫做全疤，但多紫印；手不叫做全秃，指甲寥寥；足不叫做全跛，脚跟点点；鼻不全赤，依稀略见酒糟痕；发不全黄，朦胧稍有沉香色；口不全吃，急中言常带双声；背不全驼，颈後肉但高一寸；还有一张歪不全之口，忽动忽静；暗中似有人提；更余两道出不全之眉，或断或连，眼上如经樵采。

古语道得好："福在丑人边。"他这等一个相貌，享这样的家私，也勾得紧了。谁想他的妻子，又是绝代佳人。

亲亲在日，聘过邹长史之女。此女系长史婢妾所生，结亲之时，才四五岁，长史只道一个通房之女，许了鼎富之家，做个财主婆也罢了，何必定要想诰命夫人？所以一说便许，不问女婿何如。

谁想长大来，竟替爷娘争气不过。他的姿貌，虽则风度嫣然，有仙子临凡之致，也还不叫做倾国倾城；独有那种聪明，可称绝世。

垂髫的时节，与兄弟同学读书，别人读一行，他读得四五行，先生讲一句，他悟到十来句。等到将次及笄，不便从师的时节，他已青出于蓝，也用先生不着了。写得一笔好字，画得一手好画，只因长史平日以书画擅长，他立在旁边看看，就学会了，写画出来竟与父亲无异，就做了父亲的提刀人，时常替他代笔。

无声戏

后来长史游宦四方，将他带在任所，及至任满还乡。阙里侯又在丧中，不好婚娶。等到三年服阙，男女都已二十外了。

长史当日许亲之时，不料女儿聪明至此，也不料女婿愚丑至此。直到这个时节，方才晓得错配了姻缘，却已受聘在先，悔之不及。

邹小姐也只道财主人家儿子，生来定有些福相，决不至于鳅头鼠脑。那"阙不全"的名号，家中个个晓得，单瞒得他一人。

里侯服满之后，央人来催亲，长史不好回得，只得凭他迎娶过门。成亲之夜，拜堂礼毕，齐入洞房。里侯是二十多岁的新郎，见了这样妻子，那里用得着软凝温柔，连合卺杯也等不得吃，竟要扯他上床。只是自己晓得容貌不济，妻子看见定要做作起来，就趁他不曾抬头，一口气先把灯吹灭了，然后走近身去，替他解带宽衣。

邹小姐是赋过标梅的女子，也肯脱套，不消得新郎死拖硬扯，顺手带带也就上床。虽然是将开之蕊，不怕蜂钻；究竟是未放之花，难禁蝶采。摧残之际，定有一番狼藉。女人家这种磨难，与小孩子出痘一般，少不得有一次的，这也不消细说。

只是云收雨散之后，觉得床上有一阵气息，甚是难闻。邹小姐不住把鼻子乱嗅，疑他床上有臭虫。那里晓得里侯身上，又有三种异香，不消烧沉檀、点安息，自然会从皮里透出来的。那三种？

　　　口气　体气　脚气

邹小姐闻见的是第二种，俗语叫做狐腥气。那口里的，因他自己藏拙，不敢亲嘴，所以不曾闻见；脚上的，因做一头睡了，相去有风马牛之隔，所以也不曾闻见。邹小姐把被里闻一闻，又把被外闻一闻，觉得被外还略好些，就晓得是他身上的原故了。心上早有三分不快。只见过了一会，新郎说起话来，那口中的秽气，对著鼻子直喷，竟像吃了生葱大蒜的一般。

邹小姐的鼻子，是放在香炉上过世的，那里当得这个薰法？一霎时，心翻意倒起来，欲待起来呕吐，又怕新郎知道嫌他，不是做新人的厚道，只得拚命忍住；忍得他睡着了，流水爬到脚头去睡。

谁想他的尊足与尊口也差不多，躲了死尸，撞着臭鳖，弄得个进退无门。坐在床

一七五六

上思量道："我这等一个精洁之人，嫁着这等一个污秽之物，分明是苏合遇了蟑螂，这一世怎么腌臜得过？我昨日拜堂时节，只因怕羞不敢抬头，不曾看见他的面貌；若是面貌可观，就是身上有些气息，我挤得用些水磨工夫，把他刮洗出来，再做几个香囊与他佩带，或者也还掩饰得过。万一面貌再不济，我这一生一世怎么了？"思量到此，巴不得早些天明，好看他的面孔。谁想天也替他藏拙，黑魆魆的再不肯亮，等到精神倦怠，不觉睡去，忽然醒来，却已日上三竿，照得房中雪亮。里侯正睡到好处，谁想有人在帐里描他的睡容。邹小姐把他脸上一看，吓得大汗直流，还疑心不曾醒来，在梦中见鬼，睁开眼睛把各处一相，才晓得是真，就放声大哭起来。

里侯在梦中惊醒，只说他思想爷娘，就坐起身来，把一只粗而且黑的手臂搭着他腻而且白的香肩，劝他耐烦些，不要哭罢。

谁想越劝得慌，他越哭越狠，直等里侯穿了衣服，走出房去，冤家离了眼前，方才歇息一会；等得走进房来，依旧从头哭起。

从此以后，虽则同床共枕，犹如带锁披枷，憎嫌丈夫的意思，虽不好明说出来，却处处示之以意。

里侯家里，另有一所书房，同在一宅之中，却有彼此之别。邹小姐看在眼里，就瞒了里侯，教人雕一尊观音法像，装金完了，请到书房。待满月之后，拣个好日，对里侯道："我当初做女儿的时节，一心要皈依三宝，只因许了你家，不好祝发。我如今替你做了一月夫妻，缘法也不为不尽。如今要求你大发慈悲，把书房布施与我，改为静室，做个在家出家。我从今日起，就吃了长斋，到书房去独宿，终日看经念佛，打坐参禅，以修来世。你可另娶一房，当家生子。随你做小做大，我都不管，只是不要来搅我的清规。"说完，跪下来拜了四拜，竟到书房去了。

里侯劝他又不听，扯他又不住，等到晚上，只得携了枕席，到书房去就他。谁想他把门窗户扇，都封锁了犹如坐关一般，只留一个丫环在关中服事。里侯四顾彷徨，无门可入，只得转去独宿一宵。

到次日，接了丈人丈母，进去苦劝，自己跪在门外哀求，怎奈他立定主意，并不回头。过了几时，里侯善劝劝不转，只得用恶劝了。吩咐手下人，不许送饭进去，他饿不过，自然会钻出来。

谁想邹小姐求死不得，情愿做伯夷、叔齐，一连饿了两日，全无求食之心。里侯

恐怕弄出人命来，依旧叫人送饭。

一日立在门外大骂道："不贤慧的淫妇！你看什么经？念什么佛？修什么来生？无非因我相貌不好，本事不济，不能够遂你的淫心，故此在这边装腔使性。你如今要称意不难，待我卖你去为娼，立在门前，只拣中意的扯进去睡就是了。你说你是个小姐，又生得标致，我是个平民，又生得丑陋，配你不来么？不是我夸嘴说，只怕没有银子，若拼得大注银子，就是公主西施，也娶得来！你办眼睛看我，我偏要娶个人家大似你的、容貌好似你的回来，生儿育女，当家立业。你那时节不要懊悔！"邹小姐并不回言，只是念佛。

里侯骂完了，就去叫媒婆来吩咐，说要个官宦人家的女儿，又要绝顶标致的，竟娶作正，并不做小。只要相得中意，随他要多少财礼，我只管送。就是媒钱也不拘常格，只要遂得意来，一个元宝也情愿谢你。

自古道："重赏之下，必有勇夫。"只因他许了元宝谢媒，那些走千家的妇人，不分昼夜去替他寻访，第三日就来回复道："有个何运判的小姐，年方二八，容貌赛得过西施。因他父亲坏了官职，要凑银子寄到任上去完赃，目下正要打发女儿出门，财礼要三百金，这是你出得起的。只是何夫人要相相女婿，方才肯许；又要与大娘说过，他是不肯做小的。"

里侯道："两件都不难。我的相貌其实不扬，他看了未必肯许，待我央个朋友做替身，去把他相就是了；至于做大一事，一发易处。你如今就进关去对那泼妇讲，说有个绝标致小姐要来作正，你可容不容？万一吓得他回心，我就娶不成那一个，也只当娶了这一个，一样把媒钱谢你。"那婆听了，情愿趁这注现成媒钱，不愿做那桩欺心交易，就拿出苏秦、张仪的舌头来，进关去做说客。

谁想邹小姐巴不得娶来作正，才断得他的祸根，若是单做小，目下虽然捉生替死，只怕久后依旧要起死回生。就在佛前发誓道："我若还想在阙家做大，教我万世不得超升。"

媒婆知道说不转，出去回复里侯，竟到何家作伐。约了一个日子，只说到某寺烧香，那边相女婿，这边相新人。

到那一日，里侯央一个绝标致的朋友做了自己，自己反做了帮闲，跟去偷相。两个预先立在寺里等候。那小姐随着夫人，却像行云出岫，冉冉而来，走到面前，只

见他：

眉弯两月，目闪双星。摹拟金莲，说三寸尚无三寸；批评花貌，算十分还有十分。拜佛时，屈倒蛮腰，露压海棠娇着地；拈香处，伸开织纤指，烟笼玉笋细朝天。立下风，暗嗅肌香，甜净居麝兰之外；据上游，俯观发采，氤氲在云雾之间。诚哉绝世佳人，允矣出尘仙子！

里侯看见，不觉摇头摆尾，露出许多欢欣的丑态。自古："两物相形，好丑愈见。"那朋友原生得齐整，又加这个傀儡立在身边，一发觉得风流俊雅。

何夫人与小姐见了，有期么不中意？当晚就允了。里侯随即送聘过门，选了吉日，一样花灯彩轿，娶进门来。

进房之后，何小姐斜着星眸，把亲郎觑了几觑，可怜两滴珍珠，不知不觉从秋波里泻下来。里侯知道又来撒了，心上思量道："前边那一个，只因我时门时节娇纵了他，所以后来不受约束。古语道："三朝的新妇，月子的孩儿，不可使他弄惯。我的夫纲，就要从今日整起。"主意定了，就叫丫环拿合卺杯来，斟了一杯送过来。何小姐笼着双手，只是不接。里侯道："交杯酒是做亲的大礼，为什么不接？我头一次送东西与你，就是这等装模作样，后来怎么样做人家？还不快接了去！"何小姐心上虽然怨恨，见他的话，说得正经，只得伸手接来，放在桌上。

从来的合卺杯不过沾一沾手，做个意思，后来原是新郎代吃的。里侯只因要整夫纲，见他起先不接，后来听了几句硬话就接了去，知道是可以威制的了，如今就当真要他吃起来。对一个丫环道："差你去劝酒，若还剩下一滴，打你五十皮鞭！"丫环听见，流水走去，把杯递与何小姐。小姐拿便拿了，只是不吃。里侯又叫一个丫环去验酒，看干了不曾。丫环看了来回复道："一滴也不曾动。"里侯就怒起来，叫劝酒的过来道："你难道不是怕家主的么！自古道：'拿我的碗，服我管。'我有银子讨你来，怕管你不下！要你劝一钟酒，都不肯依，后来怎么样差你做事！"叫验酒的扯下去重打五十，打轻一下，要你赔十下！验酒的怕连累自己，果然一把拖下去，拿了皮鞭，狠命的打。何小姐明晓得他打丫环惊自己，肚里思量道："我今日落了人的圈套，料想不能脱身，不如权且做个软弱之人，过了几时，拼得寻个自尽罢了。总是要死的人，何须

替他嘔气？"见那丫环打到苦处，就止住道："不要打！我吃就是了。"里侯见他畏怯，也就回过脸来，叫丫环换一杯热酒，自己送过去。

何小姐一来怕嘔气，二来因嫁了匪人，愤恨不过，索性把酒来做对头，接到手，两三口就干了。里侯以为得计，喜之不胜，一杯一杯，只管送去。何小姐量原不高，三杯之后，不觉酩酊。

里侯慢橹摇船，来提醉鱼，这晚成亲，比前番吹灭了灯，暗中摸索的光景，大不相同。何小姐一来酒醉，二来打点一个死字放在胸中，竟把身子当了尸骸，连那三种异香，闻来也不十分觉察。受创之后，一觉直睡到天明。

次日起来，梳过了头，就问丫环道："我闻得他预先娶过一房，如今为何不见。"丫环说："在书房里看经念佛，再不过来的。"何小姐又问："为什么就去看经念佛起来？"丫环道："不知什么原故，做亲一月，就发起这个愿来，家主千言万语，再劝不转。"

何小姐就明白了。到晚间睡的时节，故意欢欢喜喜，对里侯道："闻得邹小姐在那边看经，我明日要去看他一看，你心下何如？"

里侯未娶之先，原在他面前说了大话，如今应了口，巴不得把何小姐送与去他看看，好骋自己的威风，就答应道："正该如此。"

却说邹小姐闻得他娶了新人，又替自己家欢喜，又替别人担忧，心上思量道："我有鼻子，别人也有鼻子；我有眼睛。只除非与他一样奇丑奇臭的，才能够相视莫逆；若是稍有几分颜色、略知一毫香臭的人，难道会相安无事不成？"

乃至临娶之时，预先叫几个丫环，摆了塘报："看人物好不好，性子善不善，两下相投不相投，有话就来报我。"

只见娶时门来，头一报说他人物甚是标致；第二报说他与新郎对坐饮酒，全不推辞；第三报说他两个吃得醉醺醺的上床，安稳睡到天明，如今好好在那边梳洗。邹小姐大惊道："好涵养，好德性，女中圣人也，我一千也学他不来。"

只见到第三日，有个丫环拿了香烛毡单，预先来知会道："新娘要过来拜佛，兼看大娘。"小姐就叫备茶伺候。不上一刻，远远望见里侯携了新人的手，摇摇摆摆而来，把新人送入佛堂，自己立在门前看他拜佛；又一眼相着邹小姐，看他气不气。

谁想何小姐对着观音法座，竟像和尚尼姑拜忏的一般，合一次掌，跪下去磕一个头，一连合三次掌，磕三个头，全不像妇人家的礼数。里侯看见，先有些诧异了。又只见他拜完了佛，起来对着邹小姐道："这位就是邹师父么？"丫环道："正是。"何小姐道："这等师父请端坐，容弟子稽首。"就扯一把椅子放在上边，请邹小姐坐了好拜。邹小姐不但不肯坐，连拜也不教他拜。

正在那边扯扯拽拽，只见里侯嚷起来道："胡说！他只因没福做家主婆，自己贬入冷宫。原说娶你来作正的，如今只该姐妹相称，那有拜他的道理？好没志气！"何小姐

应道："我今日是徒弟拜师父，不是做小的拜大娘，你不要认错了主意。"说完，也像起先拜佛一般，和南了三次，邹小姐也依样回他。拜完了，两个对面坐下。

才吃得一杯茶，何小姐就开谈道："师父在上，弟子虽是俗骨凡胎，生来也颇有善愿，只因前世罪重业深，今生遂落奸人之计。如今也学师父，猛省回头，情愿拜为弟子，陪你看经念佛，半步也不敢相离。若有人来缠扰弟子，弟子拚这个臭皮囊去结识他，也落得早生早化。"邹小姐道："新娘说差了。我这修行之念，蓄之已久，不是有激而成的。况且我前世与阙家无缘，一进门来，就有反目之意，所以退居静室，虚左待贤。闻得新娘与家主相得甚欢，如今正是新婚燕尔的时候，怎么说出这样不情的话来？我如今正喜得了新娘，可保得耳根清净，若是新娘也要如此，将来的静室竟要变做闹场了，连三宝也不得相安，这个断使不得。"说完，立起身业，竟要送他出去。

何小姐那里肯走！里侯立在外边，听见这些说话，气得浑身冰冷。起先怀疑他是套话，及到见邹小姐劝他不走，才晓得果是真心，就气冲冲的骂进来："好淫妇！才走得进门，就被人过了气。为什么要赖在这边？难道我身上是有刺的么！还不快走！"何氏道："你不要做梦！我这等一个如花似玉的人，与你这个魑魅魍魉宿了两夜，也是天样大的人情，海样深的度量，就跳在黄河里洗一千个澡，也去不尽身上的秽气，你也够得紧了。难道还想来玷污我么？"

里侯以前虽然受过邹小姐儿次言语，却还是绵里藏针、泥中带刺的话，何曾骂得这般出像？况且何小姐进门之后，屡事小心，教举杯就举杯，教吃酒就吃酒，只说是个搓得圆，捏得扁的了，到如今忽然发起威来，处女变做脱兔，教里侯怎么忍耐得起？

何小姐不曾数说得完，他就预先捏了拳头伺候，索性等他说个尽情，然后动手。到此时，不知不觉何小姐的青丝细发已被他揪在手中，一边骂一边打。把邹小姐吓得战战兢兢，只说这等一个娇皮细肉的人，怎经得铁槌样的拳头打起？只得拚命去扯。

谁想骂便骂得重，打却打得轻，势便做得凶，心还使得善。打了十几个空心拳头，不亲有一两个到她身上，就故意放松了手，好等他脱身，自己一边骂，一边走出去了。何小姐挣脱了身子，号啕痛哭。

大底妇人家的本色，要在那张惶急遽的时节，方才看得出来，从容暇豫之时，那一个不曾做些娇声，装些媚态？及至检点不到之际，本相就要露出来了。何小姐进门拜佛之时，邹小姐把他从头看到脚底，真是袅娜异常。头上的云髻，大似冰盘，又且黑得可爱，不知他用几子头髢，方才衬贴得来；及至此时，被里侯揪散，披将下去，竟与身子一般长，要半根假发也没有。

至于哭声，虽然激烈，却没有一毫破笛之声；满面都是啼痕，又洗不去一些粉迹。种种愁容苦态，都是画中的妩媚，诗里的轻盈，无心中露出来的，就是有心也做不出。

邹小姐口中不说，心上思量道："我常常对镜自怜，只说也有几分姿色了，如今看了他，真是珠玉在前，令人形秽。这样绝世佳人，尚且落于村夫之手，我们一发是该当的了。"想了一会，就竭力劝住，教他从新梳起头来。两个对面谈心，一见如故。到了晚间，里侯叫丫环请她不去，只得自己走来负荆，唱偌下跪，叫姐呼娘，桩桩丑态都做尽，何小姐只当不知。后来被他苦缠不过，袖里取出一把剃刀，竟要刎死。里侯怕弄出事来，只得把他交与邹小姐，央泥佛劝土佛，若还掌印官委不来，少不得还请你旧官去复任。

却说何小姐的容貌，果然比邹小姐高一二成，只是肚里的文才，手中的技艺，却不及邹小姐万分之一。从他看经念佛，原是虚名；学他写字看书，倒是实事。何爱邹之才，邹爱何之貌，两个做了一对没卵夫妻，阙里侯倒睁着眼睛，在旁边吃醋。

熬了半年，不见一毫生意，心上思量道："看这光景，两个都是养不熟的了，他们都守活寡，难道叫我绝嗣不成？少不得还要娶一房，叫做三遭为定。前面那两个原怪他不得，一个才思忒高，一个容貌忒好，我原有些配他不来。如今做过两遭把戏，自己也明白了，以后再讨，只去寻那一字不识、粗粗笨笨的，只要会做人家，会生儿子就罢了，何须弄那上书上画的，来磨灭自己？"算计定了，又去叫媒婆吩咐。媒婆道："要有才有貌的便难，若要老实粗笨的，何须寻得？我肚里尽有。只是你这等一分大人家，也要有些福相、有些才干，才承受得起。如今袁进士家，现有两个小，要打发出门，一个姓周，一个姓吴。姓周的极有福相、极有才干，姓吴的又有才、又有貌，随你那一个就是。"里侯道："我被有才有貌的形得七死八活，听见这两个字也有些头疼，再不要说起，竟是那姓周的罢了。只是也要过过眼，才好成事。"媒婆道："这等我先去说一声，明日等你来相就是。"两个约定，媒人竟到袁家去了。

却说袁家这两个小，都是袁进士极得意的。周氏的容貌，虽不十分艳丽，却也生得端庄；只是性子不好，一些不遂意，就要寻死寻活。至于姓吴的那一个，莫说周多不如他，就是阙家娶过的那两位小姐，有其才者无其貌，有其貌者无其才，只除非两

个并做一个，方才敌得他来。袁进士的夫人，性子极妒，因丈夫宠爱这两个小，往常呕气不过，如今乘丈夫进京去谒选，要一齐打发出门，以杜将来之祸。听见阙家人要相周氏，又有个打抽丰的举人要相吴氏，袁夫人不胜之喜，就约明日一齐来相。里侯因前次央人坏了事，这番并不假借，竟是自己亲征。次日走到袁家，恰好遇着打抽丰的举人，相中了吴氏出来，闻得财礼已交，约到次日来娶。里侯道："举人拣的日子自然不差，我若相得中，也是明日罢了。"及至走入中堂，坐了一会，媒婆就请周氏出来，从头至脚，任凭检验。男相女固然仔细，女相男也不草草。周氏把里侯睃了两眼，不觉变下脸来，气冲冲的走进去了。媒婆问里侯中意不中意，里侯道："才干虽看不出，福相是有些的，只是也还嫌他标致，再减几分姿色便好。"媒婆道："乡宦人家，既相过了，不好不成，劝你将就此娶回去罢。"里侯只得把财礼交进，自己回去，只等明日做亲。

却说周氏往常在家，听得人说有个姓阙的财主，生得奇丑不堪，有"阙不全"的名号。周氏道："我不信一个人身上，就有这许多景致，几时从门口经过，教我们出去看看也好。"

这次媒人来说亲，只道有个财主要相，不说姓阙不胜阙，奇丑不奇丑。及至相的时节，周氏见他身上脸上，景致不少，就有些疑心起来，又不好问得，只把媒婆一顿臭骂说："阳间怕没有人家，要到阴间去领鬼来相？"媒人道："你不要看错了。他就是荆州城里第一个财主，叫做阙里侯，没有一处不闻名的。"周氏听见，一发颠作起来道："我宁死也不嫁他，好好把财礼退去！"袁夫人道："有我做主，莫说这样人家，就是叫化子，也不怕你不去！"周多不敢与大娘对口，只得忍气吞声进房去了。天下不均匀的事尽多。周氏在这边有苦难伸，吴氏在那边快活不过。相他的举人，年纪不上三十岁，生得标致异常，又是个有名的才子，吴氏平日，极喜看他诗稿的。此时见亲事说成，好不得意，只怪他当夜不娶过门，百岁之中少一宵恩爱，只得和衣睡了一晚。熬到次日，绝早起来梳妆。

不想那举人差一个管家，押媒婆来退财礼，说昨日来相的时节，只晓得是个乡绅，不曾是那一科进士，及至回去细查齿禄，才晓得是他父亲的同年，岂有年侄娶年伯母之理？夫人见他说得理正，只得把财礼还他去了。

吴氏一天高兴扫得精光，白白梳了一个新妇头，竟没处用得着。

停一会，阙家轿子到了，媒婆去请周氏上轿，只见高度门紧闭，再敲不开。媒婆只说他做作，请夫人去发作她。谁想敲也不开，叫也不应，及至撬开门来一看，可怜一个有福相的妇人，变做个没收成的死鬼，高高挂在梁上，不知几时吊杀的。夫人慌了，与媒婆商议道："我若打发他出门，明日老爷回来，不过啕一场小气；如今逼死人命，将来就有大气啕了，如何了得？"媒婆道："老爷回来，只说病死的就是。他难道好开棺验尸不成？"夫人道："我家里的人，别个都肯隐瞒，只有吴氏那个妖精，那里闭得他的口住？"媒婆想了一会道："我有个两全之法在此。那边一头，女人要嫁得慌，男子又不肯娶；这边一头，男子要娶，女人又死了没得嫁。依我的主意，不如待我去说一个谎，只说某相公又查过了，不是同年，如今依旧要娶，他自然会钻进轿去，竟把他做了周氏嫁与阙家。阙家聘了丑的，倒得了好的，难道肯退来还你不成？就是吴氏到了那边，虽然出轿之时，有一番惊吓，也只好肚里咒我几声，难道好跑回来与你说话不成？替你除了一个大害，又省得他后来学嘴，岂不两便？"

夫人听见这个妙计，竟要欢喜杀来，就催媒婆去说谎。吴氏是一心要嫁的人，听见这句话，那里还肯疑心，走出绣房，把夫人拜了几拜，头也不回，竟上轿子去了。及至抬到阙家，把新郎一看，全然不是昨日相见的。他是个绝顶聪明之人，不消思索，就晓得是媒婆与夫人的诡计了。心上思量道："既来之，则安之。只要想个妙法出来，保全得今夜无事，就可以算计脱身了。"只是低着头，思量主意，再不露一些烦恼之容。

里侯昨日相那一个，还嫌他多了几分姿容，怕娶回来啕气，那晓得又被人调了包。出轿之时，新人反不十分惊慌，倒把新郎吓得魂不附体，心上思量道："我不信妇人家竟是会变的，只过得一夜，又标致了许多。我不知造了什么业障，触犯了天公，只管把这些好妇人来磨灭我。"正在那边怨天恨地，只见吴氏回过朱颜，拆开绛口，从从容容的问道："你家莫非姓阙么？"里侯回他："正是。"吴氏道："请问昨日那个媒人与你有什么冤仇，下这样毒手来摆布你？"里侯道："他不过要我几两媒钱罢了，那有什么冤仇？替人结亲是好事，也不叫做摆布我。"吴氏道："你家就有天大的祸事到了，还说不是摆布？"里侯大惊道："什么祸事？"吴氏道："你昨日聘的那一个，可晓得他姓什么？"里侯道："你姓周，我怎么不晓得？"吴氏道："认错了，我姓吴，那一个姓周。如今姓周的被你逼死了，教我来替他讨命的。"里侯听见，眼睛吓得直竖，立起身

来问道："这是什么原故？"吴氏道："我与他两个都是袁老爷的爱宠，只因夫人妒忌，乘他出去选官，瞒了家主，要出脱我们。不想昨日你去相他，又有个举人来相我，一齐下了聘，都说明日来娶。我与周氏约定要替老爷守节，只等轿子一到，两个双双寻死。不想周氏的性子太急，等不到第二日，昨夜就吊死了。不知被那一个走漏了消息，那举人该造化，知道我要寻死，预先叫人把财礼退了去。及至你家轿子到的时节，夫人教我来替他，我又不肯。只得也去上吊。那媒人来劝道："你既然要死，死在家里也没有用，阙家是个有名的财主，你不如嫁过去死在他家，等老爷回来也好说话，难道两条性命，了不得他一分人家？"故此我依他嫁过来，一则替丈夫守节，二则替周氏伸冤，三来替你讨一口值钱的棺木，省得死在他家，盛在几块薄板之中，后来抛尸露骨。"说完，解下束腰的丝条，系在颈上，要自家勒死。

他不曾讲完的时节，里侯先吓得战战兢兢，手脚都抖散了，再见他弄这个圈套，怎不慌上加慌？就一面扯住，一面高声喊道："大家都来救命！"吓得那些家人婢仆，没脚的赶来，周围立住，扯的扯，劝的劝，使吴氏动不得手。里侯才跪下来道："吴奶奶，袁夫人，我与你前世无冤，今世无仇，为什么上门来害我？我如今不敢相留，就把原轿送你转去，也不敢退什么财礼，只求你等袁老爷回来，替我说个方便，不要告状，待我送些银子去请罪罢了。"吴氏道："你就送我转去，夫人也不肯相容，依旧要出脱我，我少不得一死。自古道：'走三家不如坐一家。'只是死在这里的快活。"

里侯弄得没主意，只管磕头，求他生个法子，放条生路。吴氏故意踌躇一会，才答应道："若要救你，除非用个伏兵缓用之计，方才保得你的身家。"里侯道："什么计较？"吴氏道："我老爷选了官，少不得就要回来，也是看得见的日子。你只除非另寻一所房屋，将我藏在里边，待他回来的时节，把我送上门去。我对他细讲，说周氏是大娘逼杀的，不干你事。你只因误听媒人的话，说是老爷的主意，才敢上门来相我；及至我过来说出原故，就不敢近身，把我养在一处，待他回来送还。他平素是极爱我的，见我这等说，他不但不摆布你，还感激你不尽，一些祸事也没有了。"里侯听见，一连磕了几个响头，方才爬起来道："这等不消别寻房屋，我有一所静室，就在家中，又有两个女人，可以做伴，送你过去安身就是。"说完，就叫几个丫环："快送吴奶奶到书房里去。"

却说邹、何两位小姐，闻得他又娶了新人，少不得也像前番，叫丫环来做探子。

谁想那些丫环，听见家主喊人救命，大家都来济困扶危了，那有工夫去说闲话？两个等得寂然无声，正在那边猜谜，只见许多丫环族拥一个爱得人杀的女子走进关来，先拜了佛，然后与二人行礼，才坐下来。二人就问道："今日是佳期，新娘为何不赴洞房花烛，却到这不详之地来？"吴氏初进门，还不知这两个是姑娘，是妯娌，听了这句话，打头不应空，就答应道："供僧伽的所在，叫做福地，为什么反说不详？我此番原是来就死的，今晚叫做忌日，不是什么佳期。二位的话，句句都说左了。"

两个见他言语来得激烈，晓得是个中人了。再叙几句寒温，就托故起身，叫丫环到旁边细问。丫环把起先的故事说了一番，二人道："这等也是个脱身之计，只是比我们两个更做得巧些。"

吴氏乘他问丫环的时节，也扯一个到背后去问："这两位是家主的什么人？"丫环也把二人的来历说了一番。吴氏暗笑道："原来同是过来人，也亏他寻得这块避秦之地。"

两边过问过了，依旧坐过来，就不像以前客气，大家把心腹话说做一堆，不但同病相怜，竟要同舟共济。邹小姐与他分韵联诗，得了一个社友。何小姐与他同娇比媚，凑成一对玉人。三个就在佛前结为姐妹。过到后来，一日好似一日。

不多几时，闻得袁进士补了外官。要回来带家小上任。邹、何二位小姐道："你如今完璧归赵，只当不曾落地狱，依旧去做天上人了。只是我两个珠沉海底，今生料想不能出头，只好修个来世罢了。"

吴氏道："我回去见了袁郎，赞你两人之才貌，诉你两人之冤苦，他读书做官的人，自然要动怜才好色之念。若有机会可图，我定要把你两个一齐弄到天上去，决不教你在此受苦。"二人口虽不好应得，心上也着得如此。

又过几时，里侯访得袁进士到了，就叫一乘轿子，亲自送吴氏上门。只怕袁进士要发作他，不敢先投名帖，待吴氏进去说明，才好相见。吴氏见了袁进士，预先痛哭一场，然后诉苦，说大娘逼他出嫁，他不得不依，亏得阖家知事，许我各宅而居，如今幸得拨云见日。说完，扯住袁进士的衣袖，又悲悲切切哭个不了。

只道袁进士回来，不见了他，不知如何嗬气；此时见了他，不知如何欢喜。谁想他在京之时，就有家人赶去报信，周氏、吴氏两番举动，他胸中都已了然。

此时见吴氏诉说，他只当不闻，见吴氏悲哀，他只管冷笑，等他自哭自住，并不

中国禁书文库

无声戏

劝他。吴氏只道他因在前厅，怕人看见，不好露出儿女之态，就低了头，朝里面走。

袁进士道："立住了！不消进去。你是个知书识理之人，岂不闻覆水难收之事。你当初即要守节，为什么不死，却到别人家去守起节来？你如今说与他各宅而居，这句话教我那里去查帐？你不过因那姓阙的生得丑陋，走错了路头，故此转来寻我；若还嫁与那打抽丰的举人，我便拿银子来赎你，只怕也不肯转来了。"说了这几句，就对家人道："阙家可有人在外边？快叫他来领去。"家人道："姓阙的现在外面，要求见老爷。"袁进士道："请进来。"家人就去请里侯。

里侯起先十分担忧惧，此时听见一个"请"字，心上才宽了几分，只道吴氏替他说的方便，就大胆走进来，与袁进士施礼。

袁进士送了坐，不等里侯开口，就先说道："舍下那些不详之事，学生都知道了。虽是妒妇不是，也因这两个淫妇各怀二心，所以才有媒人出去打合。兄们只道是学生的意思，所以上门来相他。周氏之死，是他自己的命限，与兄无干。至于吴氏之嫁，虽出奸媒的诡计，也是兄前世与他有些夙缘，所以无心凑合。学生如今并不怪兄，兄可速速领回去，以后不可再教他上门来坏学生的体面。"他一面说，里侯一面叫"青天"。说完，里侯再三推辞，说是："老先生的爱宠，晚生怎敢承受？"袁进士变下脸来道："你既晓得我的爱宠，当初就不该娶他；如今娶回去，过了这几时又送来还我，难道故意在羞辱我么？"里侯慌起来道："晚生怎么敢？就蒙老先生开恩，教晚生领去，怎奈他嫌晚生丑陋，不愿相从，领回去也要呕气。"

袁进士就回过头去对吴氏道："你听我讲，自古道：'红颜薄命。'你这样的女人，自然配这样的男子。若在我家过世，这句古语就不验了。你如今若好好跟他回去，安心贴意做人家，或者还会生儿育女，讨些下半世的便宜；若还吵吵闹闹，不肯安生，将来也不过像周氏，是个梁上之鬼。莫说死一个，就死十个，也没人替你伸冤。"

说完，又对里侯道："阙兄请别，学生也不送了。"又着手拱一拱，头也不回，竟走了进去。

吴氏还啼啼哭哭，不肯出门，当不得许多家人，你推我曳，把他塞进轿子。起先威风凛凛而来，此时兴致索然而去。

到了阙家，头也不抬，竟往书房里走。里侯一把扯住道："如今去不得了。我起先不敢替你成亲，一则被你把人命吓倒，要保身家；二则见你忒标致了些，恐怕呕气，

如今施主与凶身当面说过，只当批个执照来了，难道还怕什么人命不成？就是容貌不相配些，言才黄甲进士亲口吩咐过了，美妻原该配丑夫，是黄金板上刊定的，没有什么气嗰的，请条直些走来成亲。"

　　吴氏心上的路数往常是极多的，当不得袁进士五六句话，把他路数都塞断了。如今并无一事可行，被他做个顺手牵羊，不响不动，扯进房里去了。

　　里侯这一晚成亲之乐，又比束缚醉人的光景不同，真是渐入佳境。从此以后，只怕吴氏要脱逃，竟把书房的总门锁了，只留一个转筒递茶饭过去。邹、何两位小姐与吴氏隔断红尘，只好在转筒边，谈谈衷曲而已。

　　吴氏的身子虽然被他箝束住了，心上只是不甘，翻来覆去的思量道："他娶过三次新人，两个都走脱了，难道只有我是该苦的？他们做清客，教我一个做蛆虫。定要生个法子，去弄他们过来，大家分些臭气。就是三夜轮着一夜，也还有两夜好养鼻子。"

　　算计定了，就对里侯道："我如今不但安心贴意，随你终身，还要到书房里去，把那两个负固不服的，都替你招安过来，才见我的手段。"里侯道："你又来算计脱身了。不指望獐犯鹿兔，只怕连猎狗也不得还乡，我被人骗过几次，如今再不到水边去放鳖了。"

　　吴氏就罚咒道："我若骗你，教我如何！如何！你明日把门开了，待我过去劝他，你一面收拾房间伺候，包你一拖便来。只是有句话要吩咐你，你不可不依。卧房只要三个，床铺却要六张。"里侯道："要这许多做什么？"吴氏道："我老实对你说，你身上这几种气息，其实难闻。自古道：'与人方便，自己方便。'等他们过来，大家做定规矩，一个房里一夜，但许同房，不许共铺，只到要紧头上，那一刻工夫过来走走，闲空时节，只是两床宿歇，这等才是个可久之道。"

　　里侯听见，不觉大笑起来道："你肯说出这句话来，就不是个脱身之计了。这等一一依从就是。"次日起来，早早把书房开了，一面收拾房间，一面教吴氏去做说客。

　　却说邹、何两位小姐见吴氏转来，竟与里侯做了服贴夫妻，过上许多时，不见一毫响动。两个虽然没有醋意，觉得有些懊悔起来。不是懊悔别的事，他道我们一个有才，一个有貌，终不及他才貌俱全，一个当两个的，尚且与他过得日子，我们半个头，与他喃什么气？当初那些举动，其实都是可以做、可以不做的。两个人都先有这种意思，吴氏的说客，自然容易做了。

　　这一日走到，你欢我喜，自不待说。讲了一会闲话，吴氏就对二人道："我今日过来，要讲个分工，你二位不可不听。"二人道："只除了一椿不得的，其余无不从命。"吴氏道："听不得的听了，才见人情，容易的事，那个不会做？但凡世上结义的弟兄，都要有福同享，有苦同受，前日既蒙二位不弃，与我结了金石之盟，我如今不幸不能脱身，被他拘在那边受苦，你们都是尝过滋味的，难道不晓得？如今请你们过去，大家分些受受，省得磨死我一个，你们依旧不得安生。"二人道："你当初还说要超度我们上天，如今倒要扯人到地狱里去，亏你说得出口。"吴氏道："我也指望上天，只因有个人说这地狱该是我们坐的，被他点破了，如今也甘心做地狱中人。你们两个也与我一样，是天堂无分、地狱有缘的，所以来拉你们去同坐。"

就把袁进士劝他"红颜自然薄命，美妻该配丑夫"的话，说了一遍，又道："他这些话，说得一毫不差，二位若不信，只把我来比就是了。你们不曾嫁过好丈夫的，遇着这样人，也还气得过；我前面的男子是何等之才，何等之貌，我若靠他终身，虽不是诰命夫人，也做个乌纱爱妾，尽可无怨了。怎奈大娘要逼我出去，媒人要哄我过来，如今弄到这个地步了。这也罢了，那日来相我的人又是何等之才，何等之貌，我若嫁将过去，虽不敢自称佳人，也将就配得才子，自然得意了。谁想他自己做不成亲，反替别人成了好事，到如今误得我进退无门。这等看起来，世间的好丈夫，再没得把与好妇人受用的，只好拿来试你一试，哄你一哄罢了。我和你若是一个两个错嫁了他，也还说是造化偶然之误，如今错到三个上，也不叫做偶然了；他若娶着一个两个好的，还说他没福受用，如今娶着三个都一样，也不叫做没福了。总来是你我前世造了孽障，故此弄这鬼魅变不全的人身，到阳间来磨灭你我。如今大家认了晦气，去等他磨灭罢了。"

吴氏起先走到之时，先把两个人的手，一边捏住一只，后来却像与他闲步的一般，一边说一边走，说到差不多的时节，已到了书房门口，两边交界之处了，无意之中把他一扯，两个人的身子已在总门之外，流水要回身进去，不想总门已被丫环锁了。这是吴氏预先做定的圈套。二人大惊道："这怎么使得？就要如此，也待我们商量酌议，想个长策出来，慢慢的回话，怎么捏人在拳头里，硬做起来？"吴氏道："不劳你们费心，长策我已想到了。闻香躲臭的家伙，都现现成成摆在那边，还你不即不离，决不像以前，只有进气，没有出气就是。"

二人问什么计策，吴氏又把同房各铺的话，说了一遍，二人方才应允。各人走进房去，果然都是两张床，中间隔着一张桌子，桌上又摆着香烛匙箸。里侯也会奉承，每一个房里，买上七八斤速香，凭她们烧过日子，好掩饰自家的秽气。

从此以后，把这三个女子，当做菩萨一般烧香供养，除那一刻要紧工夫之外，再不敢近身去亵渎他。由邹而何，则何而吴，一个一夜，周而复始，任他自去自来，倒喜得没有醋吃。

不上几年，三个各生一子。儿子又生得古怪，不像爷，只像娘，个个都娇皮细肉。又不消请得先生，都是母亲自教。以前不曾出过科第，后来一般也破天荒，进学的进学，中举的中举，出贡的出贡。里侯只因相貌不好，倒落得三位妻子都会保养他，不十分肯来耗其精血，所以直活到八十岁才死。

这岂不是美妻该配丑夫的实据？我愿世上的佳人，把这回小说不时摆在案头，一到烦恼之时，就取来翻阅，说我的才虽绝高，不过像邹小姐罢了；貌虽极美，不过像何小姐也罢了；就作两样俱全，也不过像吴氏罢了。他们一般也嫁着那样丈夫，一般也过了那些日子，不曾见飞得上天，钻得入地，每夜只消在要紧头上，熬那一两刻工夫，况那一两刻又是好熬的。或者度得个好种出来，下半世的便宜就不折了。或者丈夫难丑，也还丑不到不阙不全的地步，只要面貌好得一两分，秽气少得一两种，墨水多得一两滴，也就要当做潘安、宋玉一般看承，切不可求全责备。

我这服金丹的诀窍，都已说完了，药囊也要收拾了，随你们听不听，不干我事。只是还有几句话，吩咐那些愚丑丈夫：他们嫁着你固要安心，你们娶着他也要惜福。要晓得世上的佳人，就是才子也没福受用的，我是何等之人，能够与他作配？只除那一刻要紧的工夫，没奈何要少加亵渎，其余的时节，就要当做菩萨一般，烧香供养，不可把秽气薰他，不可把恶言犯他，如此相敬，自然会像阙里侯，度得好种出来了。切不可把这回小说做了口实，说这些好妇人是天教我磨灭他的，不怕走到那里去！要晓得磨灭好妇人的男子，不是你一个；磨灭好妇人的道路，也不是这一条。万一阎王不曾禁锢他终身，不是咒死了你去嫁人，就是弄死了他来害你，这两桩事，都是红颜女子做得出的。阙里侯只因累世积德，自己又会供养佳人，所以后来得此美报。不然，只消一个袁进士翻转脸来，也就够他了。

我这回小说，也只是论姻缘的大概，不是说天下夫妻个个都如此。只要晓得美妻配丑夫，倒是理之常，才子配佳人反是理之变。处常的要相安，处变的要谨慎。这一回是处常的了，还有一回处变的，就在下面，另有一般分解。

评：

从来传奇小说，实以佳人配才子，一有嫁错者，即代生怨谤之声，必使改正而没已，使妖冶妇人见之，各怀二心以事其主，搅得世间夫妇不和，教得人窃闺门不说，作传奇小说者，尽该入阿妻娄地狱，此书一出，可使天下无反目之夫妻，四海绝窥墙之女子，教化之功，不在周南召南之下，岂可作小说观。这回小说，救得人活，又笑得人死，作者竟操生杀之权。

中国禁书文库

无声戏

第二回　美男子避惑反生疑

诗云：

从来廉吏最难为，不似贪官病可医；

执法法中生弊窦，矢公公里受奸欺。

怒棋响处民情抑，铁笔摇时生命危；

莫道狱成无可改，好将山案自推移。

这首诗，是劝世上做清官的，也要虚衷舍己，体贴民情，切不可说我无愧于天，无怍于人，就审错几椿词讼，百姓也怨不得我。这句话，那些有守无才的官府，个个拿来塞责，不知误了多少人的性命。所以怪不得近来的风俗，偏是贪官起身，有人脱靴，清官去后，没人户祝，只因贪官的毛病，有药可医，清官的过失，无人敢谏的缘故。

说便是这等话，教那做官的也难。百姓在私下做事，他又没有千里眼、顺风耳，那里晓得其中的曲直？

自古道"无谎不成状"。要告张状词，少不得无中生有、以虚为实才骗得谁。官府若照状词审起来，被告没有一个不输的了。只得要审口供。那口供比状词更不足信，原、被告未审之先，两边都接了讼师，请了干证，就像梨园子弟串戏的一般，做官的做官，做吏的做吏，盘了又盘，驳了又驳，直说得一些破绽没有，方才来听审，及至官府问的时节，又像秀才在明伦堂上讲书的一般，那一个不有条理，就要把官府骗死也不难。

那官府未审之先，也在后堂与幕宾串过一次戏了出来的。此时只看两家造化，造化高的，合着后堂的生旦，自然赢了；造化低的，合着后堂的净丑，自然输了，这是一定的道理。

难道造化高的里面，就没有几个侥幸的；造化低的里面，就没有几个冤屈的不成？所以做官的人，切不可使百姓撞造化。我如今先说一个至公至明、造化撞不去的，做个引子。

崇祯年间，浙江有个知县，忘其姓名，性极聪察，惯会审无头公事。一日在街上经过，有对门两下百姓争嚷。一家是开糖店的，一家是开米店的，只因开米店的，取出一个巴斗量米，开糖店的认出是他的巴斗，开米店的，又说他冤民做贼，两下争闹起来。见知县抬过，结住轿子齐禀。

知县先问卖糖的道："你怎么讲？"卖糖的道："这个巴斗是小的家里的，不见了一年，他今日取来量米，小的走去认出来，他不肯还小的，所以禀告老爷。"知县道："巴斗人家都有，焉知不是他自置的？"卖糖的道："巴斗虽多，各有记认。这是小的用

熟的，难道不认得？”说完，知县又叫卖米的审问。

卖米的道："这巴斗是小的自己办的，放在家中用了几年，今日取出来量米，他无故走来冒认。巴斗事小，小的怎肯认个贼来？求老爷详察。"

知县道："既是你自己置的，可有什么凭据？"卖米的道："上面现有字号。"知县取上来看，果然有"某店置用"四字。又问他道："这字是买来就写的，还是用过几时了写的？"卖米的应道："买来就写的。"知县道："这桩事叫我也不明白，只得问巴斗了。巴斗，你毕竟是那家里的？"一连问几声，看的人笑道："这个老爷是痴的，巴斗那里会说话？"知县道："你若再不讲，我就要打了？"果然丢下两根签，叫皂隶重打。

皂隶当真行起杖来，一街两巷的人几乎笑倒。打完了，知县对手下人道："取起来，看下面可有什么东西？皂隶取过巴斗，朝下一看，回覆道："地下有许多芝麻。"知县笑道："有了干证了。"

叫那卖米的过来："你卖米的人家，怎么有芝麻藏在里面？这分明是糖坊里的家伙，你为何徒赖他的？"

卖米的还支吾不认，知县道："还有个姓水的干证，我一发叫来审一审。这字若是买来就写的，过了这几年，自然洗刷不去；若是后来添上去的，只怕就见不得水面了。"即取一盆水，一把笔帚，叫皂隶一顿洗刷，果然字都不见了。知县对卖米的道："论理该打几板，只是怕结你两下的冤仇。以后要财上分明，切不可如此。"

又对卖糖的道："料他不是偷你的，或者对门对户借去用用，因你忘记取讨，他便久借不归。又怕你认得，所以写上几个字。这不过是贪爱小利，与逾墙挖壁的不同，你不可疑他作贼。"

说完，两家齐叫青天，磕头礼拜，送知县起轿去了。那看的人，没有一个不张牙吐舌道："这样的人，才不枉教他做官。"至今传颂以为奇事。

看官，要晓得这事虽奇，也还是小聪小察，只当与百姓请个笑话一般，无关大体。做官的人，既要聪明，又要持重。凡遇斗殴相争的小事，还可以随意判断；只有人命、奸情二事，一关生死，一关名节，须要静气虚心，详审覆谳识，就是审得九分九毫是实，只有一毫可疑，也还要留些余地，切不可草草下笔，做个铁案如山，使人无可出入。如今的官府，只晓得人命事大，说到审奸情，就像看戏文的一般，巴不得借他来燥脾胃。不知奸情审屈，常常弄出人命来，一事而成两害，起初那里知道。如今听在下说一个来，便知其中利害。

正德初年，四川成都府，华阳县，有个童生，姓蒋名瑜，原是旧家子弟。父母在日，曾聘过陆氏之女，只因丧亲之后，屡遇荒年，家无生计，弄得衣食不周。陆家颇有悔亲之意，因受聘在先，不好启齿。蒋瑜长陆氏三年，一来因手头乏钞，二来因妻子还小，故此十八岁上，还不曾娶妻过门。

还隔壁有个开缎铺的，叫做赵玉吾，为人天性刻薄，惯要在穷人面前卖弄家私，及至问他借贷，又分毫不肯。更有一桩不好，极喜谈人闺阃之事。坐下地来，不是说张家扒灰，就是说李家偷汉。所以乡党之内，没有一个不恨他的。

年纪四十多岁，止生一子，名唤旭郎。相貌甚不济，又不肯长，十五六岁，只像十二三岁的一般。性子痴痴呆呆，不知天晓日夜。

有个姓何的木客，家资甚富，妻生一子，妾生一女，女比赵旭郎大两岁。玉吾因贪他殷实，两个就做了亲家。不多几时，何氏夫妻双双病故。

彼时女儿十八岁了，玉吾要娶过门，怎奈儿子尚小，不知人事；欲待不娶，又怕他兄妹年相仿佛，况不是一母生的，同居不便。玉吾是要谈论别人的，只愁弄些话靶出来，把与别人谈论。就央媒人去说，先接过门，待儿子略大一大，即便完亲，何家也就许了。及至接过门来，见媳妇容貌又标致，性子又聪明，玉吾甚是欢喜。只怕嫌他儿子痴呆，把媳妇顶在头上过日，任其所欲，求无不与。那晓得何氏是个贞淑女子，嫁鸡随鸡，全没有憎嫌之意。

玉吾家中，有两个扇坠，一个是汉玉的，一个是迦楠香的，玉吾用了十余年，不住的掉在扇上，今日用这一个，明日用那一个。其实两件合来，真不上十两之数，他在人前骋富，说值五十两银子。

一日要买媳妇的欢心，教妻子拿去，任他拣个中意的用。何氏拿了，看不释手，要取这个，又丢不得那个；要取那个，又丢不得这个。玉吾之妻道："既然两个都爱，你一总会去罢了。公公要用，他自会买。"何氏果然两个都收了去，一般轮流掉在扇上。若有不用的时节，就将两个结在一处，藏在纸匣之中。

玉吾的扇坠被媳妇取去，终日捏着一把光光的扇子，邻舍家问道："你那五十两头，如今那里去了？"玉吾道："一向是房下收在那边，被媳妇看见，讨去用了。"众人都笑了一笑。

内中也有疑他扒灰，送与媳妇做表记的；也有知道他儿子不中媳妇之意，借死宝去代活宝的。口中不好说出，只得付之一笑。玉吾自悔失言，也只得罢了。

却说蒋瑜因家贫，不能从师，终日在家苦读。书房隔壁就是何氏的卧房，每夜书声，不到四更不住。

一日何氏问婆道："隔壁读书的是个秀才，是个童生？"婆答应道："是个老童生，你问他怎的？"何氏道："看他读书这等用心，将来必定有些好处。"他这句话是无心说的，谁想婆竟认为有意。当晚与玉吾商量道："媳妇的卧房与蒋家书房隔壁，日间的话，无论有心无心，到底不是一件好事，不如我和你搬到后面去，教媳妇搬到前面来，使他朝夕不闻书声，就不动怜才之念了。"玉吾道："也说得是。"拣了一日，就把两个房换转来。

不想又有凑巧的事，换不上三日，那蒋瑜又移到何氏隔壁，咿咿唔唔读起书来。这是什么原故？只因蒋瑜是个至诚君子，一向书房做在后面的，此时闻得何氏在他隔壁做房，瓜李之嫌，不得不避，所以移到前面来。赵家搬房之事，又不曾知会他，他那里晓得？本意要避嫌，谁想反惹出嫌来。

何氏是个聪明的人，明知公婆疑他有邪念，此时听见书声，愈加没趣，只说蒋瑜有意随着他，又愧又恨。

玉吾夫妻正在惊疑之际，又见媳妇面带惭色，一发疑上加疑。玉吾道："看这样光景，难道做出来了不成？"其妻道："虽有形迹，没有凭据，不好说破她，且要留心察访。"

看官，你道蒋瑜、何氏两个搬来搬去弄在一处，无心做出有心的事来，可谓极奇极怪了；谁想还有怪事在后，比这桩事更奇十倍，真令人解说不来。

一日蒋瑜在架上取书来读，忽然书面上有一件东西，像个石子一般。取来细看，只见：

　　形如鸡蛋而略扁，润似蜜蜡而不黄。手摸似无痕，眼看始知纹路密；远观疑有玷，近视才识土斑生。做手堪夸，雕斫浑如生就巧；玉情可爱，温柔却似美人肤。历时何止数千年，阅人不知几百辈。

原来是个旧玉的扇坠。蒋瑜大骇道："我家向无此物，是从那里来的？我闻得本境五圣极灵，难道是他摄来富我的不成？既然神道会摄东西，为什么不摄些银子与我？这些玩器，寒不可衣，饥不可食，要他怎的？"又想一想道："玩器也卖得银子出来。不要管他，将来掉在扇上，有人看见要买，就卖与他。但不知价值几何，遇着识货的人，先央他估一估。"就将线穿好了，掉在扇上，走进走出，再不见有人问起。

这一日合该有事，许多邻舍坐在树下乘凉，蒋瑜偶然经过。邻舍道："蒋大官读书忒煞用心，这样热天，便在这边凉凉了去。"蒋瑜只得坐下。口里与人闲谈，手中倒拿着扇子，将玉坠掉来掉去，好启众人的问端。

就有个邻舍道："蒋大官，好个玉坠，是那里来的？"蒋瑜道："是个朋友送的，我如今要卖，不知价值几何？列位替我估一估。"

众人接过去一看，大家你看我，我看你，都不则声。蒋瑜道："何如？可有个定价？"众人道："玩器我们不识，不好乱估，改日寻个识货的来替你看。"

蒋瑜坐了一会，先回去了。众人中有几个道："这个扇坠明明是赵玉吾的，他说把与媳妇了，为什么到他手里来？莫非小蒋与他媳妇有些够而搭之，送与他做表记的么？"

有几个道："他方才说是人送的。这个穷鬼，那有人把这样好东西送他？不消说，是赵家媳妇嫌丈夫丑陋，爱他标致，两个弄上手，送他的了，还有什么疑得？"

有一个尖酸的道："可恨那老亡八平日轻嘴薄舌，惯要说人家隐情，我们偏要把这椿事塞他的口。"

又有几个老成的道："天下的物件相同的多，知道是不是？明日只说蒋家有个扇坠，央我们估价，我们不识货，教他来估，看他认不认，就知道了。若果然是他的，我们就刻薄他几句，燥燥脾胃，也不为过。"算计定了。

到第二日，等玉吾走出来，众人招揽他到店中，坐了一会，就把昨日看扇坠，估不出价来的话，说了一遍，玉吾道："这等何不待我去看看？"有几个后生的，竟要同他去，又有几个老成的，朝后生摇摇头道："教他拿来就是了，何须去得？"

看官，你道他为什么不教玉吾去？他只怕玉吾见了对头，不肯拿出扇坠来，没有凭据，不好取笑他，故此只教一两个去，好骗他的出来。这也是虑得到的去处。谁知蒋瑜心无愧怍，见说有人要看，就交与他，自己也跟出来。见玉吾高声问道："老伯，

这样东西是你用惯的，自然瞒你不得，你道价值多少？"

玉吾把坠子捏了，仔细一看，登时失了形，脸上胀得通红，眼里急得火出。众人的眼睛相在他脸上，他的眼睛相在蒋瑜脸上。

蒋瑜的眼睛没处相得，只得笑起来道："老伯莫非疑我寒儒家里，不该有这件玩器么？老实对你说，是人送与我的。"

玉吾听见这两句话，一发火上添油，只说蒋瑜睡了他的媳妇，还当面讥诮他，竟要咆哮起来。仔细想了一想道："众人在面前，我若动了声色，就不好开交，这样丑事扬开来，不成体面。"

只得收了怒色，换做笑容，朝蒋瑜道："府上是旧家，玩器尽有，何必定要人送？只因舍下也有一个，式样与此相同，心上踌躇，要买去凑成一对，恐足下要索高价，故此察言观色，才敢启口。"蒋瑜道："若是老伯要，但凭见赐就是，怎敢论价？"众人看见玉吾的光景，都晓得是了，到背后商量道："他若拚几两银子，依旧买回去灭了迹，我们把什么塞他的嘴？"就生个计较，走过来道："你两个不好论价，待我们替你们作中。赵老爹家那一个，与迦楠坠子共是五十两银子买的，除去一半，该二十五两。如今这个待我们拿了，赵老爹去取出那一个来比一比好歹。若是那个好似这个，就要减几两；若是这个好似那个，就要增几两；若是两个一样，就照当初的价钱，再没得说。"玉吾道："那一个是妇人家拿去了，那里还讨得出来？"众人道："岂有此理，公公问媳妇要，怕他不肯？你只进去讨，只除非不在家里就罢了，若是在家里，自然一讨就拿出来的。"

一面说，一面把玉坠取来藏在袖中了。玉吾被众人逼不过，只得假应道："这等且别，待我去讨；肯不肯明日回话。"众人做眼做势的作别。蒋瑜把扇坠放在众人身边，也回去了。

却说玉吾怒气冲冲的回到家中，对妻子一五一十说了一遍。说完，摩胸拍桌，气个不了。妻子道："物件相同的尽多，或者别是一个也不可知。待我去讨讨看。"就往媳妇房中，说："公公要讨玉坠做样，好去另卖，快拿出来。"何氏把纸匣揭开一看，莫说玉坠，连迦楠香的都不见了，只得把各箱各笼，倒翻了寻。还不曾寻得完，玉吾之妻，就骂起来道："好淫妇！我一向如何待你？你做出这样丑事来！扇坠送与野老公去了，还故意东寻西寻，何不寻到隔壁人家去！"何氏道："婆婆说差了，媳妇又不曾

到隔壁人家去，隔壁的人又不曾到我家来，有什么丑事做得？"玉吾之妻道："从来偷情的男子，养汉的妇人，个个是会飞的，不须从门里出入。这墙头上，房梁上，那一处扒不过人来，丢不过东西去？"何氏道："照这样说来，分明是我与人有什么私情，把扇坠送他去。这等还我一个凭据！"说完，放声大哭，颠作不了。玉吾之妻道："好泼妇，你的赃证现被众人拿在那边，还要强嘴！"就把蒋瑜拿与众人看、众人拿与玉吾看的说话，备细说了一遍。说完，把何氏勒了一顿面光。

何氏受气不过，只要寻死。玉吾恐怕邻舍知道，难于收拾，只得倒叫妻子忍耐，吩咐丫环劝住何氏。

次日走出门去，众人道："扇坠一定讨出来了！"玉吾道："不要说起，房下同媳妇要，他说娘家拿去了，一时讨不来，待慢慢去取。"众人道："他又没有父母，把与那一个？难道送他令兄不成？"有一个道："他令兄与我相熟的，待我去讨来。"说完，起身要走。玉吾慌忙止住道："这是我家的东西，为何要列位这等着急？"众人道："不是，我们前日看见，明明认得是你家的，为什么在他手里？起先还只说你的度量宽弘，或者明晓得什么原故把与他的，所以拿来试你。不想你原不晓得，毕竟是个正气的人，如今府上又讨不出那一个，他家又现有这一个，随你什么人，也要疑惑起来了。我们是极有涵养的，尚且替你耐不住，要查个明白；你平素是最喜批评别人的，为何轮到自己身上，就这等厚道起来？"

玉吾起先的肚肠，一味要忍耐，恐怕查到实处，要坏体面。坏了体面，媳妇就不好相容。所以只求掩过一时，就可以禁止下次，做个哑妇被奸，朦胧一世也罢了。谁想人住马不住，被众人说到这个地步，难道还好存厚道不成？只得拚着媳妇做事了。

就对众人叹一口气道："若论正理，家丑不可外扬。如今既蒙诸公见爱，我也忍不住了。一向疑心我家淫妇与那个畜生有些勾当，只因没有凭据，不好下手。如今有了真赃，怎么还禁得住？只是告起状来，须要几个干证，列位可肯替我出力么？"

众人听见，齐声喝采道："这才是个男子。我们有一个不到官的，必非人类。你快去写起状子来，切不可中止。"

玉吾别了众人，就寻个讼师，写了张状道：

　　告状人赵玉吾，为奸拐状命事：恶恶蒋瑜，欺男幼懦，觊媳姿容，买屋

结邻，穴墙窥诱。岂媳憎夫貌劣，苟合从奸，明去暗来，匪朝伊夕。忽于本月某夜，席卷衣玩千金，隔墙抛运，计图掣拐。身觉喊邻围救，遭伤几毙。通里某等参证。窃思受辱被奸，情方切齿，诓财杀命，势更寒心，叩天正法，扶伦斩奸。上告。

却说那时节，成都有个知府，做官极其清正，有"一钱太守"之名；又兼不任耳目，不受嘱托。百姓有状告在他手里，他再不批属县，一概亲提。审明白了，也不申上司，罪轻的打一顿板子，逐出免供；罪重的立刻毙诸杖下。

他生平极重的是纲常伦理之事，他性子极恼的是伤风败俗之人。凡有奸情告在他手里，原告没有一个不赢，被告没有一个不输到底。

赵玉吾将状子写完，竟奔府里去告，知府阅了状词，当堂批个"准"字，带人后衙。次日检点隔夜的投文，别的都在，只少了一张告奸情的状子。知府道："必定是衙门人抽去了。"

及至升堂，将值日书吏夹了又打，打了又夹，只是不招。只得差人教赵玉吾另捕状来。状子捕到，即便差人去拿。

却说蒋瑜因扇坠在邻舍身边，日日去讨，见邻舍只将别话支吾，又听见赵家婆媳之间，吵吵闹闹，甚是疑心。及至差人奉票来拘，才知扇坠果是赵家之物。心中思量道："或者是他媳妇在梁上窥我，把扇坠丢下来，做个潘安掷果的意思。我因读书用心，不曾看见，也不可知。我如今理直气壮，到官府面前照直说去。官府是吃盐米的，料想不好难为我。"故此也不诉状，竟去听审。

不上几日，差人带去投到，挂出牌来，第一起就是奸拐戕命事。知府坐堂，先叫玉吾上去问道："既是蒋瑜奸你媳妇，为什么儿子不告状，要你做公的出名？莫非你与媳妇有私，在房里撞着奸夫，做此争锋告状么？"玉吾磕头道："青天在上，小的是敦伦重礼之人，怎敢做禽兽聚尘之事？只因儿子年幼，媳妇虽娶过门，还不曾并亲，虽有夫妇之名，尚无唱随之实，况且年轻口讷，不会讲话，所以小的自己出名。"知府道："这等他奸你媳妇，有何凭据，什么人指见，从直讲来。"

玉吾知道官府明白，不敢驾告，只将媳妇卧房与蒋瑜书房隔壁，因蒋瑜挑逗媳妇，媳妇移房避他，他又跟随引诱，不想终久被他奸淫上手，后来天理不容，露出赃据，

被邻舍拿住的话，从直说去。

知府点头道："你这些话，到也像是真情。"又叫干证去审。只见众人的话，与玉吾句句相同，没有一毫渗漏，又有玉坠做了奸赃，还有什么疑得？就叫蒋瑜上去道："你为何引诱良家女子，肆意奸淫，又骗了许多财物，要拐他逃走，是何道理？"蒋瑜道："老爷在上，童生自幼丧父，家贫刻苦，励志功名，终日刺股悬梁，尚博不得一领蓝衫挂体，那有功夫去钻穴窬墙？只困数日之前，不知什么原故，在书架上检得玉坠一枚，将来掉在扇上，众人看见，说是赵家之物，所以不察虚实，就告起状来。这玉坠是他的不是他的，童生也不知道，只是与她媳妇，并没有一毫奸情。"

知府道："你若与他无奸，这玉坠是飞到你家来的不成？不动刑具，你那里肯招！"叫皂隶："夹起来！"皂隶就把夹棍一丢，将蒋瑜鞋袜解去，一双雪白的嫩腿，放在两块檀木之中，用力一收，蒋瑜喊得一声，晕死去了。皂隶把他头发解开，过了一会，方才苏醒。知府问道："你招不招？"蒋瑜摇头道："并无奸情，叫小的把什么招得？"知府又叫隶重敲。敲了一百，蒋瑜熬不过疼，只得喊道："小的愿招！"知府就叫松了。皂隶把夹棍一松，蒋瑜又死去一刻，才醒来道："他媳妇有心到小的是真，这玉坠是他丢过来引诱小的，小的以礼法自守，冻曾敢去奸淫他。老爷不信，只审那妇人就是了。"知府道："叫何氏上来！"

看官，但是官府审奸情，先要看妇人的容貌。若还容貌丑陋，他还半信半疑，若是遇着标致的，就道他有海淫之具，不审而自明了。彼时何氏跪在仪门外，被官府叫将上去，不上三丈路，走了一二刻时辰，一来脚小，二来胆怯。及至走到堂上，双膝跪下，好像没有骨头的一般，竟要随风吹倒，那一种软弱之态，先画出一幅美人图了。

知府又叫抬起头来，只见他俊脸一抬，娇羞百出，远山如画，秋波欲流，一张似雪的面孔，映出一点似血的朱唇，红者愈红，白者愈白。知府看了，先笑一笑，又大怒起来道："看你这个模样，就是个淫物了。你今日来听审，尚且脸上搽了粉，嘴上点了胭脂，在本府面前扭扭捏捏，则平日之邪行可知，奸情一定是真了。"

看官，你道这是什么原故？只因知府是个老实人，平日又有些惧内，不曾见过美色，只说天下的妇人，毕竟要搽了粉才白，点了胭脂才红，扭捏起来才有风致，不晓得何氏这种姿容态度，是天生成的，不但扭捏不来，亦且洗涤不去，他那里晓得？说完了又道："你好好将蒋瑜奸你的话，从直说来，省得我动刑具。"何氏哭起来道："小妇人与他并没有奸情，教我从那里说起？"知府叫拶起来，皂隶就吆喝一声，将他纤手扯出。可怜四个笋尖样的指头，套在笔管里面，抽将拢来。教他如何熬得？少不得娇啼婉转，有许多可怜的态度做出来。知府道："他方才说玉坠是你丢去引诱他的，他到归罪于你，你怎么还替他隐瞒？"何氏对着蒋瑜道："皇天在上，我何曾丢玉坠与你？起行多在后面做房，你在后面读书引诱我；我搬到前面避你，你又跟到前面来。只为你跟来跟去，起了我公婆疑惑之心，所以陷我至此。我不埋怨你就够了，你到冤屈我起来！"说完，放声大哭，知府肚里思量着："看他两边的话渐渐有些合拢来了。这样一个标致后生，与这样一个娇艳女子，隔着一层单壁，干柴烈火，岂不做出事来？如今只看他原夫生得如何，若是原夫之貌好似蒋瑜，还要费一番推敲；倘若相貌庸劣，自然情弊显然了。"就吩咐道："且把蒋瑜收监，明日带赵玉吾的儿子来，再作一审，就好定案。"

只见蒋瑜送入监中，十分狼狈。禁子要钱，脚骨要医，又要送饭调理，囊中没有半文，教他把什么使费？只得央人去问岳丈借贷。

陆家一向原有悔亲之心，如今又见他弄出事来，一发是眼中之钉、鼻头之醋了，那里还有银子借他？就回覆道："要借贷是没有，他若肯退亲，我情愿将财礼送还。"蒋瑜此时性命要紧，那里顾得体面？只得写了退婚文书，央人送去，方才换得些银子救命。

且说知府因接上司，一连忙了数日，不曾审得这起奸情。及至公务已完，才叫原差带到，各犯都不叫，先把赵旭郎上来。旭郎走到丹墀，知府把他仔细一看，是怎生一个模样？有《西江月》为证：

> 面似退光黑漆，发如鬈累金丝；
>
> 鼻中有涕眼多脂，满脸密麻兼痣。
>
> 劣相般般俱备，谁知更有微疵；
>
> 瞳人内有好花枝，睁着把官斜视。

知府看了这副嘴脸，心上已自了然。再问他句话，一字也答应不来，又知道是个憨物。就道："不消说了，叫蒋瑜上来。"

蒋瑜走到，膝头不曾着地，知府道："你如今招不招？"蒋瑜仍旧照前说去，只不改口。知府道："再夹起来！"

看官，你道夹棍是件什么东西，可以受两次的？熬得头一次不招，也就是个铁汉子；临到第二番，莫说笞杖徒流的活罪宁可认了，不来换这个苦吃，就是砍头刖足、凌迟碎剐的极刑，也只得权且认了，捱过一时，这叫做"在生一日，胜死千年"。

为民上的要晓得，犯人口里的话，无心中试出来的总是真情，夹棍上逼出来的总非实据。从古来这两块无情之木，不知屈死了多少良民，做官的人少用他一次，积一次阴功，多用他一番，损一番阴德，不是什么家常日用的家伙，离他不得的。蒋瑜的脚骨前次夹扁了，此时还不曾复原，怎么再吃这个苦起？就喊道："老爷不消夹，小人招就是了！何氏与小的通奸是实，这玉坠是他送的表记。小的家贫留不住，拿出去卖，被人认出来的。所招是实。"知府就丢下笔来，打了二十。叫赵玉吾上去问道："奸情审得是真了，那何氏你还要他做媳妇么？"赵玉吾道："小的是有体面的人，怎好留失节之妇？情愿教儿子离婚。"知府一面教画供，一面提起笔来判道：

　　审得蒋瑜、赵玉吾比邻而居。赵玉吾之媳何氏，长夫数年，虽赋桃夭，未经合卺。蒋瑜书室，与何氏卧榻，止隔一墙，怨旷相挑，遂成苟合。何氏以玉坠为赠，蒋瑜贫而售之，为众所获，交相播传。赵玉吾耻蒙墙茨之声，遂有是控。据瑜口供，事事皆实。盗淫处女，拟辟何辞？因属和奸，姑从轻拟。何氏受玷之身，难与良人相匹，应遣大归。赵玉吾家范不敢亚，薄杖示儆。

众人画供之后，各各讨保还家。

却说玉吾虽然赢了官司，心上到底气愤不过，听说蒋瑜之妻陆氏，已经退婚，另行择配，心上想道："她奸我的媳妇，我如今偏要娶他的妻子，一来气死他，二来好在邻舍面前说嘴。"

虽然听见陆家的女儿，容貌不济，只因被那标致媳妇弄怕了，情愿娶个丑妇做良家之宝，就连夜央人说亲。陆家贪他豪富，欣然许了。

玉吾要气蒋瑜，分外张其声势，一边大吹大擂，娶亲进门；一边做戏排筵，酬谢邻里。欣欣烘烘好不闹热。

蒋瑜自从夹打回来，怨深刻骨；又听见妻子嫁了仇人，一发咬牙切齿。隔壁打鼓，他在那边捶胸；隔壁吹箫，他在那边叹气。欲待撞死，又因大冤未雪，死了也不瞑目，只得贪生忍耻，过了一月有余。

却说知府审了这椿怪事之后，不想衙里也弄出一椿怪事来。只因他上任之初，公子病故，媳妇一向寡居，甚有节操。知府有时与夫人同寝，有时在书房独宿。

忽然一日，知府出门拜客，夫人到他书房闲玩，只见他床头边帐子外有一件东西，塞在壁缝之中。取下来看，却是一只绣鞋。夫人仔细认识，竟像媳妇穿的一般。就藏在袖中，走到媳妇房里，将床底下的鞋子数一数，恰好有一只单头的，把袖中那一只

取出来一比，果然是一双。夫人平日原有醋癖，此时那里忍得住？少不得"千淫妇、万娟妇"将媳妇骂起来。媳妇于心无愧。怎肯受这样郁气？就你一句，我一句，斗个不了。正在热闹头上，知府拜客回来，听见婆媳相争，走来劝解，夫人把他一顿？"老扒灰、老无耻"骂得口也不开。走到书房，问手下人道："为什么原故？"手下人将床头边寻出东西，拿去含着油瓶盖的说话，细细说上。

知府气得目瞪口呆，不知那时说起，正要走去与夫人分辩，忽然丫环来报道："大娘子吊死了！"知府急得手脚冰冷，去埋怨夫人，说他屈死人命。夫人不由分说，一把揪住，将面上胡须，烊去一半。

自古道："蛮妻拗子，无法可治。"知府怕坏官箴，只得忍气吞声，把媳妇殡殓了。一来肚中气闷不过，无心做官，二来面上少了胡须，出堂不便，只得往上司告假一月，在书房静养。终日思量道："我做官的人，替百姓审明了多少无头公事，偏是我自家的事再审不明。为什么媳妇房里的鞋子会到我书房里来？为什么我的房里的鞋子又会到壁缝里去？"翻来覆去想了一月，忽然大叫起来道："是了，是了！"就唤丫环一面请夫人来，一面叫家人伺候。及至夫人请到，知府问前日的鞋子，在那里寻出来的？夫人指了壁洞道："在这个所在。你藏也藏得好，我寻也寻得巧。"知府对家人道："你替我依这个壁洞拆将进去。"家人拿了一把薄刀，将砖头撬去一块，回覆道："里面是精空的。"知府道："正在空处可疑，替我再拆。"家人又拆去几块砖，只见有许多老鼠跳将出来。知府道："是了，看里面有什么东西？"

只见家人伸手进去，一连扯出许多物件来，布帛菽粟，无所不有。里面还有一张绵纸，展开一看，原来是前日查检不到、疑衙门人抽去的那张奸情状子。知府长叹一声道："这样冤屈的事，教人那里去伸！"夫人也豁然大悟道："这等看来，前日那只鞋子也是老鼠衔来的。只因前半只尖，后半只秃，他要扯进洞去，扯到半中间，高底碍住扯不进，所以留在洞口了。可惜屈死了媳妇一条性命！"说完，捶胸顿足，悔个不了。

知府睡到半夜，又忽然想起那椿奸情事来，踌蹰道："官府衙里有老鼠，百姓家里也有老鼠，焉知前日那个玉坠不与媳妇的鞋子一般，也是老鼠衔去的？"

思量到此，等不得天明，就教人发梆，一连发了三梆，天也明了。走出堂去，叫前日的原差赵玉吾、蒋瑜一干人犯带来覆审。蒋瑜知道，又不知那头祸发，冷灰里爆出炒豆来，只得走来伺候。

知府叫蒋瑜、赵玉吾上去，都一样问道："你们家里都养猫么？"两个都应道："不养。"知府又问道："你们家里的老鼠多么？"两人都应道："极多。"知府就吩咐一个差人，押了蒋瑜回去，"凡有鼠洞，可拆进去，里面有什么东西，都取来见我。"差人即将蒋瑜押去。

不多时，取了一粪箕的零碎物件来。知府教他两人细认，不是蒋家的，就是赵家的。内中有一个迦楠木的扇坠，咬去一小半，还剩一大半。赵玉吾道："这个香坠就与那个玉坠，一齐交与媳妇的。"知府道："是了，想是两个结在一处，老鼠拖到洞口，咬断了线掉下来的。"对蒋瑜道："这都是本府不明，教你屈受了许多刑罚，又累何氏冒了不洁之名，惭愧惭愧。"就差人去唤何氏来，当堂吩咐赵玉吾道："她并不曾失节，你原领回去做媳妇。"赵玉吾磕头道："小的儿子已另娶了亲事，不能两全，情愿听他别嫁。"知府道："你娶什么人家女儿，这等成亲得快？"蒋瑜哭诉道："老爷不问及此，童生也不敢伸冤，如今只得哀告了：他娶的媳妇，就是童生的妻子。"知府问什么原故，蒋瑜把陆家爱富嫌贫，赵玉吾恃强夺娶的话，一一诉上。知府大怒道："他倒不曾奸你媳妇，你的儿子倒奸了他的发妻，这等可恶！"就丢下签来，将赵玉吾重打四十，还要问他重罪。玉吾道："陆氏虽取过门，还不曾与儿子并亲，送出去还他就是。"知府就差人立取陆氏到官，要思量断还蒋瑜。不想陆氏拘到，知府教他抬头一看，只见发黄脸黑，脚大身矬，与赵玉吾的儿子却好是天生一对，地产一双。

知府就对蒋瑜指陆氏道："你看他这个模样，岂是你的好逑？"又指着何氏道："你看他这种姿容，岂是赵旭郎的伉俪？这等看来的，分明是造物怜你们错配姻缘，特地着老鼠做个氤氲使者，替你们改正过来。本府就做了媒人，把何氏配你。"唤库吏取一百两银子，赐与何氏备妆奁。一面取花红，唤吹手，就教两人在丹墀下拜堂，迎了回去。后来蒋瑜、何氏夫妻恩爱异常。不多时，宗师科考，知府就将蒋瑜荐为案首，以儒士应试，乡会联捷。后来由知县也升到四品黄堂，何氏受了五花封诰，俱享年七十而终。

却说知府自从审屈了这椿词讼，反躬罪已，申文上司，自求罚俸。后来审事，再不敢轻用夹棍。起先做官，百姓不怕他不清，只怕他太执；后来一味虚衷，凡事以前车为戒，百姓家只户祝，以为召父再生。后来直做到侍郎才住。只因他生性极直，不

会藏匿隐情，常对人说及此事，人都道："不信川老鼠这等利害，媳妇的鞋子，都会拖到公公房里来。"后来就传为口号，至今叫四川人为川老鼠。又说传道四川人娶媳妇，公公先要扒灰，如老鼠打洞一般，尤为可笑。四川也是道德之乡，何尝有此恶俗？

我这回小说，一来劝做官的，非人命强盗，不可轻动夹足之刑，常把这椿奸情做个殷鉴；二来教人不可像赵玉吾轻嘴薄舌，谈人闺阃之事，后来终有报应；三来又为四川人暴白老鼠之名，一举而三善备焉，莫道野史无益于世。

评：

　　鼠毕竟是个恶悔，既要成就他夫妻，为什么不待知府未审之先，去拖他媳妇的鞋子，直到蒋瑜受尽刑罚，才替他白冤，虽有焦头烂额之功，难免直实留薪之罪，怪不得蒋瑜夫妻恨他，成亲之后，夜夜要打他几次。

第三回　改八字苦尽甘来

诗云：

从来不解天公性，既赋形骸焉用命；

八字何曾出母胎，铜碑铁板先刊定。

桑田沧海易更翻，贵贱荣枯难改正；

多少英雄哭阮途，叫呼不转天心硬。

这首诗，单说个命字。凡人贵贱穷通，荣枯寿夭，总定在八字里面。这八个字，是将生未生的时节，天公老子御笔亲除的。莫说改移不得，就要添一点，减一画，也不能够。所以叫做"死生由命，富贵在天。"

当初有个老者，一生精於命理，止有一子，未曾得孙。后来媳妇有孕，当临盆之际，老者拿了一本命书，坐在媳妇卧房门外伺候，媳妇在房中腹痛甚紧，收生波动婆子道："只在这一刻了。"

老者将时辰与年月日干一合，叫道："这个时辰，犯了关煞，是养不大的。媳妇做你不著，再熬一刻，到下面一个时辰，就是长福长寿的了。"

媳妇听见，慌忙把脚攀住，狠命一熬。谁想孩子的头，已出了产门，被产母闭断生气，死在腹中。及至熬到长福长寿的时辰，生将下来，他又到别人家托生去了，依旧合著养不大的关煞。这等看来，人的八字，果然是天公老子御笔亲除，断断改不得的了。

如今却又有个改得的，起先被八字限住，真是再穷穷不去；后来把八字改了，不觉一发发将来。这叫做理之所无、事之所有的奇话，说来新一新看官的耳目。

成化年间，福建汀州府埋刑厅，有个皂隶，姓蒋名成，原是旧家子弟。乃祖在日，田连阡陌，家满仓箱，居然是个大富长者。到父亲手里，虽然比前消乏，也还是个瘦瘦骆驼。及至父死，蒋成才得三岁。两兄好嫖好赌，不上十年，家资荡尽。等得蒋成长大，已无立锥之地了。

中国禁书文库

无声戏

一日蒋成对二兄道："偌大家私都送在你们手里，我不曾吃父亲一碗饭，穿母亲一件衣。如今费去的追不转了，还有甚么卖不去的东西，也该把件与我，做父母的手泽。"

二兄道："你若怕折便宜，为甚么不早些出世？被我们风花雪月去了，却来在死人臀眼里挖屁。如今房产已尽，只有刑厅一个皂隶顶首，一向租与人当的，将来拨与你，凭你自当也得，租与人当也得。"

蒋成思量道："我闻得衙门里钱，来得泼绰，不如自己去当，若挣得来，也好娶房家小，买间住房，省得在兄嫂喉咙下取气。又闻得人说：衙门里面好修行。若遇著好行方便处，念几声不开口的阿弥，舍几文不出手的布施，半积阴功半养身，何等不妙？"

竟往衙门讨出顶首，办酒请了皂头，拣个好日，立在班篷底下伺候。刑厅坐堂审事，头一根签，就抽著蒋成行杖。蒋成是个慈心的人，那里下得这双毒手？勉强拿了竹板，忍著肚肠打下去，就如打在自己身上一般，犯人叫"啊哟"，他自己也叫起"啊哟"来，打到五板，眼泪真流，心上还说太重了，恐伤阴德。

谁知刑厅大怒，说他预先得了杖钱，打这样学堂板子，丢下签来，犯人只打得五板，他倒打了十下倒棒。自此以后，轮著他行杖，虽不敢太轻，也不敢太重，只打肉，不打筋，只打臀尖，不打膝窟，人都叫他做恤刑皂隶。

过了几时，又该轮著他听差。别人都往房科买票，蒋成一来乏本，二来安分，只是听其自然。谁想不费本钱的差，不但无利，又且有害；不但赔钱，又且赔棒。当了一年差，低钱不曾留得半个，屈棒倒打了上千。

要仍旧租与人当，人见他尝著苦味，不识甜头，反要拿捏他起来。于是要减租钱，就是要贴便费，没奈何，只得自己苦捱。那同行里面，也有笑他的，也有劝他的。

笑他的道："不是撑船手，休来弄竹篙。衙门里钱，这等好趁？要进衙门，先要吃一服洗心肠，把良心洗去；还要烧一分告天纸，把天理告辞；然后吃得这碗饭。你动不动要行方便，这'方便'二字是毛坑的别名，别人泻乾净，自家受腌臜。你若有做毛坑的度量，只管去行方便；不然，这两个字，请收拾起。"

蒋成听了，只不回言。那劝他的道："小钱不去，大钱不来，你也拚些资本，买张票子出去走走，自然有些兴头；终日捏著空拳等差，有甚么好差到你？"

蒋成道："我也知道，只是去钱买的差使，既要偿本，又要求利，拿住犯人，自然狠命的需索了。若是诈得出的还好，万一诈不出的，或者逼出人命，或都告到上司，明中问了军徒，暗中损了阴德，岂不懊悔？"

劝者道："你一发迂了。衙门里人，将本求利，若要十倍、二十倍，方才弄出事来。你若肯平心只讨一两倍，就是半送半卖的生总，犯人还尸祝你不了，有甚么意外的事出来？"

蒋成道："也说得是。只是刑厅比不得府县衙门，没有赃票，动不动是十两半斤，我如今口食难度，那有这项本钱？"

劝者又道："何不约几个朋友，做个小会，有一半付与房科，他也就肯发标，其馀待差钱天手，找帐未迟。"

蒋成听了这些话，如醉初醒，如梦初觉，次日就办酒请会，会钱到手，就去打听买票。

闻得按院批下一起著水人命，被犯是林监生。汀州富户，数他第一，平日又是个撒漫使钱的主儿，故此谋票者极多。

蒋成道："先下手为强。"即去请了承行，先交十两，写了一半欠票。交日签押出来，领了拘牌，寻了副手同去。

不料林监生预知事发，他有个相知在浙江做官，先往浙江求书去了。本人不在，是他父亲出来相见。父亲须鬓皓然，是吃过乡饮的耆老，儿子虽然慷慨，自己甚是悭吝，封了二两折数，要求蒋成回官。

蒋成见他是个德行长者，不好变脸需索；况且票上无名，又不好带他见官。只得延挨几日，等他慷慨的儿子回来，这主肥钱仍在，不怕谁人抢了去。

那里晓得刑厅是个有欲的人，一向晓得林监生巨富，见了这张状子，拿来当做一所田庄，怎肯忽略过去？次日坐堂，就问："林监生可曾拿到？"蒋成回言："未奉之先，往浙江去了，求老爷宽限，回日带审。"刑厅大怒，说他是钱卖放，选头号竹板，打了四十，仍限三日一比。蒋成到神前许愿：不敢再想肥钱，只求早卸干系。

怎奈林监生只是不到，比到第三次，蒋成臀肉腐烂，经不得再打，只得磕头哀告道："小的命运不好，省力的事，差到小的，就费力了。求老爷差个命好的去拿，或者林监生就到，也不可知。"

刑厅当堂就改了值日皂隶。起先蒋成的话，一来是怨恨之辞，二来是脱肩之计，不想倒做了金口玉言。果然头日改差，第二日林监生就到，承票的不费一厘本钱，不受一些惊吓，趁了大块银子，数日这间，完了宪件。

蒋成去了重本，摸得二两八折低银，不够买棒疮膏药，还欠下一身债负，自后再不敢买票。

钻刺也吃亏，守分也吃亏，要钱也没有，不要钱也没有，在衙门立了二十余年，看见多少人白手起家，自己只是衣不遮身，食不充口，衙门内外，就起他一个混名，叫做"蒋晦气"。吏书门子清晨撞著他，定要叫几声大吉利市。久而久之，连官府也知道他这个混名。

起先的刑厅，不过初一十五，不许他上堂，平常日子也还随班值役。末后换了一个青年进士，是扬州人，极喜穿著，凡是各役中，衣帽齐整、模样乾净的，就看顾他，见了那褴褛龌龊的，不是骂，就是打。古语有云：

楚王好细腰，宫中皆饿死。

只因刑厅所好在此，一时衙门大小，都穿绸著绢起来，头上簪了茉莉花，袖中烧了安息香，到官面前乞怜邀宠。

蒋成手内无钱，要请客也请客不来。新官到任两月，不曾差他一次。有时见了，也不叫名字，只唤他"教化奴才"。蒋成弄得局天蹐地，好不可怜。

忽一日刑厅发了二梆，各役都来伺候，见官不曾出堂，大家席地坐了讲闲话。蒋成自知不合时宜，独自一人，坐在围屏背后。

众人中有一个道："如今新到个算命的人，叫做华阳山人，算得机准，说一句验一句。"又一个道："果然，我前日去算，他说我驿马星明日进宫，第二日果然差往省城送礼。"又一个道："他前日说我恩星次日到命，果然第二日，赏了一张好牌。"众人道："这等我们明日都去试一试。"那算过的道："他们前挨挤不开，要等半日，才轮得著。"

蒋成听见，思量道："这等是个活神仙了。我蒋成偃蹇半世，将来不知可有个脱运的日子？本待也去算算，只是跟官的人，那有半日工夫去等？"

蹰躇未了，刑厅三梆出堂。只见养济院有个孤老喊状，说妻子被同伴打坏，命在须臾，求老爷急救。

刑厅初意原是不肯准的，只因看见蒋成立在阶下，便笑起来道："唤那教化奴才上来。我一向不曾差你，谁知有你这个教化差人，又有一对教化的原被告，也是千载奇逢，就差你去拿。"

标一根签丢下来，蒋成拾了，竟往养济院去。从一个命馆门前经过，招牌上写一行字道：

华阳山人谈命，一字不著，不受命金。

蒋成道："这就是他们说的活神仙了。"掀帘一看，一个算命的也没有，心上思忖道："难得他仿日清闲，不如偷空进去算算，省得明日来，遇著朋友，算得不好，被他齿笑。"走进去，把年月日时说了遍。

山人展开命纸，填了八字五星，仔细一看，忽然哼了一声，将命纸丢下地去，道："这样命算他怎的？"蒋成道："好不好，也要算算，难道不好的命，就是没有命钱的么？"山人道："这样八字，我也不忍要你命钱。"蒋成道："甚么缘故？"山人道："凡人命不好看运，运不好看星。你这命局，已是极不好的了，从一岁看起，看到一百岁，要一日好运，一点好星也没有。你休怪我说，这样八字，莫说求名求利，就去募缘抄化，人见了你，也要关门闭户的。"

蒋成被这几句话，说伤了心，不觉掉下泪来道："先生，你说的话虽然太直，却也一字不差。我自从出娘肚皮，苦到如今，不曾舒眉一日，终日痴心妄想，要等个苦尽甘来。据老先生这等说，我后面没有好处了。这样日子过他怎的？不如早些死了的乾净！"起先还是含泪，说到此处，不觉痛哭起来。

山人劝他，住又不住；教他去，又不去，被他弄得没奈何，只得生个法子哄他出门。对他道："你若要过好日子，只除非把八字改一改，就有好处了。"

蒋成道："先生又来取笑，八字是生成的，怎么改得？"山人道："不妨，我会改。"重新取一张命纸，将蒋成原八字，只颠倒一颠倒，另排上五星运限，后面批上几句好话，折做几折，塞在蒋成袖中道："以后人问你八字，只照这命纸上讲，还你自有

好处。"

蒋成知道是浑话，正要从头哭起，忽然有个皂头，拿一根火签走进来道："老爷拿你！"蒋成问甚么事发，原来是养济院那个孤老，等他不去拿人，又来禀官，故此弄厅差皂头来捉违限。

蒋成吃了一惊，随他走进衙门。只见刑厅怒冲冲坐在堂上，见他一到，不容分说，把签连筒推下叫打。蒋成要辩，被行杖的一把拖下，袖中掉出一张纸来。

刑厅道："甚么东西？取来我看。"门子拾将上去，刑厅展开，原来是张命纸。从头看了一遍，大惊道："叫他上来。你这张命纸从那里来的？是何人的八字？"

蒋成道："就是小人的狗命。"刑厅大笑道："看你这个教化奴才不出，倒与我老爷同年同月同日同时。"

当下饶了打，退堂进去。到私衙见了夫人，不住的笑道："我一向信命，今日才晓得命是没有凭据的。"夫人问："怎见得？"

刑厅道："我方才打一个皂隶，他袖中掉下一张命纸，与我的八字一般一样。我做官，他做皂隶，也就有天渊之隔了，况且又是皂隶之中，第一个落魄的，你道从那里差到那里？这等看来，命有甚么凭据？"

夫人道："这毕竟是刻数不同了。虽然如此，他既与你同时降生，前生定有些缘法，也该同病相怜，把只眼睛看看他才是。"刑厅道："我也有这个意思。"

次日坐川堂，把蒋成叫进来，问他身上为何这等褴褛。蒋成哭诉从前之苦，刑厅不胜怜惜，吩咐衙内取出十两银子，教他买几件衣帽换了来听差。蒋成磕头谢了出去，暗中笑个不了。随往曲铺买了几件时兴衣服，又结了一顶瓦楞帽子，到混堂洗一个澡，从头到脚，脱旧换新。走出来恰好遇著个磨镜的，挑了一担新磨伯镜子。蒋成随著他一面走，一面照，竟不是以前的穷相。心上暗想道："难道八字改了，相貌也改了不成？"

走进衙门，合堂恭贺，又替他上个徽号，叫做"官同年"。那些穿绸著绢的，羡慕他这几件衣物，都叫做"御赐宫袍"。安息香也送他薰，茉莉花也送他戴，蒋成一时请客起来，弄得那六宫粉黛无颜色。

自此以后，刑厅教他贴堂服事，时刻不离，有好票就赏他，有疑事就问他，竟做了腹心耳目。

蒋成也不敢欺公作弊，地方的事，知无不言，言无不尽，倒扶持刑厅做了一任好官。

古语道不差，官久自富。蒋成在刑厅手里，不曾做一件坏法的事，不曾得一文昧文的钱，不上三年，也做了数千金家事，娶了妻，生了子，买了住房，只不敢奢华炫耀。

忽一日想起：我当初若不是那个算命先生，那有这般日子？为人不可忘本。"办了几色礼，亲自上门去拜谢。

华阳山人见了，不知是哪一门亲戚，问他姓名，蒋成道："不肖是刑厅皂隶，姓蒋名成，向年为命运迍遭，来求先生推算，先生见贱造不好，替我另改一个八字。自改之后，忽然享通，如今做了个小小人家，都是先生所赐，故此不敢忘恩，特来拜谢。"

山人想了半日，才记起来道："那是我见你啼哭不过，假设此法，宽慰你的，那有当真改得的道理？"蒋成道："彼时我也知道是笑话，不想后来如此如此……"把刑厅见了命纸，回嗔作喜，自己因祸得福的话，说了一遍。山人道："世间那有这等事？只怕还是你自己的命好，我当初看错了，也不可知，你说来等我再算一算。"

蒋成将原先八字说去，山人仔细看了一遍道："原不差，这样八字，莫说成家，饭也没得吃的。你再把改的八字说来看。"蒋成因那张命纸是起家之本，时刻带在身边，怎敢丢弃？就在夹袋中取出来，与山人一看。山人大笑道："确然是这个八字上发来的，若照这个命，你不但发财，后来还有官做。"蒋成大笑道："先生又来取笑，我这个人家已是欺天枉人骗来的，还怕天公查将出来，依旧要追了去，还想做甚么官？"山人道："既然前面验了，后面岂有不验之理？待我替你再判几句，留为后日之验。"提起笔来，又续上一个批语，蒋成视了，作别而去。

不上月馀，刑厅任满，钦取进京，临行对蒋成道："我见你一向小心守法，不忍丢你，要带你进京，你可愿去？"蒋成道："小的蒙老爷大恩，碎身难报，情愿跟去服事老爷。"刑厅赏了银子安家。蒋成一路随行，到了京中，刑厅考选吏部，蒋成替他内外纠察，不许衙门作弊，尽力竭力，又扶持他做了一任好官。

主人鉴他数载勤劳，没有甚么赏犒，那时节朝中弊窦初开，异路前程，可以假惜，主人替他做个吏员脚色，拣个绝好县分，选了主簿出来；做得三年，又升了经历。两任官满还乡，宦囊竟以万计，却好又应著算命先生的话。这岂不是理之所无、事之所

有的奇话？说来真个耳目一新。

　　说话的，若照你这等说来，世上人的八字，都可以信意改得的了？古圣贤"生死由命、富贵在天"的话，难道反是虚文不成？

　　看官，要晓得蒋成的命，原是不好的。只为他在衙门中，做了许多好事，感动天

心，所以神差鬼使，教那华阳山人，替他改了八字，凑著这段机缘。这就是《孟子》上"修身所以立命"的道理，究竟这个八字不是人改，还是天改的。

又有一说，若不是蒋成自己做好事，怎能够感动天心？就说这个八字不是天改，竟是人改的也可。

评：

这回小说，与太上感应篇，相为表里，当另刻一册，印他几千部，分送衙门人，自有无限阴功。强如修桥砌路，是便是了，只怕吃过洗心肠，烧过告天纸的，就看了他，也不见有甚好处。

第四回 失千金祸因福至

诗云：

> 从来形体不欺人，燕颌封侯果是真；
> 亏得世人皮相好，能容豪杰隐风尘。

前面那一回，讲的是"命"了，这一回，却说个"相"字。相与命这两件东西，是造化生人的时节搭配定的。半斤的八字，还你半斤的相貌；四两的八字，还你四两的相貌；竟像天平上弹过的一般，不知怎么这样相称。若把两桩较量起来，赋形的手段，比赋命更巧。

怎见得他巧处？世上人八字相同的还多，任你刻数不同，少不得那一刻之中，与定要同生几个；只有这相貌，亿万苍生之内，再没有两个一样的。随你相似到底，走到一处，自然会异样起来。所以古语道："人心之不同，有如其面。"这不同的所在已见他的巧了。

谁知那相同的所在，更见其巧。若是相貌相同，所处的地位也相同，这就不奇了；他偏要使那贵贱贤愚，相去有天渊之隔的，生得一模一样，好颠倒人的眼睛，所以为妙。

当初仲尼貌似虎，蔡邕貌似虎贲。仲尼是个至圣，阳虎是个权奸；蔡邕是个富贵的文人，虎贲是个下贱的武士，你说那里差到那里？若要把孔子认做圣人，连阳虎也要认做圣人了；若要把虎贲认做贱相，边蔡邕也要认做贱相了。

这四个人的相貌，虽然毕竟有些分辩，只是这些凡夫俗眼，那里识别得来？从来负奇磊落之士，个个都恨世多肉眼，不识英雄。

　　我说这些肉眼，是造化生来护持英雄的，只该感地，不该恨他。若使该做帝王的人，个个知道他是帝王，能做豪杰的人，个个认得他是豪杰，这个帝王、豪杰一定做不成了。项羽知道沛公该有天下，那鸿门宴上岂肯放他潜归？淮阴少年，知道韩信后为齐王，那胯下之时，岂肯留他性命？亏得这些肉眼，才隐藏得过那些异人。

　　还有一说，若使后来该富贵的人，都晓得他后来富贵，个个去趋奉他，周济他，他就预先要骄奢淫欲起来了，那里还肯警心惕虑，刺股悬梁，造到那富贵的地步？所以造化生人，使乖弄巧的去处，都有一片深心，不可草草看过。

　　如今却说一个人，相法极高，遇著两个面貌一样的，一个该贫，一个该富，他却能分别出来，后来恰好合著他的相法，与前边敷演的话，句句相反，方才叫做异闻。

　　弘治年间，广东广州府南海县，有个财主姓杨，因他家资有百万之富，人都称他为杨百万。当初原以飘洋起家，后来晓得飘洋是椿险事，就回过头来，坐在家中，单以放债为事。

　　只是他放债的规矩，有三椿异样：第一椿，利钱与开当铺的不同。当铺里面，当一两二两，是三分起息，若当到十两二十两，就是二分多些起息了。他翻一个案道："借得少的毕竟是穷人，那里纳得重利钱起？借得多的定是有家事的人，况且本大利亦大，拿我的本去趁出利来，便多取他些也不为虐。所以他的利钱，论十的是一分，论百的是二分，论千的是三分。"人都说他不是生财，分明是行仁政，所以再没有一个赖他的。

　　第二椿，收放都有个日期，不肯零星交兑。每月之中，初一、十五收、初二、十六效。其余的日子，坐在家中与人打双陆、下象棋，一些正事也不做。人知道全有一定的规矩，不是日期，再不去缠扰他。

　　第三椿，一发古怪，他借银子与人，也不问你为人信实不信实，也不估你家私还得起还不起，只是看人的相貌何如。若是相貌不济，票上写得多的，他要改少了；若是相貌生得齐整，票上写一倍，他还借两倍与你，一双眼肯竟是两块试金石，人走到他面前，一生为人的好歹，衣禄的厚薄，他都了然於胸中。

　　这个术法别人拿去挣钱，他却拿来放债，其实放债放得著，一般也是趁钱。当初唐朝李世绩在军中选将，要相那面貌丰厚、像个有福的人，才教他去出征；那些卑微庸劣的，一个也不用。人问他甚么原故，他道薄福之人，岂可以成功名？也就是这个

道理。杨百万只因有些相法，所以借去的银子，再没有一注落空。

那时节，南海县中有个百姓，姓秦名世良，是个儒家之子。少年也读书赴考，后来因家事消条，不能糊口，只得废了举业，开个极小的铺子，卖些草纸灯心之类。

常常因手头乏钞，要问杨百万借些本钱，只怕他的眼睛得害，万一相得不好，当面奚落几句，岂不被人轻贱？所以只管苦捱。捱到后面，一日穷似一日，有些过不去了，只得思量道："如今的人，还人拿了银子，去央人相面。我如今又不费一文半分，就是银子不肯借，也讨个终身下落了回来，有甚么不好？"就写个五两的借票等到放银的日期，走去伺候。

从清晨立到巳牌时分，只见杨百万走出厅来，前前后后跟了几十个家人，有持笔砚的，有拿算盘的，有捧天平的，有抬银子的。杨百万走到中厅，朝外坐下，就像官府升堂一般，吩咐一声收票。

只见有数百人，一齐取出票来，捱挤上去，就是府县里放告投文，也没有这等闹热。秦世良也随班拥进，把借票塞与家人收去，立在阶下，听候唱名。

只见杨百万果然逐个唤将上去，从头到脚相过一番，方才看票。也有改多为少的，也有改少为多的。那改少为多的，兑完银子走下来，个个都气势昂昂，面上有骄人之色；那改多为少的，银子便接几两下来，看他神情萧索，气色暗然，好像秀才考了劣等的一般，个个都低头掩面而去。

秦世良看见这些光景，有些懊悔起来道："银子不过是借货，终久要还，又不是白送的，为甚么受人这等怠慢？"欲待不借，怎奈票子又被他收去。

正在疑虑之间，只见并排著一个借债的人，面貌身材与他一样，竟像一副印板印下来的，世良道："他的相貌与我相同，他若先叫上去，但看他的得失，就是我的吉凶了。"

不曾想得完，那人已唤上去了。世良定著眼睛看，侧著耳朵听，只见杨百万将此人相过一番，就查票上的数目，却是五百两。杨百万笑道："兄那里借得五百两起？"

那人道："不消虽穷，也还有千金薄产，只因在家坐不过，要借些本钱到江湖上走走，这银子是有抵头的，怎见得就还不起？"

杨成万道："兄不要怪我说，你这个尊相，莫说千金，就是万金也留不住，无论做生意不做生意，将来这些尊产，少不得同归于尽。不如请回去坐坐，还落得安逸几年，那里得受那风霜劳碌之苦。"

那人道："不借就是了，何须说得这等尽情！"对了票子，一路唧唧哝哝，骂将出去。

世良道："兔死狐悲，我的事不消说了。"竟要讨出票子，托故回家，不想已被他唤着名字，只得上去讨一场没趣了下来。

谁想杨百万看到他的相貌，不觉眼笑眉欢，又把他的手掌捏了一捏，就立起身来道："失敬了。"

竟查票子，看到五两的数目，大笑起来道："兄这个尊相，将来的家资不在小弟之

下，为甚只借五两银子？"

世良道："老员外又来取笑了。晚生家里，四壁萧然，朝不谋夕，只是这五两银子，还愁老员外不肯，怎么说这等过分的话，敢是讥诮晚生么？"

杨百万又把他仔细一相道："岂有此理！兄这个财主，我包得过。任你要借一千、五百，只管兑去，料想是有得还的。"

世良道："就是老员外肯借，晚也也不敢担当，这等量加几两罢。"

杨百万道："几两、几十两的生意，岂是兄做的？你竟借五百两去，随你做甚么生意，包管趁钱，还不要你费一些气力，受一毫辛苦，现现成成做个安逸财主就是。"

说完，就会笔递与世良改票，世良没奈何，只得依他，就在"五"字之下、"两"字之上，夹一个"百"字进去。写完，杨百万又留他吃了午饭，把五百两银子，兑得齐齐整整，教家人送他回来。

世良暗笑道："我不信有这等奇事，两个人一样的相貌，他有千金产业，尚且一厘不肯借他；我这等一个穷鬼，就拼五百两银子放在我身上，难道我果然会做财主不成？不要管他，他既拼得放这样飘海的本钱，我也拼得去做飘海的生意。闻得他的人家原是洋里做起来的，我如今不入虎穴，焉得虎子？也到洋里去试试。"

就与走番的客人商议，说要买些小货，跟去看看外国的风光。众人因他是读过书的，笔下来得，有用着他的去处，就许了相带同行，还不要他出盘费。世良喜极，就将五百银子，都买了绸缎，随众一齐下船。

他平日的笔头极勤，随你甚么东西，定要涂几个字在上面。又因当初读书时节，刻了几方图书，后来不习举业，没有用处，捏在手中，不住的东印西印，这也是书呆子的惯相。

一日舟中无事，将自己绸缎解开，逐疋上用一颗图书，用完捆好，又在蒲包上写"南海秦记"四个大字。众人都笑他道："你的本钱忒大，宝货忒多，也该体积个记号，省得别人冒认了去。"

世良脸上羞得通红，正要掩饰几句，忽听得舵工喊道："西北方黑云起了，要起风暴，快收进岛中。"

那些水手听见，一齐立起身来，落篷的落篷，摇橹的摇橹，刚刚收进一个岛内，果然怪风大作，雷雨齐来，后船收不及的，翻了几只。世良同满船客人，个个张牙吐舌，都说亏舵工收船得早。等了两个时辰，依旧青天皎洁。

正要开船，只见岛中走出一伙强盗，虽不上十余人，却个个身长力大，手持利斧，跳上船来喝道："快拿银子买命！"

众人看见势头不好，一齐跪下道："我们的银子都买了货物，腰间盘费有限，尽数取去就是。"

只见有个头目，立在岸上，须长耳大，一表人材，对众人道："我只要货物，不要银子，银子赏你们做盘费转去，可将货物尽搬上来。"众强盗得了钧令，一齐动手，不上数刻，剩得一只空船，头目道："放你们去罢。"驾掌曳起风篷，方才离了虎穴。满船客人个个都号啕痛哭，埋怨道："不该带了个没时运的人，累得大家晦气。"

世良又恨自家命穷，又受别人埋怨，又虑杨百万这注本钱如何下落，真是上天无路，入地无门。

不上数日，依旧到了家中。思量道："丑媳妇免不得见公婆，如今本钱劫去，也要与他说个明白，难道躲得过世不成？"只得走到杨百万家。

恰好遇著个收银的日子，那天平里面，铿铿锵锵，好像戏台上的锣鼓，响个不住。等得他收完，已是将要点灯的时候。世良面上无颜，巴不得暗中相见。

杨百万见他走到面前，吃一惊道："你做甚么生意，这等回头得快？就是得利，也该再做几转，难道就拿来还我不成？"

世良听见，一发羞上加羞，说不出口，仰面笑了一笑，然后开谈，少不得是"惭愧"二字起头，就把买货飘洋、避风遇盗的话，说了一遍，深深唱个诺道："这都是晚生命薄，扶持不起，有负老员培植之恩，料今生不能补报，只好等来世变为犬马，偿还恩债。"说完，立在旁边，低头下气，不知杨百万怎生发作，非骂即打。

谁知他一毫也不介意，倒陪个笑脸道："胜败乃兵家之常。做生意的人，失风遇盗之事，那里保得没有遭把？就是学生当初飘洋，十次之中，也定然遇着一两次。自古道：'生意不怕折，只怕歇。'你切不可因这一次受惊，就冷了求财之念。譬如掷骰子的，一次大输，必有一次大赢。我如今再借五百两与你，你再拿去飘洋，还你一本数十利。"

世良听见，笑起来道："老员外，你的本钱一次丢不怕，还要丢第二次么？"

杨百万道："我若不扶持你做个财主，人都要笑我没有眼睛，你放心兑去，只要把

胆放泼些，不要说不是自己的本钱，畏首畏尾，那生意就做不开了。自古道：'貌不亏人。'有你这个尊相，偷也偷个财主来。今晚且别，明日是放银的日期，我预先兑五百两等你。"

世良别了。到第二日，当真又写了一张借票，随众走去。只见果然有五百两银子，封在那边，上面写一笔道：

大富长者秦世良客本。

众人的银子，都不曾发，杨百万先取这一宗，当众人交与世良道："银子你收去，我还有一句先凶后吉的话吩咐你。万一这注银子又有差池，你还来问我借。我的眼睛再不会错的，任你折本趁钱，总归到做财主了才住。"

众人都把他细看，也有赞叹果然好相的，也有不则声的，都要办著眼睛，看他做财主。

世良谢了杨百万回来，算计道："他的意思极好，只是吩咐的话决不可依。他教我把胆放泼些，我前番只因泼坏了事，如今怎么还好泼得？况且财主口里的话，极是有准的，他方才那先凶后吉的言语，不是甚么好采头，切记要谨慎。飘洋的险事，断然不可再试了，就是做别的生意，也要留个退步，我如今把二百两封好了，掘个地窖，藏在家中，只拿三百两去做生意。若是路上好走，没有惊吓，到第二次，一齐带去作本。万一时运不通，又遇著意外之事，还留得一小半，回来又好别寻生理。"

算计定了，就将二百两藏入地窖，三百两束缚随身，竟往湖广贩米。

路上搭著一个老汉同行，年纪有六十多岁，说家主是襄阳府的经历。因解粮进京，回来遇著响马，把回批劫去。到省禀军门，军门不信，将家主禁在狱中。如今要进京去干文书来知会，只是衙门使用与往来盘费，须得三百馀金。家主是个穷官，不能料理，将来决有性命之忧。说了一遍，竟泪下起来。

世良见他是个义仆，十分怜悯，只是爱莫能助，与他同行同宿，过了几晚。一日宿在饭店，天明起来束装，不见了一个盛银子的顺袋。世良大惊，说店中有贼。主人家查点客人，单少了那个同行的老汉。世良知道被他拐去，赶了许多路，并无踪影，只得追捶胸顿足，哭了一场，依旧回家。心上思量道："亏我留个退步，若依了财主的话，如今屁也没得放了。"只得把地窖中的银子掘将起来，仍往湖广贩米。

到了地头，寻个行家住下，因客多米少，坐了等货。一日见行中有个客人，面貌身材与世良相似，听他说话，也是广东的声音，世良问道："兄数月之前，可曾问杨百万借银子么？"那客人道："去便一次，他不曾有得借我。"

世良道："我道有些面善。那日小弟也在那边，听见他说兄的话过於莽戆，小弟也替兄不平。"

那客人道："他的话虽太直，眼睛原相得不差。小弟自他相过之后，弄出一椿人命官司，千金薄产费去三分之二，如今只得将馀剩田地，卖了二百金，出来做客，若趁钱便好，万一折本，就要合著他的话了。"

世良道："他的话断凶便有准，断吉一些也不验。"就将杨百万许他做财主，自己被劫被拐的话，细说一番。

那客人道："我闻得他相中一人，说将来也有他的家事，不想就是老兄，这等失敬了。"就问世良的姓名，世良对他说过，少不得也回问姓名，他道："小弟也姓秦，名世芳，在南海县西乡居住。"

世良道："这也奇了，面貌又相同，姓又相同，名字也像兄弟一般，前世定有些缘分，兄若不弃，我两个结为手足何如？"

世芳道："照杨百万的相法，老兄乃异日之陶朱，小北实将来之钱荦，怎敢仰攀？"

世良道："休得取笑。"两人办下三牲，写出年纪生日，世芳为兄，世良为弟，就在神前结了金石之盟。两个搬做一房，日间促膝而谈，夜间抵足而睡，情意甚是绸缪。

一日主人家道："米到了，请兑银子买货。"世良尽为弟之道世芳先买。世芳进去取银子，忽然大叫起来道："不好了，银子被人偷去了！"

走出来埋怨主人道："我房里并无别人往来，毕竟是你家小厮送茶送饭，看在眼里，套开锁来取去了。我这二百两不是银子，是一家人的性命。你若不替我查出来，我就死在你家，决不空手回去！"主人家道："舍下的小厮，俱是亲丁，决无做贼之理，这注银子，毕竟到同房共宿的客人里面去查，查不出来，然后鸣神发咒，我主人家是没得赔的。"世芳道："同房共宿的，只有这个舍弟，他难道做这样歹事不成？"主人家道："你这兄弟又不是同宗共祖的，又不是一向结拜的，不过是萍水相逢，偶然投契。如今的盟兄盟弟里面，无所不至的事，都做出来，就是你信得他过，我也信他不过。"

世良道："这等说，明明是我偷来了，何不将我的行李，取出来搜一搜？"主人家道："自然要搜，不然怎得明白？"世良气忿忿走进房去，把行李尽搬出来，教世芳搜。

世芳不肯搜，世良自己开了顺袋，取出一封银子道："这是我自己的二百两，此外若再有一封，就是老兄的了。"

主人家道："怎么他是二百两，你恰好也是二百两，难道一些零头都没有？这也有些可疑。"就问世芳道："你的银子是多少一封，每封是多少件数，可还记得？"

世芳道："我的银子是血产卖来的，与性命一般，怎么记不得？"就是封数件数，说了一遍。主人家又问世良道："你的封数件数也要说来，看对不对。"

世良的银子原是借来就分开的，藏在地下已经两月，后面取出来见原封不动，就不曾解开，如今那里记得？就答应道："我的银子藏多时了，封数便记得，件数却记不得。"

主人家道："看兄这个光景，也不像有银子藏多时的，这句话一发可疑。如今只看与他的件数对不对就知道了。"

竟把银子拆开一看，恰好与世芳说的封数件数，一一相同。主人家道："如今还有甚么辩得？"就把银子递与世芳，世芳又细细看了一遍道："数目也相同，银水也相似，只是纸包与字迹全然不是，也还有些可疑。"主人家道："有你这样呆客人。他既偷了去，难道不会换几张纸包包，写几个字混混？如今银子查出来了，随你认不认，只是不要胡赖我家小厮。"说完，竟进去了。世良气得目定口呆，有话也说不出。世芳道："贤弟，这桩事教劣兄也难处。欲待不认，我的银子不出，一家性命难存，欲待认了，又恐有屈贤弟。如今只得用个两全之法，大家认些晦气，各分一半去做本钱，胡卢提结了这个局罢。

世良道："岂有此理！若是小弟的银子，老兄分毫认不得；若是老兄的银子，小弟分毫取不得。事事都可以仗义，只有这项银子是使不得义的。老兄若仗义让与小北，就是独为君子；小弟仗义让与老兄，就是甘为小人了。"世芳道："这等怎么处？"世良道："如今只好明之於神。若是老兄肯发咒，说此银断断是你的，小弟情愿空手回去；若是小弟肯发咒，说此银断断是我的，老兄也就说不得要袖手空回。小弟宁可别处请罪了。"世芳道："贤弟不消这等固执，管仲是千古的贤人，他当初与鲍叔交财，也有糊涂的时节。鲍叔知道他家贫，也朦胧不回责备。如今神面前不是儿戏得的，还是依劣兄，各分一半的是。"

两个人争论不止，那些众客人与主人家，都替世芳不服道："明明是你的银子，怎么有得分与他？"又对世良道："我这行里是财帛聚会的所在，不便容你这等匪人，快把饭钱算算，称还了走。"

世良是个有血性的人，那里受得这样话起？就去请了城隍、关圣两分纸马，对天跪拜道："这项银两，若果然是偷他的，教我如何如何。"只表自己的心，再不咒别人一句。拜完，将饭账一乍，立刻称还，背了名包裹就走。

世芳苦留不住，只得瞒了众人，分那一百两，赶到路上去送他，他只是死推不受。

别人世良，竟回南海，依旧去见杨百万，哭诉自己命穷，不堪扶植，辜负两番周济之恩，惭愧无地。说话之间，露出许多踌躇不安之态。杨百万又把好言安慰一番，到底不悔，还要把银子借他，被他再三辞脱。从此以后，纠集几个蒙童学生，处馆过日。

那些地方邻里因杨百万放他做财主，就把"财主"二字做了他的别号，遇见了也不称名，也不道姓，只叫"老财主"，一来笑他不替杨百万争气，二来见得杨百万的眼睛，也会相错了人。

却说秦世芳自别世良之后，要将银子买米，不想因送世良迟了一日，米被别人买去了，只剩下几百担稻子。主人家道："你若不买，又有几日等货，不如买下来，自己砻做米，一般好装去卖，省得耽搁工夫。"世芳道："也说得是。"就尽二百两银子买了。

因有便船下瓜洲，等不得砻，竟将稻子搬运下船，要思量装到地头，舂做米卖。

不想那一看准扬两府，饥馑异常，家家户户做种的稻子都舂米吃了，等到播种之际，一粒也无，稻子竟卖到五两一担。世芳货到，千人万人争买，就是珍珠也没有这等值钱。不上半月工夫，卖了一本十利。二百两银子变做二千，不知那里说起。

又在扬州买了一宗芥茶，装到京师去卖。京师一向只吃松萝，不吃芥茶的，那一年疫病大作，发热口乾的人吃了芥茶，即便止渴，世芳的茶叶竟当了药卖。不上数月，又是一本十利。

世芳做到这个地步，真是平地登仙，思量杨百万的说话，竟是狗屁，恨不得飞到家中，问他的嘴。

就在京师搭了便船，路上又置些北货，带到扬州发卖。虽然不及以前的利息，也

有个四五分钱。此时连本算来，将有三万之数，又往苏州买做绸缎，带回广东。

不一日到了自家门前，货物都放在船上，自己一人先走进去，妻子见他回来，大惊小怪的问道："你这一向在那里，做些甚么勾当？"世芳道："我出门去做生意，你难道不晓得，要问起来？"妻子道："这等你生意做得何如？"世芳大笑道："一本百利，如今竟是个大财主了。"妻子一发大惊道："这等你本钱都没有，把甚么趁来的？"世芳道："你的话好不明白，我把田地卖了二百两银子，带去做生意的，怎么说本钱都没有？"妻子道："你那二百两银子现在家中，何曾带去？"世芳不解其故，只管定著眼睛相妻子，妻子道："你那日出门之后，我晚间上床去睡，在枕头边摸著一封银子，就是那宗田价。只说你本钱掉在家中，毕竟要回来取，谁知望了一向，再不见到。我只怕你没有盘费，流落在异乡，你怎么到会做起财主来？"世芳呆了半日，方才叹一口气道："银子便趁了这些，负心人也做得够了。"妻子问甚么原故，世芳就将下处寻不见银子，疑世良偷去的话说了一遍。妻子道："这等你的本钱，是那个人的银子了。银子虽是他的，时运却是你自己的。如今拚得把这二百两送去还他就是。"世芳道："岂有此理。有本才有利，我若不是他这注本钱，莫说做生意，就是盘缠也没得回来，那时节把他的钱子错罢了，还教他认一个贼去。仔细想来，我成得个甚么人？如今只有一说，将本利一齐送去还他，随他多少分些与我，一来赔他当日之罪，二来也见我不是有意负心，这才是个男子。"妻子道："自己天大的造化，趁得这注银子，怎么白白拿去送人？你就送与他，他只说自己本钱上生出来的也决不感激你，为甚么做这样呆事？"

世芳见妻子不明道理，随口答就了几句，当晚把货物留在舟中，不发上岸，只说装到别处去卖。次日杀了猪羊，还个愿心，请邻舍吃钟喜酒。第三日坐了货船，竟往南海去访世良的踪迹。

问到他家，只见一间稀破的茅屋，几堵倾塌的土墙，两扇柴门，上面贴一副对联道：

　　数奇甘忍辱，形秽且藏羞。

世芳见了，知道为他而发，甚是不安。推开门来，只见许多蒙童坐在那边写字，

世良朝外坐了打瞌睡，衣衫甚是褴褛。世芳走到面前，叫一声："贤弟醒来！"

世良吓出一身冷汗，还像世芳赶来羞辱他的一般，连忙走下来作揖，口里千惭愧、万惭愧。

世芳作了一个揖，竟跪下来磕头，口里只说"劣兄该死"。世良不知那头事发，也跪下来对拜。拜完了，分宾主坐下。

世良问道："老兄一向生意好么？"世芳道："生意甚是趁钱，不上一看，做了上百个对合，这都是贤弟的福分。劣兄今日一务负荆请罪，二来连本连利，送来交还原主，请贤弟验收。"世良大惊道："这是甚么说话？"世芳把到家见妻子，说本钱不曾带去的话，述了一遍。

世良笑一笑道："这等说来，小弟的贼星出命了。如今事已长久，尽可隐瞒，老兄肯说出来，足见盛德。小弟是一个命薄之人，不敢再求原本，只是洗去了一个贼名，也是椿侥幸之事，心领盛情了。"

世芳道："说那里话，劣兄若不是贤弟的本钱，莫说求利，就是身子也不得回家，岂有负恩之理？如今本利共有三万之数，都买了绸缎，现在舟中，贤弟请去发了上来，劣兄虽然去一年工夫，也不过是侥天之幸，不曾受甚么辛苦。贤弟念结义之情，多少见惠数百金，为心力之费则可；若还推辞不受，是自己独为君子，教劣兄做贪财负义的小人了。"说完，竟扯世良去收货。

世良立住道："老兄不要矫情，世上那有自己求来的富贵，舍与别人这理！古人常道：'不义取财，如以身为沟壑。'小弟若受了这些东西，只当把身子做了毛坑，凡世间不洁之物，都可以丢来了。这是断然不要的。"

世芳变起脸来道："贤弟若苦苦不受，劣兄绸缎发上来，堆在空野之中，买几担乾柴，放一把火烧去就是。"

世良见他言词太执，只得陪个笑脸道："老兄不要性急，今日我你，且在小馆荒宿，明早再做商量，多少领些就是。"一边说，一边扯个学生到旁边，唧唧哝哝的商议，无非是要预支束修，好做东道主人之意。世芳知道了，就叫世良过来道："贤弟不消费心，劣兄昨日到家，因一路平安，还个小愿，现带些祭馀在船上，取来做夜宵就是。"世良也晓得束修预支不来，落得老实些，做个主人扰客。当晚叙旧谈心，欢畅不了。

说话之间，偶然谈起杨百万来，世芳道："他空负半生风鉴之名，一些眼力也没有，只劣兄一人就可见了。他说我无论做生意，不做生意，千金之产，同归於尽。我坐家的命，虽然不好，做生意的时远，却甚是亨通。如今这些货物，虽不是自己的东西，料贤弟是仗义之人，多少决分些与我，拿去营运起来，怕不挣个小小人家？可见口里的话，都是精胡说的。我明日要去问他的口，贤弟可陪我去，且看他把甚么言语支吾？"

世良道："我去到要去，只是借他一千银子，本利全无，不好见面。"世芳大笑道："你如今有了三万，还愁甚么一千？明日就当我面前，把本利算一算，发些绸缎还他就是了。"世良大喜道："极说得是。"

两个睡了一晚，次日是杨百万放银的日期。世芳道："我若竟去问他，他决要赖口，说去年并无此话，你难道好替我证他不成？我如今故意写一张借票，只说问他借一千两银子，他若不肯，然后翻出陈话来，取笑他一场，使他无言对我，然后畅快。"算计定了，就写票同世良走去，依旧照前番的规矩，先把票子递了，伺候唱名。

唱到秦世芳的名字，世芳故意装做失志落魄的模样，走上去等他相。杨百万从头到脚大概看了一遍，又把他脸上仔仔细细相了半个时辰，就对家人道："兑与他不妨，还得起的。"

世芳道："老员外相仔细些，万一银子放落空，不要懊悔。"杨百万道："若是去年借与你，就要落空；今年借去，再不会落空的。"

世芳道："原来老员外也认得是去年借过的。既然如此，同是一个人，为甚么去年就借不起，今年就借得起？难道我的脸上多生出一双耳朵，另长出一个鼻子来了不成？"杨百万道："论你相貌，是个撤底的穷人，只是脸上气色，比去年大不相同。看是一团的滞气，不但生意不趁钱，还有官符口舌，我若把银子借你，只好贴你打官司。你如今脸上，不但滞气没有了，又生出许多阴骘纹来，毕竟做了天大一件好事，才有这等气色，将来正要发财。你如今莫说一千，二千也只管借去。只是有一句话要吩咐你，你自己的福分有限，须要帮著个大财主，与他合做生意，沾些时运过来，还你本少利多；若自己单枪独马去做，虽不折本，也只好趁些蝇头小利而已。"

世芳被他这些话，说得毛骨悚然，不觉跪下来道："老员外不是凡人，乃是神仙下界点化众生的，敢不下拜。"杨百万扶起来道："怎见得我是神仙？"世芳道："晚生今

日不是来借银子，是来问口的。不想晚生的毛病，句句被老员外说著，不但不敢问口，竟要写伏便了。"就把去看相了回去，弄出人命官司，后来卖田作本，掉在家中不曾带去，错把世良的银子认做本钱，拿去做生意屡次得采，回来知道原故，将本利送还世良的话，备细说了一遍。世良也走过去说："去年湖广相遇的，就是这位仁兄。他如今连本利送还我，我决无受他之理。烦老员外劝他将货物装回，省得陷人於不义。"

杨百万听了，仰天大笑一顿，对众人道："我杨老儿的眼睛可会错么？"指著世良道："我去年原说他，随你折本趁钱，总归到做财主了才住。如今折本折出上万银子来，可是折出来的财主么？我又说他不要费一毫气力，受一毫辛苦，现现成成做个安逸财主。如今别人替他走过千山万水，趁了银子，送上门来，可是个安逸财主么？"

阶下立著数百人，齐声喝采道："好相法，真是神仙！莫说秦兄该下跪，连我们都要拜服了。"

杨百万又仰天笑了一顿，对世良道："这主钱财，你要辞也辞不得。不是我得罪他讲，他若不发这片好心，做这椿好事，莫说三万，就是三十万也依旧会去的。我如今替你的酌处，一个出了本钱，一个费了心力，对半均分，再没得说。"世芳道："既蒙老员外吩咐，不敢不遵。只是这项本钱，原是他借老员外的，利钱自然该在公账里除，难道教他独认不成？"

杨百万道："也说得是。"就叫家人把利钱一算，连本结个总账，共该一千三百两。世芳要一总除还，世良不肯道："你只受得二百两，其馀的你不曾见面，难道强盗劫的、拐子拐去的，也要你认不成？"杨百万道："一发说得是。"就依世良，只算二百两的本利。世芳教人发了几箱绸缎，替他交明白了。杨百万又替他把船上货物对半分开，世良的发了上岸，世芳的留在舟中。当晚杨百万大排筵席，做戏相待，一来旌奖他二人尚义，二来夸示自家的相法不差。

世芳第二日别了世良，将一半货物装载回去。走到自家门前，只见两扇大门忽然粉碎，竟像刀斫斧砍的一般。走进去问妻子，妻子睡在床上叫苦连天，问他甚么缘故？妻子道："自从你去之后，夜间有上百强盗打进门来，说你有几万银子到家，将我捆了，教拿银子买命。我说银子货物都是丈夫带出去了，他只不信，直把我吊到天明，方才散去。如今浑身紫胀，命在须臾。"世芳听了，叹口气道："杨百万神仙也！他说我若不起这点好心，银子终究要去，如今一发验了。若不是我装去还他，放在家中，

少不得都被强盗劫去。这等看起来，我落得做了一个好人，还拾到一半货物。"妻子道："如今有了这些东西，乡间断然住不得了，趁早进城去。"世芳道："杨百万原教我帮著个财主，沾他些时运。我如今看起来，以前的时运，分明是世良兄弟的了。我何不搬进城去，依傍著他，莫说再趁大钱，就是保得住这些身家，也够得紧了。"

就把家伙什物，连妻子一齐搬下货船，依旧载到城中，与世良合买一所厅房同住。结契的朋友，做了合产的兄弟，况且面貌又不差，不认得的，竟说是同胞手足。

一日世良与世芳商议道："这些绸缎在本处变卖，没有甚么利钱，你何不同了飘洋的客人，到翻里去走走，趁著好时运，或者飘得著，也不可知。"世芳道："我也正有此意。"就把妻子托与世良照管，将两家分开的货物，依旧合将拢来，世芳载去飘洋不题。

却说南海到了一个新知县，是个贡士出身，由府幕升来的，到任不多时，就差人访问："这边有个百姓，叫做秦世良，请来相会。"

差人问到世良家里，世良道："我与他并无相识，天下同名同姓的多，决不是我。"差人道："是不是也要进去见见。"就把世良扯到县中，传梆进去。

知县请进私衙，教世良在书房坐了一会。只见帘里有人张了一张，走将进去，知县才出来相见。世良要跪，知县不肯，竟与他分庭抗礼，对面送坐。把世良的家世问了一遍，就道："本县闻得台兄是个儒雅之士，又且素行可嘉，所以请来相会。以后不要拘官民之礼，地方的利弊常来赐教，就是人有甚么分上相央，只要顺理，本县也肯用情，不必过於廉介。"世良谢了出去，思量道："我与他无一面之交，又没有人举荐，这是那里说起，难道是我前世的父亲不成？"隔了几时，又请进去吃酒，一日好似一日。地方上人见知县礼貌地，那个不趋奉，有事就来相央。替他进个徽号，叫做"白衣乡绅"。坏法的钱，他也不趁，顺礼的事，他也不辞，不上一年，受了知县五六千金之惠。

一日进去吃酒，谈到绸缪之处，世良问道："治民与老爷，前世无交，今生不熟，不知老爷为甚么缘故，一到就问及治民，如今天高地厚之恩，再施不厌，求老爷说个明白，好待治民放心。"知县道："这个缘故，论礼是不该说破的，我见兄是盛德之人，且又想知到此，料想决不替我张扬，所以不妨直告。我前任原是湖广襄阳府的经历，只因解粮时京，转来失了回批，军门把我监禁在狱。我著个老仆进京，干部文来知会，

老仆因我是个穷官，没有银子料理，与兄路上同行，见兄有三百两银子带在身边，他只因救主心坚，就做了椿不良之事，把兄的银子拐进京去，替我干了部文下来，我才能够复还原职。我初意原要设处这项银子，差人送来奉还的，不想机缘凑巧，我就升了这边的知县，所以一到就请兄相会，又怕别人来冒认，所以留在书房，教老仆在廉里识认，认得是了，我才出来相会。后来用些小情，不过是补还前债的意思，没有甚么他心。"说完了，就叫老仆出来，磕头谢罪。世良扶起道："这等你是个义士了，可敬可敬。"世良别了知县出去，绝口不提，自此以后，往来愈加稠密。

却说世芳开船之后，遇了顺风，不上一月，飘到朝鲜。一船也像中国，有行家招接上岸，替他寻人发卖。一日闻得公主府中，要买绸缎，行家领世芳送货上门，请驸马出来看货，那驸马耳大须长，绝好一个人品，会说中国的话，问世芳道："你是那里人？叫甚么名字？"世芳道："小客姓秦，名世芳，是南海人。"驸马道："这等秦世良想是你兄弟么？"世芳道："正是。不知千岁那里和他熟？"驸马道："我也是中国人，当初因飘洋坏了船只，货物都沉在海中，喜得命不该死，抱住一块船板浮入岛内。因手头没有本钱，只得招集几个弟兄，劫些货物作本。后面来到这边，本处国王见我相貌生得魁梧。就招我做驸马。我一向要把劫来的资本，加利寄还中国之人，只是不晓得原主的名字，内中有一宗绸缎，上面有秦世良的图书字号，所以留心访问，今日恰好遇著你，也是他的造化。我如今一倍还他十倍，烦你带去与他。你的货不消别卖，我都替你用就是了。"说完，教人收进去，吩咐明日来领价。

世芳过了一晚，同行家走去，果然发出两宗银子，一宗是昨日的货价，一宗是寄还世良的资本。世芳收了，又教行家替他置货。不数日买完，发下本船，一路顺风顺水，直到广州。

世良见世芳回来，不胜之喜，只晓得这次飘洋得利，还不晓得讨了陈帐回来。世芳对他细说，方才惊喜不了。常常对著镜子自己笑道："不信我这等一个相貌，就有这许多奇福。奇福又都从祸里得来，所以更不可解。银子被人冒认了去，加上百倍送还，这也够得紧了。谁想遇著的拐子，又是个孝顺拐子，撞著的强盗，又是个忠厚强盗，个个都肯还起冷帐来，那里有这样便宜失主！"

世良只因色心淡薄，到此时还不曾娶妻。杨百万十分爱他，有个女儿新寡，就与他结了亲。妆奁甚厚，一发锦上添花。与世芳到老同居，不分尔我。后来直富了三代才住。

看官，你说这桩故事，奇也不奇？照秦世良看起来，相貌生得好的，只要不做歹事，后来毕竟发积，粪土也会变做黄金；照秦世芳看起来，就是相貌生得不好的，只要肯做好事，一般也会发积，饿莩可以做得财主。

我这一回小说，就是一本相书，看官看完了，大家都把镜子照一照，生得上相的不消说了，万一尊容欠好，须要千方百计，弄出些阴骘纹来，富贵自然不求而至了。

中国禁书文库

民间藏禁书

只是一件，这回小说，一百个人看见，九十九个不信，都道财与命相连，如今的人，论钱论分，尚且与人争夺，那里有自己趁了几万银子载上门去送与人的，这都是捏出来的谎话，不知轻财重义的人，莫说当初，就是如今也还有，只是自己做不出来，眼睛又不曾看见，所以就觉得荒唐，我且再说一个现在的人，只举他生平一事，借来做个证据。

浙江省城内，有个姓柴的乡绅，是先朝参议公之子，兄弟并无一人，妹子倒有六个，一个是同胞生的，三个是继母生的，两个是庶母生的，继母嫁来之时，归奁极厚，莫说资财之多，婢仆之盛，就是金珠也值数千金，后来尊公作了，继母也作了，从来父之待女，尚不能与儿子一般，况且兄之待妹，岂能够与手足一样，独他不然，把尊公所遗之宦橐，竟作七股分开，自己得一分，六个妹子各得一分，姊妹与兄弟一样分家，这是从古仅见之事。

父亲的官赀，既然分与姊妹，继母的妆赀，也该分与自家了，他又不然，珍珠不留一粒，金子不留一份，僮仆不留一个，真与继母所生之三女，做个楚弓楚得，并同胞庶母之妹，皆不得与焉，庶母所生之妹，未嫁之时，其夫家有事，曾将田产米卖与他，他一一承受，每年替他办粮，把租米所籴的银子一毫不动，待遣嫁之时，连文券一齐交付与他，做个完璧归赵，至於同胞的妹子，丈夫中了进士，若把势利的人，就要偏厚他些了，他反於妆赀之内，除去一千金，道他做了夫人，不愁没得穿戴，该捐些下来，加厚诸妹，待同胞者如此，待继母、庶母者又如此，即此一事之中，具有几椿盛德。

看官，你说这样的事，可是今人做得出的，他却不是古人，年纪不过六十多岁，因是野史，不便载名，自己也举了孝廉，儿子也登了仕路，可见盛德之人，自有盛德之报，这椿事，杭州人没有一个不赞他的，难道也是谎话不成，但凡看书的，遇著忠孝节义之事，须要把无的认作有，虚的认作实，才起发得那种倾慕之心，若把尽信书，

则不如无言，这两句话，预先横在胸中，那希圣希贤之事，一世也做不来了。

评：

　　人都羡慕秦世良，我独羡慕秦世芳，秦世良的财主，是天做的，秦世芳的财主，是人做的，天做的财主学不来，羡慕他没用处，人做的财主学得来，羡慕他有用处。

无声戏

第五回　女陈平计生七出

诗云：

> 女性从来似水，人情近日如丸。《春秋》责备且从宽，莫向长中索短。
>
> 治世柏舟易矢，乱离节操难完。靛缸捞出白齐纨，纵有千金不换。

话说忠孝节义四个字，是世上人的美称，个个都喜欢这个名色。只是奸臣们口里也说忠，逆子对人也说孝，奸夫何曾不道义，淫妇未尝不讲节，所以真假极是难辨。古云："疾风知劲草，板荡识忠臣。"要辨真假，除非把患难来试他一试。

只是这件东西，是试不得的，譬如金银铜锡，下炉一试，假的坏了，真的依旧剩还你；这忠孝节义，将来一试，假的倒剩还你，真的一试就试杀了。我把忠孝义三件略过一边，单说个节字。

明朝自流寇倡乱，闯贼乘机，以至沧桑鼎革将近二十年，被掳的妇人，车载斗量，不计其数。其间也有矢志不屈，或夺刀自刎，或延颈受诛的，这是最上一乘，千中难得遇一；还有起初勉强失身，过后深思自愧，投河自缢的，也还叫做中上；又有身随异类，心系故乡，寄信还家，劝夫取赎的，虽则腆颜可耻，也还心有可原，没奈何也把他算做中下。最可恨者，是口餍肥甘，身安罗绮，喜唱奋调，怕说乡音，甚至有良人千里来赎，对面不认原夫的，这等淫妇，才是最下一流，说来教人腐心切齿。虽曾听见人说，有个仗义将军，当面斩淫妇之头，雪前夫之恨，这样痛快人心的事，究竟只是耳闻，不曾目见。

看官，你说未乱之先，多少妇人谈贞说烈，谁知放在这欲火炉中一炼，真假都验出来了。那些假的如今都在，真的半个无存，岂不可惜。我且说个试不杀的活宝，将

来做个话柄，虽不可为守节之常，却比那忍辱报仇的还高一等。看官，你们若执了《春秋》责备贤者之法，苛法起来，就不是末世论人的忠厚之道了。

崇祯年间，陕西西安府武功县，乡间有个女子，因丈夫姓耿，排行第二，所以人都叫他耿二娘。生来体态端庄，丰姿绰约，自不必说；却又聪慧异常，虽然不读一句书，不识一个字，他自有一种性里带来的聪明。任你区处不来的事，遇了他，他自然会见景生情，从人意想不到之处，生个妙用出来，布摆将去。做的时节，人都笑他无谓，过后思之，却是至当不易的道理。在娘家做女儿的时节，有个邻舍在河边钓鱼，偶然把钓钩含在口里与人讲话，不觉的吞将下去。钩在喉内，线在手中，要扯出来，怕钩住喉咙；要咽下去，怕刺坏肚肠。哭又哭不得，笑又笑不得，却与医生商议，都说医书上不曾载这一款，那里会医？那人急了，到处逢人问计。二娘在家听见，对阿兄道："我有个法儿，你如此如此，去替他扯出来。"其兄走到那家道："有旧珠灯取一盏来。"那人即时取到，其兄将来拆开，把糯米珠一粒一粒穿在线上，往喉咙里面直推，推到推不去处，如道抵著钩了，然后一手往里面勒珠，一手往外面抽线，用力一抽，钩扯直了，从珠眼里带将出来，一些皮肉不损，无人不服他好计。到耿家做媳妇，又有个妯娌，从架上拿箱子来取衣服，取了衣服，依旧把箱放在架去，不想架太高，箱太重，用力一擎，手骨兜住了肩骨，箱便放上去了，两手朝天，再放不下，略动一

动，就要疼死。其夫急得没主意，到处请良医，问三老，总没做理会处。其夫对二娘道："二娘子，你是极聪明的，替我生个主意。"二娘道："要手下来不难，只把衣服脱去，教人揉一揉就好了。只是要几个男子立在身边，借他阳气蒸一蒸，筋脉才得和合，只怕他害羞不肯。"其夫道："只要病好，那里顾得！"就把叔伯兄弟都请来周围立住，把他上身衣服，脱得精光，用力揉了一会，只不见好，又去问二娘。二娘道："四肢原是通连的，单揉手骨也没用，须把下身也脱了，再揉一揉腿骨，包你就好。"其夫走去，替他把裙脱了，解到裤，其妇大叫一声："使不得！"用力一挣，两手不觉朝下，紧紧捏住裤腰。彼时二娘立在窗外，便走进去道："恭喜手已好了，不消脱罢。"原来起先那些揉四肢、借阳气的话，都是哄他的，料他在人面前决惜廉耻，自然不顾疼痛，一挣之间，手便复旧，这叫做"医者意也"。众人都大笑道："好计！好计！"从此替他进个徽号，叫做女陈平。但凡村中有疑难的事，就来问计。二娘与二郎夫妻甚是恩爱，虽然家道贫穷，他惯会做无米之炊，绩麻捻草，尽过得去。

忽然流贼反来，东糟西蹋，男要杀戮，女要奸淫。生得丑的，淫欲过了，倒还丢下；略有几分姿色的，就要带去。

一日来到武功相近地方，各家妇女，都向二娘受问计。二娘道："这是千百年的一劫，岂是人谋算得脱的?"各妇回去，都号啕痛哭，与丈夫永诀，也有寻剃刀的，也有买人言的，带在身边，都等贼一到，即寻自尽，决不玷污清白之身。耿二娘对妻子道："我和你死别生离，只在这一刻了。"二娘道："事到如今，也没奈何。我若被他掳去，决不忍耻偷生。也决不轻身就死。须尽我生平的力量，竭我胸中的智巧，去做了看。若万不能脱身，方才上这条路；倘有一线生机，我决逃回来与你团聚。贼若一到，你自去逃生，切不可顾恋著我，做了两败俱伤。我若去后，你料想无银取赎，也不必赶来寻我，只在家中死等就是。"说完，出了几点眼泪，走到床头边，摸了几块破布放在袖中；又取十个铜钱，教二郎到生药铺中去买巴豆。二郎道："要他何用?"二娘道："你莫管，我自有用处。"二郎走出门，众人都拦住问道："今正作何料理?"二郎把妻子的话，述了一遍，又道："他寻几块破布，带在身边，又教我去买巴豆，不知何用?"人人都猜他意思不出。二郎买了巴豆回来，二娘敲去了壳，取肉缝在衣带之中，催二郎远避，自己反梳头匀面，艳妆以待。

不多时，流贼的前锋到了。众兵看见二娘，你扯我曳。只见一个流贼走来，标标致致，年纪不上三十来岁，众兵见了，各各走开。二娘知道是个头目，双膝跪下道："将爷，求你收我做了婢妾罢。"

那贼头慌忙扶起道："我掳过多少妇人，不曾见你这般颜色，你若肯随我，我就与你做结发夫妻，岂止婢妾？只是一件，后面还有大似我的头目来，见你这等标致，他又要夺去，那里有得到我？"二娘道："不妨，待我把头发弄蓬松了，面上搽些锅煤，他见了我的丑态，自然不要了。"贼头搂住连拍道："初见这等有情，后来做夫妻，还不知怎样疼热。"二娘妆扮完了，大队已到。总头查点各营妇女，二娘掩饰过了，贼头放下心，把二娘锁在一间空房，又往外面掳了四五个来，都是二娘的邻舍，交与二娘道："这几个做你丫环使婢。"到晚教众妇煮饭烧汤，贼头与二娘吃了晚饭，洗了脚手。二娘欢欢喜喜脱了衣服，先上床睡。贼头见了二娘雪白的肌肤，好像：

饿猫遇着肥鼠，饿鹰见了嫩鸡。

自家的衣服也等不得解开，根根衣带都扯断，身子还不曾上肚，那翘然一物，已到了穴边，用力一抵，谁想抵著一块破布。贼头道："这是甚么东西？"二娘从从容容道："不瞒你说，我今日恰好遇著经期，月水来了。"贼头不信，拿起破布一闻，果然烂血腥气。二娘道："妇人带经行房，定要生病。你若不要我做夫妻，我也禁你不得；你若果有此意，将来还要生儿育女，权且等我两夜。况且眼前替身又多，何必定要把我的性命来取来？"贼头道："也说得是，我且去同他们睡。"二娘又搂住道："我见你这等年少风流，心上爱你不过，只是身不自由。你与他们做完了事，还来与我同睡，皮肉靠一靠也是甘心的。"贼头道："自然。"他听见二娘这几句肉麻的话，平日官府招不降的心，被他降了；阎王勾不去的魂，被他勾去了。勉强爬将过去，心上好难丢。

看官，你说二娘的月经为甚么这等来得凑巧？原来这是他初出茅庐的第一计，预先带破布，正是为此。那破布是一向行经用的，所以带血腥气。掩饰过这一夜，就好相机行事了。逢时众妇都睡在地下，贼头放出平日打仗的手段来，一个个交锋对垒过去。一来借众妇权当二娘，发泄他一天狂兴；二来要等二娘听见，知道他本事高强。众妇个个欢迎，毫无推阻。预先带的人言、剃刀，只做得个备而不用；到那争锋夺宠的时节，还像恨不得把人言药死几个，剃刀割死几个，让他独自受用才称心的一般。

二娘在床上侧耳听声，看贼头说甚么话。只见他两雨散云收，歇息一会，喘气定了，就道："你们可有银子藏在何处么？可有首饰寄在谁家么？"把众妇逐个都问将过去。内中也有答应他有的，也有说没有的。二娘暗中点头道："是了。"贼头依旧爬上床来，把二娘紧紧搂住，问道："你丈夫的本事比我何如？"二娘道："万不及一。不但本事不如，就是容貌也没有你这等标致，性子也没有你这等温存，我如今反因祸而得福了。只是一件，你这等一个相貌，那里寻不得碗饭吃，定要在鞍马上，做这等冒险的营生？"贼头道："我也晓得这不是椿好事，只是如今世上，银子难得，我借此掳些金银，够做本钱，就要改邪归正了。"二娘道："这等你以前掳的有多少？"贼头道："连金珠首珠算来，也有二千馀金。若再掳得这些，有个半万的气候，我就和你去做老员外、财主婆了。"二娘道："只怕你这些话是骗我的。你若果肯收心，莫说半万，就是一万也还你有。"贼头听见，心上跳了几跳，问道："如今在那里？"二娘道："六耳不传道，今晚众人在此，不好说得，明夜和你商量。"贼头只得勉强熬过一宵，第二日随了总头，又流到一处。预先把众妇安插在别房，好到晚间与二娘说话。才上床就问道："那万金在那里？"二娘道："你们男子的心肠最易改变，如今就与我做夫妻，只怕银子到了手，又要去寻好似我的做财主婆了。你若果然肯与我白头相守，须要发个誓，我才对你讲。"贼头听见，一个筋斗就翻下床来，对天跪下道："我后来若有变更，死於万刀之下。"二娘挽起道："我实对你说，我家公公是个有名财主，死不多年。我丈夫见东反西乱，世事不好，把本钱收起，连首饰酒器共有万金，掘一个地窖埋在土中。你去起来，我和你一世那里受用得尽？"贼头道："恐怕被人起去了。"二娘道："只我夫妻二人知道，我的丈夫昨日又被你们杀了，是我亲眼见的。如今除了我，还有那个晓得？况且又在空野之中，就是神仙也想不到。只是我自己不好去，怕人认得。你把我寄在甚么亲眷人家，我对你说了那个所在，你自去起。"贼头道："我们做流贼的人，有甚么亲眷可以托妻寄子？况且那个所在，生生疏疏，教我从那里掘起？毕竟与你同去才好。"二娘道："若要同行，除非装做叫化夫妻，一路乞丐而去。人才认不出。"贼头道："如此甚好。既要扮做叫化，这辎重都带不得了，将来寄在何处？"二娘道："我有个道理，将来捆做一包，到夜间等众人睡静，我和你抬去丢在深水之中，只要记著地方，待起了大窖转来，从此经过，捞了带去就是。"贼头把他搂住，心肝乖肉，叫个不了，道："他又标致，又聪明，又有情意，我前世不知做了多少好事，修得这样一个

一八二四

好内助，也够得紧了，又得那一主大妻财。"当晚与二娘交颈而睡。料想明日经水自然乾静，预先养精蓄锐，好奉承财主婆，这一晚竟不到众妇身边去睡。

到第三日，又随总头流到一处。路上恰好遇著一对叫化夫妻，贼头把他衣服剥下，交与二娘道："这是天赐我们的行头了。"又问二娘道："经水住了不曾？"二娘道："住了。"贼头听见，眉欢眼笑，磨拳擦掌，巴不得到晚，好追欢取乐。只见二娘到午后，忽然睡倒在床，娇啼婉转，口里不住叫痛。贼头问他那里不自在，二娘道："不知甚么缘故，下身生起一个毒来，肿得碗一般大，浑身发寒发热，好不耐烦。"贼头道："生在那里？"二娘闪起纤纤玉指，指著裙带之下，贼头大惊道："这是我的命门，怎么生得毒起？"就将他罗裙揭起，绣裤扯开，把命门一看，只见：

　　玉肤高耸，紫晕微含。深痕涨作浅痕，无门可入；两片合成一片，有缝难开。好像蒸过三宿的馒头，又似浸过十朝的淡菜。

贼头见了，好不心疼。替他揉了一会，连忙去捉医生，讨药来敷，谁想越敷越肿。

那里晓得这又是二娘的一计。他晓得今夜断饶不过，预先从衣带中取出一粒巴豆，捻出油来，向牝户周围一擦。原来这件东西极是利害，好好皮肤一经了他，即时臃肿。他在家中曾见人验过，故此买来带在身边。这一晚，贼头搂住二娘同睡，对二娘道："我狠命熬了两宵，指望今夜和你肆意取乐，谁知又生出意外的事来。叫我怎么熬得过？如今没奈何，只得做个太监行房，摩靠一摩靠罢了。"说完，果然竟去摩靠起来。二娘大叫道："疼死人，碍不得！"将汗巾隔著手，把他此物一捏。

原来二娘防他此著，先把巴豆油染在汗布巾上，此时一捏，已捏上此物，不上一刻，烘然发作起来。贼头道："好古怪，连我下身也有些发寒发热，难道靠得一靠，就过了毒气来不成？"起来点灯，把此物一照，只见肿做个水晶棒槌。从此不消二娘拒他，他自然不敢相近。二娘千方百计，只保全这件名器，不肯假人，其余的朱唇绛舌，嫩乳酥胸，金莲玉指，都视为土木形骸，任他含咂摩捏，当作不知。这是救根本，不救枝叶的权宜之术。

睡到半夜，贼头道："此时人已睡静，好做事了。"同二娘起来，把日间捆的包裹，抬去丢在一条长桥之下，记了桥边的地方，认了岸上的树木。来把叫化衣服换了，只

带几两散碎银子随身，其馀的衣服行李尽皆丢下，瞒了众妇，连夜如飞的走。

走到天明，将去贼营三十里，到店中买饭吃。二娘张得贼眼不见，取一粒巴豆捻碎，搅在饭中。贼头吃下去，不上一个时辰，腹中大泻起来，行不上二三里路，倒登了十数次东。到夜间爬起爬倒，泻个不住。第二日吃饭，又加上半粒。好笑一个如狼似虎的贼头，只消半粒巴豆，两日工夫，弄得焦黄精瘦，路也走不动，话也说不出，晚间的馀事，一发不消说了。贼头心上思量道："妇人家跟着男子，不过图些枕边的快乐。他前两夜被经水所阻，后两夜被肿毒所误，如今经水住了，肿毒消了，正该把些甜头到他，谁想我又疴起痢来。要勉强奋发，怎奈这件不争气的东西，再也扶他不起。"心上好生过意不去，谁知二娘正为禁止此事，自他得病之后，愈加殷勤，日间扶他走路，夜间挽他上炕，有时爬不及，泻在席上，二娘将手替他揩抹，不露一毫厌恶的光景。贼头流泪道："我和你虽有夫妻之名，并无夫妻之实，我害了这等龌龊的病，你不但不憎嫌，反愈加疼热，我死也报不得你的大恩。"二娘把好话安慰了一番。

第三日行到本家相近地方，隔二三里，寻一所古庙住下，吃饭时，又加一粒巴豆。贼头泻倒不能起身，对二娘道："我如今元气泻尽，死多生少，你若有夫妻之情，去讨些药来救我，不然死在目前了。"二娘道："我明日就去赎药。"次日天不亮，就以赎药为名，竟走到家里去。耿二郎起来开门，恰好撞著妻子，真是天下掉下来的，那里喜欢得了？问道："你用甚么计较，逃得回来？"二娘把骗他起窖的话，大概说了几句。二郎只晓得他骗得脱身，还不知道他原封未动，对二娘道："既然贼子来在近处，待我去杀了他来。"二娘道："莫慌，我还有用他的所在。你如今切不可把一人知道，星夜赶到其处桥下，深水之中，有一个包裹，内中有二千多金的物事，取了回来，我自有处。"二郎依了妻子的话，寂不漏风，如飞赶去。二娘果然到药铺，讨了一服参苓白术散，拿到庙中，与贼头吃了，肚泻止了十分之三，将养三四日，只等起来掘窖。二娘道："要掘土，少不得用把锄头，等我到铁匠店中去买一把来。"又以买锄头为名，走回家去。只见桥下的物事，二郎俱已取回。二娘道："如今可以下手他了。只是不可急遽，须要如此如此，这般这般，不可并了一著。"说完换了衣服，坐在家中，不往庙中去了。

二郎依计而行，拿了一条铁索，约了两个帮手，走到庙中，大喝一声道："贼奴！你如今走到那里去？"贼头吓得魂不附体。二郎将铁索锁了，带到一个公众去处，把大锣一敲，高声喊道："地方邻里，三党六亲，都来看杀流贼！"众人听见，都走拢来。

中国禁书文库

民间藏禁书

二郎把贼头捆了，高高吊起，手拿一条大棍，一面打，一面问道："你把我妻子掳去，奸淫得好！"贼头道："我掳的妇人也多，不知那一位是你的奶奶？"二郎道："同你来的耿二娘，就是我的妻子。"贼头道："他说丈夫眼见杀了，怎么还在？这等看起来，以前的话都是骗我的了。只是一件，我掳便掳他去，同便同他来，却与他一些相干也没有，老爷不要错打了人。"二郎道："利嘴贼奴，你同他睡了十来夜，还说没有相干，那一个听你？"擎起棍子又打。贼头道："内中有个缘故，容我细招。"二郎道："我没有耳朵听你。"众人道："便等他招了再打也不迟。"二郎放下棍子，众人寂然无声，都听他说。贼头道："我起初见他生得标致，要把他做妻子，十分爱惜他。头一晚同他睡，见腰下夹了一块破布，说经水来了，那一晚我与别的女人同睡，不曾舍得动他。第二晚又熬了一夜。到第三晚，正要和他睡，不想他要紧去处生起一个毒来，又动不得。第四晚来到路上，他的肿毒才消，我的痢疾病又发了，一日一夜泻了几百次，走路说话的精神都没有，那里还有气力做那椿事？自从出营直泻到如今，虽然同行同宿，其实水米无交。老爷若不信时，只去问你家奶奶就是。"

　　众人中有几个伶俐的道："是了，是了，怪道那一日你道他带破布、买巴豆，我说要他何用，原来为此。这等看起来，果然不曾受他淫污了。"内中也有妻子被掳的，又问他道："这等前日掳去的妇人，可还有几个守节的么？"贼头道："除了这一个，再要半个也没有，内中还有带人言、剃刀的，也拚不得死，都同我睡了。"问的人听见，知道妻子被淫，不好说出，气得面如土色。

　　二郎提了棍子，从头打起，贼头喊道："老爷，我有二千多两银子送与老爷，饶了我的命罢。"众人道："银子在那里？"贼头道："在某处桥下，请去捞来就是。"二郎道："那都是你掳掠来的，我不要这等不义之财，只与万民除害！"起先那些问话的人，都恨这贼头不过，齐声道："还是为民除害的是！"不消二郎动手，你一拳，我一棒，不上一刻工夫，呜呼哀哉尚饗了。还有几个害贪嗔病的，想著那二千两银子，瞒了众人，星夜赶去掏摸，尽费心机，只做得个水中捞月。

　　看官，你说二娘的这些计较奇也不奇，巧也不巧？自从出门，直到回家，那许多妙计，且不要说，只是末后一著，何等神妙！他若要把他弄死在路上，只消多费几粒巴豆，有何难哉。他偏要留他送到家中，借他的口，表明自己的心迹，所以为奇。

　　假如把他弄死，自己人一回来，说我不曾失身於流贼，莫说众人不信，就是自己的丈夫，也只说他是撇清的话，那见有靛晴缸里捞得一疋白布出来的？如今奖语出在仇人之口，人人信为实录，这才叫做女陈平。

陈平的奇计，只得六出，他倒有七出。后来人把他七件事，编做口号云：

一出奇，出门破布当封皮；

二出奇，馒头肿毒不须医；

三出奇，纯阳变做水晶槌；

四出奇，一粒神丹泻倒脾；

五出奇，万金谎骗出重围；

六出奇，藏金水底得便宜；

七出奇，梁上仇人口是碑。

评：

从来守节之妇，俱是女中圣人，誓死不屈的，乃圣之清者也，忍辱报仇的，乃圣之任者也。耿二娘这一种，乃圣之和者也，不但叫做女陈平，还可称为雌下惠。

第六回　男孟母教合三迁

词云：

　　南风不识何由始，妇人之祸贻男子。翻面凿洪濛，无雌硬打雄。　　向隅悲落魄，试问君何乐？龌龊甚难当，翻云别有香。

这首词叫做《菩萨蛮》，单为好南风的下一针砭。南风一事，不知起於何代，创自何人，沿流至今，竟与天造地设的男女一道，争锋比胜起来，岂不怪异？

怎见男女一道，是天造地设的？但看男子身上，凸出一块，女子身上，凹进一块，这副形骸，岂是造作出来的？男女体天地赋形之意，以其有馀，补其不足，补到恰好处，不觉快活起来，这种机趣，岂是矫强得来的？及至交媾以后，男精女血，结而成胎，十月满足，生男育女起来，这段功效，岂是侥幸得来的？

只为顺阴阳交感之情，法乾坤覆载之义，像造化陶铸之功，自然而然。不假穿凿，所以亵狎而不碍於礼，顽耍而有益於正。

至於南风一事，论形则无有馀不足之分，论情则无交欢共乐之趣，论事又无生男育女之功，不知何所取义，创出这椿事来，有苦於人，无益於己，做他何用？亏那中古之时，两个男子好好的立在一处，为甚么这一个忽然就想起这椿事，那一个又欣然肯做起这椿事来？真好一段幻想。兑且那尾闾一窍，是因五脏之内，污物无所泄，秽气不能通，万不得已生来出污秽的。

造物赋形之初，也怕男女交媾之际，误入此中，所以不生在前而生在后，即於分门别户之中，已示云泥霄壤之隔；奈何盘山过岭，特地寻到那幽僻之处，支掏摸起来？或者年长鳏夫，家贫不能婚娶，借此以泄欲火，或者年幼姣童，家贫不能糊口，借此以觅衣食，也还情有可原；如今世上，偏是有妻有妾的男子，酷好此道，偏是丰衣足食的子弟，喜做此道，所以更不可解。此风各处俱尚，成莫盛於闽中，由建宁、邵武而上，一府甚似一府，一县甚似一县。不但人好此道，连草木是无知之物，因为习气所染，也好此道起来。

深山之中，有一种榕树，别名叫做南风树。凡有小树在榕树之前，那榕树毕竟要斜著身子，去勾搭小树，久而久之，勾搭著了，把枝柯紧紧缠在小树身上，小树也渐渐倒在榕树怀里来，两树结为一树，任你刀踞斧凿，拆他不开，所以叫做南风树。

近日有一才士，听见人说，只是不信，及至亲到闽中，看见此树，方才晓得六合以内，怪事尽多，俗口所传、野史所载的，不必尽是荒唐之说。因题一绝云：

> 并蒂芙蓉连理枝，谁云草木让情痴；
> 人间果有南风树，不到闽天那得知。

看官，你说这个道理解得出，解不出？草木尚且如此，那人的癖好，一发不足怪了。

如今且说一个秀士，与一个美童，因恋此道而不舍，后来竟成了夫妻，还做出许多义夫节妇的事来。这是三纲的变体，五伦的闰位，正史可以不载，野史不可不载的异闻，说来醒一醒睡眼。

嘉靖末年，福建兴化府莆田县，有个廪膳秀才，姓许名葳，字季芳，生得面如冠玉，唇若涂朱。少年时节，也是个出类拔萃的龙阳，有许多朋友攒住他，终日闻香嗅气，买笑求欢，那里容他去攻习举业？直到二十岁外，头上加了法纲，嘴上带了刷牙，渐渐有些不便起来，方才讨得几时闲空，就去奋志萤窗，埋头雪案，一考就入学，入学就补廪，竟做了莆田县中的名士。到了廿二三岁，他的夫星便退了，这妻星却大旺起来。为甚么原故？只因他生得标致，未冠时节，还是个孩子，又像个妇人，内眷们看见，还像与自家一般，不见得十分可羡。到此年纪，雪白的皮肤上面，出了几根漆黑的髭须，漆黑的纱巾底下，露出一张雪白的面孔，态度又温雅，衣饰又时兴，就像苏州虎丘山上绢做的人物一般，立在风前，飘飘然有凌云之致。你道妇人家见了，那个不爱？只是一件，妇人把他看得滚热，他把妇人却看得冰冷。为什么原故？只因他

的生性以南为命，以北为仇。常对人说："妇人家有七可厌。"人问他那七可厌？"他就历历数道："涂脂抹粉，以假为真，一可厌也；缠脚钻耳，矫揉造作，二可厌也；乳峰突起，赘若悬瘤，三可厌也；出门不得，系若匏瓜，四可厌也；儿缠女缚，不得自由，五可厌也；月经来后，濡席沾裳，六可厌也；生育之馀，茫无畔岸，七可厌也。怎如美男的姿色，有一分就是一分，有十分就是十分，全无一毫假借，从头至脚，一味自然。任你东南西北，带了随身，既少嫌疑，又无挂疑，做一对洁净夫妻，何等不妙？"听者道："别的都说得是了，只是'洁净'二字，恐怕过誉了些。"他又道："不好此者，以为不洁；那好此道的，闻来别有一种异香，尝来也有一种异味。这个道理，可为知者道，难为俗人言也。"听者不好与他强辩，只得由他罢了。

他后来想起"不孝有三，无后为大"，少不得要娶房家眷，度个种子。有个姓石的富家，因重他才貌，情愿把女儿嫁他，倒央人来做媒，成了新事。不想嫁进门来，夫妇之情，甚是冷落，一月之内，进房数次，其馀都在馆中独宿。过了两年，生下一子，其妻得了产痨之症，不幸死了。季芳寻个乳母，每年出些供膳，把儿子叫他领去抚养，自己同几个家僮过日。因有了子嗣，不想再娶妇人，只要寻个绝色龙阳，为续弦之计，访了多时，再不见有。

福建是出男色的地方，为什么没有？只因季芳自己生得太好了，虽有看得过的，那肌肤眉眼，再不能够十全。也不几个做毛遂自荐，来与他暂效鸾凤，及至交欢之际，反觉得珠玉在后，令人形秽。所以季芳鳏居数载，并无外遇。

那时节，城外有个开米店的老儿，叫做尤侍寰，年纪六十多岁，一妻一妾都亡过了，止有妾生一子，名唤瑞郎，生得眉如新月，眼似秋波，口若樱桃，腰同细柳，竟是一个绝色妇人。

别的丰姿都还形容得出，独有那种肌肤，白到个尽头的去处，竟没有一件东西比他。雪有其白而无其腻，粉有其腻而无其光。在襁褓之时，人都叫他做粉孩儿。长到十四岁上，一发白里闪红，红里透白起来，真使人看见不得。

兴化府城之东，有个胜境，叫做湄洲屿，屿中有个天妃庙。立在庙中，可以观海，晴明之际，竟与琉球相望。每年春间，合郡士民俱来登眺。每一看天妃神托梦与知府，说："今年各处都该荒旱，因我力恳上帝，独许此郡有七分收成。"彼时田还未种，知府即得此梦，及至秋收之际，果然别府俱荒，只有兴化稍熟。知府即出告示，令百姓於天妃诞日，大兴胜会，酬他力恳上帝之功。到那赛会之时，只除女子不到，合郡男人，无论黄童白叟，没有一个不来。

尤侍寰一向不放儿子出门，到这一日，也禁止不住。自己有些残疾，不能同行，叫儿子与邻家子弟做伴同去。临行千叮万嘱："若有人骗你到冷静所在，去讲闲话，你切不可听他。"瑞郎道："晓得。"竟与同伴一齐去了。

这日凡是好南风的，都预先养了三日眼睛，到此时好估承色。又有一班作孽的文人，带了文房四宝，立在总路头上，见少年经过，毕竟要盘问姓名，穷究住处，登记明白，然后远观气色，近看神情，就如相面的一般，相完了，在名字上打个暗号。你道是什么原故？他因合城美少辐辏於此，要攒造一本南风册，带回去评其高下，定其等第，好出一张美童考案，就如吴下评骘妓女一般。

尤瑞郎与伴四五人，都不满十六岁，别人都穿红著紫，打扮得妖妖娆娆；独有瑞郎家贫，无衣妆饰，又兼母服未满，浑身俱是布素。却也古怪，那些估承色的、定考案的，都有几分眼力，似是那穿红著紫的，大概看看就丢过了，独有浑身布素的尤瑞郎，一千一万双眼睛，都钉在他一人身上，要进不放他进，要退不放他退，扯扯拽拽，缠个不了，尤瑞郎来看胜会，谁想自家反做了胜会把与人看起来。等到赛会之时，挨挤上去，会又过了，只得到屿上眺望一番。有许多带赞盒上山的，这个扯他吃茶，那个拉他饮酒，瑞郎都谢绝了，与同伴一齐转去。偶然回头，只见背后有个斯文朋友，年可二十馀岁，丰姿甚美，意思又来得安闲，与那扯扯拽拽的不同，跟著瑞郎一同行走。瑞郎过东，他也过东；瑞郎过西，他也过西；瑞郎小解，他也小解；瑞郎大便，他也大便，准准跟了四五个时辰，又不问一句话，瑞郎心上甚是狐疑。及至下山时节，走到一个崎岖所在，青苔路滑，瑞郎一脚踏去，几乎跌倒。那朋友立在身边，一把挽住道："尤兄仔细。"一面相扶，一面把瑞郎的手心，轻轻摸了几摸，就如搔痒的一般。瑞郎脸上红了又白，白了又红，白是惊白的，红是羞红的，一霎时露出许多可怜之态，对那朋友道："若不是先生相扶，一交直滚到山下。请问尊姓大号？"那朋友将姓名说来，原来就是鳏居数载、并无外遇的许季芳。彼此各说住处，约了改日拜访。说完，瑞郎就与季芳并肩而行，直到城中分路之处，方才作别。

瑞郎此时，情窦已开，明晓得季芳是个眷恋之意，只因众人同行，不好厚那一个，所以借扶危济困之情，寓惜玉怜香之意，这种意思也难为他。莫说情意，就是容貌丰姿也都难得。今日见千见万，何曾有个强似他的？"心想：我今生若不相处朋友就罢，若要相处朋友，除非是他，才可以身相许。"想了一会，不觉天色已晚，脱衣上床。忽然袖中掉出两件东西，拾起来看，是一条白绫汗巾，一把重金诗扇。你道是那里来的？原来许季芳跟他行走之时，预先捏在手里等候，要乘众人不见，投入瑞郎袖中；恰好遇著个扶跌的机会，两人袖口相对，不知不觉丢将过去，瑞郎还不知道，此时见了比前更想得殷勤。

却说许季芳别了瑞郎回去，如醉如痴，思想："兴化府中，竟有这般绝色，不枉我选择多年，我今日搔手之时，见他微微含笑，绝无拒绝之容，要相处他，或者也还容易。只是三日一交，五日一会，只算得朋友，叫不得夫妻，定要娶他回来，做了填房，长久相依才好。况且这样异宝，谁人不起窥伺之心？纵然与我相好，也禁不得他相处别人，毕竟要使他从一而终，方才遂我大志，若是小户人家，无穿少吃的，我就好以金帛相求；万一是旧家子弟，不希罕财物的，我就无计可施了。"翻来覆去，想到天明。正要出城访问，忽有几个朋友走来道："闻得美童的考案出了，贴在天妃庙中，我们同去看看何如？"季芳道："使得。"就与众人一同步去。

走到庙中，抬头一看，竟像殿试的黄榜一般，分为三甲，第一甲第一名就是尤瑞郎。众人赞道："定是公道，昨日看见的，自然要算他第一。"又有一个道："可惜许季芳早生十年，若把你示冠时节的姿容，留到今日，当与他并驱中原，未知鹿死谁手？"季芳笑了一笑，问众人道："可晓得他家事如何？父亲作何生理？"众人中有一个道："我与他是紧邻，他的家事瞒不得我。父亲是开米店的，当初也将就过得日子，连年生意折本，欠下许多债来，大小两个老婆，俱死过了，两口棺木，还停在家中，不能殡葬，将来一定要受聘的。当初做粉孩儿的时节，我就看上他了，恨得把气吹他大来。如今虽不曾下聘，却是我荷包里的东西，列位休来剪绺。"季芳口也不开，别了众人回去。思想道："照他这等说，难道罢了不成？少不得要先下手。"连忙写个晚生贴子，先去拜他父亲，只说久仰高风，特来拜访，不好说起瑞郎之事，瑞郎看见季芳，连忙出来拜揖。季芳对侍寰道："令郎这等长大，想已开笔行文了。晚生不揣，敢邀入社何如？"侍寰道："庶民之子，只求识字记帐，怎敢妄想功名？多承盛意，只好心领。"季芳、瑞郎两人眉来眼去，侍寰早已看见，明晓得他为此而来，不然一个名士，怎肯写晚生贴子，来拜市井之人？心上明白，外面只当不知。三人坐了一会，分别去了。

侍寰次日要去回拜季芳，瑞郎也要随去，侍寰就引他同行。季芳谅他决来回拜，恨不得安排香案迎接。相见之时，少不得有许多谦恭的礼数，亲热的言词，坐了半晌，

方才别去。

　　看官，你道侍寰为何这等没志气，晓得人要骗他儿子，全无拒绝之心，不但开门揖盗，又且送亲上门，是何道理？要晓得那个地方，此道通行，不以为耻；侍寰还债举丧之物，都要出在儿子身上，所以不拒窥伺之人。这叫做"明知好酒，故意犯令。"既然如此，他就该任凭瑞郎出去做此道了，为何出门看会之时，又吩咐不许到冷静所在与人说话，这是什么原故？又要晓得福建的南风，与女子一般，也要分个初婚、再醮。若是处子原身，就有人肯出重聘，三茶不缺，六礼兼行，一样的明婚正娶；若还拘管不严，被人尝了新去，就叫做败柳残花，虽然不是弃物，一般也有售主，但只好随风逐浪，弃取由人，就开不得雀屏，选不得佳婿了。所以侍寰不废防闲，也是韫椟待沽之意。

　　且说兴化城中，自从出了美童考案，人人晓得尤瑞郎是个状元。那些学中朋友，只除衣食不周的，不敢妄想天鹅肉吃，其馀略有家事的人，那个不垂涎咽唾？早有人传到侍寰耳中。侍寰就对心腹人道："小儿不幸，生在这个恶赖地方，料想不能免俗。我总则拚个蒙而忍耻，顾不得什么婚姻论财、夷房之道。我身背上，有三面两债负，还要一百两举丧，一百两办我的衣衾棺椁，有出得起五百金的，只管来聘，不然教他休想。"从此把瑞郎愈加管束，不但不放出门，连面也不许人见。

　　福建地方，南风虽有受聘之例，不过是个意思，多则数十金，少则数金，以示相求之意，那有动半千金聘男子的？众人见他开了大口，个个都禁止不提。那没力量的道："他儿子的后庭，料想不是金镶银裹的，'岂其娶妻，必齐之姜？'便除了这个小官，不用也罢。"那有力量的道："他儿子的年纪，还不曾二八，且熬他几年，待他穷到极处，自然会跌下价来。"所以尤瑞郎的桃夭佳节，又迟了几时。只是思量许季芳，不能见面，终日闭在家中，要通个音信也不能够。不上半月，害起相思病来，求医不效，问卜无灵。邻家有个同伴，过来看他，问起得病之由，瑞郎因无人通信，要他做个氤氲使者，只得把前情直告。同伴道："这等何不写书一封，待我替你寄去，教他设处五百金聘你就是了。"瑞郎道："若得如此，感恩不尽。"就研起墨来，写了一个寸楮，钉封好了，递与同伴。同伴竟到城外去寻季芳，问到他的住处，是一所高大门楣。同伴思量道："住这样房子的人，一定是个财主，要设处五百金，料也容易。"及至唤出人来一问，原来数日之前，将此房典与别人，自己搬到城外去住了。同伴又问了城外的住处，一路寻去，只见数间茅屋，两扇柴门，冷冷清清，杳无人迹。门上贴一张字道：

　　不佞有小事下乡，凡高明书札，概不敢领，恐以失答开罪，亮之！宥之！

　　同伴看了，转去对瑞郎述了一遍，道："你的病害差了，他门上的字，明明是拒绝你的，况且房子留不住的人，那里有银子干风流事？劝你及早丢开，不要痴想。"瑞郎听了，气得面如土色，思量一会，对同伴道："待我另写一封绝交书，连前日的汗巾、扇子，烦你一齐带去。若见了他，可当面交还，替我骂他几句；如若仍前不见，可从门缝之中丢将进去，使他见了，稍泄我胸中之恨。"同伴道："使得。"瑞郎爬起来，气忿忿地写了一篇，依旧钉封好了，取出二物，一齐交与同伴。同伴拿去，见两扇柴门依旧封锁未开，只得依了瑞郎的话，从门缝中塞进去了。

　　看官，你道许季芳起初何等高兴，还只怕贿赂难通；如今明白出了题目，正好做文字了，为何全不料理，反到乡下去游荡起来？要晓得季芳此行，正为要做情种，他的家事，连田产屋业，算来不及千金。听得人说，尤侍寰要五百金聘礼，喜之不胜道："便尽我家私，换得此人过来消受几年，就饿死了我情愿。"竟将住房典了二百金，其馀三百金要出在田产上面，所以如飞赶到乡下去卖田。恐怕同窗朋友写书来约他做文字，故此贴定在门上，回覆社友，并非拒绝瑞郎。

　　忽一日得了田价回来，兴匆匆要央人做事，不想开开大门，一脚踏著两件东西，拾起一看，原来就是那些表记。当初塞与人，人也不知觉；如今塞还他，他也不知觉；这是造物簸弄英雄的个小小伎俩。季芳见了，吓得通身汗下，又不知是他父亲看见，送来羞辱他的；又不知是有了售主，退来回覆他的，那一处不疑到？把汗巾捏一捏，里面还有些东西，解开却是一封书礼。拆开细看，上写道：

　　窃闻有初者鲜终，进锐者退速。始以为岂其然，而今知真不谬也。妃宫瞥遇，委曲相随；持危扶颠，备示悃血。归而振衣拂袂，复见明珠暗投。以为何物才人，情痴乃尔，因矢分桃以报，谬思断袖之欢。讵意后宠未承，前鱼早弃。我方织酥锦为献，君乃署翟门以辞。襄如魍魉逐影，不知何所见而来？今忽窜抱头，试问何所闻而去？君既有文送穷鬼，我宁无剑斩情魔？纨扇不载仁风，鲛绡枉沾泪迹。谨将归赵，无用避秦。

季芳看了，大骇道："原来他寄书与我，见门上这几行瘃字，疑我拒绝他，故此也写书来拒绝我。这样屈天屈地的事，教我那里去伸冤？"到了次日，顾不得怪与不怪，肯与不肯，只得央人去做。尤侍寰见他照数送聘，一厘不少，可见是个志诚君子，就满口应承，约他儿子病好，即便过门。就将送来的聘金，还了债负，举了二丧，馀下的藏为养老送终之费。这才合著古语一句道：

有子万事足。

且说尤瑞郎听见受了许家之聘，不消吃药，病都好了。只道是绝交书一激之力，还不知他出於本心。季芳选下吉日领了瑞郎过门，这一夜的洞房花烛，比当日娶亲的光影大不相同。有撒帐词三首为证：

其一

银烛烧来满画堂，新人羞涩背新郎；
新郎不用相报扯，便不回头也不妨。

其二

花下庭前巧合欢，穿成一串倚栏杆；
缘何今夜天边月，不许情人对面看。

其三

轻摩软玉嗅温香，不似游蜂掠蕊狂；
何事新郎偏识苦，十年前是一新娘。

季芳、瑞郎成亲之后，真是如鱼得水，似漆投胶，说不尽绸缪之意。瑞郎天性极孝，不时要回去看父亲。季芳一来舍不得相离，二来怕他在街上露形，启人窥伺之衅，只得把侍寰接来同住，晨昏定省，待如亲父一般。侍寰只当又生一个儿子，喜出望外。只是六十以上之人，毕竟是风烛草露，任你百般调养，到底留他不住，未及一年，竟过世了。季芳哀毁过情，如丧考妣，追荐已毕，尽礼殡葬。瑞郎因季芳变产聘他，已见多情之至；后来又见待他父亲如此，愈加感深入骨，不但愿靠终身，还且誓以死报。

他初嫁季芳之时，才十四岁，腰下的人道，大如小指，季芳同睡之时，贴然无凝，竟像妇女一般，及至一年以后，忽然雄壮起来，看他欲火如焚，渐渐的禁止不住。又有五个多事的指头，在上面摩摩捏捏，少不得那生而知之、不消传授的本事，自然要试出来。

季芳怕他辛苦，时常替他代劳，只是每到竣事之后，定要长叹数声。瑞郎问他何故，季芳只是不讲。瑞郎道："莫非嫌他有凝么？"季芳摇头道："不是。"瑞郎道："莫非怪他多事么？"季芳又摇头道："不是。"瑞郎道："这等你为何长叹？"季芳被他盘问不过，只得以实情相告。指著他的此物道："这件东西是我的对头，将来与你离散之根，就伏於此，教我怎不睹物伤情？"瑞郎大惊道："我两个生则同衾，死则共穴，你为何出此不祥之语。毕竟为什么原故？"季芳道："男子自十四岁起，至十六岁止，这三年之间，未曾出幼，无事分心，相处一个朋友，自然安心贴意。如夫妇一般。及户至肾水一通，色心便起，就要想起妇人来了。一想到妇人身上，就要与男子为仇。书上道：'妻子具而孝衰於亲。'有了妻子，连父母的孝心都衰了，何况朋友的交情？如今你的此物，一日长似一日，我的缘分一日短似一日。你的肾水一日多似一日，我的欢娱一日少似一日了。想到这个地步，教我如何不伤心，如何不叹气？"说完了，不觉放声大哭起来。

瑞郎见他说得真切，也止不住泪下如雨。想了一会道："你的话又讲差了，若是泛泛相处的人，后来娶了妻子，自然有个分散之日；我如今随你终身，一世不见女子，有什么色心起得？就是偶然兴动，又有个遣兴之法在此，何须虑他？"季芳道："这个遣兴之法，就是将来败兴之端，你那里晓得？"瑞郎道："这又是什么原故？"季芳道："凡人老年的颜色，不如壮年，壮年的颜色，不如少年者，是什么原故？要晓得肾水的消长，就关於颜色的盛衰。你如今为什么这等标致？只因元阳未泄，就如含苞的花蕊一般，根本上的精液，总聚在此处，所以颜色甚艳，香味甚浓。及至一年之后，精液

就有了去路，颜色一日淡似一日，香味一日减似一日，渐渐的乾鳖去了。你如今遭兴遭出来的东西，不是什么无用之物，就是你皮里的光彩，面上的娇艳，底下去了一分，上面就少了一分。这也不关你事，是人生一定的道理，少不得有个壮老之日，难道只管少年不成？只是我爱你不过，无计留春，所以说到这个地步，也只得由他罢了。"瑞郎被他这些话，说得毛骨竦然，自己思量道："我如今这等见爱於他，不过这几分颜色，万一把元阳泄去，颜色顿衰，渐渐的惹厌起来，就是我不丢他，他也要弃我了，如何使得？"就对季芳道："我不晓得这件东西，是这样不好的，既然如此，你且放心，我自有处。"

过了几日，季芳清早出门去会考。瑞郎起来梳头，拿了镜子，到亮处仔细一照，不觉疑心起来道："我这脸上的光景，果然比前不同了。前日是白里透出红来的，如今白到增了几分，那红的颜色却减去了。难道他那几句说话，就这等应验，我那几点脓血，就这等利害不成？他为我把田产卖尽，生计全无，我家若不亏他，父母俱无葬身之地，这样大恩一毫也未报，难道就是这样老了不成？"仔细踌躇一会，忽然发起狠来道："总是这个孽根不好，不如断送了他，省得在此兴风作浪。作太监的人，一般也过日子。如今世上有妻妾、没儿子的人尽多，譬如我娶了家小，不能生育也只看得。我如今为报恩绝后，父母也怪不得我。"

就在箱里取出一把剃刀，磨得锋快，走去睡在春凳上，将一条索子一头系在梁上，一头缚了此物，高高挂起，一只手拿了剃刀，狠命一下，齐根去了，自己晕死在春凳上，因无人呼唤，再不得苏醒。

季芳从外边回来，连叫瑞郎不应，寻到春凳边，还只说他睡去，不敢惊醒，只见梁上挂了一个肉茄子，荡来荡去，捏住一看，才晓得是他的对头，季芳吓得魂不附体。又只见裤裆之内，鲜血还流，叫又叫不醒，推又推不动，只得把口去接气，一连送几口热气下肚，方才苏醒转来。季芳道："我无意中说那几句话，不过是怜惜你的意思，你怎么就动起这个心来？"说完，捶胸顿足，哭个不了；又悔恨失言，将巴掌自己打嘴。瑞郎疼痛之极，说不出话，只做手势，教他不要如此。季芳连忙去延医赎药，替他疗治。却也古怪，别人踢破一个指头，也要割上几时；他就像有神助的一般，不上月馀，就收了口。那疤痕又生得古古怪怪，就像妇人的牝户一般。他起先的容貌体态，分明是个妇人，所异者几希之间耳；如今连几希之间都是了，还有什么分辨？季芳就索性教他做妇人打扮起来，头上梳了云鬟，身上穿了女衫，只有一双金莲不止三寸，也了教他稍加束缚。瑞郎又有个藏拙之法，也不穿鞋袜，也不穿裙裤，作一双小小皂靴穿起来，俨然是戏台上一个女旦。又把瑞郎的"郎"字改做"娘"字，索性名实相称到底。

从此门槛也不跨出，终日坐在绣房，性子又聪明，女工针指，不学自会，每日爬起来，不是纺绩，就是刺绣，因季芳家无生计，要做个内助供给他读书。

那时节季芳的儿子，在乳母家养大，也有三四岁了，瑞娘道："此时也好断乳，何不领回来自己抚养？每年也省几两供给。"季芳道："说得是。"就去领了回来，瑞娘爱如亲生，自不必说。

季芳此时娇妻嫩子，都在眼前，正好及时行乐，谁想天不由人，坐在家中，祸事从天而降。

忽一日，有两个差人走进门来道："许相公，太爷有请。"季芳道："请我做什么？"差人道："通学的相公，有一张公呈出首相公，说你私置腐刑，擅立内监，图谋不轨，太爷当堂准了，差我来拘；还有一个被害做积尤瑞郎，也在你身上要。"季芳道："这等借牌票看一看。"差人道："牌票在我身上。"就仙出一只血红的手臂来。上写道：

立拿叛犯许蔵、阁童尤瑞郎赴审。

原来太守看了呈词，诧异之极，故此不出票，不出签，标手来拿，以示怒极之意。

你道此事从何而起？只因众人当初要聘尤瑞郎，后来暂且停止，原是熬他父亲跌价的。谁想季芳拚了这注大钞，意去聘了回来，至美为他年得，那个不怀妒忌之心？起先还说虽不能够独享，待季芳尝新之后，大家也普同供养一番，略止垂涎之意。谁想季芳把他藏在家中，一步也不放出去，天下之宝，不与天下共之，所以就动了公愤。

虽然动了公愤，也还无隙可乘。若季芳不对人道痛哭，瑞郎也不下这个毒手；瑞郎不下这个毒手，季芳也没有这场横祸。所以古语道："无故而哭者不祥。"又道："运退遇著有情人。"一毫也不错。

众人正在观衅之际，忽然听得这件新闻，大家哄然起来道："难道小尤就有这等痴

情？老许就有这等奇福？偏要害断他那种痴情，享不成这段奇福。"故此写公呈出首起来。做头的就是尤瑞郎的紧邻，把瑞郎放在荷包里，不许别个剪绺的那位朋友。

当时季芳看了朱臂，进去对瑞郎说了。瑞娘惊得神魂俱丧，还要求差人延捱一日，好钻条门路，然后赴审。那差人知道官府盛怒之下，不可迟延，即刻就拘到府前，伺候升堂，竟带过去。太守把棋子一拍道："你是何等之人，把良家子弟阉割做了太监？一定是要谋反了！"季芳道："生员与尤瑞郎相处是真，但阉割之事，生员全不知道，是他自己做的。"太守道："他为什么自己就阉割起来？"季芳道："这个原故生员不知道，就知道也不便自讲，求太宗师审他自己就是。"太守就叫瑞郎上去，问道："你这阉割之事，是他动手的，是你自己动手的？"瑞郎道："自己动手的。"太守道："你为什么自己阉割起来？"瑞郎道："小的父亲年老，债负甚多，二母的棺柩暴露未葬，亏许秀才捐出重资，助我作了许多大事；后来父亲养老送终，总亏他一人独任。小的感他大恩，无以为报，所以情愿阉割了，服事他终身的。"太守大怒道："岂有此理！你要报恩，那一处报不得，做起这样事来？身体发肤，受之父母，怎么为无耻私情，把人道废去？岂不闻'不孝有三，无后为大'么？我且先打你个不孝！"就丢下四根签来，皂隶拖下去，正要替他扯裤，忽然有上千人拥上堂来，喧嚷不住。福建的土音，官府听不出，太守只说审屈了事，众人鼓噪起来，吓得张惶无措。

你道是什么原故？只因尤瑞郎的美臀，是人人羡慕的，这一日看审的人，将有数千，一半是学中朋友。听见要打尤瑞郎，大家挨挤上去，争看美臀。皂隶见是学中秀才，不好阻碍，所以真拥上堂，把太守吓得张惶无措。

太守细问书吏，方才晓得这个情由。皂隶侍众人止了喧哗，立定身子，方才把瑞郎的裤子扯开，果然露出一件至宝。只见：

> 嫩如新藕，媚若娇花。光腻无渣，好像剥去壳的鸡蛋；温柔有缝，又像焙出甑的寿桃。就是吹一口，弹半下，尚且而皮破血流；莫道受屈棒，忍官刑，熬得不珠残玉碎。皂隶也喜南风，纵使硬起心肠，只怕也下不得那双毒手；清官也好门子，虽一进怒翻面孔，看见了也难禁一点婆心。

太守看见这样粉嫩的肌肤，料想吃不得棒起。欲待饶了，又因看的人多，不好意思，皂隶拿了竹板，只管沿沿摸摸，再不忍打下去。挨了一会，不见官府说饶，只得擎起竹板。

方才吆喝一声，只见季芳拚命跑上去，伏在瑞郎身上道："这都是生员害他，情愿替打。"起先众人在旁边赏鉴之时，个个都道："便宜了老许。"那种醋意，还是暗中摸索；此时见他伏将上去，分明是当面骄人了，怎禁得众人不发极起来？就一齐鼓掌哗噪起来道："公堂上不是干龙阳的所在，这种光景看不得！"太守正在怒极之时，又见众人哗噪，就立起身来道："你在本府面前尚且如此，由平日无耻可知。我少不得要申文学道，革你的前程，就先打后革也无碍！"说完，连签连筒推下去。

皂隶把瑞郎放起，拽倒季芳，取头号竹板，狠命的砍。瑞郎跪在旁边乱喊，又当磕头，又当撞头，季芳打一下，他撞一下，打到三十板上，季芳的腿也烂了，瑞郎的头也碎了，太守才叫放起，一齐押出去讨保。众人见打了季芳，又革去前程，大家才消了醋块，欢然散了。太守移文申黜之后，也便从轻发落，不曾问那阉割良民的罪。

季芳打了回来，气成一病，恹恹不起。瑞郎焚香告天，割股相救，也只是医他不转。还怕季芳为他受辱亡身，临终要坦怨，谁想易箦之际，反捏住瑞郎的手道："我累你失身绝后，死有馀辜。你千万不要怨怅。还有两件事叮嘱你，你须要牢记在心。"瑞郎："那两桩事？"季芳道："众人一来为爱你，二来为妒我，所以构此大难。我死之后，他们个个要起不良之心，你须要远避他方，藏身敛迹，替我守节终身，这是第一桩事。我读了半世的书，不能发达，只生一子，又不曾都得成人，烦你替我用心训诲，若得成名，我在九泉也瞑目，这是第二桩事。"说完，眼泪也没有，干哭了一场，竟奄然长逝了。

瑞郎哭得眼中流血，心内成灰，欲待以身殉葬，又念四岁孤儿无人抚养，只得收了眼泪，备办棺衾。

自从死别之日，就发誓吃了长斋，七七替他看佛念经，殡殓之后，就寻去路，思量十六七岁的人，带着个四岁孩子，还是认做儿子的好，认做兄弟的好？况且作孽的男子处处都有，这里尚南风，焉知别处不尚南风？万一到了一个去处，又招灾惹祸起来，怎么了得？毕竟要装做女子，才不出头露面，可以完节终身。只是做了女子，又有两桩不便，一来路上不便行走，二来到了地方，难做生意。

踌躇几日，忽然想起有个母舅，叫做王肖江，没儿没女，止得一身，不如教他引领，一来路上有伴，二来到了地头，好寻生计。算计定了，就请王肖江来商量。

肖江听见，喜之不胜道："漳州原是我祖籍，不如搬到漳州去。你只说丈夫死了，

不愿改嫁，这个儿子，是前母生的，一同随了舅公过活。这等讲来，任他南风北风，都吹你不动了。"瑞郎道："这个算计，真是万全。"就依当初把"郎"字改做"娘"字，便于称呼。起先季芳病重之时，将馀剩的产业，卖了二百馀金。此时除丧事费用之外，还剩一半，就连夜搬到漳州，赁房住下。

肖江开了一个鞋铺，瑞娘在里面做，肖江在外面卖，生意甚行，尽可度日。孤儿渐渐长成，就拣了明师，送他上学，取名叫做许承先。承先的资质，不叫做颖异，也不叫做愚蒙，是个可士可农之器。只有一件像种，那媚眼态度，宛然是个许季芳，头发也黑得可爱，骨肤也白得可爱。到了十二三岁，渐渐的惹事起来。同窗学生，大似他的，个个买果子送与他吃。他又做陆续怀橘的故事，带回来孝顺母亲。

瑞娘思量道："这又不是好事了。我当初只为这几分颜色，害得别个家破人亡，弄得自己东逃西窜，自己经过这番孽障，怎好不惩戒后人？"就吩咐承先道："那送果子你吃的人，都是要骗你的，你不可认做好意。以后但有人讨你便宜，你就要禀先生，切不可被他捉弄。"承先道："晓得。"

不多几日，果然有个学长，挖他窟豚，他禀了先生，先生将学长责了几板。回来告诉瑞娘，瑞娘其是欢喜。

不想过了几时，先生又瞒了众学生，买许多果子放在案头，每待承先背书之际，张得众人不见，暗暗的塞到承先袖里来。承先只说先生决无歹意，也带回来孝顺母亲。瑞娘大骇道："连先生都不轨起来，这还了得？"就托故辞了，另拣个须鬓皓然的先生送他去读。

又过几时，承先十四岁，恰好是瑞娘当初受聘之年，不想也有花星照命。一日新知县拜客，从门经过，仪从执事，摆得十分齐整。承先在店堂里看。那知县是个青年进士，坐在轿上一眼觑著承先，抬过四五家门面，还掉过头来细看。王肖江对承先道："贵人抬眼看，便是福星临，你明日必有好处。"不上一刻，知县拜客转来，又从门首经过，对手下人道："把那个穿白的孩子拿来。"只见两三个巡风皂隶，如狼似虎赶进店来，把承先一索锁住，承先惊得号啕痛哭。瑞娘走出来，问什么原故，那皂隶不由分说，把承先乱拖乱扯，带到县中去了。王肖江道："往常新官上任，最忌穿白的人，想是见他犯了忌讳，故此拿去惩治了。"瑞娘顾不得抛头露面，只得同了肖江赶到县前去看。

原来是县官初任，要用门子，见承先生得标致，自己相中了，故此拿他来递认状的。瑞娘走到之时，承先已经押出讨保，立刻要取认状。瑞娘走到家中，抱了承先痛哭道："我受你父亲临终之托，指望教你读书成名，以承先人之志；谁想皇天不佑，使你做下贱之人，我不忍见你如此。待我先死了，你后进衙门，还好见你父亲於地下。"说完，只要撞死。肖江劝了一番，又扯到里面，商议了一会，瑞娘方才住哭。当晚就递了认状。第二日就教承先换了表衣，进去服役。知县见他人物又俊俏，性子又伶俐，甚是得宠。

却说瑞娘与肖江，预先定下计较，写了一舱海船，将行李衣服渐渐搬运下去。到那一日，半夜起来，与承先三人一同逃走，下船曳起风帆，顷刻千里，不上数日，飘到广东州府。将行李搬移上岸，赁房住下，依旧开个鞋铺。瑞娘这番教子，不比前番，日间教他从师会友，夜间要他刺股悬梁，若有一毫怠情，不是打，就是骂，竟像肚里生出来的儿子。承先也肯向上，读了几年，文理大进。屡次赴考，府县俱取前列；但遇道试，就被攻冒籍的，攻了出来。直到二十三岁，宗师收散遗才，承先混时去考，幸取通场第一，当年入场，就中了举。回来拜谢瑞娘，瑞娘不胜欢喜。

却说承先丧父之时，才得四岁，吃饭不知饥饱，那时晓得家中之事？自他从乳母家回来，瑞娘就做妇人打扮，直到如今，承先只说当真是个继母，那里去辨雌雄？瑞娘就要与他说知，也讲不出口，所以鹘鹘突突过了二十三年。

直到进京会试，与福建一个举人同寓，承先说原籍也是福建，两个认起同乡来，那举人将齿录一翻，看见父许葳，嫡母石氏，继母尤氏，就大惊道："原来许季芳就是令先尊？既然如此，令先尊当初不好女色，止娶得一位石夫人，何曾再娶什么尤氏？"承先道："这个家母如今现在。"那举人想了一会，大笑道："莫非就是尤瑞郎么？这等他是个男人，你怎么把他刻做继母？"承先不解其故，那举人就把始末根由，细细的讲了一遍，承先才晓得这段希奇的故事。

后来承先几科不中，选了知县。做过三年，升了部属。把瑞娘待如亲母，封为诰命夫人，终身只当不知，不敢提起所闻一字。

就是死后，还与季芳合葬，题曰"尤氏夫人之墓"，这也是为亲者讳的意思。

看官，你听我道：这许季芳是好南风的第一个情种，尤瑞郎是做龙阳的第一个节妇，论理就该流芳百世了；如今的人，看到这回小说，个个都掩口而笑，却像鄙薄他

的一般。这是什么原故？只因这椿事，不是天造地设的道理，是那走斜路古人穿凿出来的，所以做到极至的所在，也无当於人伦。

中国禁书文库

无声戏

我劝世间的人，断了这条斜路不要走，留些精神，施於有用之地，为朝廷添些户口，为祖宗绵绵嗣续，岂不有益！为什么把金汁一般的东西，流到那污秽所在去？有诗为证：

阳精到处便成孩，南北虽分总受胎；
莫道龙阳不生子，蛆虫尽自后庭来。

评：

若使世上的龙阳，个个都像尤瑞郎守节，这南风也该好；若使世上的朋友，个个都像许季芳多情，这小官也该做。只怕世上没有第二个尤许，白白的损了精神，坏了行止，所以甚觉可惜。

第七回　人宿妓穷鬼诉嫖冤

词云：

> 访遍青楼窈窕，散尽黄金买笑。金尽笑声无，变作吠声如豹。承教，承教，以后不来轻造。

这首词名为《如梦令》，乃说世上青楼女子，薄幸者多，从古及今，做郑元和、于叔夜的不计其数，再不见有第二个穆素徽、第三个李亚仙。做嫖客的人，须趁莲花未落之时，及早收舍锣鼓，休待错梦做了真梦，后来不好收场。

世间多少富家子弟，看了这两本风流戏文，都只道妓妇之中，一般有多情女子，只因嫖客不以志诚感动他，所以不肯把真情相报，故此尽心竭力，倾家荡产，去结识青楼，也要想做《绣襦记》《西楼梦》的故事。

谁想个个都有开场，无煞尾，做不上半本，又有第二个郑元和、于叔夜上台，这李亚仙、穆素徽与他从新做起，再不肯与一个正生搬演到头，不知什么原故？

万历年间，南京院子里有个名妓，姓金名荃，小字就叫做荃娘。容貌之娇艳，态度之娉婷，自不必说，又会写竹画兰，往来的都是青云贵客。

有个某公子在南京坐监，费了二、三千金结识他，一心要娶他作妾，只因父亲在南直做官，恐生物议，故此权且消停。

自从相与之后，每月出五十两银子包他，不论自己同宿不同宿，总是一样。日间容他会客，夜间不许他留人。后来父亲转了北京要职，把儿子改做北监，带了随任读书。某公子临行，又兑六百两银子与他为一年薪水之费，约待第二年出京，娶他回去。

荃娘办酒做戏，替他钱行，某公子就点一本《绣襦记》。荃娘道："启行是好事，

为何做这样不吉利的戏文?"某公子道:"只要你肯做李亚仙,我就为你打莲花落也无怨。"当夜枕边哭别,吩咐他道:"我去之后,若听见你留一次客,我以后就不来了。"茎娘道:"你与我相处了几年,难道还信我不过?若是欲心重的人,或者熬不过寂寞,要做这桩事;若是没得穿、没得吃的人,或者饥寒不过,没奈何要做这桩事。你晓得我欲心原是淡薄的,如今又有这注银子安家,料想不会饿死,为什么还想接起客来?"

某公子一向与他同宿,每到交媾之际,看他不以为乐,反以为苦,所以再不疑他有二心。此时听见这两句话,自然彻底相信了。分别之后,又曾央几次心腹之人,到南京装做嫖客,走来试他;他坚辞不纳,一发验出他的真心。

未及一年,就辞了父亲,只说回家省母,竟到南京娶他。不想走到之时,茎娘已死过一七了。问是什么病死的,鸨儿道:"自从你去之后,终日思念你,茶不思,饭不想,一日重似一日。临死之时,写下一封血书,说了几名伤心话,就没有了。"某公子讨书一看,果然是血写的,上面的话,叙得十分哀切,煞尾那几句云:

> 生为君侧之人,死作君旁之鬼。乞收贱骨,携入贵乡,他日得践同穴之盟,吾目瞑矣。老母弱妹,幸稍怜之。

某公子看了,号啕痛哭,几不欲生。就换了孝服,竟与内丧一般。追荐已毕,将棺木停在江口,好装回去合葬,刻个"副室金氏"的牌位,供他枢前,自己先回去寻地。临行又厚赠鸨母道:"女儿虽不是你亲生,但他为我而亡,也该把你当至亲看待。你第二个女儿,姿色虽然有限,他书中既托我照管,我转来时节,少不得也要培植一番,做个屋乌之爱。总来你一家人的终身,都在我身上就是了。"鸨母哭谢而别。

却说某公子风流之兴,虽然极高,只是本领不济,每与妇人交感,不是望门流涕,就是遇敌倒戈,自有生以来,不曾得一次颠鸾倒凤之乐。相处的名妓虽多,考校之期,都是草草完稿,不交白卷而已。所以到处便买春方,逢人就问房术,再不见有奇验的。

一日坐在家中,有个术士上门来拜谒,取出一封荐书,原来是父亲的门生,晓得他要学房中之术,特地送来传授他的。某公子如饥得食,就把他留在书房,朝夕讲究。

那术士有三种奇方,都可以立刻见效。第一种叫做坎离既济丹,一夜止敌一女,药力耐得二更;第二种叫做重阴丧气丹,一夜可敌二女,药力耐得三更;第三种叫做群姬夺命丹，一夜可敌数女，药力竟可通宵达旦。

某公子当夜就传了第一种，回去与乃正一试，果然欢美异常。次日又传第二种，回去与阿妾一试，更觉得矫健无比。

术士初到之时，从午后坐到点灯，一杯茶汤也不见，到了第二三日，那茶酒饮食，渐渐的丰盛起来，就晓得是药方的效验了。及至某公子要传末后一种，术士就有作难之色。某公子只说他要索重谢，取出几个元宝送他。术士道："不是在下有所需索，只因那种房术，不但微损于己，亦且大害于人，须是遇著极淫之妇，屡战不降，万不得已，用此为退兵之计则可，平常的女子，动也是动不得的。就是遇了劲敌，也只好偶尔一试；若一连用上两遭，随你铁打的妇人，不死也要生一场大病。在下前日在南京偶然连用两番，断送了一个名妓，如今怕损阴德，所以不敢传授别人。"某公子道："那妓妇叫什么名字，可还记得么？"术士道："姓金名荃，小字叫做荃娘，还不曾死得百日。"某公子大惊失色，呆了半晌，又问道："闻得那妇人近来不接客，怎么独肯留兄？"术士道："他与个什么贵人有约，外面虽说不接客，要掩饰贵人的耳目，其实暗中有个牵头，夜夜领人去睡了。"某公子听了，就像发虐疾的一般，身上寒一阵，热一阵。又问他道："这个妇人，有几个敝友也曾嫖过，都说他的色心是极淡薄的。兄方才讲那种房术，遇了极淫之妇方才可用，他又不是个劲敌，为什么下那样毒手摆布他？"术士道："在下阅人多矣，妇人淫者虽多，不曾见这一个，竟是通宵不倦的；或者去嫖他的贵友本领不济，不能饱其贪心，故此假装恬退耳。他也曾对在下说过，半三不四的男子，惹得人渴，救不得人饥，倒不如藏拙些的好。"某公子听到此处，九分信了，还有一个疑惑，只道他只赖风月的谎话，又细细盘问那妇人下身黑白何如，内里蕴藉何如，术士逐件讲来，一毫也不错。又说小肚之下、牝户之上，有个小小香疤，恰好是某公子与他结盟之夜，一齐炙来做记认的。

见他说著心窍，一发毛骨竦然，就别了术士进来，思量道："这个淫妇吃我的饭，穿我的衣，夜夜搂了别人睡，也可谓负心之极了。到临终时节，又不知那里弄些猪血狗血，写一封遗嘱下来，教我料理他的后事，难道被别人弄死了，教我偿命不成？又亏得被人弄死，万一不死，我此时一定娶回来了。天下第一个淫妇，嫁著天下第一个本领不济之人，怎保得不走邪路，做起不尴不尬的事来？我这个龟名，万世也洗不去了。这个术士竟是我的恩人，不但亏他弄死，又亏他弄死，又亏他无心中肯讲出来，他若不讲，我那里晓得这些原故？自然要把他骨殖装了回来，百年之后，与我合葬一处，分明是生前不曾做得乌龟，死后来补数了，如何了得！"

当晚寻出那封血书，瞒了妻妾，一边骂，一边烧了。次日就差人往南京，毁去"副室金氏"的牌位，吩咐家人，踏著妈儿的门槛，狠骂一顿了回来。

从此以后，刻了一篇《戒嫖文》，逢人就送。不但自己不嫖，看见别人迷恋青楼，就下若口极谏。这叫做：

> 要知山下路，须问过来人。

这一椿事，是富家子弟的呆处了。后来有个才士，做一回《卖油郎独占花魁》的小说，又有个才士，将来编做戏文。

那些挑葱卖菜的看了，都想做起风流事来，每日要省一双草鞋钱，每夜要做一个花魁梦。趱积几时，定要到妇人家走走，谁想卖油郎不曾做得，个个都做一出贾志诚了回来。当面不叫有情郎，背后还骂叫化子，那些血汗钱，岂不费得可惜！

崇祯末年，扬州有个妓妇，叫做雪娘，生得态似轻云，腰同细柳，虽不是朵无赛的琼花，钞关上的姊妹，也要数他第一。他从幼娇痴惯了，自己不会梳头，每日起来，洗过了面，就教妈儿替梳；妈儿若还不得闲，就蓬上一两日，只将就掠掠，做个懒梳妆而已。

小东门外有个篦头的待诏，叫做王四。年纪不上三十岁，生得伶俐异常，面貌也将就看得过。篦头篦得轻，取耳取得出，按摩又按得好，姊妹人家的生活，只有他做得多。

因在坡子上看见做一本《占花魁》的新戏，就忽然动起风流兴来，心上思量道："敲油榔的人，尚且做得情种，何况温柔乡里、脂粉丛中，摩疼擦痒之待诏乎？"

一日走到雪娘家里，见他蓬头坐在房中，就问道："雪姑娘，要篦头么？"雪娘道："头到要篦，只是舍不得钱，自己篦篦罢。"王四道："那个想趁你们的钱，只要在客人面前，作养作养就够了。"一面说，一面解出家伙，就替他篦了一次，篦完，把头发递与他道："完了，请梳起来。"雪娘道："我自己不会动手，往常都是妈妈替梳的。"王四道："梳头什么难事，定要等妈妈？待我替你梳起来罢。"雪娘道："只怕你不会。"王四原是聪明的人，又常在妇人家走动，看见梳惯的，有什么不会？就替他精精致致

梳了一个牡丹头。

雪娘拿两面镜子前后一照，就笑起来道："好手段，倒不晓得你这等聪明。既然如此，何不常来替我梳梳，一总算银子还你就是。"王四正借此为进身之阶，就一连应了几个"使得"。雪娘叫妈儿与他当面说过，每日连梳连篦，算银一分，月尾支销，月初另起。王四以为得计，日日不等开门就来伺候。每到梳头完了，雪娘不教修养，他定要捶捶捻捻，好摩弄他的香肌。

一日夏天，雪娘不曾穿裤，王四对面替他修养，一个陈传大睡，做得他人事不知。及至醒转来，不想按摩待诏，做了针灸郎中，百发百中的雷火针，已针著受病之处了。雪娘正在麻木之时，又得此欢娱相继，香魂去而未来，星眼开而复闭，唇中齿外唧唧哝哝，有呼死不辍而已。

从此以后，每日梳完了头，定要修一次养，不但浑身捏高，连内里都要修到。雪娘要他用心梳头，比待嫖客更加亲热。一日问他道："你这等会趁钱，为什么不娶房家小，做分人家？"王四道："正要如此，只是没有好的。我有一句话，几次要和你商量，只怕你未必情愿，故此不敢启齿。"雪娘道："你莫非要做卖油郎么？"王四道："然也。"雪娘道："我一向见你有情，也要嫁你，只是妈妈要银子多，你那里出得起？"王四道："他就要多，也不过是一二百两罢了。要我一注兑出来便难，苦肯容我陵续交还，我拚了几年生意不著，怕掐不出这些银子来？"雪娘道："这等极好。"就把他的意思对妈儿说了。妈儿乐极，怕说多了，吓退了他，只要一百二十两，随他五两一交，十两一交，零碎收了，一总结算。只是要等交完之日，方许从良；若欠一两不完，还在本家接客。王四一一依从，当日就交三十两。那妈儿是会写字的，王四买个经折教他写了，藏在草纸袋中。

从此以后，搬到他家同住，每日算饭钱还他，聚得五两、十两，就交与妈儿上了经折。因雪娘是自己妻子，梳头篦头钱一概不算，每日要服事两三个时辰，才得出门做生意。雪娘无客之时，要扯他同宿，他怕妈儿要算嫖钱，除了收帐，宁可教妻子守空房，自己把指头替代。每日只等梳头之时，张得妈儿不见，偷做几遭铁匠而已。王四要讨妈儿的好，不但篦头修养分内之事，不敢辞劳，就是日间煮饭，夜里烧炀，乌龟忙不来的事务，也都肯越俎代庖。

地方的恶少，就替他改了称呼，叫做"王半八"，笑他只当做了半个王八，又合著

第四的排行，可谓极尖极巧。王四也不以为惭，见人叫他，他就答应，只要弄得粉头到手，莫说半八，就是全八也情愿充当。准准忙了四五年，方才交得完那些数目。就对妈儿道："如今是了，救你写张婚书，把令嫒交卸与我，等我赁间房子，好娶他过门。"妈儿只当不知，故意问道："什么东西是了？要娶那一位过门？女家姓什么？几时做亲？待好来恭贺。"王四道："又来取笑了，你的令嫒许我从良，当初说过一百二十两财礼，我如今付完了，该把令嫒还我去，怎么假糊涂，倒问起我来？"妈儿道："好胡说！你与我女儿相处了三年，这几两银子还不够算嫖钱，怎么连人都要讨了去？好不欺心！"王四气得目定口呆，回他道："我虽在你家住了几年，夜夜是孤眼独宿，你女儿的皮肉我不曾沾一沾，怎么假这个名色，赖起我的银子来？"王四只道雪娘有意倒他，日间做的勾当，都是瞒著妈儿的，故此把这句话来抵对，那晓得古语二句，正合著他二人：

落花有意随流水，流水无心恋落花。

雪娘不但替妈儿做干证，竟翻转面孔做起被害来。就对王四道："你自从来替我梳头，那一日不歪缠几次？怎么说没有相干？一日只算一钱，一年也该三十六两。四五年合算起来，不要你找帐就够了，你还要讨什么人？我若肯从良，怕没有王孙公子，要跟你做个待诏夫人？"王四听了这些话，就像几十桶井花凉水，从头上浇下来的一般，浑身激得冰冷，有话也说不出。晓得这注银子是私下退不出来的了，就赶到江都县去击鼓。

江都县出了火签，拿妈儿与雪娘和他对审。两边所说的话与私下争论的一般，一字也不增减。知县问王四道："从良之事，当初是那个媒人替你说合的？"王四道："是他与小的当面做的，不曾用媒人说合。"知县道："这等那银子是何人过付的？"王四道："也是小的亲手交的，没有别人过付。"知县道："亲事又没有媒人，银子又没有过付，教我怎么样审？这等他收你银子，可有什么凭据么？"王四连忙应道："有他亲笔收帐。"知县道："这等就好了，快取上来。"王四伸手到草纸袋里，翻来覆去，寻了半日，莫说经折没有，连草纸也摸不出半张。知县道："既有收账，为什么不取上来？"王四道："一向是藏在袋中的，如今不知那里了？"知县大怒，说："既无媒证，又无票

约，明系无赖棍徒，要霸占娼家女子。"就丢下签来，重打三十。又道他无端击鼓，惊扰听闻，枷号了十日才放。

看官，你道他的经折那里去了？原来妈儿收足了银子，怕他开口要人，预先吩咐雪娘，与他做事之时，一面搂抱著他，一面向草纸袋摸出去了，如今那里取得出？

王四前前后后共做了六七年生意，方才挣得这注血财，又当了四五年半八，白白替他梳了一千几百个牡丹头，如今银子被他赖去，还受了许多屈刑，教他怎么恨得过？就去央个才子，做了张四六冤单，把黄绢写了，缝在背上，一边做生意一边诉冤，要人替他讲公道。那里晓得那个才子，又是有些作孽的，欺他不识字，那冤单里面，句句说鸨儿之恶，却又句句笑他自己之呆。冤单云：

> 诉冤人王四，诉为半八之冠未洗，百二之本被吞，请观书背之文，以救刳肠之祸事。念身向居蔡地，今徒扬州，执贱业以谋生，事贵人而糊口。寒遭孽障，勾引痴魂。日日唤梳头，朝朝催挽髻。以彼表青丝发，系我绿毛身。按摩则内外兼修，唤不醒陈抟之睡；盥沐则发容兼理，忙不了张敞之工。缠头锦，日进千缣，请问系何人执柄；洗儿钱，岁留十万，不知亏若个烧汤。原不思破彼之悭，只忘想酬吾所欲。从良密议，订於四五年之前；聘美重资，浮於百二十之外。正欲请期践约，忽然负义寒盟。两妇舌长，雀角鼠牙易竞；一人智短，鲢清鲤浊难分。搂吾背而探吾囊，乐处谁防窃盗；答我豚而枷我颈，苦中方悔疏肤虞。奇冤未雪於厅阶，隐恨求伸于道路。
>
> 伏乞贵官长者义士仁人，各赐乡评，以补国法。或断雪娘归己，使名实相符，半八增为全八；或追原价还身，使排行复旧，四双减作两双。若是则鸨羽不致高张，而龟头亦可永缩矣。为此泣诉。

妈儿自从审了官司出去，将王四的铺盖与篦头家伙，尽丢出来，不容在家宿歇。王四只得另租房屋居住，终日背了这张冤黄，在街上走来走去。不识字的只晓得他吃了行院的亏，在此伸诉，心上还有几分怜悯；读书识字的人，看了冤单，个个掩口而笑，不发半点慈悲，只喝采冤单做得好，不说那代笔之人，取笑他的原故。王四背了许久，不见人有一些公道，心上思量："难道罢了不成？纵使银子退不来，也教他吃我

些亏，受我些气，方才晓得穷人的银子，不是好骗的！"就生个法子，终日带了篦头家伙，背著冤黄，不往别处做生意，单单立在雪娘门口。替人篦头，见有客人要进去嫖他，就扯住客人，跪在门前控诉。那些嫖客见说雪娘这等无情，结识他也没用，况且篦头的人，都可以嫖得，其声价不问可知，有几个跨进门槛的，依旧走了出去，妈儿与雪娘打了又打他不怕，赶又赶他不走，被他截住咽喉之路，弄得生计索然。

忽一日王四病倒在家，雪娘门前无人吵闹，有个解粮的运官进来嫖他，两个睡到二更，雪娘睡熟，运官要小解，坐起身来取夜壶。那灯是不曾吹灭的，忽见一个穿青的汉子，跪在床前，不住的称冤叫枉。运官大惊道："你有什么屈情，半夜三更走来告诉？快快讲来，待我帮你伸冤就是。"那汉子口里不说，只把身子掉转，依旧跪下，背脊朝了运官，待他好看冤贴。谁想这个运官是不大识字的，对那汉子道："我不曾读过书，不晓得这上面的情节，你还口讲罢。"那汉子掉转身来，正要开口，不想雪娘睡醒，咳嗽一声，那汉子忽然不见了。运官只道是鬼，十分害怕，就问雪娘道："你这房中为何有鬼诉冤？想是你家曾谋死什么客人么？"雪娘道："并无此事。"运官道："我方才起来取夜壶，明明有个穿青的汉子，背了冤黄，跪在床前告诉。见你咳嗽一声，就不见了。岂不是鬼？若不是你家谋杀，为什么在此出现？"雪娘口中只推没有，肚里思量道："或者是那个穷鬼害病死了，冤魂不散，又来缠扰也不可知。"心上又喜又怕，喜则喜阳间绝了祸根，怕则怕阴间又要告状。

运官疑了一夜，次日起来，密访邻舍。邻舍道："客人虽不曾谋死，骗人一项银子是真。"就把王四在他家苦了五六年挣的银子，白白被他骗去，告到官司，反受许多屈刑，后来背了冤黄，逢人告诉的话，说了一遍。运官道："这等那姓王的死了不曾？"邻舍道："闻得他病在寓处好几日了，死不死却不知道。"运官寻到他寓处，又问他邻舍说："王四死了不曾？"邻舍道："病虽沉重，还不曾死，终日发狂发躁，在床上乱喊乱叫道：'这几日不去诉冤，便宜了那个淫妇。'说来说去，只是这两句话，我们被他聒噪不过。只见昨夜有一二更天不见响动，我们只说他死了。及至半夜后又忽然喊叫起来道：'贼淫妇，你与客人睡得好，一般也被我搅扰一场。'这两句话，又一连说了几十遍，不知什么原故。"

运官惊诧不已，就教邻舍领到床前，把王四仔细一看，与夜间的面貌一些不差。就问道："老王，你认得我么？"王四道："我与老客并无相识，只是昨夜一更之后，昏

昏沉沉，似梦非梦，却像到那淫妇家里，有个客人与他同睡，我走去跪著诉冤，那客人的面貌却像与老客一般。这也是病中见鬼，当不得真，不知老客到此何干？"运官道："你昨夜见的就是我。"把夜来的话，对他说一遍，道："这等看来，我昨夜所见的，也不是人，也不是鬼，竟是你的魂魄。我既然目击此事，如何不替你处个公平？我是解漕粮的运官，你明日扶病到我船上来，待我生个计较，追出这项银子还你就是。"王四道："若得如此，感恩不尽。"

运官当日依旧去嫖雪娘，绝口不提前事，只对妈儿道："我这次进京，盘费缺少，没有缠头赠你女儿。我船上耗米尚多，你可叫人来发几担去，把与女儿做脂粉钱。只是日间耳目不便，可到夜里著人来取。"

妈儿千感万谢。果然到次日一更之后，教龟子挑了箩担，到船上巴了一担回去，再来发第二担，只见船头与水手把锣一敲，大家喊起来道："有贼偷盗皇粮，地方快来拿获！"惊得一河两岸，人人取棒，个个持枪，一齐赶上船来，把龟子一索捆住，连箩担交与夜巡。夜巡领了众人，到他家一搜，现搜出漕粮一担。运官道："我船上空了半舱，约去一百二十馀担，都是你偷去了，如今藏在那里？快快招来！"

妈儿明知是计，说不出教我来挑的话，只是跪下讨饶。运官喝令水手，把妈儿与龟儿一齐捆了，吊在桅上，只留雪娘在家，待他好央人行事。自己进舱去睡了，要待明日送官。地方知事的，去劝雪娘道："你明明是扎火囤的意思，你难道不知？糟米是紧急军粮，官府也怕连累，何况平民？你家脏证都搜出来了，料想推不干净。他的题目都已出过，一百二十担漕米，一两一担，也该一百二十两。你不如去劝母亲，教他认赔了罢，省得经官动府，刑罚要受，监牢要坐，银子依旧要赔。"雪娘走上船来，把地方所劝的话对妈儿说了，妈儿道："我也晓得，他既起这片歹心，料想不肯白过，不如认了晦气，只当王四那宗银子不曾骗得，拿来拾与他罢。"就央船头进舱去说，愿偿米价，求免送官。舱中允了，就教拿银子来交。妈儿是个奸诈的人，恐怕银子出得容易，又要别生事端，回道："家中分文没有，先写一张票约，天明了，挪借送来。"运官道："朝廷的国课，只怕他不写，不怕他不还，只要写得明白。"妈儿就央地方写了一张票约，竟如供状一般，送与运官，方才放了。

等到天明，妈儿取出一百二十两银子，只说各处借来的，交与运官，谁想运官收了银子，不还票约，竟教水手开船。妈儿恐贻后患，雇只小船，一路跟著取讨，直随至高邮州，运官才教上船去。当面吩咐道："我不还票约，正要你跟到途中，与你说个明白。这项银子，不是我有心诈你的，是要替你偿还一注冤债，省得你到来世，变驴变马还人。你们做娼妇的，那一日不骗人，那一刻不骗人？若都教你偿还，你也没有许多银子。只是那富家子弟，你骗他些也罢了，为什么把做手艺的穷人，当做浪子一般要骗？他伏事你五六年，不得一毫赏赐，反把他银子赖了，又骗官府枷责他，你於心何忍？你活在寓中，病在床上，尚且愤恨不过，那魂魄现做人身，到你家缠扰；何况明日死了，不来报冤？我若明明劝你还他，就杀你剐你，你也决不肯取出，故此生这个法子，追出那注不义之财。如今原主现在我船上，我替你当面交还，省得你心上不甘，怪我冤民作贼。"

就从后舱唤出来，一面把银子交还王四，一面把票约掷与妈儿。妈儿磕头称谢而去。

王四感激不尽，又虑转去之时，终久要吃淫妇的亏，情愿服事恩人，求带入京师，别图生理。运官依允，带他随身而去，后来不知何结果。

这段事情，是穷汉子喜风流的榜样。奉劝世间的嫖客，及早回头，不可被戏文小说，引偏了心，把血汗钱被他骗去，再没有第二个不识字的运官，肯替人扶持公道了。

评：

> 有人怪这回小说，把青楼女子，忒然骂得尽情，使天下人见了，没一个敢做嫖客，绝此辈衣食之门，也未免伤于阴德，我独曰："不然。"若果使天下人见了，没一个敢做嫖客，那些青楼女子没有事做，个个都去做良家之妇了，这种阴德，更自无量。

第八回　鬼输钱活人还赌债

诗云：

世间何物最堪仇，赌胜场中几粒骰；

能变素封为乞丐，惯教平地起戈矛。

输家既入迷魂阵，赢处还吞钓命钩；

安得人人陶士行，尽收博具付中流。

这道诗，是见世人因赌博倾家者多，做来罪骰子。骰子是无知之物，为什么罪他？不知这件东西，虽是无知之物，却像个妖孽一般。你若不去惹他，他不过是几块枯骨六面钻眼，极多不过三十枚点数而已；你若被他一缠上了，这几块枯骨，就是几条冤魂，六面钻眼，就是六条铁索，三十六枚点数，就是三十六个天罡，把人捆缚住了，要你死就死，要你活就活，任有拔山举鼎之力，不到乌江，他决不肯放你。

如今世上的人，迷而不悟，只要将好好的人家，央他去送，起先要赢别人的钱，不想到输了自家的本；后来要翻自家的本，不想又输了别人的钱。输家失利，赢得也未赏得到，不知弄他何干？

说话的，你差了。世上的钱财，定有着落，不在这边，就在那边，你说两边都不得，难道被鬼摄去了不成？

看官，自古道："鹬蚌相持，渔翁得利。"那两家赌到后来，你不肯歇，我不肯休，弄来弄去，少不得都归到头家手里。所以赌博场上，输的讨愁烦，赢的空欢喜，看的陪工夫，刚刚只有头家得利。

当初一人，有千金家事，只困好赌，弄得精穷。手头只剩得十两银子，还要拿去做孤注。

偶从街上经过，见个道人卖仙方，是一口价，说十两就要十两，说五两就要五两，还少了就不肯卖。那方又是对著的，当面不许开，要拿回家去，自己拆看。此人把面前的方，一一看过，看到一封，上面写着：

赌钱不输方。价银拾两

此人大喜，思量道："有了不输方去赌，要千两就千两，要万两就万两，何惜这十两价钱？"就尽腰间所有，买了此方。拿回去拆开一看，只得四个大字道：

只是拈头。

此人大骇，说被他骗了，要走转去退。仔细想了一想道："话虽平常，却是个至理。我就依著他行，且看如何应验？"

从此以后，遇见人赌，就去拈头。拈到后来，手有了些钞，要自己下场，想到仙方的话，又熬住了。

拈了三年头，熬了三年赌，家赀不觉挣起一半，才晓得那道人不是卖的仙方，是卖的道理。这些道理。人人晓得，个个不肯行。此人若不去十两银子买，怎肯奉为鞭策著蔡？

就如世上教人读书，教人学好，总是教的道理。但是先生教学生就听，朋友劝朋友就不听，是什么原故？先生去束修、朋友不去束修故也。

话休絮烦，照方才这等说来，牛头是极好的生意；如今又有一人，为拈头反拈了一分人家，这又是什么原故？听在下说来便加分晓。

嘉靖初年，苏州有个百姓，叫做王小山。为人百伶百俐，真个是眉毛会说话，头发都空心的。祖上遗下几亩田地，数间住房，约有二三百金家业。他的生性，再不喜将本觅利，只要白手求财。自小在色盆行里走动，替头家分分筹，记记帐，拈些小头，一来学乖，二来糊口。

到后来人头熟了，本事强了，渐渐的大弄起来。逼著好主儿，自己拿银子放头；

遇著不尴尬的，先教付稍，后交筹马，只有很趁，没有得赔。久而久之，名声大了，数百里内外好此道的，都来相投，竟做了个赌行经纪。

他又典了一所花园居住，有厅有堂，有台有榭，桌上摆些假古董，壁上挂些歪书画，一来装体面，二来有要赌没稍的，就作了银子借他，一倍常得几倍，他又肯撒漫，家中雇个厨子当灶，安排的看馔极是可口，拈十两头，定费六七两供给，所以人都情愿作成他。往来的都是乡绅大老，公子王孙；论千论百家输赢，小可的不敢进他门槛。常常有人劝他自己下场，或都扯他搭一分，他的主意拿得定定的，百风吹他不动，只是醒眼看醉人。

却有一件不好，见了富家子弟，不论好赌不好赌，情愿不情愿，千方百计，定要扯他下场；下了场，又要串通惯家弄他一个，不输个干净不放出门。他从三十岁开场起到五十岁，这二十年间，送去的人家，若记起帐来，也做得一本百家姓。只是他趁的银子大来大去，家计到此也还不上千金。

那时齐门外有个老者，也姓王，号继轩，为人智巧不足，忠厚有馀。祖、父并无遗业，是他克勤克苦，挣起一分人家。虽然只有二三千金事业，那些上万的财主，反不如他从容。外无石崇、王恺之名，内有陶朱、猗顿之买。他的田地都买在平乡，高不愁旱，低不愁水；他的店面都置在市口，租收得重，税纳得轻；宅子在半村半郭之间，前有秫田，后有菜圃，开门七件事，件件不须钱买，取之宫中而有馀。性子虽不十分悭吝，钱财上也没得错与人。田地是他逐亩置的，房屋是他逐间起的，树木是他逐根种的，若有豪家势宦，要占他片瓦尺土，一草一木，他就要与你拼命。人知道他的便宜难讨，也不去惹他。上不欠官粮，下不放私债，不想昧心钱，不做欺公事，夫妻两口，逍遥自在，真是一对烟火神仙。

只是子嗣难得，将近五旬才生一子，因往天竺山祈嗣而得，取名唤做竺生。生得眉清目秀，聪颖可佳。将及垂髫，继轩要送他上学，只怕搭了村塾中不肖子弟，习於下流，特地请一蒙师，在家训读，半步不放出门。教到十六七岁，文理粗通，就把先生辞了。他不想儿子上进，只求承守家业而已。

偶有一年，苏州米粮甚贱，继轩的租米，不肯经卖，闻得山东、河南一路，年岁荒歉，客商贩六陈去籴者，人人得利，继轩就雇下船只，把租米尽发下船，装往北路籴卖。临行吩咐竺生道：“我去之后，你须要闭门谨守，不可间行游荡，结交匪人，花费我的钱钞。我回来查帐，若少了一文半分，你须要仔细！"竺生唯唯听命。送父出门，终日在家静坐。

忽一生起病来，求医无效，问卜少灵。母亲道："你这病想是拘束出来的，何不到外面走走，把精神血脉活动一活动，或者强如吃药也不可知。"竺生道："我也想如此，只是我不曾出门得惯，东西南北都不知，万一走出门去，寻不转来，如何是好？"母亲道："不妨，我叫表兄领你就是。"次日叫人到娘家，唤了侄儿朱庆生来。

庆生与竺生同年，只大得几月，凡事懵懂，只有路头还熟。当日领了竺生，到虎丘山塘，游玩了一日，回来不觉精神健旺，竟不是出门时节的病容了。母亲大喜，以后日逐教他出去踱踱。

一日走到一个去处，经过一所园亭，只见：

> 曲水绕门，远山当户。外有三折小桥，曲如之字；内有千重密槛，碎若冰纹。假山高耸出墙头，积雨生苔，画出个秋色满园关不住；芳树参差围屋角，因风散绮，弄得个春城无处不飞花。粉墙千堞白无痕，疑入凝寒雪洞；野水一泓青有黳，知为消夏荷亭。可称天上蓬莱，真是人间福地。若非石崇之金谷，定为谢传之东山。所喜者及肩之墙可窥，所若者如海之门难入。

竺生看了，不觉动心骇目，对庆生道："我们游了几日名山，到不如这所花园有趣。外见如此富丽，里面不知怎么精雅，可惜不能够遍游一游。"庆生道："这园毕竟是乡宦人家的，定有个园丁看守，若把几个铜钱送他，或者肯放进去也不可知，但不知他住在那一间屋里？"庆生道："这大门是不闩的，我们竟走进去，撞著人问他就是了。"两人推开大门，沿著石子路走，走过几转回廊，并不见个人影。行到一个池边，只见许多金鱼浮在水面，见人全不惊避。两人正看得好，忽有一人，头戴一字纱巾，身穿酱色道袍，脚踏半旧红鞋，手拿一把高丽纸扇，走到二人背后，咳嗽一声。

二人回头，吓了一身冷汗。看见如此打扮，定不是园丁了，只说是乡宦自己出来，怕他拿为贼论，又不敢向前施礼，又不敢转身逃避，只得假相埋怨。一个道："都是你要进来看花。"一个道："都是你要看景致。"口里说话，脸上红一块，白一条，看他好不难过。

这戴巾的从从容容道："二位不须作意，我这小园是不禁人游玩的，要看只管看，只是荒园没有什么景致。"二人才放心道："这等多谢老爷，小人们轻造宝园，得罪

了。"戴巾的道："我不是什么官长，不须如此称呼。贱姓姓王，号小山，与兄们一样，都是平民，请过来作揖。"二人走下来，深深唱了两个偌，小山又请他坐下，问其姓名。庆生道："晚生姓朱，贱名庆生；这是家表弟，姓王名竺生，是家姑夫王继轩的儿子。"

看官，你说小山问他自己姓名，他为何说出姑夫名字？他说姑夫是个财主，提起他来，王小山自然敬重。却也不差，果然只因拖了这个尾声，引出许多妙处。

原来王小山有一本皮里帐簿，凡苏州城里城外有碗饭吃的主儿，都记在上面，这王继轩名字上，还圈著三个大圈的。当时听见了这句话，就如他乡遇了故知，病中见了情戚，颜色又和蔼了几分，眼睛更鲜明了一半。就回他道："小子姓王，兄也姓王，这等五百年前共一家了。况且令尊又是久慕的，幸会幸会。"连忙唤茶来，三人吃了一杯。只见小厮禀道："里面客人饥了，请阿爹去陪吃午饭。"小山对著二人道："有几个敝友在里边，可好屈二兄进去，用些便饭。"二人道："素昧平生，怎好相扰。"立起身来就告别。小山一把扯住竺生道："这样好客人，请也请不至，小子决不轻放的，不要客气。"庆生此时腹中正有些饥了，午饭尽用得著，只是小山止扯竺生，再不来扯他，不好意思，只得先走。小山要放了竺生扯他，只怕留了陪宾，反走了正客，自己拉了竺生往内意走，叫小厮："去扯那位小官人进来。"二人都被留入中堂。

只见里面捧出许多嘎饭，银杯金著，光怪陆离，摆列完了，小山道："请众位出来。"只见十来个客人一齐拥出，也有戴巾的，也有戴帽的，也有穿道袍而科头的，头有戴巾帽、穿道袍而跣足的，不知什么缘故。

二人走下来要和他们施礼，众人口里说个"请了"，手也不拱，竟坐到桌上，狂饮大嚼去了，二人好生没趣。小山道："二兄快请过来，要用酒就用酒，要用饭就用饭，这个所在是斯文不得的。"二人也只得坐下，用了一两杯酒，就讨饭吃。把各样菜蔬都尝一尝，竟不知是怎样烹调的这般有味。竺生平常吃的，不过是白水煮的肉，豆油煎的鱼，饭锅上蒸的鸭蛋，莫说口中不曾尝过这样的味，就是鼻子也不曾闻过这样的香。正吃到好处，不想被那些人狼餐虎食，却似风卷残云，一霎时剩下一桌空碗。吃完了，也不等茶漱口，把筷子乱丢，一齐都跑去了。竺生思量道："这些人好古怪，看他容貌又不像俗人，为何都这等粗卤？我闻得读书人都尚脱略，想来这些光景，就叫做脱略了。"

二人扰了小山的饭，又要告辞。小山道："请里面去看他们呼卢，消消饭了奉送。"二人不知怎么样叫做呼卢，欲待问他，又怕装村出丑。思量道："口问不如眼问，进去看一看就晓得了。"跟著小山走进一座亭子。只见左右摆著两张方桌，桌上放了骰盆，三四人一队，在那边掷色。每人面前又放一堆竹签，长短不齐，大小不一，又有一个天平当马，搬来运去，再不见住。竺生道："难道在此行令不成？我家请客，是一面吃酒一面行令的，他家又另是一样规矩，吃完了酒，方才行令。"正在猜疑之际，忽地左边桌上，二人相嚷起来，这个要竹签，那个不肯与，争争闹闹，喊个不休。这边不曾嚷得了，那边一桌，又有二人相骂起来，你射我爷，我错你娘，气势汹汹，只要交手。竺生对庆生道："看这样光景，毕竟要打得头破血流才住，我和你什么要紧，在此耽惊受怕。"

正想要走，谁知那两个人闹也闹得凶，和也和得快，不上一刻，两家依旧同盆掷色，相好如初；回看左桌二人，也是如此。竺生道："不信他们的度量这等宽宏，相打相骂，竟不要人和事。想当初伯夷、叔齐不念旧恶，就是这等的涵养。"

看了一会，小山忽在众人手中夺了几根小签，交与竺生。少顷，又夺几根，交与庆生。一连几次，二人共接了一二十根。捏便在手中，竟不知要他何用。又怕停一会还要吃酒，照竹签算杯数，自家量浅，吃不得许多；要推辞不受，又恐不是，惹众人笑，只得勉强收著。

看到将晚，众人道："不掷了，主人家算帐。"小山叫小厮取出算盘，将众人面前的大小竹签一数一算，算完了，写一个帐道：

某人输若干，某人赢若干，头家若干，小头若干。

写完，念了一遍，回去取出一个拜匣，开出来都是银子，分与众人。到临了各取一锭，付与竺生、庆生，将小签仍收了去。

竺生大骇，扯庆生在旁边道："这是什么原故，莫非算计我们？"庆生道："他若要我们的银子，叫做算计；如今倒把银子送与你我，料想不是什么歹意。只是也要问个明白，才好拿去。"就扯小山到背后道："请问老伯，这银子是把与我们做什么的？"小山道："原来二兄还不知道，这叫做拈头。他们在我家赌钱，我是头家。方才的竹签，叫做筹马，是记银子的数目。但凡赢了的，次要送几根与头家，就如打抽丰一般，在旁边看的，都要拈些小头，这是白白送与二位的，以后不弃，常来走走，再没有白过的。就是方才的酒饭，也都出在众人身上，不必取诸囊中，落得常来吃些。二兄不来，又有别人来吃去。"二人听了，大喜道："原来如此，多谢多谢。"

只见众人一齐散去，竺生、庆生也别了小山回来，对母亲一五一十说个不了。又取出两锭银子与母亲看，不知母亲如何欢喜，说他二人本事高强，骗了酒饭吃，又抽了银子回来，庆生还争功道："都亏我说出姑夫，他方才如此敬重。"谁想母亲听罢，登时变下脸来，把银子往地下一丢道："好不争气的东西！那人与你一面不相识，为什么把酒饭请你，把银子送你？你是吃盐米大的，难道不晓得这个原故？我家银子也取得几千两出来，那希罕这两锭？从明日起，再不许出门！"对庆生道："你将这银子明日送去还他，说我们清白人家，不受这等腌臜之物，丢还了就来，连你也不可再去。"骂得两人翻喜为愁，变笑成哭，把一天高兴扫得精光。竺生没趣，竟进房去睡了。庆生拾了两锭银子，弩著嘴皮而去。

看官，你说竺生的母亲为何这等有见识，就晓得小山要诱赌，把银子送去还他？要晓得他母亲所疑的，全不是诱赌之事。他只说要骗这两个孩子做龙阳，把酒食甜他的口，银子买他的心，如今世上的人，一百个之中，九十九个有这件毛病，那晓得王小山是南风里面的鲁男子。偏是诱赌之事，当疑不疑，为什么不疑？他只道竺生是个孩子，东西南北都不知，那晓得赌钱掷色？不知这椿技艺不是生而知之，都是学而知之的；他又道赌场上要银子，才动得手，二人身边骚铜没有一厘，就是要赌，人也不肯搭他，不知世上别的生意都要现实，独有这椿生意肯赊，空拳白手也都做得来的。他妇人家那里晓得？

次日竺生被母亲拘住，出不得门。庆生独自一人，依旧走到花园里来。小山不见竺生，大觉没兴，问庆生道："今表弟为何不来？"庆生把他母亲不喜，不放出门之事，直言告禀，只是还银子的话，不说出来。小山道："原来如此。以后同令表弟到别处去，带便再来走走。"庆生道："自然。"说完，小山依旧留他吃忽，依旧把些小头与他，临行叮嘱而去。

却说竺生一连坐了几日，旧病又发起来，哼哼嗄嗄，啼啼哭哭。起先的病，倒不是拘束出来的，如今真正的是拘束病了。庆生走来看他。姑姑问道："前日的银子，拿

中国禁书文库

无声戏

还他不曾？"庆生道："还他了。"姑姑道："他说些什么？"庆生道："他说不要说罢，也没什么讲。"姑姑又问道："那人有多少年纪了？"庆生道："五六十岁。"姑姑听见这句话，半晌不言语，心上有些懊悔起来道："五十六岁的老人家，那里还做这等没正经的事，倒是我疑错了。"对庆生道："你再领表弟出去走走，只不要到那花园里去。就去也只是看看景致，不可吃他的东西，受他的钱钞。"庆生道："自然。"竺生得了这道赦书，病先好了一半，连忙同著庆生，竟到小山家去。小山接著，比前更喜十分。自此以后，教竺生坐在身边，一面拈头，一面学赌。

竺生原是聪明的人，不止三五日，都学会了。学得本事会时，腰间拈的小头也有了一二十两。小山道："你何不将这些做了本钱，也下场去试一试？"竺生道："有理。"果然下场一试，却也古怪，新出山的老虎偏会吃人，喝自己四五六，就是四五六，咒别人么二三，就是么二三，一连三日，赢了百馀金。竺生恐怕拿银子回去，母亲要盘问，只得借个拜匣封锁了，寄在小山家中，日日来赌。赌到第四日，庆生见表弟赢钱，眼中出火，腰间有三十多两小头，也要下场试试，怎奈自己的聪明不如表弟，再学不上。小山道："你若要赌，何不与令表弟合了，他赢你也赢，坐收其利，何等不妙？"庆生道："说得有理。"就把银子与竺生合了。遍是这日风色不顺，要红没有红，要六没有六，不上半日，二百三十馀两输得乾乾净净。竺生埋怨表兄没利市，庆生埋怨表弟不用心，两个袖手旁观，好不心痒。众人道："小王没有稍，小山何不借些与他掷掷？"小山道："银子尽有，只要些当头抵抵，只管贷出来。"众人劝竺生把些东西，权押一押。竺生道："我父亲虽不在家，母亲管得严紧，那里取得东西出来？"众人道："呆子，那个要你回去取东西？只消把田地房产，写在纸上，暂抵一抵。若是赢了，兑还他银子，原取出来；就是输了，也不过放在他家，做个意思，待你日后自己当家，将银取赎，难道把你田地房产，抬了回来不成？"

竺生听了，豁然大悟，就讨纸笔来写。庆生道："本大利大，有心写，契多借几百两，好赢他们几千两回去。"竺生道："自然。"

小山叫小厮取出纸墨笔砚，竺生提起笔来正要写，想一想，又放下来道："我常见人将产业当与我家，都要前写坐落何处，后开四至分明，方才成得一张典契。我那些田地，从来不曾管业过，不晓得坐落在何方，教我如何写起？"众人都知道他说得有理，呆了半晌。那晓得王小山又有一部皮里册籍，凡是他家的田地山塘，房产屋业，都在上面。不但亩数多寡，地方坐落，记得不差；连那原主的尊名，田邻的大号，都登记得明明白白。到此时随口念来，如流似水。他说一句，竺生写一句，只空了银子数目，中人名字，待临了填。小山道："你要当多少？"竺生道："二百两罢。"小山道："多则一千，少则五百，二三百两不好算帐。"庆生道："这等就是五百两罢。"竺生依他填了。庆生对众人道："中人写你们那一位？"小山道："他们是同赌的人，不便作中，又且非新非戚，这个中人须要借重你。"庆生道："只怕家姑姑晓得，埋怨不便。"众人道："不过暂抵一时，那里令姑姑晓得的田地？"庆生就著了花押。

小山收了，对竺生道："银子不消兑出来，省得收拾费力，你只管理筹马赌，三五日结一次帐，赢了我替人兑还你，输了我替你兑还人。"竺生道："也说得是。"收了筹马，依旧下场，也有输的时节，也有赢的时节，只是赢的都是小注，输的都是大注，赢了十次，抵不得输去一次的东西。

起先把银子放在面前，输去的时节也还有些肉疼；如今银子成日不见面，弄来弄去都是些竹片，得来也不觉十分可喜，失去也不觉十分可惜。庆生被前次输怕了，再不敢去搭木，只管拈头，到还把稳。只是众人也不似前番，没有肥头把他拈去。小山晓得他家事不济，原不图他，只因要他作中，故此把些小头勾搭住他，不然早早遣开去了。

竺生开头一次写契，心上还有些不安，面上带些忸怩之色。写到后来，渐渐不觉察了，要田就是田，要地就是地，要房产就是房产。起先还是当与小山，小山应出来赌，多了中间一个转折，还觉得不耐烦；到后面一发输得直捷痛快了，竟写卖契付与赢家，只是契后吊一笔道：

待父天年，任凭管业。

写到后来，约一二十张。小山肚里算一算道："他的家事差不多了，不要放来生债。"便假正经起来，把众人狠说一顿道："他是有父兄的人，你们为何只管牵住他赌？他父亲回来知道，万一难为他起来，你们也过意不去。况且他父亲苦挣一世，也多少留些与他受用受用，难道都送与你们不成？"众人拱手谢罪，情愿收拾排场。"竺生还拾不得丢手，被他说得词严义正，也只得罢了，心上还感激他是个好人，肯留些与我

受用。只说父亲的产业还不止於此，那晓得连根都去了。

看官，假如他母亲是好说话的，此时还好求救於母，乘父未归，做个苦肉计，或者还退些田地转也不可知；那晓得倒被前日那些峻厉之言，封住儿子的口。可见人家父母，严的也得一半，宽的也得一半，只要宽得有尺寸。

且说王继轩装米去卖，指望俏头上一脱便回，不想天不由人，折了许多本，还坐了许多时。只因山东、河南米价太贵，引得湖广、江南的客人，个个装粮食来卖。继轩到时，只见米麦堆积如山，真是出处不如聚处，只得把货都发与铺家，坐在行里讨帐。等等十期，迟迟半月，再不得到手。又有几宗被主人家支去用了，要讨起后客的米钱，应还前客，所以准准耽搁半年。

身虽在外，心却在家，思量儿子年幼，自小不曾离爷，我如今出门许久，难保得没有些风吹草动。忧虑到此，银子也等不得讨完，丢些馀帐便走。到了家中，把银两钱钞，文契帐目，细细一查，且喜得原封不动，才放了心。只是伺察儿子的举止，大不似前。体态甚是轻佻，言语十分粗莽；吃酒吃饭，不等人齐，便先举箸；见人见客，不论尊卑，一概拱手；无论嘻笑怒骂，动辄伤人父母；人以恶言相答，恬然不以为仇；总不知是那里学来的样子，几时变成的气质。

继轩在外忧郁太过，原带些病根回来，此时见儿子一举一动，看不上眼，教他如何不气？火上添油，不觉成了膈气之病。自古道："疯瘰臌膈，阎罗王请的上客。"那有医得好的？一日重似一日，眼见得不济事了。临危之际，叫竺生母子立在床前，把一应文券帐目交付与他道："这些田产银两，不是你公公遗下来的，也不是你父亲做官做史、论千论百抓来的，是晓得逐分逐厘、逐亩逐间，从骨头上磨出来、血汗里面挣出来的。我死之后，每年的花利，料你母子二人，吃用不完，可将馀剩的，逐年置此生产，渐渐扩充大来，也不枉我挣下这些基业。纵不能够扩充，也须要承守，饿死不可卖田，穷死不可典屋，一典卖动头，就要成破竹之势了。我如今虽死，精魂一时不散，还在这前后左右，看你几年，你须要谨记我临终之话。"说完，一口气不来，可怜死了。

竺生母子号天痛哭，成服开丧。头一个吊客就是王小山，其馀那些赌友，吊的吊，唁的唁，往往来来，络绎不绝。小山又斗众人出分，前来祭奠，意思甚是殷勤。竺生之母，起先只道丈夫在日，不肯结交，死后无人偢睬；如今看此光景，心下甚是喜欢。

及至七七已完，追荐事毕，只见有人来催竺生出丧，竺生回他年月不利，那人道：

无声戏

"趁此热丧不举，过后冷了，一发要选年择日，耽搁工夫，"竺生与他附耳唧哝，说了许多私话。那人又叫竺生领他到内室里面走了一遍，东看西看，就如相风水的一般，不知什么原故。待他去后，母亲盘问竺生，竺生把别话支吾过了。

又隔几时，遇著秋收之际，全不见有租米上门，母亲问竺生，竺生道："今年年岁荒歉，颗粒无数。"母亲道："又不水，又不旱，怎么会荒起来？"要竺生领去踏荒，竺生不肯。一日自己叫家人雇了一只小船，摇到一个庄上，种户出来，问是那家宅眷，家人道："我们的家主叫做王继轩，如今亡过了，这就是我们的主母。"种户道："原来是旧田主，请里面坐。"竺生之母思量道："田主便是田主，为何加个'旧'字，难道父亲传与儿子，也分个新旧不成？"走进他家，就说："今岁雨水调匀，并非荒旱，你们的粗米，为何一粒不交？"种户道："粗米交去多时了，难道还不晓得。"竺生之母道："我何曾见你一粒？"种户道："你家田卖与别人，我的粗米自然送到别人家去，为什么还送到你家来？"竺生之母大惊道："我家又不少吃，又不少穿，为什么卖田？且问你是何人写契？何人作中？这等胡说！"种户道："是你家大官写契，朱家大官作中，亲自领人来召佃的。"竺生之母不解其故，盘问家人，家人把主人未死之先，大官出去赌博，将田地写还赌债之事，一一说明。竺生之母方才大悟，浑身气得冰冷，话也说不出来，停了一会，又叫家人领到别庄上去。

家人道："娘娘不消去得，各处的庄头都去尽了。莫说田地，就是身底下的房子也是别人的，前日来催大官出丧，他要自己搬进来住。如今只剩得娘娘和我们不曾有售主，其馀家堂香火都不姓王了。"

说得竺生之母，眼睛直竖，就像泥塑木雕的一般，就叫收拾回去。到得家中，把竺生扯至中堂，拿了一根竹片道："瞒了我做得好事！"打不得两三下，自己闷倒在地，口中鲜血直喷。竺生和家人扶了上床，醒来又晕去，晕去又醒来，如此三日，竟与丈夫做伴去了。竺生哭了一场，依旧照前殡殓不题。

却说这所住房原是写与小山的，小山自知管业不便，卖与一个乡绅，那乡绅也不等出丧，竟著几房家人搬进来住。竺生存身不下，只得把二丧出了，交卸与他，可怜产业窠巢，一时荡尽。还亏得父亲在日，定下一头亲事，女家也是个财主，丈人见女婿身无著落，又不好悔亲，只得招在家中，做了布袋。后来亏丈人扶持，他自己也肯改过，虽不能恢复旧业，也还苟免饥寒。王竺生的结果，不过如此，没有什么稀奇。

却说王小山以前趁的银子，来来去去，不曾做得人家，亏得王竺生这注横财，方才置些实产。起先诱赌之时，原与众人说过，他得一半，众人分一半的，所以王竺生的家事共有三千，他除供给杂用之外，净得一千五百两，平空添了这些，手头自然活动。只是一件，银子便得了一大注，生意也走了一大半。为什么原故？远近的人都说他数月之中，弄完了王竺生一分人家，又坑死他两条性命，手心忒辣，心也忒狠，故此人都怕他起来，财主人家都把儿子关在家中，不放出来送命。王小山前车马，渐渐稀疏，得过一年之外，鬼也没得上门了。他是热闹场中长大的，那里冷静得过？终日背著手踱进踱出，再不见有个人来。

一日立在门前，有个客人走过，衣裳甚是楚楚，后面跟著两担行李，一担是随身铺盖，一担是四只皮箱，皮箱比行李更重，却像有银子的一般。那客人走到小山面前，拱一拱手道："借问一声，这边有买货的主人家，叫做王小山，住在那里？"小山道："问他何干？"客人道："在下要买些绸缎布疋，闻得他为人信实，特来相投。"小山想一想道："他问的姓名，与我的姓名只差得一笔，就冒认了也不为无因。况我一向买货原是在行的，目下正冷淡不过，不如留他下来，趁些用钱，买买小菜也是好的，上门生意，不要错过。"便随口答应道："就是小弟。"客人道："这等失敬了。"小山把他留进园中，揖毕坐下，少不得要问尊姓大号，贵处那里。客人道："在下姓田，一向无号，虽住在四川重庆府丰都县，祖籍也原是苏州。"小山道："这等是乡亲了。"说过一会闲话，就摆下酒来接风。吃到半中间，叫小厮拿色盆来行令，等了半日，再不见拿来。小山问什么原故，小厮道："一向用不著，不知丢在那个壁角头，再寻不出。"小山骂道："没用奴才，还喜得是吃酒行令，若还正经事要用，也罢了不成？"客人道："主人家不须著恼，我拜匣里有一个，取出来用用就是。"说完，就将拜匣开了，取出一付骰子，一个色盆。小山接来一看，那骰子用得熟熟滑滑、棱角都没的。色盆外面有黄蜡裹著，花梨架子嵌著，掷来是不响的。小山大惊道："老客带这件家伙随身，莫非平日也好呼卢么？"客人道："生平以此为命，岂特好而已哉！"小山道："这等待我约几个朋友，与老客掷掷何如？"客人道："在下有三不赌。"小山问那三不赌，客人道："论钱论两不赌，略赢便歇不赌，遇贫贱下流不赌。"小山道："这等不难，待我约几个乡绅老大，把注马放大些，赌到二三千金，结一次帐就是了。"客人道："这便使得。"小山道："既然如此，借稍看一看，是什么银水，待我好教他们照样带来。"客人

道："也说得是。"

就叫家人把四个皮箱一齐掇出，揭去绵纸封，开了表桐锁，把箱盖掀开。小山一看，只见：

> 银光闪烁，宝色陆离。大锭如舡，只只无人横野渡；弯形似月，溶溶如水映长天。面上无丝不到头，细如蛛网；脚根有眼皆通腹，密若蜂窠。将来布满祇园，尽可购成福地；若使叠为阿堵，也堪围住行人。

小山道："这样银水有什么说得，请收了罢。"詧人道："这外面冷静，我不放心，你不如点一点数目，替我收在里面去。输了便替我兑还人，赢了便替我买货。"小山道："使得。"客人道："我的银子都是五两一锭，没有两样的，拿天平来兑就是。"小山道："这样大锭，自然有五两，不消兑得，只数锭数就是了。"一五一十，数完了一箱，齐头是二百锭，共同银一千两，其馀三箱，总是一样，合成四千两之数。小山看完，依旧替他锁好，自己写了封皮，封得牢牢固固，教小厮掇了进去。当晚一家欢喜，小山梦里也笑醒来，真是天上掉下来的生意。

到次日，等不得梳头，就往各乡绅家去道："我家又有一个好主儿上门，请列位去赢他几千两用用。"各乡绅道："只怕没有第二个王竺生了。"小山道："我也不知他的家事比王竺生何如，只是赊、现二字，也就有天渊之隔了。"各乡绅听见，喜之不胜，一齐吩咐打轿，竟到小山家来。小山请客人出来见毕，吃了些点心，就下场赌。众人与小山又是串通的。起先故意输与客人，当日客人赢了六、七百两，次日又赢了二、三百两。到第三日，大家换过手法，接连赢了转来，每日四五百两。赌到十日之外，小山道："如今该结帐了。"就将筹马一数，帐簿一结，算盘一打，客人共输四千五百两。小山道："除了箱内之物，还欠五百两零头，请兑出来再赌。"

客人道："带来的本钱只有这些，求你借我千把，我若赢得转来，加利奉还；若再输了，总写一票，回去取来就是。"小山道："我与你并不相识，知道你是何等之人？你若不还，我那里来寻你？这个使不得。大家收拾排场，不消再赌。五百两的零头，是要找出来的，不要大模大样。他们做乡宦的眼睛，认不得你什么财主，若不称出来，送官送府，不像体面。"客人道："你晓得我只有这些稍，都交与你了。如今回去的盘

费尚且没有，教我把什么还他？"

小山变下脸来，走进房里，将行李一捡，又把两个家人身上一搜，果然半个钱也没有。只得逼他写一张欠票，约至三月后，一并送还，明晓得没处讨的，不过是个拖绳放的方法。

众人教小山拿银子出来分散，小山肚里是有毛病的，原与众人说开，照王竺生故事，自己得一半，众人分一半的，如今客人在前面，不好分得。只得对众人道："今日且请回，待明早送客人去了，大家来取就是。"众人道："这等要你出名，写几张欠票，明日好照票来支。"小山道："使得。"提起笔来竟写，也有论千的，也有论百的，众人捏了票子，都回去了。

小山当晚免不得办个豆腐东道，与客人饯行。客人道："在下生平再不失信，你到三个月后，还约众人等我，我不但送银子来还，还要带些来翻本。"小山道："但愿如此。"吃完了酒，又问客人讨了那四把钥匙过来，才打发他睡。

到次日送得出门，众乡绅一齐到了。小山忙唤小厮掇皮箱出来，一面取天平伺侯。只见一个小厮把四只皮箱叠做一撞，两只手捧了出来，全不吃力。小山惊问道："这四只箱子有二百六七十斤重，怎么一次就掇了出来？"小厮道："便是这等古怪，前日掇进去是极重的，如今都屁轻了。不知什么原故？"

小山吃一惊，逐只封皮验过，都不曾动，忙取钥匙开看，每箱原是二百锭，一锭也不少，才放了心。

就把天平上，一边放了法马，一边取银子来兑。掂一锭上来，果然是屁轻的，仔细一看，你道是什么东西？有《西江月》词为证：

硬纸一层作骨，外糊锡箔如银。原来面上细丝纹，都是盝痕板印。

看去自应五两，称来不上三分，下炉一试假和真，变做蝴蝶满空飞尽。

原来都是些纸锭。小山把眼定了一会，对众人道："不好了，青天白日被鬼骗了，这四皮箱都是纸锭，要他何用？"众人都支取看，果然不差，你看我，我看你，一个也不做声。小山想了一会道："怪道他说姓田。田字乃鬼字的头；又说在丰都县住，丰都乃出鬼的所在，详来一些不差。只有原籍苏州的话没有著落。是便是了，我和他前世

无冤，今世无仇，为什么装这个圈套来弄我？"把纸锭捏了又看，中间隐隐约约却像有行小字一般，拿到日头底下仔细一认，果然有印板印的七个字道：

不孝男王竺生奉。

小山看了，吓得寒毛直竖，手脚乱抖，对众人道："原原原来是王竺生的父亲怪我弄去他的家事，变做人来报仇的。这等看来，又合著原籍苏州的话了。"小山只说众人都是共事的，一齐遇了鬼，大家都要害怕。那里晓得乡绅里面，有个不信鬼的，大喝一声道："老王，你把客人的银子，独自一人藏了，故意鬼头鬼脑，弄这样把戏来骗人。世上那有鬼会赌钱的？他要报仇，怕扯你不到阎王面前去，要这等斯斯文文来和你顽耍？好好拿银子出来，不要胡说！"

众人起先都在惊疑之际，听了这番正论，就一唱百合起来道："正是！你把好好的人打发去了，如今说这样鬼话。就真正是鬼，也留他在这边，我们自会问鬼讨帐，那个教你会了下来？这票上的字，若是鬼写的就罢了；若是人写的；不怕他少我们一厘！"

小山被众人说得有口难分，又且寡不敌众，再向前分剖几句，被众人一顿"光棍奴才"。教家人一齐动手，打了一顿，将索子锁住，只要送官。小山跪下讨饶道："列位老爷请回，待小人一一赔还就是。"众人道："要还就还，这个帐是冷不得的，任你田产屋业我们都要，只不许抬价。"小山思量道："我这鸡蛋怎么对得石子过？若还到官，官府自然有他体面；况且票上又不曾写出'赌钱'二字，怎么赖得？刑罚要受，监牢要坐，银子依旧要赔，也要我数该如此，不如写还了罢。"就唤小厮取出纸笔，照王竺生当日的写法，一扫千张，不完不住。只消半日工夫，把赌场上骗来的产业，与祖父遗下的田地，尽铜铸钟，送得乾乾净净，连花园也住不成，依旧退还原主去了。

文书匣内刚刚留得一张欠票，做个海底遗珠，展开一看，原来是田客人欠下的五百两赌债，约至三月后送还的。小山看了，又怕起来道："他临去之时，曾说生平再不失信，倘若三月后果然又来，如何了得？"只得叫几个道士，打了三日醮，将四皮箱纸锭，连欠票一齐烧还，只求免来下顾。亏这一番忏悔，又活了三年才死。

那些赢钱去的乡绅，夜夜做梦，说田客人要来翻本，疑心成病，不上三年，也都陆续死尽。可见赌博一事，是极不好的。不但赢来的钱钞，做不得人家；就是送去了人家，也损於阴德。

如今世上，不知多少王小山在阳间趁钱，多少王继轩在阴间叹气。他虽未必个个到阳间来寻你，只怕你终有一日到阴间去就他。

若阎罗王也是开赌场的便好，万一不好此道，这场官司就要输与原告了。

奉劝世人，三十六行的生意，桩桩做得，只除了这项钱财，不趁也好。

评：

　　这样小说，竟该做仙方卖，为人子弟的，不可不买了看，为人父兄的，更不可不买了看。

第九回 变女为儿菩萨巧

诗云：

> 梦兆从来贵反详，梦凶得吉理之常；
> 却更有时明说与，不须寤后搅思肠。

说话世上人做梦一事，其理甚不可解，为什么好好的睡了去，就会见张见李，与他说起话、做起事来？那做张做李的人，若说不是鬼神，渺渺茫茫之中，那里生出这许多形象？

若说果是鬼神，那梦却仅有不验的，为什么鬼神这等没正经，等人睡去，就来缠扰？或是醉人以酒，或是迷人以色，或是诱人以财，或是动人以气，不但睡时搅人的精神，还到醒时费人的思索，究竟一些效验也没有，这是什么原故？

要晓得鬼神原不验人，是人自己骗自己。梦中的人，也有是鬼神变来的，也有是自己魂魄变来的。若是鬼神变来的，善则报之以吉，恶则报之以凶。或者凶反之以吉，要转他为恶之心；吉反报之以凶，要励他为善之志。这样的梦，后来自然会应了。

若是自己魂魄变来的，他就不论你事之邪正，理之是非，一味只要投其所好。你若所好在酒，他就变做刘伶、杜康，携酒来与你吃；你若所好在色，他就变作西施、毛嫱，献色来与你淫；你若所重在财，他就变做陶朱、猗顿，送银子来与你用；你若所重在气，他就变做孟贲、乌获，拿力气来与你争？这叫做日之所思，夜之所梦，自己骗自己的，后来那里会应？

我如今且说一个验也验得巧的，一个不验也不验得巧的，做个开场道末，以起说梦之端。

当初有个皮匠，一贫彻骨，终日在家堂香火，面前烧香礼拜道："弟子穷到这个地步，一时怎么财主得来？你就保佑我生意亨通，每日也不过替人上两双鞋子，打几个掌头，有什么大进益？只除非保佑我掘到一窖银了，方才会发积。就不敢指望上万上千，便是几百、几十两的横财，也见赐一注，不枉弟子哀告之诚。"

终日说来说去，只是这几句话。忽一夜就做起梦来，有一个人问他道："闻得你要掘窖，可是真的么？"皮匠道："是真的。"那人道："如今某处地方，有一个窖在那里，你何不去掘了来？"皮匠道："底下有多少数目？"那人道："不要问数目，只还你一世用他不尽就是了。"皮匠醒来，不胜之意，知道是家堂香火，见他祷告志诚，晓得那里有藏，教他去起的了。等得到天明，就去办了三牲，请了纸马，走到梦中所说的地方，祭了土地，方才动土。

掘下去不上二尺，果然有一个蒲包，捆得结结实实，皮匠道："是了，既然应了梦，决不止一句。如今不但几十几百，连上千上万都有了。"及至提起来，一句之下，并无他物，那包又是不重的。皮匠的高兴，先扫去一半了。再拿来解开一看，却是一蒲包的猪鬃。

皮匠大骇，却等丢去，又思量道："猪鬃是我做皮匠的本钱，怎好暴弃天物。"就拿回去穿线缝鞋，后来果然一世用他不尽。

这或者是因他自生妄想，魂魄要阿其所好，信口教他去起窖，偶然撞著的；又或者是神道因他聒絮得厌烦，有意设这个巧法，将来回覆他的，总不可知。这一个是不验的巧处了。

如今却说那验得巧的。杭州西湖上，有个于坟，是少保于忠肃公的祠墓。凡人到此求梦，再没有一个不奇验的。

每到科举年，他的祠堂，竟做了个大歇店，清晨去等的，才有床，午前去的，就在地下打铺，午后去的，连屋角头也没得蹲身，只好在阶檐底下、乱草丛中，打几个瞌睡而已。

那一年有同寓的三个举子，一齐去祈梦，分做三处宿歇。次日得了梦兆回来，各有忧惧之色，你问我不说，我问你不言。

直到晚间吃夜饭，居停主人道："列位相公各得何梦？"三个都攒眉蹙额道："梦兆甚是不祥。"主人道："梦凶得吉，从来之常，只要详得好。你且说来，待我详详看。"

内中有一个道："我梦见于忠肃公，亲手递个象棋与我，我拿来一看，上面是个'卒'字，所以甚是忧虑。卒者死也，我今年不中也罢了，难道还要死不成？"

那二人听见，都大惊大骇起来，这个道："我也是这个梦，一些不差。"那个又道："我也是这个梦，一些不差。"三人愁做一堆，起先去祈梦，原是为功名；如今功名都不想，大家要求性命了。

主人想了一会道："这样的梦，须得某道人详，才解得出，我们一时解他不来。"三人都道："那道人住在那里？"主人道："就在我这对门，只有一河之隔。他平素极会详梦，你们明日去问他，他自然有绝妙的解法。"三人道："既在对门，何须到明日，今晚便去问他就是了。"主人道："虽隔一河，无桥可度，两边路上俱有栅门，此时都已锁了，须是明日得相见。"三人之中有两个性缓的，有一个性急的，性缓的竟要等到明日了，那性急的道："这河里水也不深，今晚便待我涉过水去，央他详一详，少不得我的吉凶，就是你们的祸福了，省得大家睡不著。"

说完，就脱了衣服，独自一人，走过水去，敲开道人的门，把三人一样的梦，说与他详。

无声戏

道人道："这等夜静更深，栅门锁了，相公从那里过来的？"此人道："是从河里走过来的。"道人道："这等那两位过来不曾？"祈梦的道："他们都不曾来。"道人大笑道："这等那两位都不中，单是相公一位中了。"此人道："同是一样的梦，为什么他们不中，我又会中起来？"道人道："这个'卒'字，既是棋子上的，就要到棋子上去详了。从来下象棋的道理，卒不过河，一过河就好了。那两位不肯过河，自然不中；你一位走过河来，自然中了，有什么疑得？"

此人听见，虽说他详得有理，心上只是有些狐疑；及至挂出榜来，果然这个中了，那两个不中。可见但凡梦兆，都要详得好，鬼神的聪明，不是显而易见的，须要深心体认一番，方才揣摩得出。

这样的梦，是最难详的了；却一般有最易详的，明明白白，就像与人说话一般，这又是一种灵明，总则要同归於验而已。

万历初年，扬州府泰州盐场里，有个灶户，叫做施达卿。原以烧盐起家，后来发了财，也还不离本业，但只是发本钱与别人烧，自己坐收其利。家赀虽不上半万，每年的出息，倒也有数千。

这是什么原故？只因灶户里面，赤贫者多，有家业者少，盐商怕他赖去，不肯发大本与他；达卿原是同夥的人，那一个不熟？只见做人信实的，要银就发，不论多寡，人都要图他下次，再没有一个赖他的。只是利心太重，烧出盐来，除使用之外，他得七分，烧的只得三分。家中又有田产屋业，利上盘起利来，一日富似一日，灶户里边，只有他这个财主。古语道得好：

地无朱砂，赤土为佳。

海边上有这个富户，那一个不奉承他？夫妻两口，享不尽素封之乐。只是一件，年近六十，尚然无子。其妻向有醋癖，五十岁以前，不许他娶小，只说自己会生，谁想空心蛋也不曾生一个，直到七七四十九岁以后，天癸已绝，晓得没指望了，才容他讨几个通房。

达卿虽不能够肆意取乐，每到经期之后，也奉了钦差，走去下几次种。却也古怪，那些通房在别人家就像雌鸡、母鸭一般，不消家主同衾共枕，只是说话走路之间，得空偷偷摸摸，就有了胎；走到他家，就是阉过了的猪，揭过了的狗，任你翻来覆去，横困也没有，竖困也没有，秋生冬熟之田，变做春夏不毛之地，达卿心上甚是忧煎。

他四十岁以前，闻得人说，准提菩萨感应极灵，凡有吃他的斋、持他的咒的，只不要祈保两事，求子的只求子，求名的只求名，久而久之，自有应验。他就发了一点虔心，志志诚诚，铸一面准提镜，供在中堂，每到斋期，清晨起来，对著镜子，左手结了金刚拳印，右手持了念珠，第一诵净法界真言二字道：

唵噬

念了二十一遍。第二诵护身真言三字道：

唵啮嗹。

也是二十一遍。第三诵大明真言七字道：

唵么扼钵讷铬咔。

一百零八遍。第四才诵准提咒廿七字道：

南无飒哆喃，三藐三菩提、俱胝喃、怛你也他、折隶主隶、准提娑婆诃。

也是一百零八遍。然后念一首偈道：

稽首皈依苏悉帝，头面顶礼七俱胝；
我今称赞大准提，惟愿慈悲垂加护。

讽诵完了，就把求子的心事，祷告一番，叩首数通已毕，方才去吃饭做事。那准提斋每月共有十日，那十日？

初一　初八　十四　十五　十八
廿三　廿四　廿八　廿九　三十

若还月小，就把廿七日，预补了三十，又有人恐怕琐琐碎碎，记他不清，将十个日子，编做两句话道：

一八四五八，三四八九十。

只把这两句念得烂熟，自然不会忘了。只是一件，这个准提菩萨，是极会磨炼人的，偏是不吃斋的日子，再撞不著酒筵；一遇了斋期，便有人请他赴席。那吃斋的人，清早起来，心是清的，自然记得，偏没人请他吃早酒；到了晚上，百事分心，十个九个都忘了，偏要撞著头脑，遇著荤腥，自然下箸，等到忽然记起的时节，那鱼肉已进了喉咙，下了肚子，挖不出了。

独有施达卿专心致志，自四十岁上吃起，吃到六十岁，这二十年之中，再不曾忘记一次，怎奈这椿求子的心事，再遂下来。

那一日是他六十岁的寿诞，起来拜过天地，就对着准提镜子哀告道："菩萨，弟子皈依你二十年，日子也不少了；终日烧香礼拜，头也磕够了；时常苦苦哀求，话也说得烦了。就是我前世的罪多孽重，今生不该有子，难道你在玉皇上帝面前，这个小小分上，也讲不来？如今弟子绝后也罢了，只是使二十年虔诚奉佛之人，依旧做了无祀之鬼，那些向善不诚的，都要把弟子做话柄。说某人那样志诚，尚且求之不得，可见天意是挽回不来的。则是弟子一生苦行，不唯无益，反开世人谤佛之端，绝大众皈依之路，弟子来生的罪业，一发重了。还求菩萨舍一舍慈悲，不必定要宁馨声之子，富贵之儿，就是喑聋瘤哑的下贱之坯，也赐弟子一个，度度种也是好的。"

说完，不觉孤凄起来，竟要放声大哭，只因是个寿日，恐怕不祥，哭出声来，又收了进去。及至到晚，寿酒吃过了，贺客散去了，老夫妻睡做一床，少不得在被窝里，也做一个生日。睡到半夜，就做起梦来，也像日间对着镜子，呼冤叫屈，日间收进去的哭声，此时又放出来了。正哭到伤心之处，那镜子里竟有人说起话来，道："不要哭，不要哭，子嗣是大事，有只是有，没有只是没有，难道像那骗孩童的果子一般，见你哭得凶，就递两个与你不成？"达卿大骇，走到镜子面前仔细一看，竟有一尊菩萨盘膝坐在里边。达卿道："菩萨，方才说话的就是你么？"菩萨道："正是。"达卿就跪下来道："这等弟子的后嗣，毕竟有没有，倒求菩萨说个明白，省得弟子痴心妄想。"菩萨道："我对你说，凡人'妻财子禄'四个字，是前生分定的，只除非高僧转世，星宿现形，方才能够四美俱备，其余的凡胎俗骨，有了几椿，定少几椿，那里能够十全？你当初降生这前，只因贪嗔病重，讨了'妻财'二字竟走，不曾提起'子禄'来，那生灵簿上不曾注得，所以今生没有。我也再三替你挽回，怎奈上帝说你利心太重，刻薄穷民，虽有二十年好善之功，还准折不得四十载贪刻之罪，那里求得子来？后嗣是没有的，不要哄你。"达卿慌起来道："这等请问菩萨，可还有什么法子，忏悔得来么？"菩萨道："忏悔之法尽有，只怕你拼不得。"达卿道："弟子年已六十，死在眼前，将来莫说田产屋业，都是别人的，就是这几根骨头，还保不得在土里土外，有什么拼不得？"菩萨道："大众的俗语说得好：'酒病还须仗酒医。'你的罪业原是财上造来的，如今还把财去忏悔。你若拼得尽。家私，拿来施舍，又不可被人骗去，务使穷民得沾实惠，你的家私，十分之中，散到七、八分上，还你有儿子生出来。"达卿稽首道："这等弟子谨依法旨，只求菩萨不要失信。"菩萨道："你不要叮嘱我，只消叮嘱自家。你若不失信，我也决不失信。"说完，达卿再朝镜子一看，菩萨忽然不见了。

正在惊疑之际，被妻子翻身碍醒，才晓得是南柯一梦。心上思量道："我说在菩萨面前，哀恳二十年，不见一些影响，难道菩萨是没耳朵的？如今这个梦，分明是直捷回音了，难道还好不信？无论梦见的是真菩萨，假菩萨，该忏悔，不该忏悔，总则我这些家当，将来是没人承受的，与其死了待众人瓜分，不如趁我生前散去。"主意定了，次日起来，就对镜子拜道："蒙菩萨教诲的话，弟子句句遵依，就从今日做起，菩萨请看。"拜完了，教人去传众灶户来，当面吩咐："从今以后，烧盐的利息与前相反，你们得七分，我得三分。以前有些陈帐，你们不曾还清的，一概蠲免。"就寻出票约来，在准提镜前，一火焚了。又吩咐众人："以后地方上，凡有穷苦之人，荒月没饭吃的，冬天没绵袄穿的，死了没棺材盛的，都来对我讲，我察得是实，一一舍他，只不可假装穷态来欺我，就是有什么该砌的路，该修的桥，该起建的庙宇，只要没人侵欺，我只管捐赀修造。烦列位去传谕一声。"

众人听见，不觉欢声震天，个个都念几声"阿弥陀佛"而去，不曾传谕得三日，达卿门前就揎挤不开，不是求米救饥的，就是讨衣遮寒的；不是化砖头砌路的，就是募石板修桥的；至于募缘抄化的僧道，讨饭求丐的乞儿，一发如蜂似蚁，几十双手还打发不开。

达卿胸中也有些泾渭，紧记了菩萨吩咐不可被人骗去的话，宗宗都要自己查核得确，方才施舍与他；那些假公济私的领袖，一个也不容上门。他那时节的家私，齐头有一万，舍得一年有余，也就去了二千。

忽然有个通房，焦黄精瘦，生起病来，茶不要，饭不贪，只想酸甜的东西吃。达卿知道是害喜了。问他经水隔了几时，通房道："三个月不洗身上了。"达卿喜欢得眼闭口开，不住嘻嘻的笑。先在菩萨面前，还个小小愿心，许到生出的时节，做四十九日水陆道场，拜酬佛力。那些欢做善事的人，闻得他有了应验，一发勇跃前来。起先的募法，还是论钱论两的多，到此时募缘的眼睛，忽然大了，多则论百，少则论十，要拿住他施舍。若还少了，宁可不要，竟像达卿通房的身孕，是他们做出来的一般。众人道："他要生儿子，毕竟有求于我。"他又道："我有了儿子，可以无求于人。"

达卿起先的善念，虽则被菩萨一激而成，却也因自己无子，只当拿别人的东西来撒漫的。此时见通房有了身孕，心上就踌躇起来道："明日生出来的，无论是男是女，总是我的骨血，就作是个女儿，我生平只有半子，难道不留些奁产嫁他？万一是个儿子，少不得要承家守业，东西散尽了，教他把什么做人家；菩萨也是通情达理的，既送个儿子与我，难道教他呷风不成？况且我的家私也散去十分之二，譬如官府用刑，说打一百，打到二三十上，也有饶了的，菩萨以慈悲为本，决不求全责备，我如今也要收兵了。"从此以后，就用着俗语二句：

> 无钱买茄子，只把老来推。

募化的要多，他偏还少，好待募化的不要，做个退兵之策。欲语又有四句道得好：

> 善门难开，善门难闭。
> 招之则来，推之不去。

当初开门喜舍的时节，欢声也震天；如今闭门不舍的时节，怨声也震地。一时间，就惹出许多谤詈之言，道："他为善不终，且看他儿子生得出，生不出？若还小产起来，或是死在肚里，那时节只怕懊悔不及。"

谁想起先祝愿的话也不灵，后来诅咒之词也不验，等到十月满足，一般顺顺溜溜生将下来。达卿立在卧房门前，听见孩子一声叫响，连忙问道："是男是女？"收生婆子把小肚底下摸了一把，不见有碍手的东西，就应道："只怕是位令爱。"达卿听见，心上冷了一半。过了一会，婆子又喊起来道："恭喜，只怕是位令郎。"达卿就跳起来道："既然是男，怎么先说是女，等我吃这一惊？"口里不曾说得完，两只脚先走到菩萨面前，磕一个头，叫一声"好菩萨"。正在那边拜谢，只见有个丫环如飞的赶来道："收生婆婆请老爹说话。"达卿慌忙走去，只说产母有什么差池，赶到门前，立住问道："有什么话讲？"

婆子道："请问老爹，这个孩子，还是要养他起来、不养他起来？"达卿大惊道："你说的好奇话，我六十多岁，才生一子，犹如麒麟、凤凰一般，岂有不养之理？"婆子道：“不是个儿子。”达卿道：“难道依旧是女儿不成？”婆子道：“若是女儿，我倒也劝你养起来了。”达卿道：“这话一发奇，既不是儿子，又不是女儿，是个什么东西？”婆子道：“我收了一世生，不曾接着这样一个孩子，我也辨不出来，你请自己进来看。”达卿就把门帘一掀，走进房去，抱着孩子一看，只见：

　　肚脐底下，腿胯中间。结子丁香，无其形而有其迹；含苞豆蔻，开其外而闭其中。凹不凹，凸不凸，好像个压匾的馄饨；圆又圆，缺又缺，竟是个做成的肉饺。迤于阴阳之外，介乎男女之间。

原来是个半雌不雄的石女。达卿看了，叹一口气，连叫几声“孽障”，将来递与婆子道：“领不领随在你们，我也不好做主意。”说完，竟出去了。

达卿之妻道：“做一世人，只生得这些骨血，难道忍得淹死不成？就当不得人养，也只当放生一般，留在这边，积个阴德也是好的。”就教婆子收拾起来，一般教通房抚养。

却说达卿走出房去，跪到菩萨面前，放声大哭。哭了一场，方才诉说道：“菩萨，是你亲口许我的，教我散去家私，还我一个儿子，我虽不曾尽依得你，这二三千两银子也是难出手的。别人在佛殿上施一根椽，舍一个柱，就要祈保许多心事；我舍去的东西，若拿来交与银匠，也打得几个银孩子出来，难道就换不得一个儿子？便是儿子舍不得，女儿也还我一名，等我招个女婿养养老也是好的。再作我今生罪深孽重，祈保不来，索性不教我生也罢，为什么弄出这个不阴不阳的东西，留在后面现世？”说完又哭，哭完又说，竟像定要与菩萨说个明白的一般。哭到晚间，精神倦了，昏昏的睡去。

那镜子里面依旧像前番说起话来道：“不要哭，不要哭，我当初原与你说过的，你不失信，我也不失信。你既然将就打发我，我也将就打发你，难道舍不得一分死宝，就要换个完全活宝去不成？”达卿听见，又跪下来道：“菩萨，果然是弟子失信，该当绝后无辞了。只是请问菩萨，可还有么法子忏悔得么？”菩萨道：“你若肯还依前话，拼着家私去施舍，我也还依前话，讨个儿子来还你就是。”达卿还要替他讨了明白，不想再问就不应了，醒来又是一梦。心上思量道：“菩萨的话原说得不差，是我抽他的桥

中国禁书文库

无声戏

板，怎么怪得他拔我的短梯？也罢，我这些家私依旧是没人承受的了，不如丢在肚皮外散尽了他，且看验不验？"

到第二日，照前番的套数，菩萨面前，重发誓愿，呼集众人，教他"不可因我中止善心，不来劝我布施，凡有该做的好事，不时相闻，自当领教。"众人依旧欢呼念佛而去。

那一年恰好遇着奇荒，十家九家绝食，达卿思量道："古语云：'饥时一口，饱时一斗。'此时舍一分，强如往常舍十分，不可错了机会。"就把仓中的稻子，尽数发出来，赈济饥民；又把盐本收起来，教人到湖广、江西买米赈粥，一连舍了三月，全活的饥民，不止上千，此时家私将去一半。心上思量道："如今也该有些动静了。"只管去问通房："经水来不来？肚子大不大？可想吃什么东西了？"通房都道："一些也不觉得。达卿心上又有些疑惑起来道："我舍的东西，虽然不曾满数，只是菩萨也该把个消息与我，为什么比前倒迟钝起来？"

忽一日，丫环抱了那个石女，走到达卿面前道："老爹抱抱孩子，我要去有事。"这孩子生了半年，达卿不曾沾手，因他是个怪物，见了就要气闷起来。此时欲待不接，怎奈那个丫环因小便紧急，不由家主情愿，丢在怀中，竟上马桶去了。达卿把孩子仔细一看，只见眉清目秀，耳大鼻丰，尽好一个相貌。就叹口气道："这样一个好孩子，只差得那一些，就两无所用。我的罪业固然重了，你前世作了什么恶，就罚你做这样一个东西"说完，把他抱裙揭开，看那腰下之物。不想看出一场大奇事来。你道什么奇事？那孩子生出来的时节，小便之处，男女两件都是有的，只是男子的倒缩在里面，女子的倒现在外边，所以男不像男，女不像女；如今不知什么原故，女子的渐渐长平了，男子的又拖了半截出来，竟不知是几时变过的。

他母亲夜间也不去摸他，日间也不去看他。此时达卿无心看见，就惊天动地叫起来道："你们都来看奇事！"一时间，妻子、通房、丫环使婢都走拢来道："什么奇事？"达卿把孩子两脚扒开与众人看。众人都大惊道："这件东西是那里变出来的？好怪异！"达卿道："这等看起来，分明是菩萨的神通了。想当初降生的时节，他原做个两可的道理，试我好善之心诚不诚，男也由得他，女也由得他，不男不女也由得他。如今见我的家私舍去一半，所以也拿一半来安慰我。这等看来，将来还不止于此。只是这一半，也还是拿不稳的，我若照以前中止了善心，焉知伸得出来的缩不进去？如

今没得说，只是发狠施舍就是了。"

当日率了妻子通房，到菩萨面前磕了无数的头，就去急急寻好事做。不多几时，场下瘟病大作，十个之中，医不好两三个。薄板棺材，从一两一口卖起，卖到五六两还不住。达卿就买了几排木头，教上许多匠作，昼夜做棺材施舍。又着人到镇江请名医，苏州买药料，把医生养在家中，施药替人救治。医得好的，感他续命之恩；医不好的，啣他掩尸之德。不上数月，又舍去二三千金。再把孩子一看，不但人道又长了许多，连肾囊肾子都褪出来了。

达卿一来因善事圆满，二来因孩子变全，就往各寺敦请高僧，建七七四十九日水陆道场，酬还凤愿。功德完日，正值孩子周试之期，数百里内外，受惠之人，都来庆贺。

以前达卿因孩子不雌不雄，难取名字，直到此时，方才拿得定是个男子，因他生得奇异，取名叫做奇生。后来易长易大，一些灾难也没有，资性又聪明，人物又俊雅，全不像灶户人家生出来的。

达卿延请名师，教他诵读，十六岁就进学，十八岁就补廪。补廪十年，就膺了恩选，做过一任知县，一任知州。致仕之时，家资仍以万计。

达卿当初只当不曾施舍，白白得了一个贵子，又还饶了一个封君，你道施舍的利钱，重与不重？

可见作福一事，是男人种子的仙方，女子受胎的秘诀，只是施舍的银子，不可使他落空，都要做些眼见的世德。

如今世上无子的人，十个九个是财上安命的，那里拼得施舍？究竟那些家产，终久是别人的，原与施舍一样。他宁可到死后分脏，再不肯在生前作福，这是什么原故？只因有两个主意，横在胸中，所以不肯割舍。

第一个主意，说焉知我后来不生，生出来还要吃饭；不知天有生人，必有养人，那有个施恩作福，修出来的儿子，会饿死的？

第二个主意，说有后无后，是前生注定的，那里当真修得来？不知因果一事，虽未必个个都像施达卿应得这般如响，只是钱财与子息这两件东西，大约有些相碍的。钱财多的人家，子息定少；子息多的人家，钱财必希。

不信但看打鱼船上穷人，卑田院中的丐妇，衣不遮身，食不充口，那儿子横一个，竖一个，止不住只管生出来；盈千累万的财主，妻妾满堂，眼睛望得血出，再不见生，就生了也养不大。可见银子是妨人的东西，世上无嗣的诸公，不必论因果不因果，请多少散去些，以为容子之地。

评：

　　施达卿是个极会算计的人，前半施舍也不妙，且半段施舍也不妙，妙在中间歇了一歇，若竟施舍到头，明明白白生个儿子出来，就索然无味，没有这样好小说，替他流芳百世了。如今世上为善不终之人，个个都可以流芳百世，只要替做小说的，想个收场之法耳。

第十回　稳妻换妾鬼神奇

词云：

> 韭菜瓶翻莫救，葡萄架倒难支。阃内烽烟何日靖，报云死后班师。欲使
> 妇人妨，除非阉尽男儿。醋有新陈二种，其间酸味同之。陈醋止闻妻妒妾，
> 近来妾反先施。新醋更加有味，唇边咂尽胭脂。

这首词，名为《何满子》，单说妇人吃醋一事。人只晓得醋乃妒之别名，不知这两个字也还有些分辨。"妒"字从才貌起见，是男人、妇人通用得的；"醋"字从色欲起见，是妇人用得着、男子用不着的。

虽然这两个名目，同是不相容的意思，究竟咀嚼起来，妒是个歪字眼，醋是件好东西。当初古人命名，一定有个意思，开门七件事，醋是少不得的，妇人主中馈，凡物都要先尝，吃醋是他本等，怎么比做争锋夺宠之事？

要晓得争锋争得好，夺宠夺得当，也就如调和饮食一般，醋用得不多不少，那吃的人，就但觉其美而不觉其酸了；若还不当争而争，不当夺而夺，只顾自己，不管别人，就如性喜吃酸的妇人，安排饮食，只像自己的心，不管别人的口，当用盐酱的都用了醋，那吃的人，自然但觉其酸而不觉其美了。

可见吃醋二字，不心尽是妒忌之名，不过说他酸的意思，就如秀才悭吝，人叫他酸子的一般。

究竟妇人家这种醋意，原是少不得的。当醋不醋，谓之失调，要醋没醋，谓之口淡。怎叫做当醋不醋？譬如那个男子，是姬妾众的，外遇多的，若有个会吃醋的妻子，钳束住了，还不至于纵欲亡身；若还见若不见，闻若不闻，一味要做女汉高，豁达大

度，就像饮食之中，有油腻而无韭盐，多甘甜而少酸辣，吃了必致伤人，岂不叫做失调？

怎叫做要醋没醋？譬如富贵人家，珠翠成行，钗环作队，若有个会吃醋的妻子夹在中间，愈加浑身津津有味；若还听我自去，由我自来，不过像个家鸨母，迎商奉客，譬如饮食之中，但知鱼肉腥膻，不觉珍馐之贵重，滋味甚是平常，岂不叫做口淡？只是这件东西，原是拿来和作料的，不是拿来坏作料的，譬如药中的饮子，姜只好用三片，枣只好用一枚，若用多了，把药味都夺了去，不但无益，而反有损，那了药的人，自然容不得了。

从来妇人吃醋的事，戏文、小说上，都已做尽，那里还有一椿剩下来的？只是戏文、小说上的妇人，都是吃的陈醋，新醋还不曾开坛，就从我这一回吃起。

陈醋是大吃小的，新醋是小吃大的。做大的醋小，还有几分该当，就酸也酸得有文理；况且他说的话，丈夫未必心眼，或者还有几次醋不着的。

惟有做小的人，倒转来醋大，那种滋味，酸到个没理的去处，所以更觉难当；况且丈夫心上，爱的是小，厌的是大。他不醋就罢，一醋就要醋着了。区区眼睛看见一个，耳朵听见一个。眼睛看见的是浙江人，不好言其姓氏。丈夫因正妻无子，四十岁上娶了一个美妾。这妾极有内才，又会生子，进门之后，每年受一次胎，只是小产的多，生得出的少。他又能钳制丈夫，使他不与正妻同宿。

一日正妻五旬寿诞，丈夫禀命于他，说："大生日比不得小生日，不好教他守空房。我权过去宿一晚，这叫做'百年难遇岁朝春'，此后不以为例就是了。"其妾变下脸来道："你去就是了，何须对我说得！"他这句话是煞气的声口，原要激他中止的。谁想丈夫要去的心慌，就是明白禁止，尚且要矫诏而行，何况得了这个似温不严的旨意，那里还肯认做假话，调过头去竟走。其妾还要唤他转来，不想才走进房，就把门窗紧闭，同上牙床，大做生日去了。

十年割绝的夫妻，一旦凑做一处，在妻子看了，不消说是久旱逢甘雨，在丈夫看了，也只当是他乡遇故知，诚于中而形于外，自然有许多声响做出来了。

其妾在门外听见，竟当做一椿怪事，不说他的丈夫被我占来十年，反说我的丈夫被他夺去一夜。要勉强熬到天明，与丈夫厮闹，一来十年不曾独宿，捱不过长夜如年；二来又怕做大的趁这一夜工夫，把十年含忍的话，在枕边发泄出来，使丈夫与他离心

离德。

　　想到这个地步，真是一刻难容，要叫又不好叫得，就生出一个法子，走到厨下点一盏灯，拿一把草，跑到猪圈屋里，放起火来，好等丈夫睡不安宁，起来救火。他的初意，只说猪圈屋里没有什么东西，拼了这间破房子，做个火攻之计，只要吓得丈夫起来，救灭了火，依旧扯到他房里睡，就得计了。

　　不想水火无情，放得起，浇不息，一夜直烧到天明，不但自己一分人家化为灰烬，连四邻八舍的屋宇，都变为瓦砾之场。

　　次日丈夫拷打丫环，说："为什么夜头夜晚，点灯到猪圈里去？"只见许多丫环众口一词，都说："昨夜不曾进猪圈，只看见二娘立在大娘门口，悄悄的听了一会，后来慌忙急促走进厨房，一只手拿了灯，一只手抱了草，走到后面去，不多一会，就火着起来，不什么原故？"丈夫听了这些话，才晓得是奸狠妇人做出来的歹事。后来邻舍知道，人人切齿，要写公呈出首，丈夫不好意思，只得私下摆布杀了。这一个是区区目击的，乃崇祯九年之事。

　　耳闻在那一个是万历初年的人，丈夫叫做韩一卿，是个大富长者，在南京淮清门外居住。正妻杨氏，偏房陈氏。杨氏嫁来时节，原是个绝标致的女子，只因到二十岁外，忽地染了疯疾，如花似玉的面庞，忽然臃肿，一个美貌佳人，变做疯皮癞子。

　　丈夫看见，竟要害怕起来，只得另娶了一房，就是陈氏。他父亲是个皂隶，既要接人的重聘，又不肯把女儿与人做小，因见一卿之妻染了此病，料想活不久，贪一卿家富，就许了他。

　　陈氏的姿色虽然艳丽，若比杨氏未病之先，也差不得多少，此时进门与疯皮癞子比起来，自然一个是西施，一个是嫫姆了。治家之才，驭下之术，件件都好，又有一种笼络丈夫的伎俩。进门之夜，就与他断过："我在你家，只可与一人并肩，不可使二人敌体。自我进门之后，再不许你娶别人了。"一卿道："以后自然不娶。只是以前这一个，若医不好就罢了；万一医得好，我与他是结发夫妻，不好抛撇，少不得一边一夜，只把心向你些就是了。"陈氏晓得是决死之症，落得做虚人情，就应他道："他先来，我后到，凡事自然要让他。莫说一边一夜，就是他六我四，他七我三，也是该当的。"

　　从此以后，晓得他医不好，故意催丈夫赎药调治；晓得形状恶赖，丈夫不敢近身，

故意推去与他同睡。杨氏只道是个极贤之妇，心上感激不了，凡是该说的话，没有一句不教诲他。一日对他道："我是死快的人，不想在他家过日子了，你如今一朵鲜花才开，不可不使丈夫得意。他生平有两椿毛病，是犯不得的，一犯了他，随你百般粉饰，再医不转。"陈氏问那两椿，杨氏道："第一椿是多疑，第二椿是悭吝。我若偷他一些东西到爷娘家去，他查出来，不是骂，就是打，定有好几夜不与我同床，这是他悭吝的毛病。他眼睛里，再着不得一些嫌疑之事。我初来的时节，满月之后，有个表兄来问我借银子，见他坐在面前，不好说得，等他走出去，靠了我的耳朵说几句私话。不想被他张见，当时不说，直等我表兄去了，与我大闹，说平日与他没有私情，为什么附耳讲话？竟要写休书休起我来。被我再三折辩，方才中止。这椿事至今还不曾释然。这是他疑心的毛病。我把这两椿事说在你肚里，你晓得他的性格，时时刻刻要存心待他，不可露出一些破绽，就离心离得，不好做人家了。"陈氏得了这些秘诀，口中感谢不尽，道："是母亲爱女儿也不过如此，若还医得你好，教我割股也情愿。"

却说杨氏的病，起先一日狠似一日，自从陈氏过门之后，竟停住了。又有个算命先生，说他"只因丈夫命该克妻，所以累你生病；如今娶了第二房，你的担子轻了一半，将来不会死了。"陈氏听见这句话，外面故意欢喜，内里好不担忧。就是他的父亲，也巴不得杨氏死了，好等女儿做大，不时弄些东西去浸润他，谁想终日打听，再不见个死的消息。

一日来与女儿商量说："他万一不死，一旦好起来，你就要受人的钳制了，倒不如弄些毒药，早些结束了他，省得淹淹缠缠，教人记挂。"陈氏道："我也正要如此。"又把算命先生的话与他说了一遍，父亲道："这等一发该下手了。"就去买了一服毒药，交与陈氏。陈氏搅在饮食之中，与杨氏吃下，不上一个时辰，发狂发躁起来，舌头伸得尺把长，眼睛乌珠挂出一寸。陈氏知道着手了，故意叫天叫地，哭个不了；又埋怨丈夫，说他不肯上心医治。一卿把衣衾棺椁办得剪齐，只等断了气；就好收敛。谁想杨氏的病，不是真正麻疯，是吃着毒物了起的。如今以毒攻毒，只当遇了良医，发过一番狂躁之后，浑身的皮肉一齐裂开，流出几盆紫血，那眼睛舌头依旧收了进去。昏昏沉沉睡过一晚，到第二日，只差得黄瘦了些，形体面貌竟与未病时节的光景一毫不差。再将养几时，疯皮癞子依旧变做美貌佳人了。

陈氏见药他不死，一发气恨不平，埋怨父亲，说他毒药买不着，错买了灵丹来，

倒把死人医活了，将来怎么受制得过？一卿见妻子容貌复旧，自然相爱如初，做定了规矩，一房一夜。陈氏起先还说三七、四六，如今对半均分还觉得吃亏，心上气忿不了，要生出法子来离间他。思量道："他当初把两椿毛病来教导我，我如今就把这两椿毛病去摆布他。疑心之事，家中没有闲杂人往来，没处下手；只有悭吝之隙可乘。他爷娘家不住有人来走动，我且把贼情事冤屈他几遭。一来使丈夫变变脸，动动手，省得他十分得意；二来多呴几气次，也少同几次房。他两个鹬蚌相持，少不得是我渔翁得利。先讨他些零碎便宜，不可常来走动，我有东西，自然央人送来与你。"父亲晓得他必有妙用，果然绝迹不来。

一卿隔壁有个道婆居住，陈氏背后与他说过："我不时有东西丢过墙来，烦你送到娘家去，我另外把东西谢你。"道婆晓得有些利落，自然一口应承。

却说杨氏的父母见女儿大病不死，喜出望外，不住教人来亲热他。陈氏等他来一次，就偷一次东西丢过墙去，寄与父亲。一卿查起来，只说陈家没人过往，自然是杨氏做的手脚，偷与来人带去了。不见一次东西，定与他呴一次气；呴一次，定有几夜不同床。

杨氏忍过一遭，等得他怒气将平、正要过来的时节，又是第二椿贼情发作了。冤冤相继，再没有个了时，只得寄信与父母，教以后少来往些，省得累我受气。父母听见，也像陈家绝迹不来。一连隔了几月，家中渐觉平安。鹬蚌不见相持，渔翁的利息自然少了。陈氏又气不过，要寻别计弄他，再没有个机会。

一日将晚，杨氏的表兄弟走来借宿，一卿起先不肯留，后来见城门关了，打发不去，只得在大门之内、二门之外，收拾一间空房，等他睡了。一卿这一晚该轮着陈氏，陈氏往常极贪，独有这一夜，忽然廉介起来，等一卿将要上床，故意推到杨氏房里。一卿见他回辞，也就不敢相强，竟去与杨氏同睡。杨氏又说不该轮着自己，死推硬撑，不容他上床，一卿费了许多气力，方才钻得进被。

只见睡到一更之后，不知不觉被一个人掩进房来，把他脸上摸了一把，摸到胡须，忽然走了出去。

一卿在睡梦之中，被他摸醒，大叫起来道："房里有贼！"杨氏吓得战战兢兢，把头钻在被里，再不则声。一卿就叫丫环点起灯来，自己披了衣服，把房里、房外照了一遍，并不见个人影。丫环道："二门起先是关的，如今为何开着，莫非走出去了不成？"一卿再往外面一照，那大门又是拴好的。心上思量道："若说不是贼，二门为什么会开？若说有贼，大门又为什么不开？这桩事好不明白。"正在那边踌躇，忽然听见空房之中有人咳嗽，一卿点点头道："是了，是了，原来是那个淫妇与这个畜生日间有约，说我今夜轮不着他，所以开门相等。及至这个畜生扒上床去，摸着我的胡须，知道干错了事，所以张惶失措，跑了出来。我一向疑心不决，直到今日才晓得是真。"一卿是个有血性的人，详到这个地步，那里还忍得住？就走到咳嗽的所在，将房门踢开，把杨氏的表兄，从床上拖到地下，不分皂白，捶个半死。

那人问他什么原故，一卿只是打，再不说。那人只得高声大叫，喊妹子来救命。谁想他越喊越急，一卿越打得凶。杨氏是无心的人，听见叫喊，只得穿了衣服走出来，看为什么原故。那里晓得那位表兄是从被里扯出来的，赤条条的一个身子，没有一件东西不露在外面。起先在暗处打，杨氏还不晓得，后来被一卿拖到亮处来，杨氏忽然看见，才晓得自家失体，羞得满面通红，掉转头来要走，不想一把头发已被丈夫揪住，就掩在空房之中，也像令表兄一般，打个无数。杨氏只说自己不该出来，看见男子出身露体，原有可打之道，还不晓得那桩冤情。直等陈氏教许多丫环，把一卿扯了进去，细问原由，方才说出杨氏与他表兄当初附耳绸缪、如今暗中摸索的说话。陈氏替他苦辨，说："大娘是个正气之人，决无此事。"一卿只是不听。

等到天明，要拿奸夫与杨氏一齐送官，不想那人自打之后，就开门走了。一卿写下一封休书。教了一乘轿子，要休杨氏到娘家去。杨氏道："我不曾做什么歹事，你怎么休得我？"一卿道："奸夫都扒上床来，还说不做歹事？"杨氏道："或者他有歹意，进来奸我，也不可知。我其实不曾约他进来。"一卿道："你既不曾约他，把二门开了等那一个？"杨氏赌神罚咒，说不曾开门，一卿那里肯信？不由他情愿，要勉强扯进轿子。杨氏痛哭道："几年恩爱夫妻，亏你下得这双毒手。就要休我，也等访的实了，休也未迟。昨夜上床的人，你又不曾看见他的面貌，听见他的声音，糊里糊涂，焉知不是做梦？就是二门开了，或者是手下人忘记，不曾关也不可知。我如今为这桩冤枉的事，休了回去，就死也不得甘心。求你恕个阴德，暂且留我在家，细细的查访，若还没有歹事，你还替我做夫妻；若有一毫形迹，凭你处死就是了，何须休得？"说完，悲悲切切，好不哭得伤心。

一卿听了，有些过意不去，也不叫走，也不叫住，低了头只不则声。陈氏料他决

要中止，故意跪下来讨饶，说："求你恕他个初犯，以后若再不正气，一总处他就是了。"又对杨氏道："从今以后要改过自新，不可再蹈前辙。"一卿原要留他，故意把虚人情做在陈氏面上，就发落他进房去了。

从此以后，留便留在家中，日间不共桌，夜里不同床，杨氏只吃得他一碗饭，其实也只当休了的一般。他只说那夜进房的果然是表兄，无缘无故走来沾污人的清名，心上恨他不过，每日起来，定在家堂香火面前狠咒一次。不说表兄的姓名，只说走来算计我的，教他如何如何；我若约他进来，教我如何如何。定要菩萨神明昭雪我的冤枉，好待丈夫回心转意。咒了许多时，也不见丈夫回心，也不见表兄有什么灾难。

忽然一夜，一卿与陈氏并头睡到三更，一齐醒来，下身两件东西，无心凑在一处，不知不觉自然会运用起来，觉得比往夜更加有趣。完事之后，一卿问道："同是一般取乐，为什么今夜的光景有些不同？"一连问了几声，再不见答应一句。

只说他怕羞不好开口，谁想过了一会，忽然流下泪来，一卿问是什么原故，他究竟不肯回言。从三更哭起，哭到五更，再劝不住，一卿只得搂了同睡。睡到天明，正要问他夜间的原故，谁想睁眼一看，不是陈氏，却是杨氏，把一卿吓了一跳。思量昨夜明明与陈氏一齐上床，一齐睡去，为什么换了他来？想过一会，又疑心道："这毕竟是陈氏要替我两个和事，怕我不肯，故意睡到半夜，自己走过来，把他送了来，一定是这个原故了。"起先不知，是搂着的；如今晓得，就把身离开了。

却说杨氏昨夜原在自家房里一人独宿，谁想半夜之后梦中醒来。忽然与丈夫睡在一处，只说他念我结发之情，一向在那边睡不过意，半夜想起，特地走来请罪的。所以丈夫问他，再不答应，只因生疏了许久，不好就说肉麻的话，想起前情，唯有痛哭而已。及至睡到天明，掀开帐子一看，竟不在自己房中，却睡在陈氏的床上，又疑心，又没趣，急急爬下床来，寻衣服穿，谁想裙袄褶裤，都是陈氏所穿之物，自己的衣服半件也没有。

正在张惶之际，只见陈氏倒穿了他的衣服走进房来，掀开帐子，对着一卿骂道："奸巧乌龟，做的好事！你心上割舍不得，要与他私和，就该到他房里去睡，为什么在睡梦之中，把我抬过去，把他扯过来，难道我该替他守空房，他该替我做实事的么？"一卿只说陈氏做定圈套，替他和了事，故意来取笑他，就答应道："你倒趁我睡着了，走去换别人来，我不埋怨你就够了，你反装聋做哑来骂我！"陈氏又变下脸来，对杨氏道："就是他扯你过来，你也该自重，你有你的床，我有我的铺，为什么把我的毡条褥子垫了你们做把戏？难道你自家的被席只该留与表兄睡的么？"杨氏羞得顿口无言，只得也穿了陈氏的衣服走过房去。夫妻三个都像做梦一般，一日疑心到晚，再想不着是什么原故。

及至点灯的时节，陈氏对一卿道："你心上丢不得他，趁早过去，不要睡到半夜三更，又把我当了死尸抬来抬去！"一卿道："除非是鬼摄去的，我并不曾抬你。"两人脱衣上床，陈氏两只手死紧把一卿搂住，睡梦里也不肯放松，只怕自己被人抬去。

上床一觉直睡到天明，及至醒来一看，搂的是个竹夫人，丈夫不知那里去了。流水爬起来，披了衣服，赶到杨氏房中，掀开帐子一看，只见丈夫与杨氏四只手搂做一团，嘴对嘴，鼻对鼻，一线也不差，只有下身的嘴鼻盖在被中，不知对与不对。陈氏气得乱抖，就趁他在睡梦之中，打丈夫一个嘴巴，连杨氏一齐吓醒。各人睁开眼睛，你相我，我相你，不知又是几时凑着的。陈氏骂道："奸乌龟，巧亡八！教你明明白白的过来，偏生不肯，定要到半夜三更，瞒了人来做贼。我前夜着了鬼，你难道昨夜也着了鬼不成？好好起来对我说个明白！"一卿道："我昨夜不曾动一动，为什么会到这边来，这桩事着实有些古怪。"陈氏不信，又与他争了一番。一卿道："我有个法子，今夜我在你房里睡，把两边门都锁了，且看可有变动。若平安无事，就是我的诡计；万一再有怪事出来，就无疑是鬼了，毕竟要请个道士来遣送。难道一家的人，把他当做傀儡，今日契过东、明日契过西不成？"陈氏道："也说得是。"

到了晚间，先把杨氏的房间锁了。二人一齐进房，教丫环外面加锁，里面加栓。脱衣上床，依旧搂做一处。这一夜只因怕鬼，二人都睡不着，一直醒到四更，不见一些响动，直到鸡啼，方才睡去。

一卿醒转来，天还未明，伸手把陈氏一摸，竟不见了。只说去上马桶，连唤几声，不见答应，就着了忙。叫丫环快点起灯来，把房门开了，各处搜寻，不见一毫形迹，及至寻到毛坑隔壁，只见他披头散发，在猪圈之中，搂着一个癞猪同睡。唤也不醒，推也不动，竟像吃酒醉的一般。一卿要教丫环抬他进去，又怕醒转来，自己不晓得，反要胡赖别人；要丢他在那边，自己去睡，心上又不忍。只得坐在猪圈外，守他醒来。杨氏也坐在那边，一来看他，二来与一卿做伴。一卿叹口气道："好好一分人家，弄出这许多怪事，自然是妖怪了，将来怎么被他搅扰得过？"杨氏道："你昨日说要请道士遣送，如今再迟不得了。"一卿道："口便是这等说，如今的道士个个是骗人的，那里有什么法术？"杨氏道："遣得去遣不去，也要做做看，难道好由他不成？"

两个不曾说得完，只见陈氏在猪圈里伸腰叹气，丫环晓得要醒了，走到身边把他摇两摇道："二娘，快醒来，这里不便，请进去睡。"陈氏朦朦胧胧的应道："我不是什么二娘，是个有法术的道士，来替你家遣妖怪的。"丫环只说他做梦，依旧攀住身子乱摇，谁想他立起身来，高声大叫道："捉妖怪，捉妖怪！"一面喊，一面走，不像往常

的脚步，竟是男子一般。两三步跨进中堂，爬上一张桌子，对丫环道："快取宝剑法水来！"一家人个个吓得没主意，都定着眼睛相他。他又对丫环道："你若不取来，我就先拿你做了妖怪，试试我的拳头。"说完，一只手捏了丫环的头髻，轻轻提上桌子；一只手捏了拳头，把丫环乱打。丫环喊道："二娘不要打，放我下去取来就是。"陈氏依旧把丫环提了，朝外一丢，丢去一丈多路。

一卿看见这个光景，晓得有神道附住他了，就教丫环当真去取来。丫环舀一碗净水，取一把腰刀，递与他。他就步罡捏诀，竟与道士一般做作起来。念完一个咒，把水碗打碎，跳下一张台子，走到自己房中，拿一条束腰带子，套在自家颈上，一双手牵了出来，对众人道："妖怪拿到了，你家的怪事，是他做起，待我教他招来。"对着空中问道："头一椿怪事，你为什么用毒药害人？害又害不死，反把他医好，这是什么原故？"问了两遭，空中不见有人答应，他又道："你若不招，我就动手了！"将刀背朝自己身上重重打了上百，自己又喊道："不消打，招就是了。我当初嫁来的时节，原说他害的是死症，要想自己做大的，后来见他不死，所以买毒药来摧他，不知什么原故反医活了，这椿事是真的。"

歇息一会，自己又问道："第二椿怪事，你为什么把丈夫的东西偷到爷娘家去。反把贼情事，冤屈做大的？这是那个教你的法子？"自己又答应道："这个法子是大娘自己教我的。他疯病未好之先，曾对我讲，说丈夫有悭吝的毛病，家中不见了东西，定要与他呕气，呕气之后，定有几夜不同床。我后来见他两个相得好，气忿不过，就用这个法子摆布他。这椿事也是真的。"自己又问道："第三椿怪事，杨氏是个冰清玉洁之人，并不曾做歹事，那晚他表兄来借宿，你为什么假装男子，走去摸丈夫的胡须，累他受那样的冤屈？这个法子又是那个教你的？"自己又应道："这也是大娘教我的。他说初来之时，与表兄说话，丈夫疑他有私。后来他的表兄恰好来借宿，我就用这个法子离间他。这椿事是他自己说话不留心，我固然该死，他也该认些不是。我做的怪事只有这三椿，要第四件就没有了。后来把他们抬来抬去的事，不知是那个做的，也求神道说个明白。"自己又应道："抬你们的就是我。我见杨氏终日哀苦，要我替他伸冤，故此显个神通惊吓你，只说你做了亏心之事，见有神明帮助他，自然会惊心改过。谁想你全不懊悔，反要欺凌丈夫，殴辱杨氏，故此索性显个神通，扯你与癫猪同宿。今日把他的冤枉说明，破了一家人的疑惑，你以后却要改过自新，若再如此，我就不肯轻恕你了。

　　杨氏听了这些话，快活到极处，反痛哭起来，只晓得是神道，不记得是仇人，倒跪了陈氏，磕上无数的头。一卿心上思量道："是便是了，他又不曾到那里去，娘家又不十分有人来，当初的毒药是那个替他买来的？偷了东西又是那个替他运去的？毕竟有些不明白。"

　　正在那边疑惑，只见他父亲与隔壁的道婆听见这椿异事，都赶来看。只说他既有神道附了，毕竟晓得过去未来，都要问他终身之事。不想走到面前，陈氏把一只手揪住两个头发，一只手转了刀背，一面打，一面问道："毒药是那个买来的？东西是那个运去的？快快招来！"起先两个还不肯说，后来被他打得头破血流，熬不住了，只得各人招出来。一卿到此，方才晓得是真正神通，也对了陈氏乱拜。

　　拜过之后，陈氏舞弄半日，精神倦了，不觉一跤跌倒，从桌上滚到地下，就动也不动。众人只说他跌死，走去一看，原来还像起先闭了眼，张了口，呼呼的睡，像个醉汉的一般，只少个癞猪做伴。众人只得把他抬上床去，过了一夜，方才苏醒。问他昨日舞弄之事，一毫不知，只说在睡梦之中，被个神道打了无数刀背。一卿道："可曾教你招什么话么？"他只是模糊答应，不肯说明。那里晓得隐微之事，已曾亲口告诉别人过了。

　　后来虽然不死，也染了一椿恶疾，与杨氏当初的病源大同小异。只是杨氏该造化，有人把毒药医他；他自己姑息，不肯用那样虎狼之剂，所以害了一世，不能够与丈夫同床。

　　你道陈氏他染的是什么恶疾？原来只因那一晚搂了癞猪同睡，猪倒好了，把癞疮尽过与他，雪白粉嫩的肌肤，变作牛皮蛇壳，一卿靠着他，就要喊叫起来，便宜了个不会吃醋的杨夫人，享了一生忠厚之福，可见新醋是吃不得的。

　　我这回小说，不但说做小的不该醋大，也要使做大的看了，晓得这件东西，不论新陈，总是不吃的妙。若使杨氏是个醋量的高的，终日与陈氏吵吵闹闹，使家堂香火不得安生，那鬼神不算计他也够了，那里还肯帮衬他？无论疯病不得好，连后来那身癞疮，焉知不是他的晦气？

　　天下做大的人，忠厚到杨氏也没处去了。究竟不曾吃亏，反讨了便宜去。可见世间的醋，不但不该吃，也尽不必吃。我起先那些吃醋的注解，原是说来解嘲的，不可

当了实事做。

评：

这回小说，天下人看了，都要怪他说得不经，世上那有小反醋大之理。不如做大的醋小，一百个之中，有九十九个，做小的醋大，一百个之中，也有九十九个，只是做大的醋小，发泄得出。做小的醋大，发泄不出，虽有内外之分，其醋一也。这回小说，即使天下做小的看了，也都服他是诛心之论。

第十一回　儿孙弃骸骨奴仆奔丧

诗云：

> 古云有子万事足，多少茕民怨孤独；
> 常见人生忤逆儿，又言无子翻为福。
> 有子无儿总莫嗟，黄金不尽便传家；
> 床头有奴人争哭，俗语从来说不差。

　　说话世间子嗣一节，是人生第一桩大事。祖宗血食要他绵，他自己终身要他养，一生挣来的家业，要他承守。这三件事，本是一样要紧的。

　　但照世情看起来，为父为子的心上，各有一番轻重。父亲望子之心，前面两桩极重，后面一件甚轻；儿子望父之心，前面两件还轻，后面一桩极重。

　　若有了家业，无论亲生之子，生前奉事殷恳，死后追思哀切；就是别人的骨血承继来的，也都看银子面上，生前一样温衾扇枕，死后一般戴孝披麻，却像人的儿子，尽可以不必亲生。若还家业凋零，老景萧索，无论螟蛉之子，孝意不诚，丧容欠戚；就是自己的骨髓，流出来结成的血块，也都冷面承欢，愁容进食，及至送终之际，减其衣衾，薄其棺椁，道他的不曾有家业遗下来，不干我为子之事。

　　待自己生身的，尚且如此，待父母生身的，一发可知。就逢时遇节，勉强祭尊一番，也与呼蹴之食无异，祖宗未必肯享。这等说来，岂不是三事之中，只有家业最重？

　　当初有两个老者，是自幼结拜的弟兄，一个有二子，一个无嗣。有子的，要把家业尽数分与儿子，待他轮流供膳；无嗣的，劝他留住一份自己养老，省得在儿子项下取气，凡事不能自由。有子的不但不听，还笑他心性刻薄，以不肖待人，怪不得难为

子息，竟把家业分析开了，要做个自在之人。

不想两位令郎都不孝，一味要做人家，不顾爷娘死活，成年不动酒，论月不开荤，那老儿不上几月，熬得骨瘦如柴。一日在路上撞着无嗣的，无嗣的问道："一向不见，为何这等消减了？"有子的道："只因不听你药石之言，以致如此。"就把儿子鄙吝，舍不得奉养的话，告诉一遍。

无嗣的叹息几声，想了一会道："令郎肯作家，也是好事，只是古语云：'五十非肉不饱。'你这样年纪，如何断得肉食？我近日承继了两个小儿，倒还孝顺，酒肉鱼鳖，拥到面前，只愁没有两张嘴，两个肚。你不如随我回去，同住几日，开开荤了回去，何如？"

有子的熬炼不过，顾不得羞耻，果然跟他回去。无嗣的道："今日是大小儿供给，且看他的饮馔何如？"少顷，只见美味盈前，异香扑鼻，有子的与他豪饮大嚼，吃了一顿，抵足睡了。

次日起来道："今日轮着二房供膳，且看比大房丰俭何如？"少刻，又见佳酥美馔，不住的搬运出来，取之无穷，食之不竭。

一连过了几日，有子的对无嗣的叹息道："儿子只论孝不孝，那论亲不亲？我亲生的那般忤逆，反不如你承继的这等孝顺。只是小弟来了两日，再不见令郎走出来，不知是怎么两个相貌，都一般有这样的孝心，可以请出来一见？"无嗣的道："要见不难，待我唤他们出来就是。"就向左边唤着："请大官人出来。"伸手在左边袋里，摸出一个银包，放在桌上。又向右边唤道："请二官人出来。"伸手又在右边袋里，摸出一个银包，放在桌上。对有子的指着道："这就是两个小儿，老兄请看。"有子的大惊道："这是两包银子，怎么说是令郎？"

无嗣的道："银子就是儿子了，天下的儿子，那里还有孝顺似他的？要酒就是酒，要肉就是肉，不用心焦，不消催促，何等体心。他是我骨头上挣出来的，也只当自家骨血。当初原教他同家过活，不忍分居，只因你那一日分家，我劝你留一分养老，你不肯听，我回来也把他分做两处，一个居左，一个居右，也教他们轮流供膳，且看是你家的孝顺，我家的孝顺？不想他们还替我争气，不曾把我熬瘦了，到如今还许我请人相陪，岂不是古今来第一个养老的孝子？不枉我当初苦挣他一场。"说完，依旧塞进两边袋里去了。

那有子的听了这些话，不觉两泪交流，无言可答。后来无子的怜他老苦，时常请他吃些肥食，滋补颐养，才得尽其天年。

中国禁书文库

无声戏

看官，照这椿事论起来，有家业分与儿子的，尚且不得他孝养之力，那白手传家，空囊授子的，一发不消说了。虽然如此，这还是入世不深，只知其一，不知其二的话。若照情理细看起来，贫穷之辈，囊无蓄贯，仓少余粮，做一日，吃一日的人家，生出来的儿子，倒还有些孝意。

为什么原故？只因他无家可传，无业可受，那负米养亲，采葑供膳之事，是自小做惯的，也就习以为常，不自知其为孝，所以倒有暗合道理的去处。偏是富贵人家儿子，吃惯用惯，却像田地金银，是他前世带来的，不关父母之事，略分少些，就要怨恨，竟像刻剥了他己财一般。若稍稍为父母吃些辛苦，就道是尽瘁竭力，从来未有之孝了，那里晓得当初曾闵大舜，还比他辛苦几分。

所以人的孝心，大半丧于膏粱纨绔，不可把金银产业，当做传家之宝，既为儿孙做马牛，还替他开个仇恨爷娘之衅。我如今说个争财背本之人，以为逆子贪夫之戒。

明朝万历年间，福建泉州府同安县有个百姓，叫做单龙溪，以经商为业。他不贩别的货物，单在本处收荔枝圆眼，到苏杭发卖。

长子单金早丧，遗腹生下一孙，就叫做遗生。次子单玉，是中年所得，与遗生虽是叔侄，年相上下，却如兄弟一般。两个同学读书不管生意之事。

家中有个义男，叫做百顺，写得一笔好字，打得一手好算盘，龙溪见他聪明，时常带在身边服事，又相帮做生意。

百顺走过一两遭，就与老江湖一般惯熟。为人又信实，说一是一，说二是二，所以行家店户，没有一个不抬举他。龙溪不在面前一般与他同起同坐。又替他取个表德，叫做顺之。做到后来，反厌龙溪古板，喜他活动。龙溪脱不去的货，他脱得去；龙溪讨不起的帐，他讨得起。龙溪见他结得人缘，就把脱货讨帐之事，索性教他经手，自己只管总数。

就有人在背后劝百顺，教他娶些银子，赎身出去自做人家。百顺回他道："我前世欠人之债，所以今世为人之奴，拼得替他劳碌一生，偿还清了，来世才得出头；若还鬼头鬼脑偷他的财物，赎身出去，自做人家，是债上加债了，那一世还得清洁？或者家主严厉，自己苦不过，要想脱身，也还有些道理；我家主仆，犹如父子一般，他不曾以寇仇待我，我怎忍以土芥视他？"那马的人听了，反觉得自家不是，一发敬重他。

却说龙溪年近六旬，妻已物故，自知风烛草霜，将来日子有限，欲待丢了生意不做，又怕帐目难讨，只得把本钱收起三分之二，瞒了家人掘个地窖，埋在土中，要待单玉与遗生略知世务，就取出来分与他。只将一分客本贩货往来，答应主顾，要渐渐刮起陈帐，回家养老。谁想经纪铺户，规矩做定了，毕竟要一帐搭一帐，后货到了，前帐才还，后货不到，前帐只管扣住，龙溪的生意再竭不得了。他平日待百顺的情分与亲子无异，一样穿衣，一般吃饭，见他有些病痛，恨不得把身子替他。只想到银子上面，就要分个彼此，子孙毕竟是子孙，奴仆毕竟是奴仆。心上思量道："我的生意一向是他经手，倘若我早晚之间有些不测，那人头上的帐目，总在他手里，万一收了去，在我儿孙面前多的说少，有的说无，教他那里去查帐？不如趁我生前，把儿孙领出来认一认主顾，省得我死之后，众人不相识，说有银子也不肯还他。"

算计定了，到第二次回家，收完了货，就吩咐百顺道："一向的生意，都是你跟去做，把两个小官人，倒弄得游手靠闲，将来书读不成，误他终身大事。我这番留你在家，教他们跟我出去，也受些出路的风霜，为客的辛苦，知道钱财难趁，后来好做人家。"百顺道："老爷的话，极说得是，只怕你老人家，路上没人服事，起倒不便。两个小官人，不曾出门得惯，船车上担干受系，反要费你的心。"龙溪道："也说不得，且等他走一两遭，再做区处。

却说单玉与遗生听见教他丢了书本，去做生意，喜之不胜。只道做客的人，终日在外面游山玩水，风花雪月，不知如何受用，那里晓得穿着草鞋游山，背着被囊玩水，也不见有甚山水之乐。至于客路上的风花雪月，与家中大不相同，两处的天公竟是相反的。

家中是：

解愠之风，兆瑞之雪，娱目之花，赏心之月。

客路上是：

刺骨之风，僵体之雪，断肠之花，伤心之月。

二人跟了出门，耐不过奔驰劳碌，一个埋怨阿父，一个嗟怅阿祖，道："好好在家快活，为什么领人出去，受这样苦？"及至到了地头，两个水土不服，又一齐生起病来，这个要汤，那个要药，把个六十多岁的老人家，磨得头光脚肿，方才晓得百顺的话，句句是金石之言，懊悔不曾听得。

伏事得两人病痊，到各店去发货，谁想人都嫌货不好，一箱也不要，只得折了许多本钱，滥贱的窜去。要讨起前帐回家，怎奈经纪铺行都回道："经手的不来，不好付得。"单玉、遗生与他争论，众人见他大模大样，一发不理，大家相约定了，分文不付。

龙溪是年老之人，已被一子一孙，磨得七死八活，如今再受些气恼，分明是雪上加霜，那里撑持得住？一病着床，再医不起。自己知道不济事了，就对单玉、遗生道："我虽然死在异乡，有你们在此收敛，也只当死在家里一般。我死之后，你可将前日卖货的银子，装我骸骨回去。这边的帐目，料想你们讨不起，不要与人呕气，回去叫百顺来讨，他也有些良心，料不致全然轧没。我还有一句话，论理不该就讲，只恐怕临危之际，说不出来，误了大事，只得讲在你们肚里。我有银子若干，盛做几坛，埋在某处地下，你们回去，可掘起来均分，或是买田。或是做生意，切不可将来浪费。"说完，就教买棺木，办衣衾，只等无常一到，即便收敛。

却说单玉、遗生见他说出这宗银子埋在家中，两人心上如同火发，巴不得乃祖乃父，早些断气，收拾完了，好回去掘来使用。谁想垂老之病，犹如将灭之灯，乍暗乍明，不肯就息。二人度日如年，好生难过。

一日遗生出去讨帐，到晚不见回来，龙溪就央人各处寻觅，不见踪影。谁想他要银子心慌，等不得乃祖毕命，又怕阿叔一同回去，以大欺小，分不均匀，故此瞒了阿叔，背了乃祖，做个高才捷足之人，预先赶回去掘藏了。

龙溪不曾设身处地，那里疑心到此？单玉是同事之人，晓得其中诀窍，遗生未去之先，他早有此意，只因意思不决，迟了一两天，所以被人占了先着。心上思量道："他既然瞒我回去，自然不顾道理，一总都要掘去了，那里还留一半与我？我明日回去取讨，他也未必肯还，要打官司，又没凭据，难道孙子得了祖财，儿子反立在空地不成？如今父亲的衣衾棺椁都已有了，若还断气，主人家也会殡敛，何必定要儿子送终？我若与他说明，他决然不放我走，不如便宜行事罢了。"

算计已定，次日瞒了父亲，以寻访遗生为名，雇了快船，兼程而进的去了。

龙溪见孙子寻不回来，也知道为银子的原故，懊悔出言太早，还叹息道："孙子比儿子到底隔了一层，情意不相关切，只要银子，就做出这等事来。还亏得我带个儿子在身边，不然骸骨都没人收拾了。可见天下孝子易求，慈孙难得。"

谁想到第二日，连儿子也不见了，方才知道不但慈孙难得，并孝子也不易求，只是钱财是嫡亲父祖，就埋在土中，还要急急赶回去掘他起来；生身的父祖，到临终没有出息，竟与路人一般，就死在旦夕，也等不得收敛过了，带他回去。财之有用，亦至于此；财之为害，亦至于此。叹息了一回，不觉放声大哭。又思量："若带百顺出来，岂有此事？自古道：'国难见忠臣。'不到今日，如何见他好处？怎得他飞到面前，待我告诉一番，死也瞑目。"

却说百顺自从家主去后，甚不放心，终日求签问卜，只怕高年之人，外面有些长短。一日忽见遗生走到，连忙问道："老爷一向身体何如？如今在那里？为什么不一齐回来，你一个先到？"遗生回道："病在外面，十分危笃，如今死了也不可知。"百顺大惊道："既然病重，你为何不在那边料理后事，反跑了回来？"遗生只道回家有事，不说起藏的原故。

百顺见他举止乖张，言语错乱，心上十分惊疑，思想家主病在异乡，若果然不保，身边只有一个儿子，又且少不更事，教他如何料理得来？正要赶去相帮，不想到了次日，连那少不更事的也回来了。百顺见他慌慌张张，如有所失，心上一发惊疑，问他原故，并不答应，直到寻不见银子，与遗生争闹起来，才晓得是掘藏的原故。

百顺急了，也不通知二人，收拾行囊竟走。不数日赶到地头，喜得龙溪还不曾死，正在恹恹待毙之时，忽见亲人走到，悲中生喜，喜处生悲，少不得主仆二人，各有一番疼热的话。

次日龙溪把行家铺户，一齐请到面前，将忤逆子孙贪财背本，先后逃归，与义男闻信，千里奔丧的话，告诉一遍。又对众人道："我舍下的家私与这边的帐目，约来共有若干，都亏这个得力义子，帮我挣来的，如今被那禽兽之子、狼虎之孙，得了三分之二，只当被强盗劫去一般，料想追不转了。这一分虽在帐上，料诸公决不相亏。我如今写张遗嘱下来，烦诸公做个见证，分与这个孝顺的义子。我死之后，教他在这里自做人家，不可使他回去。我的骸骨也不必装载还乡，就葬在这边，待他不时做祭扫，省得靠了不孝子孙，反要做无祀之鬼。倘若那两个逆种寻到这边来与他说话，烦计算公执了我的遗嘱，送他到官，追究今日背祖弃父，死不奔丧之罪。说便是这等说，只怕我到阴间，也就有个报应，不到寻来的地步。"

说完，众人齐声赞道："正该如此。"百顺跪下磕头，力辞不可，说："百顺是老爷的奴仆，就粉身为主，也是该当，这些小勤劳，何足挂齿。若还老爷这等溺爱起来，是开幼主惩仆之端，贻百顺叛主之罪，不是爱百顺，反是害百顺了，如何使得？"龙溪不听，勉强挣扎起来，只是要写。众人同声相和道："幼主摆布你，我们自有公道。"一面说，一面取纸的取纸，磨墨的磨墨，摆在龙溪面前。

龙溪虽是垂死之人，当不得感激百顺的心坚，愤恨子孙的念切，提起笔来，精神勃勃，竟像无病的一般，写了一大幅。前面半篇说子孙不孝，竟是讨逆锄凶的檄文；后面半篇赞百顺尽忠，竟是义士忠臣的论断。写完，又求众人用了花押，方才递与百顺。百顺怕病中之人，违拗不得，只得权且受了，磕头谢恩。

却也古怪，龙溪与百顺想是前生父子，夙世君臣，在生不能相离，临死也该见面。百顺未到之先，淹淹缠缠，再不见死；等他来到，说过一番永诀的话，遗嘱才写得完，等不得睡倒，就绝命了。

百顺号天痛哭，几不欲生，将办下的衣衾棺椁，殡敛过了，自己戴孝披麻，寝苫枕块，与亲子一般，开丧受吊。七七已完，就往各家讨帐，准备要装丧回去。众人都不肯道："你家主临终之命，不可不遵。若还在此做人家，我们的帐目，一一还清，待你好做生意；若要装丧回去，把银子送与禽兽狼虎，不但我们不服，连你亡主也不甘心。况且那样凶人，岂可与他相处？待生身的父祖，尚且如此，何况手下之人？你若回去跟他，将来不是饿死，就是打死，断不可错了主意。"

百顺见众人的话来得激切，若还不依，银子决难到手，只得当面应承道："蒙诸公好意为我，我怎敢不知自爱？但求把帐目赐还，待我置些田地，买所住宅，娶房家小，在此过活，求诸公青目就是。"众人见他依允，就把一应欠帐，如数还清。

百顺讨足之后，就备了几席酒，把众人一齐请来，拜了四拜，谢他一向抬举照顾之情，然后开言道："小人奉家主遗言，蒙诸公盛意，教我不要还乡，在此成家立业，这是恩主爱惜之心，诸公怜悯之意，小人极该仰承；只是仔细筹度起来，毕竟有些碍理。从古以来，只有子承父业，那有仆受主财？我如今若不装丧回去，把客本交还幼主，不但明中犯了叛主之条，就是暗中也犯了昧心之忌，有几个受了不义之财，能够安然受享的？我如今拜别诸公，要扶灵柩回去了。"众人知道劝不住，只得替他踌躇道："你既然立心要做义仆，我们也不好勉强留你。只是你那两个幼主，未必像阿父能以恩义待人，据我们前日看来，却是两个凶相，你虽然忠心赤胆的为他，他未必推心置腹的信你。他父亲生前货物是你放，死后帐目是你收，万一你回去之后，他倒疑你有私，要恩将仇报起来，如何了得？你的本心，只要我们知道，你那边有起事来，我们远水救不得近火。你如今回去，银子便交付与他，那张遗嘱切记要藏好，不可被他看见，抢夺了去。他若难为你起来，你还有个凭据，好到官去抵敌他。"

百顺听到此处，不觉改颜变色，合起掌来念一声"阿弥陀佛"道："诸公讲的什么话？自古道：'君欲臣死，臣不得不死，父俗子亡，子不得不亡。'岂有做奴仆之人，与家主相抗之理？说到此处，也觉得罪过。那遗嘱上的言语，是家主愤怒头上，偶然发泄出来的，若还此时不死，连他自己也要懊悔起来；何况子孙看了，不说他反常背理，倒置尊卑？我此番若带回去，使幼主知道，教他何以为情？若使为子者怨父，为孙者恨祖，是我伤残他的骨肉，搅乱他的伦理，主人生前以恩结我，我反以仇报他了，如何使得？我不如当诸公面前毁了这张遗嘱，省得贻悔于将来。"说完，取出遗嘱捏有手中，对灵柩拜了四拜，点起火来烧化了。四座之中，人人叹服，个个称奇，道他是僮仆中的圣人，可惜不曾做官做吏，若受朝廷一命之荣，自然是个托孤寄命之臣了。

百顺别了众人，雇下船只，将旅衬装载还乡，一路烧钱化纸，招魂引魄，自不必说。一日到了同安县，将灵柩停在城外，自己回去，请幼主出来迎丧。

不想走进大门，家中烟消火灭，冷气侵入，只见两个幼主母，不见了两位幼主人。问到那里去了？单玉、遗生的妻子，放声大哭，并不回言，直待哭完了，方才述其原故。

原来遗生得了银子，不肯分与单玉，二人终日相打，遗生把单玉致命处伤了一下，登时呕血而死。地方报官，知县把遗生定了死罪，原该秋后处决，只因牢狱之中，时疫大作，遗生入监不上一月，暴病而死。当初掘起的财物，都被官司用尽，两口尸骸虽经收敛，未曾殡葬。

百顺听了，捶胸跌足，恸痛一场，只得寻了吉地，将单玉、遗生祔葬龙溪左右。

一夜百顺梦见龙溪对他大怒道："你是明理之人，为何做出背理之事？那两个逆种是我的仇人，为何把他葬在面前，终日使我动气？若不移地开去，我宁可往别处避他！"百顺醒来，知道他父子之仇，到了阴间还不曾消释，只得另寻一地，名单玉、遗生迁葬一处。

一夜又梦见遗生对他哀求道："叔叔生前是我打死，如今葬在一处，时刻与我为仇，求你另寻一处，把我移去避他。"百顺醒来，懊悔自己不是，父子之仇当然不解，何况叔侄？既然得了前梦，就不该使他合茔，只得又寻一地，把遗生移去葬了，三处的阴魂才得安妥。

单玉、遗生的妻子年纪幼小，夫死之后，各人都要改嫁。百顺因他无子，也不好舅他守节，只得各寻一分人家，送他去了。

龙溪没有亲房，百顺不忍家主绝嗣，就刻个"先考龙溪公"的神主，供奉在家，祭祀之时，自称不孝继男百顺，逢时扫墓，遇忌修斋，追远之诚，比亲生之子更加一倍。后来家业兴隆，子孙繁衍，衣冠累世不绝，这是他盛德之报。

我道单百顺所行之事，当与嘉靖年间之徐阿寄，一样流芳；单龙溪所生之子，当与春秋齐桓公之五子，一般遗臭。阿寄辅佐主母，抚养孤儿，辛苦一生，替他挣成家业，临死之际，搜他私蓄，没有分文，其事载于《警世通言》。齐桓公卒于宫中，五公子争嗣父位，各相攻伐，桓公的尸骸，停在床上六十七日，不能殡敛，尸虫出于户外，其事载于《通鉴》。

这四桩事，却好是天生的对偶。可见奴仆好的，也当得子孙；子孙不好的，尚不知奴仆。

凡为子孙者，看了这回小说，都要激发孝心，道："为奴仆的，尚且如此，岂可人而不如奴仆乎？"有家业传与子孙，子孙未必尽孝；没家业传与子孙，子孙未必不孝。

凡为父祖者，看了这回小说，都要冷淡财心，道："他们因有家业，所以如此，为人何必苦挣家业。"这等看来，小说就不是无用之书了。

若有贪财好利的子孙，问舍求田的父祖，不原作者之心，怪我造此不情之言，离间人家骨肉者，请述《孟子》二句回复他道："知我者，其惟《春秋》乎？罪我者，其惟《春秋》乎？"

评：

看了百顺之事，竟不敢骂人奴才，恐有如百顺者在其中也；看了单玉遗生之事，竟不愿多生子孙，恐有如单玉、遗生者在其中也。然而作小说者，非有意重奴仆，轻子孙，盖知犹春秋之法，夷狄强于中国，则中国之中国入于夷狄，则夷狄之春秋，褒夷狄之心，则知裨官重奴仆之意矣。

第十二回　妻妾抱琵琶梅香守节

词云：

> 妻妾眼前花，死后冤家。寻常说起抱琵琶。怒气直冲霄汉上，切齿磋牙。
>
> 及至戴丧髻，别长情芽。个中心绪乱如麻。学抱琵琶犹恨晚，尚不如他。

这一首《浪淘沙》词，乃说世间的寡妇，改醮者多，终节省少。凡为丈夫者，教训妇人的话，虽要认真，属望女子之心，不须太切。在生之时，自然要着意防闲，不可使他动一毫邪念；万一自己不幸，死在妻妾之前，至临终永诀之时，倒不妨劝他改嫁。

他若是个贞节的，不但劝他不听，这番激烈的话，反足以坚其守节之心；若是本心要嫁的，莫说礼法禁他不住，情意结他不来，就把死去吓他，道："你若嫁人，我就扯你到阴间说话。"他也知道阎罗王不是你做，且等我嫁了人，看你扯得去、扯不去？

当初魏武帝临终之际，吩咐那些嫔妃，教他分香卖履，消遣时日，省得闲居独宿，要起欲心，也可谓会写遗嘱的了。谁想晏驾之后，依旧都做了别人的姬妾。

想他当初吩咐之时，那些妇人到背后去，那一个不骂他几声阿呆，说我们六宫之中，若个个替你守节，只怕京师地面狭窄，起不下这许多节妇牌坊。若使遗诏上肯附一笔道："六宫嫔御，放归民间，任从嫁遗。"那些女子，岂不分香刻像去尸祝他，卖履为资去祭奠他？千载以后，还落个英雄旷达之名，省得把"分香卖履"四个字露出一生丑态，填人笑骂的舌根。

所以做丈夫的人，凡到易箦之时，都要把魏武帝做个殷鉴。姬妾多的，须趁自家眼里，或是赠与贫士，或是嫁与良民，省得他到披麻戴孝时节，把哭声做了怨声。就是没有姬妾，或者妻子少艾的，也该把几句旷达之言，去激他一激。激得着的等他自守，当面决不怪我冲撞；激不着的等他自嫁，背后也不骂我阿呆。这是死丈夫待活妻妾的秘诀，列位都要谨记在心。

我如今说两个激不着的，一个激得着的，做个榜样。只是激不着的，本该应激得着，激得着的，尽可以激不着，于理相反，于情相悖，所以叫做奇闻。

明朝靖、历之间，江西建昌府有个秀士，姓马字麟如，生来资颖超凡，才思出众，又有一副绝美的姿容。那些善风鉴的，都道男子面颜，不宜如此娇媚，将来未必能享大年。他自己也晓得命理，常说我二十九岁，运限难过，若跳得这个关去，就不妨了。所以功名之念甚轻，子嗣之心极重。

正妻罗氏，做亲几年不见生育，就娶个莫氏为妾。莫氏小罗氏几岁，两个的姿容，都一般美丽。家中又有个丫环，叫做碧莲，也有几分颜色，麟如收做通房。

寻常之夜，在妻妾房中宿歇得多；但到行经之后，三处一般下种。过了七八年，罗氏也不生，碧莲也不育，只有莫氏生下一子。

生子之年，麟如恰好二十九岁。果然运限不差，生起一场大病，似伤寒非伤寒，似阴症非阴症，麟如自己也是精于医道的，竟办不出是何症候。自己医治也不好，请人医治也不效，一日重似一日。看看要绝命了，就把妻妾通房，都叫来立在面前，指着儿子问道："我做一世人，止留得这些骨血，你们三个之中，那一个肯替我抚养？我看你们都不像做寡妇的材料，肯守不肯守，大家不妨直说。若不情愿做未亡人，好待我寻个朋友，把孤儿托付与他，省得做拖油瓶，带到别人家去，被人磨灭死了，断我一门宗祀。"

罗氏先开口道："相公说的什么话？烈女不更二夫，就是没有儿子，尚且要立嗣守节；何况有了嫡亲骨血，还起别样的心肠？我与相公是结发夫妻，比他们婢妾不同。他们若肯同伴相守，是相公的大幸；若还不愿，也不要耽搁了他，要去只管去。有我在此抚养，不愁儿子不大，何须寻什么朋友，托什么孤儿，惹别人谈笑。"

麟如点点头道："说得好，这才像个结发夫妻。"莫氏听了这些话，心上好生不平。丈夫不曾喝采得完，他就高声截住道："结发便怎的，不结发便怎的？大娘也忒把人看轻了。你不生不育的，尚且肯守，难道我生育过的，反丢了自家骨血，去跟别人不成？从古来只有守寡的妻妾，那有守寡的梅香？我们三个之中，只有碧莲去得。相公若有

差池，寻一分人家，打发他去，我们两个，生是马家人，死是马家鬼，没有第二句说话，相公只管放心。"

麟如又点点头道："一发说得好，不枉我数年宠爱。"罗氏、莫氏说话之时，碧莲立在旁边，只管啧啧称羡。及至说完，也该轮着他应付几句，他竟低头屏气，寂然无声。麟如道："碧莲为什么不讲，想是果然要嫁么？"碧莲闭着口，再不则声。罗氏道："你是没有关系的，要去就说去，难道好强你守节不成？"碧莲不得已，才回复道："我的话不消自己答应，方才大娘、二娘都替我说过了，做婢妾的人比结发夫妻不同，只有守寡的妻妾，没有守寡的梅香。若是孤儿没人照管，要我抚养他成人，替相公延一条血脉，我自然不该去；如今大娘也要守他，二娘也要守他，他的母亲多不过，那希罕我这个养娘？若是相公百年以后，没人替你守节，或者要我做个看家狗，逢时遇节烧一分纸钱与你，我也不该去；如今大娘也要守寡，二娘也要守寡，马家有什么大风水，一时就出得三个节妇？如今但凭二位主母，要留我在家服事，我也不想出门；若还愁吃饭的多，要打发我去，我也不敢赖在家中。总来做丫环的人，没有什么关系，失节也无损于己，守节也无益于人，只好听其自然罢了。"

麟如听见这些话，虽然说他老实，却也怪他无情。心上酌量道："这三个之中，第一个不把稳的是碧莲，第一个把稳的是罗氏，莫氏还在稳不稳之间。碧莲是个使婢，况且年纪幼小，我活在这边，他就老了面皮，说出这等无耻的话；我死之后，还记得什么恩情？罗氏的年纪长似他们两个，况且又是正妻，岂有不守之理？莫氏既生了儿子，要嫁也未必就嫁，毕竟要等儿子离了乳哺，交与大娘方才去得。做小的在家守寡，那做大的要嫁也不好嫁得；等得儿子长大，妾要嫁人时节，他的年纪也大了，颜色也衰了，就没有必守之心，也成了必守之势。将来代莫氏抚孤者，不消说是此人；就是勉莫氏守节者，也未必不是此人。"吩咐过了，只等断气。谁想淹淹缠缠，只不见死，空了几时不吃药，那病反痊可起来，再将养几时，公然好了。从此以后与罗氏、莫氏恩爱更甚于初；碧莲只因几句本色话，说冷了家主的心，终日在面前走来走去，眼睛也没有相他。莫说闲空时节不来耕治荒田，连那农忙之际，也不见来播种子。

却说麟如当初自垂髫之年，就入了学，人都以神童目之，道是两榜中人物。怎奈他自恃聪明，又肯专心学业，不但诗词歌赋，件件俱能，就是琴棋书画的技艺，星相医卜的术数，没有一般不会。别的还博而不精，只有岐黄一道，极肯专心致志。古

语云：

　　　　秀才行医，如菜作韭。

　　麟如是个绝顶聪明的人，又兼各样方书，无所不阅，自然触类旁通，见一知十。凡是邻里乡党之中，有疑难的病症，医生医不好的，请他诊一诊脉，定一个方，不消一两贴药，就医好了。只因他精于医理，弄得自己应接不暇。那些求方问病的，不是朋友，就是亲戚，医好了病，又没有谢仪，终日赔工夫看病，赔纸笔写方，把自家的举业反荒疏了。

　　一日宗师岁试，不考《难经》《脉决》；出的题目依旧是四书本经。麟如写惯了药方，笔下带些黄连、苦参之气，宗师看了，不觉瞑眩起来，竟把他放在末等。麟如前程考坏，不好见人，心上思量道："我一向在家被人缠扰不过，不如乘此失意之时，离了家乡，竟往别处行道。古人云：'得志则为良相，不得志则为良医。'有我这双国手，何愁不以青囊致富？"算计定了，吩咐罗氏、莫氏说："我要往远处行医，你们在家苦守。我立定脚跟，就来接你们同去。"罗氏、莫氏道："这也是个算计。"就与他收拾行李。麟如止得一个老仆，留在家中给薪水，自己约一个朋友同行。

　　即朋友姓万，字子渊，与麟如自小结契，年事相仿，面貌也大同小异，一向从麟如学医道的。二人离了建昌，搭江船顺流而下，到了扬州，说此处是冠盖往来之地，客商聚集之所，借一传百，易于出名，就在琼花观前，租间店面，挂了"儒医马麟如"的招牌。

　　不多几时，就有知府请他看病。知府患的内伤，满城的人，都认做外感，换一个医生，发表一次，把知府的元气，消磨殆尽，竟有旦夕之危。麟如走到，只用一贴清理的药，以后就补元气，不上数贴，知府病势退完，依旧升堂理事。道他有活命之功，十分优待，逢人便说，扬州城里止得一个医生，其余都是刽子手。麟如之名，由此大著。

　　未及三月，知府升了陕西副使，定要强麟如同去。麟如受他知遇之恩，不好推却，只是扬州生意正好，舍不得丢，就与子渊商议道："我便随他去，你还在此守着窠巢，做个退步。我两个面貌相同，到此不久，地方之人，还不十分相识，但有来讨药的，你竟冒我名字应付他，料想他们认不出，我此去离家渐远，音信难通，你不时替我寄信回去，安慰家人。"吩咐完了，就写一封家书，将扬州所得之物，尽皆留下，教子渊觅便寄回，自己竟随主人去了。

子渊与麟如别后，遇著一个葛布客人，是自家乡里，就将麟如所留银信交付与他，自己也写一封家书，托他一同寄去。终日坐在店中兜揽生意。

那些求医问病的，只闻其名，不察其人，来的都叫马先生、马相公。况且他用的药与麟如原差不多，地方上人见医得病好，一发不疑，只是邻舍人家，还晓得有些假借。

子渊再住几时，人头渐熟，就换个地方，搬到小东门外，连邻居都认不出了。

只有几个知事的，在背后猜疑道："闻得马麟如是前任太爷带去了，为什么还在这边？"那邻居听见，就述这句话来转问子渊。子渊恐怕露出马脚，想句巧话对他道："这句话也不为无因。他原要强我同去，我因离不得这边，转荐一个舍亲叫做万子渊，随他去了，所以人都误传是我。"邻舍听了这句话，也就信以为实。

这上半年，子渊因看病染了时气，自己大病起来。自古道："虑医不自医。"千方百剂，再救不好，不上几时，做了异乡之鬼。身边没有亲人，以前积聚的东西，尽为雇工人与地方所得，同在江都县递一张报呈，知县批着地方收敛。地方就买一口棺木，将尸首盛了，抬去丢在新城脚下，上面刻一行字道：

江西医士马麟如之枢。

待他亲人好来识认。

却说子渊在日，止托葛布客人寄得那封家信，只说信中之物尽够安家，再过一年半载，寄信未迟。谁想葛布客人因贪小利，竟将所寄之银买做货物，往浙江发卖，指望翻个筋头，趁此利钱，依旧将原本替他寄回。不想到浙江卖了货物，回至邹镇地方，遇着大夥强盗，身边银两，尽为所劫。正愁这注信、银，不能着落，谁想回到扬州，见说马医生已死，就知道是万子渊了。原主已没，无所稽查，这宗银子落得送与强盗，连空信都弃之水中，竟往别处营生去了。

却说罗氏、莫氏见丈夫去后，音信杳然，闻得人说在扬州行道，就着老仆在扬州访问。老仆行至扬州，问到原旧寓处，方才得知死信。老仆道："我家相公原与万官人同来，相公既死，他就该赶回报信，为什么不见回来，如今到那里去了?"邻舍道："那姓万的，是他荐与前任太爷，带往陕西去了。姓万的去在前，他死在后，相隔数千里，那里晓得他死，赶回来替你报信?"

老仆听到此处，自然信以为真。寻到新城脚下，抚了棺木，痛哭一场。身边并无盘费，不能装戴还家，只得赶回报讣。

罗氏、莫氏与碧莲三人闻失所天，哀恸几死，换了孝服，设了灵位，一连哭了三日，闻者无不伤心。到四五日上，罗氏、莫氏痛哭如前，只有碧莲一个虽有悲凄之色，不作酸楚之声，劝罗氏、莫氏道："死者不可复生，徒哭无益，大娘、二娘还该保重身子，替相公料理后事，不要哭坏了人。"罗氏、莫氏道："你是有去路的，可以不哭；我们一生一世的事，止于此了，即欲不哭，其可得乎?"碧莲一片好心，反讨一场没趣。只见罗氏、莫氏哭到数日之后，不消劝得，也就住了。起先碧莲所说料理后事的话，第一要催他设处盘费，好替家主装丧；第二要劝他想条生计，好替丈夫守节。只因一句"有去路"的话，截住谋臣之口，以后再不敢开言。还只道他止哀定哭之后，自然商议及此。谁想过了一月有余，绝不提起"装丧"二字。碧莲忍耐不过，只得问道："相公的骸骨，抛在异乡，不知大娘、二娘几时差人去装载?"

罗氏道："这句好听的话，我家主婆怕不会说，要你做通房的开口?千里装来，须得数十金盘费，如今空拳白手，那里借办得来?只好等有顺便人去，托他焚化捎带回来，埋在空处，做个纪念罢了。孤儿寡妇之家，那里做得争气之事?"莫氏道："依我的主意，也不要去装，也不要去化，且留他停在那边，待孤子大了再做主意。"

碧莲平日看见他两个，都有私房银子，藏在身边，指望各人拿出些来，凑作舟车之费，谁想都不肯破费，说出这等忍心害理的话，碧莲心上，好生不平。欲待把大义至情责备他几句，又怕激了二人之怒，要串通一路，逼他出门，以后的过失，就没人规谏。只得用个以身先人之法，去感动他，就对二人道："碧莲昨日与老苍头商议过了，扶榇之事，若要独雇船只，所费便多；倘若搭了便船，顺带回来，也不进费得十金之数。碧莲闲空时节，替人做些针指，今日半分，明日三厘，如今凑集起来，只怕也有一半，不知大娘、二娘身边可凑得那一半出?万一凑不出来，我还有几件青衣，总则守孝的人，三年穿着不得，不如拿去卖了，凑做这桩大事，也不枉相公收我一场。

说便是这等说，也还不敢自专，但凭大娘、二娘的主意。"罗氏、莫氏被他这几句话，说得满面通红，那些私房银子，原要藏在身边，带到别人家去帮贴后夫的，如今见他说得词严义正，不敢回个没有，只得齐声应道："有是有几两，只因不够，所以不敢行事。如今既有你一半做主，其余五两自然是我们凑出来了，还有什么说得？"碧莲就在身边摸出一包银子，对二人当面解开，称来还不上五两，若论块数，竟有上千。罗氏、莫氏见他欣然取出，知道不是虚言，只得也去关了房门，开开箱笼，就如做贼一般，解开荷包，拈出几块，依旧藏了。每人称出二两几钱，与碧莲的凑成十两之数，一齐交与老仆。老仆竟往扬州，不上一月，丧已装回，寻一块无碍之地，将来葬了。

却说罗氏起先的主意，原要先嫁碧莲，次嫁莫氏，将他两人的身价，就凑作自己的妆奁，或是坐产招夫，或是挟资往嫁的。谁想碧莲首倡大义，今日所行之事，与当初永诀之言，不但迥然不同，亦且叛然相反，心上竟有些怕他起来，遣嫁的话，几次来在口头，只是不敢说出。看见莫氏的光景，还是欺负得的，要先打发他出门，好等碧莲看样，又多了身边一个儿子。若教他带去，怕人说有嫡母在家，为何教儿子去随继父？若把他留在家中，又怕自己被他缠住，后来出不得门。立在两难之地，这是罗氏的隐情了。

莫氏胸中又有一番苦处。一来见小似他的当嫁不肯嫁，大似他的要嫁不好嫁，把自己夹在中间，动弹不得。二来发懊恨生出来的孽障，大又不大，小又不小。若还有几岁年纪，当得家僮使唤，娶的人家还肯承受；如今不但无用，反要磨人，那个肯惹别人身上的虱，到自己身上去搔？索性是三朝半月的，或者带到财主人家，拼出得几两银子，雇个乳娘抚养，待大了送他归宗；如今日夜钉在身边，啼啼哭哭，那个取亲的人不图安逸，肯容个芒刺在枕席之间？这都是莫氏心头说不出的苦楚，与罗氏一样病源，两般症候。每到欲火难禁之处，就以哭夫为名，悲悲切切，自诉其苦。

只有碧莲一人，眼无泪迹，眉少愁痕，倒比家主未死之先，更觉得安闲少累。罗氏、莫氏见他安心守寡，不想出门，起先畏惧他，后来怨恨他，再过几时，两个不约而同都来磨灭他。茶冷了些，就说烧不滚；饭硬了些，就说煮不熟。无中生有，是里寻非，要和他吵闹，碧莲只是逆来顺受，再不与他认真。

且说莫氏既有怨恨儿子之心，少不得要见于词色，每到他啼哭之时，不是咒，就是打，寒不与衣，饥不与食，忽将掌上之珠，变作眼中之刺。

罗氏心上也恨这个小冤家，掣他的肘，起先还怕莫氏护短，怒之于中，不能形之于外，如今见他生母如此，正合着古语二句：

自家骨肉尚如此，何况区区陌路人。

那孩子见母亲打骂，自然啼啼哭哭，去投奔大娘。谁想躲了雷霆，撞着霹雳，不见菩萨低眉，反惹金刚怒目。甫离襁褓的赤子，怎经得两处折磨，不见长养，反加消缩。

碧莲口中不说，心上思量道："二人将不利于孺子，为程婴、杵臼者，非我而谁？"每见孩子啼哭，就把他搂在怀中，百般哄诱。又买些果子，放在床头，晚间骗他同睡。那孩子只要疼热，那管亲晚，睡过一两夜，就要送还莫氏，他也不肯去了。莫氏巴不得遣开冤孽，才好脱身，那里还来索其故物。

罗氏对莫氏道："你的年纪尚小，料想守不到头。起先孩子离娘不得，我不好劝你出门；如今既有碧莲抚养，你不如早些出门，省得辜负青年。"莫氏道："若论正理，本该在家守节，只是家中田地稀少，没有出息，养不活许多闲人，既蒙大娘吩咐，我也只得去了。只是我的孽障，怎好遗累别人？他虽然跟住碧莲，只怕碧莲未必情愿。万一走到人家，过上几日，又把孩子送来，未免惹人憎恶。求大娘与他说个明白：他若肯认真抚养，我就把孩子交付与他，只当是他亲生亲养，长大之时就不来认我做娘，我也不怪；若这只雇眼前，不管后日，欢喜之时领在身边，厌烦之时送来还我，这就成不得了。"

碧莲立在旁边，听了这些说话，就不等罗氏开口，欣然应道："二娘不须多虑，碧莲虽是个丫环，也略有些见识，为什么马家的骨血，肯拿去送与别人？莫说我不送来还你，就是你来取讨，我也决不交付，你要去只管去。碧莲在生一日，抚养一日；就是碧莲死了，还有大娘在这边，为什么定要累你？"罗氏听他起先的话，甚是欢喜，道他如今既肯担当，明日嫁他之时，若把儿子与他带去，料也决不推辞；及至见他临了一句，牵扯到自己身上，未免有些害怕起来。又思量道："只有你这个呆人，肯替别人挑提，我是个伶俐的人，怎肯做从井救人之事？不如趁他高兴之时，把几句硬话激他，再把几句软话求他，索性把我的事，也与他说个明白。他若乘兴许了，就是后面翻悔，我也有话问他，省得一番事业作两番做。"

就对他道："碧莲，这桩事你也要斟酌，孩子不是容易领的，好汉不是容易做的，后面的日子长似前边，倘若孩子磨起人来，日不肯睡，夜不肯眠，身上溺尿，被中撒屎，弄教你哭不得，笑不得，那时节不要懊悔。你是出惯心力的人，或者受得这个累起，我一向是爱清闲，贪自在的，宁可一世没有儿子，再不敢讨这苦吃。你如今情愿不情愿，后面懊悔不懊悔，都趁此时说个明白，省得你惹下事来，到后面贻害于我。"

碧莲笑一笑道："大娘莫非因我拖了那个尾声，故此生出这些远虑么？方才那句话，是见二娘疑虑不过，说来安慰他的，如何认做真话？况且我原说碧莲死了，方才遗累大娘。碧莲肯替家主抚孤，也是个女中义士，天地有如，死者有灵，料想碧莲决不会死。碧莲不死，大娘只管受清闲，享自在，决不教你吃苦。我也晓得孩子难领，好汉难做，后来日子细长，只因看不过孩子受苦，忍不得家主绝嗣，所以情愿做个呆人，自己讨这苦吃。如今一言既出，驷马难追，保得没有后言，大娘不消多虑。"罗氏道："这等说来，果然是个女中义士了。莫说别人，连我也学你不得。既然如此，我还有一句话，也要替你说过。二娘去后，少不得也要寻分人家打发你，到那时节，你胯要把孩子带去，不可说在家一日，抚养一日，跨出门槛，就不干你的事，又依旧累起我来。"碧莲道："大娘在家，也要个丫环服事，为什么都要打发出去？"罗氏见他问到此处，不好糊涂答应，就厚着脸皮道："老实对你讲，莫说他去之后你住不牢，就是你去之后，连我也立不定了。"

碧莲听了这句话，不觉目睁口呆，定了半晌，方才问道："这等说来，大娘也是要去的了？请问这句说话真不真，这个意思决不决？也求大娘说个明白，等碧莲好做主意。"罗氏高声应道："有什么不真？有什么不决？你道马家有多少田产，有几个亲人？难道靠着这个尺把长的孩子，教我呷西风、吸露水替他守节不成？"碧莲点点头道："说得是，果然没有靠傍，没有出息。从来的节妇，都出在富贵人家，绩麻捻草的人，如何守得寡住？这等大娘也请去，二娘也请去，待碧莲住在这边，替马氏一门做个看家狗罢。"

罗氏与莫氏一齐问道："我们若有了人家，这房户里的东西，少不得都要带去。你一个住在家中，把什么东西养生？教何人与你做伴？"碧莲道："不妨，我与大娘、二

娘不同，平日不曾受用得惯，每日只消半升米、二斤柴就过得去了。那六七十岁的老苍头，没有什么用处，料理大娘、二娘不要，也叫他住在家中，尽可以看门守户。若是年纪少壮的，还怕男女同居，有人议论；他是半截下土的人，料想不生物议。等得他天年将尽，孩子又好做伴了。这都是一切小事，不消得二位主母费心，各请自便就是。"

罗氏、莫氏道："你这句话，若果然出于真心，就是我们的恩人了，请上受我们一拜。"碧莲道："主母婢妾，分若君臣，岂有此理？"罗氏、莫氏道："你若肯受拜，才见得是真心，好待我们去寻头路；不然，还是讥讽我们的话，依旧作不得准。"碧莲道："这等恕婢子无状了。"就把孩子抱在怀中，朝外而立，罗氏、莫氏深深拜了四拜。碧莲的身子，就像泥塑木雕的一般，挺然直受，连"万福"也不叫一声。

罗氏、莫氏得了这个替死之人，就如罪囚释了枷锁，肩夫丢了重担，那里松臊得过？连夜叫媒婆寻了人家，席卷房中之物，重做新人去了。

碧莲搅些女工针指，不住的做，除三口吃用之外，每日还羡余，时常买些纸钱，到坟前烧化，便宜了个冒名替死的万子渊，鹘鹘突突在阴间享受。这些都是后话。

却说马麟如自从随了主人，往陕西赴任，途中朝夕盘桓，比初时更加亲密。主人见他气度春容，出言彬雅，全不像个术士，闲中问他道："看兄光景，大有儒者之气，当初一定习过举业的，为什么就逃之方外，隐于壶中？"麟如对着知己，不好隐瞒，就把自家的来历，说了一遍。主人道："这等说来，兄的天分一定是高的了。如今尚在青年，怎么就隳了功名之志？待学生到任之后，备些灯火之资，寻块养静之地，兄还去读起书来。遇着考期，出来应试，有学生在那边，不怕地方攻冒籍。倘若秋闱高捷，春榜联登，也不枉与学生相处一番。以医国之手，调元变化，所活之人必多，强如以刀圭济世，吾兄不可不勉。"麟如受了这番奖励，不觉死灰复燃，就立起身来，长揖而谢。主人莅任之后，果然依了前言，差人往萧寺之中，讨一间静室，把麟如判断去攻书，适馆授养，不减缊衣之好。

未及半载，就扶持入学；科闱将近，又荐他一名遗才。麟如恐负知己，到场中绎想抽思，恨不得把心肝一齐呕出。三场得意，挂出榜来，巍然中了。少不得公车之费，依旧出在主人身上。

麟如经过扬州，教人去访万子渊，请到舟中相会。地方回道："是前任太爷请去了。"麟如才记起当初冒名的话，只得吩咐家人，倒把自家的名字去访问别人。

那地方邻舍道："人已死过多时，骨殖都装回去了，还到这边来问？"麟如虽然大惊，还只道是他自己的亲人，来收拾回去，那里晓得其中就里？

及至回到故乡，着家人先去通报，教家中唤吹手轿夫，来迎接回去。

那家人是中后新收的，老仆与碧莲都认不得，听了这些话，把他啐了几声道："人家都不认得，往内室里乱走，岂不闻'疾风暴雨，不入寡妇之门'？我家并没有人读书，别家中举，干得我家屁事？还不快走！"家人赶至舟中，把前话直言告禀。麟如大诧，中说妻子无银使用，将房屋卖与别家，新人不识旧主，故此这般回复，只得自己步行而去，问其就里。

谁想跨进大门，把老仆吓了一跳，掉转身子往内飞跑，对着碧莲大喊道："不好了，相公的阴魂出现了！"碧莲正要问他原故，不想麟如已立在面前，碧莲吓得魂不附体，缩了几步，立住问道："相公，你有什么事放心不下，今日回来见我？莫非记挂儿子么？我好好替你抚养在此，不曾把与他们带去。"

麟如定着眼睛把碧莲相一会，又把老仆相一会，方才问道："你们莫非听了讹言，说我死在外面了么？我好好一个人，如今中了回来，你们不见欢喜，反是这等大惊小怪，说鬼道神，这是什么原故？"

只见老仆躲在屏风背后，伸出半截头来答应道："相公，你在扬州行医，害病身死，地方报官买棺材收敛了，丢在新城脚下，是我装你回来殡葬的，怎么还说不曾死？如今大娘、二娘虽嫁，还有莲姐在家，替你抚孤守节，你也放得下了，为什么青天白日，走回来吓人？我们吓吓也罢了，小官是你亲生的，他如今睡在里边，告万不要等他看见。吓杀了他，不干我们的事。"说完，连半截头也缩进去了。

麟如听到此处，方才大悟道："是了是了。原来是万子渊的原故。"就对碧莲道："你们不要怕，走近身来听我讲。"

碧莲也不向前，也不退后，立在原处应道："相公有什么未了之言，讲来就是。阴阳之隔，不好近身。碧莲还要留个吉祥身子，替你抚孤，不要怪我疑忌。"

麟如立在中堂，就说自己随某官赴任，教子渊冒名行医，子渊不幸身死，想是地方不知真伪，把他误认了我，讹以传讹，致使你们装载回来，这也是理之所有的事；后来主人劝我弃了医业，依旧读书赴考，如今中了乡科，进京会试，顺便回来安家祭

祖，备细说了一遍。又道："如今说明白了，你们再不要疑心。快走过来相见。"

碧莲此时满肚惊疑，都变为狂喜，慌忙走下阶来，叩头称贺。老仆九分信了，还有一分疑虑，走到街檐底下，离麟如一丈多路，磕了几个头。起来立在旁边，察其动静。

麟如左顾右盼，不见罗氏、莫氏，就问碧莲道："他方才说大娘、二娘嫁了，这句话是真的么？"碧莲低着头，不敢答应。麟如又问老仆，老仆道："若还不真，老奴怎么敢讲？"麟如道："他为什么不察虚实，就嫁起人来？"老仆道："只因信以为实，所以要想嫁人；若晓得是虚，他自然不嫁了。"麟如道："他两个之中，还是那一个要嫁起？"老仆道："论出门的日子，虽是二娘先去几日；若论要嫁的心肠，只怕也难分先后。一闻凶信之时，各人都有此意了。"麟如道："他肚里的事，你怎么晓得？"老仆道："我回来报信的时节，见他不肯出银子装丧，就晓得各怀去意了。"麟如道："他既舍不得银子，这棺材是怎么样回来的？"老仆道："说起来话长，请相公坐了，容老奴细禀。"

碧莲扯一把交椅，等麟如坐了，自己到里面去看孩子。老仆就把碧莲倡议扶柩，罗氏不肯，要托人烧化；莫氏又教丢在那边，待孩子大了再处。亏得碧莲捐出五两银子，才引得那一半出来；自己带了这些盘缠，往扬州扶棺归葬的话，说了一段，留住下半段不讲，待他问了才说。麟如道："我不信碧莲这个丫头，就有怎般好处。"老仆道："他的好处还多，只是老奴力衰气喘，一时说他不尽。相公也不消问得，只看他此时还在家中，就晓得好不好了。"麟如道："也说得是。但不知他为什么原故，肯把别人的儿子留下来抚养，我又不曾有什么好处到他，他为何肯替我守节？你把那两个淫妇要出门的光景，与这个节妇不肯出门的光景，备细说来我听。"

老仆又把罗氏、莫氏一心要嫁，只因孩子缠住了身，不好去得，把孩子朝打一顿，暮咒一顿，磨得骨瘦如柴；碧莲看不过，把他领在身边，抱养熟了。后来罗氏要嫁，莫氏又怕送儿子还他，教罗氏与碧莲断过。碧莲力任不辞。罗氏见他肯挑重担，情愿把守节之事让他，各人磕他四个头，欢欢喜喜出门去了的话，有头有脑，说了一遍。

麟如听到实处，不觉得两泪交流。正在感激之时，只见碧莲抱了孩子，走到身边道："相公，看看你的儿子，如今这样大了。"麟如张开两手，把碧莲与孩子一齐搂住，放声大哭，碧莲也陪他哭了一场，方才叙话。

麟如道："你如今不是通房，竟是我的妻子了；不是妻子，竟是我的恩人的。我的门风被那两个淫妇坏尽，若不亏你替我争气，我今日回来竟是丧家狗了。

又接过儿子，抱在怀中道："我儿，你若不是这个亲娘，被淫妇磨作韭粉了，怎么捱得到如今，见你亲爷的面？快和爹爹一齐拜谢恩人。"说完，跪倒就拜，碧莲扯不住，只得跪在下面同拜。

麟如当晚重修花烛，再整洞房，自己对天发誓，从今以后与碧莲做结发夫妻，永不重婚再娶。这一夜枕席之欢自然如意，不比从前草草。

竣事之后，搂着碧莲问道："我当初大病之时，曾与你们永诀，你彼时原说要嫁的，怎么如今倒守起节来？你既肯守节，也该早对我讲，待我把些情意到你，此时也还过意得去。为什么无事之际，倒将假话骗人，有事之时，却把真情为我？还亏得我活在这边，万一当真死了，你这段苦情，教谁人怜你？"说罢，又泪下起来。

碧莲道："亏你是个读书人，话中的意思都详不出。我当初的言语，是见他们轻薄我，我气不过，说来讥诮他们的，怎么当做真话？他们一个说结发夫妻与婢妾不同，一个说只有守寡的妻妾，没有守寡的梅香。分明见得他们是节妇，我是随波逐浪的人了；分明见得节妇只许他们做，不容我手下人僭位的了。我若也与他们一样，把牙齿咬断铁钉，莫说他们不信，连你也说是虚言。我没奈何，只得把几句绵里藏针的话，一来讥讽他们，二来暗藏自己的心事，要你把我做个防凶备吉之人。我原说若还孤儿没人照管，要我抚养成人，我自然不去。如今生他的也嫁了，抚他的也嫁了，当初母亲多不过，如今半个也没有，我如何不替你抚养？我又说你百年以后，若还没人守节，要我烧钱化纸，我自然不去。如今做大的也嫁了，做小的也嫁了。当初你家风水好，未死之先，一连就出两个节妇；后来风水坏了，才听得一个死信，把两个节妇，一齐遣出大门，弄得有墓无人扫，有屋无人住，我如何不替你看家？这都是你家门不幸，使妻妾之言不验，把梅香的言语倒反验了。如今虽有守寡的梅香，不见守寡的妻妾，到底是桩反事，不可谓之吉祥。还劝你赎他们转来，同享富贵。待你百年以后，使大家践了前言，方才是个正个。"麟如惭愧之极，并不回言。

在家绸缪数日，就上公车，春闱得意，中在三甲头，选了行人司。未及半载，齐诏还乡，府县官员，都出郭迎接，锦衣绣裳，前呼后拥，一郡之中，老幼男妇，人人争看。

罗氏、莫氏见前夫如此荣耀，悔恨欲死，都央马族之人，动麟如取赎。那后夫也怕麟如的势焰，情愿不取原聘，白白送还。马族之人，恐触麟如之怒，不好突然说起，要待举贺之时，席间缓缓谈及。

谁想麟如预知其意，才坐了席，就点一本朱买臣的戏文，演到覆水难收一出，喝采道："这才是个男子！"众人都说事不谐矣，大家绝口不提，次日回覆两家。

罗氏的后夫放心不下，又要别遣罗氏，以绝祸根，终日把言语伤触他，好待他存站不住。当面斥道："你当初要嫁的心，也太急了些，不管死信真不真，收拾包裹竟走，难道你的枕头边，一日也少不得男子的？待结发之情，尚且如此，我和你半路相逢，那里有什么情意？男子志在四方，谁人没有个离家的日子，我明日出门，万一传个死信回来，只怕我家的东西，又要卷到别人家去了。与其死后做个赔钱货，不如生前活离，还不折本。"罗氏终日被他凌辱不过，只得自缢而死。

莫氏嫁的是个破落户，终日熬饥受冻，苦不可言，几番要寻死，又痴心妄想道："丈夫虽然恨我，此时不肯取赎，儿子到底是我生的，焉知他大来不劝父亲赎我？"所以熬着辛苦，耐着饥寒，要等他大来。及至儿子长大，听说生母从前之事，愤恨不了，终日裘马翩翩，在莫氏门前走来走去，头也不抬一抬。莫氏一日候他经过，走出门来，一把扯住道："我儿，你嫡嫡亲亲的娘在这里，为何不来认一认？"儿子道："我只有一个母亲，现在家中，那里还有第二个？"莫氏道："我是生你的，那个领你的。你不信，只去问人就是。"儿子道："这等待我回去问父亲，他若认你为妻，我就来认你为母；倘若父亲不认，我也不好来冒认别人。"

莫氏再要和他细说，怎奈他扯脱袖子，头也不回，飘然去了。从此以后，宁可迂道而行，再不从他门首经过。

莫氏以前虽不能够与他近身说话，还时常在门缝之中，张张他的面貌，自从这番抢白之后，连面也不得见了，终日捶脸顿足，抢地呼天，怨恨而死。

碧莲向不生育，忽到三十之外，连举二子，与莫氏所生，共成三。后来麟如物故，碧莲二子尚小，教诲扶持，俱赖长兄之力。长兄莫氏所生。碧莲当初抚养孤儿，后来亦得孤儿之报，可见做好事的不折本，这叫做皇天不负苦心人也。

评：

碧莲守节，虽是梅香的奇事。尤可敬者，是在丈夫面前，以淫污自处，而以贞洁让人。罗莫再醮，也是妇人的常事。最可恨者，是在丈夫面前，以贞洁自处，而以淫污料人。迹此推之，但凡无事之时，晓晓然自号于人曰："我忠臣孝子、义夫节妇其人者，皆有事之时之乱臣贼子、奸夫淫妇之流也。"

中国禁书文库

无声戏

梅花洞

[清]白云道人 撰

梅花洞凡例

○小说前每装绣像数叶，以取悦时目。盖因内中情事，未必尽佳，故先以此动人耳。然画家每千篇一列，殊不足观，徒灾梨棘。此集词中有书，何必书中有形，一应时像，概不发刻。

○从来引用诗词评语，俱以此视贴正文。率皆敷浅庸陋，有识者未免遗恨。与其繁而无当，不若简而可观。余于诸家，较有微胜。

○全部书中，似同传剧，正生正旦，事必有主。每见近时诸刻，颠倒错乱，玉石不分，词意虽工，无取乎尔。

○一回一事，终属卑琐。况有窝里巷之秽谈，供俗人之耳目。愚虽菲薄，稍异颓靡。

○始较事之所必无，终揆理之所必有，稍有强附，便属不文。故乱伦失节，鬼神变幻，丑恶果报，不敢具登，所重者寸情两字耳。

○是书之发，本乎坊刻，秽亵诸语，时习所尚，虽于大假主脑，不祼俚俗，然间散点缀，时或有之。正恐刘邕之嗜，非此不欢，如握丹黄，终有微憾。

○行云流水，文章化境，随时逐景，信笔则书，既无成心，何敢滥涉。

苏庵温识

苏庵杂诗八首

轻云入梦绮窗秋，往事无成忍再愁；海燕去时花信断，宫莺啼散泪痕收。人间金谷朝朝变，天上银河夜夜浮；青鸟不归香篆冷，几回怅望绕高楼。

星虚碧落夜光寒，月姊移香降彩鸾；红袖拂云惊影瘦，翠屏行雨惜花残。含情腕晚留芳芯，暂见分明对合欢；不道三山容易隔，至今幽恨泪阑干。

花绕回栏月送更，梦残犹自怨啼莺；虚传留枕怜曹植，谁惜能琴似马卿。细雨春来金柳醉，澹烟秋去玉钩情；寻思底事终难见，知在瑶台第几名。

知是鹣鹣遇未长，碧莺灯暗镜光凉；搔头玉晕三更月，照骨金留五夜香。梦里菁荣终惜命，峡中云散未为祥；只今梵火疑禅寂，会得空花也断肠。

曾省惊魂度碧宵，至今幽梦未全遥；芙蓉嫩色添花胜，杨柳轻身压绛绡。窗外影寒秋月瘦，灯前香散晓鬟娇；多情剩有空梁燕，记得窥廉坠翠翘。

九疑山南吕

《香罗带》一从鸾凤分起，至首饰典无存止

愁莺埋镜尘双飞，断云关山梦转衾，未温画图难与唤，真真也！

《犯胡兵》饭食何处有起，方终可求止

向残灯自忖，把题笺寄恨，莫不是我宿世姻缘，今生已尽。

《懒画眉》强对南薰起，流水共高山止。

空欢离情暗伤神，想昔时，投佩偶，亲把幽香，星下结深恩。

《醉扶归》只怕为你难移宠起，心先痛止。

绣帏彩凤双栖稳，说不尽惜花心，一段温存，描不就娇香体，五更残困。

《梧桐树》黄莺似唤俦起，故把人倔愁止。

巫山暮两昏，洛水朝霞晕。不道吹箫弄玉非凡品，绮楼会晤迷方寸。

第一回 百实屏梦中门艳 一生石天外寻芳

诗云：

千里红线紧碧环，美人家住最高山；
分明有个司花吏，一段春情莫等闲。

　　自古道才子多情，佳人薄命，这句话，一正一反。那才子是有才学的，识见精明，得知古往今来，许多好事，决不是资性刻薄，把六亲眷属都看做陌路之人。这段情意，天生带来的，不消说得。至于佳人薄命四字，全然不晓得世事的，说出这句话。自古真正佳人，命决然不薄。你道为何不薄起来！西施见辱于亡国；昭君困抑于画图；绿珠坠粉于高楼；太真埋环于荒驿——这都是命薄所致。

　　看官，却不知他只为命好，所以有此遭际；若是命薄，求也求不到这个地位。怎见得他命好？世上有了几分姿色的，偶然嫁得个斯文财主，做了财主婆，生男育女，不上几年，奄然去了。世间这样妇人尽有，那里记得许多？譬如植名花于幽谷，自开自落，何从见得他好处？惟是颠连困顿，经一番亡家丧国之苦，见得他的，无不起爱惜之心，闻得他的，也还有垂怜之念。就得到几千百世以后，知他名字，想他形容，说道："我若遇此等佳人，便要如何爱护，如何怜惜，那舍得一旦云收雨散。"这条念头是人人有的。那个佳人，就享得半生富贵，已传下万载花容，岂不胜人百倍？如今做小说的，开口把"私情"两字说起，庸夫俗妇，色鬼奸谋，一图秽恶之气，敷衍成文，其实不知情字怎么样解。但把妇人淫乐的勾当，叫做私情，便于情字大有干碍。不知妇人淫乐，只叫得奸淫。今日相交一个，明日相交一个，那算得是情，不把此道相交便称贞节，直至阴阳交媾，就是私情。是所重在方寸之间，与情字大相悬涉，甚

至有止淫风。借淫说法之语，正是诲淫之书。人既无情，流为报应，此皆不讲得情字明白，到把"佳人才子"四个字，看得坏了，故有此话。

自古佳人才子，不知经历几千百年日月之精华，山川之秀气，鬼神之契合，奇花异木，瑞鸟祥云，祯符有兆，然后生将出来。正如宝贝一般，二美具合，就是不着身不干这件勾当，也要一心想契，生可以死，死可以生。情之所钟，若鸳鸯交颈，分拆不开，鸳鸯岂是惯要打雄的。盖谓情上分不散，故此把他比人家夫妻之谊。树有连枝，花有并蒂，尽是此意。切不要把"私情"二字看坏了，反做出许多无情之事来。不信，但看青陵台畔，魂魄依然，只闻地下有报淫之条，不闻天上有多情之律。吾且把一椿实事，演作话文，教天下有情的，自然感动。正是：

> 不入巫山留夜梦，怎知神女化朝云。

当初隋文帝时，曾造一架屏风，赐与义成公主。其名唤做虹霓，雕刻前代美人之形，各长三寸许。其间，服玩之器衣服，皆用众宝嵌成，水晶为地，外以玳瑁水犀为押，种种精妙，迨非人工所制。延至唐朝，太宗得之，藏于内计。到玄宗时取出，赐与太真娘娘。太真归其兄杨国忠家，带此屏风，安于高楼之上。一日国忠偃息楼上，方绕就枕，屏风上诸女，悉到床前，各通名姓，又歌又舞，半晌而去。国忠醒来，怕是妖怪，急令封锁楼门。禄山乱后，屏风存在宰相元载家，自后流落世间。至宋朝又取进宫中，高宗南渡，带到临安。元朝代宋，屏风为赵氏宗室所藏。

元顺帝时，杭州府钱塘县，有个赵员外，乃是宋度宗第五世裔孙。他夫人只生一子，名唤赵青心，号云客，生得貌似潘安，才如子建，年方一十八岁，已是无书不读，名冠学宫，真个青年俊雅，自己道是天下第一个风流才子。只因赵员外家财丰盛，婢妾众多，这些云雨意件件都晓得。那勾情缘上说得好，阳物虽小，经了阴水，时常浸一浸，他自然会长大起来。赵家房婢，个个会长养此物的，见那赵云客生来标致，那个不要亲近他？所以年纪虽不多，只有这件事，便如经惯的一般。但是他立心高旷，从小气质，与凡夫不同，常愿读尽天下第一种奇书，占尽天下第一种科甲，娶尽天下第一种美人，凡遇世间第二种事，他却夷然不屑介意。

一日，到员外后房闲玩，有些宝贝，他都不留心。只看见屏风一架。那是前朝相

传下来的，就是雕刻历代美人的叫做虹霓。只因员外是个宋朝宗室近支，故此有异物。云客心上暗想道："往常在书上，看出古来许多美女，每称绝代佳人，令我终日思慕。不想这屏风上的雕刻，一发工巧非常，便与员外讨此屏风，张在小书房内。下面铺着一张紫檀小榻，锦衾绣褥，独宿其中。"

那里晓得屏风上的美人，通是灵异的人。在先历代所藏，只看做是个宝贝，偶一展开，即便收好。只有杨国忠楼上一睡，赫得冷汗直流，以后从不曾近人的精气。那赵员外不知其故，便听儿子把那屏风伴宿。只见赵云客暂时摆在小书房内，便像过了美人气的，心上欢欢喜喜，把一对象牙高召，点起通宵明烛，又把一个古铜香炉，烧些上号好香，也不要家童服侍，也不要婢妾往来。只为他是才子气质，手中不离书本，又得了屏风这件宝物，一头看书，一头把屏风上的美人看看，连牵二夜，不曾上床睡，到第三夜来，眼内昏昏沉沉，虽然点烛烧香，也就上床睡了。睡到三更时分，原来屏风上美人感了云客的精神，就如天上差遣下来的，全个个舞袖翩翩，要与云客相会。云客似梦非梦，看见众美人团床侍立，如花簇锦，不觉神魂飘荡，只道梦中遇着这些仙子，竟忘却自己屏风上有这几个书图，说道："众仙子忽然降临，莫非与小生有缘在此书馆相会？"

那美人不慌不忙，各自陈说名姓。也有说是虎丘山下，馆娃宫里来的；也有说是手抱琵琶，身从马上来的；也有说是琴声感动，墟边卖酒家的；也有说是采药相逢，山上折桃花的；也有说是宫中留枕，寄与有才郎的；也有说是青巢偷香，分与少年的；也有说是为云化雨，梦中曾相遇的；也有说是似雾如烟，帐里暂时逢的；也有说是吹箫楼上，携手结同心的；也有说是侍晏瑶池，题诗改名姓的；也有说是身居金谷，吹逐恨无情的；也有说是掌上五盘，裙衫留不住的。其他离魂解佩，纷纷不一，说道："吾等乃是历代有名的国色，当初被一异人，雕刻形像，感郎君精神相聚，故此连裾而来。"云客听知此话，一点心情，就被他收支不了。美人又道："昔日薛昭遁入兰昌宫，与三位女子相遇。其时以骰子掷色，遍掷云客张氏采胜，遂命薛郎同坐，得茂枕席。今夕共会，不谓无缘。"命侍儿罗列肴馔，珍馐百味，充满于前。云客口虽不言，心中提起平日所慕，不想就遇着这等好事，岂不快活？其时众美人亦把骰子掷色，内中一个掷了六红。众美人笑道："此夜赵郎同会，掷色胜的，今宵先尽缱绻。"当下赵云客情兴勃发，便同携手，走至僻处，相与分衣解带，一根玉棍，胀得火热起来，不苟一

二合，精涌如泉，弄得半死半活，忽然睡觉，美人影也不见。

梅花洞

看官，你道赵云客虽则年纪弱小，他也曾在牝户内，浸过几时，难道梦中一度，便弄得半死半活起来？不知平常干事，虽是一抽一下，未必就到极好去处。就是妇人家惯会奉承，把臀尖视起，两腿夹住耸将上来，也只是射中红心之意，略用些呼吸工夫即有走作，不到十分狼藉。只有梦中做这春事，不由心上做主，不是熬得极急，挥得尽情，怎得梦中遗失？况且少年英气，情窦正开，一边独宿几夜，遇着好梦，那顾得性命如何？所以一弄便泄，一泄便吃力，这也是少年的光景。云客只为走了这一度，揿将起来，日色将午。父母只道他睡迟，复到书房中，细细把屏风一看，宛宛然梦中所见。虽甚奇怪，却也不怕。你道他为何为怕？原来云客是个风流才子，见那美人之事，未免有情，却是他心上想惯了，纵使怪怪奇奇，只当得家常茶饭，何消怕得？但是身子困倦，终非好事，他就把书房关起了。

却说屏风上诸女，原是灵异之物，那赵云客在美人面上，最有情的，天遣他看见这屏风，暂时一遇，也晓得古来美女，并不是涂脂抹粉假做标致的，一至死后影响也没有得。他是个天上星宿，海外神仙，偶然投在下界便做个出类拔萃的美人，及至身后留名，即是个神仙行径。闻得自古有个画工，画一幅软障图，那是南狱夫人形像，吩咐一士人叫他名字，唤做真真。叫了百日，那画上的便活起来，下来与他做夫妻，生一儿子。后来士人疑他是个妖怪，他便携了儿子重到画轴上去了。这样事，都是美人的灵异，与屏风上一般作怪的。

那赵云客自一梦之后，心内时时想念："只说天下才子自然有个佳人配他，我这梦中一弄，也是前世美人，三生石上，极大的缘法。只是身子困乏异常，若后来真得了佳人，情意正笃，终日如鱼得水，消得几时工夫？怕不做个色鬼？"他也虑得周到。谁知天生这个才人后面，自应有些遇合，全然不消虑得。赵云客隔了几日，再往书房中看看。不想他的一生知遇，正在这一看里头，岂不奇怪！

评：

第二回 哑诗笺一生情障 真心事三段誓词

诗云：《拟李玉溪无题》

窥镜舞鸾迷，分钗小燕低；
崔徽曾入画，弄玉未为妻。
香雾三更近，花枝二月齐。
含情无限思，婉晚绮窗西。

却说赵云客走到书房中去，把屏风从上至下，细细看个不了，说道："不知他美人有情，骤然发此灵异。又书知因我有情，便想像他出来，为何从无此梦，一到书房中睡了，就生出这等奇梦？"把两只手在屏风上，摸来摸去，谁知天大的缘法，一摸就着手了。那屏风虽则是个宝贝，却也年岁久远，这接缝里边有些不坚固。始初藏在静处，只当得玩器一般，如今被云客摩弄一番，头上便露些细缝。云客将他一拍，只见屏风一边一块水晶地，便落下来。云客讶然一笑说："原来是不坚固的，被我弄坏了！"把空处一张，那晓得里面隐着一幅白绫细绢，便把指尖挑将出来，仔细看他绢上，好一首旧诗。一个红图画不知甚么意思，且将这诗句念了一遍：

浓香娇艳等闲看，折得名花倚书栏；
无限心情莫惆怅，琵琶新调自盘桓。

又将这绢上的印子，看了一回，方悟出他的根由。那是当时杨太真娘娘，放在宫中时，自隋文帝到唐开元，已自有年。想是那屏风也曾坏了，被太真娘娘修好，把这

幅诗绢，嵌在其中，当个记号。怎见得？只看印子上面的字，却是"玉环私印"四个字，印得分明。赵云客是博古的人，晓得玉环是杨太真小名，又道太真时常爱弹琵琶，便知道这个缘故。也把自己的名字，印子印一个在后面，恰好两个印子，红又红得好，印又印得端正。人只知屏风是个宝贝，不知那首诗自唐至元，有五百余年，也是一件古玩了。云客自负有才，见别样珍宝，偏不喜欢。见了这首诗，又是古物，甚加爱惜。即把他来佩在身边。却将水晶仍旧嵌好，就屏风面前，朝了这些雕刻的美人，点起香来，罚个誓愿，说道："我赵青心是个天下有情人，自今已往，但遇着天下绝色佳人，不论艰难险阻，便可结一个生死相同了。只是有三件事，不愿从得。第一来，不要妇人搽一缕粉，点一毫胭脂，装一丝假发，做个假髻美人先入宫之计；二来不要有才无貌，有貌无才，应了妇人无才便是德之言；三来不要六礼三端，迎门嫁娶，叫做必待父母之命，媒约之言的道理。"看官，你道这三件事，他为甚么不从？只为世上涂脂抹粉的尽多，像个鬼使夜叉一般，见了人，便把这些假东西一一装在头面之上，及至真正本色，看不上一二分。有等痴人，便道他装得好，不知搽粉之白是死白，涂脂之红是呆红，金珠围绕是假髻。若是把他本身一看，不是定是恼，那讨得好处来？真正绝色佳人，就荆钗裙布，蓬头乱发，自有一种韵态嫣然。西子捧心，岂是妆娇做媚？大凡世上，假事定要露一分贱相。赵云客是聪明人，所以头一桩，便绝这项。

从来倾国倾城，必定能诗能画，若只有貌无才，出辞吐气，自然粗浅。道学家只道妇人识字，恐怕有些走漏。如今世间识字的少，走漏的到多，这又是什么缘故？所以才貌兼全，方为至宝。但是迎门嫁娶一节，礼法所重，聘则为妻，奔则为妾，自古皆然。不知赵云客想着甚的，顿然改了念头，把周公之礼，高高搁起，怎晓得这正是聪明人，识得透的第一件有情妙用。

你看父母作主，媒人说合，十对夫妻定要配差九对。但凡做媒人的只图吃得好酒，那管你百年谐老之计，信口说来。某家门当户对，父母是老成持重的，只思完了儿女之债，便听信那媒人了。有时麻子配了光面，有时矮妇配了长人。最可笑的，不是壮，定是瘦，穿几件新衣服，媒婆簇拥，也要弱娜起来。后来做一年半载亲，一件不晓得，提起婢妾一事，便如虎狼心性，放出吃人手段，甚得利害。所以世上夫妻，只因父母做主，再不能够十分和合。男要嫌女，女要嫌男。云客思量此话，必定有些不妥，不如放下礼文，单身匹马，往各处寻花觅草。倘然遇一个十分稳意的，只把一点真情为

聘，就好结个恩爱同心了。这也不在话下。

却说赵员外因儿子长成，欲要与他攀亲，知道儿子劣头劣脑，又因是个钟爱之子，不好轻易央媒，说合亲事。那一日，见是云客走到面前，说道："你在书房读什么书？我见你渐渐长大，要与你娶一房媳妇。这也是姻缘大事，自然有个配合的。只是我终身之计，还该向上一上。如今世上，那个不是趋炎附势的？我看一些少年朋友，略略识几个字，各处拜门生、结文社。遇着考试，进场后有了靠托，说道头名，定然是我榜上真个应验起来，也是有趣后。况你新进学宫，文才本领不如于人，何不出去与那些钻求名利的朋友，结交一番，待到大比开科，图个出身高第，也与祖宗争些体面。"云客笑道："那些钻求名利的朋友，只好杯酒往来，若要他意气相投，千百中难得一个。"说便是这样说，毕竟平日间有些小朋友。只是云客才高意迈，又兼得了屏风上涨味，念美人的意多，图功名的意少。

适值正遇暮春时候，那杭州西湖上，是千古有名的好耍之处，画船箫鼓，那一日没有？当日苏东坡有诗二句，说得好：

水光潋滟晴方好，山色空蒙雨亦奇。

据他说起来，这西湖却是晴也好雨也好，只除是求田问舍争名夺利的，不曾领略山水之妙，错过了多少光阴？其余那个不晓得？云客忽然想起来，那西湖上美人聚会之所，何不拉几个朋友，备一只好舡也到此处看看。若得遇着有情的，何消父母这聘，我自会娶他。当下告过父亲，只说要到西湖些个文会，员外就听依了。酒米银钱，一色齐备。又托一个老成家人，叫做赵义看管。那时云客往外边约两个同窗朋友，都是秀才。一个姓钱名通，号神甫，一个就是云客的表兄，姓金名耀宗，字子荣。那两个朋友，通是钱塘县的有名的财主，因云客也是个富贵的公子，所以这两个时常往来。

彼时云客一同下船，琴棋书画、纸墨笔砚、图书印匣等项，俱带了去，那是斯文人的行头，有等衙门里人，或是清客，出去游玩，必定带笙箫弦管，或是双陆纸牌。斯文人出门，只带结琴棋书画为游戏之事。只见云客同两位下了船，船内铺设得齐齐整整。又摆上一桌果酒，与二位吃到半酣，云客说道："我们三人未到西湖，先有一面西湖的景致在心上。如今各人先要做一首想西湖时。"怎么叫做想西湖？不是真正想着

西湖许多大、许多阁、许多景致，但是有意思的人，各自有一段心事在腹内。若到西湖，遇景情深，便把一生的心事，发舒出来，这便叫做想西湖。

云客倚马高才，一挥而就，却是专说自己的心情。诗云：

> 十年梦境尽繁花，月姊星娥隔绛纱；
> 翠羽墙东邻宋宅，郁金堂北是户家。
> 马嘶暗逐多情草，燕剪低隋解语花；
> 今日漫思湖上望，莫教只只是天涯。

钱金两人，于做诗一道，原不十分请求，因见云客先做一首，又催他共做，只得搜索枯肠，也凑成几句，虽非风流俊雅之言，却也到有些意思。

钱诗云：

> 二人今日想西湖，湖上题诗无日无；
> 俗客最能通者也，书生到处念之乎。
> 忙中易老皆名士，静里尤贫是仆夫；
> 勉强斯文还自笑，不如高卧并提壶。

金诗云：

> 九儒十丐尽趋时，也逐西湖学做诗；
> 笑我浪吟羞北阮，诸君何苦效果施。
> 平生意气惟耽醉，今日相逢且自拟；

子荣吟六句，说道："如今做不出了。还记得少时念的古诗二句，就把他续成一律，装个名士体面。"

富贵不淫贫贱乐，人生至此是男儿。

云客见他两人俱已完诗，赞道："二兄天才高妙，反觉小弟绮靡之句，未免飞卿柔艳。只是小弟一向有句心言，不曾说出，今日二兄在此，可以细谈。"钱神甫道："赵大兄，莫非指望考试，要钻个头名么？前日总管平江路浙西道钱兵尊观风，小弟偶然求他乡里一封书，就考个第二，小弟连忙送他一副套礼，便认起同宗来。兄若有此意，只消二百余金，也求他嘱托一句，这是极便的门呼。"金子荣道："何消如此费力？只求本县李老师做头，写封公书，也就有用了。"云客笑道："那功名之事，小弟全不挂心。平日思想起来要做人家，小弟这样也够用了，不消再做得。就是功名一节，自有个大数，便迟了几年，也不妨事。只是我辈在少年场中，风流事业等不得到老的。"神甫笑道："原来未曾有尊夫人，这件就叫做心事了。小弟近日颇有娶妾之意，被拙荆得知，面也抓碎了，房里的粉匣肥皂都打出来。幸得老兄不曾遇此等苦，方说得那样心话。"三人大笑一番，看看的路过西湖，不知西湖上那样风光。看官慢慢的吃了茶，再讲。

评：

屏中一诗，淡淡说来，已埋全部关节，绝无斧凿之痕。千古以来，惟假者不能混真，偏者不能胜全。虽极力装点，终有碔砆鱼目之诮，篇中一一指出，深足快心。至如配合一段，名言鉴鉴，更觉周礼害人不浅，未言名士气习。苏庵特逞笔作余波耳，非有实意刺人也，读者知之。

忆书此回时，斜月侵几，篆香萦幕，蛩声切切。顾景萧然，瓶有残醴，举杯自贶。因飞余墨，得六绝句，附笔于此，以志余情。自记：

马　嵬

梨花树老佛堂空，从此高山不可通；

摘尽荔枝无并蒂，断肠心事雨声中。

驿里谁言负圣恩，女牛私誓至今存；

国家多少兴亡事，玉辇何须恨剑门。

明　妃

当时天子重边疆，马上胭脂塞外香；

千古莫怜图尽误，几人恩幸老昭阳。

翔云漠漠动离情，一曲琵琶马上行；

自是长门因幸薄，却令红粉浪传名。

第三回　巧相逢月下追环
　　　　　小姻缘店中合卺

诗云：

> 绣廉不掷春云暮，屏障雪衣娇欲妒；
>
> 缘浅休歌承上桑，小立栏前看红雨。
>
> 说向花神低翠鬟，第嫌泪点自斑斑；
>
> 三山青鸟何时至，回首啼莺去复还。

　　原来西湖上景致，与别处不同。别处景致，看了就讨回头。那个西湖，是大郡所在，画船箫鼓，过往的也在这里盘桓，本地的也在这里摇摆。所以不论早晚，佳人才子，聚会的甚多。有一个扬州府，江都县的乡绅姓王，在福建路做学校提举司，任满回来，路经钱塘。本身一只大船，家小又一只大船，因西湖好景，随即换了湖船，暂住几日。他的家小不多，夫人吴氏，单生下一位小姐，年方二八，小字玉环，连年随在任所，还不曾许聘人家。那小姐生得花容月貌，便是月里嫦娥，也让他几分颜色。宋玉云："增之一分则太长，那高底鞋自然着不得；减之一分则太短，那观音兜自然带不得。着粉则太白，那粉朴儿一年也省了多少钱；施朱则太赤，那胭脂边不消到浙江去买。"真正翩若惊鸿，宛若游龙。若是见他一见，便一千年也想像不了。又兼文才渊博，技艺精工，子史百家，无不贯串，琴棋诗画，各件皆能。他心中最爱的一件乐器，是个琵琶，那是西蜀出的逻逤檀木所制。温润可爱，带着几条渌水蚕丝的弦，终日弹的音调，就是钧天广乐，也没有这般好。那小姐不惟容貌过人，性情又甚端淑，闺中不轻一笑，对镜亦无可怜。不知那个有缘的，撞着这样一位庄严的小姐。这话休题。

　　却说赵云客自上船以来，竟到西湖换船。他尽想随风转舵，遇着个俊俏佳人，即

中国禁书文库

梅花洞

不能够窝玉偷香，也还要看个下落。谁想把船一泊，正泊在王乡宦家小船边。那一夜是三月望日，风恬月朗，好一段夜景。云客船上，张起灯来。四边也有吹箫唱曲的，也有击鼓放花炮的，闹了二更有余，也就寂然静了。那钱金两个，先去睡着。云客独到船头，四顾清光，飘飘然如凌去仙子。回头一看，只见旁边大船头上，簇拥一伙妇人，异香袭袭。云客仔细看来，内中一个竟像瑶台上飞下来的。云客心忙意乱，不敢轻易开口，看了一回。那女人见边船上，立着一个男子窥探，也就进船去了。云客口内不言，整整思量了半夜。

你道船头上是什么人？却就是回扬州的玉环王小姐。止因他家范谨饬，日间只好在官船中坐。虽则纱窗内可以寓目，外边人却不见他一丝影儿。那一夜月色又好，吹箫击鼓的又去了，正好同夫人侍女在船头上看看景致。不想被那一个有情郎瞧见，正是天生缘分，合着这样凑巧事来。赵云客一夜不睡，巴到天明，即便起身，急急梳洗。走到船头，并没处看见一个妇女。道是昨夜船上，莫非又是屏上的美人跟来出现？正思想间，看那傍边大船上，贴一条钦差福建路学校提举司大封皮，便知道是一家乡宦的家小。望见船工水手，略略问他几句，方绕晓得真实。云客口是不说，心中思忖道："我这一段情意，不见也罢，见了如何摆脱？"坐在船中与钱金二位，粗业讲几句斯文的话，心生一计，一面先打发那老成的家人回去，说道："游玩两日，就归来。"坐到第二日，那王家船竟要回了。云客撇了二位，私自买双小船，带些随身盘费，跟随王家大船，一路相傍而行。追到扬州，竟入城内去了。

那王家好一所大宅子，正住在扬州府前相近。里面家人童仆以百数。云客想道："他小姐归到家中，就是飞也飞不到他里面去。我如今若要罢手，正如猫狗见了名义子，虽是深入穴中，怎肯回头不顾？若是要他相遇，又像先生虚了馆职，只好街上闲走，那得学生见面？若待思量计策，又恐怕像个医生用错了药，不惟无功，反贴一顿打骂。如何是好？"思想一回，忽然笑道："有了！有了！我是隔省之人，无人认得。不妨假做小厮，投靠他家。倘若能够相逢，诉出缘由，自然小姐不弃。"便写一张靠身文书，竟往王家门首，直入进去。只见王家宅内，喧喧嚷嚷，说道："老爷即日赴京复命，并无一人揣着。"云客无处安身，仍出门来。身边只带盘缠，并随身几件文墨之事，一时无从安置，慢慢行来。偶到瓦子铺前，见一卖酒人家，且买些酒吃。看那里面几间房子，到也干净，便对主人道："我有一事到此，暂借专处歇宿几日。"即送房金一两。

　　那卖酒的一个老人家，姓孙，号孙爱泉。只因祖上传留卖酒为业，乡邻嘲笑他子孙惯喝白水，招牌上又写着泉酒出卖，所以送个号叫孙爱泉。那爱泉年纪有五十余几，生得一子一女。一子绰号孙飞虎，因他是个本府堂上公差，众人说道："《西厢记》上有一贼徒，叫孙飞虎，他和尚寺里寡妇人家，也要抄掠一番，如今做公人的翻了面皮，那个没有虎性的？不要说平民，就是冤屈钱，也掠得几贯。况兼府堂上，比下县更加一倍。又见那孙家儿子为人刚暴，便号他做孙飞虎。他也随人叫唤，竟不改名。一女名孙蕙娘，年纪一十七岁，虽不能够淹通书史，也略识几字。人才俊雅，容貌到有九十分。生平不喜涂脂抹粉，竟作个村妆打扮，风情绰约，自是不风。少时攀一卖米铺家，常顾饥荒耀些贵米。他儿子被人咒死，蕙娘竟望门寡了。云客一进了门，便捡一间精洁房子，把随身行李安好。孙爱泉见他斯文模样，又且仪容标致，时常煮些好茶，取几个点心与云客吃。一应茶饭，里面收拾，吃了后算。谁知赵云客是个后俏儿郎，又乖又巧，出外买些好物，只说杭州土仪，送与爱泉妻子。爱泉妻子是热心肠的老人家，见云客甚是殷勤，就认做至亲一样。他女儿虽在里面，也不十分顾忌。

　　住了两日，云客出去打听王家消息，那王乡宦还不曾起身，傍晚回到寓中，劈面正撞着孙蕙娘。云客深深作揖道："小生连日在此搅扰，心甚不安。"那蕙娘也不回言，竟望里头走进去。云客也进自己的卧房。当日蕙娘心上，思想起来："吾家母亲说新租房的一个书生，人才生得甚好，且兼德性温存，想是好人家的儿子。不知甚事，独自一身，在此居住。看他衣服行李，也不像个穷人。"心上就有几分看上他的意思。云客自见蕙娘之后，把王家小姐，暂时放下心肠。做个现财买卖的勾当，只是无处下手。

　　又过一日，爱泉夫妇，要到岳庙中，还一个香愿。商议买些香烛，第二日出门。云客早已得知，到那一日，绝早催做饭吃，要早出去干正经事。爱泉夫妇喜道："我儿子差牌下乡，家内又无媳妇，独自女儿一个。幸喜得那租房的客人早出去了，我两人还了香愿，晚间便回来。"不想云客是聪明人，预先要出去，无非安那两个老人家的心，使他女儿不消央人相伴。及至上午，买些好绸缎，兑些好首饰，带在身边，竟到店中来急急敲门。蕙娘在里头，道是母亲决然忘了东西，转来取去，即便开门。只见云客钻身进去，便掩上门来，不慌不忙，走到蕙娘房里说道："我赵云客是杭州有名的人家，虽是进了学宫，因无好亲事，还不曾娶得妻子。前日有事到扬州街上撒然见了

中国禁书文库

梅花洞

姐姐，道姐姐决不是个凡人，所以打发家人回去，独自一身，租住在此。今日天遣奇缘，有此机会，若是姐姐不弃，便好结下百年姻眷，若是姐姐不喜欢有才有情的人，请收下些些微物，小生也不敢胡缠。"便将绸绘首饰，双手送去。但见满身香气氤氲，一段恩情和厚。

你道蕙娘怎样打发？那蕙娘虽则小家，人才却也安雅，说道："官人既是读书之人，自该循规蹈矩。那苟合之事，本非终身之计。这些礼物一发不该私下馈送。"亏那赵云客绝顶聪明。听得蕙娘"终身"二字，即晓得他有夫妇之情，说道："小生非是闲花野草的人，任凭姐姐那样吩咐。小生当誓为夫妇。"只这一句顶门针，就针着蕙娘的心了，蕙娘叹口气道："我这样人家，也不愿享得十分富贵，但恐怕残花飘絮，后来便难收拾。"云客放下礼物，双手搂住蕙娘，温存言语，自然有些丑态。你道蕙娘为什么这样和合得快？只因赵云客连住几日，那些奉承爱泉夫妇，与夫烧香读书，凡事殷勤，件件都照着蕙娘身上。蕙娘也是个听察的，所以两边便容易和合。就是左右乡邻，皆晓得爱泉平日是个精细人，自然把女儿安插得停当，那一日都不来稽查。正是：

> 婚姻到底皆天定，但得多情自有缘。

说这赵云客见了蕙娘，但与他叙些恩情，讲些心事，约道如此如此，即走出门，仍旧往别处去。

看官，你道别人遇了妇女，便好亲个嘴，脱衣解裤，先要上床，煞些火气。那云客为何只叙心言，便走出去？要知天下女子，凡是善于偷情的，他腹中定埋一段踌躇顾虑之意，始初最不轻易露些手脚。不比对门女儿，烟花质地，一见男子，便思上床的。他虽是心上极钟爱的人，头一次相交，必有一番驾驭男子的手段。却把一个情郎笼络在掌握之中，那时任其调度，全无差失。此正是聪明女儿要占先着的意思。

看官们晓得的，但凡男女交情，若至上身干事，那先着便被男子占了。妇人虽甚狡猾，只好步步应个后手。所以莺莺偷那张生，明明约他夜间来做勾当，及至见面，反变了卦，直使张生见了莺莺，疑鬼疑神捉摸不定，方绕与他交合。那蕙娘是有智巧的，不是一味端要淫欲，云客窥见其心，反放一分雅道，他自己心服，留这好处，到后边慢慢的奉承。此又是聪明男子，识透女子的心性，故意把先着让他，以后的事便

十拿九稳。仍旧出去，并安插他父母回来的念头，这是偷花手一毫不走漏的计较，也是云客第一次入门的手段。

爱泉夫妇，还了香愿回家，看看日色昏黑，叫女儿开门点灯，还不见那赵官人到来，心上一发欢喜。只说他读书人有礼体，见我女儿一个在家，故此来得稽迟，若是那个官人来，急急备饭与他吃。不知读书人在外面装点，若要他心内果然有礼体，则怕明伦堂上难得这个好影子。况且女儿的计策，比老人家更高一层。

云客约至初更，绕提灯笼进爱泉店里。爱泉欢欢喜喜说道："官人在那里干事？这等晚来！"云客道："见你两个老人家出去烧香，知道无人在家，不好就回来得。"爱泉笑道："为我出去，带累官人来夜了，恐怕肚饿，唤妈妈速备饭来。"云客道："你老人家一日走劳碌了，饭便慢些也罢。"云客坐定，爱泉取饭来吃。因他外边烧香，这一晚便是素饭，云客吃完了，抽身到自己房里去。这一夜工夫就比以前不同了。你道有何不同？方绕晚间约成的计，必定如何发落。

评：

前赵云客立誓要娶第一种美人，乃今未遇玉环王小姐，而先交蕙娘。毋乃羊质虎皮，见草而悦耶。

作小说者，避尽从来俚语，专以佳人才子之配合，谓天造地设的一种至情。而忽有辄于酒店中，何也？苏庵曰："否否。"昔朱文公自白鹿洞讲学之后，唤诸弟子从之，周流四方。一日忽到一村落间，偶见一家女子，嫣然态度，颇有惑阳城迷下蔡之色。文公仁立阶前，身不转移，目不交睫，心志惶惑，恍然若失者久之。诸弟子进曰："先生讲学有年，一切功名富贵，视若浮云。今乃遇一女子，而不能定情，将何以贤贤易色之文训弟子也？"文公于无意中，为诸弟子所诮，猝然无以自明，因对弟子解嘲曰："小子何见之浅耶？我所以仁立阶前，恍然若失者，岂因一女子哉？尽有谓也，夫茅檐之下，尚有绝色，四海之广，岂无大贤？"只这一句，便开诸弟子，多少触类推求的法门。世人只知珠翠成行，便是佳人；不知晼萝村中，原无金屋玉堂之地。此蕙娘有情，天作之合，自然不沉没于卖米铺家，而留以待云客也，有以夫。

第四回　野鸳鸯忽惊冤网
痴蝴蝶竟入迷花

诗云：

谁言风味野花多，园内桑阴尽绮罗；
若是野花真味好，古来何用讨家婆。

第二回中，夫妻配合，已说得明白矣。此后只该将赵云客与蕙娘约成之计，一直说去，使列位看官，踊跃起舞，如何又把这诗正讲起来？不知云客前往西湖，家里只知道同那钱甫、金子荣两位官人，做些斯文事业。员外见家人赵义回家来，问道："官人如何不归，你先回来？"赵义答说："官人同钱金两位官人，好好的在西湖游玩，着小人先回，恐怕家里有正经的事，故此先打发来。"员外也不提起。

一连过了三日，仍差赵义往西湖去候。赵义寻来寻去，并不见云客坐的船。赵义道："我官人一定同那钱金两位去了。只不知在钱家，又不知在金家？"赵义也不回来，竟先往金子荣家控问消息，道："是我官人表兄表弟，必然到他家里。"走到金家，门上人说："赵伯伯有甚事到这里来？"赵义把寻官人的话，略问几句，管门人道："自从前日我家官人，闻得同你家赵大官人西湖上去，这几日张相公家催贺分的日日在此聒噪。又且至元二年三年的钱粮要比，不知动那一傲米完纳。我官人是没正经的，莫非往勇金门外看新串戏的，做那蔡伯喈记去了？"赵义晓得不在金家，又往钱神甫家问一问，便知端的。看看走到钱家，管门人在，有个老妈妈立在门前。赵义便问妈妈："曾见我家大官人到你家来？"妈妈认得赵义是赵员外家，说道："我家官人也出去三四日了，只因前日与里面娘娘讨了一番闲气，想是没颜面回家，不知这几日躲在那里，你家官人，并不见来。"赵义心上慌忙，急急归家，报知员外。另差人各处寻觅，也只恐

他后生家，怕朋友搭坏了气质。那里得知赵云客自见玉环之后，私下叫了小船，带得随身东西，竟自追去。

那一日，钱金两个暂往桥上散步，及到船中已不见了云客。只道云客有事，私自归家，不与他作别，深为可笑。又道是他的铺盖，还在船中，拿他做个当头。金子荣道："我们两个且自回去，看他可到我家来。"钱神甫道："小弟前日与敝房有些口嘴，还要在外边消闷几日，闻得近处新到两个姊妹，何不去看他一看？若是好的，便住一两夜何妨？且把赵云客的铺盖，放在那里，见了赵云客教他自去讨取，笑他一番以偿不别而行之罪。"金子荣笑道："这个到使得。"两人竟往妓家。

果然不远一二里，见一处小小门径。神甫有些认得，直往里面去，先把铺盖放下。内中有三个妓，两个先出来，略有些姿色的，也是油头粉面。后人有诗一首咏青楼故事：

抹粉涂脂出绣房，假装妖态骗儿郎。

相看尽是情人眼，搂得西施便上床。

朗庵云："语云：'情人眼里出西施'，俗眼大都如此。"

那两个妓，一个叫采莲，一个叫秀兰。吃了茶，采莲先笑道："二位相公来舍下，自有铺盖，何消自己带得？"神甫道："莲娘不知，这是另一个朋友的，因他不肯同来，把那铺盖放在这里，后日还要取笑他。"四人笑话不题。

妓家连忙备酒，款待二人。晚间饮至更初，两人酣兴大发，神甫搂了莲娘，子荣携了兰姐，两人隔壁而睡。子荣本事不济，绕上身，被那秀兰做个舞蝶倒探花之势，先将两腿竖起，腰下衬高，待阳物到穴边，把手用力一攀，两只腿尽情放开了。子荣的身子正像从天落到云窠里一般，不由他做主。况且乘了酒兴，那根大物，一下便尽根送进了。如此不上百余合，又兼他口里浪了几样肉麻的声气，不觉把持不定，勉强支吾，终难长久，颠得昏天黑地不上一更工夫，就也睡去。原来妓家规矩，一上身，恐怕人本事高强先下个狠手，你不降服他，他便降服你。子荣终是书生，被他一降就服了。只有钱神甫在隔壁，呼见子荣绕上床，便这般大哄，他是青楼中在行的，想道："这一哄便被他哄倒了，我自有个调度。一上床来，只做醉昏昏的模样，手也不动，脚也不摇。"那莲娘听得隔壁如此高兴，又浪得分分明明的好话，玉户中正像有人搔他的，巴不得神甫上身，神甫只是不动。熬了一会倒把手脚揉摸起来，泥胸贴肚，像个

熬不得的光景。不多时，又拿一块绢头，在肚下揩抹一番及腾身上来，先做个省油火之事。这一件，旧名叫做倒浇。我这部小说后面，另行改名使唤，有小词一首为证：

倒凤颠鸾堪爱，肚下悬巢相配。不是惜娇花，怎把玉杵高碓。亲妹，亲妹，蜡烛浇成半对。

古词名　《如梦令》

神甫思量这妇人如此兴浓，便顺手扯来，先与他浇一回通宵画烛。莲娘不禁春情被神甫慢慢放出手段来，十八般武艺，尽皆全备。弄至三更有余，莲娘力尽神疲，大家鼾鼾的熟睡不题。

却说赵员外因不见了儿子，心内十分焦躁。家人打听得钱金两位在妓家行业，员外连忙唤数人跟随，一竟亲到城外来寻觅。却是冤牵相聚，正撞着金家童子，也来寻家主。同到妓家，员外一进了门，影也不见一个。原来二位正在睡乡，醒来还要做些小勾当，以尽一夜之兴。不想外边喧闹，两个抽身起来，蓬头赤脚，一出房，便见了赵员外。两个吓得口呆、目定不是怕甚么，只因员外是个高年尊长，乡当中第一正经古执人。况且子荣又是内亲，所以赫呆了。员外见他两人面上颜色不好看，道是骗他儿子嫖赌，心上发怒起来，道："你们后生家，怎么干这样没正经的事？"又道是："我儿子在那里？"两人道："赵大哥几日并不见来。"员外愈加怒气，叫家人房里搜求，一定躲在那边。只见家人进里面一搜，便搜出赵云客的铺盖来，说道："大官人的铺盖，也在此。"员外一把扯住两人，扯他学里去教训。两人赫得痴呆，一言也说不出来。家人便把妓家扫兴一番，春抬竹椅，打碎几件绕出门。那妓家不知甚么祸事，契家星火搬去。

且说员外扯到半路，家人报道："官人铺盖上有许多血迹。"员外回头一看，忽然大哭起来，道："必是你两个谋杀我的儿子了。不是谋他带些银子宝贝，必是因妓女面上争锋，便发出歹心来。我儿子年纪又小，从来不曾出门，路也不认得，如何到那里去，不见回家？况兼铺盖现在又有血迹，我儿子生性好洁，何从有这血迹来？这段人命，却是真的。"并不扯到学里，竟扯到府前知府台下，大叫活杀人命。那知府生来也要做清官。平日间，怪些秀才缠扰，但是秀才犯法，从重拟罪，见那赵员外又哭又叫，知府说："为甚么？唤上来。"员外拖着两个蓬头赤脚人跪了，哭诉道："赵某止生一个儿子，少年心情，不谙利害。只道世上朋友是好交结的。前十五日，祸遭那两个凶徒骗到西湖，劫他所带银子宝玩等项，又将他身子谋杀，不知埋没那里，有被褥血迹现证。"知府道："你两人姓甚名谁？"两人各通名姓。知府道："为甚么谋杀他儿子？"两人道："生员虽则识字粗浅，也晓得些礼法。如何敢谋人命？且赵家儿子又是好朋友、亲戚，那有这等事来？前日同到西湖，不知那里去了。生员辈并不知情。"知府喝道："本府晓得你们下路人，顾了银子，见些小利，就是至亲骨肉，也要反转面皮。顾名思义的，千人中难得一个。你道不知他那的血迹新鲜，明明是谋杀的。暂收了监，一面补状词来，一面申文学院去。"钱神甫、金子荣两个，一时提在浑水里，有口莫辩，且听他监了。再作道理。

中国禁书文库

梅花洞

一九五九

看官，不见了赵云客也罢，你道铺盖上血迹，为何这等凑巧？不知那一夜，三个妓女，两个出来陪客，内一个被别人干坏，下起败血来。彼时铺盖无处安，暂放在那一个妓女床上，一时间点污了。这是神不觉鬼不知的事体，若是妓女尚在那里，还好访问真实，辨明此事。正为赵员外家人扫兴，霎时间都搬去，无可寻踪。这件事就认真起来，也是五百年前结会的冤债。好笑赵云客在扬州城里受用，那晓得家中这等怪事。我如今又把赵云客说起了。

却说孙蕙娘与赵郎面约的话，那一夜就行起来。是日，爱泉夫妇烧香回来，走得劳劳碌碌，虽是吃素，被女儿多热几碗酒，一时乘了快活，多吃得两三瓯，到了更深，两人只管要睡。他女儿的房，却在里面，必要经过爱泉的卧所。每夜一路门闩都是爱泉亲手关好。只见爱泉睡不多时，外面酒缸上一声响，像个打破甚么光景。蕙娘道："不好了，外面必是花猫，爬甚下来，打坏酒缸。"爱泉昏昏要睡，叫老妈："你同女儿点火去看看。"蕙娘点火，后走着母亲。一路先开门，绕开到外边门，蕙娘手内火霎时灭了。恰好赵云客正在门边，蕙娘上前一把手闪他进来，只言点火先引到自己房里去。及至点灯来看，并无甚么。原来孙家的酒缸，但放在云客房门前，日里先约他，到更深把缸响一声，便立在门边，暗里一闪就闪进去。老妈依旧关门，进房睡着。赵云客既上蕙娘之床，少不得叙些寒温，就要动手动脚，颠鸾倒凤之事，自然做得停当。蕙娘虽则初试，因他情意笃实，就是花心有些狼藉，也顾不得了。蕙娘道："今夜进来，只为算那终身之策，不但图一刻欢娱，愿郎君说个本心。"云客搂住玉体，将臂代枕，说道："我的家事，比你家还好。实不曾娶妻子，百年之期，不消说了。只是有一件事，先要告过。小生曾遇府前王家，有个小姐，未免有情。若是不能够到手，也索罢了。倘后日娶得他，便与姐姐一般供养，这是本心。"蕙娘道："你这样人才，后日自当有佳配。但是我既遇了你，不论你娶不娶，定要随你终身的。至于我的父母，自会调度他心肯便了。"云客满口奉承，山盟海誓的套话，也都说了一遍。忽然外边鸡叫，东方渐渐的发亮起来。你道如何出得他房门？咦！进便进来得好，出时到有些难也！

评：

　　浮浪子弟，于戏试之中，便埋祸根，往往弄假成真。有识者不可不慎。今时少年，多习轻佻，全无实行。至有目先辈为迂腐，而肆志罔行。彼所为名士气习，固当如是耶！我恐其基祸深而致灾速也。寄语少年，略知捡束，取益无穷。则此第四回，实当作中庸《论语》读矣。

第五回　藏锦字处处传心
逗情笑般般合巧

有一只苏州山歌倒唱得好，云：

> 昨夜同郎说话长，失窹（音忽，熟睡也。）直困（吴人谓睡为困）到大
> 天光。金瓶里养鱼无出路，鸳鸯鸭蛋两边脆（慌同。）

你道赵云客同孙蕙娘在床上，要出门必要经过父母的床前，不出门，一间小房，
岂是藏得身的？道是他两个人，慌也不慌？不知他两个自有好计，一些儿也不慌。两
人双手搂定，听得鸡鸣，反放了胆一觉睡着。乃至觉来，日色已到窗前。听见隔壁爱
泉夫妇飕飕声要起身了，蕙娘问道："敢是爹爹起来？我昨夜露了头，点火出去，想是
受些风寒。今早甚是头痛，爹爹为我速去买些紫苏来泡汤吃。"爱泉道："既是这等，
我便出去买。妈妈你且起来，看看前面，恐怕有人买酒。"老妈也就起身。爱泉出去买
紫苏。蕙娘又问母亲："爹爹可出去了？正忘了叫他并带些姜来。"只这一句，专要探
问爱泉果然出去的意思。老妈道："他竟去了，得他来再买。"蕙娘又道："母亲可速来
看看我，为何头这等生痛？"老妈竟推开房门，到蕙娘床前，开了帐子。蕙娘睡在床里
面，把母亲的手，拖到身边来摸自己的头。那老妈把身子盒在女儿床上，谁知夜间先
取上结乱衣服堆在椅子上，靠着房门。云客躲身椅下，待蕙娘扯母亲盒倒床上，帐子
又遮定，竟自出房，轻轻走向外边去了。外边的门，孙爱泉为买紫苏，已经尽开，一
毫也无碍处。这岂不是不慌忙的好计。云客自此以后，乘着便，就兴蕙娘相通。将自
己带的东西，尽数付与蕙娘收管。拜匣内有些图书玩器，也付与蕙娘，只留着屏风内
落出来的一幅诗绢。因蕙娘不好文墨，故此不与他。

一日走到府前，再访王家消息。恰好老王赴京复命，家内清清净净。云客换了布

衣，投身进门，先见了管门的大叔。管门的道："你是什么人？来为甚的？"云客深深作揖道："大叔在上，我祖居浙江。父亲是个经商的客人，欲到扬州买货，半路上为贼劫伤了，只留我一人逃命在此，无亲可托。只得投靠一家乡宦，可以度日。就是抄书写字，也是会的，求大叔引进。"管门的道："我老爷进京复命，家内又无相公，用你不着。"把他身上一看，见云客斯文身段，且是生得端正，笑道："可惜我们家法，甚是严正。若是别一家的夫人小姐见了这样小后生，还要做些好衣服与他穿着哩。"云客再四哀求，说道："只顾度得日子，不愿像别家的受用。"管门的道："也罢！我去禀上夫人，不知用不用。若是收了，且着你在东花园里看守花木。老爷回家，再把别事差你。"就在厅后传梆说知，里面也就允了。即时引云客到东花园，也有几个同伴，住在园中轮流值日。

原来老王宅内，家法甚严，三尺童子，无事不许进后堂的。云客思想小姐，有天渊之隔。虽则住在园中，也时常到孙爱泉家看看。爱泉夫妇不知其详。蕙娘心上，倒晓得的。

且说云客始初，只为王家小姐思得一见，故此托名靠身。谁想一住东园，毫无影响，心上惶惑无定，常于僻静之处，把小姐二字当做持咒一般，时时想念。到夜间梦中，不知不觉高声叫出小姐来。幸喜独住一间小房，不与同伴共卧，还不曾露些丑态。

忽一夜，月色朦朦，竹间亭畔，若有行动之声。云客此时，正值开门。夜色萧然，全无踪迹。云客正要进房，不想回头一看，远远见一女子立于牡丹台下，斜身靠着湖石，傍边随着一个十四五岁的丫鬟想道："我在此月余，不要说美人，就是丑陋的，也不曾见一个，为何今夜，有此奇遇？莫非小姐晓得我的心事，私下做出卓文君行径来？且上前探问他，看怎生下落？"轻轻走过画栏，那女子也迎上来，仪容妖艳，体态动人。丫鬟先开口道："我乃本衙侍儿，这一位便是本衙的小姐。晓得郎君终日想念，所以不惮露行来申私约，未知郎君意下如何？"云客心慌意乱，连忙向前施礼，说道："既蒙小姐降临，真是三生有幸，小生何福？受此厚情？"口内一头说话，身子渐渐亲近起来，相携玉手，走到自己房里去。彼时残灯明灭，云客搂抱玉体，同坐一处，先把他香肌摩弄一番，然后与他脱衣解带。只见御下几件轻而且软的衣服，脱至胸前，忽露出一件奇物来，形如水晶，光照一室。云客问道："小姐，这是甚么宝玩？"美人道："这是祖上传留的宝石，自小带在身边，时刻不离的。"云客此时无暇致详，但与他同上香床，共图好事。却又古怪，别个女子虽极美艳，不过寻常态度，惟有那个美人，一上床来，先将这玉物放在枕前。但见帐子里面，光莹闪烁，令人昏乱。交合之际如在醉梦中，不复辨别人事，惟满身酣畅，魂迷魄散而已。将次五更，侍儿促归，美人收拾衣装，珍重而别。自后每夜到来叙恩情，别无他语。云客只想小姐是个绝世佳人，有此天仙异质，不比寻常女子的相交，也不十分疑惑了。

忽一日早晨，管门传谕，打扫东园，明日里面，夫人要请某衙夫人在园中走走，众人各各小心收拾花木等项。云客想道："这一番小姐定然到来，待我日里看他，可是夜间的模样？"到第二日午间，夫人果然来了，请了某衙夫人并带小姐，随着一二十丫鬟使女，备酒东园。那些管园的都出去，只有云客躲在后厅梅树下，湖石边。只见一簇妇人拥进来，见了云客说道："你是什么人？夫人来，还不回避？"拖到夫人面前，云客跪道："小的是新进来的，不知夫人家法，故此犯了。"夫人道："既如此，待他出去罢。"数十妇人，把云客推来，衣带尽扯断了。一来，道他是个标致后生，故意卖弄他；二来，看夫人小姐走过花栏，就也有些放肆。云客推得头昏脑闷，出了，还有二三两银子。云客道："可恨！小姐又看得不清，反遗失一个小袋，袋中银子也罢了，只可惜那诗绢是古物，被人拾去，必定损坏了。"

说这云客落的小袋，正被小姐身边一个丫鬟拾得，解开先取了银子，又见一幅诗绢，说道："好一幅绫绢，只多了这几行字。两个图书若是素净的，也好打几双鞋面。"又道是："我家小姐是识字的，拿去与他看看。那新进的家童，不知什么人，有这件东西？"只这一日，园中热闹，傍晚便各回去。说这丫鬟，拾得诗绢，不敢藏匿，回到府中，黄昏时，灯下说与小姐知道："今日园中，那个新进来家童，被各妇们拥打出去时，身边落出一幅绫绢，有几行字在上面，不知甚么。"就双手送小姐。只见小姐把诗绢翻来覆去，看个不了。想道："这也奇怪，那幅诗绢，不是平常之物，缘何诗句与我意思相同？上面一个印子，又是我的。"却将诗句，暗里念了数遍。道："我爱弹的琵琶，是私房事，怎么诗句上有'无限心情莫惆怅，琵琶新调自盘桓'之语？这也罢了，那印子上四个字，分明是我的小字。"又看下面印子，却是赵青心印，心上狐疑不决。

大约女儿心性，一件极无谓的事，偶然关了心，就要认真起来。小姐将诗绢藏好，当夜就想成梦。梦到一处，竹木参差。但见竹影里立着一个郎君，丰仪俊秀，颇有顾盼之情，渐渐走近身来。回头见母亲行动，又指着几个丫头说甚么话，忽然惊醒。次日起身，因诗成梦，因梦生情。自此以后，便是烛花鹊噪，也有几分疑惑，连那琵琶也不去弹了。

却说小姐平日，有个相伴文墨的，也是一位小姐，姓吴，名绛英，就是夫人的侄女，比小姐年长一岁，自小没了父母。有一亲兄，那扬州府中名士，家内富饶，住居与王家相近。因吴氏夫人，单生一女，无人伴话，故此常请侄女在家里。那绛英小姐，风情绰约，心口伶俐，诗文针线，百般精巧，与玉环小姐同胞一般，极其亲密，凡两边心上的事，无不相通。

小姐道："这样便好。只是我一时难好盘问。"自后也不提起。

看看过了一夏，秋来风景，甚是可人。早桂香浓，残梧月淡，诗情画意，触目关心。原来吴夫人的诞辰，是八月十三日。本年正值五十岁，内外姻亲悉来奉贺。绛英对玉环小姐道："姑娘生日，各人恭贺。我与你两人，也少不得把一件事贺寿。只是珍奇宝玩，都自家有的，不为希罕。我和你文才绝世，何不作一篇寿文，做个锦屏，后日摆在堂前，到是没人有的贺。"小姐笑道："这件甚好，只是又要我出丑。"当日便打点些意思，着外面家人，做一架上好锦屏来。家人承小姐之命，星夜攒工，锦绣妆成。一色齐备，只要将金箔写那寿文。小姐因自己做的，不好传将出去，就着家人选一会写字的，后堂描写。家人思量道："闻得小姐性子，最难服侍。况且锦屏上字，岂是好写的。万一错写一笔，怎好赔补？那管园的小赵，他自己说写得好字，就着他进去。"这也是苦差。

谁知赵云客为着夜间之事，一夏也不觉寂寞。忽听得里头着他写字，心内不胜欢喜。就把身上衣衫，打扮得齐齐整整，里面穿着宫花锦缎，竟不像个靠人的体态。系前厅一唤，走进后堂。梅香侍儿，环绕而立。夫人先走出来，问道："你唤什么名字？"因他靠身不多几月，故有此问。云客躬身对道："小的名唤赵青。"内中有一个丫头道："便是那一日，请某夫人游东园时节，在花园中打出去的人，夫人却早忘了。"夫人笑道："闻得你会写字，着你写那锦屏。"只见两位小姐立在夫人后面，把云客从头细看，心中思想："那人正是诗绢上的赵青心了。看他有才有貌，衣服这样打扮，决不是平常人。他定然假意来靠我家的。"这小姐两只聪明眼睛，那里逃得他过？云客不慌不忙将笔描那金字，笔画端楷，都有贴意。这原是他本行，见了小姐，愈加放出手段来。绛英同玉环小姐走到房里，商量道："那人相貌不凡，众人前不好盘问。可写一字与他问明来历。"当下绛英便取一纸，写成一字，封讫。把一疋绫绸，藏此字在绸内，走出唤梅香，把绸付与云客，说道："小姐道你字写得好，先赏你一疋绫绸。待明日写完，还

要赏你东西。"云客写到一半，天色晚了，袖着绫绸，放了夫人小姐出来。回到园中，想道："今日进去，方始亲小姐。只是日里看他这样端庄气质，为何全然不像夜间光景？"心内疑疑惑惑，且将这绸缎分开，见一封字。拆开一看，字内写道：

　　观你相貌不凡。明日进来，可将家世姓字，靠身缘由，写明一纸，放在锦屏之下。

云客看了此字，愈加疑惑起来，道："我与他相处几时，怎么这字上还要问我来历？莫非夜间相交的，不是真正小姐，是别一个假借名色，也未可知？但是胸前这件宝贝，必定大家方有，岂是寻常人家有得的？我且不要管他，夜间自做夜间的事，日间自做日间的事。且把来意，到明日回复小姐，看他如何下落？"当夜那个美人来，云客全不提起写锦屏事。

次日早晨，竟把一幅金凤笺，作诗一首，道达己意，后面仍打一个名字图书。原来云客有两个图书，一个留在孙蕙娘处，一个带在身边，以便于用。

诗云：

　　西湖风景夜阑时，月下多情紧采丝；
　　琴韵自应怜蜀客，箫声无那傍秦枝。
　　云深玉涧迷红树，春入瑶台压翠帷；
　　闻道三山终不远，几回梦里寄相思。

云客写完诗句将纸封好，竟带进后堂去，写完锦屏，就把自己的字放在其下。小姐又赏他些物件，云客放了转身。绛英早已走到锦屏边，取云客的字，进房递与玉环小姐看。小姐轻轻拆出，那是一首律诗。细详诗意，竟是为他而来者。头一句，就记得西湖泊船的相遇。小姐口虽不说，却不能无文君之念，只可惜东园中，先有个顶名冒籍的，偷做文章去了。

评：

　　云客想念小姐，形诸梦寐，便有个假小姐来混他。及至锦字传心，尚不能辨其真伪。文家有损挫法，此其一也。见者心中，跃跃欲竟此事，则虽有量要紧处，亦当撇开，而急看后回矣。

第六回 绿雪亭鸾凤双盟
翠烟舫鸳鸯独散

诗云：

> 十分春色梦中描，一段香魂镜里销；
>
> 采药不因迷玉洞，分桨曾许嫁蓝桥。
>
> 梨花月静窥秦赘，杨柳烟低斗楚腰；
>
> 见说妾家门近水，请君验取广陵潮。

说这小姐见了云客的诗，也不轻易开口。想了一会，转身对绛英道："那人虽则像个风流才子，只是这样行径，岂可草草相合？若是今生有缘，须教他回家，寻个的当媒人来说合才好，不然终无见面之理。"绛英道："妹子差矣！世上有才有貌的，甚是难得。后日就嫁个王孙公子，倘一毫不称意，终身便不能欢喜。他既投身到此，自然是个极有意思的。又且见他诗句，观他丰仪，一发可信。自古宰相人家，青锁分香之事，后人传为美谈。莫非天遣奇缘，岂可当面错过？"小姐却被绛英撺掇几句，话得有条有理，心内便有些难舍的光景，轻轻说道："既然如此，为之奈何？"绛英道："这也不难，后日姑娘诞辰，我们庆贺完了，过了一日，正是中秋佳节，何不备酒东园？只说请母亲同看月，当夜叫他躲在那里，便好问个端的。待他回去，等个终身之计便了。"小姐也无可否，说道："慢慢的斟酌。"

你道绛英小姐为何这样帮亲？他原是有情意的人，见云客如此可爱，但借玉环小姐之名，自己也好占些便宜。若是小姐无心，他已知如何干得外事？所以尽情撺掇。也是云客应该花星照命，里面有此帮手。看看过了两日，适值夫人寿诞，外面檐盘送盒的尽多，自不消说得。小姐着梅香展开锦屏，后堂罗列珍奇宝玩，只见：

玉烛银盘，光焰里照仙姬开洞府。金猊宝鼎，瑞烟中引将玉母下瑶池。陈列的海错山珍，先献上蟠桃千岁，供养的长松秀柏，幸逢着桂子三秋。正是鹿衔芝草添锦算，鹤舞琼筵进寿杯。

当日夫人受了庆贺，恰好忙了二日。到第三日，是八月十五。小姐早晨起来，吩咐梅香，着家人备酒东园，与夫人庆赏团圆佳节。午间先唤数个侍女，随了绛英小姐，先到东园，把园内收拾整齐。批了几张封条，各处封得停当，不许外人侦探，着管园的园外伺候。

却说那绛英小姐，一到东园，虽则整治亭台，排列酒席，这也倒是小事，他心里自有主意。一路封锁外门，转过花栏，引过竹径，见一只小小亭子，叫做"绿雪亭"，倚着太湖秀石。前列牡丹高台，后连蔷薇远架，四面图着万竿翠竹。就是天台仙路，也没有这般幽雅。绛英密约赵云客，住此亭中，却将一条封皮，封了小门。那些梅香，并不知里面有人，又不敢开门探看。专待良宵，与小姐订盟鸾凤。到下午来，数十妇女，后拥并遮，簇着夫人小姐，竟到园中来赴家宴。绛英下阶迎接，欢笑移时。夫人命两位小姐同坐，先吃了茶，次用点心。渐渐的赤乌西下，白兔东升，一轮飞镜，照着两位嫦娥。但见画堂中，沉香缭绕，绣烛辉煌，小姐露出纤纤嫩指，双捧盘花玉爵，上献夫人。然后分班侍坐，真下富贵家气象！有个小词，道他酒筵全盛，又想他两人的意思：

玉爵分飞琼液，金盘首献燔熊；奇珍不数紫驼峰，还有豹胎为重。
藕片双丝牵系，莲房并蒂相逢；宵来家宴意稠浓，看取团圆谁共。

两位小姐分劝夫人，饮至一更，夫人起身罢酒。小姐吩咐梅香：铺设卧房，服侍夫人先睡。我同吴家小姐月下走走，你们把些酒席，个个欢天喜地，将热酒畅饮一番。只见绛英携了玉环小姐之手，慢慢的走到"绿雪亭"边，开了小门，低唤赵郎来迎仙子。小姐欲行又止，被绛英一推，进了小亭，把门关好，自己等在太湖石后。云客见了真正小姐，又惊又爱，不敢轻易犯他，跪告道："小生赵云客，前在西湖月下，天付

姻缘，遇见小姐。自此以后，日夜想念。今宵良会，这段心情，便好申诉了。小生家住钱塘，资财不亚贵府。小生的功名富贵，视如拾芥。惟念佳人难得，所以屈体相亲。若小姐垂怜苦心，果然见爱，就于月下订个盟约。小生即日归家，罄悉资财，央媒说聘，为百年之计。"小姐道："前日见你的诗证据，已知是个才子。又被表姊绛英说合此事。但是寻媒来聘，必得得当的人到京，与我父亲说知。我家父亲是执性人，切不可草草。若是要用银子，甚是不难，你略住几日，我央绛英先付些你做盘费。你前失落的一幅诗绢，我已收好，这便是姻缘之期了。"云客喜出望外，心上颇有千金一刻，莫负良宵之念，怎当得玉环小姐，大家风度，正如天仙下降，毫无风俗气质，可以亵狎。略住片时，便出亭来。绛英是个极伶俐的，一见小姐，恐怕他有些羞涩，双手携住道："你的心事，总是与我心上一般的。赵郎之言，谅非虚语，凡事我当与你做个停妥。"小姐低头不言，两人仍走到夫人房里。诸婢尽皆沉醉，服侍两位小姐睡了。

次日早晨，梳洗完后，就收拾归后堂去。云客出得园亭，不胜狂喜，便要起身回家。思量独自一身，来此四五月，我家父母，不知怎样思想我了。起初只为小姐，故此羁迟。如今便好归去算计。只是前夜所交的假小姐，不知邻近谁家？昨晚因园中热闹，不见他来。今夜待他来时，必要考究明白。

是日，打点收拾铺陈，寻觅返路，不觉忙了一日。挨至黄昏时候里来，开口贺云客道："昨晚的事，甚是喜庆。妾与侍儿，特携酒果奉贺。"只这一句。吓得云客心头乱跳，想道："昨宵私会，就是鬼神也不得知，怎么这个女子，又晓得了？我日里遍访近邻，全无踪影，这一定是山妖木客，变形而来的。我且今夜多劝他几杯酒，将好语诱他，看怎生光景？"因笑对美人道："昨晚之事，娘子何以知之？小生思乡念切，正想与娘子一叙，早已备下醇酒在此。又蒙带酒果而来，正合我意。"便把椅子摆好，两个促膝而坐。丫鬟暖起酒来。云客的酒量，原自宽洪。两个闲辞浪语，饮至二更，那美人已有八九分酒意，又被云客留心苦劝，吃了一会，不觉深醉起来。云客搂抱上床，与他脱了衣服，兼且乘着酒兴，两边鏖战一番。只见那美人不胜酒困，一觉睡去。也是合当有事，连夜相交，俱是云客先睡。惟有这一夜，云客因自己关心，并未合眼，他竟呼呼的熟睡了。云客此时，愈加疑畏，细看他身躯，全然不像女人的榜样。但见胸前所佩的宝贝，光彩烨烨，萦绕其身。云客想道："往常读稗官野史，见有精怪之事，炼成阴丹，其光绕身。人若触之，即便惊醒，若于从呼吸他的光，他反受人之累。

我今夜且把这句书试一试。"应在床上，轻轻对了他的身子，将口吸那宝光。谁知这个光，始初旋绕不定，自从被云客呼吸，那光便渐渐的入至口中。云客吸一口，即咽一口，吸至一半，这宝贝也觉小了。云客腹中，温暖异常，知道书上的话，应验起来，索性一口紧一口，把他的光吸尽。只见光也尽了，胸前的宝贝也不见了。云客朦胧假睡，察其动静。那妇人突然醒来，便将身子坐起。正像失落了魂魄一般，把手推醒云客。云客顺手扯那妇人道："娘子好好的同睡，为何独坐床上？"妇人长叹数声，泪如雨下道："我在广陵城里，修炼数十年，不想今夜全功尽弃。"云客亦坐起来道："这话怎么说？"妇人道："赵郎，我实对你说，我本非妇人，那广陵城中积年的狐精是也。原非有祸于人，但要借些男子的阳精与我阴丹共相补助，以成变化之术。不比夫人家的女子，丰衣足食，只图自己快活，把别人的精神，当做流水一般，时刻浪掷的。不意今夕醉中，被你识破，把我的丹吸去。幸喜与你同睡月余，阳精充实阴胎，得以苟全性命。不然阴丹已散，殆将死矣。我如今别你而去，不复更能变人。潜匿原形，仍旧取星光月色，采炼成惊剞，多则半百，少则一二十年，再图后会。勿以异类，遂谓无情。郎君贵人，幸勉自爱，我亦从此隐矣。"言讫，披衣而起，执手呜咽。云客听到此处，也觉得凄恻起来，亦把好言慰谕。天色将晓，洒泪言别，云客送至后庭，同了丫鬟冉冉而去。

原来这狐精，住在广陵城中，但遇大家园中无人走动处，便隐匿其间。他的阴丹，原常在口中吞吐的，因见云客睡觉，恐怕在口中吞吐易于逗露，故意佩在胸前，唤做宝石，夜间光照帐里，使人不疑。谁想醇醪误事，幸而其所守。可见私房酒席，不是轻易吃的。云客清早起身，到孙爱泉家，寻便与蕙娘一别，约他娶了小姐，一同归去。午后归至东园，算计道："我在扬州城里，不上半年，诸事已就。不过一两日工夫，就有回头之期了。"自吞了狐丹，反觉精神健旺，也是天遣奇缘，因祸得福。从此以后，一心挂在王家小姐身上。只道瞒神赫鬼，放出偷天妙手，谁知这段姻缘，更有意外之虑。

自小姐赏月之后，归到兰堂，绛英探回消息，小姐道："赵郎之言，与姐姐料的，一毫也不错。只是待要留他，恐怕泄了风声。不如付些银子，先打发他回去，叫他上紧把姻事算计起来。这五百两银子，与我带了，只说我暂时饭去看看兄嫂。待我到家，传一密信寄与赵郎，极便的事。"小姐即将五百金，付与绛英。绛英往夫人前去，说

道："几时不见兄嫂，暂要回家一两日，便来。"夫人道："既是这等，着家人把轿子送吴小姐去。"绛英随了梅香，一竟归家。其兄往乡间去了，不在家里。见过了嫂嫂，另到一间房中安歇。心上忽然生起计来，想道："赵云客的才貌，谁人不爱？玉环叫他回去，若是他去央媒说亲，竟来聘玉环。我这一段情意，丢在那里？不如寄信云客，只说小姐有红拂之意，明日早晨寻只船，约到一处等待。到了明日，我竟同他先去。就是后来聘了玉环，也丢不得我。"就写一字，密付梅香，约云客如此原故。

云客在园中，忽得此信，便寻定一只船，等在府东北市河下。又把一字递与梅香，说道："谨依来命，在开明桥下伺候。"云客只道王家小姐，不知其中计策，脱身出来。但是骤然回去，也要小心的。等到次晨，只见一乘小轿，随一梅香，竟到船头。云客亲扶下船，急急撑开。原来不是王家小姐，到是吴家小姐。绛英备述心言，道："我今日辞了嫂嫂，只说又往王家，无人稽察，所以来得容易。还有拜匣内白银五百，为路费之资。"云客是个风流名将，就如淮阴用兵，多多益善，岂不快活？玉环小姐的事，且待归去商量。

这一路岁月舟中，新婚佳趣，倒是实实受用的。把船两头冒好，竟出了扬州城。随路行来，至一村落，暮烟凝合，夜色萧然。艄公住橹停宿，此夜鸳鸯共枕，比那孙蕙娘家，更加安稳。只多了梅香同伴，不好恣意取乐。绛英花蕊初开，半推半就。云客风情荡漾，如醉如痴。虽不敢大奋干戈，也落得暂时云雨。只有梅香在铺边细听，睡又睡不着，熬又熬不住，翻来覆去，但求速速完事，省得闻了此声，心忙意乱。若是小姐当不起久战，何不把我做个替身？也分些好处。云客为舟中不便酣战，且绛英又是新破瓜，难于进退，弄到一二更，也就住手了。

次日绝早，催艄公发船。晓雾蒙蒙，莫辨前后，正要开船，忽然前面一只船来，因在雾中照顾不及，船头一撞，把那一只船撞破了。那一个船中，立起三四人来，先捉艄公乱打。云客不知其故，出了船舱，说道："不要打，若是撞坏了船，我自赔修。"船上人那里顾你？一齐跳下船来，就把云客扭住，把船中一探，大叫道："这位女娘是主人得的，缘何在此？"你道什么人，就认得绛英来？不知道船上坐的，就是绛英的大兄。扭住云客的，就是绛英的家人。因下乡几日，趁早要归家，不想撞着绛英。家人急急报知，倒把吴相公一吓，说道："如何妹子随着这个人，往那里去？"又听得云客是杭州的口声，心上大骇道："莫非是个强盗，打劫家里，抢妹子来的？"速叫家人，把云客不管好歹，先将绳绑了。绛英在船中叫道："哥哥不要乱嚷奔，这是我自己要去的，不干那人之事。"吴大听见此话，明明道是私奔，越发大怒起来，道："若然如此，我在扬州府中，体面搁在那里？"叫家人搜他船中，带些甚么。家人取一拜匣，打落了锁，扯开，内中尽是银子。吴大骂道："这个草贼，盗我家许多银子！"只把云客当做贼情看待，这也是全体面的好计。一面叫两个家人，把自己的船，拖那绛英与梅香在船上，吩咐家人竟送到王老爷家，不要到家里去出丑。自己跟几个家人，绑了云客，解到扬州府来。绛英乱哭乱嚷，那个顾他？只有云客，吓得魂飞魄散，一言也辩不出。

当晚进了扬州城，吴大把那匣中银子，拿出四百两，做个打官事的盘缠。只将一百两连那拜匣，做个真贼实盗。一路拷问缘由，云客只是不说。又把船上艄公捆打，喝道："你们船上人，惯同别人做贼，知他甚么名姓？"艄公禀道："相公息怒，小的是乡间人，不比别处快船，挂了贵府灯旗，不是捉贼，就是做贼。昨日早晨，只见那个人说道，要载家小到浙江去，叫小人的船，其余都不晓得。"吴大恐艄公牵连他妹子的事，竟不拷问他，一腔毒气，独呵在云客身上。渐到计前，吴词手禀，也不及写，同那几个家人，竟扯云客，解到府中。吴大击起鼓来，知府从堂，手下人簇拥那一起进去。吴大是个拨州名士，府堂上公差大半相熟，没有一个不帮衬他，跪到知府面前说道："生员今早捉得一个草贼，特解到太公祖大人案下，乞求正法。"知府问道："怎样捉的？"吴大道："生员两日有事下乡，今早雾中，忽一只船撞破生员的船，与他理说，他反肆毒手，把生员的家人打坏了。里党中人不服，把船押住，搜他船中一个拜匣，那是生员家里的。匣中银子一百两，锭锭都是生员家里的物，真贼现证。连忙差人到家，果然昨夜逾墙而入，钻穴相偷。这是天罗地网，着他败露。"知府唤云客上前，喝问道："你做贼是真的么？"赵云客年纪不多，生平不曾经衙门中事，又见吴大利口，一时难与他争执。思量说出："生员名唤赵青心，也是浙江杭州府钱塘县学生。这银子是自己的，那吴秀才明明要诈人，反冤屈生员做贼，望公祖老爷电鉴。"知府道："你说是钱塘秀才，本府那里去查你？只这匣是你的，还是吴家的？"吴大挺前证道："这匣子祖父所传，里面还有印记，难道不是真贼？"他明晓得分与妹子的拜匣，正好将他执证。果然匣中有吴家印记。那时知府看见，便道："贼情定是真的，今日且收下监。他说是钱塘秀才，待移文到钱塘支，若果然秀才，申文学院；不是秀才，就将这贼一棒打死便了。"云客泪下纷纷，口中但叫冤屈。公差不由分说，拖到监中。吴大出了府

门，顿然生出一计。不知将赵云客，怎样摆布。

评：

昔有人入山，遇见一仙子，与之三言两语，便欲求合。仙子笑曰："汝欲生男育女耶？"其人曰："非也。"仙子曰："然则何为急于求合？"其人曰："某生平嗜好在此，不能禁耳。"仙子引入石室，其人绕上床，即化为老龟，壳重足轻，艰于行动，屡向仙子叩头乞命。仙子曰："汝生平嗜好，以致如斯。速宜改却前非，不然此壳将历劫不脱矣。"老龟盘旋山巅，不能自归而死。夫萼绿华，杜兰香，亦曾下嫁，此其情所不免也，若夫情未至而欲先之，则一生平嗜好之老龟耳。赵云客初遇玉环，可敬可爱而不可亲，若是肉蒲团，便形出许多贱态矣。要知真正情种，决不轻易宣淫如鸡犬者也。读者无嫌寂寞，直至后回便见。苏庵尝有诗纪事云："世间男女尽飞虫，一上身来便打雄；试问有情谁似鹰？夜深孤向长空。魄散香魂冉冉轻。木客山妖尽有情；闻道一生落花底，活现尽似惜苔荣。"

第七回　陈灾兆青琐含情
解凶星红鸾吊燕

诗云：

> 云欺月色雾欺霞，风妒杨枝雨妒花；
> 纵使自怜珠有泪，可能终信玉无瑕。
> 杜鹃啼处三更梦，灵鹊飞来八月槎；
> 莫道风流客易过，锦屏心绪乱如麻。

吴大陷害云客一事，只为有关体面，故此下个毒手。一出府门，便生计较道："看这贼奴，原像个斯文人。只因我连日下乡，不想妹子做这件勾当。今日幸得不分不明，送他监里。此后复审，加些刑罚，倘若从实招出，我的体面不好看。若是听府文移到钱塘，果是秀才，又宽他几分了，后日反做一冤家在身上，又似不妥。"反复思量，忽然悟道："不如将些银子，在府房中起申文，也不要再审。只个剖明此事，我的体面暗暗里全了，岂不周到？"

看官，那吴大这样算计，一个蕙娘将来无穷懊恨，就是我做小说的，后面做甚出来？若真要云客出头，不是知府救他，定是鬼神救他，方绕免这场大祸。谁知那二项，一毫也不见影响。正是：

> 瓮中捉鳖，命悬手下。

我只想将赵云客，暂时放在一边，听他饿死便了。且把吴小姐归家之事，说个下落。

却说绛英小姐，被哥哥撞见，着家人仍送到王府中。自悔命运，累及云客，无辜

受祸。一日不曾吃饿，哭得手麻眼暗，渐到王家府前，家人叫一肩小轿，请小姐上岸。绛英含羞忍耻，上了轿子，随着梅香，竟进王家宅门。家人通报，吴小姐到来。夫人小姐亲自迎接，见绛英花容憔悴，夫人道："小姐脸带愁容，莫非家中与嫂嫂淘些闲气么？且进房去吃茶。"玉环携手进房，含笑问道："姐姐到家，有甚么闲气，如此不欢？"绛英但低着头不说。玉环不好再问，只唤侍女，快备夜饭，且待宵来，细细问他，心上想道："又不知我的事体，可曾料理？"私问绛英的梅香，梅香不敢直说，应答模糊，也不明白。

到夜来，银烛高烧，绮疏掩映，排着夜饭。两位小姐，只当平日坐谈的模样，玉环再三劝酒，绛英略略沾唇。夜饭完后，侍女出房，两个促膝而坐。玉环小姐道："姐姐，你的闲气且慢慢的讲，只问你昨日事体如何？"此时绛英不好相瞒，只得说个明白，道是："妹子不知，今日为我一人，弄出许多祸事，且并要带累你，为之奈何？"玉环道："莫非赵郎败露，他竟不别而行么？五百金小事不与他也罢，只是教他得知我前日与你说的意思绕好。"绛英把私随他去，撞着大兄等事，细细说了一遍。又道："我只恐独来聘你，教我无处着落，故此先要跟他。谁想这般祸种，倒因我做出来。幸喜妹子的事，一毫也不走漏。但赵郎为兄所陷，不知怎的下落？"玉环闻得此言，心中虽则一惊，却也倒有门路，对绛英道："既然此事不谐，前日原是我央你去的，我也不怪你。为今之计，只先要打听赵郎的消息，便好相机而动。"绛英道："我如今也顾不得体面，过一两日，还要归家，与哥哥说个明白。他若必要害赵郎，我便与他做个撒手的事，看他如何安放我？"小姐道："不要草率，明日先打发梅香归，探听一番落在下界了？"吴大自府回家，也不说长说短，睡了一夜。次日早晨，吃了饭，身边带着和两银子，将二十两送与府房，撺起申文，将四两付与禁子，不容他买饭吃，只待三四日后，递个病状与知府，又将三四两银子，与府堂公差，偿他昨日帮亲的礼，自己道做事周匝，完了府堂使用，又往到朋友家去干别项事。赵云客自昨晚进监，监门又要使费，公差又索银子，牢内头目，又要见面钱，满身衣服，俱剥了去。夜中苦楚，不可胜言。

挨至第二日午后，还没有饭吃。异乡别省，全无亲戚可以照顾。只道命犯灾星，定作他乡冤鬼。那晓得红鸾吉曜，一时曜照起来。扬州府有个狱官姓秦，名衡石，号程书。他原籍湖广武昌府贡监出身，虽是个狱吏，平日间极重文墨的。有一妾生两个儿子，一个就在扬州府进了学，一个还小，在衙门读书。他奶奶亲生一女，名唤素奴，因他母亲日夜持斋念佛，止生这一个女儿，故取名叫素奴。素奴长成，精通书史，自己改名素卿，年方一十八岁。人才风韵，俊雅不凡。那秦程书本日亲到狱中，查点各犯，原是旧规。做了狱官，时常要到狱中查点的。只见各犯唱名点过，临了点到赵云客，说道："那人新进狱门，本司还不曾见面。"想是犯人进监，狱官原有些常例的，故说此话。又见赵云客一表人才，赤身听点，问道："你是什么人？犯什么事，到此狱中？"云客俯身跪诉道："生员赵青心，原是杭州府钱塘县学生，家里也是有名的，薄产几千亩。前日有事到扬州，带些盘费过来，在街上买一拜匣。不想是府中吴秀才家的。昨日早晨，大雾中开船回去，正撞坏那吴秀才的船。被他狼仆数人，乱打一番。窥见生员船中，买些货物，顿起不良之心。以拜匣为名，冤屈生员做贼，把行李货物，都抢了去。父母老爷详鉴，生员这个模样，岂是做贼的？知府不曾细察，堂上公差，又俱是吴家羽翼，一时就推到临里。生员家乡遥远，无门控诉。伏望老爷大发慈悲，救生员一救。"秦程书见他这一副相貌，又兼哀诉恳切，心上就发起慈念来，说道："既然如此，后日审究，自然有个明白，本司今日也做不得主。但是见你哀辞可怜，果然是文墨之士。本司保你出去，在衙里住几日，待审明白了，再理会。"禁子得了吴家使用，禀道："这是本府太爷要紧犯人，放不得出去的，夜来还要上押床，老爷不可轻易保他。"秦程书喝道："就是府太爷发监的犯人，不过偷盗事情，也不是个斩犯，你便这样阻挡。"禁子不敢拦阻，任凭狱官领云客到衙门里去。

原来秦程书最怕奶奶，奶奶平日敬佛，不许老儿放一分歹心，又因大儿子在学里，一发把斯文人尊重，对云客道："我衙内有个小儿子。你既是秀才，与我儿子讲些书史也好。"一到衙中，把些衣服与云客穿了，着他住一间书房里教书。一日三餐，好好的供给他。只因云客是个犯人，时常把书房门锁好，钥匙付奶奶收管。大儿子出外与府中朋友做放生会，每人一日，积钱三文，朔望聚钱，杂买鱼虾之类，于水中放生，以作善果，这也是奶奶敬佛的主意。是晚回衙，闻得父亲保一个斯文贼犯，在书房教兄弟的书，便到书房相会，说起诗书内事，云客口若悬河，随你百般盘问，毫无差误。大儿子故意要试他才情，就对云客说道："今日小弟做放生会，各友俱要赋诗纪事。小弟不揣，欲求兄代作一首，未审可使？"云客谦逊一番，提起笔来便写，立成放生诗一首云：

四海生灵困未休，鱼虾何幸得安流；

腐儒仅解开汤网，尘世谁能问楚囚。

虫孽未消终有劫，风流难息岂无愁；

放生莫放双鲤去，恐到龙门更转头。

大儿子见了此诗，赞叹不已，到里面对父母道："那书房中的犯人，果然文才渊博，相貌过人，后日必定大发的。只是吴秀才冤屈他，也觉可怜。"妹子素卿，在房中听见哥哥说话，心内也要去看他一着。到第二日，程书出衙理事，两儿久边游玩。衙内无人，素卿与母亲散步到书房边，一来随意闲游，二来看那书房中的犯人。门缝里张了一会，见云客身材俊秀，手里拿一本书，朗吟诗句云：

因贪弄玉为秦赘，且带儒冠学楚囚。

素卿颇晓诗书，听云客朗吟诗句，便有些疑惑起来，想道："人家屈他做贼，其实不像个贼料。他这吟的诗句，倒有些奇怪。莫非是一个风流才子，到这里来？妇人面上有甚勾当，被别人故意害他，也未可知？且到晚间背了母亲，去试他一试。若是果真冤枉，便与父亲说知，尽力救他，后来必有好处。"你道素卿为何顿发此异想？原来素卿自小生性豪侠，常道："我身虽为女子，决不要学那俗妇人，但守着夫妻儿女之事。"濑水击绵，救亡臣于饥困；盘餐加璧，识公子于逋逃。便是父母兄弟，一家男女，无不敬服他，道他是个女中男子，并不把女儿气质看待。他要看人，就依他看人，他要游玩，就依他游玩。素卿也有意气，平时见了庸夫俗子，任你王孙富贵，他竟毫不揣着。

那一晚，乘衙内无人。母亲又在佛前礼拜，私取钥匙竟把书房门开了。云客忽见一个女儿，韵度不凡，突然进来，反把他一赫。只因近日监中，一番磨难，身上事体未得干净，那些云情雨意，倒也不敢提起。见了素卿，拱手而立。素卿问道："官人何等人家？犯法羁住在此？"云客哀告道："未审姐姐是谁？小生的冤，一言难尽。"素卿道："我就是本衙老爷的女儿，名秦素卿，平生有些侠气。官人有事，不妨从直说出。

我与父亲说明，当救你出去。看你这等气质，决不是做贼的。缘何他家冤你做贼？想是你有甚么妇人的勾当，被人害你么？"云客道："这个倒没有，小生家里还未有妻子，外边安敢有甚歹事？"只把监内告秦程书的话，说了一遍。素卿道："这个不难。待我与父亲商量，算个出脱你的门路。只是有句话对你说，我一生率性，有话就说。不像世上妇人暗里偷情，临上身还要撇清几句。你既是没有妻子，犯了屈事，在这里来，倒像有些缘法。你若是此冤昭释，后日富贵，慎勿相忘。"云客谦恭尽礼，但要营求脱身，图谋玉环小姐的约，那里又有闲情敢与素卿缠扰？谁知不缠扰素卿，倒是极合素卿的意思。素卿仍锁书房，行至里面。暗里自思道："那人有才有貌，有礼有情，并不是世上这般俗人见了女子，满身露些贼态。我家哥哥大发之言，定是不差。"当夜便私自出房，再到云客书馆。

原来素卿在家中，人人畏慎，并没有一个敢提防他。云客坐到更余，接见素卿，就不像以前的样子了。携手谢道："小生赵云客，在危疑困厄之中，蒙小姐另眼看承，实是三生有幸。不知以后，怎样被报？若能够脱身罗网，得遂鸾凤，一生的恩情，皆小姐所赐。"素卿直性坦荡，见云客这般言语，自然情意绸缪，委心相托，竟把姻缘二字认得的的真真。古语云："一夜夫妻百夜恩。"他就像一千夜还放不下的念头。爱月心情，遇着惜花手段。想是赵云客前世在广陵城里种玉。故所遇无非娇艳，必定受恩深处，自有个报答春光。但看后日如何？且听下回表白。

评：

从来作小说者，经一番磨难，自然说几句道学的话。道是偷妇人的，将来果报，定然不爽。是何异欲嗜佳肴，而訾其后来臭腐，令人见之，徒取厌倦而已。昔汤临川序《牡丹亭》有言，自非通人，恒以理相格。第云理之所必无，安知情之所必有？旨哉斯言，足以药学究矣。

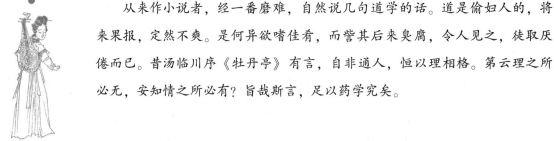

第八回　赴京畿孤身作客　别扬州两处伤心

诗云：

昨夜残云送晓愁，西风吹起一庭秋；

梦里不知郎是客，苦相留。

别恨为谁闲绣幕，惊啼曾与倚高楼；

破镜上天何日也，大刀头。

　　却说吴大相公移奸作盗，自是周旋妙策。过了两日，亲往监门，讯问禁子道："那个赵贼死了还未？"禁子对说："前日承相公之托，极该尽力。怎奈遇着狱官秦老爷，查点各犯，被那个姓赵的一套虚词，倒保他衙里去住了。我们拦阻不住，故此不曾效力。"吴大顿足道："有这样狗官！贼也招在家里，可笑！可笑！"即便回身算计道："我这场官司，如今要费银子了。若是听他审问，万一他也像狱官面前的话，翻转事来，我倒有些不便。且是妹子在王家，昨日打发梅香来探看，无非打听那贼的消息，必定处置死了，方为干净。"本日就兑白银一百两，央人送与知府，一定要重加刑罚。又将白银四十两，央人送与狱官秦程书，说道："那贼是吴相公的仇人，求老爷不要遮盖他。"又将银十两，送与府堂皂隶，叫他用刑时节尽力加责。就约明日解审，这一段门路又来得紧了。

　　不想秦狱官是个好人，见吴家央人送银子与他，回衙对奶奶道："不知那姓赵的与吴家怎样大仇，定要处死他。今早央人，先送白银四十两与我，约明日解审，叫我不要遮盖。想起来，我这里尚然如此，别个爱财的老爷，难道倒白弄不成。"只见奶奶闻得此言，就骂道："你那老不死！这样冤屈钱，切不可要他的。我与你单有二男一女，

偏要作孽积与子孙么？"口里一头念佛，一头责备，倒赫得老秦一身冷汗。女儿素卿，在房里听见，便走出来，对父亲道："那吴家要把银子央来，这件事必然冤枉的了。只是爹爹虽不受他银子，怎禁得别人不受他银子？那姓赵的一条性命，终久不保。"老秦夫妻点头道："便是我女儿说得不差。"素卿道："如今莫若把他银子受了，以安其心，省得又要别寻头路。到明日草堂，爹爹去见知府，把这件事说起。说道：'外边人俱晓得他冤枉，只是吴秀才定要处置他。闻得他的父亲浙江有名的富室，又且真的是个秀才，老大人不可轻易用刑。后面弄出事来，官府面上也有些不妥。'就是偷盗也非大事，只叫知府轻轻问个罪名便了。"秦程书满口称赞："我的女儿大是有才，这一番语甚好。我明日便去与知府说。"当夜更深，素卿思想赵郎明日审问，虽则托了父亲这一番言语，未知是祸是福。又恐怕吴家别有恶计，转辗不安。待众人睡了，竟自出房，到书馆里来，见了云客，把今日父亲的话，备细述了一遍，说："明日分别，未审好歹。虽则父亲为你申救，不知知府意中必定如何？"云客闻得此言，不觉凄惶无地，一把拖住素卿，哭道："小生遇着小姐，只道有了生机，不想明日这一般，定然不能够完全。小生死不足惜，但辜负小姐一片恩情，无从报答。"素卿见他苦楚，掉下泪来，说道："也不要太忧烦。倘父亲与知府说得明白，好也未可知。只是就有好信，你定要问个罪名。若是罪轻，你速速完事，便当归去，不可久留，被吴家算计；若是罪重，你的身子，还不知到那里去，怎得再到我家来？我今夜相见，竟要分别了。"两人抱头大哭。又道："你若明日出了府门，有便客穿好。"又吩咐道："你的身子，千万自己保重，以图后会。"云客哽咽无言，渐至五更，素卿哭别进去。云客和衣而睡。

只见清早，外面敲门，那是提赵云客赴审的公差，需索银钱，如狼似虎。秦程书里面晓得，出来安插他，送与银子二两，央他凡事照顾。将次上午，秦衙并留公差，同云客吃了饭。程书亲送云客，行到府门，吴秀才却早伺候久了。秦程书先进府堂，见了太守，就与他说这件事。太守心上早有三分疑惑，又见狱官真情相告，道是与云客讨个分上，也不十分威严。

原来这太守，做人极好，专喜优待属官。又因秦狱官平日真诚，他的话倒有几分信他。程书禀过下来，公差即带云客上堂。太守喝道："你是贼犯，快快招来，省得用刑罚。"云客诉道："生员的罪名，终无实据。就是一个小匣，原在瓦子铺前买的，也不晓得是吴家的物件，有卖酒的孙爱泉为证。"云客因无人靠托，指望把孙爱泉央他一

句话，救己的性命。谁知太守要两边周旋，顾了吴家又舍不得狱官的情面，做个糊涂之计，一名也不唤叫，说道："你的贼情是真的。姑念你远客异乡，如今也不用刑了，依律但凡奸盗之事，拟个满徒配驿燕山。"另点一名差人孙虎，着即日起解到京里，如迟，差人重责三十板。不由分说，就发文书押出去。吴秀才还要太守加些刑罚，被众人一拥下来。云客就在府门拜谢秦程书。程书回衙，述与奶奶知道："虽则配驿，然终亏我一番话，不曾用刑，也算知府用情了。"说这公差孙虎，押了云客，竟到家中收拾行李起身。

你道这公差是谁？原来孙虎就是孙爱泉的儿子孙飞虎。云客一见爱泉，怨声恨语，说了一遍。爱泉夫妇，忽闻得这件事，也与他添个愁闷，道是不推官人受冤，我儿子又要措置些盘费出门去。蕙娘在里面，听得云客有事，就如提身在冷水中一般，无计可施。只得挨到夜间，与云客面话。孙虎因云客是认得的，不好需索费用，把云客托与父亲看好，自己反出去与朋友借盘缠。说道："赵大官且住在此，我出外移补些银子，明日早上回来，便可同去。"孙爱泉见云客一来是个解犯，有些干系，二来恐怕吴家有人来窥探，就着落云客直住在后面房里，正好与蕙娘通信。当夜更余，蕙娘寻便来看云客。两个相遇，并不开言，先携住手，哭了一会。蕙娘问道："几日不见你来，只道是你有正经在那里。不想弄得如此，且把犯罪缘由，说与我知道。"云客细诉真情，不曾话得一句，却又扑簌簌掉下泪来，说道："自前日别你之后，便遇了王家小姐，承他一心相契，他的缘法也够得紧了。谁想内又有一个小姐姓吴，名绛英。他先要随我到家中，然后寻媒来聘那王家小姐。想是我的福分有限，当不起许多美人之情，一出城，至第二日早起，正撞着吴小姐的大兄。被那吴大扭禀知府，百般算计，要结果我的性命。幸喜得遇一个狱官秦程书，出身相救，得以全生。如今一路到京，未知路上如何？姐姐若是不忘旧情，守得一年半载，倘然有回家之日，定来寻你，沁不敢相负。"蕙娘道："如今的吴绛英，还在那里？被他害了，他不知还想着你么？"云客道："闻得他原住在王家府中。这两位小姐，今生想不能够再会了。"蕙娘道："也是你自少斟酌。事已如此，只得耐心上去。我为你死守在家，定不把初衷改变。我还要乘便，替你打听王家消息，看他如何思想？只是这样富贵人家，比不得我们，说话也不轻易的。外边有了人家父母做主，那得别有心肠，再来等你？你此后也不必把这两家的小姐十分挂心。"蕙娘这句话，虽是确当不易之言，他也原为自己，占些地步，所以

有些叮嘱。当夜五更，两人分别，伤心惨目，不言可知。

孙虎自觅盘缠，天明就到家里，一边做饭，一边收拾，又对父亲说道："我一到京，讨了批回，便转身来的。家中凡事，你老人家耐烦些。"就同云客整顿行装，出了门，竟向前去。云客泫然含涕，回首依依，只是他一点真情，四处牵挂，并不把湖上追来之事，懊悔一番。只道有情有缘，虽死无恨。一路里鸟啼花落，水绿山青，无非助他悲悼。口吟《诉衷情》词一首，单表自己的心事：

> 广陵城外诉离郁，回首暮云浮；尺素传心，何处雁字过高楼？不堪重整少年游，恨风流，百般情事；四种恩量，一段新愁。

云客配驿进京，看看的出了扬州境界，心中想道："我此番进京，不过三年徙罪，只要多些盘费，自有个出头之日，只不知绛英回到王家，作何料理？就是玉环小姐，前日见他这般吩咐，料不是薄情的人。我这孤身，前赖蕙娘周旋，后亏素卿提救，虽是受些怨气，也甘心的了。近日若寻得一个家信，寄到钱塘与我父母说知，凑些银子来，京中移补，就得脱身，更图恢复。但是一来没有伶俐的人，替我在父母面前，说话中回护几分，二来恐怕父母得知，不与他争气倒不稳便。且自餐风露宿，挨到京中，或是借些京债，或是转求贵人，申诉冤情，再作道理。"这一段，是云客分离的愁思。还有两位小姐暗里相思，又不知晓得问罪的事，又不知别寻计策图个明珠复合之功，又不知只算等闲做个破镜难圆之想。正是：

> 梦中无限伤心事，鹦鹉前头不敢言。

评：

此回小说用意甚深，而观者或未之觉，何也？其始也，遇蕙娘则有孙虎为之解。有孙虎为之解，而下回之面目开矣。其继也，遇素卿、秦程书为之救。有程书为之救，而十一、二回之机权现矣。使他人捉笔，定于将解未解之时，费多少气力。而此淡淡说来，已觉顺水流舟，全无隔碍，不必强生枝节。前后若一线穿成，此文家化境也。观其结处圆净已作前段收局复开，后幅波澜。尽云客在广陵城中之事，已经完局，后面不过步步收合，故不得不于此处，总叙一番。作者自有苦心，看者幸无忽略。

第九回 躲尘缘贵府藏身 续情编长途密信

拟古二首：

> 玉颜既睽隔，相望天一方；
>
> 梦短情意长，思之不能忘。
>
> 呼女自为别，一岁一断肠；
>
> 叹此见面难，君恨妾亦伤。
>
> 昔有倩魂行，念我何参商。
>
>
> 弦月星河明，露下清且寒；
>
> 乘槎隔银汉，安用徒心酸。
>
> 空闺复何娱，惟有赠琅玕；
>
> 梦寐暂相见，殷殷慰加餐。

孙蕙娘自别赵郎，花容憔悴，寝食无心，暗地里只有短叹长吁，人面前略无欢情笑口。爱泉夫妇商量道："我的女儿，年纪长成，想是他不喜欢住在家里，终日愁眉蹙额，就是头也经月不梳。若能够寻一个门当户对的，也完了老人家心上的事。常言道：'女大不中留。'这句话渐渐的像起来了。"孙爱泉存了这个念头，就有些媒婆，往来说合。也有说是一样做生意的，家给人足，正好攀亲眷；也有说是衙门里班头，外边极行得通的，可以相配。也有个伶俐的媒婆，说道："看你家这位姑娘，人材端正，不像个吃苦的，待我与你寻一个富贵人家。虽不能够做夫人奶奶，也落得一生受用不尽。"爱泉也不论人家，只要他老妈中意，便可成亲。说来说去终无定局。蕙娘在房里想道："赵郎分别不上岁时，就被这些恶婆子来说长说短。若再过岁月，我家父母，怎能坐身

得稳？必定要成一头亲事，赵郎的约，便不谐了。我如今莫说小小人家，就是王孙公子，人才面貌与赵郎一般的，我也一马不跨二鞍，岂可背盟爽约？况且来话的，尽是庸流贱品，难道是我的匹配？须生一计，摆脱那样说话才好。"

正思想间，忽听得外边大闹。乃是府堂公差，爱泉儿子的同辈，当了苦差，要孙家贴盘费，把爱泉乱打乱骂。爱泉一番淘气，正合着女儿的计策了。蕙娘听知父亲受气，便道："我的脱身，有了计策。前日赵郎所谓王家小姐，既然盟誓昭章，定有些放心不下。不如乘此机会，只做个投靠他的意思。待到王家府中，一则探望小姐的心情，就在他忘记里，躲过几时，省得人来寻我。"轻轻走出，假装怒容，对爱泉道："我家哥哥绕去一月，那人便如此欺负我家，若是去了一年半载，连这酒缸锅子，都是别人的。如何人情这样恶薄？想起来这般世界，只有势头压得人倒。不如依傍一家乡宦求他略遮盖些也好。"爱泉一时乘气说道："有理！有理！我被那小狗头欺瞒，难道便怕他不成？只不知投那一家好。"蕙娘道："扬州府里，只有府前王家，现任京里做官。况兼他家夫人极喜遮护人的。"爱泉点头道："便去便去。"忙备了四只盛盘，同了妈妈女儿，竟到王家府中。家人与他通报，夫人传谕，唤那妈妈女儿进来。蕙娘同了母亲，走进后堂。夫人一见，就有几分欢喜，只因蕙娘生得标致，又兼他出词吐气，有条有理。那着外面家人，收了他的盘盒，吩咐外边人，不许欺负那老人家。他女儿蕙娘，倒也聪明伶俐，着他服侍小姐。老妈且暂出去，有事进来。老妈拜谢而去，同了爱泉归家，少不得宅门大叔，请些酒席，倒弄得家中热闹不题。

却说蕙娘进了房来，拜见小姐。玉环见了，便想道："好一个俊雅佳人，小人家女儿，也有这般颜色。"玉环略问几口，蕙娘是个乖巧的，应对安闲，并不露一份俗态。又见了绛英，蕙娘便问道："那一位小姐，想是二小姐了。"玉环道："这是吴家小姐，是夫人的侄女。"蕙娘心知，绛英也不提起别样。住在房中，凡事温存周到，小姐十分爱他。过了两三日，蕙娘见玉环并无欢容，时常看书，无人处叹口气，有时提起兔毫，写一首词。词云：

> 倚遍栏杆如醉，花下偷弹别泪；凤去镜鸾孤抛，却残香遣翠。空睡，空睡，梦断行云难会。

> 右调《如梦令》

蕙娘不敢推详，也不审词中之意，只是察言观色，每事关心。歇将言语逗他，又难开口。

　　忽一日，把自己的妆匣开了，整些针指花绣之类，露出一方图书，那是赵云客的名字印子，正与玉环所留诗绢上印子一般的。玉环偶然走来看见，便把图书细细玩了一番，就问蕙娘道："这个印子是你自己的，还是那个的？"蕙娘晓得小姐通于书史，正要借个发端探问消息，便对玉环道："是吾家表兄留下的。不瞒小姐说，吾家表兄姓赵，字云客，原是杭州府一个有名的才子。因他恃才好色，今年三月中，到这里来。闻得他前日不知与那一爱女儿交好了，私下逃归，被那一家的家人撞见，不把他做奸，倒冤他做贼。解到本府，几乎弄死了。又亏一个狱官相救，绕得问成徒罪，配驿燕山，前日就起了身。吾家哥哥押解，故此留下这些零星物件。"只这一番话，赫得玉环目定口呆，想道："前日绛英的事，梅香打听，并无音耗，只道他脱身去了，不想问罪进京。倒亏蕙娘说出，今日方晓得实信。"也不开口，拿了图书，就叫绛英，将蕙娘的话，私下述了一遍。绛英心绪缠绵，正要寻消问息，骤闻此语，如梦忽觉，转身便走，要问蕙娘。玉环一把扯住道："此事未可造次开言，姐姐何得性急？既有他的哥哥押解，便好觅个寄信之路了。"两人携手来问蕙娘，道："你说那姓赵的表兄，既是个才子，何不好好的寻一家亲事，孤身到这里来，受此无肆之祸。"蕙娘答说："小姐不知。吾家表兄，家里也是有名的富家，只为他要自己捡择个绝代佳人，故此冒犯这件事。"小姐道："如今他问了罪，莫非埋怨那相交的美人么？"蕙娘道："他是有情之人，如今虽问了罪，还指望脱身，仍寻旧好，那里有一毫埋怨的念头。"小姐笑道："绛英真个盼着了情人也。"蕙娘问道："小姐怎么说这句话。"玉环道："蕙娘，你道这那姓赵的是谁？就是那吴家小姐。"蕙娘假装不知，说道："原来就是吴家小姐。吾家赵云客为小姐费心，险些送了性命，小姐可也垂怜他么？"玉环道："绛英时刻想念，正要觅便寄一信与他。若果是你家至亲，极好的事了。"

　　是日，两位小姐把孙蕙娘，就看做嫡亲骨肉一样，打发一节开了梅香侍女，三人细细交谈。不想尽作同心之结，那一夜挑灯密语，三人各叙衷曲。玉环以绛英为名，句句说自己意思。蕙娘因玉环之语，件件引自身上来。不消几刻工夫，三人的心迹，合做一处。玉环道："我三人的心事，业已如此，何必藏头露尾？如今以后，只算个姊妹一般。也不须分上下了。"蕙娘对玉环道："小姐既有此约，蕙娘莫敢不从。"玉环道："这个不妨。我家老爷进京时，原吩咐夫人说：'待我回家，方择亲事。'若是老爷回来，最快也是一二年。赵郎果能脱身，算计也还未晚。为今之计，但要觅人寄一信

去。一来安他相念之情，其次叫他速谋归计。这是第一要紧的。"蕙娘道："这个不难。小姐可备书一封，待蕙娘与父亲说知，只叫他送些盘缠与哥哥。又有一封赵家的家信，付些路费，央他并带去。我家父亲是诚实人，必不误事。"玉环道："这事甚好。"就借绛英为名，写书一纸，中间分串他三人的情意。

薄命妾绛英书，寄云客夫君：足下烟波分鹢，风月愁鸾，帘幕伤情，绮疏遗恨。自怜菲质，暂分异域之香。深愧寒花，反误临邛之酒。未射雀屏，先惧雀角。每怀鱼水，统俟鱼书。伏念昔因环妹，得申江浦之私。乃今近遇蕙娘，转痛衡阳之隔。会真之缱绻，梦绕残丝。游子之别离，魂迷织锦。明珠复合，誓愿可期。霜杵终全，矢怀靡罄。端驰尺素，上达百年。兰堂之别黯然，蕙径之行渺矣。莺花莫恋，时异好音。山水休羁，勉加餐饭。临池法感，无任悬情。外附玉环之衷，新诗十绝。并写蕙娘之意，诧词二章。密信交通，慎言自保。菲仪数种，聊慰旅怀。

附玉环诗：

不道离愁度驿桥，只今魂梦记秦箫；
春风自是无情物，未许闲花伴寂寥。
翠翘金凤等闲看，一片心情湿素纨；
无限相思谁与诉，花前周帐倚栏干。
凭谁题锦过衡阳，梦断空余小篆香；
展却绣帏留晓月，素娥急似冷霓裳。
欲化行云愧未能，个中情绪自挑灯；
宵来会鹢知何日，几度思君到广陵。
销尽残脂睡正宜，舞鸾窥镜自成痴；
人间纵有高唐梦，不到巫山那得知。
东风摇曳动湘裙，女伴追随映彩云；
莫道无情轻聚散，此中谁信是双文。

瓶花惨淡自藏羞，只为多情恨未休；

掩却镜台垂绣幕，半生心事在眉头。

闲脂浪粉斗春风，舞蝶那知是梦中；

不遇有情怜独笑，假饶欢乐也成空。

一片花枝泣杜鹃，不堪重整旧金钿；

绛河鹊驾浑多事，纵有相思在隔年。

洞口飞尘路渺茫，人间流景自相忘；

梦中剩有多情句，浪逐残云寄阮郎。

附蕙娘小词：

残灯明灭坐黄昏，偷傍栏杆掩泪痕；

一段心情无共论，忆王孙，细雨荒难咽梦魂。

凭谁飞梦托昆仑，乡帏添香空闭门；

玉漏声声送断魂，忆王孙，一夜夫妻百夜恩。

右调《忆王孙》

　　玉环将书封好，递与蕙娘，并寄些衣服路费之类。蕙娘持了书，竟自归家，对孙爱泉道："前日哥哥出门，因牌限急促，身边盘缠甚少。如今一路到京，恐怕途中无措。我们既有了王家靠托，家中无事，爹爹何不自己去看他一看？"爱泉是个老实人，说了儿女之事，心上也肯出去，说道："这也使得，只是要多带些费用。"蕙娘道："不妨，奴家在王府中，积几两银子在此，爹爹尽数拿去，也见得兄妹之情。前日王府中，又有个朋友到浙江，带得那赵官人一封家书在这里，并与他寄去。"把那书及衣服银子，打了一个包，付爱泉拿好。爱泉欢欢喜喜，便收拾行李出门，说道："我老人家年纪虽五十余岁。路上还比后生一般。那京中的路，也曾走过几次。如今不但看我的儿子，倒是与赵大官寄家书，也有个名色。我以前看那赵官人，恂恂儒雅。他为了冤屈事，心上十分放他不下。既是有了盘费，何难走一遭？"又对蕙娘道："只是你母亲在家，无人照顾。你该时常看看。"蕙娘道："这个自然，不消挂念。那赵家的书，也看

他伶仃孤苦，千万与他寄到了，须是亲手付他绕好。"爱泉道："到那里自然当面与他，况且还有些衣服银子，难道与别人不成？"蕙娘心中甚喜，待父亲出了门，便往王家府内回覆小姐。

一至房中，玉环与绛英携手问道："书曾寄去否？"蕙娘道："信倒寄得确当。"便述父亲看儿子一番话。两位小姐道："都亏了你，我两人后日有些成就，尽是你之力。总是苦乐同受的。只不知赵郎在京，怎么样了？"

却说两位小姐，一个蕙娘，好好的住在家中，打做一团，恋做一块，专待赵云客回来。共成大举以前，三人尽个相思图，以后三人做个团圆会，岂非美事？不想天缘难合，还有些磨折在后边，未审遇合如何？看到后回便见。

评：

　　孙蕙娘触处藏机，不惟自全，又有为人帮助，真云客一大功臣也。书辞对偶精工，诗句函情秀丽，当与贾云花集唐并传。恩情意深长得此。

第十回 梦模糊弄假成真 墨淋漓因祸得福

诗云:

> 一腔心事无申诉,变作梦魂难自吾;梦里结成刑,假的也是真。大梦无时白,此身终作客;剖晰眼前花,方知梦境差。

赵云客与美人相处的事,已经叙过十分之五,他家中父母想念之情,尚未曾说及二三。我此回,就从这一首《菩萨蛮》说起。我想世上的人惯会做梦,心上思这件事,梦中就现这件事,因那梦中现这件事,心上就认真这件事。不知人的身子,有形有质,还是一场大梦。何况夜间睡昏昏的事,便要认真起来。所以古来说,至人无梦。但凡世人做梦,尽是因想而成,岂可认得真的。赵员外因儿子不见,又见了被上的血迹,把钱金两个秀才,拖到监里。又因知府正值大计,数月不理众事,这桩事,还不曾审结。员外在家,做了七七四十九日功德,据魂立座,日日啼哭。忽一日,知府挂牌,编审这事。学院有了批文,着差人拘赵某明日早堂候审。那一夜,赵员外睡了,便梦见儿子蓬头跣足,啼哭面来,说道被朋友谋死,身上时常痛苦。员外不待梦中说完,捶胸跌足,放声大哭,哭醒了,对家人道:"明日府堂审事,儿子今夜,就托一梦与我。他虽身死,冤魂不灭,来此出现,那谋死的勾当,岂非真实!"说了又大哭一番。

次日早晨,竟到府中执命。知府在监中提出两人,陈列刑具,考究谋命一事。钱金两人,虽然从实置辩,怎当得被上血迹一项,终不明白。赵员外哭诉奇冤,就把昨夜阴魂出现,梦里的真话,上告知府。却也奇怪,原来昨夜灯前,太守看这一宗文卷,亦曾疑这血迹,终无实据。只因疑心不决,夜间也有一梦,梦见黑风刮地,阴云惨惨,

回头看时，满地都是血迹。此时审问，听见赵员外冤魂夜现的话，自然认以为真。他原是直性的，也不十分详察，写了供状就定审单，申达上司。

审得钱通、金耀宗，名列青衿腐儒，行同绿林豪客。私诱同学赵青心，利其多资，于三月十五日，骗到西湖，谋财殒命。所游与僻，既非管仲之可人，却使沉商，有类石崇之贱行。赵某青楼绯获被上之血迹，贼证昭然。伊子黄泉负冤，帐中之梦，魂悲啼伤矣。钱通为首，罪在不赦，想应解京处决。金耀宗党恶同谋，编戍燕山卫。卑职未敢擅便。伏乞裁照施行。

行府审结此事，申文各意，便点二名府差，锁押两人，一齐解到京里。员外啼牙切齿，说道：“我夜夜梦见儿子，想是他阴魂未散。但愿半路上，活捉那两个贼徒，方泄我一场怨气。”官司已结，员外归家。钱金两人，带盆望天，有口莫辩。家中措些盘费相傍进京。一个归路有期，一个生还未卜。你道两人弄假成真，岂不可笑。只因他少年狂妄，全不想世上朋友岂是好交结的？做出事来，平日间交游同辈，与夫至亲骨肉，惟恐城门失火，殃及池鱼。那个出身相救？随你要死要活，只算个等闲看待。常时这些恩义酒杯来往，钱财交结，同眠同坐的，到了此际，毫厘也用不着。末世人情，大抵如此。倒不如赵云客，在广陵城里的事。亏了几个美人真情提挈，一样问罪进京，还不十分狼狈。两人押解起程，出了杭州府城，一路逢州换驿，递解到京里不题。

却说赵云客，自一月之前，出了广陵，看看的到燕山大驿，身边盘费，渐渐消磨，又兼见了驿官，用些使费，虽不曾亲受刑杖，羁愁困苦，无不备尝。连那孙虎身边盘缠，都用完了，一时没有批回，与云客同住驿中。又守了半月有余，忽见一人，慢慢行来，背着褡袱行李，走到驿前。云客凝眸观望，那是寄书的孙爱泉。云客一见不胜狂喜，问道：“你老人家怎么来了？”爱泉道：“我因儿子前月出门，盘费甚少，放心不下。又有官人家里，寄一封书信，送些衣服银子。”在此，交与云客。孙虎也出来，见了父亲说道：“正没有费用，等待批回。父亲来得甚好，明后日领了批，就好起身归去。”爱泉又对孙虎道：“自从你出了门，我在家中，就被堂上这些后生欺负又要贴使用，把我终日闹吵。我气不过，只得投了府前王家，你的妹子也住在王府里。这项盘缠，倒亏他寄与你用的。”孙虎道：“这也罢了，只是妹子到王家府中，一时不理攀个

梅花洞

亲事，且图过了目下，再作理会。"云客接了书，收下衣服银子，又听得蕙娘投靠王家一节，想道："蕙娘是个有智巧的，他到王家，未必其中无意。但是我家里，不知甚么人去通个信，把书银等项寄来。"当晚背了人，将书拆开，那是绛英手笔，又见了玉环的诗，并这小词。便晓得他三人心迹，就里假托家信，叫孙爱泉寄来。把那书词，细细看了一会，不胜慨叹道："女子之情，一至于此，令人怎生割舍得下？"便把衣服银子，收拾藏好。夜间又略略盘问爱泉家事。

次日早晨拿些银子，送与驿官先发批回。打发爱泉父子回家。虽是挂念这几个美人，又不好寄封回书，说些心事。思量道："爱泉回去，蕙娘自然问我的确信，也不消写回书了，只把个安然就回身的意思，与爱泉说道。待他到家，与蕙娘说便了。"爱泉父子，将次起身，对云客道："官人可有家信，带一个回去？"云客道："多谢你两人，我也不寄家信了，既有这些盘费，即日当算计归家。况且前日一到，看那驿官是一个好人，待他寻个方便，就好脱身。我若归家，还要亲到你家里来奉谢。"爱泉珍重而别。

说这驿官，得了云客的银子，又知他是个盗情小事，也不十分督察，听他在京中，各处游玩，只不许私自逃归。过了一两日，云客偶然散步到一处，见一所殿宇，甚是整齐。走进里面，那是后土夫人之祠。云客撮土为香，皋了四皋，私下祝道："夫人有灵，听我哀告：钱塘信士赵青心，只为姻缘大事，偶到广陵，撞着几个美人，情深意厚。不相惹出祸事，配驿到京。若是今生有缘，明朱后合，愿夫人神灵保佑，使能脱身归去，阴功不浅。追想家乡风月，情绪缠绵。今日漂泊无依，何等凄楚。惟神怜悯，言之痛心。"云客想到此处，不觉泫然泪下。独坐在庙中，歇息一回，走出门来，抬头四顾，只见粉墙似雪，云客身边，带有笔墨，就在粉墙上面，题词一首，以诉羁愁：

> 孤身漂泊染秋尘，家乡月似银；不堪回首自筹论，青衫泪点新。
>
> 冤未白，恨难申，长怀念所亲；梦飞不到广陵春，愁云处处屯。
>
> 右调　《阮郎归》

云客题了这词，闲愁万千，一时间，蹙生双眉，自觉情思昏昏，暂坐庙门之下。手里拿着笔墨，还要在新词后面，写一行名字，或是家乡籍贯。只因悉怀困倦，少见片时，不料为睡魔所迫，就倒身在门槛边，鼾鼾的睡去了。云客酣睡正浓，谁想庙前，正遇着一个官员过往。路上簇拥而来，见了云客，就唤手下人问道："那庙前睡的是什么人？怎独自一身，夜间不睡，日间到这里来睡？官府攀过也不揣着，好生可恶！"衙役就到庙门，扯起云客。

只见那官员把粉墙一看，看着新词几行，浓墨淋漓，情词悲切，心上好生疑惑。云客被众人拖到轿前，双膝跪下，还打个欠身，昏沉未醒。衙役禀道："那一个不知甚么人，手里拿着一管蓬头笔，满身污了墨汁。这等模样，在官府面前，昏昏沉沉的，想是那好好的粉墙，被他涂抹坏了，后土夫人有灵，把他匣缚在此。"又将云客一推道："快快苏醒，官府面前不是儿戏的。"云客抬起头来，惊得满身汗出。那官员问道："你是什么人，孤身瞌睡在此？这墙上的词句，可就是你写的么？"云客拜道："爷爷听禀，生员赵云客。"官员道："原来是一个秀士，你细细说来。"云客道："生员祖居钱塘，侨寓广陵城瓦子铺前。买一拜匣，祸遭一个惯絮囵的吴秀才，明欺孤弱。得知生员带些资本在寓中，便借拜匣为名，冤屈做了盗贼，把生员的资本，尽数抢去。贿嘱衙门，不分皂白，配驿到此。今日幸遇老爷，想是此冤可白。求爷爷神明提救，就是再生之恩了。"那官员想一会道："本衙也住在广陵，闻得学里有几个不习好的秀才，这样枉事似有。"就唤手下人，且带到衙里，慢慢盘问，若果冤枉，申理何难，云客随了轿子，一境到衙里去。原来那官员不是别个，恰好正是扬州府前住的王老爷，即玉环小姐的父亲，现任在京，做了京畿御史。衙门风意，不比寻常。云客进了衙中，伺候半日。老王出来，细加访问，又道："老夫家里，住在扬州府前。你既寓扬州，可认得我宅里几个家人么？"云客道："生员寓在瓦子铺前，卖酒的孙爱泉家。贵府大叔，都是认得的。"历举几个名姓，一字不差，老王半年不见家信，倒亏赵云客在衙中，间些详细说道："我家里的家人不曾放肆诈人么？宅中不闻得有些别事么？"云客道："都没有。"老王道："你既是秀才，那些诗书，可也还记得？我今日就差人到驿官处说明，销了罪籍，暂在我衙里，温习经史。老夫自前几衙文闽省十一月诏罢科举之后，也就回京。近日闻知朝廷，晓得天下才人触望，又要开科，特取真才，赞襄治化。你该就在这里应试，倘能够博一科第，那冤枉的事，便不要别人翻冤了。"云客深感厚恩，拜谢而起。老王与他择二间书馆，陈设铺盖，每日供给他，又唤衙役，行文到驿里去除籍。云客一应要看的书史，尽搬出来。云客想道："我这一身，得遇老王提救，也是后土夫人有灵，使我瞌睡片时，逢这机会。过了几日，还要虔诚去烧一炷香谢他。只是我家乡念切，既脱了身，星夜回去，就散了家资，报答各位美人的厚情方好。怎奈老王情意笃实，不好悻悻告别。还有一件，若能够悉我的长才，侥幸一名科第，寻得一官半职，那玉环小姐，倒有三分娶得的道理，各位美人，要图报恩也容易。只是眼下

羁迟，颇难消遣。我且把平日偷花手段，丢在一边，把目前折桂手段，放些出来，看怎生结果。"

评：

梦者因也，有因而起。其间怪怪奇奇，一切天堂地狱之事，皆形现出来。佛家所谓因果从心而生者也。昔有一人经过海中，同舟遇一老僧，齐银数百，往南海做好事。此人顿起邪心，把老僧推坠海中，取银而归。抵家便梦老僧来索，如此连梦几夜，心上昏沉。日里起身，将镜子照照，镜里现出此僧；把茶来吃，茶盖里又照见此僧。此人大骇，谓僧索银甚急，百般禳解，竟成大病，上床睡了一年。不但睡时，常常梦见，并觉时也似梦非梦，每见老僧正在身边。忽一日，外边叩门，一老僧来访问。家中讯他来历，正是南海去的那老僧。此人听得，在床上大叫道："往常梦中看见，已经怕甚。今日亲自上门来讨命，我的性命定不好了。"霎时间，牛头马面，绕床而立。其人惊悸不已，家中大小，俱向老僧，叩头乞命道："万求老师父放大慈悲，饶他性命，当即日尽把家财，做个好事超度你。"老僧笑道："不要害怕，我今日并不来讨命。前年蒙居士推坠海中，彼时幸遇一只客舡提救，不曾溺死。思想起来，银子是身外之物，就是到了普陀山，他分散与众僧，不是老僧拿去做人家的，如今居士家取了，也不妨事。老僧今日偶然到这里来看看，怎么这样大惊小怪？"床上病人，如梦忽觉，滚下床来拜道："我一年来梦中见你，镜里茶里，早晚床上时时见你。不想你原来未死，总来是我的心上事，故现出这个光景，适绕闻得老师父这一番话，身里的平凡，一时好了。"就把家财赈济贫穷，尽数分散，随那老僧出家。后来苦行二十余年。一日偶参一大善知识，拜问道："梦中现形，谁是真形？"那堂上大喝道："这秃子速向山门外走！"那人便转身向山门外走。走了二里多路，忽见一孩子啼哭，其母问何哭。孩子道："方绕梦见吃果子，如今要吃。"其人听得豁然大悟，遂成正觉。此回中，员外想念，太守疑心，两梦合一。不知赵云客在京里，做下好梦，正无醒日。

看官们，倘若各人有心事的，可为借鉴。

第十一回　恶姻缘君牛喘月
　　　　　巧会合众犬留花

诗云：

> 谁家门巷旧垂杨，击马楼鸦覆短墙；
> 不是关心休折取，丝丝叶叶盖离肠。

赵云客既脱网罗，朝夕孜孜矻，攻习文章，指望一举成名，报恩雪耻。这也是天缘大数，未可轻易表白。想起一段流离，无非为美人情重，弄出这般困厄。正是：

> 不因渔父引，怎得见波涛。

虽然如此，但要郎情女意，两边认得真，纵使相隔天渊，也有乘槎会面之日。若是女子有情，那郎君只算得顺风采花的意思，丢了那个，又想别个。缘分顺凑的还好，倘然有些隔碍，便要放下愁肠。了十郎之负心，黄衫侠客也看他不过。若是男子有心，那女人只有做痴汉等婆娘的模样，可以嫁得，就随了他。若还掣肘，不知随风顺舵。章台柳之攀折，纵有许俊，何补于失身？所以生死交情，其实难得。自云客陷身荒驿，那广陵城里四个美人，私下做的事，向来瞒神欺鬼，并不曾在人面前，说半句"我要跟赵云客"的话。又是名人要顾体面。名人自有父兄，虽则青巢偷情，说尽山盟海誓，也只是两人的私语。就如做戏的，两边担年一番，便要当真起来。说又说不出，行又行不得。被那严父严兄，寻一人家，叫一肩花花轿，推拥别家去，做个莺莺嫁郑恒故事，任你表兄人才绝世，也只好为郎憔悴，却羞郎而已，为之奈何？不知真正情种，全不把这段话文骗得他的身边动一动。玉环寄书之后，终日叫孙蕙娘归家，打听回音。

一日，爱泉与儿子忽地归来，正值蕙娘在家。心上又悲又喜，喜得那赵郎的信息，有了几分；悲得那赵郎的肉身，何时见面？连忙叫母亲："爹爹与哥哥回来了，快备晚饭。"爱泉与儿子进了酒店，卸下行装，先要吃些热酒。蕙娘便把热酒与他吃了。老妈问道："那赵大官可曾解到？"孙虎道："解到了，正在驿中，少了盘缠，亏得父亲到来，才不曾吃得苦。"蕙娘问道："他家的书信，曾付与他？你们回来，那姓赵的可也苦切么？"爱泉道："那赵大官始初见了家信，有些伤心的情状，及至看了书，又收了银子衣服，倒欢天喜地。说道，他见的驿官，甚好说话。既有了这项银子使用，即日也要寻个脱身之路。他说不久归家，还要亲自来谢我。不知他心上，可是诚实的话。"蕙娘听这一番信，又把愁肠略放下几分了。当夜睡过。

次日清早，收拾停当，仍到王家府中去。玉环挂忆赵郎，如痴似醉，泪痕在竹，愁绪萦系。一见蕙娘，便相携手，私下问道："你两日在家，何故不来？那寄书的曾有消息否？"蕙娘把父亲昨夜来的言语说完，又道："幸喜他身子不曾受累。若能够今年就得脱身，我们的带领理可稳当。"小姐新愁旧恨进在心头，纵使云客即立面前，还诉不尽百般情绪。何况口传虚信，怎解得他万种思量？只有吴绛英的心，正像赵云客往那里去了，立刻就回来的一般，也不十分牵挂。但要经营后日，先嫁赵郎，恐怕他两个先占了滋味，故此心忙意乱，专待云客到家，全不闲思浪想。闻知蕙娘好话，信以为实，说道："只要赵郎不死，这段新事，那怕走在天外去，迟几日，也不妨。"那绛英便是这样。谁想他的哥哥在家，提起此事，深为愧恨。思想吾的妹子前日丑事，已经使我无颜，万一再撞一个冤家，叫我如何摆脱？不如及早寻下一头亲事，完这孽债。成礼之夕，就要新人结亲。绛英私想道："我与赵郎情深似海，况且已经着身一夜，不比玉环空来空往。做女子的既是以身许人，便如士卒随了将官，任他死活存亡，一惟听命，安有更改地方再跳营头之理？若今生不能嫁赵郎，惟有一死，图个梦中相会，这也是姻缘簿上，有这一段遇而复失之事。"正是：

欲知别后相思意，尽在今生梦想中。

绛英想到此处，不觉柔肠千结，进退无门。只得从暗里大哭一场。挨过几日，媒婆来说，吉间行礼，夜间结亲。花轿出门，一竟到岳庙前大宅里结亲的。

到了正日，小牛打扮新奇，只道红莺照命，绛英心肠惨裂，有如白虎缠身。默在房中，思量一计道："料想此番，不能脱空。我若悬梁高挂，倘被他们知觉，救得转来，终是不妥。不如乘他忙乱之时，做个金蝉脱壳之计。"外面欢欢喜喜，只像要出去的模样。到了黄昏时分，先打发梅香往王家，谢别夫人小姐。外边行礼盘盒，陈列纷纷。鼓乐喧天，牵羊提酒。吴家大小众人，各各忙乱，拥挤前门。又要收盘盒；又要讨赏封；又要备酒席，只存两个婆子，相伴小姐。绛英急要脱身，骗那里人家不当稳便，除非乡间还好。就央几个媒婆与妹子说亲，又吩咐道："城里的人一味虚文，全无着实。倒是各乡财主，有些信行，可以做亲眷。"媒婆承命，往乡间说亲，那各乡尽晓得吴大是个名士，俱要梦他。只见不多时，媒婆便话一家，来对吴大道："有一家财主，住在大仪乡，姓牛，家里鸡鸭五六百，母猪一二十，米麦几千斛。他还有一所大房子在岳庙前，只是有句话，他家官人长大，本年就要成亲的。"吴大道："这等极好。"便捡下吉日，先去拜门，即日行礼成亲。吴大叫两个使女，来到王家，候绛英回去，说道："相公把小姐攀了乡间牛家。成亲日子也检定了，请小姐回去住几日，好收拾出门做新人。"绛英闻知此话，吓呆了半晌。玉环私在房中，拍绛英肩头道："你今去做小牛的妻子了，不与我做同伴，那落花流水之意，如何抛却？"蕙娘又在旁边道："那牛官人不知气味如何。可不辜负了小姐一片花容。"两个如讽如讥，把一个绛英气得浑身麻木，口里踌躇道："此也去不妨，我自有主意。但是你们后日见了赵郎，须把我这一段念头与他说几句。"不知他主意何如，辞了王夫人，竟上轿子，向自己家里去。绛英到家，住了几日，看看吉日渐近，行两个婆子道："我家哥哥嫂嫂，做人极其悭吝。因我没有父母，凡事草率不成规矩。你们两个须是乘他忙乱之时，也出去先讨些赏封。若待我出了门，一毫也没有的。"两个媒婆，闻得这话，火急走出房门，挨身去挤在外面讨赏。绛英独自一身，将包头兜好，身上换一件青布旧衣，又将束腰一条，紧紧束住，竟向后门急走出去。家人也有撞见的，只道是家里别人要拿甚么东西，全不揣着。绛英在暗中，一路前行，信足所至，不想到了安江门，他也不知那里。幸得城门尚未关锁，绛英竟自出城。一路前来，渐近广陵驿，立在官河岸上，想道："这所在绕是我结亲之所。更深夜静，无人知觉，河伯有灵，今夜把我吴绛英的精魂顺风儿牵去。"

此时在吴宅厅堂，毛坑鼠洞里都在寻找，那里见得绛英小姐？牛家人马，连忙报知老牛，唤粗使数十人，亲到吴家，只道设计哄他财货，如今赔气赔家私，也还不停当，必定明日少不得惊动官府，央些亲友私下讲和，还他茶礼。只苦了送亲迎娶的间人，白白冻了一夜，汤水也没得吃。笼灯火把，人马轿伞，打得七零八落，岂非笑话？世上财主，喜欢攀有名望人家的，请看这个榜样，切莫轻信媒婆之口。吴大气恼，小牛败兴，这段话文不过如此。

　　且说绛英小姐，走到河边，将要投河，悲悲咽咽，便寻死路。看官们晓得的，但凡女子的尽头路，止有投河一着。就像戏文上有个钱玉莲投江故事，有人来救，后面还有好处。若无人救，也便罢了。这也是私情中的常套，不足为奇。但是绛英所处之地，又自不同。若是一到河里，就直了脚，倒是清净的事。万一惊动众人，捞摸起来，死又不死，送到吴家，这般颜面，反觉不雅。即不然，遇着过往客船，一篙带起贪利的把你做个奇货，说道全亏他救命，要扯住了诈银子。贪色的，顿起邪心，载到别处去，做些勾当，如何脱白？绛英这一番算计十分倒有九分不妥。不想孤零一身，将次下水，岸上攒住十数只恶犬，绛英的布衣，被犬牙咬住，一时倒难脱身。绛英心忙胆怯，徬徨无措。河里忽撑一只小小官船，傍到岸边来。船头上立着一个老人问道："甚么人孤身独立？"绛英为犬围住，进退两难，被行船水手一把扯到船上。老人见是一个女子，道："你这个女子，独立河边，莫非要投河的么？"你道问绛英的老人是谁？那是狱官秦程书，任满起身，载了家小，正要进京，再谋一处小小官职。当夜泊船安江门外，次日早开。船内女儿秦素卿，听见外边有女子投河，他是生性豪侠的，飞跑到船头上来，见了绛英，一把手就扯到船舱里去，吩咐手下人，不要惊动岸上人。他既要投河，必定其中有个缘故，且把船开了，再泊下些，明日绝早开去。岸上人为犬声，热闹，只道官船过往，全不晓得女子投河一节。素卿见了绛英，说道："好一位女娘，为何干这拼命的事？"绛英泣诉道："奴家也是好人家女儿，自小得知些节义。只因少时幸失了父母，兄嫂无情，把奴家自小梦的一家丈夫，欺他贫弱，将他陷害，配驿到京里，另择一家财主，欲卖奴家，今夜来娶。奴家不忍改节，故此私自投河。"素卿侠气勃发，把桌子一拍道："有这样屈事。我正要到京，不管长短，带你进京寻觅丈夫。一应盘费，在我身上。我且问你，丈夫姓甚名谁？"绛英道："奴家丈夫姓赵，字云客。"素卿耳边忽提起"赵云客"三字，想道："这也奇怪。我在衙里相逢的那赵云客，他被人陷害，问罪进京。我相遇时，他全然不说有妻子。怎么这个女子说起，又有个赵云客？且在路上细细盘问。若果然是他，倒好做个帮手。"

看官，你道秦素卿家住湖广武昌府，那秦程书任满，自然打发家小回家，自己进京，再图官职。为甚把家小一齐带到京里去？不知他的一家进京，尽是素卿的妙计，专为要寻赵云客，故此定个主意。素卿因父亲解任，私下算计道："竟归武昌，便与赵云客风马无涉，今生安有见面之理？难道一番恩爱，丢在空里不成？"便与母亲商量道："爹爹进京，大哥正好图功名之路。闻得要带二娘同去，叫我们母女两人归家，想起来，家里有甚好亲眷？我们一家人，倒分做两处，这事成不得。不如一同到京，得了官，一同再到那里去方好。"素卿的母亲听见这话，对秦程书道："我一家亲丁，只有六口，若要分两处，决然使不得的。且同到京里去，再作道理。"程书素怕奶奶，吩咐一声，就如令旨，不敢违拗，所以同往京中，正好遇着吴绛英。绛英是个才貌兼全的，不比素卿直性，路上待人接物，极其周到，便是秦程书夫妇，甚加敬重，就看做女儿一般。倒嫌自己的女儿，来得粗辣。你看这两个美人的心肠，待云客也算真切。不知赵郎后日，把他如何看待？倘若有一毫薄幸，这两个主顾不是好惹的。他竟要唱出"恨漫漫，天无限"的曲子来了。

看官们放心，那云客是斯文人，这样负心事弗做个。

附言：

余刻此收去竟，里中有狂士，偶于途中质余。转视之，不相识也。询其姓名居止，且考其质余之故。其人曰："姓张，平生慕君才，有著作欲求正。故相问耳。"终不告以名字，因于腰间出铜印一枚为赠，余笑而受之。翌日，于其居旁有相识者来语余，言其人少好学，多陪慧，家素饶。为兄所败，遂得狂疾。曾一见作此书，心甚契焉。余惊谢曰："是何言与？余困鸡窗有年，今且为绛帐生涯，旦夕倭佛，何狂生之见慕若是？"未逾月，闻其人以戏水死。呜呼！余与张素无交契，特以卮言之故，念余不置。夫世之面交而心诽者，见富贵则趋之；见贫贱则弃之；见颂德政之俚言，假道学之腐语，则君和之；见风月间情，则共讪之。岂能如狂生之语，真而情恳也哉？惜未尝以全书惠狂生，而淹然长逝，余其有馀憾矣夫！

第十二回

结新恩喜同二美
申旧好笑释三冤

诗云：此诗代题桃花仕女图赠闺人之作

春风暗入武陵溪，传得仙姿爱品题；

软障屏开香篆小，朝云梦断月痕低。

有情争恨剑晨小，无迹空怜崔护迷；

最是相思魂漠漠，等闲萧疯伴深闺。

绛英得遇素卿，飘然长往，也不管家中闹吵，一路相傍进京。素卿从容问道："姐姐的丈夫，既是自小结亲，怎么令兄陷害他的时节，姐姐不言不语。直至今日，方寻这条路？万一前日被令兄陷死，姐姐从何处着落？难道终身守他不成？"绛英道："前日闻他陷在狱中，幸喜问了徙罪，还指望他回来，图个后会，所以因循到此。"素卿道："前日我家老爹在此做官时，因见那赵云客哀诉苦切，说道被那吴秀才害他。我家老爹怜念无辜，保在衙中。就是后来问罪，也都亏我家提救，不曾被吴秀才谋死，不想就是姐姐的丈夫。"绛英道："这等说起来，便是奴家的恩人了。"素卿道："只是有一句话不好说得。那赵云客在衙里时，他把受冤来历，尽情告诉。只说道吴秀才贪其资财，将小匣为名冤他做贼。并没有半句说及姐姐的事，这却为何？"绛英被那秦素卿说这句话，一时间对答不出，脸上通红起来。素卿想道："那一夜看赵云客，我原道他定有妇人的勾当。如今详察起来，莫非与绛英有私情事体，所以吴秀才必要处死他？"便对绛英道："姐姐既是拼命为那赵云客，自然不是平常的人了。但是他在京中孤身作客，倘然又遇了些闲花野草，可不负姐姐一片好心？"绛英长叹道："姐姐面前不好相瞒。当初赵郎止因为了奴家，害他狱中受累。今后奴家若再嫁人，鬼神有知，便是我

负他了，宁可就死，以尽一心。至于另有相知，这也随他。只要赵郎见面时节，得知奴家一段苦情，他难道变了心肠，致有白头之叹？"素卿道："前在衙里，也曾窥见赵郎。这般才貌，谅不是个薄幸的，且放心前去，待寻着了他，再作道理。"绛英与素卿，日亲日新，相傍进京，一日说一句心话，也有几百句。渐渐把自家的心迹说明白了，素卿不相瞒，说道："既然如此，我也不好瞒你。此番进京，实与姐姐的意思相同。"两人同心合意，全无妒忌之情。道是我们妇人家，从了个才貌兼全的丈夫，譬如忠臣事了圣君，大家扶助他过日子，何必定要专房起嫉妒之念？这个意思，毕竟赵云客生来有福，这些美人，个个发此圣德，竟把世上欢喜吃醋的妇人，看得一钱不值，岂非美事？他两个相怜相爱，扶傍上京去了。后来遇着遇不着，路上安静不安静，我做小说的，也包他不定。若只顾把他两个路上光景，吟诗作赋，怨态愁情，说得详细，我晓得世上这些不耐烦读书的，看官又要瞌睡起来了。我如今另将一段奇文，说来以醒瞌睡之眼。话的非别，便是那赵云客，寓在老王衙之后，颂读余工，便把各位美人，筹论一遍。住了数日，忽然思想后土夫人庙里，要去拜谢他，还不曾烧一炷香。就往街上买了香烛，走到庙中，深深拜谢道："弟子赵青心，前日偶憩庙门，得逢王乡宦提拔，皆是夫人的神灵，鸿恩护庇。今日一点虔心，特来拜谢。弟子也不敢多求，但愿受恩的知恩报恩，有情的因情展情。"云客拜罢起身，慢慢的走出庙来，不想撞见一桩怪事。解冤释结，尽在此一刻之间。

你道的甚怪事？远远望见两人，披枷带锁，又有两个人押了，迤里而来。云客想道："我的苦方绕出脱，见了这个模样，使人心胆俱裂。"只见渐渐的走近前来，内中一人，忽然指着云客，大喊道："这个就是赵云客，把我们两个人，这样冤枉，有口难辩，想是你的阴魂一路随来，与我两人伸冤么？你自己不知死在那里，怎么把我们这等连累。好苦！好苦！"云客不知其故，反把他吓了一跳，说道："这又是什么菩萨见咎？"那锁押的两人，又喊道："赵云客，你的魂灵千万不要变了去，与我两人说一个明白，救了两条性命。"赫者街上的人，一时聚集了百数，都来看他。

云客走到面前，细细观看，真当可骇。说道："你两人是钱大哥，金家表兄，为甚么事弄得这等？"两人道："还要问？只为你，受这样苦。你如今是死过的还是活的？"云客道："为什么死起来？好好的人，为何咒我是死的？"两人道："原来你不曾死。我们今日，便好到官府面前伸冤理枉了。"云客道："你两人且不要忙，慢慢与我说缘由。"钱神甫道："自从三月望日，与你同到西湖，不想你霎时不见了。你家父亲差人各处寻觅不见，只道是我们两人谋死了你，竟告到府里，备尝刑罚，不容不招。知府又是执性的，申了各上司，问定罪名。把我问了斩罪，金子荣问了充军。"云客道："原来有这等事！"两人道："只是你的铺盖在船中，不知那个累些血迹在上面。你父亲将来执证，教我们辩不清楚。"众人听见这一番话，各各叹道："世上这样冤屈事！倘若遇不着，岂不真正冤枉到底？"云客道："且莫慌，我同你两人先到王御史衙里，求他在刑部说明，解此疑案。"两人道："我如今一刻也离不得你了，只问你为何不见？又怎么到这里来？"云客道："我的事话长，且到王衙里去。"连那解子一齐到老王衙里来，便请王御史出衙，钱金两人细述冤枉情由，又道："若非赵大兄当面相遇，我两人定作冤鬼。"老王笑道："陈丞相之攫金，岂难罪辨？狄梁公之承反，实有可原。两位不必慌张，待老夫与你昭雪这事。"就打了轿，亲到刑部会议，超脱了钱神甫的重罪。又差人行文到燕山衙里，除了金子荣的名字。付些盘缠，打发两个解子回去。老王道："这件事也千载难遇。既然你三个俱是好亲友，俱是秀才，可一同住在我衙里，待应了试回家去。"两人拜谢再生之恩。当夜老王倒备起酒来，与三人做个贺喜筵席，就铺设在一间书馆里，三人抵足而睡，细细谈心。钱神甫道："我与金子荣无辜受累，这也罢了，只是赵大兄，为何也到这里来？"云客道："不瞒兄说，只因少年心性，故此弄出这般祸事。自从西湖夜泊，这一夜月朗风清你两人俱睡了，我独自一身，立船头来赏月，看见隔船有个美女，甚是多情。第二日我便撇了你们，私下叫一小船，直追到扬州。指望寻个方便会一会就归家的。谁知会又会得不停当，倒被一个人扎了火口，送官究治。彼时独自一身，家里又无消息，又亏一个狱官相救，得以配驿到此。"钱神甫道："那女子是什么人？"云客道："也不必说明，以后自然知的。"金子荣道："你既配了驿，怎能够脱身在此？"云客道："却也奇怪，我偶然到方绕那后土夫人庙中祷告，出了庙门，题一首词，在粉壁上，一时瞌睡起来，睡在庙旁。适值老王过往，看见小弟这一首词，问起缘由，小弟尽诉冤情，亏他好心救了。"钱神甫道："怪不得这些名士终日刻了歪诗印在纸上，东送西送。原来诗词果然有用处。"金子荣笑道："当初只有这些落柏山人刻了歪诗，送与公卿大人为入门之诀。如今这项生意都被秀才占了。赵大兄何处习此巧法？我们若早也做得几首词，或者略有些运动，不至有冤难辩，弄到如此。"三人回嗔作喜，仍旧如当初相处的情状，全不把冤屈事情，挂在口里。朝夕

欢天喜地，倒像嫡亲兄弟一般，说道："我们三人的事，都是自己不老成弄出来，那些执证的，定罪的，各认一方道理，不必要尽怪他。正是不因傍晚山行，安遇毒蛇猛兽？但要得知命中不该屈死，任你悬岸断索，只当得平生之路，自然有一奇缘来相救援。既然此身不死，再把后面日子好好挨将过去。正如戏场上一出悲苦，便有一出欢喜。何必粘皮带骨，只把报冤结怨的事，留在心上。正像今日侥幸不曾死得，就是几千百年，活在世上的，庸庸碌碌，殊觉无谓。这个便是见性迟钝，不会变化的。我们三人，生性旷达，只管做后面事体，切不要把已往之事，重新提起。"故此三人的心肠，因那一番磨练，比往常更加亲密。上午翻阅书卷，下午到街上，轮流做个小东道。只待得了功名，再寻别路。

云客同了二人，忽一日，走到吏部衙门前闲步，并看天下官员候选。见一老人，坐在衙前石砌上。云客上前一看，说道："这是我的恩人，几时到这里来的？"原来那老人就是秦狱官，一到京中，便在吏部衙前，打听消息。忽然撞着赵云客，携手道："老夫近日到京，官人的事体如何？缘何有工夫在这里闲耍？"云客道："晚生自蒙大恩，救了性命。解到这里，又遇着扬州的王乡宦，感他提拔，如今脱然无事了。"程书道："这等千万分恭喜。那两位是谁？"云客道："也是敝友。"两人各通名姓，又述伸冤一段。秦程书道："这般诧异，三位有此遭逢，后日自当大发。"云客问道："贵府宅眷皆安稳添福么？"程书道："老荆与子女同在这里。因不便归武昌，所以同来了。小寓就在近边。"云客心念素卿，到此这段姻缘定先配合，心中大喜，对程书道："晚生寓在王御史衙中。今日暂且告别，明日亲到尊寓奉看。"秦程书送了三人，回到寓中，对奶奶道："今晚往吏部衙前看看，遇着一件奇事。"奶奶道："甚么奇事？"程书道："便是扬州所救的赵云客，在衙前撞见。他说到京遇了王御史，把他的事消释了，又伸雪他两个朋友一段冤枉，如今安间无累，在此候考。明日还要亲来看我。"奶奶道："不枉了我们救他。明日少不得请他吃一杯酒。"素卿与绛英房里听见这话，就如升天一般，心内十分欢喜，专等明日商议与云客相会。绛英对素卿道："奴家侥幸余生，得同姐姐进京，今日又听得赵郎的好信，一生遭遇，皆是姐姐的恩了。但是奴家与赵郎，既在此间，不比家里，若见了他，便好直言无隐。只不知姐姐的事，如何定夺？"素卿道："便是这等说，且待明日到来，看他言语怎么样。倘然男子心肠，一时难测，前日被这一番磨难，又生出别样腔板，也未可知？"两个美人，千思百量，专待赵郎佳信，床上翻来覆去，倒费了一夜清心。挨至次日午前，还不见赵云客的影子。

评：

人生百年，只有三万六千日。光阴白驹过隙，安可郁结愁肠，错过良时美景？倘一失足，衰暮悔迟。回中乐天知命，尽在数语之中，觉冤亲平等，使怨恨之心，涣然冰释。此三昧真谛也，岂可作小说观？

余看绛英素卿，思想佳期，一夜不能合眼。因忆往时偶有五更小调，附录于此，以佐一觞：

一更里揸，二更里揸，香乱云鬟卸玉钗，对银缸，空把灯花拜。想起乔才，万种恩情难打开。恨离愁，不断相思债。恨离愁，不断相思债。

二更里揸，二更里揸，斜拥熏笼傍镜台，照痴情，明月知无奈。心上安排。心上安排，梦见虽面相见难。记盟香，纵死心常在。记盟香，纵死心常在。

三更里揸，三更里揸，泪满罗衫恨满怀，怨今生，不了前生爱。梦断魂来，梦断魂来，只为情深死亦该。负心的，自有天诛害。负心的，自有天诛害。

四更里揸，四更里揸，香冷金炉烛暗台，暂朦胧，怨杀魂归快。何处投胎，何处投胎？但愿双双死共埋。化行云，永结同心带。化行云，永结同心带。

五更里揸，五更里揸，断雨残云总不谐。为伤心，使我无聊赖。且自疑猜，且自疑猜，还望天缘合绣鞋。那其间，始信盟如海。那其间，始信盟如海。

中国禁书文库

民间藏禁书

第十三回 同心结无意相逢 合卺杯有情双遇

诗云：

千丝官柳拂行尘，不解迎春解送春；
云气向疑朝化楚，箫声今记夜归秦。
骖鸾有梦惊同调，求凤无媒莫论赀；
独扫间阶惜红雨，漫题新句问花神。

云客既遇秦程书，回至书馆，深想素卿情爱，无从报恩，幸喜天缘暗合，同寓京中。若错些机会，后来便难寻觅。次日上早起身，要到秦家下处，又被王御使出来，闲谈半日。吃了午饭。云客竟自抽身，走至程书寓中。老秦迎接坐定，把伸冤诸事，细谈了半晌。里边早已备下现成酒席，云客再三辞谢，方绕举杯，两人对饮一回。酒至半酣，秦程书忽然思想道："我往时涉历江湖，颇晓得些麻衣相法。我看云客气色甚好，全不比受冤之时。若是将我女儿配他，倒是一个东床佳婿。"你道老秦为何起此念头？止因云客难中相处，每每视同骨肉。所谈的话，句句以真情相告，正像嫡亲子弟，全无半点客气。老秦生性朴实，又见云客情意笃切，说道："官人此番回家，老夫不知几时再会。"云客探知其意，与他亲密，便生一计。奉那老秦道："小生自受大恩，日夜感德。如今偶遇老伯在京，正好图报了。晚生相知的王御史，他与吏部相好。求他寻一个浙江衙门，补了老伯，便可朝夕走候。一应使用，晚生身上设处，不烦费心。"秦程书道："到了浙江，极好的事。至于使用，官人有了门路，老夫自然照数补出。只是有句话，老夫家里虽在武昌，也没有甚么亲戚。若得宦游浙省，便好以宦为家。闻得官人尚未有妻室，老夫止生一女，还不曾许字，官人归家，何不与令尊说知，结一

门亲眷?"云客千言万语,专要讨此一句。听得这语,就立起身来谢道:"倘得如此,晚生当奉养终身,与儿子一般看待。"老秦大喜,当晚酒席完了,云客告别,到五衙馆中,专心致志,图谋浙江小职。秦程书回到里面,把席上的话与奶奶商量。奶奶满口应承,道是既有此言,也不消占卜,就定这门亲事罢了。素卿在房,还要等些妙计相会云客,谁知配合天缘,一毫也不必费力。闻知父母所言,就对绛英道:"我的身子已有定局。姐姐也不劳费心,总是我们两个,甘苦相同的。"这也不在话下。

且说赵云客归至寓中,便把谋官的事与老王商议,说道:"晚生急欲报恩,求老先生一举前箸。"老王道:"这事容易。我学生昨日恰好闻得临安缺了知县一员,可就把姓秦的,暂补一年便了。只是今早礼部接出圣谕一道,兄可晓得?"云客道:"还不知。"老王道:"圣上自从中书之议,思量天下人才,也要振作一番,今后不必由府县升荐,先就现在京中的监贡生员,择次月十五日,试策一道,拔几个真才,上以宜观国之光,下以为牧民之本。各位须当猛力。"云客晓得此信,不觉精神奋扬。又与钱金两兄,议论了一会。当夜云客思量道:"我这试期已近,倘然有些侥幸,恐怕一时难得归家。况且还要算计聘那王小姐。如今老秦到了浙江,虽是亲口相许,终无定局,不若就在此间,只瞒了老王,私下先成亲事。待他到浙江时,这段姻缘便是铁板刊定,再无走漏了。

次日,竟到秦家寓中,对秦程书道:"小婿昨日就觅得一缺,那是临安县知县,把尊名已补上了。"程书大喜。云客又道:"但是有句相知的话,不知可以从得?小婿近日有了试期,恐怕在京提搁,心上欲先在京中入赘,以后到家,就候过门。这也是两省的意思。此时世界这些繁文礼节,不必相拘,倒是脱略些好。"程书心上也恐怕云客后日倘然高发,另就了好亲事,不如乘此机会,做个结局。便说道:"这也使得。"云客即往外边,就在数日之内捡一好日,私下又备些礼仪,连那钱金两个都瞒了。挨至吉期,换些衣服,将礼仪一齐送去。原来秦程书虽则性子忠厚,却也有些悭吝。道是不归武昌,处处是个客寓,便在此间完了女儿之事。省得到他家里,添出些花红酒席来。云客行至秦家,喜筵俱已押列。因在客边,喜乐等项一概益免。看看近了吉时,内里拥出一个如花似玉的美人,交拜天地父母,结亲的常规,一件不脱。只有帐中合卺,新人不甚害羞。当夜枕上细谈,准准的话了半夜。正是"其亲孔嘉新,其旧如之何"两句书并作一句,更觉十分亲客。有《鹊桥仙》词一首为证:

凤鸾乍合，鸳鸯重聚，喜客邸行云如旧。柔情狂兴整相看，说不尽为郎消瘦。

　　深恩似海，佳期如梦，今夜合欢先辏。百花开遍笑东风，还记取锦屏红袖。

　　素卿他乡遇故，自然情意绸缪。云客久旱逢霖，不觉兴头莽撞，摧残玉质，狼藉花心。素卿困倦之际，忽然想起绛英，道是他为了赵郎，出万死一生之地，还不曾有一些受用。不想今夕，倒是我先占了风光，教他对影闻声，一夜怎熬得过？这也是素卿的侠性，于欢娱之顷，把管鲍交情，毫不放过。如今世上妇人，云雨正浓，就是父母的病痛，也都忘了，那里想起别人的冷静？两人鏖战已毕，云客偃旗息鼓，素卿娇喘略定，对云客道：“前在广陵相遇时，郎君曾说没有妻子。今日幸得配合，以后便不该闲花野草了。”云客被他这一句话，逗着心事，难好对答，只做朦胧要睡的光景。素卿又道：“郎君若是另有所遇，心里放得下，不必说了。倘然有几个放心不下的，不妨就此说明，省得后日不好相处。”云客搂住素卿道：“小生是个有情人，就是外边另有所遇，断然不敢作茂陵薄幸之事。”素卿道：“你如今也不必瞒我，你的心上人，我倒遇着一个。”云客自想扬州城里，两位小姐定然不出门的，莫非素卿遇着的是孙蕙娘？便问道：“小姐这话恐怕不真。”素卿把绛英投河一段细细述将出来，道是那吴绛英这身节义，可谓十分情重了，只不知郎君何以待之？云客骤闻此语，悲喜交集，说道：“不想吴绛英有这一番事，又亏得小姐救他。如今晓得他在那里？”素卿道：“今现在此间，只为寻你，一同到京。明日须与他面会一会。”云客不胜忻幸。至次日早晨，便要图谋与绛英相会。

　　却说吴绛英虽则与素卿两边和好，也只因赵郎面上指望并胆同心，共图会合。不意老秦作主，竟把素卿占了先着，那一局棋子，自己倒步步应个后手。听得那边房里，一团高兴，这一夜便觉更漏绵长，只影寒灯，凄凄切切，想道：“素卿侠性，今番已经成就，后日定不把我奚落。但是我人才容貌，件件不让于人，又兼死里逃生，百般挫折，岂料同衾共枕，反在素卿之后。”心上虽不敢吃些酸味，也不免怨着年庚月令，自叹夫星不甚透彻。当夜挨至五更，不要说做些闲梦，便是朦胧困倦，也不曾合得双眼。

早早起身，梳洗完后，欲要探问云客，又因老秦夫妇，不知其详，难好轻易举动。暂坐一回，只见素卿走过那边房里来，见了绛英，就携手道："姐姐昨夜冷静了。赵郎之事，奴家已与他说个明白。他也晓得姐姐这一番苦心，感激不浅。奴家想起来，事已如此，今日便该做个定局。若再含糊，以后就不好说了。待奴家见了爹母，即与他说这件事。"

老秦夫妇在外边备些酒席，整治家宴。到了上午，赵云客和素卿一对夫妻，出了房先拜谢丈人丈母，方好赴宴。程书忽然想道，今日家宴，只有吴家小姐，不便与女婿相会，教他独坐房中殊觉不稳。正思想间，女儿素卿上前说道："女儿有句话禀上爹母。今日家宴，虽是庆喜筵席，还怕有一桩喜事不曾完得。"便叫丫鬟房内请吴家小姐出来。秦程书道："这却为何，恐怕赵官人在此，有些不便。"素卿道："女儿正为此，所以要请来说个明白。"就将吴绛英始初投河，只为赵云客的意思，从头至尾，说了一遍。程书与奶奶闻知此话，大喜道："这等便是一家人了，不惟赵官人有此奇遇，也亏我女儿贤德，全无妒忌之心。"奶奶亲自进房，速请吴小姐出来共成喜事。绛英轻移莲步，出得房来。一见云客，但低着头不说。正如西厢上的话，未见时准备千言万语，得相逢都变做短叹长吁了。秦程书笑道："吴小姐既有前盟，今日喜筵相遇，老夫妇就做个主，与赵官人一同结亲。我女儿以后，只把姊妹相称，也不必分大小。"适值本日正是黄道吉期，就铺起毡单，摆列香案，一样先拜天地。程书夫妇，也受了礼，又与素卿两边交拜。云客先将台盏，奉酒两个老人家。各人坐定，饮了半日，奶奶叫侍女送两位小姐进房。云客也就起身，一同进去。酒筵已散，云客一进房门，便携绛英手说道："小姐为了小生，费这一番情节，昨宵秦小姐备述其略，小生不知将何补报？"绛英惊喜之余，一时不好细讲，端待上床与云客备陈情绪。素卿是个侠性人，巴不得云客与绛英就钻在被里做些勾当。当夜素卿另铺一张床在房中，让绛英与云客叙旧。赵郎携了绛英，一般儿脱衣解带，尽个新做亲的规矩。上了绣床，说不尽分离情况。绛英道："兄嫂无情，只道与你永别，不想天缘凑合，得有今日。此皆是素卿之力。"云客又把玉环小姐近来消息问些详细。绛英道："幸得玉环近日又得一个帮手。"便述孙蕙娘投靠一节，亏他寄书的话。云客道："我自那日见你的手札，就想着蕙娘有些意思，果然不出所料。"绛英与云客，因要把分别以后的事，大家话些支节，那温存言语也无暇说半句。虽则一头讲话，下身两件东西，不知不觉凑在一处，自然运动起来。

比得舟中相乐，更加有趣。从此三人相聚，似漆投胶，一边一夜，轮流欢乐。

　　云客日里到王御史书馆中，与钱金两位做些文义。傍晚只说有事，住在秦家寓中。一连过了月余，秦程书领了临安县文凭，就奉饮限，即日赴任。程书对云客道："老夫到临安饮限甚速，不得久留京中。官人在京候考，老夫端等好消息。两个女儿，且到任所，待官人回来，便好过门。"云客进房与两位小姐分别，只因前番吃苦，此后局面已定，三人欢欢喜喜，虽是新婚伊迩，也无眷盘费，仍到王御史衙中去住。云客想道："广陵美人，幸喜一半到手。若是后面那一半，也是这般到手得容易，岂不快活？"钱神甫、金子荣，见云客又来同住，问道："一月住在别处，有何尊干？"云客假托他辞，一毫不露出迹。又住数日，忽然朝里挂了试期，着在京应试的贡监生员，各备试卷，先三日，礼部报名。至期早集殿阶，御前亲试。只这一回，有分教：

　　　　仙桂芬芳，才子看花开锦绣；
　　　　瑶枝烂熳，美人争舞斗胭脂。

看官们静坐片时，看这些穷秀才跳龙门者。

评：

　　作长篇文，不难于起手，而难于收局。此回云客第一收局处也。从此以后，五美聚合。若一线穿成，绝无勉强配合之病，又无顾权大主之嫌。非高手不能如此。

第十四回 折宫花文才一种 夺春魁锦绣千行

诗云：

> 识得之无满座倾，蜜蜂老鼠尽争名；
> 吟诗作赋非难事，不惜囊空便有成。

又：

> 读书何必苦疑猜，孔孟传心窍暗开；
> 莫道圣人无见识，达财原不是真才。

赵云客同钱金二位，先往礼部报了名字，即日备下卷子。至第三日早起，王御史亲送三人考试。进了午门，御笔亲题试万言策一道，应制诗二首，时曲一段，判语五个。云客将平日长才，上献天子，策上天子擢为第一。钱通金耀宗皆低低搭在榜上。在京报子，尽到王御史衙中来，一应使用，老王替他打发。原来顺帝当日，深怪各省及府州县考试的私相授受，全无真才实学，可以辅国安民，所以亲自策试。那一榜取中一百二十名，赵青心为榜首，特恩钦赐状元，赐宴殿前，簪花游街三日。王御史不胜忻幸，第一日备酒衙中，与三人贺喜。钱神甫与金子荣商量道："我们两个，幸运老王提救。如今侥幸功名，皆是老王之德。闻得他家中只有一女，尚未许聘，状元赵云客，又无内室。我们特地与他作媒，成这一门亲事。"金子荣道："此事甚好。"赵云客游街赴宴回到寓中，王御史出来迎接，并钱金两位一同坐席，分宾抗礼。云客深谢抬举之恩，得有今日。酒至数巡，钱神甫道："赵年兄青年俊秀，果魁天下，真是文才可据。但是有句话，还要告王老先生得知。赵年兄的家事，晚生辈少时同学，稔知其详。他的令尊先生，因要与赵兄觅一佳偶，至今尚不曾聘得年嫂。前日闻得老先生有一位令爱，待字香闺，晚生意欲作伐，为金马玉堂之配，不识老先生可使得？"老王笑道："学生家中，止生一个小女，心上也要择一佳婿，故此还未许字。今状元果无尊阃，又承两兄厚意，极好的事了。"云客谦恭尽礼。酒筵散后，钱金两个，尽力撺掇，老王也就许允。先要写封家书，打发一人回去与夫人说知，好待赵员外家来行礼纳聘。赵云客当夜也写一封家书，附与京报带到家中，第一桩先说速往扬州府前王御史家，将财礼聘他小姐。

次日早起，王御史的家人也发回去。赵云客的书信，也付与京报，一径到钱塘报喜。当日又游了街，晚间往别处赴宴。到第三日，赵云客想道："今日游街已完，以后在京把这些各位大老，相会一相会，便好先上一本，辞朝出京。一来省亲，二来完娶姻事，不过月余，就有回家之期。谅朝廷自然从允。"不想这一日游街，又撞着一件奇事。京中王府贵戚，但是每科遇着状元游街，各府内眷，以为奇货，无不挤立府门，看迎新状元。道是天上的文星落在下界，每到戚里朱门，便要拥住马头把状元的相貌，从头至脚看个不了。年老的赞道："鳌头独占，断属老成。想是万民有福，又添出一位宰相的胚子。"年少的赞道："那样郎君青年大发，不知那一家有福的佳人，嫁着这一个才子。"在京妇女，人人羡慕赵云客是个风流年少，人才体貌，迥出凡流。只这一年看状元的，一发加意，早晨拥起，傍晚尚难脱身，倒拥得执旗把伞之人，腰酸脚软。

只见行到一处，却是附马府前，那驸马姓韩，有一个郡主，小名叫做季苔。生居金屋，少长玉堂，自然比不得荆钗裙布的模样。又生得一种性子，与世上妇女大不相同。常道："我等人家，那怕没有富贵子弟为配？只是有才无福，有福无貌，俱非男子。"就自小立下一个主意，必定要嫁个状元。前岁开科时节，他年纪也略长成，因见状元有六十余岁，不好将身许聘。淹留岁月，近已及笄。昔闻废科一诏，心上好生烦恼。父母也晓得他的意思，不敢轻易择婿。就是朝廷策士，也亏得那驸马因女儿有这个志气，他进朝入奏，把天下才人待用之语奏了几句，朝廷便有亲试的一段事。如今恰遇着赵云客首折宫花，季苔郡主生平这番念头，正好发泄出来。又因那一日迎到府门，看见云客面貌，越发定了主意。次日早朝，附马就进一本，把女儿素志，上违天听。

驸马都尉臣韩呈一本。为招婿事。奉圣旨：郡主韩季苔，许聘状元赵青心。该礼部即日议礼成亲。

礼部接出此本，就往状元寓中，来议姻事。云客忽闻圣旨，难于摆脱，便与老王商议。王御史道："小女之事，虽未成亲，奈前日已发家书回去。家中见我的书，自然择日纳聘，乡里之中，尽晓得与赵家攀亲。今日奉旨招婿，辞又辞不得，为之奈何？"赵云客念切玉环，就是绛英、素卿也还是第二桩心事，何况牵连国戚为笼之鸟。当夜就写成一本，清早亲自入朝，把已经聘过御史王某之女，理难再娶，坚执不从的话上奏。也奉圣旨，批发礼部议覆。礼部大臣，即约王御史并状元驸马，会议姻事。赵云客报定宋弘之义，韩驸马引着王允之情，礼部会议未妥。酌量调停一说，便覆奏道：

臣部会议得郡主姻事，状元赵青心已聘过御史王某家女，义难离解。今郡主奉旨招亲，又无违旨之理。臣部酌议，如晋相贾充故事，特置左右夫人。赵青心先在京中，与君主韩季苔结亲。即日同郡主归家省亲，拜娶王氏。庶情义两全等语上奏。奉圣旨：依议行。

却说郡主季苔，思想天下做状元的，有得几个？若是错这一次，后边再遇着一个年老的，教我怎生定夺？如今莫说有一个王家小姐，就是有一百个王家小姐，也顾不得，定要随他了。做女子的，但凡争宠专权，尽是外边体面，与切身之事，全无补益。今后那管他有妻无妻，次妻正妻，只嫁了个状元，就完我一生的心事。心事宽他一分，倒落得个贤德之名。听得礼部覆奏已准，心上十分欢喜。驸马也思量状元难得，每事依顺。见了部议，便择下吉日，与状元成亲。赵云客既奉谕纶，便图入赘。乃至正日，先谢了王御史，一径到驸马府中自想道："今番入赘，比不得别家。不知那郡主性格如何，容貌如何。"心内尤怀郁结。挨至府门，灯影成行，采球高挂，洞房花烛，自是候王体致。不比世间嫁女，多添得几件衣裳首饰，便道一场大事，只管把男家责备，要争几副糖桌。结亲之夕，云客细看郡主，却也古怪。别人娶妻，经营了许多年代，才讨得一个女儿还是非麻即黑。偏有赵云客撞着的，就是月里嫦娥，再没有一件不生得端正。云客心念，季苕花容月貌，也与广陵城里美人不相上下，只不知他性格可是好说话的。当夜被底绸缪，云客极意奉承，端为求他真心，合到玉环小姐身上去。

　　说这季苕，被云客甜言美语，打动情肠。道是不惟赵郎才貌天下无双，看他这一段衷情也考得个第一。但凡有关云客身上的事，他倒百般依顺。相交月余，日里出外赴宴，傍晚回到房中，不是谈论古今，考究诗赋，就是弹琴着棋、看花饮酒，也略把云客家事问些详细。两情和合，如鱼得水，专待辞朝，与云客同到钱塘家里去。云客探知季苕心中坦荡，更兼情意缠绵，渐渐把左右夫人之旨，露些心迹。季苕全不关心，任他从便。云客大喜，乘便往老王寓中，商量归计。王御史闻知郡主贤德，知道他女儿后日的醋量自然不消开坛，愈加欢喜。便与云客算定归路。云客乘便进朝，先陈省亲之念，后把娶王一事拖带几句。朝廷许允。一径出朝，来辞驸马说道："暂归钱塘，即日到京奉候温靖。"驸马以前，原奉有左右夫人之旨，不好相留。又见郡主季苕，夫妻契厚，他便放心得下。奁资等项，色色整齐。云客择日起身，又往王御史衙中，告归婚娶。老王道："老夫在京，一时难得脱身，小女姻事，自有拙荆可以作主。事也不必过费。"云客拜谢而别，行旌南指。季苕辞别双亲，饯行杯酒，留连数日。

　　云客思念家乡，睽离已久。当日西湖乘兴，流寓广陵，自后花下奇缘，月中良遇，情怀于种，迷恋忘归，及至罗网忽张，惊魂磨定。虽则香闺提救，终为荒驿相羁。定省晨昏，缺然未讲。虽道才子多情，偏不想着父母的？只因云客所遇，尽是软麻绳，把一个才情尽世的郎君，一交缚住。人只道云客的心肠，长者薄而妇人厚，不知慈乌为恋原自邀切。所以当日，将次出京，反添些悲欢离合之感，全不把富贵功名，装成娇态，但指望立刻就到钱塘拜见父母，便将这些美人，聚集一处。他还要把旧日的亲情友谊，报答一番，也见得山川钟秀，祖功宗德，发出这一段功名，正好在乡里之中，做些正经事体。

　　看官，你道别人中了科甲，个个像苏四郎，佩着六国相印，不但贫交故旧，就是兄嫂，也该俯伏迎候，父母也该颐指气使，每日早起在家堂香火之前，祝愿里中弄出几桩间事，好于从中占得银子，因此贫交故旧，渐渐生疏。偏是云客中了状元，心内全无此念，岂非痴想？看看的锦衣归故里，那赵员外在家，自应做些好梦。只不知报状元的，可先到家几时了。

评：

　　忆余往时，读书城东小楼，与白香居士讨论时义得失，雅相善也。白香一夕感古名垒事，手拈一题，并操新稿见示，读之令人快心。因率鄙意亦作一篇，不复自计工拙，回中偶有试事，聊附于末，以博一哂。白香英才蔚发，自是金马玉堂人物，行将几万高搏，而余仅以卮言，重灾梨枣，亦足感也。

　　问西子亡吴，其功耶罪耶？吴亡而不兴之俱亡，其贞耶淫耶？

　　尝亩西子非妇人也！其殆于越之元动、春秋之智士乎！当色吴之争雄天下也。封豕长蛇之势，逼于邻国；会稽之困，危如累卵。越之君若臣，无所展其才。而大夫种之第三术，得行于其间，遂令闺阁芒姿，振声千古。盖越之存，不存于生聚之后，而存于夫差荒淫之一心。吴之亡不亡于好色之时，而亡于极好色之意，使忠谏不得进一言。究之存亡之徵，操之一女子。而此一女子者，亦何庸心节义，以自全其守贞哉！趣存而不以居功，吴亡而不以任过。想莲洲之遗粉，追响之馀音，有令人置思莫罄，要非可以艳舞清歌，轻论西子也。今之议西子者，鲜不曰石室全生，三津得返，非越大夫之功，西施惑敌之功也，其扬名也，固宜。或又曰豺狼出柙，麋鹿游台，非吴君臣之罪，暴戾荒纵之罪也，其垂诫也亦宜。至若逞容报越或以为贞，冶质倾吴，或以为淫，凡此皆不足以定。西子当其时，待字荥罗，守身诸暨，浣纱溪水之上，亦何曾悬计，后日玉堂金屋，有人焉付兴亡于逝水者乎？初不过隐幽兰于芳谷而已。及其进舞姑苏也，越之幸而非西子之幸也。访美里人遗谋，窥牧宫之故智，此其心知有越，而不知有吴矣。知有越，则凡可以煽处者，无不阴寓其权宜。沼吴适所以兴越也，而何必但亡？愚故曰越国之元动也。然鸟尽弓藏，越兴而种困，使西子邀功于越。安知非昔献之以解厄者，即诛之以示戒乎？迹其行事，能损吴于全盛之时，复能全身于幸而乱之后。虽吴越春秋，不载其末局，而稗官野史，相传与范蠡偕行。则其行藏之术，又何如哉？愚故曰春秋之智士也。虽然千古以来，以色倾国者多矣。压弧箕服，一笑成灾，霓裳羽衣，三春贾祸，以为冶容之诲。贞少而淫多，即坠粉楼前，尚不能保季伦之家室，况娇姿丽质，乱君心于倾败者乎！吴亡而罪西子者，比比矣。罪之，则不得以贞目之。此老儒塞并之见也，面非所以服西子之心，且国家畴不知有忠妄之分乎。吴之先，以用子胥而强，其后任冥喜而弱。彼争长黄池，侈心齐楚，纵无西子，亦终必亡，又奚罪焉？后之玄宗，得姚宋而治，得李林甫而乱，如必谓马嵬负国？则唐之前，掌中歌舞，浴室凝光，未闻汉成之失国也。唐之后，高曹向孟，工有贤德，而宋浸弱又曷以故？以是知吴之亡，亡于复谏，而非亡于纵淫也！诗所谓"西施若道能倾国，越国亡来更是谁"者，良有以也。然则以贞淫拟西子者，则又过矣。夫天生一美人，以充离宫之奉事。非若关雎逑匹正名分而定天下也。其宠之也不足重，其疏之也不足轻。彼西子者，名花浓艳等耳，使必律以贞淫之道。则是古今来必姜源太姒而始称为妇人也，此又迂儒之解也。虽然愚有为西施怜者，不在被亡国之名，而在处亡国之事。夫天生一才士实难，天生一美人亦不易。彼美人者，不用之于燕处宫韩，而用之为行权纳间，究之存亡致感。断粉零香，杳然如梦，回首采莲之径，伤心禾黍之悲，即不能国亡兴亡，如玉树后庭之井，又何必论其功与罪，更何必计其贞与淫耶？然而犹有幸者，后之人虽樵夫牧竖，莫不念姑苏之旧迹，而推究芳容。彼其始进于吴也，固与莫且同其御。而莫且至今无闻，夫西子者，亦岂仅以一身之歌舞著名吴越者哉？或曰西施，孔雀名，古人借此以名美人者，亦犹赵后之名飞燕，崔氏之名莺莺是也。说见《李义山诗》。

第十五回　丑儿郎强占家资　巧媒婆冤遭吊打

此回不用引子，恐看者徒视为余文，则诗词可废也。不知诗句之中，尽有许多意思，深心者自能辨之。今此回前无言可咏。偶得半对，录示天下才人。如对得出，便称绣屏知己。

红拂长垂，红线红儿，擎出付红娘。

赵员外自从把钱金两人，问成冤罪，解京定夺，将次半年。每日家中，夫妇二口，持齐念佛。自己道是老年衰倦，又兼哀怨之余，精神消弱，料想今生不能够生男育女。通房侍婢虽则一片熟田，他也无心耕种。只将本分家私，修桥造路，施舍贫乏，为作福之地。思想子孙，惟有慨叹一番。说道："我的儿子，何等才貌，如今没了，自己若再生出来也未必中意，何况图谋立嗣，望别人继续？看今世上的人，那见得有几个祭祖宗的极其诚敬？又谁人看见做鬼的，必定要吃羹饭？便是这几根骨头，埋在土中，与付诸水火一般消化，何须虑得？"只这念头，倒也干净，全然不把继嗣之念重新提起。他的盛族，住在钱塘的，也有几百丁，见员外立定主意，一时难好开口。

忽一日，族中有几个恶薄的，算计道："我家老大房的儿子，被钱神甫谋死。查惜他这样好家私，无人承受。若是待员外天年以后，合族之中，那个是个忠厚的？这些资财便分散了。如今也顾不得他要嗣不要嗣，只将一个儿子送进门去叫他爹娘，怕他不认？"内中便有一个道："我是近支，理应承继。"便唤自己儿子，叫做赵成郎，将他装个名色，乘员外未死之先，挨身过去，挣住他家财，不被两个老人家施舍完了，就是后日，族中有些说话，也好分他一分，决不做了白客。商量已定，便要行将起来。

那一日员外在家礼忏，一则荐度儿子，二则做些预修。满堂僧众，敲钟击鼓，倒

也热闹。尽齐鼎礼之时，外面走几个同族进来，也有是兄弟行的，也有是子侄辈的，后面又随着一个短小的，便是赵戍郎。员外一见，不知什么缘故，迎接进厅，就在佛堂中坐了。员外道："今日老夫亲自礼忏荐亡，兄弟子侄，来得甚好，一同在此吃素饭。"族中道："恭喜老伯近日越发清健。子侄辈恐怕老伯与伯母无人相伴，特省出这个儿子名叫戍郎，着他住在家中，晨昏定省。小望老伯俯留，这是通族尽知的。"员外闻得这些话，就如虐疾忽到，身上发寒发热，不觉怒气冲天，思量："我儿子死不多时，族内便埋这样分家私的脚地。倘若再过几年，老夫妇身无立锥矣。"只因心上怒极，倒冷笑道："老夫自从儿子去后，提起子息一段，甚觉伤心。待老夫死后，有些薄产，任凭分散。若在生一日，这话断然不愿提。"只见那个赵戍郎，不由分说，正像教熟的猢狲一般，只管作揖，口叫阿爹。又蓦然竟进他里面，拖住员外的老妪，又叫阿娘，倒把那老人家一吓。你道赵戍郎怎生模样？有个《黄莺儿》为证：

黑脸嵌深麻，发黄茅，眼白花，龟胸驼背真难尽。但闻得口中粪渣，更添着头上髻疮，鼻斜耳吊喉咙哑，坐如蛙。癞皮搭脚，惯喜弄花蛇。

员外走进后堂，见这一个恶物走来走去，心上愈加恼怒。便骂道："你这个蠢东西在我家做甚么？难道我没有儿子，要你这样烟薰落水鬼来继嗣不成？你可速速出去，不要在此缠扰。"那赵戍郎不惟不肯去，倒坐在中堂，要吃长吃短，气得员外手脚冰冷，便成戍郎一推，那戍郎跌在地上，大哭起来道："我做得半日儿子，就将我这等乱打，好生苦恼。"员外夫妇，被他一番搅扰，书斋也无心收拾，外边和尚，饿了半日。员外走出，对族人道："承继二字，断断不能。且待老夫死后，再作理会。"

原来这些族人，做成圈套，不怕员外不从，说道："老伯不消发怒。但凡人家族谊，那个肯在祖宗面上让一分情面的？偶然有隙可乘，嫡亲兄弟，也要使些计较，何况远房支庶，肯替你出力？我家的戍郎，相貌也看得过，送与老伯看守家财，实是好意思，为何倒发起怒来？如今子侄辈，暂且告别，权这戍郎打话。"员外一把拖住道："别样也还耐得，第一，这个戍郎，再留不得的。"正喧嚷间，忽闻大门之外，一伙人带着器械，乱打进来，大声喊叫，直打到厅上佛前，把和尚的钟鼓打得粉碎。和尚忍了饥饿，各各奔窜。员外想道："白日里决非强盗，必是那些恶族打听我不肯立嗣，就

来乘势抢我家私。"心上又气又吓，便望里头走进，急急躲在别处。停了一刻，只听得外边大喊道："快蒙赵老爷出来，我们不是别个，是京里报子，特来报状元的。速速出来，打发赏赐。"员外不知所以，思量道："我家并无人考试，就是族中有读书的，也不闻府县升荐，怎么骤然说起报状元？这定是族人，恐怕我走了，假装这样胡乱的名色骗我出去，好拖住我要分家财。"一家大小，个个吓呆。堂内那些和尚，虽是打碎钟鼓，躲在外边，闻得是报状元的，知道与他无关，俱挨进来收拾经忏，怕又被人抢去，一发折本。渐渐走到佛前，与报子搭话。有几个本学的门斗，说出缘由，道的真是报状元，师父们头上，不消吓出汗来，像个发潮的葫芦。和尚便望里面，传说京报之语。员外因和尚传话，道不是骗他，轻轻走到厅前，那粉红大照壁上，早已高帖着报条一幅：

捷报

贵府老爷赵讳青心在京　御前新试特恩

钦赐状元

报子见了赵员外先要一千两银子，做路中辛苦之费，其余写赏票。员外问道："什么赵状元，怕不是我家，你们莫非报错了？"报子身边抄出三代籍贯，鉴鉴可据。员外迟疑未决，报子又拿出赵云客的家书，说道："状元老爷前因有事到京，亏得御史王爷极力扶助他。礼部报了名字，御笔新题，特拔做状元的，怎么报错了？"员外看了家书，才信道："有这等事？我只道他死了，冤屈钱金两人。他却原不曾死，倒在京中应试。别样虽不可信，那幅手札，明明说出来历，与这印子是真实的。"少停一回，家人赵义来报员外道："不惟我家官人中了状元，街上听得，连钱金两家，俱在京中，中了进士。他两家报子，也报过了。"员外一发惊喜，便把些银子，打发京报。方绕族内要立嗣的几个人，看见报条，个个吓得面如死灰，速寻赵成郎推拥归去，含羞忍耻，俱来请罪而散。赵员外回进里面，细读儿子家书，对夫人道："儿子不死，就十分侥幸。况兼中了状元，真是锦上添花。不想前日思量，正是一场痴梦。如今他的书上，别项可缓，只头一件说速往扬州府前王御史家说亲。我儿子在京，已蒙御史许允，这是缓不得的。"使着家人往外边唤一个精巧媒婆，星夜到扬州去。因王御史现任在京，家内夫人作主，故此唤个媒婆，好到里头说话。家人承命，就往街上寻一媒婆，姓冯叫六娘。因他姓冯，凡遇喜事，就逢着他，人都绰他叫喜相逢。那冯六娘生性尖巧，言语便捷，一进后堂便有许多好话，员外与夫人大喜。先赏他些银子，又传些盘费，迳到扬州府来说亲。

却说玉环王小姐，自吴家忙乱之后，梅香细细报知。玉环追念绛英为了赵云客，拼命出门，不知死在那里，终日忧忧郁郁，万转千回，懒下床褥。幸得孙蕙娘在旁，时时劝解，不至如贾云花，奄奄一息。只道绛英已死，无可追踪，悲怨之余，作诗二首：

> 凭谁飞梦送情亲，逐水啼红花劫尘；
> 荒草露寒堆碧月，宽山日暮动真磷。
> 渡头定有怜神女，尽里曾无唤玉真；
> 紫凤不归仙洞杳，乱云惆怅泪沾襟。
>
> 萧飒孤魂去不回，锦堂仍为美人开；
> 砧声怎奈郎情唤，机绣须同妾命裁。
> 镜里飞鸾终作对，表前归鹤为谁来；
> 伤心留得山头月，不照朱明照夜台。

玉环对蕙娘道："绛英尚且如此，吾辈何以为情？前日若不遇着你，教我孤身安能消遣得过？如今赵郎去后，青写信杳，那姻缘两字，再不必提起了。但恐云恋巫阳，终须销化，为可惜耳。"原来玉环的心性，细密难测。以前绛英在房，忧闷之中，还略略寻些欢喜。自绛英分散后，连那一刻欢容，也消减了。

忽一朝，闻得夫人堂上，有人来说亲。蕙娘潜去打听，见一媒婆，在夫人面前说道："老婢是冯六娘，奉钱塘赵太夫人之命，他家新状元有书寄赵太爷，道状元在京，曾遇贵府王老爷，说及小姐亲事，蒙王老爷千金之诺，故此老婢敢来说亲。"吴夫人道："六娘来说，自然确当。只不知我家老爷，怎么不发个书来？若近日京中有信到，也就是了。倘然无信，须差着一家人到京请问老爷，方好从命。"就吩咐侍从收拾酒饭

与冯六娘吃，六娘闲辞浪语说了一回。蕙娘听见这话，进房述与小姐得知。玉环道："赵郎问罪，死生未卜，今日又有个状元花言巧语，顿生一计就与小姐商量。约了房中侍女四五人，私到外边伺候。"

冯六娘吃了酒饭，辞别夫人，要到钱塘回赵员外。吴夫人又付些盘费。迳自出来，被蕙娘候住，骗他道："六娘不可轻去，我家夫人还有吩咐。六娘暂在东园住宿一夜，明日领了夫人之命，方好回去。"六娘认以为真，便同蕙娘等齐到东园。园中冷静异常，无人稽察。蕙娘骗那媒婆，引到绿雪亭中。四五个梅香，一齐拥进，对冯六娘道："奉夫人严命，我家小姐断不嫁远方别省去的，尽是你做媒婆的，偏要把状元势头来哄骗，好生可恶。先着我们在东园，吊打一百，还要送官究治。"六娘道："方才见夫人言语甚好，为何有这般说话？"梅香不由分诉，尽将六娘衣服脱得精光，高吊在绿雪亭中，只管乱打。六娘喊道："不要乱打，我们做媒婆的，全靠一张嘴、一双脚在外边寻饭吃。列位姐姐必定要打，须把下面的嘴，替了上面，上面的脚，替了下面。这也是媒婆旧规，话得事成，嘴内吃酒，脚下赚钱。话事不成，手就当脚，嘴就是此道。今日切不可打错了。"有《西江月》一首咏其事：

> 只为状元情重，先教婆子来通；无端高吊竹亭中，打得满身青肿。
> 口角唠叨无用，脚跟往复难容；今朝倒挂喜相逢，露出下边黑缝。

蕙娘道："且饶他这一次，你速速回去，不许再来缠扰小姐的姻事。决然不成的，休得乱话。"冯六娘被梅香打了一顿，再不敢将攀亲二字，口中提起，但求脱身归去。倒把身边盘费，送与梅香买放，空身出了东园，连夜回钱塘县去。蕙娘回到房中，述与小姐道："虽则打了一顿，究竟未知后日如何？"小姐道："蕙娘，你且暂时归家，为我访问新状元甚么名字，我们的痴想莫非天缘凑合？赵郎在京，有些好处，也未可知？"蕙娘道："小姐也说得是。"即日打点归家去，问哥哥孙虎，可晓得新状元的名姓。

评：

平平写出报状元，局势便毕，机法便软。先将承继一段，极尽人情炎凉俗套，并老赵凄恻无赖光景，描绘一番。突起一峰，令人快心豁目。九天九地，此兵家设奇制胜法也，奚止文章乎？

又评：

同一怜才也，蕙娘素卿看其设计，绛英就见诸行事，季苕写于素志，玉环写其意中笃挚之情，叙事不同，义归于一。此作文化境也，读者知之。

第十六回　庆团圆全家合璧
　　　　　争坐位满席连枝

诗云：

　　　　王帐重重锁去身，朝来依旧踏芳尘；

　　　　曾经北里空凝睇，可有东游敢效颦。

　　　　修竹舞烟梁范晓，梨花如雪杜陵春；

　　　　阿侯年少方娇艳，尽出新妆故恼人。

　　新状元同了郡主季苕，辞朝归觐，奉旨敕赐金莲彩烛一对，宫花锦缎四端，为左右夫人成亲之礼。一时势焰薰天，在京百官各赋诗词奉贺。就是王御史衙门，也因招了贵婿，添些荣耀。一路程途，起送夫马，竟望浙江而来。途中想道："此番归去，先娶王玉环，即日恭请小姐素卿，吴小姐绛英，一同到家。至于孙蕙娘，既在王家，他自然相随王小姐，决不走别处去。这几个美人，虽是不曾奉旨迎娶，却倒是以前的结发，亏他生死交情，真是深恩莫报，端待荣归，庆团圆之会。连日途中，探知君主季苕，性格温厚，十分可喜。只不知列位小姐，藁砧思念，腰带如何了？"话分两头。

　　却说玉环小姐，与蕙娘设计吊打媒婆，指望辞亲却聘，谁知这头亲事，倒是前生注定，徒然把做媒的，冤枉一番。过了一日，蕙娘正要归家去访消息，京中忽地差人到家，呈上御史家书一封。原来这书不比得钱塘的家信状元书札。因前附京报带来，不消数日，就到家里。御史书札，着家人送回，一样同日出京，路上来得迟了。所以玉环疑惑，把冯六娘着些屈棒。那日见父亲音信，无非说许聘赵云客的话。家人又将赵云客亏了家主，脱他徒罪，住在里念书得中榜首，细述夫人得知。玉环与蕙娘听得详细，暗地欢喜，巴不得冯六娘立刻再来择日行聘。

那晓得冯六娘生性乖巧，偶然落网被梅香吊打，心上好生恼闷。挨过几日，想道："我喜相逢经了多少富贵人家，再不曾出丑，今番折本。若被旁人知觉，一生难出头说合亲事，只得收了气闷，再往赵家回覆。以后相机而行，图得花红到手，方才偿我一段受累。"一迳走到赵家。那员外与夫人正想这门亲眷，过了数日，还不见冯六娘回报。一见六娘，就问道："亲事如何？怎么去了许多日子？"冯六娘道："老婢一到扬州，承王家夫人极其见爱，接连留了数日，故此回复迟了。他说小姐亲事，自然从允，只要待他老爷有了家信就好择日行礼。"员外道："六娘不知，前日吾家状元，又有一封信来说王家的亲事，也不消待王老爷归家作主，他是奉旨招婿的。"便把入赘驸马，奉旨特置左右夫人的意思，与冯六娘说知。又道："状元即日荣归，六娘今日先取些盘费，可速到扬州。待成亲之日，重重赏赐。"六娘晓得这话，也不要盘缠，星夜又到扬州来见王夫人。六娘进门，自想道："此番切不可到东园去了。既是状元奉旨招婿，我们做媒的，蓬上愈有风力。"竟进后堂见夫人重新把赵家说起。小姐房内几个梅香，见了六娘，各各暗笑。六娘知是前番被他算计，定非夫人主意，也不将吊打之事提起。只说状元又有家信，奉旨招亲的话。王夫人满口应承道："前日我家老爷已经有书送来，说新状元亲事，是老爷亲口许定，怎么六娘今日又说是奉圣旨？这话从何说起？"六娘道："不瞒夫人说，其实状元先为韩驸马招赘，因状元不敢背王老爷的面约，后来礼部议奏，特置左右夫人，所以就奉了圣旨。"王夫人道："这等说来，状元既赘驸马，吾家小姐便不是正妻了，这怎么使得？"六娘道："这个不妨。既是奉旨的，自然不把小姐落后。"夫人便依六娘，任从赵家择日行礼。玉环小姐在房，听见左右夫人的旨，对蕙娘道："赵郎的情意虽是笃切，又多了韩府这一番事，甚觉不便。"蕙娘道："事已如此，且待后日理会。"冯六娘往返两家，六礼三端，尽皆全备。不上一二月，攀亲的规矩都完结了。赵云客自出京来，渐渐到家。员外先着家人，同了些亲戚，唤了大舡，远远迎接。

次日早晨，泊舡城外，午时起马。族锣鼓伞，炫耀里中。一进大门厅上，拜谢北阙，转身参拜父母。韩季苕虽是郡主，一般也行了子妇之礼。又因初到家中，宾客拜望，接连忙了数日。然后择日完那王家亲事。

原来赵云客一段心情，始初只道佳人难得觅了一个同生同死，所以把功名富贵都丢开了。谁想暂到广陵，渐渐的得陇望蜀。不上一载，愉凑着五朵奇花。却又个个是

恩情兼尽的，无分上下。思想奉旨招娶，止有左右夫人，难道秦知县衙里这两位小姐他怎肯落于人后？如今先娶了王家，然后着人去候秦衙小姐，那秦程书又是固执人，恐怕他有些说话。不若先去候他到来，安插了老秦夫妇，方好把王家亲事做个了局。这却不在话下。

且说秦知县自从上任，日日指望赵云客信息。忽闻外边报了状元，那是云客名字，不觉喜出望外。又迟了几日，朝报内看见有韩驸马一本，又见部复有王家亲事。心上疑疑惑惑道："不信赵云客一中状元，便有许多贵人攀亲。这也罢了，怎么赵云客本中，全然不提起我的女儿，倒说曾聘王氏？却也古怪，难道这个赵状元，不是前日的赵云客不成？"连日疑心未定。

忽一朝，把门皂隶，急急通报道："新状元来报老爷！"一个知县衙门，见有状元来拜，满堂衙役手忙脚乱。秦程书火急出衙迎接，却正是女婿赵云客。秦程书在内衙，殷勤叙旧。云客亲到里面，拜见奶奶。又见素卿、绛英两位小姐，方绕说明京中朝报上的事。程书道："贤婿飞腾霄汉，老夫妇荣幸非常。但是前日偶见朝报，有贤婿另赘韩驸马一段事，不知真假，请试言之。"云客道："小婿今日，一来拜门请罪，二来告诉苦衷。小婿自别尊颜，叨蒙圣恩首擢，意谓即归故里。不想遇着王御史，与韩驸马两家争议姻事。不由分剖，礼部议复，便奉圣旨招赘。小婿虽是奉了圣旨没奈何就婚，终不敢把两位小姐相负，也曾与王御史韩驸马说明的了。幸喜郡主贤淑，全无忌心。今日请过了罪，明日便候两位小姐归去，一同拜见父母。"程书道："既有圣旨，也索罢了。只是贤婿归家，将两个小女安置得停当，免得老夫妇牵挂，这就是贤婿之恩了。"云客道："这个自然不消挂怀。"程书与奶奶留云客吃了小饭，先送出衙。

次日清早，夫马轿伞，奉候秦衙小姐归家。绛英与素卿，本晓得王家小姐的事，虽是添了韩郡主，他两个自恃才貌，也不揣着。一同上轿出了衙里，竟往赵家而来。赵云客先归到家，门上结彩张灯，专候秦衙小姐进门。素卿、绛英两位天仙，归至赵家，家中大小，无不称羡。拜见员外夫妇后，郡主季茗出来相见。三人的才貌，各自争妍。正是说书人说得好：

惟美爱美，惟才怜才。

便相携手，一见如故，各各欣喜不题。

却说王家小姐受聘之后，冯六娘往来说合，择下吉日。他是大家得达，又是奉旨成亲，凡事十分齐整。先期几日，状元亲往扬州亲迎，牵羊提酒，热闹做一团。到了正日，新人进门，花烛之期，自然富贵。随嫁的梅香侍女数十人，孙蕙娘为第一。妆奁陈设，锦绣之外，更兼书史数千卷，文房异宝几十种，古琴二床，西蜀逻逊檀木琵琶一面。云客点起御赐金莲彩烛，为合卺之荣。真个阆花瑶台，不比尘凡下界。钧天广乐，备极繁华。

第二日晨起，参见过了员外老夫妇。季苕郡主，同各位小姐齐来行礼相见。云客道："今日行礼，虽是前后不同，一时难分上下，况兼郡主小姐而下，还有一人。"因指着孙蕙娘道："这也是未第持，在广陵受恩之人，原许他与正室一样看待，今日也要说个明白。"赵员外老夫妇道："吾儿才名冠世，各位媳妇又四德兼全，真是古今稀有之遇。今日行礼，既是奉旨的自有明旨，受恩的不可忘恩，各位且不必分大小。"连孙蕙娘五个，一齐并肩而立，行了礼，笙箫鼓乐，齐送入洞房，为团圆之会。玉环小姐进了内房，先与郡主季苕叙了寒温，又与小姐素卿问些来历，然后对吴绛英道："自从广陵分袂，音耗杳然。不想姐姐何以遇良人，遂成合璧。"绛英道："这虽是天缘凑合，也由人力使然。"就略把素卿提救，进京相遇等事，述了一番。不惟列位小姐见为奇逢，就是满房侍儿，各各叹异。酒筵陈列，炮凤烹龙。杜工部丽人一篇，不足写其全美；李翰林清平三调，未易尽其形容。赵云客首插宫花，身穿御锦，端坐于上。五位美人，齐立筵前。云客起身笑道："各位夫人请坐。"只见五位相向而立，无言无语。云客又道："夫人何以不坐？"季苕上前道："今日喜筵本该就席，但是有句话未曾剖析，所以各位站立。"云客道："夫人有何说话？不妨就此宣明。"季苕道："各位虽是一体相看，然坐位必有上下。使越次无伦而唱随道，废则良人伉俪之谓何，其敢自为后先也。"云客笑道："这事将奈何，夫人当自相议处。"蕙娘先开口道："论家声之重，贵不降微，言婚娶之条，先不让后。良人初至广陵未尝他射雀屏也。妾虽托质寒微，其安能以下坐？"云客道："蕙娘说的是。"吴绛英道："坤贞效顺，节重而才轻。妇道多端，义严而文略。安江门外，秦衙之内眷可微也，伊谁肯隆？"云客道："吴小姐又说得是。"秦素卿道："良人试思治，长误陷时诸夫人能出手相挈乎？今日甫就莺盟，而遂分凤侣，妾又安能以自嘿？"云客道："秦小姐责我以忘恩，理因然也，韩夫人其谓我何?"韩季苕道:"以君子之才,经箩永托恩深情重,固不专在仪文。今日诸夫人各自为功,妾以何可妄议?但天语煌,煌诏从中、禁,良人当有以自处耳。"云客被四个美人,纷纷争长,一时有口难分,但把一双眼睛注看王家小姐如何话说?玉环端静寡言,全无争意。但含笑道:"古语云:'山有末,工则度之,宾有礼,主则择之。'今日虽非主宾,料君子各位夫人,不必争执,我自有设处。"不知赵云客怎样思量?就定了五个美人的坐次。试看下回,便知端的。

评:

此回乃全部结局处也。看他次序五位美人,前后一丝不乱,又非勉强牵合。便知从前种种相遇条贯井然,全无顾奴失主之病。作文名家,自是高手,岂坊间俚利刻能窥其涯际?

第十七回 六色盆腾色争春 五花楼传花飞宴

诗云：

> 同车到处喜骖鸾，花信撩人思未安；
>
> 梦至动心谁惜死，情因钟爱便成欢。
>
> 屏间岂独莺离郑，枝上应知蝶姓韩；
>
> 一片幽怀经画少，夜深灯烬照银盘。

说这赵云客被五位美人，各争坐位，纷纷莫定。云客思想片时不觉笑道："今番良会，真是宿世奇缘，有些遇合。我不肖一生情重，上天之报有情，可谓不薄。犹忆往时，独坐书帏，曾有一架屏风。那是古来至宝，中间列着三千粉黛，旁边靠着十二栏杆，雕刻美人，妆成锦绣。忽一日，依然相对，感动情肠，夜间似梦非梦，看见众美人围床侍立，内中捧出色子一盆，遍掷采腾者为主，更残云散，情不能持。自后流寓广陵，转楼都下桃花深洞，无不牵怀。今日五位相看，况符前梦，昔年警报，良不虚矣。"又对玉环道："就是前番遗落东园的一幅诗绢，也是那屏风中取出来的，小姐可还在么？"玉环道："这倒留好在此。我只道是有心写的，不想原是古玩。"云客遂命侍儿，老爷处取古屏风过来。只见四五个梅香，立刻抬着一架屏风，张于房内。玉环等俱是博古通今的，且不暇争坐次，先要看这屏风。看见美女如花，个个疏眉秀眼，各人细看一番。云客道："今日坐位，就依那梦中所为。"就侍儿捧着色盆，各位次第相掷，偶遇红多者，便应首席。蕙娘绛英等欣然就掷。玉环想道："难道我掷不出红，便该下坐不成，这不过是戏言，我且不掷，看他掷个什么？"吴绛英开手一掷，便掷了三个红，笑道："吴非第一，也有第二的指望。"轮着蕙娘，也掷了三个红，素卿掷红四个。季苔掷红五个。众人笑道："此番坐位，渐渐的有定局了。只是王小姐不肯掷色，如何是好？"云客道："小姐不妨请试一掷，看怎么样？"玉环不得已，勉强把纤纤玉手拿着骰子，满房看掷色的有一二十个，簇拥席间，道是已经有了五个红，也算难事了，不知王小姐可掷得出？

只见玉环小姐不慌不忙，轻轻把骰子一掷。不掷尤可，掷了这一掷，满房大笑起来道："这也诧异。"就是赵云客见了，也呆着半晌道："不信天上缘法有这样巧合的。"你道为何如此叹异？原来众美人轮掷，止有五个红。还是掷了几遍，方掷得出。偏到玉环手里，就像那六个骰子皆有灵异的，一掷下去，便端端正正，摆着六个红。云客恭身起立，亲移一把绣椅，摆在第一位道："王小姐天上神仙，偶来下界。首位无疑，其余依次而坐。"玉环小姐第一位，季苕第二位，素卿第三位，绛英第四位，蕙娘第五位。坐定，鼓乐喧天，笙歌迭奏。云客欢然相聚，酣饮一回。是夜因玉环新婚，云客鸳鸯同宿。

却说玉环因掷色胜后，那四位美人，每事让他一分，居然是第一位夫人了。过了几日，云客想道："我这身子始初，只为一点痴情，得到广陵。悲欢离合无不备历，也不想美人情重，一至于斯。此后若把五个美人，只算世间俗见，以夫妻相待，这便是庸流所为。倘然庸庸碌碌过了一生，日月如梭，空使才情绝世的一段话文，付之流水，岂不可惜？"云客有了这个意思，就创一个见识：先着精巧家人，唤集土工木作，在别院之中，起造一座大楼。房楼高五丈，上下三层。下一层为侍女栖息之地，中一层为陈列酒筵之处，上一层为卧所。四围饰以锦绣，内中铺设奇珍异宝。器皿俱用金玉沉香，珊瑚珠翠。楼下叠石如山，四面种植天下名花，一年艳开不绝。上照楼前，昭然如瑶台月殿。楼前题一大匾，名曰：五花楼。云客与五位美人，偃息楼上，食则同食，卧则同卧。又造一架绣屏，图画自己与五位美人之像，张设楼中。云客对五个美人道："昔日梦中相遇，尽是历代国色。不想今日聚合相同，岂非天使奇缘？今我图画，传之几千百世，也知道才貌兼全的自然有情，有情的自然有缘，有缘的自然有遇，有遇的自然有合。"每日傍晚，大开筵席，命侍儿折名花一枝，楼下击鼓，席上传花。花传至云客手里，五位美人遁相敬酒。花传至五位手里即以传花之次第，为床上取乐之先后。

那一日正值暮春天气，牡丹盛开，云客在外边陪过了员外与母亲的酒，迤至"五花楼"来，已有一二分酒兴，见那玉环小姐与韩季苕，同在花前着围棋。云客道："二位天仙下棋，肯容小子点眼否？"季苕笑道："点得一眼。"玉环笑道："这等就来，今晚那一局先让韩夫人做个对手。"玉环平日，举止端静，云客不敢轻易亵狎，忽闻先让之语，不觉兴致翩翩。说道："小姐肯让季苕，小生偏不让小姐。"玉环始初，原未尝疏放，自到"五花楼"，与四位同眠同坐，就将云雨一事，也不十分收敛了。玉环被云

客搂住，正要脱身，适道绛英走来，笑道："我与姐姐替完这一局棋子罢。"云客见绛英成全其美，心中欢悦笑道："有违姐姐代劳。"随即牵着玉环，迳往楼上去了。

云客总是对玉环不敢轻亵，今日趁着玉环兴致，也就自比平时威风，更加放荡了，两人即时宽衣解带，上了绣床，亲咂面舌，云客不禁春情，先抬起金莲，觑定了玉关，提矢直下。玉环新婚未久，见云客势头太狠，就将纤手一把捻住道："雅歌投壶，亦为名将，何必严于攻击？"云客笑道："正恐大耳儿，专望辕门射戟也。"口虽说话，那下边的不觉入妙起来。原来玉环的阴户，迥异凡流，别个妇人纵使肥暖光香，接连合了几十次，便涌如初婚之紧凑，惟有玉环的妙物，一次尽情交合，第二次上身，仍复如处子一般大，有如赵飞燕内视三日，肉肌盈满之意。所以云客初入门时，未敢恣意，及至春情飘荡，渐渐顶住花心，不肯十分提起。此时玉环口里，虽是他赋性闲雅，不喜闲辞浪语，然已微露些娇怯声气。云客见他会心微妙，便将金莲展开，安置两旁栏上，俯身搂定。谁知玉环之物，还有一种异处，别人到高兴之时，淫水泛滥，声闻于外，大抵水多者易宽，无水者易涉。至若玉环干不枯涉，湿不泛滥，正像一团极滑极暖极软之物，裹住元阳，进则分寸皆合，退则表里俱香，云客战酣情足，不用揩抹，玉户中忽觉浸润起来。玉环香魂流荡，不胜娇喘，喉间齿颊，但闻困倦余声。云客亦满身酥畅。两个龙盘龟伏，寝息片时。那知云客的本事，原是高强，遇别个相交，十次中只会丢得一二次。惟经了王夫人，便不能持守，只因玉环有异人之质，更兼妖艳非常。云客精神，大半被他收服。只这一晚完事后，穿好了衣服，整容掠鬓，大家携手下楼。不知四位夫人，在花前做甚么事？但见日色平西，晚妆明媚，群仙聚集，花柳争妍。有绝句一首纪其事：

　　从此风流别有名，情随春浪去难平；
　　遥知小阁还斜照，更倚朱栏待月明。
　　右集唐诗句　季山甫　李商隐　张泌　许浑
　　一诗主意

云客下楼，绛英早已与季苔着两三局棋子，又与秦素卿厨茶去了。孙蕙娘斜倚花栏，看侍儿整治晚宴。当晚席上传花，大开筵席。五位夫人，重整新妆，名花倾国，

两相照映。楼下笙歌迭奏，钧天广乐，缭绕动心。云客满举金杯，笑对玉环道："久闻小姐高才，一向未曾面试，今夕传花绮席，可能赐教一诗，为竟席之欢？"玉环道："列位广场和情绝世，宁独首推一人？"季苕与素卿较逊玉环，虽则因云客推奖，他两人乘此机会把玉环的才调，考较一番。若果然高作，不枉让他做个第一。云客道："人生在世，不壹点真情相聚，求小姐请了。"玉环因念道："业艳对花怜妾妒，风回舞蝶厨身轻。"云客讽咏此诗，乃是一首回文，十分赞叹。季苕等四个美人，共相称诵道："夫人天才俊逸，自非吾辈所及，能不令人心服？闻得古人有以诗为歌者，如《清平调》之类，何不被之管弦，以志一时之盛？"云客就唤梅香把这幅诗，粘在绣屏之上。自己执了檀板，长歌此诗，前后回覆灵敏四句。玉环弹西蜀琵琶，季苕吹绀色玉箫，素卿绛英，各执弦管，蕙娘吹凤笙。歌声妩媚，余音缭绕。满院侍儿，闻之无不心醉。酒阑歌散，月色荧荧，云客携了五美，走到第三层楼上床。要知春兴如何，少刻上床便见。

评：

昔欧阳五代史中，有一位政者，不能决事。每日升堂，将骰子掷色，以定两造胜负。云客与诸夫人卜坐位，大亦治国齐家，有所本而然耶，为之一笑。

"五花楼"胜会，云客于此时，心满意足，所谓花正开时月正圆也。看书至此，得无有良时不再、佳会难逢之感耶！

第十八回 擅风流勇冠千军 谈色量妙开万古

诗云：

十年流落倦相如，两散云愁梦亦虚；

今日更裁婀娜赋，再生应种断肠书。

心情漠漠凭香篆，往事纷纷傍绮梳；

莫讶天台无旧路，鸾惊是处有同车。

话说五个美人，簇拥云客走上楼来。十瓣香莲，忻忻相向。云客卸下衣裳，正如丈八刚柔，交锋对敌。那些藤牌刀手，一个个滚将上来，你道怎生发付？原来云客在京时，于驸马府中，得一种秘药，乃是大内传出来的，叫做缓催花信丹。形如大豆，将百花香露调搽用服。每夜只用一丸，可以通宵不倦。更兼一种异味，如西域所贡瑞龙腊香。搽过后，至完事之时，满身汗出，香气馥郁。其汗沾湿衾衫，香气数日不散。云客的本事，原自骁勇，又兼得此奇药，随你五个美人，横冲直撞，他竟毫不揣着。

当夜齐上绣床，正值一轮明月，照到床中光明如昼。云客把楼窗尽开，揭起帐子，恍疑身在瑶台，与诸仙子相对。云客道："今宵月下，须要各人取异标新，闹一胜会。即从蕙娘起，每人先抽二百，凑成一千之数，做个见面礼，此后不拘常格，直弄到东鸟高出为止。"孙蕙娘不待说完，就一手扯住云客，高抬双脚，露出粉装玉琢的一物来。云客提起元阳，在旁边一擦，早已被蕙娘耸身上凑，直插进去，乱颠起来。绛英道："蕙娘不要着忙，慢慢的数清二百，便当交卸候缺了。"蕙娘此时，正当高兴，不上几刻工夫，就过了一百有余，云客见他一腔锐气，就退得缓，进得急，将近二百，忽然顶住花心。蕙娘酥酥的叫道："啊呀！啊呀！此番正有些好处，可到二百之外，再加二百，不要就去

交代了。"绛英见他战声酣至，自己痒个不住，渐渐流出水来，上前扯住云客道："数用已过，怎么不交代？"不管蕙娘肯不肯，便硬扯下来。云客转身过去，未及凑合，绛英的舌尖，已吐在云客口里了，只因绛英亲见军威，心上禁遏不住，腰下已亲得齐齐整整，端待云客上身，他便尽情交合，紧紧抽得七八十。他的火性，到煞了一半，绕到二百，不待别人催促，便道："如今该再论两番。"

那素卿的性子，比绛英略熬得几分，已经闻战两番，他即仰身候缺，云客急欲完了各人见面礼，还要整顿军容，翻更陈势，立起身来，在季苕身上敲一下道："素卿的数目，要季苕为我数一数。"韩季苕正在床沿上与玉环小姐讲些闲话，也不来管云客，只得搂住素卿道："我为你紧紧抽送，你为我暗暗记着，不要过了限期，被他们鼓噪。"云客抽一抽，素卿凑一凑，可煞作怪，下面的声音正像与他叫清记数的一般，始初抽一抽，便响一响，到一百后，抽一抽便响几响，直响到完了，素卿也要暂时歇息，竟自把周帕揩抹。云客道："如今轮着季苕，准备出战。"季苕会意，转身替代，因玉环晚间偏背了一席，所以轮他在后。云客把季苕搂住香肩道："见面礼来了，可即收进去。"季苕道："礼是要收的，但当抹净些，不要把别家的力钱，与我字数。"

云客又取香帕揩抹，然后与季苕对垒，那韩夫人的妙物，又是一样，起初稍宽，见了此道，渐渐紧起来，若是尽根抽送，他便紧紧裹住，不放一些缝儿。还有一种异趣，若是抽到好处，他却不要大抽，只要尽根顶住略略松动他里面，自会含呷，所以云客会心微笑，虽是数限二百，到歇了四五次，绕得完局。

以后轮着玉环，云客坐起身来，抱住玉环，相对而坐，下面两件东西，先已凑得停妥了。云客对玉环道："他们见面礼都已完了，只待你完了二百，就该翻出去阵法不要拘着题目，如依疲秀才作文。只管依经傍注做去，全无意见。"玉环道："只要你题目出得好，不要说秀才，就是童生，也会做好做字，何况状元之妻，才郎之妇乎！"云客道："这等说来，也不必拘定二百了，就把这数凑成一个妙局。"云客先身睡下，玉环坐在身上，那下面便直贯其中。玉环道："这怎么意思？"云客道："这叫做云犀射月图。"玉环道："意思甚好，文字还不快畅。"就把身子略略动了一会，又将纤手抚摩一番，即俯身贴在云客身上。云客搂住道："这局面取名叫舞燕窥巢。"玉环道："名色甚好，但恐怕燕泥点污。"云客不肯放下，两人翻转侧睡。就把一只金莲扯在腰上，又手搂住，意味深长，不可尽述，那时春光大发，颇有短兵相接之色。云客道："这叫做傍

花扶柳之图，也算一个好势。"约莫停了数刻，云客绕放玉环睡正，爬上身来，并唤那绛英、蕙娘、大家帮亲，扶住两脚，滚做一团。云客又搂着季苔、素卿，各人做些小意思，以便助兴。云客道："这个势叫做戏蝶争花。"如此大闹一番，玉环星眼朦朦，云客知道他丢了，轻轻放下金莲，待他酣睡，再整旗枪，与别个鏖战。

是夜，五个美人个个急奇取胜。就是隔山取火，顺水推船之势，也看得平常，不肯敷演。一夜五更，个个翻些极奇极妙的作法，看看东方发亮，云客与五位美人，一枕而睡。及至觉来，已是巳牌时候。云客道："我们便几个俱是天上摘下来的，恰好配合得停当。每夜只图些好势，切不可轻度过了。"

看官，你道怎见得天上摘来，配合停当的话？但凡世上的人，色量大的，止有一个妇人不能尽兴，就思扒墙挖壁，做些奸淫之事出来。若色量浅的，倒有了几个妇人，一时对敌不过，随你药力资助，越助越疲，反为不美。只道春方是助兴之物，不知有力量的，得了药力，正你有力气的。再加些搭膊衣甲，持了器械，愈加威势。一个斯文小子，也叫他束了搭膊，披了衣甲，便弄得头昏脑闷起来。所以春药这一事，只好助有量之人。只是世上人，同样一副本钱，为何量有大小？不知这个色量，与酒量财量气量一般的。酒量人人晓得，那财量气量，就没有人易明了。人类中有藏财的，盈千累万，藏在家中，一样吃饭着衣，如觉无有。若是藏不得的，偶然有了十两半斤，就把银钱撒漫，面上带些骄矜之色，这是财量浅的了。至于气量，也是这等。古人一怒而安天下，淮阴侯屈于市井，而伸于三军，这俱是气量大。不比得抚剑房视，专逞一朝之念的。由此推之，岂非色量之浅深，决有定数。赵云客四量俱大，每事过人，所以做出来的事，偏比别人不同。人只道阴阳配合，自古以来，一定之理。不知如今世上的人尽是没有此道的。怎么没有得？世上的人不叫做阳物，只叫做撒尿棍；不叫做阴物，只叫做种子窠。惟有赵云客与五位美人这样，才叫得真正名色，其余都不是。

说话的，你差了。这个名色，是千古不易的。世上人一样有精有血，凑着一处，自然有一番趣味。怎么只叫撒尿棍、种子窠。信有赵家男女，才当得这个名色？

看官们，且静听在下有个切喻，说来便见明白。凡在世上的人，出了母胎，就有两只手，两只脚，共二十个指头，一些也不差。为甚么打拳的把势走来，人人叫他有手脚的？又道是他的手脚好？难道只有拳师的是个手脚，其余都不是手脚？不知拳师的手，左盘右旋，运用得转，绕叫得有手。别人的只好把他吃饭，但这叫做吃饭手，

中国禁书文库

梅花洞

算不得真正有手。拳师的脚，左飞右舞，运用得灵，才叫利用脚。别人的只好将他走路，但这叫做走路脚，算不得真正有脚。如今的男女，夜间做了一处，也会扒上身来，干几遭事。原来上知的时节，甚是高兴，及至完事后，各人转身，一觉睡去了。清早起知，只思做人家，干别事，如此几番，腹内有些萌芽，非男即女。除了生男育女，便是撒尿。问他阴阳交媾之理，全然不晓得。有时看几幅春工，反觉这等样子，做得不平顺。这岂不是撒尿棍、种子窠，何尝晓得阴阳正理？

说话的，不必细讲，我知道了。拳师有手有脚，但凡人个个习了打拳，就是有手有脚的了。赵家男女，如此这般，但凡人个个看了这回小说，就该称这个名色了。

看官，不知这句话，又是说不去的事了。若是习得来，学得会，这样小说，也不希罕。拳师的手脚，何从去寻饭吃，不知会打拳的，这副骨头这副气力，这副身段，是天上带来的，世间当能个个如此？倘若元气不足，或是手足娇嫩，力气短少，一出手，便眼花撩乱，这就是打不得拳的作料。又只知凹进的是妇人，凸出的是男子，不知赵云客与五位美人，这副相貌、这副心情、这副气质，也是天上带来的，世间当能个个如此？倘若生得丑陋，或是心性精蠢，也要依了小说，行起事来，但见其恶，不见其妙。所以绣屏上的缘法，自然要做一番胜会，应个真正名色。赵云客自上"五花楼"，便把此道看做第一件正经事，道是上天赋异于我，何等难得？今后随花逐柳，听其自然，不惟负人间花月之场，抑且负上帝诞生之美。所以尽极欢娱，不分昼夜，风花雪月，时时贪图佳趣，一举一动。皆自己把丹青图画了，粘在"五花楼"绣屏之上。择其中尤美者，标题成帙，为传世之宝。五位美人，更相唱和，弹琴读书，赋诗饮酒，时常把几幅美图，流连赏玩。若是要看赵家的结果，还在末回。若是要知几幅美图，但看下回，便见有词为证：词云：

卖花声

遍写落花图，香绣横铺，凤颠鸾倒债谁扶；一段春情魂去也，偷问儿夫。

娇怯是奴奴，休更支吾，亲亲热热满身酥；重把丹青描好处，方信欢娱。

评：

昔成都昭觉寺，克勤佛果禅师参见五祖，适部使者解印还蜀，祖举小艳诗：

"频呼小玉原无事，只要檀郎认得声"话，部使应诺。师因证祖，忽有省，遽出，见鸡鸣鼓更，遂袖香入室，通所得，吴偈曰："金鸭香销锦绣帏，笙歌业裏醉扶归；少年一段风流事，只许佳人独自知。"祖喜，徧谓山中耆旧曰："我侍者参得禅也。"嗟呼！看小说之香艳，而能悟其旨意，有若如此者哉！

第十九回　绣屏前粉黛成双　花楼上书图作对

驻云飞　效沈青门唾窗绒体

　　昨夜飞云，暂向阳台宽绣裙。花照罗帏近，洒泛瑶后稳亲。箫史正留泰，多娇聪后。锦帐香深，月透珠楼润，一半鲜明一半昏。　　　　　　　《图一》

以下同

　　情榜抡元，种玉迷香总是缘。年少潘安面，锦绣陈思俦。仙亭畔戏双鸳，百花开遍。满座瑶姿，齐把金樽劝，一半长斟一半浅。（云客）　　　　《图二》

　　白玉无瑕，一朵千金袭绛纱。羞比行云化，远效瑶浆话。他梦里抱琵琶，崔徽初书。粉黛馀香，绣得湘裙衩，一半题诗一半花。（玉环）　　　　《图三》

　　罗幕双楼，镜掩回鸾香暗低。归凤终成对，小燕添娇媚。奇花里定佳期，全凭夫婿。今世良缘，前世红丝系，一半相思一半喜。（季茗）　　　　《图四》

　　睡损红妆，风韵依稀似海棠。娇怯情初放，引动魂飘荡。郎曾记凤求凰，银河相望。归梦同圆，始得图欢畅，一半清间一半忙。（素卿）　　　　《图五》

暮雨温柔，蟾影分明照书楼。眉扫双蛾秀，鬓掠单蝉瘦。幽灯下更风流，并肩携手。小篆香低，暂且松金扣，一半追欢一半羞。(蕙娘) 　　　　《图六》

凤韵难描，似水芙蓉初放稍。随苑花堆俏，楚绸云光耀。娇相会在蓝桥，风流年少。这段姻缘，总是红鸾照，一半多情一半巧。(绛英) 　　　　《图七》

春酒醉颜酡，倚楼同坐。两袖温香，绣下昭阳唾，一半遮藏一半拖。

　　　　　　　　　　　　　　　　　　　　　　　　　　《图八》

第二十回　癲道人忽惊尘梦　风流客自入桃源

诗云：

一片飞霞化锦营，自非上圣敢忘情；

移来小篆藏归凤，逗尽闲花记晓莺。

才子始能怜菊耀，英雄犹得梦苕荣；

绣屏往事添新谱，不是前缘莫浪评。

　　赵云客各自造"五花楼"，终日肆意欢娱，全不想着功名事业。家中殷富，自足骄奢，把朝廷一应大事，托金钱两位，及王御史周旋。自己只亲老无人侍养，不肯入朝理事。朝廷几番辟召，他竟坚辞不出。光阴迅速，顷刻数年，四方多故，方隅一变。韩驸马托迹女儿，洗身草野。王御史罢归故里，退处穷乡。钱金两人，各各间散，当年英俊，大半消灭。赵云客虽拥厚资，家给人足，只因时异势殊，倒把"功名"两字付之流水。时常黄冠野服，同了韩驸马、秦程书、钱神甫、金子荣辈，浪游于名山胜水之间，并约了王御史。便是吴绛英的大兄，也相约来，将以前的事，都消释了。大家赋诗饮酒，为林下散人不题。

　　却说姑苏有个癩皮道人，他原是积年野狐，就曾在广陵城中修炼，因云客吞了他的丹，故此匿形改变。后来潜往洞庭，得遇吕祖师，追随数年，传授道术。祖师阴戒，不许变女采阳，遂化道人。因见世运纷纷，要在下江繁花之地，为富豪之家门上，建些奇功，辞了祖师，竟到姑苏而来，日逐街坊，行歌饮酒。众人不识，只见他满身癩皮。便顺口叫他做癩皮道人。那道人日里行歌乞食，夜间不知睡在那里。有时身上奇臭，远远见之，无不掩鼻而过。他便仰身睡在街中，将些乱草，堆积身上。停了数刻，

翻身起来，便不臭了。那乱草倒有些香气。街上的孩子，每遇他来，就各人拿了乱草，满头满面扑他，他亦不以为意。

一日行到常州无锡县倪云林家，直入进去。那倪云林是江南豪富，又生性好洁，偶然吃了午饭，走出厅来，看见癞皮道人，满身污秽，从在厅上，他是好洁净的，一见这模样，便不欢喜，问道："你道人有何说，到我这里来？"癞皮道："贫道别无他事，特到尊府来，要化白银三千两，干一件大正经，又要即日付下。"倪云林道："要银子不妨，只是你这个模样，我看了当不起。"就叫家人可与他些饭吃。家人拿了一碗饭，并带些素菜，与癞皮吃。道人吃完，即从厅上撒尿出恭，十分不洁。云林见了，便欲呕吐，速叫家人扶他出去，笑道："从来这些各尚，仗了佛力，终日骗人刘僧造殿，然且一时堆聚起几百两银子。你看这一个癞皮道人，就要化人三千银子，岂不可笑？"癞皮出门，长号数声而去。

不隔半月倪家抄籍，家资数万，化为灰烬。云林被锁在坑厕上，不食而死。道人自出了倪家，竟望浙江而来。闻得浙江富家，首推赵云客家，便一迳到赵家门首打坐，对门人上道："速叫你家家主出来，俺道人自有话说。"家人见他身上块恶，言语又甚放肆，倒也一吓。原来赵云客自中状元以后，回家便吩咐管门人，不论天官阔老，直至抄化乞儿，一概不许得罪半句。故此管门人就与他里面通报。那时赵云客正在"五花楼"与五位夫人传花晚宴，忽闻此语亦以为异，抽身出来，见那癞皮道人端坐门前。云客道："道人何事？"癞皮道："贫道有件大正经，特要与府上化白银三千两。贫道又不假借名色，修桥造路，起殿设齐，不过有一桩心愿未完，所以要与居士化个缘法，望即慨允。"云客是个绝顶聪明，有根气的人，见道人言语放诞，就把他仔细一看，发起疑心来，想道："这是一个异人，必非无故要化银子。"便对他道："道人，你要银子容易，你且在我里面去，吃了素饭再处。"原来云客叫道人进去吃饭，正要察他行迳。那道人并不慌忙，大踏步竟进里面来。走至内厅，身上忽然大臭。云客熬住了，陪他坐着。家人拿出素饭，道人要云客奉陪，云客只得忍耐陪了。吃完了饭，一句也不讲话，只说要化三千银子。云客叫家人在库房里取出六十大锭，摆在桌上。道人便脱下破衣，先将二十锭包了，自己拿着。其余四十锭，吩咐："放好。待我再来取。"一迳出门走去。阖家大小，见之无不惊骇道："为甚么把好好的银子，送与这样一个癞皮道人？"只是云客作主，不好违拗。道人去了，一过半月影也不来，连那二千银子，也不

梅花洞

来取。云客终日疑心，对着五位美人虽则赋诗饮酒，一样取乐，然不比以前，毫无芥蒂。连日又闻得某家豪富抄没殆尽，心内愈加惶惑。

忽一日，癫皮道人又到门来。家人急急通报，云客即时出来，见了道人。道人呵呵笑道："居士诚实可喜。里面有静密内室，引贫道进去讲话。"云客领那道人，直走至"五花楼"来。道人同云客走到第三层上，唤开侍儿，独自两个坐定。道人道："居士少长豪门，名闻天下，功名富贵已造其极。别人要进一个学，图之甚难，你便唾手中了鼎甲；别人要寻一个幸而女，十分难得，你便如花似玉的，列着五位夫人；别人要挣几亩肥田，费许多经营，你便连疆阡陌；别人要造几间房子，也费好些气力，你便栋宇如云，又兼亲戚俱全，奢花无尽。只是日盈则昃，月满则亏。四时之序，成功者退。倘过此数年，盛者不复增，而衰者且渐至，眼见朝露槿花，欲稍延片刻不可得矣。况且世态纷更，事机不测。繁花之内，遂埋祸根。一旦上天忌盈，显微交责，即欲草服黄冠，农夫没世且不可得，况长享富贵哉？前日所化白银一千，非贫道自为己地，正与居士营一脱身之第耳。比来时势，自当别有一番振作，居士宜及早回头。功名富贵，非君家长久之物，居士当速把家资散了，领着家眷，飘然长往。"只这一番话，说得云客目宁口呆，便道："师父乃现在神仙，来救下官一家之命，感恩不尽了。只是虽散家财，恐一时无安身之处，为之奈何？"道人道："我见居士一片诚心，凡事旷达，真有仙风道骨。你只要立定主意，贫道当领你到一处去。"便在桌上，拿一管笔，醮饱了墨，向楼旁粉壁之上，尽两扇大门，一手扯住云客道："你先随我到一处去看看，若可容身，就当远去。"只见那道人，把壁上画的两扉门，呀然一声，拽开了一扇，同着云客，挨身进去。始初进了这门，还昏暗不辨，走过数十步，便豁然洞开。云客抬头一看，但见夹岸鲜花，带着一湾流水，转过小桥，一路烟霞泉石，幽异非常。彩云连树，娇鸟啼花。慢慢走了一回，见一所屋宇。道人引那云客进门，堂上名香古玩，照耀人目。更走至里面，朱栏曲曲，秀石层层，池边亭畔，花木参差。内中陈设器甲，俱精洁非人世之物。云客问道："这是什么所在？有那样好处。"道人道："这所在叫做素谷，乃是小有洞天之分支，海外别岛也。北去二百余里，便是甘谷地方。谷中皆生枸杞菊花，根盘数百里。人居其中，寿至数百，不复知有世间纷更之事。贫道特与居士觅得这个所在。"云客大喜，即与道人寻旧路而归，恰好出了洞门，仍在"五花楼"上。云客于是相约道人，至一月后，共图避世之举。

云客送了道人出门，回家便把积年所蓄，金银绸绢，五壳之类，各处赈济孤穷，施舍贫乏。又将田产、屋宅、器皿变卖，俱分散与交游故旧、亲戚邻里之不足者。又与秦程书、韩驸马、王御史、金、钱、吴大辈，酣饮数日，吩咐各家俱寻别境，潜遁终身。又着人到孙爱泉家，送些银子与他，养赡终身。安插停当，看看过了一月，忽然密报，抄没富室，赵家亦在籍中。云客与阖家大小，正值张惶无措，瞥见道人驾舟而来，羽衣翩翩，全不是以前的癫皮了。云客一见，喜出望外。道人道："居士患难临头，若非贫道有约，今夜便难脱身，如今宅内所存东西，一毫也带不得，可速速起身。一应盘费，贫道一月之中处置停妥，不劳另自费心。"云客即同了父母，携了五位夫人，阖家男女，约有数十人，单收拾屏风，与随身宝玩，跟随道人一迳下船来。出了杭州界，泛海而南，飘荡数日，直抵素谷。真个仙岛瑶池也，与尘世大相迥别。谷中走出几个庞眉老叟，与云客等相见皆熙熙攘攘。问其年纪俱不晓得，但云："我谷中生来，从不知有死丧哭泣之事。"道人把云客全家，安置一所园亭，别了云客，骑鹤飘然而去。

后来五位夫人，一般的生男育女，带去的家人，一样耕田系井，安居乐业。谷中造的瑶花美酒，日与邻里老人，长歌纵饮，绝不提起世间俗事。原来这个所在也不是什么仙境，那是盘古以来不通中国的一个别岛，留与仙风道骨之人避世者也。苏庵曰："男女之际，人之大欲存焉。如今做小说的，不过说些淫污之事，后来便说一个报应。欲藉此一段话文，警戒庸俗。究竟看淫欲的，个个欢喜，及至后来报应，毫不揣着。徒然把乱伦失凶之事，教导世人。至于世上的一段真情实意，反一笔抹煞，岂不可恨？我这回小说，却是真情中探讨出来，不是一味淫欲。"

要知世间不论茅檐草舍，与夫金屋玉堂，但生出个真正佳人，就该配个真正才子。若是容貌有一分欠缺，才调有一分短少，便不水分闲思乱想，请收拾起撒尿棍、种子窠，再做别事。奉劝世人，各人把镜子照一照，腹中摸一摸，切不可装娇作态，为苏庵所耻。还有一说："玉皇上帝，件件通融，惟有'私情'两字，只许才子佳人做得，其余断断不容。"不信但看司马相如，偷了卓文君后，便陡然富贵起来。倘然才不及司马，貌不如文君，后来必定不妥。何况丑陋女子，庸俗鄙夫，要思想风流事业，纵使天公一时不来责罚自己，清夜思量也该惭愧死了。更有一个譬喻，人只看好花蝴蝶打雄，但觉其趣，不觉其恶；倘若一个毒蛇壁虎打雄，人见之，就要处置死他。难道一般情实，有两样看承的？正因妍媸各别，好恶异同故也。有诗为证：

折得名花自放歌，休将丑貌渡银河；
上天缘法明如镜，照出人间种子窠。

评：

癞皮，仙而侠者也。于繁花之内，忽作蔡泽夺相之言，令人猛省。觉从前种种艳丽，皆属空花，竟能高飞远举，无干回果报之苦，非上智曷克臻此。要知人世上，处处有个素谷，但须及早回头耳。若认作仙境，便非本旨。

总评：

看小说，如看一篇长文字，有起仗、有过递、有照应、有结局。倘前后颠倒；或强生支节；或遗前失后；或借鬼怪以神其说，俱属牵强。此书头绪井然，前后一贯。兼之行乎其所当行；止乎其所当止。至于引诗批语，皆有深意，非若从来坊刻，徒为亲贴而已。我愿世上看官，勿但观其事之新奇，词之藻丽，须从冷处着神，闲处作想，方领会得其中佳趣。倘有看官，偶因坐板疮痛，不能静坐细观，使此部书中，未窥全貌，有负作者言外之意，则坐板疮之为害不浅。有一应验良方，录呈于左：

松得、雄黄，等分研细末，用纸卷作条，菜油中浸透，点火滴下热油，俟冷，手搭臀上，立愈。

民间藏绝世孤本

第二篇

金谷怀春

［明］楚江仙隐石公 撰

至正初年，有苏生者，名道春，字国华，号百花主人。远祖累臣唐宋，迨元初尤盛，本贯武功仕籍。生而神凝秋水，貌莹寒冰；文章倒三峡之词源，议论惊四筵之雄辩。书画琴棋，靡不通晓，诚人中之翘楚者耳。年方十五，随父任河南廉访司使。逾两春秋，学问进益。至次年，正月十五上元之夕。晕球灿烂，莲烛荧煌。遂与本司令史何一清者，游专诸门，登望仙桥，至望仙市。且行且观，灯月相映，乃郡城一都会也。有鳌山接汉，车马轰云。俄见两小鬟，各挑丝纱莲花灯前导。一佳人，年可十六七，独坐香车之中，从二女奴，卫以四小童，皆披红垂绿。美人忽下车，以团扇障面，徐行数十步，云鬟月貌袭人。苏生以为出于公侯之家，莫敢仰视。美人停立良久，复登车而去。生窥视之，颜色绝世，真神仙中人。翩若惊鸿而婉若游龙也。生自谓奇遇，因口占《烟影摇红》一词，以寓情云：

十夜东风，万斛会莲灯开遍。烂花前后映楼台，光沸瑶池宴。十里珠帘尽卷，人正在未央宫殿。姮娥奔月，仕女乘鸾，宽衣素练。谁驾香车，彩云扶下双双留连。踏破绛都春，只恐春宵短，可是将人抛闪。倚阑干笙歌别院，幽恨千条，残星数点。

令史何一清，亦口占《一隔秋》歌以和云：

乘闲步移湘水春，风吹罗绮飘香尘。
谁将檀板敲明月？梅花一声愁煞人。
凤皇台上神仙客，尽把黄金买春色。
观灯深饮流霞秀，遥望芙蓉秋水隔。
人生行乐虽及时，莫教青春愁红丝。
等闲庭院夜将永，星斗满天秋露垂。
洛阳景物应如昼，酒酣不管长安价。

玉山颠倒醉花阴，翠袖笼香扶上马。

　　生至次夜，灯残人静，再游其处。意下有所遇也。往来间，见一女步行，似不类昨。体饰宫妆，亦以二小娃前导。一持金吊炉，一携紫绣褥，徐徐而进。侧目窃视生之容止。乃知为昨夜所遇之人也。不能自抑，因制《谒金门》一词云：

　　深深意，喜遇洞庭姝丽。万种风流含笑里，回头生百媚。瑶玉当年双美，肯问紫云孰是，拟把名花齐与比，名花羞不起。

女亦有感而作《海棠春》词云：

　　迟迟已到花深处，看未足，密云欲布。花外许神仙，丰度欺良玉。带春归去，洋洋金缕，似把我芳心低诉。无定两情眸，怎禁人胡觑。

后因赋景，有二律云：
其一

　　蓬莱咫尺隔红尘，谁买仙槎一问津。
　　闲惜落花联藻句，倦随芳草坐苔茵。
　　绿云暖阁莺声小，翠袖分香柳色新。
　　只恐迁音飞鸟过，一声漏泄武陵春。

其二

　　羞傍妆台整玉容，翠翘浮动宝钗珑。
　　罗裙半溅潇湘水，金线斜牵太液风。

莺啭上林花烂熳，客游三月草菁葱。

倚窗尽日浑无事，欲把珊瑚斗石崇。

生自侧目之后，梦魂撩乱，神思昏迷，行住坐卧，无不在于美人左右。因书室中栽植牡丹一株，盛开，艳丽娉婷，天香国色，异于百花。遂更号，曰牡丹主人。乃忆所遇，娇姿相似。欲谐姻愿，遂思：堂下司狱之神至灵，征求叩卜前事，心甚诚切。是夜，忽闻窗外，有人吟诗一首云：

牡丹红靓比人龙，半在南阳半武功。

国色天香谁是主？想应都付与东风。

生既闻诗，开户视之，寂然无人。乃悟曰："此司狱神之告我也。吾有牡丹之号，彼有海棠之应；吾郡武功，彼郡南阳。是耳。明日，以牲帛祀神，遂书一律于东壁，以识异。其诗曰：

公门庙食狱神祠，千载功勋勒石碑。

梁上新题唐岁月，冥中常是旧威仪。

风生剑戟降魔处，云拥旌旗出相时。

欲问古今人世事，捷如□□□□知。

生自是喜形眉宇。遂托前吏何一清访之。复以神所咏诗示之。吏曰："君无往，我当行以报。"寻至其处，见一农者而过道左，乃就而问之。农者曰："吾不知也。前去东风楼下名居，有老妪，以媒为治生，名蔡妈者，凡富贵贫贱之家男女，美恶容貌，年月日时之生，无不周知。盍往质之。"吏因悟东风楼下之语，竟造妪家，备述其情，托媒通事。妪曰："有诸。其女父潘姓，万斛其名，先任四川通政大夫，向寓中山，累罹兵火，迁自南阳，方建第宅于都中，皆以香柏为柱，梓为梁。花木竹石，极其富丽。

亭榭楼台，极其宏敞。虽陶朱之室，石氏之园，莫能及也。今通政谢事家居，年五十，惟一女，名拱璧，字玉贞，年方十七。语态度，则娇若芙蓉之映秋水，语颜色，则皎如明月之辗瑶空。聪明秀丽能诗。少游张大参衙内张夫人，嘉其娇质，呼为海棠红，至今家人以为号。女有诗章数百首，自名曰《海棠集》。近闻侍母往赴外祖赵学士家。元夕之会，相去不远，未知归否。且潘夫人谨恪，闺门严肃。尝有贵戚求亲，多不见许。今子欲求，这事姬即当奉命。"吏得姬言，喜溢于心，辞归，备道其详与生，且为生致喜再三。生自喜不胜，因作近体唐律二首。

其一

信手烹鱼觅素音，神仙有路足登临。

扫阶偶得任卿叶，弹月轻移司马琴。

桑下肯期秋有意，怀中可犯柳无心。

黄昏误入销金帐，且把羔儿独自斟。

其二

小棹移游宿柳阴，轻烟迢递罩前林。

鸟啼城外闻清调，鹊噪檐头送好音。

隐几顿生青草梦，遣怀谩作白头吟。

成都佳卜应难买，闷掩蓬窗夜雨深。

生厥后遥望明河，不觉几更冀冀。至次年春，生送父朝京觐。行道过南阳，遇友，姓黄名中者，与生为莫逆之交。见生至，晤而叙断金之好。黄中以书为业，陌巷贫居。生遂以所有，代其处置田宅。黄中父早丧，丧事生为之举。黄中母暮年，甘旨生为之备。交好始终一于，敬而不少衰，可以见其立心忠厚，待友之诚，轻财重义之美，鲍叔纯仁，不是过也。生于讲习之余，曾口占一律以遗黄中云：

殷勤持酒问春光，报道梅花老寿阳。

把臂并游风雨冷，对床夜话桂兰香。

四方相逐逢东野，千里神交契远章。

剪烛西窗清论后，鹏程九万看翱翔。

黄中亦依韵以答生曰：

开了蓬门竹送光，论情未可道山阳。

一轮明月陈蕃榻，几阵清风荀令香。

鸡黍谡留生死义，萤灯还究圣贤章。

期君早展凌霄翼，五色云中快凤翔。

生复继之以五言律一首：

不见黄生久，匆匆鄙客留。

风晨怀命驾，云夜兴乘舟。

胜境临杨宅，携琴上庚楼。

且穷樽底酒，扫却一身愁。

黄中亦答之曰：

光阴容易老，白发总难留。

门掩安康凤，江浮李郭舟。

片羹香碧涧，落月碍琼楼。

最是庭前草，能消一段愁。

生寓客居，风月之怀有感，每劳于声口。云雨之梦，多寄情于词章。黄中常览生所作，莫探其故。询及再三，生不得已以实对。黄中曰："隔园桃李，固不可以勉强窥。荆石圭璋，尤不可以容易得。事若克谐，缘有所兆。彼投梭折齿，围扇障面者，何足尚哉。"且慰之曰："天下无难处之事，喜势有可图之机。惟潘相国，渊源学问，足追古人余事，文章卓越。今试为君计者，莫若束书执贽，卜日从游乎，以接明道一团之和气，入孔氏数仞之门墙。不惟为进德之基，抑且为通名之地。况足下霁月光风，冰清玉洁，襟怀之不可及，一也。殊庭日角，玉哲芝眉，风采之不可及，二也。笔花生稿，发藻成章，才华之不可及，三也。彼海棠红者，固贤女子也。岂无一动其心哉？"言毕，又以女之词章以语生。生恍然，不觉自失，因作春风词，以发其意云：

春风起兮百花香，粉翅荡兮蝶身忙。

燕有语兮莺有声，叹此时兮难为情。

忆扬州兮鹤未还，醉琼瑶兮舞小蛮。

帘幕低兮白昼闲，愁绪结兮憔朱颜。

夜半鸟啼兮月一山。

越明日，生如其言，整步趋马融之绛帐，凝眸仰韩愈之高山，执贽就业于潘之门，嘱应门者通名展转。潘相国方理他事，遂易更衣，呼传命者，引生入于中堂，设榻东席，不受生拜，且慰劳甚至。询问应答，起止进退，而生多有可人意，相国甚喜。茶罢，复进父书一缄，表里二端。相国忽改容曰："斯文通家，书则宜受，表里绢帛，何以物为。"别遣二童归之，设馔极其丰洁，留生饮于宾馆，歌吹谈笑相延。时生情逸，殊忘形迹。言归靡定，相国笑曰："一客何烦两主人。"生曰："舍馆未定，飘零殊甚。"再拜辞谢。相国曰："莫能强焉。"与生执手曰："明早扫榻以待。"生砢而归。是夜偶成一律：

咫尺仙凡有路通，碧桃合露醉东风。

看花旧有伤春意，折桂新成力学功。

宝鸭吹香来几席，银蟾流影入帘栊。

书窗半榻荼蘼架，自与人间景不同。

　　次早，生遂授业于潘门。洗耳听鳣堂之教，检书燃东阁之藜。相国延入，馆生于丽春园之明翠轩。时见华居壮丽，轩之前有瑶草琪花，罗列于左右。珍禽奇兽，飞走于前后。轩北以盆池养金鲫其中，墙西以竹屏结翠柏其上。屏下设假石山，山外彩楼数椽。四时景物，各逞奇芳。生因赋近体诗一律，以写其胜云：

小园风景四时佳，曲曲亭台寂不哗。

一色远峰凌画栋，半池活水映窗纱。

缘浓翠湿琅玕竹，风细香飘锦绣花。

别有洞天人世上，相逢何必问仙家。

诗后再制《春从天上来》曲一阕，以自遣云：

淮海逍遥，叹几番风雨，魄散魂凋。梦里曾来，月殿云霄，凤皇九奏箫韶。问当年丰采，有姮娥百媚千娇。笑相招，把霓裳轻举，仙珮飘飘。满酌琼浆频劝，醉春风几度，鬓发萧萧。懊恨蟾蜍，截断长虹，万丈银桥。梦回时，酒醒人何在？烛暗香销。展转无聊，书帏寂寂，夜漏迢迢。

　　玉贞于隔窗下，时闻书声。读罢三更，月琴韵调回百媚春，不知其父所主者，何如人也。暨二侍女，一曰桂英，二曰兰英，从环翠亭达宜春堂，垂帘下窥之。见绣窗半启，绛烛高烧，生坐琴榻，凭几支颐，似有所思者。玉贞见生，仪容不让宋弘之独步，儒雅肯辞董子之多才。一见，心颇悦之。盖亦未免无私意之累也。俄而，桂英曰："此非元夕遇人耶？"玉贞乃悟，因制一调，名曰《浣溪沙》：

月转兰阶夜几更，书声才辍又琴声，风流儒雅总生成。翠缕柳边金钗响，彩莲灯下锦衣明，教人无处不关情。

他日，生坐对泉亭下，有一哑仆者，过生亭前。生戏之曰："君以眼为耳，予以手为口。"不意玉贞在绣幕下，莞然笑声而作。生挑之曰："得黄金百钧，不如卿子一笑，正谓此也。"时春三月，有牡丹数朵。生题《点绛唇》词以戏之曰：

百宝阑干，名花一捻红妆巧。数枝浓艳，妆点春多少。锦萼檀心，画手描难了。东君道，韶光易老，好买千金笑。

玉贞观毕，不以为意。生无聊间，见桂英至。问之曰："汝公相，台榭之盛如此，景销之富如彼，若外有佳景，以适吾玩好者乎？"桂英遂引生于聚景园内玩之。园内四时花草，一望无际。行至赏春亭上，见佳咏数首，字字典雅，句句清新，虽李易安、苏若兰之辈未可优也。生问桂英曰："此佳制，出于何人？"桂英笑曰："此妾家小姐。赋质清明，长于翰墨。拈金针于倦绣之暇，试彩笔于咏物之时。故有此诗数首。"诗云：

咏兰花

不枝不蔓吐芳心，空谷无声足赏音。
读罢离骚清玩久，满怀真趣托瑶琴。

咏杏花

芳姿着酒砑枝头，行客村前醉不休。
斜出短墙春正暖，不施朱粉自风流。

咏梨花

冰肌玉质自轻盈，寂寞黄昏对月明。
最是半帘风雨恶，闭门无限惜春情。

咏茶花

翠条无力引风长，点破银葩玉雪香。
韵友似知人意好，隔栏轻舞白霓裳。

咏辛夷花

向晓开来露未干，胭脂红染玉阑干。
含娇妆点春无价，错晓东风问牡丹。

咏柳花

临水佳人事事幽，迎云体态最风流。
雨余犹润胭脂色，占断西湖万顷秋。

咏鸡冠花

艳质昂昂迥出头，顶丹堪与鹤为俦。
阶前风急闲相问，不识官家报晓筹。

咏玉簪花

灵魄食香冷露侵，瑶池深处绿云阴。

若为昨夜天风起，吹落飞仙白玉簪。

咏山茶花

绿叶红苞带雪嘉，半浓半淡两三葩。

广寒与我长潇洒，不比寻常桃杏花。

咏梅花

一枝春寄小江南，独自迎霜独自寒。

淡月细香清艳处，玉人和泪倚阑干。

生于玉贞才思，始言者，尝闻其略；兹见者，则致其详。喜而遍观。其中，所有花草，遗而不尽咏春，生因援笔以咏之。诗曰：

咏丽春花

枝头娇困在东林，一段轻红雨后深。

总把玉壶花下倒，不禁春色恼人心。

咏海棠花

海棠着雨怨红稀，故把娇姿带媚垂。

试问东君伤底事，沉香亭下倒杨妃。

咏杜鹃花

踯躅啼春点淡脂，雨濡阆苑醉西施。

请看枝上哀魂在，惆怅兴亡知不知。

咏李花

素妆寂寞有余寒，弱态轻盈雨后残。

笑倚冰姿归去也，带看春色凭阑干。

咏水仙花

玉质纤纤斗丽华，银台带酒醉香葩。

江妃梦杳今何处？向出东风第一花。

咏葵花

浅紫深红更淡奇，金杯侧下小西施。

斜阳两脚留残照，一点丹心付与谁？

咏石榴花

紫府深沉白昼中，珊瑚映水笑薰风。

千花万草无颜色，都让猩猩一点红。

咏菱角

怀芳夺角浸清流，一种奇逢一种幽。

金谷怀春

何处夕阳萧鼓闹，两湖人荡采菱舟。

咏茉莉花

玉体轻盈学道妆，迎风浥露最生香。
晚来清透琅玕簟，带得瑶台暑气凉。

咏紫薇花

绛霞鸟质锦为裳，娇倚南风逞淡妆。
月满华堂清似洗，朱颜肯对紫薇郎。

咏金钱花

功巧都由造化修，形模何必费泉流。
知君不惜囊中物，买断江南一味秋。

咏冬菊花

腊蕊霜头簇色奇，岁寒惟有两三枝。
黄金满地无人拾，留买渊明醉后诗。

咏瑞香花

奇葩巧蹙紫罗裳，浓碧婆娑压众芳。
垂与举杯花下饮，醉归犹觉绮罗香。

咏红梅花

　　妆遍江南别样山，道人偏爱惜朱颜。

　　冰肌自是清奇绝，何事东园看牡丹。

生吟兴豪甚，又赋五七言二律：
咏并头莲

　　自是池中物，钟情独异常。

　　迎阳倾国色，带露见宫妆。

　　窈窕同妃子，风流胜六郎。

　　两枝相倚处，愁杀野鸳鸯。

咏梅花

　　罗浮梦断杳无踪，冰雪仙姝两两逢。

　　缟袂怯单寒夜袭，粉妆嫌薄夕阳浓。

　　迎风一笑和颜厚，临水相看见影重。

　　道眼只将平等视，玉环飞燕总天容。

既而，因亭名"赏春"，乃作《赏春行》一阕云：

　　世人赏春为春好，我何赏春被春恼。

　　太昊驾到五更风，万紫千红如一扫。

　　我今年少未白头，才得白头又枯槁。

　　赏春年少须追游，莫待春归吊衰草。

春归毕竟有来时，头白乌纱难再造。

何当别置留春轩，但愿赏春人不老。

桂英以生游赏之故，所赋之诗，语于玉贞。玉贞曰："我有诗在彼，公子见否?"桂英曰："公子每观，但深赞美。"玉贞遂纵步其所，见生佳作，真如明珠美玉，光振而可脱也。如秋风夜露，凄然而感恻也。如神思超越，高远而不可挽也。观毕，亦欲题律诗以复之，意犹未可，卒不见人，遂书于几云：

天挺联盟倚马才，日光玉洁任徘徊。

秦川锦缎桃花样，合浦长流珠蚌胎。

海内文章夸七步，翰林风月老三槐。

南金声价须珍重，却有佳人捧砚来。

再成三五七言古风一首：

帘半卷，香消篆。

池塘雨溅荷，声与芳心乱。

谩道黄昏独倚门，谁知吾有长门怨。

时，人间秋半，天上月圆。八月十有五日也。夫人当寿旦，生以致贺之仪，入谒拜夫人。两旁拱立者，皆内外亲属，不知其几多也。生作礼，进退未尝少有造次。众咸异之，莫不加敬。相国遂设酒于崇礼堂，大宴宾客。酒及中席。有张万户者起，捧觞致生前曰："今日之会，盛事也。幸逢公子在座，光彩倍常。酒中无以为乐，愿闻佳制，以为夫人寿。"语毕，生不辞。遂赋《千秋岁》词一阕以进。生素善歌，座间有好事者，皆知之，而请歌甚切。生不得已，乃慷慨歌之，以侑寿觞。歌毕，夫人喜甚，众宾皆举酒谢生，转为生寿。其词云：

祥云缥缈，天上琼楼杳。

飞仙舞，异香绕。

画堂春似海，醉把金樽倒。

寿星聚，分明高照梅花早。

玉盘堆玛瑙，捧出安期枣。

人不老，春长好。

是非华表鹤，总与中书巧。

平白地，谁知自有蓬莱岛。

遏云歌罢，余音绕梁，座人赞称，同出一口。夫人大悦，重加钟爱。时与以龙剂四笏、兔颖十枝，遣左右持莲炬照生归于故馆。是夜，月浸楼台，万丈广寒清有路；香来庭院，一枝丹桂落无声。惟玉贞独坐于爱月之亭，知生独步于影娥之沼。轻笑轻语，情兼贾氏之窥帘；或默或言，意重宓妃之留枕。幸其有意寓焉。生乃托月试吟二绝，以寄情云：

其一

一团冰镜隔银河，爱此清光夜几何？
万丈广寒如可到，直将心事问姮娥。

其二

静观银汉暮云收，皎皎金波映碧流。
天窟肯巢蟾兔穴，谁知乌鹊欠枝投。

又即景四绝以述怀云：
其一

飘飘黄叶下庭除，夜月移来影渐疏。

风景参差留不住，一池秋水浸芙蕖。

其二

挑尽银灯苦夜长，萦心万事总参商。

西风不管人憔悴？暗送秋声到枕傍。

其三

银蟾明透自家秋，会见高人秉烛游。

吹笛桓伊声不远，清光空浸洞庭流。

其四

倚栏频问夜何期？待月中庭欲睡迟。

一树西风黄叶响，不关风景自生悲。

自是之后，几度捧瞻淑范，但知己之驹阴。生惟齿录玉贞，络绎怀春，辗转其心。奈何相府潭潭，见且不可得讴，而况得其私之乎。一旦，步于万玉清秋窗曲。但见嘉木数十株，交荫庭户。引流为清池，以石鲊栏楯环之。怪石高出池中，如怒猊绕骥。红蕖绿蕉，与木芙蓉掩映水上，金鱼鸳鸯凫鸭之属，出没菰蒲间。窗外斑竹千挺，于深处垒壁为台，作亭于上。由窗前一径，级而登焉。竹下列石为几，双鹤往来。径傍品菊数百，霜英然。池南橙桔相亚，累累若金。又别有茆亭，在东林翁郁中，各擅其胜也。偶望见玉贞，上衣绛罗衫，下着翠纹裙，坐亭之前。卓越比玉有清香；娇艳如花能解语。诚谓两痕鸾月眉边照，一朵松云鬓畔妆。生率然进而揖之。玉贞惊惶中，回避莫及，乃仄身施礼，遂脱身独回。生因见玉贞，喜而作《临江仙》词一阕云：

　　忆昔望仙桥上遇，归来想象无真。今朝亲见活精神。动衣香满路，潇洒出风尘。回首多情何处也。踟蹰立遍西清。临江一曲尽宜人，把持花下意，犹恐梦中身。

又作《寄思曲》一阕云：

　　江头一技解语花，不随桃李争春华。孤根流芳媚疏雨，香酥晕脸明朝霞。有人比花更奇切，犹带蓬莱秋夜月。南楼高士最关愁，相思梦断双蝴蝶。

词后又有绝句六首：
其一

　　翠带围宽瘦损腰，天台何处共吹箫？
　　可怜夜半秋天月，独自无言懒步桥。

其二

　　一片西风万里秋，落霞孤鹜使人愁。
　　若寻是处无愁地，却在鸾丘与凤丘。

其三

　　悠悠迎日对南山，吟啸何如谢传闲。
　　镇日倚楼无个事，寒鸦几带夕阳还。

其四

惜花无计可留春，倚遍阑干不见人

细雨霏霏长不寐，坐听残角两三声。

其五

自别家山月满楼，举头不见郑瓜州。

于今冷落东篱下，虚度黄花又一秋。

其六

千家楼阁千家月，万里江湖万里秋。

江上芦花无异色，天边白鸟下汀洲。

玉贞因见苏生，遂作近体二律云：

其一

徐徐步入小蓬莱，笑指东山处士来。

诗为雨催遗丽句，花知人意倍娇开。

只鸡斗酒堪悲也，明月清风亦快哉。

还想多情行动处，秋鸿飞到越王台。

其二

闷倚苍藤趁晓晴，残蝉衰柳不禁鸣。

花间烧笋茶烟湿，竹底篝灯露气清。

月向水中流夜色，风从芦里撼秋声。

凭谁借得飞云履，不惮崎岖上玉京。

又成《秋怀》一曲云：

风吹细细半廉雨，转眼光阴掷如缕。

倚楼惆怅望江南，迢递青山谁共语？

鬓云巧学月样梳，蹙地金莲红氍毹。

姮娥自起霓裳舞，情歌沉醉黄金壶。

不觉枫林秋已半，相思欲寄雁行疏。

玉贞是夜，坐于独秀轩下，不堪默默以思，奈以两弯翠黛，致偷送之。分明一点芳心，却被春之拘管。既而，密遣小莺者，持鹧鸪斑遗生，且戒之曰："若公子问所从何来，只道汝物供奉。"小莺拜领其言，即以与之。生见是香出自西国，非小莺所有者。再三叩其所由，小莺盖权辞以对。生知其附会，以厚赂之，始以实告。生喜思不逮，顿觉允说不藏。又思小莺之言，不可致辞以谢。乃喜而作五言古风一首：

夜长更几分，荀令薰龙文。

蠹蠹清檀火，纷纷洛浦云。

素馨不可窃，瑞霭还氤氲。

念此灰心久，凄然伤我魂。

生虽得玉贞雅意，未见出于杳冥。求其形迹可窥者，第补识荆，不知人顾自处何如耳。因于冰月台上，玉贞常所经处，生以是台为名，大书绝句三道，望其赓酬之意，庶可以取言于心。诗曰：

其一

寒梅千顷接高台，四面玲珑绣户开。

天上有津堪去问，不愁弱水隔蓬莱。

其二

万绿空中出宝轮，瑶台深锁避飞尘。

自来自去无拘管，却念凭阑有待人。

其三

玉华石冷漱流泉，瀛海蓬壶别有天。

最是宜人秋可惜，一潭寒水浸婵娟。

时玉贞，愁牵风景，金针懒刺。上林苑意访清幽，玉步轻移纤瓣笋。乃与桂英往游后苑，果越其所。望见粉壁间，新句墨痕犹润。知生作也，遂依韵和之。其词盖泛云耳：

其一

池塘分影倒楼台，一道清香桂尽开。

自是蓬莱观不尽，蓬莱顶上起蓬莱。

其二

月里声虚响画轮，水晶碾破滑无尘。

个中万籁俱收拾，惟有清风是故人。

其三

　　松飞孤鹤涧飞泉，何事人间有二天？
　　坐彻夜阑无觅处，一台水冷月娟娟。

生见玉贞虽赓其韵，何句中与向者事情多不吻合？不愉而归。秋香亭畔，窥见玉贞，独凭栏斗，闲视鸳鸯，久不移目。又有词以赋之，未毕，望见生至，急转身而去。生进前，见词名《卜算子》也。遂续前以挑之，试其意。玉贞词曰：

　　秋日映寒塘，风弄文禽影。翠鬣红毛尽不如，时向波心整。

生续之曰：

　　韩魄犹凄凉，有恨无人省。只为多情也白头，花下双交颈。

即而自制七言律诗一首，以起之云：

　　相戏相亲近御沟，人人谁不道风流。
　　和鸣声彻双溪月，锦乡文飞五凤楼。
　　乌帽等闲歌白发，好花容易谢清秋。
　　寄君早结鸳鸯侣，尽解当年刺史愁。

书罢，投笔而去。玉贞见生联句，词曲又无忠厚之意，将欲纳之，恐类嫌疑之诮。将欲却之，未免绝人太甚。遂将原词，各分其半，命桂英还之。生见词还，大失所望。

虽此，然致敬桂英之礼且恭。桂英见生有慕玉贞意，遂从而戏生曰："妾非张氏嬖人，官人何尽礼如此？"生曰："若得张氏嬖人，当以金屋贮之。"桂英曰："方便之门断，吾心不掩玉成之合。顾天意何如？独不闻乎，皎皎者易缺，皎皎者易污。"生曰："且子言过耳。不曰坚乎磨而不磷，不曰白乎涅而不缁。"桂英曰："不然，妾每侍左右，观其对花惜过半之春，览镜悲三千之色，一段风情，被君拘束久耳。兹者，还词以却，其中有所贪昧，隐忍而不肯受之之实，从可知也。"生笑曰："必君之意，岂知他意，如君揆我之心，难料她心似我。且以妇人水性，信乎可决东西。况彼前意尽佳，到此又相各别。是诚所谓误天下之苍生者，必斯人也。"桂英笑曰："然此乃妾特写糟粕，其内真情，是未可知也。若左右赞襄，谨当趋命。"乃退。生因作七言律诗一道，以写其悒怏云：

> 淅淅风高细雨收，庭前万叶总惊秋。
>
> 黄花不语空辞树，流水无情自入沟。
>
> 石火难消离合恨，月钩空挂古今愁。
>
> 凭阑忽见衡阳雁，费尽人呼不下楼。

生惟玉贞是念。何以见其殷勤？宵星之灿，每瞻北斗。感暮云之生，长向江东而忆李。其于寝食之间，常有不平之叹。盖遑遑焉如有求而弗得也。桂英识之，代彼曲为道达玉贞之前。玉贞知生之慕己深，曰："子何不云，男儿欲遂平生志，六经勤向窗前读。"桂英如其言，以达苏生。生喜玉贞有相勉之意。赋情特甚，又求之曰："子可谓我言曰，'室中若未结姻亲，自有佳人求匹配'之句。"桂英以告玉贞，玉贞见其词语迫切，怒责桂英，且又嘱桂英曰："汝达官人处，切勿言我之失怒，当以我之无言为答。"桂英承命以对，生知其有恨乎己。因制《忆秦娥》词一阕：

> 箫声切，无端却被风吹别。风吹别，一声声是，怨花愁月。流萤四起灯
>
> 明灭，未眠孤馆心先怯。心先怯，枕单衣薄花残月缺。

玉贞亦自作一律，并绝句一首：

残角凄凉动鼓鼙，颠狂起舞在闻鸡。
闷弹焦尾歌黄鹄，醉倚空床倒自羁。
半夜檐头霜月静，一声树杪野猿啼。
偶然不失生平笑，犹自无心过虎溪。

绝句

鳞鳞鸳瓦试新霜，海水铜壶滴夜长。
酒醒无眠还起坐，一枝梅月转回廊。

即辰，窗梅横月，檐雪滚风。生父母遣左右，持通天之犀二，照乘之珠五，以为束脯之仪，并书一缄，促生归焉。生见书至，失意殊甚。由两情未决，进退两难。不得已，将父书上启于相国之前。相国见书大悦，意在礼而不在物。须臾生告归，相国与夫人，款留坚执。生从命而退。

玉贞天挺英标，节介冰城，坚似玉环，不断情分，心绪乱如丝。父接苏生犀表，岂无摇厄于中。适闻生系马长亭，实有寸心千里。少焉，知生留居别院，不啻一日三秋，其感可知牟。时季冬，晦日前一夜，步于得月池亭。生知玉贞在，遂口占一绝，以畎玉贞来意何如。果蒙赓中垂意，生深慰所怀。其诗云：

嫦娥何事掩妆楼？故把双眉皱不休。
自是杨花无定性，随风恐逐水东流。

玉贞依韵和云：

家住东城十二楼，霓裳一曲未曾休。

天河有路通人世，更许乘槎溯上流。

是夜竹爆千门，灯燃万户。相国作腊酒于具庆堂宴生。俎豆备水陆之珍，歌舞极声容之盛。举府大小，无不毕集，惟玉贞不与其列。须臾，命桂英招之。玉贞以嫌疑之故不出。夫人复行催促，玉贞重以父母之诺，而不敢留，乃趋其命，但有欲进不进之状。夫人顾玉贞曰："苏公子一家人也，何避嫌之有。"玉贞从阶下徐徐而进，展拜生前。生熟视之，见其柳眉横远岫，星眼动秋波，体态妖妍，词气婉媚，真神仙中人，风尘外物也。顷间，夫人亲酌饮生，生力辞以不胜杯酌之故。夫人曰："公子酒既不任，如今夕佳会何。"因指壁上《仙安宴蓬莱图》命生以赋其上。生承命赋之，顷刻而就。文不加点，赋名《仙客宴蓬山》：

蓬山深静，烛光吐红。壮金屋之巍峨，开朱户之玲珑。五步一亭，十步一宫。东池一山，西池一岛。武夷北向，罗浮西峙。左带瑶池，右环翠水。非红尘之到处，乃长房之壶中。既为仙客之所都，又盛华筵之所设。交梨火枣美其时，冰桃碧藕加其洁。有麟凤可脯，与蛟龙可血。狋狋盛狋，悉庆所有。招邀秦女，吹凤屋之珠笙。指点云英，捣蓝桥之玉白。王烈鸣弦，玛夷击鼓。花绕洞而玉蟾催，锦缠头而湘子舞。既而，孔雀扇，麒麟车，仙班簇簇；龙麝香，琼瑶，尘世寥寥。争看麻姑之会方平，紫微之邀许穆。有李玉局之说经，有贺鉴湖之一曲。摩耶子晋，各献奇术。又二童子，拜师命飘然莫识所以。须臾，见琴高乘赤鲤而来，王乔飞步履而至。咸曰善哉，且曰快哉。少焉，月出东山之上，徘徊斗牛之间。弋高鸿，钓游鲤，追凉风，濯清水。罢弹石下，一局棋残，听尽檐头，数声鹊喜。奉瑶觞，则神女当前，奏瑶琴，则灵妃在后。一饮一石，一醉千日。或吟彻黄鹤楼前，或醉沉碧桃花里，或叱石以成羊，或画水而成路。慨然长啸一声，俯仰人间今古。嗟夫，以地之杰，以人之灵，道可悟而不可行，仙可望而不可迎。徒见山寒兮屋青

青，宴罢兮水泠泠。白鹤飞兮而不去，睡鹿扰兮而不惊。夫对咫尺云路，弗能整履以登。但身外无求，长使醉斗酒于自家风月，天高海阔而忘其主宾。

赋罢呈上，相国与夫人大悦，雅论均口。须臾，相国以事扰出席，生因期语夫人曰："迩奉玉音，岂当违逆。故忘其固陋之习，敢攀其高明以赋。若小姐，月胁天心，才调甚堪如李杜；瑶琚玉佩，文华谁肯尚班曹。幸逢今宵长筵，不可以无佳制。"玉贞对曰："聊斟薄酒，非敢言招。自揣鄙庸，何劳过誉。且新句佳词，皆君所道，则余文俗语，我尚何言。"夫人顾玉贞曰："既荷公子雅意，毋以执一是拘。汝试为之，求其斧削可也。"玉贞因是，遂成五言律诗一首：

石髓寻常服，壶中自岁华。
青蛇藏舞袖，白兔捣灵沙。
渴饮长生酒，闲栽不老花。
清风明月夜，跨鹤访君家。

复继之除夜诗一首：

今夜逢除夕，人家物候催。
欢声惊爆竹，春意到寒梅。
守岁椒花颂，分年柏酒杯。
明朝调献节，黄道九天开。

生倾听之余，自叹弗及。时酒罢，各谢而退。生因玉贞于宴会之际，有感于心，乃口出一词，名《西江月》：

暖入春风小院，人间七宝高台。皇天谪下素娥来，别是香尘世界。悲翠楼中酌绿，醑红粉晕香腮。晓霞丹脸笑颜开，一似观音出现。

生一日，步于平远堂后，达夺锦轩中。壁间忽见孔子图，并有百花图许多。值玉贞正隐几而卧，几上有画海棠其上，出玉贞妙手。生轻步潜后，拊其背曰："勿寝，独不观孔夫子在迩，当昼而寝乎。"玉贞惊恐而起，其意有责生者。生负罪以告其非。玉贞曰："公子既遵孔氏之格言，独不闻乎男正位于外，女位于内，男子无故不入中堂，况入人家闺阁乎？"生曰："客居寂寞，访景怡情，信步而来，莫知所犯，万惟泰广宽洪，必加涵贷。"玉贞曰："寒居颇广，宜昧所知。既犯之初，于情可恕，向后若此之愚，即当白诸相国，必见屈于子矣。"生曰："华国不屈于人久耳，非小姐之前断，不若此之甚。"玉贞乃笑，且曰："昨承佳作，我母再三道及奇才。"生就而视曰："此海棠图，能事固美，可试生赋之，以彰其美，可乎？"玉贞然之。生作《明月棹孤舟》一调：

富丽谩夸金谷好，芳枝一夜韶光老。猛省春风，都来几日，报道海棠开了。妃子睡余天乍晓，新妆里胭脂初透。子美无诗，梅花柏绕，能有暗香来到。

玉贞曰："此词曲高雅，善于形容景物，信如落花依草也。只下段句欠着实。"生见玉贞亲览己词，乃藉词引身近之。然玉贞虽常于交攘，亦待之从容，不能免其泰中之严。见生随近，贞乃随退。生笑曰："国华客邸萧条，久疏笔砚，虽勉强而成，不无感伤之病，伏惟小姐不泻苍海之珠胎，裁支机之云锦，为生一洗之何如？"玉贞亦强成绝句一首，以副其意云：

彩云飞散锦屏空，窈窕花仙媚晚风。
爱惜芳心浑未解，谩劳银烛照春红。

生得交接间，慰情殊切，不觉日落咸池，月生东谷。玉贞逼生曰："斯地不可所履，公子早宜回步，恐我父母到此，自贻圭玷。"生致谢而退，因制律诗一首曰：

信步名园觅小红，谁家玉貌笑相逢。

遗音有地闻箫史，宝篆无缘授木公。

元盛愿教从尹吉，孟光终欲择梁鸿。

此情尤可成追忆，只恐相逢是梦中。

又寄绝句二首：

其一

翠眉云鬓画中人，袅娜宫妆迥出尘。

天上皱娥原有种，娇羞酿出十分春。

其二

恼人光景断人肠，才子相逢窈窕娘。

春意不知何处着，绿窗东畔杏花香。

时正月，朔后十日，夜半。四顾寂寥，生步牙琐寒窗下，见瑞雪飘飘，轻寒剪剪，窗前月色皎洁，如水浅浸，疏枝之上。壁间灯火，明灭似星，低迷孤枕之中。睡鸭中蔷薇露冷，绛纱内悲翠衾寒。有琅玕石几，弹棋枕琴，布置潇洒。生抚琴以寄其指，乃操《雉朝飞》一调，观其舞鹤下庭，游鱼翻水。时玉贞方倚床无寐，忽闻窗外琴韵，呜呜焉，如怨如慕，如泣如订，余音袅袅不绝如缕。知生之奏，遣桂英持武夷龙团以遗生。生起而受之，因移身私桂英。桂英从之。生见其色，虽不能可拟玉贞万一，亦婢中之翘楚者也。方与情好，玉贞知桂英与生遇，遣兰英促之。桂英见兰英，急遽于前，莫掩其实，惟赧然而归。生因占《好事近》词一阕，以自讳云：

夜色映帘栊，梅影半横斜月。闲把素琴消遣，这芳心谁说。高山流水遇

知音，石鼎分香雪。一啜何须七碗？喜衷肠清绝。

玉贞亦歌一曲，又绝句一首，以自抑云：

何处远来寒水晶，犹能勾引骊龙吟。
曲弹白雪阳春调，中有离愁白鹤声。
嗟哉子期胡不返？松梢鹤唳伤人情。
夜深泪落残灯下，博山香透冰弦清。
风吹余音敲窗响，为订满庭空月明。

绝句

月照梅花淡又浓，何人窗外诉东风。
欲知后夜相思处，尽在瑶琴一曲中。

不意，兰英以桂英之事，语于玉贞。玉贞亦知其情状，初无不足之意。因题《初春》二绝，以戏生云：
其一

一鞠阳和动物华，深红浅绿总萌芽。
野梅亦足供清玩，何必辛夷树上花。

其二

一气流行自有分，辛夷那有吐奇芬。
昨宵似与东皇道，开到梅花便到君。

生因玉贞以佳句为戏，私喜何如。偶因桂英至，谓之曰："吾有书一缄，能与我持去否？"桂英曰；"敢不从命。奈小姐以孤高峻绝之姿，贞白坚雅之操，见此，正谓楚国亡猿，祸延林木；城门失火，殃及池鱼。不亦难乎？"生曰："不难，若事有不可为者，吾用力而为之，固不知轻重之别。事有可以为者，吾侥幸而为之，亦不知取舍之宜。第小姐遇我以厚，我岂甘受其薄。兹修尺楮，以申谢意。愿子挽千钧之力，代吾展转维持。若遂所愿，当以千金为酬。"桂英曰："君子成人之美，妾岂反是。其受素心之媒，谨当周密。事若克谐，是所愿也。小财余事，岂望报耶。"遂入见，遇玉贞于万娇亭东畔，即以与之。玉贞急纳于袖，返室观之云：

辱爱生苏道春，顿首拜启，芳卿可人妆次。曩者，天意有在，人愿仅从。薰接手仪，自知多幸。惟兰姿英秀，薰质生香。粹然冰玉之洁，盎矣春阳之温，柳媚花娇，世所罕见。奈何地限南北，天各一方。情无由而达，意无自而通，使人于月白风清之顷，酒醒梦觉之余，宛若其留连耳。相见之思，常怀于晋接；相亲之慕，每切于震邻。夫以小姐娇姿淑态，致我之反侧。今一味若此，姑得运亮于思维，贡言于微机，万望小姐体咸之虚，全垢之遇，垂念贤女有吉士之怀，而君子有淑女之逑。而西厢之月可待也，生独不为张氏君瑞乎？梁圆之琴可听也，生独不能为司马相如乎？诚如是焉，桃夭思配，得其时耳。君子好逑，遂其欲耳。天意人愿，岂不为之两全哉。倘不俯就，斯言置之度外，则付人之情怀万斜，与衰柳败荷，相忘于地下矣。兹奏伏，刿之一言，难尽衷肠之万缕。伏冀目击之余，发笑之后，毋使青鸾信杳，黄犬音乖。则生之幸，可胜慨耶。

继之律诗一首云：

有美佳人自出群，轻风斜拂石榴裙。
花开金谷春三月，漏转铜壶夜十分。

玉雪精神联仲琰，琼林才貌迥崔君。

少年情思应须早，莫把无心托白云。

桂英索贞回音，玉贞苦其所索，遂封白笺一纸以与生，且固其缄。生见重重于封之密，自以为得其佳人，亦喜以遂所愿也。竟开视云，其中曳白。复题短律一章于其上，以与玉贞云：

午夜方彩席，临对一强颜。

玉成情似海，珍重意如山。

为我先事折，怀人尽目攀。

料应相许后，都在不言间。

玉贞接生诗后，亦不与答，乃因时作佳句以自遗。多不尽录，姑记一二，以书于左：

特地寻春

闻道西园欲早春，偶凭幽鸟语来宾。

不知好景归何地，试向梅花问主人。

上林春晓

官柳如烟晓露零，一弯残月映三星。

个中多少闲花草，尽逐东风出武陵。

花槛雨晴

窗外花含宿雨低，喜看寒碧涨前溪。

出门检点春多少？绿暗红稀莺乱啼。

兰闺春恨（四首）

其一

花娇柳媚燕呢喃，香径幽怀两不堪。

人在东风庭院里，相思无语佩宜男。

其二

静掩重门春昼长，为谁展转怨流光。

更怜无似秋波眼，镇日怀人泪两行。

其三

悠悠余恨怨春闺，嫩绿飞红半掩泥。

正是不堪回首处，海棠憔悴子规啼。

其四

几度伤春怯杜鹃，不堪坐冷旧青毡。

登楼王粲今何在？只见垂杨舞翠烟。

洞房春睡

芙蓉帐暖度春宵，梦入巫山去路遥。

忽被邻歌频唤醒，声声都是念奴娇。

雨霁惜春

临水夭桃褪晚妆，东风吹雨到池塘。

不知乱落花多少？起剔银灯看海棠。

客窗春夜

丰山亭下正鸣霜，落落春容绕建章。

最是不堪孤枕客？五更撞碎九回肠。

洞房春夜（二首）

其一

高卧琼台第一宫，花心着雨泣香红。

重门深锁多情梦，咫尺谁怜梦不通。

其二

瓮头酒熟人皆醉，林下烟浓花正红。

夜半灯残香阁静，秋千垂挂月明中。

春宵无寐

清露桃红透，微雨点波绿皱。灭烛解罗衣，正是千金时候。知否？门外绿肥红瘦。

右调《如梦令》

香闺春情

绛桃倚笑，醉九重春色，东风有约。扇底把娇羞向我，红楼画阁。廉下金钩，香销宝篆，锦字长抛却。燕莺交处，这情投地安着。谁念绿绮飘零？曲终人远，按一床弦丝。惊起两眸无定任，望断天涯地角。倦鸟知还，野云出岫，半点心难托。此时光景，为谁长是萧索。

右调《念奴娇》

时春二月，尚有醉杨妃菊盛开。玉贞异而美之，置于水晶盆内。因题七言古风一首于壁上，以咏之云：

> 马嵬坡下春光好，香魂染作江南草。
> 红颜岂负西风心，自是东风爱相恼。
> 芳心一点和春结，那更重重犹叠叠。
> 大家留取看多娇，寄语谁人敢攀折？

苏生一日，见咏中有"敢攀折"之句，知其必自任之重，因戏以折之，遂秉笔题二绝，以挑其意云：

其一

> 玉根托与玉人栽，暂把香泥筑马台。
> 不道蟾宫攀桂客，却将浓艳窃将来。

其二

造化无私亦有私，为何偏许傲霜技。

知他爱披风流种，故向春风唤贵妃。

玉贞见是菊开非其时，甚可人意，每玩而爱之。坐折，不为所吝，且笑曰："此君何放荡若是哉！"亦托根寓意答之云：

娇花插向少年头，年少花娇正好述。

一种暗香知有约，来生重会此生休。

又继之古诗一首云：

采采黄金花，相亲何太切。

笑我惜花心，恩情中道绝。

疏之久反亲，宠极爱还歇。

盆中更取青青华，留与窗前对明月。

时椎春仲，和气艳阳，丽日初长。苏生虽得玉贞诗词往来，然莫能与诉衷曲。朝暮怀想，郁悒无聊，乃制春辞数十首，以道感慨云：

春愁

红炉谁与共团鲥，此际真成蜀道难。

旧恨新愁无住着，一帘风雨杏花寒。

春恨

春满江南蔽弱兰，山中夜夜梦魂单。

临风不作昭君怨，空把琵琶独自弹。

春思

恼人好景暗消磨，独倚江楼看逝波。

身似虚身轻是叶，载将清怨晚来多。

春眠

聚散无凭似梦中，起来斜日映窗红。

钟情自古多神会，谁道阳台路不通。

春暖

莺逢日暖歌声滑，人值花明笑脸开。

一片落英随水去，肯邀刘阮到天台。

春色

千红万紫竞芳辰，纵与王维写未真。

自是卖花人着力，一肩挑出洛阳春。

春雨

闷对花时倍感伤，一年好景是春光。

无端几阵催花雨，天棘开来妒海棠。

春日

丽日迟迟上翠屏，此窗高卧醉初醒。
伤春黄鸟如人语，独立荼蘼花下听。

春游

轻风细雨燕飞斜，笑解金龟问酒家。
九十韶光容易老，何妨秉烛夜看花。

春暮

绕檐新竹薄生寒，绿暗红稀春意阑。
忽报东君欲归去，相留无计独凭阑。

伤春（四首）
其一

春归无计为春留，舞榭歌台总这是愁。
记得怀人云雨梦，一声断雁五更头。

其二

尽日恹恹对画楼，眉头才放又心头。

桃花莫谓刘郎老，浪把轻红逐水流。

其三

半掩朱门日已西，蓝桥路阻草萋萋。
子规更有伤春意，来向海棠花外啼。

其四

酒醒南窗梦未真，满怀心事向谁陈？
自怜辜负看花眼，来到花开不遇春。

春归词一阕

春暮愁万种，门外五更风雨。青鸟不来春欲去，隔帘双燕语。最苦留春
不住，满目落红飞絮。行云遮断阳台路，总是伤情处。

生赋罢，乃乘间画张生遇莺莺图，有俣鲶薄恶之态。题一诗一词于上，终日思以
便鸿。忽兰英至，生求之，兰英竟以生图付于玉贞。时玉贞因侍父疾，方治汤药，兰
英莫知。乃曰："苏公子有图奉此。"玉贞惶愧，乃言他事杂之，得不觉，因踢其足，
遂悟。即返绣室展现之，题曰《崔张佳遇图》，有诗词焉。

轻寒时透绿罗裳，情重佳人懒下床。
对舞翩翩双蛱蝶，同心颠倒两鸳鸯。
行云飞雨来神女，倚翠偎红钏沈郎。
忘却碧阑干外立，不知何处是西厢。

又词一阕《观皇阁》

　　仰看星河半落，洞房乍晓，弄晴黄鸟声声巧。春在流苏深处，合欢梦绕。正是恼人时候，琉璃枕上，知是春多少？含情睡起娇无力，乘兴也傍章台，柳烟青小，怎禁得海棠花老。

　　玉贞观毕，遣兰英召之。生闻召，即趋而往。至则玉贞仍坐不变。生揖之不答，叩之不应，如是者三。生曰："子如不言，吾几失子耳。"乃曰："愚虽女流，不能流芳百世，亦当遗臭万年。洞开重门，正如我心。少有邪曲，君皆见之，且置之勿言，盖闻公子负不世之才，蕴非常之见。所托不得其人，况其大者乎？"玉贞具以其故告之。生曰："殆哉，殆哉，此则国华之罪也。"玉贞笑曰："公子无罪，何其心之有罪？"生曰："昔熊渠子夜行，见寝石以为伏虎，射之，灭矢饮羽。渠子曰，吾之诚心，金石可开，况人心乎。然则，国华之心，乃一诚耳，惟小姐金石，何不为我开耶？"玉贞默然，笑而不答。因指几上之琴，谓生曰："公子雅操见闻。"生乃自制一调，名曰《相思》，操以挑之：

　　　　相思相思何纷纷，不见知音空见君。

　　　　三径菊松空有恨，五更风雨暗伤魂。

　　　　一枝梅吐楚江内，一枝梅吐楚江外。

　　　　楚江内外一枝梅，一枝梅落楚江内。

　　　　笑我苦相思，尽日无停歇。

　　　　微吟略可怀，付与梅稍月。

　　　　梅低月尚高，悠悠过夜半。

　　　　相思望楚江，芦苇投孤雁。

　　　　自断楚江云，回首相思远。

　　　　梅稍转明月，春宵何苦短。

相思复相思，阳台无梦处。

佳期多间阻，京兆眉愁聚。

荀令独伤情，我今亦几死。

长相思兮长相忆，苦相思兮无尽极。

早知薄幸负人心，悔教望仙桥上立。

余音

落花流水恨飘零，惟得东风两鬓星。

一曲相思人不识，惟余江上数峰青。

生鼓琴既罢，玉贞危坐若无所闻。生曰："小姐所谓铁肠而石心也。"玉贞乃莞尔而笑，复命兰英取琴，放己膝前，亦自制一曲，以答之。名曰《和鸾操》：

听罢相思琴，谩起广平心。

不识陶潜隐，满帘风露深。

清韵琅琅悲又悲，诉与君闻知不知？

伯牙流水高山调，万古知音只子期。

岂知堂上荧煌烛，偏照愁人庭下哭。

悲哭何因泪许多？一江涨出波绿。

解我想思心，知我相思苦。

为言君子有终交，此道今人弃如土。

君不见，上苑一枝花，深红浅紫争春华。

最恶江南连日雨，奇芬不久落尘沙。

又不见半空一轮月，光浮万里尤高洁。

仙籁云间正可宜，团圆几时还又缺。

多情惟有楚江流，昼夜滔滔常不竭。

君兮君兮思又伤，凄复凄兮无可奈。

愿君好学楚江流，终须还了相思债。

余音

为问乡才浣此情，试听膝上两三声。

曲终自冷画堂夜，寂寂寥寥恨杀人。

生曰："佳哉指法，但此音未免金石之音。"玉贞曰："何为其然也？"生曰："小姐心不应手故也。"玉贞曰："不然，心正则手正。"俱各嬉笑相倚，时春半甚寒，生设言寒甚，愿托一衣，意谓千金可以买笑，百媚由此春生。玉贞不逆其请，重于所私，即解衣衣之。生谢曰："一衣可有，万感难名，镂骨刻心，衔环结草。兹有此者，以为得幽人之伴，左右不忘君也。"言未已，忽兰英报曰："相国疾笃。"遂去。生因作律诗一首云：

万竹窗前理素琴，曾如飞瀑下遥岑。

映阶碧草自春色，隔树黄鹂空好音。

兀坐以思忘坐趣，即人所指见人心。

韶光易上青云鬓，几度沉吟惜寸阴。

时潘相国病笃，遗嘱夫人曰："家事多端，卿治内固优为矣，推玉贞大婚未讲，此女性质聪颖，出于寻常，不可以财帛论，不可为庸人妇。人思善马，远访西域。我意骐骥近在比邻。若苏国华，丰姿隽逸，学问优长，诚卧东床而坦腹者，射屏雀而中目者。况故家文物，亦甚相宜，卿其念之。"夫人怅然受命，召生至，握手与诀别，悲不自胜。明旦卒于正寝，盖庚戌年九月之秋也。生一如礼，助之丧事。殡殓既周，复效近体唐律一章，以哀之云。诗云：

> 早把文章夺锦标，急流勇退荷清朝。
>
> 官居一品名犹在，人去千秋恨未消。
>
> 潮水源流千古道，孔颜思议一时凋。
>
> 先生去也还知否，天上人间两寂寥。

玉贞痛父之殁，守丧哀毁，虽祁寒暑雨，侍立枢侧。晨昏吊慰，未尝废离。间闻郑卫之音，未尝一经于耳。不正非礼之书，未尝一接于目。每想父容，辄为流涕。先于父病之时，衣不解带，汤药必亲尝，稽颡北辰，求以身代。如割股之貌，无所不至。及此，常有双鸟，鸣于墓上，灵芝出乎庭前。众以为孝感所致，故并及之。生既别数月，一夕隔帘之间，见玉贞冠震冠，服素服，以家事行过于西帘下，若有追思不平之叹。生因见之，遂口占《虞美人》词一阕，使闻之：

> 银蟾光漏栏杆曲，照个人如玉。悠悠清夜两交光，惟有梨花，高素向东墙。莫非玉府潭潭隔，乘作人间客，含娇犹把翠眉颦，教我有私，何处度芳心。

玉贞闻之，乃托月意，哭咏一绝，以答生诗云：

> 玉清宫下水悠悠，一种相思两地愁。
>
> 月色不知人事改，夜深还照粉墙头。

他日，潘夫人赴玉清观追荐相国，命生辅行。生至中场僭归，见玉贞独坐于览绣窗下。生趋而揖之曰："卿有所思乎？"玉贞从容作礼，答曰："自严君去后，凄惨交集，何所思耶？"生曰"心有所执，固不足以言思。思父之有，独无我思。"玉贞曰：

"思若急于人而缓于父，正谓所厚者薄，所薄者厚，未之有也。"生无以答。玉贞见生失容，复曰："吾以思君，以其事端百出。愿得为吾家柱石，愿意之必报也。"生曰："若报，当以何事？"玉贞起，取白璧二双，黄金五锭，致生前曰："聊赠客边之需。"生艴然曰："黄金百镒，唾视于轲氏之口。白璧二双，芥拾于虞卿之手。何以利而见诱。"玉贞笑曰："吾为君蓄此久耳，正所谓敬以将之以玉帛则为礼。爱敬之心，假此以达，何必曰利。"生揖而受之，曰："国华愿赠百倍以谢卿，可乎？"贞曰："百倍特可以谢桂英之躯耳。"生曰："如桂英，发蒙振落耳，安敢以撮土而拟泰华哉。"生虽与语，视其色多不自安。遂引身促之，玉贞环柱而走。复正色制之曰："君不闻乎，君子之交淡若水，始虽疏而终必亲。小人之交浓若醴，始虽亲而终必疏。盍不以君子相待乎？"生曰："吾岂不知君子小人之分，若就以君子而论，吾闻以礼食则饥而死，不以礼食则得食，必以礼乎？亲迎则不得娶，不亲迎则得娶，必亲迎乎？"玉贞未及答，生竟掩扉留之。玉贞恐不可脱，因制之曰："吾见善始者多，克者寡，君当议以悠久之交可也。后园有一小祠之神，甚灵，宜请盟于神，未晚也。"生信之，遂与同行。玉贞又曰："交神明若无香，一念之敬安在哉？"生感其言，大喜过望，遂往取香，玉贞从他路而归。生至，则行矣。生自叹甚愚，彷徨无措，因赋近体一律薇诗云：

蹄躅无地亿元晖，一握薰风下紫薇。

鲁矢拟飞聊必下，秦都不割赵空归。

水流东涧朝西涧，云过南扉下北扉。

携手不堪分手处，闲庭日永燕交飞。

玉贞一旦独步于爱莲亭上，生从会胜园内奔人，踯其后，以手抱之。玉贞力拒坚制，生求之曰："国华于此，盖有日矣。岂不以父母之心为心，故卿之念为念。只为玉人情重，是以燕子忘归。感朝露以兴嗟，见秋蟾而增叹。茕茕骨立，形影相吊。君岂得坐视而忍心耶？"玉贞曰："吾岂不自如，但见一念之差，百年之恨。是故，闭门童子，一善尚地孔氏之贤；奔夜文君，万载而污苏瞻之齿。眼底纷纷，心中快快，倘失自裁，不惟我之名节丧失，亦且君之士风扫地。第可望者，适闻我母有结姻之言，可因其势而交之，庶得以遂兼葭之倚美玉，章丝之附丝萝矣。"生曰："斯愿克谐，是天来相，虽藉一时之欢合，亦何补于终身。三生之念，岂偶然耶。"玉贞深喜其志，遂携手于亭东畔，并坐留连，不觉金乌西坠，玉兔东升。生益为色所夺，口虽言而心不逮，又逼之曰："室迩人遐，当如暮夜无知何？"玉贞笑曰："君何为是，吾岂刻舟求剑，胶柱鼓瑟之流。夫人，立心不为昭昭信，伸节不为冥冥情。鲗暗昧，废其所立哉"又从而诳之曰："子欲图我之私，我欲求君之制，得闻《酹江月》一词可矣。若然，吾当刻烛为信，若君烛至词成，吾即定期从约，不敢以爽。否则非所知也。"生曰："固当应命，奈无徵之言，误人有素。请命何题？"玉贞曰："不过即其所处之景，自写所蓄之怀。"生曰："欲写吾之郁抱，但恐笔舌不能尽焉。"乃用辛幼安之韵，俄或而成。其词曰：

天涯寥落，等闲间，又近端阳时节。竹箪微凉无限好，争奈骚人偏怯。绿树荫移，水晶帘卷，此境尘寰别。暗中挥泪，万千心绪难说。谁信藕断丝连，泪干痕在，夜夜窗前月。旧恨眉峰舒不起，怎禁新愁又叠。默想归期，悠悠似水，空把肝肠折。不思岁月，无情白添华发。

烛至刻而词成，玉贞虽甚叹赏，亦甚推托抵牾，终不肯从约。生不能强，郁郁无奈，乃曰："吾之词即占，君之言又背，此夜月白风清，不可以无佳句，卿当赋一《临江仙》调以抵之可也。吾击钵为信，若立刻响绝而就则已。"因戏曰："不然，则上自玉楼，下自冰室，亦与君俱往然。"击钵之音未终，而玉贞之词随继。词曰：

扇动笙萧声袅袅，玉轮光浸寒波。风摇花影美娇娥。欲凭十二曲，试问夜如何？天柱指迷人去久，疏星空绕银河。细思好景暗消磨。天街凉似水，素露接飞蛾。

生见玉贞所赋之咏，不无枯淡之意。其中所蕴者，例此可知其余。无奈何，知玉贞决不可犯，言语颠倒，进退怆惶。玉贞又慰之曰："慎宜郑重，愿君抽织锦之一机，露操月之半指，但迟之以岁月，即当期报。吾岂守株待兔者耶。"生曰："不再青春，光阴流水，无凭白发，百年身世一浮萍。若迟之以岁月，吾知心与时驰，意与岁去，鸡皮鹤发，是之谁愆?"言毕，忽闻众声喧哗，遂遁去，不得再语。生次早，闻鹧鸪鸣，因占七言绝句一首：

苦竹山头苦竹西，山寒竹苦鹧鸪啼。

逢前正好鲜徨立，又向相思树畔啼。

复因爱莲亭下有含莲数朵，故题一绝于亭之右，以示玉贞云：

浴罢贵妃出水偎，便将玉手托香腮。

风尽作催花鼓，何事含情不肯开?

生自会玉贞之后，酝成采薪之忧。桂英以告玉贞，玉贞遂作《天仙子》词一曲示生云：

流水桥头舟一带，情重骚人不堪载。谓言消瘦怕郎招，忧未解，愁先碍，谩说江山如有待。阆苑多春无处买，抚景平怀增感慨。寄君着力把金钩，宜作态须宁耐，都付五湖明月在。

生见桂英持至，大喜。开视，竟无遂愿之意。复泪笔题《长相思》曲以答云：

风一林，月一林。景少情多两不禁，羞弹靖节琴。忆归心，数归心。血泪滂滂满素襟，西山日半沉。

玉贞见生诗意飘荡，又恐有累生躯。所谓娘者，乃女之从婢，虽容貌不及玉贞一二，但其体态窈窕，真仿佛一玉贞也。玉贞平日喜其姿容类己，以善遇之，至此，不得已，以厚谋之。且曰："以意感人，人以意投。以德感人，人以德报。报施之道自然。你在我荫下有日，未尝以薄亦未尝寄一切己事。奈我因与武功苏宫人有约，今日我疾作，不可以风。愿汝代我可否？"又以行事之实告之。娘平时，蒙思戴德之良多，奔走承顺之不暇，即应曰："敢不从命。若于明烛中，不无妍媸之别乎？"玉贞曰："不妨，吾有善处之之术。且我与苏公子，交日无多，而汝又不为熟。愿汝勿以圭角太露。"遂使调己之言，服己之服。又先遣桂英，持《画堂春》词以许生云：

> 银河一派鹊成桥，因风吹下文箫。牛郎织女会今宵，还咏桃天。好把雅
> 情持重，雨暮云朝。花窗月上影斜摇，报道佳招。

生见词意有许，欣慰有加，乃扣桂英曰："吾闻，轻诺者必寡信，小姐欺我乎？"桂英曰："小姐岂有欺官人之心。"临行又曰："请官人勿秉烛以待，恐隔窗有耳，傍隙有人。"生信之，如其言，候至三鼓，果见前至。远迎曰："卿今日作个信人也。"挽之入室，引于帐下。交好之情，虽悲翠之在青霄，鸳鸯之游绿水，未足谕也。相与枕藉，不知东方之既白。娘告归，生送之数步，乃觉。且笑且喜，遂作近体一律，托娘示玉贞云：

> 嘉会相逢实不期，思因依反好因依。
> 蓝田美玉双呈瑞，沧海明珠两蕴辉。
> 异草肯同繁草梦，野花偏艳好花枝。
> 充肠不及灵薯蓣，一粟安能止得饥。

玉贞见机不密，深为失意。明日接生于凝碧亭后，抚掌大笑，戏生。生笑曰："一娘亦足以慰山伯耳，非卿阴德乎。"计其何以得解白登，自后疑怨更生。因作一《思归

望云忆归期，归期是何时？卷帘对明月，明月天一方。故园松菊知犹芳，清风满林谁主张。倚楼醉把梁州按，孤情正属人倚阑。千里家乡回春晚，惟有故山劳望眼。

生父母，以生久在他乡，遣书促归甚急。生无奈，告禀夫人。夫人知其势不可留，谓生曰："久劳调护，飘然非愿。郎君远念，音书宿诺，可乘便俯临。命酒钱行。酒罢，生致谢而退。时节在端午，生写一律，并前所赋之谣与桂英，以达玉贞。诗曰：

清湖竞渡属端阳，解语琼荷作意妆。

爱俗且从传角黍，洗心犹愧浴兰汤。

诗因趣少吟来涩，花为风多灭去香。

万古无私天上月，照人窗下读离章。

玉贞见诗，已知生去，悒怏满怀。是夜，伺夫人睡尽，欲与生寄别，又恐生窃私之意未除。乃率从妾三五，潜出别生，相视饮泣。生曰："风景几番，我怀为之牢，寞甚牟。正所谓落花随水抛人去，劳草连天何处归。然国华早夜思卿，或展转在傍，或举目如见。故诗曰，既见君子，我心写兮，若则未见，而写我心。卿何寡情若此哉?"玉贞曰："君知其然，而不知其所以然。吾忝风流余韵，情私恐玷于品流，父道母仪，家教素遵于弱质，诚闺鲷是非，吾恐项庄舞剑，意在沛公。周公戒子，责在成王耳。在我，固所甘心，于君诚恐累德。至曰附会支离之词，致之勿论。八极虽广，寸眸可圆，万物虽多，一朝可齐。卿若以心视我，何惮事之不周，但无心故也。一念之中，惟君是仰。我固有解珮之情，君只恐贻养鹰之诮。幸吾严君，有室家之遗命，慈母有敬爱之宿心。但子力为维持，庶几种玉之缘克谐也，同心之愿永于也。"生但含默不言。玉贞无奈，又慰之曰："君到家，因便速来，休轻远别，向后当期所报，勿以凄怆之情，见累青云之体。"言毕，双泪交流，须臾告归。生无已，乃姑留之。玉贞亦不忍舍去，因并坐中庭之前。生遂缀一律以与玉贞，诗曰：

　　琥珀杯中酒正浓，却教马首驻江东。
　　苍茫别意鸡三唱，迢递烟波恨几重？
　　眉黛锁愁山聚碧，泪痕轻坠烛摇红。
　　凄凉不尽相思话，惊起沙头一个鸿。

玉贞依韵答生云：

　　留别空余夜色浓，伤怀人坐竹林东。
　　风拂席荷香满，明月穿帘树影重。
　　绿鬓多因愁里白，朱颜非为酒中红。
　　相看莫便移青眼，好把平安报便鸿。

顷闻庭树中有慈鸟，惊林飞鸣。玉贞吟一绝以赋之云：

　　惊鸟飞过断桥头，拣尽寒枝不肯投。
　　莫道栖身无定处，海棠花外有高楼。

生疑玉贞"海棠花外有高楼"句有异志，谓之曰："吾暂舒飞燕之眉，又饵祖翁之计，每于君前白诸怀抱，不惮烦劳，第感道及前词，足慰黄金其诺。但日睽颜角，则时曳心旌，正谓'相思相见知何日，此时此夜难为情。'卿何谓出此落句？"玉贞正色对曰："独不闻乎说诗之法，不可以一字而害一句之义，不可以一句而害说辞之意，当以己意，迎取作者之志，乃可得之。且君与我之私，名虽无点水之交，情则有丘山之固。偶然之句，何足疑哉。定不以此身而落他人之手，如果不遂所志，吾有死而已。"

遂剪发为信。生信其义，不胜所慰。玉贞面生，再拜曰："吾只此别君，明日不能出矣。"生曰："吾明早言还，必欲愿卿一见，胡云不出，使我心伤。"玉贞曰："百结愁肠，难誊口说。吾于一日十二时，时时兴叹。五更两三点，点点思君。岂不愿见，若见则情重，浃连而不自知其丑，人众中猜疑之诮何迫。"生曰："彼此皆然。"各辞退，明日清晨，玉贞遣娘行《阳关曲》一阕，及白绫绢数十匹赠生，曲云：

风飘落叶蓬蓬雨，水面芙渠犹泣露。洪都人去海茫茫，梦魂不到阳台处。天长地久两鸳鸯，爱合双飞便双死。早来勉强傍妆台，欲插花枝泪如许。苏卿锦上织回文，浑是相思徐作缕。尽多恩爱只如此，愿君勿作无根树。苦苦留君君不住，赠君一阕阳关语。

再有绝句一首：

独怜幽草雨中残，游于思归泪不干。
南望关山云不断，怎禁惆怅送君还。

生立缀前韵，并以大珠数十颗，以答玉贞云：

夜来听彻芭蕉雨，泪染西湖荷叶露。嗟哉孤雁傍谁飞？含悲啼过花深处。碧玉连环能解时，我生何惮蜉蝣死。燕子楼中寂暗尘，雾鬓云鬟在何许？坐对寒灯数点红，柔肠散乱千千缕。咫尺天涯夫彼此，两地栽培连理树。绿窗犹唱留君住，落花满地莺无语。

再和绝句一首：

一声鸡唱五种残，花外朦胧露未干。

惟有多情双蛱蝶，向人飞去又飞还。

生次早遂归，既达父母侍下，而子职克勤。抵载爰爰，谩把白云翘脱重；小心翼翼，聊将寸草报春晖。四体谕一乐之意，满堂坐毡未暖，仕路随登，与友人黄中，俱赴春选。果联高第，惟黄中次之。殆见其步下香氤氲，天根月窟；笔头花灿烂，玉戛金铿。十里长安，香杏暗随追电马；白云深处，神仙沉醉曲江春。生因作绝句一首：

琼林宴罢出紫宸，绣幕争看第一人。
高着锦袍声价重，马蹄踏破风池春。

黄中答曰：

蓝袍气概动丹宸，始信文章不误人。
回首长安红几许？鬓边尤带一枝春。

时有名宦所作词令赠生，并附于此：

游阆苑，步金銮，宴罢披衣上绣鞍。月窟天根文有价，满怀星斗灿波澜。

七言绝句诗一首：

玉骨英才天下奇，匆匆瑞色上双宜。
姮娥不惜蟾宫桂，付与东风第一枝。

时有邓平章者，重生少年儒雅，心愿以女妻之。遣门生求请。生感佩玉贞之意，不忍背之，固辞。谓门生曰："宠以郗鉴之招，敢效宋弘之辞。第我，上有啮指之亲，

礼所当告；下有之妇，义不可忘。汝于公相处，善为我辞。"门生以生之言，告于平章。平章喜生志节，不与之强。次早，生遂以省亲之故乞归，上许之。寓金陵，因作律诗一首：

　　　夜梦慈闱病鲤鱼，便从金阙捧丹书。

　　　候门稚子迎归骑，夹道乡人迓使车。

　　　天上风云终有待，堂前定省恐生疏。

　　　知源好在全忠孝，明舞班衣慰倚闾。

　　时玉贞年芳貌美，常见重于贵戚豪族，俱各为子求亲。潘夫人多不之许，遂遣东风楼下老姬，持书于生父处，言亲事。生父大喜，遂涓择吉，纳采潘府。玉贞喜之特甚，因作律诗一首：

　　　自古姻娅不偶然，赤绳系足总前缘。

　　　欢声缭绕弦歌曲，瑞气笼葱鼎沸烟。

　　　凤卜示占宜敬仲，鹿车共挽慰鲍宣。

　　　夜阑几度忘情后，多把茗芽试玉川。

生亦作律诗一首：

　　　画锦堂前春色浓，灵芝瑞草庆重重。

　　　麝兰香衬三千履，罗绮红飘万里风。

　　　谩学谪仙夸绮凤，未几黄宪愧乘龙。

　　　自家一段风流种，何必巫山十二峰。

　　生题名后，不以报政为事，惟以可人是思。常自言曰："应举不状元，仕宦不宰相，虚生也。"然企慕玉贞之切，未尝顷刻而忘于怀。正仰想间，忽报潘夫人遣人致贺，并玉贞托书达生：

妾潘拱璧，书奉苏先生茂才逸史。别来未几，企仰殊深。飞梦之思，无日不形诸左右，但恨无生生缩地之求得以了此生良缘也。恭审秋元得隽，而大魁天下，名播圜宇，诚风行海流之四溢也。则异日十八瀛洲，拟猜天风扶玉步；三千礼乐，俄看宫锦动金銮。妾之平生所怀，今已大慰矣。然画阁情深，愁拖万缕。每欲对面而谈，抵掌而论，斯愿莫伸，为之奈何？白而倚栏，黄昏抚几，度日如年，知妾之心乐否也。万望马首东行，复绝结纳，则前日姻缘，宛然在目。笔砚琴书，既足以供文士之高致，而新恩旧爱，又足以赏吾辈之深情。彼此两心，各偿所愿，亦一大快事也。不然，则一在天之涯，一在地之角，纵有驰情劳思，而两无所得耳。惟冀早图，万万。

生遂因以致谢之期而往。既踵门，夫人见生至，且贺且谢，遂馆生于贰室。生起居月余，莫能与玉贞诉一衷曲。

一日，因夫人出于林大尹家。生见玉贞于接天楼下，进步揖之，且喜且悲。玉贞曰："吾别君久耳，而落月之思，停云之想，不待赘言。君何薄幸，不传青鸟之书，徒使人咨咨于仰望之际。"生曰："书不尽言，言何多耶。以无限之情，而归有限之笔，吾恐画马不能尽其毛，画山不能尽其高，不如无书之为愈也。"玉贞曰："然。"但以彷徨是立。生曰："笔舌之言，未可以量人之心腹。就中之举，方足以见人之真情。卿向者，一则恐致家门之辱，次则恐陷守身之污，吾因不敢犯。今则六礼告成，请毋以他辞见却，万冀见怜，吾书中之所愿足慰，何必华礼左方，从事虚文之为意载。"玉贞笑曰："君不见太阳之照，虽不求葵藿之倾，而葵藿自倾。和气之至，虽不求鸧鹒自鸣，而鸧鹒自鸣。曩者，吾所以不如君愿益请，佳人不可以私奔，才子不可以窃娶。今幸箧中得于祐之红叶，笼内悬宗室之白雁。从此失身，毕竟无秀兰之议。既闻我母，始终为苏子之妻。"遂与生携手于枕流亭，达览秀窗下，指窗后一门："今夜可纳。"约自

三二二

牖。生再揖而退，喜而作七言律诗一首云：

八面明窗次第开，伫看环佩下瑶台。

闺门春色连新柳，岭角寒香梅自开。

影动花稍明月上，风敲竹径故人来。

合欢一幅鸳鸯锦，都什东君自剪裁。

时野马安闲，谯楼三鼓，生重以期桥之信，旁通方便之门，乃寻入四彻堂之翠围阁下，过爱梅轩，轩后乃得玉贞寝所，名曰卧云窗。玉贞方倚窗而望，望见生至，且惊且喜，迎之入室。室内锦绣盈屋，沉檀扑鼻。有水晶小几，高阁今古之书；云母围屏，模写淡淡之笔。又锦囊响其内，银瓶插紫笋其中。窗前绿竹数竿，时舞潇湘之雨；品花几朵，艳妆金谷之春。窗左畔，粉墙四塞，或小石青蒲，布置清雅。窗右侧，引流为池，真所谓神仙洞府。生未暇遍现，即携玉贞就枕。玉贞犹惑，羞于进退之间。生曰："漏催晓箭，月倒琼楼，恐过此则幸会难逢。但尔我情深，又何怯羞之有。"强携入帐中，为之解衣，并枕而卧。生视玉贞，体态丰而且艳，犹美玉之无瑕，尚有异香可掬。玉贞曰："吾深居久处，世故不谙，枕席之欢，万惟情谅。却不道，娇枝未惯风和雨，吩咐东君好护持。"生曰："护持之意，我固知之，请将勉强于今宵，庶几见惯于后日。"然合欢之际，玉贞乃娇啼嫩语，恐惧逡巡，似有不胜之状。生曰："歹即也毋执，早不念人断肠，今日方知断肠由。"两情会合之际，虽巫山洛浦之遇，岂可以同日语哉。既而雨散云收，玉贞笑曰："君之千方百计，我之万转千思，自今日足耳。"生于枕上，口占《苏幕遮》词一阕，与七言古风一首，索和于玉贞云：

洞房幽，平径绝，拂袖出门踏破花心月。钟鼓楼中声未歇。欢娱佳境，撞入何曾怯。拥香衾，情两结，覆雨翻云，暗把春偷设。若断良宵容易别，试听紫燕深深说。

七言古风诗曰：

兰房几曲深悄悄，香腾宝鸭清烟袅。
梦回绣帐月溶溶，展转牙床春窈窕。
无心误入少年场，但闻丝竹生宫商。
滞情欲起娇无任，须教宋玉赋高唐。
洞开重重无锁钥，露出十双红芍药。

玉贞亦和《苏幕遮》韵，及律诗与绝句，各一首：

漏声沉，人影绝，亲手相携转过花阴月。莲步轻移娇又歇。怕人瞧见，
欲进羞还怯。口脂香，罗带解，誓海盟山，尽向枕前说。可恨灵鸡催晓别，
临时犹自低低说。

着人情意觉初阑，试把鲛绡仔细看。
到老春蚕丝乃尽，成灰蜡烛泪方干。

颠鸾倒凤惊花外，软绿轻红异世间。
两字风流夸未了，鸡鸣残月五更寒。

槛竹敲声入小斋，满腔春事浩无涯。
一身径藉东君爱，不管床头坠玉钗。

正是：解冻东风，红雨乱飞春雁字；偷香粉蝶，花房深宿夜风流。玉贞为情所困，
乃藏生于内阁下十余日，夫人不之知。所知者，惟兰英、桂英而已。吾知其不谓天上
姓名播扬于主行子，只知两心娱合见惯于司空。时命桂英取酒于生饮。玉贞口占一绝

句，以勤生云：

日月相催似跳丸，诸君莫强素杯难。

扁舟老叟今何在？难买生前一笑欢。

生亦吟一绝句以复玉贞云：

临风随意荐露杯，笑指桃花上脸来。

且问醉乡佳景好，绛纱深处玉山颓。

时酒初阑，生曰："忆昔河都之会，于载几更，岂期得遇今日。"因以神语一节告之，玉贞叹而异曰："心亲则千里晤对，情异则连屋不相往来。以神语而观，信其然耳。"玉贞曰："眉尖目角之意虽有，缘不知及此。但以诗词自抑，不下百首。"生曰："彼此皆然。"遂俱出前遇所作绝句诗章，录一二以呈。玉贞诗曰：

十分春上小桃红，谩有灵犀一点通。

闭户固将踪迹避，几回无语立东风。

又

野花狼藉怨胭脂，垂却疏帘不忍窥。

试把银缸聊一照，从容吟彻四愁诗。

又

隔楼掩映夏云峰，写景无文亦不工。

粉蝶不随春去也，飞来池馆舞薰风。

又

新留一点绿枝头，手捻花枝独自羞。
此恨付随流水去，长江不断许多愁。

又

渭水滔滔空自流，落霞飞断楚江秋。
玉楼深锁薄情种，何处逢人唤莫愁。

又

绣帏展转奈何孤，壁上残灯半有无。
辽阔莫嗔音问少，楚天沙漠雁来稀。

又

细雨飘飘入纸窗，地炉灰尽冷侵床。
个中正罢相思梦，风扑梅花斗帐香。

又

雨打芭蕉竹动风，无聊欹枕听僧钟。
不禁夜雨清人骨，一笑开门雪满松。

苏生诗曰：

我生非醉亦非痴，何事无忧每皱眉。

凝望阶前谁是怨，杜鹃啼在落花枝。

又

满眼风光转眼移，残花委地欲成泥。

舍琴暂息商陵操，静听山禽绕树啼。

又

绿荫松萝暑气凉，清泉泻入小池塘。

人闲昼永无聊赖，一朵荷花满院香。

又

新篁小阁午风飘，何处朱唇印洞箫。

鸳鸯惯从花下立，一双添出许多娇。

又

飒飒西风金铁鸣，黄花落地寂无声。

清秋莫道无颜色，一叶残荷罩鮟鸽。

又

明月荷花远近洲，堪惊又是捣衣秋。

暗中不道流年换，底事青春也白头。

又

玉宇微茫白雪倾，疏帘淡月照人清。

凄凉睡到无聊处，怪杀寒鸡不肯鸣。

又

铁马喧风菊尽残，起来和梦倚栏杆。

修心不到梅花地，耐得山中一夜寒。

　　既而览毕，生乘醉，与玉贞携手，纵步于绣金亭，进雪月轩中。生见石壁深高，幽篁邃密，林障秀阻，人迹罕交。生欲与之构欢，玉贞不从。且笑曰："如此日丽中天何？"生强之，乃从。但见艳体露杨妃之玉，朱唇点汉署之香，其两情吻合，弗克名状。时玉卯酒未醒，随生遣兴。酒醒之后，钗横鬓乱。生曰："卿子亦所谓海棠睡未足也。"玉贞号为田棠红，遂缀一律诗与生云：

带雨笼烟匝树奇，妖娇身势似难支。

红推西国无双色，春占河阳第一枝。

浓艳正宜吟郑子，工夫何用写王维。

合情欲把芳心束，留在东风不放归。

　　生亦作古风短篇一首，答玉贞云：

洞庭昨夜春风起，又见海棠花吐蕊。

幽姿淑态最风流，一枝低带鸳鸯睡。

朱唇得酒猩猩足，太真亭外凉新浴。

春雨晴天笑半开，纷纷桃李总媚俗。

　　诗方就，不觉夫人信步于后。时生与眩贞方交体面坐，鬓发纵横，见夫人至，大恐，莫能趋避。玉贞顾生曰："毋恐。"因谓其母曰："向者，天缘事合，儿女情多。隔水赋梅花，非谓广平之罪。上楼见杨柳，乃知王子之愁。仗以儿女犯私通之咎，非不节之名。惟冀泰度包荒，庶几以恩合者终于恩，以情合者终于情。"生但鞠躬惶恐而已，不瞰翘首。夫人宠爱玉贞与生，颜色如故，乃谓生曰："吾见私奔窃娶者，当加犯法之名。正娶明婚者，莫作违条之论。顾玉贞，乃寡人今日之门楣，却为郎明日之箕帚。郎君毋恐也。"遂择吉完亲。玉贞因作律诗一首以赠生。诗曰：

朱陈秦晋喜齐谐，剩把华筵月下排。

天意却符人意好，恶缘向作好缘来。

香芬仲宝莲花幕，光满温郎玉镜台。

今夜洞房春万种，不顾蝶使与蜂媒。

生亦庚前韵，以答玉贞云：

不事佳期却偶谐，都缘天意巧安排。

野花有约常开落，浪蝶无心自往来。

静与瑶笙陪绮席，醉乘佳趣上高台。

几回惹得疏狂兴，竟向东风独自媒。

　　生既卒以合卺之后，置富贵于度外，不以试文为念。玉贞常道之曰："子幸衮龙殿

上，曾夸独对之三千，朱雀桥边，不作寻常之百姓。念予之赋情有日，期子之兼善及时。方今，纲纪纵横，民生涂炭，于可展擎天之手段，沛大旱之甘霖。上可以柱石朝廷，下可以雨露海宇。且龙以屈伸为神，凤以嘉鸣为贵，何必隐形天外，潜鳞于重渊哉。"生见其有道之语，亦委听从之焉。时在七夕，玉贞命价荐酒，遂与遣情。乃口占律诗一首与生。诗曰：

> 九霄高驾众星桥，罗绮香浓步阿娇。
>
> 玉树三更云漠漠，银河一带水迢迢。
>
> 欢娱只恐催银箭，情绪难禁倒翠翘。
>
> 都付两心天地老，何妨暮暮与朝朝。

生见玉贞咏七夕，乃作借花说以答云：

余生平，有诗酒琴棋之趣，兼耽风花雪月之怀。尝遍撰名花，而植于系春之堂。莫不爱恋保护，而灌溉栽培，无所不至。故其花，有红沉而醉西施者，有含嘻而笑妃子者，有富贵而傲凡品者，有隐逸不染尘滓者，有先名而占春魁者，有独秀而喷秋香者，有妖娇而媚东风者，有冶艳而妆朝雨者。

独见一朵，长鬞有恨，如怨如诉。余乃进而解之曰：花呵，花呵，他尽为悦己之容，媚人之色，而何失颜不展，恨不抬头耶？莫是为残红西飞，却怨着五更风恶耶？莫是为纷纷点苔，却怨着妒雨相摧耶？莫是为冉冉绿荫，却怨着门外之无为借问耶？莫是为飘风万点，却怨着欲尽之无为经眼耶？在消长者，时也。

爱憎者，情也。时不能常遇，情不能以无徇。故姚公之徇于牡丹，不无富贵之怀。周子之徇于莲花，偏有隐逸之趣。渊明之于菊，和靖之于梅，宝郎之于柳，王氏之于槐，各徇其情性之所安。虽有异芳奇品，亦不为之移其所甚好。尔亦随其所遇，随其所好而已。于天，夫何怨。于人，夫何尤？于

是花，乃偏反。

　　叶垂露滴如啼泪，若有悟于相解之有感者矣。但又未能释然，消勃然兴。故余又解之曰：道当反之于己，变则委之于远。但恨自枝之无叶，莫怨太阳之独偏。自恨花锦之无似，莫怨有花之无人。可知东风不私被，云雨无择施。或有惜此而起早者，有恼此而眠不得者。或有莳菲无弃，下体拱把而兼所爱，则彼无专厚，此无独薄。花又何怨，花又何尤。花乃一技微动，随风上下，有若点头道是者然，作惜花说。

跨天虹

[清]鹫林斗山学者 撰

卷一 （原缺）

卷二 （原缺）

卷三·第一则 （原缺）

跨天虹

卷三·第二则（缺目）

（上缺）出房，转过天井，只见屈氏与濮义老婆痴呆呆的立在那里。友生看见，吃了一惊，连忙回转书房睡了。屈氏与濮义老婆领了朝云，回到房中，问道："姑爷怎么说？"朝云不敢隐瞒，从头直说，气得那濮义老婆捶胸跌脚道："什么要紧，断送了我一个女儿！"鼻涕眼泪哭个不住。屈氏道："适才嘱付你的，临期须要叫喊，为何你绝不出声？"朝云道："我本要叫，无奈姑爷将那蜜甜甜的舌尖儿填塞在我口中，一时叫喊不出。"只见那小川走过来问道："这事怎么说？"屈氏将朝云的言语说与小川听了。小川道："既然如此，料不是个呆女眷，明日与他讲话。"屈氏道："这是我们不是，与他何干？"只是到了初六，要他拜花烛。若还不肯，须索处治他一番，方出此气。"大家怨怅了一会，各各睡去。不题。

且说友生为这朝云，一连住了几日，每每黄昏时候，直等到二三更天，方才去睡。想道："我与朝云勾当，他父母若还知道，必定加之颜色。若不知道，缘何截足不来？这事大有可疑。我明日私下问他一声，方才放心。"候到次日下午，只见朝云独自一个在角门□□□□□。友生四顾无人，走到身边问道："朝云姐，为何晚间不拿茶来？"朝云道："母亲知道了，连赠嫁不稳哩。"友生听了这两句话，不假思索，已是回报肚肠，笑道："缘分若此，何命之蹇也！"这日到房就睡，想道："不要没主意，明日回去吧，若再迟延，便落他局了。千着万着，走为上着。"到了五更，穿好衣服，出房竟往后门一溜，逃之夭夭去了。到得家中，父母尚未起床，便到房中收拾铺陈银两，叫琴司挑了，连父母也不别，雇了一只小船，往杭州进发。不题。

且说小川侵早起来，差濮义去叫厨司、定戏文，家中打点，好不闹热。大家忙了一会，只见濮义老婆慌慌张张走进来道："昨夜失贼了！"后门已是大开，检点家中并不失脱。前前后后俱已看到，只有书房失了一个女婿，连忙报与小川知道。小川晓得他逃走回家去了，再叫濮义请来。濮义走到陆家，见了天成，说道："家主多拜上相公，今日要姑爷另拜花烛，特着小人来请。"天成道："自那日到你家来，并不见他返舍。"只见管门老儿进来对天成道："小相公天未明敲门进来，叫琴司挑着行李，不知哪里去了。"天成即将此话复了濮义。濮义领命而去，回复小川。大家一场扫兴，气得十生九死，不在话下。

且说友生一程来到杭州，看见西湖景致，不胜欢喜。盘桓数日，再四流连，又恐父母差人追寻，须索远遁才是，即便渡行。盘山过岭，吃尽奔波，行了半月，已到江西地面，落了饭店。想道路已远了，不必再行，思量觅一住房，安顿身子，用功读书。只见店门前走进一个客人，也是投宿的，因来迟了没有空房，就与友生合着一个房儿，彼此拱手。友生问道："请问老兄贵姓大名？仙乡何处？"那人道："小弟姓严名真，住在吴门。"友生也通了姓名乡贯，两人俱是同乡。友生道："老兄到此贵干？"严真道："家兄严悦，现任吉安知府，幕中乏人，家兄特令小弟返舍，觅请幕宾，因而到此。但不知尊见到此何干？"友生道："小弟有一敝友，在吉水作邑，特请小弟入幕。不料中途闻报，他已丁艰回去，所以羁迟在此。"严真道："不知尊兄肯到家兄敝署去么？"友生道："小弟匪才，恐不堪为令兄鞭策。"严真见他言语温雅，人物稀奇，必是个有学问的人，要他同行，庶免归家，省却往返之劳。遂叫店主人设下一壶一菜，两人对酌。言语投机，竟成莫逆。到了次日，严真替友生算还饭钱，二人雇了轿马，一路往吉安进发。

且说朝云自友生去后，朝思暮想，病了一年，把一个粉装成、玉辗就的容貌，弄得骷髅相似，服药祷赛，全无应验。临死之时对母亲道："孩儿大约不济事了，箱内有一题诗汗巾，千万要与我带去。"濮义夫妻连忙向箱中寻觅，果然有一汗巾，将来递与女儿。朝云看了这件东西，倍增伤感，霎时间便瞑目而去。竟与巧巧之死却无两样。

要晓得这两个魂儿，是与友生不肯干休。果然精灵不泯，到了阴司恰好遇见巧巧。说来都是陆友生的冤家债主，到了阎罗案前，双膝跪下，把陆友生的薄情短义，哭诉一番，还要思量回阳，与他聚首。阎王即查姻缘簿上，陆士善与巧巧、朝云风缘已满，无容复合；更查得陆士善本该少年科甲，因他无故弃妻，上帝嗔怒，将他前程革去。二人听了，哭倒在地。阎王道："你二人阳寿虽未该绝，但已脱胎离舍，不得回生。且放你作流荡游魂，遨游尘世，直到阳寿终时，再行发放。"二人随风化影，离了阴司，一径往吉安府来。正是：

冤家本是前生结，来世冤家今世成。

按下不题。

且说濮小川养了这个女儿，受尽万般气恼。女婿逃走出门，杳无杳信，养着女儿，终无结局。若还改嫁，倘若女婿回来，又费周折。正在那里与屈氏宛转踌躇，没法布摆，闻得朝云死了。小川道："我们不若将朝云当作女儿开起丧来，只要瞒得陆家耳目。"屈氏道："依你见识，将大乔着放何处？"小川道："我有一个表亲，叫做孔方，他领我三千本钱，在吉安府开张饭铺，将女儿寄送他家，等事冷落，另择一配，岂不干净！"屈氏道："只是女儿自小在我身旁，怎忍舍他远去？"小川道："事到其间，不得不如此了。"便与濮义夫妻说知。濮义也落得如此，即报到陆家，说大姑娘死了，殡殓成礼。陆天成夫妇都来哭吊，信为实然。只是苦了朝云，活也要他替，死也要他替。不觉过了七七之期，小川另差管家濮忠夫妇，准备盘缠行李，随了大乔直到孔家。濮忠先进投书。孔方见书，便请侄女进内，见过了礼，收拾房帏与他住下，孔方就嘱付媒婆，要寻亲事。那知这个滞货，到处不通行的，一连说过四五十家，没有一家落马。又耽搁了几个年头，绝无受主，媒婆说合之兴渐渐已阑，大乔要嫁之心也渐渐淡了。正是：

命运不该天喜动，红鸾偏照别人家。

且说陆友生在严悦府中做了五年幕宾，囊中积蓄也饶，就改名严豫，随任进学。一日忽有报来，钦取严公进京，严公欲带友生同去，友生想道："多年不回赴考，这秀才已是久旷的了，若回去时，岂不两头脱空？不如再等两年，乡试中得一名，娶他一个标致娘子，那时衣锦荣归，一举两得，却不是好！"写书一封，烦严公带回，自己租了一间民房住下，且自用功读书。

适值七月七日，家家乞巧穿针，友生想道："今日是巧巧生日，我若在，必与他称觞欢喜。如今天各一方，急切里不得见面。"不觉流下泪来。便口占一律道：

两地相思各泪流，天边枉自说牵牛。

难消帝女千年恨，欲解仙媛七夕愁。

绣阁雨云情耿耿，绮窗风月思悠悠。

巫山远隔银河水，悲断人间宋玉秋。

吟罢，只见门儿呀的一声，不知甚么人来，且听下则自有分晓。

卷三·第三则　俊郎君鬼媒合卺

却说友生见门开响，抬头看时，只见一个妇人，年约三十上下。友生急忙起身，上前施礼，问道："娘子何家宅眷？到此贵干？"那妇人道："老身姓魏，不知进退，特来为相公作伐。"友生道："承魏娘见爱，深感美情。只是在下立心，必得才貌双全的女子方肯娶他。"魏娘道："老身说千说万，并不曾误却人家儿女。这位姑娘年已长成，生得如花似玉。相公若娶得成，将何以报我？"友生道："果如所言，自当重谢。"魏娘笑了一笑，起身告别。友生问魏娘住居，魏娘道："大街东首第三个牌坊下便是。"魏娘别过，即转身到孔家，与大乔做媒。孔婆道："我女儿说过几十头人家，只是我不中意，所以迟延到今。今日魏娘说的，必是好头脑。"魏娘道："这严相公人才出众，是个当今饱学秀才。"孔老晓得是太尊的幕宾，自然有力量的，即便应允。

到了次日，友生去见魏娘道："昨承所论，愚意必得这女子觌面一见，方才放心。"魏娘道："这个使得。"即同友生走到一个大户人家，请友生坐下，自己进去，有一杯茶时，只见两个丫鬟扶着一位女子，轻移莲步，袅袅娜娜走将出来。直至厅下，对友生行礼，立了少顷，便同魏娘转身进内。友生见了，神怡心爽，好生欢喜，以目送他进了中门，方才转眼。不料地下失了一条汗巾，友生拾起，恐人瞧见，不及细看便藏在袖中。魏娘出来，即便起身，一路里问道："相公可中意么？"友生欢喜道："果是一品人物。但不知要多少聘金？"魏娘道："聘金他也不论，只要人赘过去的。"友生道："这也使得。"当下就别了魏娘，择日行聘成亲。

到了吉期，友生打扮停当，行人已来。即便上轿，迎到孔家，合卺已毕，魏娘谢了出门。友生走到房中，看见这个新娘，心里惊讶道："怎么不像前日相的？大有原

故。"连忙扯到面前，仔细端详，不觉暴跳如雷的嚷道："那里来这个怪物！我前日相的是十七八岁一位标致女子，你们掉了包儿哄我，我要去告状哩。"孔方听见房中聒噪，即忙走来询问。听了友生这些说话，便道："我的女儿何曾有人相着？这话从那里说起？"友生道："那魏媒婆同我来的，两个丫鬟扶出一位女子，生得如花似玉，那里是这个东西！"孔老道："你敢是见鬼哩！那里有如花似玉的与你相。"友生道："岂有此理！相亲这日，那女子还遗下汗巾一条，我拾在此，拿来你们看。"急到箱中取出汗巾，递与孔老。孔老接来一看，上有蝇头细字。友生接过方才看见，念了一遍，惊道："好奇怪！是我赠朝云的汗巾，缘何在这女子身边？只要问媒婆，便知端的。"要孔老同去。孔老见他语言诧异，也要寻着媒婆讲话。

两人气昏昏走出大门，到得第三个牌坊脚下，只见都是一片空地，那里见个房子？媒婆也不见面，二人目瞪口呆，朝这空地看了一会道："好奇怪！好奇怪！"问那邻近的人，个个都说没有什么魏媒婆，这空地十年前做了检尸场，所以无人起屋居住。翁婿二人面面相觑，难以解分，只得怏怏而回。对家中说了，各各称怪不已。

友生坐在房中，将这汗巾儿翻来覆去，想了半日，全没理会，也只好丢开肚肠，置之不问。只是如今娶了这个妇人，又弄得不上不落，必须再逃，方得脱离此难。一夜不睡，挨到五更，开门竟走。不料被管店的瞧见，报知孔老。孔老即唤三四个童仆追寻。半途赶着，扯了转来。孔老夫妇十分气恼，对友生道："事已如此，贤婿为何不别而行？难道将我小女弃而不管，使他白头抱恨？岂是君子所为！"友生低头不语。孔老晓得大乔初次嫁的丈夫，已是逃走去的，如今见这个又走，恐怕去而不返，又是一桩不了之事，不由分说，竟推他到房里，将门锁上。四外窗楹墙壁，防得紧紧密密，三餐茶饭用一转斗传进。如此布摆，任你有翅难飞。

友生坐在房中，犹如槛猿笼鹤，无计脱逃。没奈何，忍气吞声，延挨朝夕。孔老想道："女婿不是犯法罪囚，如何幽禁在内？不若将大乔黄昏放他进房，清晨出来，一则使他不见丑貌，二来又好同床。后生家或者回心转意，也未可知。"那知这陆友生比那鲁男子柳下惠的心肠更坚几分，一任他睡在身边，毫忽不动声色。过了几日，连大乔也不肯进去。这也是友生一点求才爱色的真心，所以坚执如此。

不料孔方运倒，一日三更时候，忽然门外人声喧嚷，劈门上瓦，都是盘头盖脸一班强盗，明火执杖打进房来，惊得友生无处躲避。四下搜寻无物，就把友生绑缚起来，将火草浑身烧烤，逼着献宝。友生受苦不过，只得说道："要宝须在后面楼上。"强盗牵了友生引路。友生才到他家，路径又不熟惯，却被强盗一步一棍，打到后楼。倒笼翻箱，饱欲而去。仍恐有人追赶，把友生牵到二三里路外，方才放他。

友生没命奔逃，步履跟跄，跌得昏晕，扒将起来又走，不料脚下鞋儿掉了一只，满地去摸，鞋子却摸不着，倒摸着圆揪揪沉重重一个包儿，想是强盗遗落在地的。友生拿了，藏在腰边，心下踌躇道："我若回去，他们必竟依旧锁在房中。我若不回，无奈不曾穿得下身衣服，倘若天亮。成何体面？"正在没法之际，忽见玉兔将沉，金鸡报晓，少顷天色已明。友生止好蹲倒身子坐在地下。这些地方上人，见了这个奇货，周回圈定，问他来历。友生到答应得不耐烦，忽见一个小使从人丛中捱将进来。看见，叫道："相公，穿了衣服。"友生抬头一看，不是别人，却是琴司小使。他夜里听见把家主提去，必竟半路放他，下身不穿衣服的，琴司待强盗出门，拿了几件小衣，不待天明，各处寻觅。刚刚走到这个所在，遇着。

友生穿了衣服，同琴司一路商量道："我与你不要回去了，另寻一个去处安身。"琴司道："行李俱在他家，如何就弃舍了不成！"友生道："行李值得怎的！若还走去，依旧把我锁在房中，如何有出头日子。如今科场已近，我们且到省城觅个下处，读几时书。过了试期，再作道理。"琴司道："盘缠一些没有，科什么举！"友生将乞跌得银的话说与他听。琴司欢喜，随了主人，沿路买了铺盖。行到省城地面，科考已过，遗才取得一名，只候三场得意。

过了几日，已是头场。友生准备停当，到得贡院，恰好点名进去。此时天色尚早。题图纸还未发来，友生低头假寐片时。只见许多吏员嚷道："党上唱名，快去快去。"不由分说，扯了便走。上面逐名唱过，唱到第十八名陆士善，友生上前答应。只见上面坐着一位尊官道："汝无故弃妻，上帝嗔汝，已将你前程革去。"友生正要禀白缘由，却被吏员权出。友生扯住问道："为何点我上去，又不中我？"吏员道："这位老爷是专管那中不中的举子。"友生还要问□□□□□□□□□□□□□□□□，已是下午□□□

□□□□□□□□□□□□□□。遂纳了一个白头卷。□□早高高一名贴出。友生道："今科下第，多因这梦所误。我如今再待三年，下科若还不中，再作商量。"

光阴迅速，不觉不是秋闱，天理彰彰，依旧又落孙山之外，遂对琴司道："两科下第，在此也觉无颜。我且丢掉这个秀才，收拾行李回去。"当日还了房租，即便起身。一路想道："场中这梦，果然诧异。我今日去，先到孔家修好，然后带了娘子同到家中，再接濮氏回来，以完璧归赵。"正是：

苦海无边，回头是岸。

只这一番思想，早已惊动了值日功曹，申报上帝，这功名又有七八分指望。此是后话。

且说孔方夫妇待强盗去了，在床下扒将出来，检点家中银物，足足没了三五千金，又没了一个女婿，一时人财两失，好不气苦，未免经官缉获。正是失贼遭官，闷闷不乐，染成一病，寒热交加，不数日间，呜呼尚飨去了。孔婆亦相继而亡。大乔哀恸过于亲子，守了三年孝满，尽礼殡葬。一分兴头人家，没了这两根中厅柱，弄得七起人倒。大乔年纪虽有，未曾适人，终是女孩儿家景藏，那里约束得落众人，只好置之度外。一日想道："我年已若大，一身无主，连嫁二次，丈夫俱成画饼。我如今也不想什么好处，且收拾回去，见我亲父母一面，削去这几茎头发，出家罢了。"就叫濮忠夫妇与他商量。二人依命，大乔便收拾停当，雇了车辆，三人取路而回。不题。

且说陆友生一路往吉安府来。到得孔家，只见门庭萧索，不似旧时热闹，好生疑惑。忙问对门一个老者道："孔家近来何如？"老者道："孔家盗劫之后，夫妇双亡，房屋已卖与别人。"友生道："他还有个女儿，如今住在哪里？"老者道："他的女儿三日前已搬去了。"友生道："他搬到那里去？"老者道："这个实落不知。"友生闻了孔家一败涂地，娘子又不知去向，心里十分凄楚。同了琴司无处投奔，只得再计归程，望前途进发。

已到玉山地面，一路奔波，未免受些风霜之苦，染成一病，止好住下饭店将息，延医调治。不料日重一日，病势几危，囊空如洗。琴司忙了手脚，来与店主人商量，要卖自己身子，为主人后事之费。店主人道："你若去了，谁人服侍相公？"琴司道：

"且先成契，待我相公吉凶下落，我去不迟。"店主人道："这也使得。你一边去和相公商量，我就与你寻个主儿。"当下琴司对友生说知此事。友生含泪道："事到其间，也说不得了。只是难为你一片好心，到是我连累你了。"说罢又哭。琴司道："相公不必过哀，此事不过权宜之计，相公若有原银，依旧赎小人回来。"两人正在那里商量，只见店主人走到窗前叫道："陆阿哥，对你讲话。"琴司出去。店主人道："售主倒有一家，止肯出四两银子。"琴司道："待用甚急，随他罢了。"店主人即去说知，约定次日成交。琴司次日即同店主人到了那家，立了文契，便交银子。回到店中，请医服药。正是：

药医不死病，佛度有缘人。

过得三五日，病即稍愈。看看到了望月，身子强健，友生道："我病已好，你且到他家去罢。"琴司拜别主人去了。

且说那琴司新主，姓陈名衍。父亲陈国柱，现任陕西提学，因路途遥远，不带家小同行。母亲钱氏，课子读书，年已一十四岁。琴司到了他家，磕头行礼，拜见主母、小主，然后厨下相见嫂叔弟兄。平素做人滑溜，到处人人欢喜。就是陈公子，知他卖身救主，是个义仆，也知重他，毫不加以威福。

一日，提学公寄书转来，书上先以请先生教公子读书的话，十分谆笃。琴司得见，对公子道："老爷书上要请先生，相公何不就请小人的旧主到好。"公子道："知他学问何如，你就轻易开口！"琴司道："小人虽不知他的学问，只晓得他当初在家里时节，十二岁进学，十六岁补廪。后来到吉安府做幕宾，不及回家赴考，随任又批道进学。这个光景，想是晓得做文章的。"公子笑了一笑道："既如此，我就写个帖子，你拿去请他来吃酒。"公子就写个即日候教的帖儿，着琴司拿去。

琴司走到饭店，见了主人，递出贴子，说这缘故。友生欢喜不胜，便整顿衣冠，写一拜贴，就去拜他。一进了门，陈公子倒屣出迎，十分礼貌。分宾坐下，叙过寒温。茶罢，讲论些古文时艺，娓娓不倦，无不透快。陈公子听了，便道："先生名言高论，令人领会不少，茅塞顿开。"友生道："不敢。"当下摆出酒肴，二人把盏对酌，饮至更深方散。就留先生在书房歇宿。到了次日，公子对母亲说知，要请这先生坐馆，夫人应允。公子备了蛰礼，请先生登堂上坐，拜了四拜，□□关书，当日坐下。不题。

且说大乔出门，因陆路辛苦，叫了一只浪船，沿长江一路而回。行了几日，江中风浪滔天，难以进棹，船泊大姑山脚下，不料到了二更时候，江中水贼一拥上船，把主仆三人捆了。丢在江中。将箱笼什物，袭卷净尽，一伙而散。正所谓：

不是一番寒彻骨，怎得梅花扑鼻香。

大乔若不遭此颠危，怎得后来夫荣妻贵！这是下则。

卷三·第四则 媸女子三度完婚

　　却说大姑山下，长江大流，就是丢了万万千千落去，那里查帐？大乔合当有救，浮到一只座船边。船上艄水看见喊道："上流头有一妇人氽来，快救快救!"众人拿篙的拿篙，下水的下水，捞将起来，还有三五分喘息。那仓里的官儿，便叫艄婆与他解了绳子，换了衣服，安息片时，然后叫大乔到仓里问他来历。大乔将父母根由、嫁张嫁李，以致中途遇盗的话，细细说了一遍。那官儿连声叹息道："可怜，可怜!"因把眼瞧他一瞧，果然面目可憎，人人不中意的："如今年已老大，还是闺中处子，况又是好人家出身，流落在此。我今若不提携，必作沟渠之鬼。"对大乔道："婚姻迟早，命中分定，你不须性急。我今收你为女，你且在我身旁权住几时，待我慢慢觅一个有才貌的丈夫配你，送你回去。"大乔欢喜道："大人既有活命之恩，又成就孩儿终身大事，异日衔环结草，不足以报万一。"便移一张椅儿过来道："爹爹请坐，待孩儿拜谢再造之恩。"那官儿公然上坐，看他拜定，然后迁坐。过了一日，沿途讨了两个丫鬟，陪伴大乔小姐。

　　你道这个官儿是谁？就是那请陆友生教书陈衍的乃尊陈国柱，现任陕西督学，正去到任。也是大乔造化，遇着这个活命恩人，又受荣华富贵。只苦了濮忠夫妇，已葬江鱼腹中，深为可怜。陈公到任，一清如水，只因为人古拗，不肯逢迎上司，做了三年，被按院参了一本，降作福州知府。陈公即带了大乔望闽中进发，到任之后，便差人迎接家眷。

　　且说陈公子资质鲁钝，得了这个明师，朝夕论诗论文，师友情同骨肉，不觉已是三秋。一日闻报父亲降作福州知府，陈公子心下虽然不乐，且喜任所不远，可以携老挈幼同享荣华。又过几时，差人已到，即便束装荣往。陆友生要辞馆归家，无奈这陈公子再三苦留，不得已，一同前去。

　　到了福州界上，人夫轿马俱已等候。大家进了衙门，小姐拜见母亲。陈公便将大乔来历说知夫人。夫人道："女儿偌大年纪，缘何在陕西三年不与他觅一佳偶？"陈公

道："他是吴门生长，必配本乡本土的人，后来父母能够完聚。"夫人道："有理。"当晚设席，陈公请先生叙话，父子师生三人对酌。酒至数巡。陈公道："小儿愚鲁，蒙先生造就，言语规格不似旧时顽劣。"友生道："不敢。令郎颖悟过人，闻一知十。晚生荒疏已久，恐不堪为令郎师范，望大人莫责。"两边问些行踪，论些书史，直到更深方散。

次日，公子即同先生后园读书。此时正是三月初旬，牡丹大放，大乔小姐随了三四个丫鬟，到后园赏花。转过书斋，不料与友生打个照面。友生连忙回避书房去了。丫鬟随了小姐，各处观花游玩，尽兴方回。那知这位友生润破纸窗，悄悄窥视，想道："这个小姐，虽然珠翠满头，并无半分颜色，故此偌大年纪尚未适人，耽误青春，深为可惜。"把眼儿直送他进了园门，方才走开。连声叹息道："小姐，小姐。你的苦就是我的苦一般。我陆友生才貌兼全，今日也像你孤身独自。若论起我来，你守孤闱，亦不为过。"正是：

好五形虽异，孤灯两地同。

这一席想，不过是偶然触兴，也就丢开手的，哪知这心儿里到朝朝暮暮把这小姐牵挂起来，动了无限凄楚。追前想后，自悔："当初少年全无主意，父母为我娶了濮氏，虽然容貌丑陋，也是花烛夫妻，缘何逃走出门？后来配了孔氏，也就罢了，为何一年之内并不与他同床？都是这些强盗可恨，捉我出门，我就生定主意，竟不回去。若强盗不捉我出来，我或者回心转意，也未可知。如今年将四十，兀自孤身；早知今日凄凉，深恨当初执性。正是：

一着不到处，满盘俱是空。

父母年过六旬，不能追随膝下，这两家的女儿，或嫁或守，不知下落。朝云、巧巧，二十年不见，想已老成吧！"那前前后后，思想一番，泪如泉涌，哽咽不住。哭了一场，不觉神思困倦，曲肱而枕。

忽见两个妇人走进房来道："承相公垂念，特来奉候台阶。"友生打眼一看，却是巧巧与朝云。友生羞见江东，欲要回避，却也不及。巧巧道："相公何其负心！不听奴言，以致今日。"友生道："一时愚昧，两次被人骗了。"巧巧道："如今相公的婚姻是一位千金小姐，你若再蹈前辙，则终身不获有缘矣。"友生道："领教，领教。"只见朝云一把扯住道："姑爷还□□□□□□□□□□□□□□□□□□□，缘何在那相亲？□□□□□□□□□□□□□□□，便向书箱中取出，递与朝云□□。巧巧即将做媒相亲的话说知友生。"友生道："听你说来，你二人已作黄泉之鬼。"二人见他说明是鬼，不复再言，化作一风而去。友生连忙四下追寻，并无踪影，知他们真是鬼，便喊叫起来。一时魇醒，原来是梦。即去寻那汗巾，早已被他拿去。因想前事，都是着鬼。汗巾来历，一向怀着鬼胎，尚作十分珍重，今日方知来历，重加叹息。不在话下。

却说巧巧、朝云，生前抱恨，死后含冤，故一灵到此，要将这丑妇与他为妻。虽然是姻缘分定，其实是这两个人牵合得自然。前番做媒不就，仍恐后来漏网，故又托这一梦。却被友生叫破，化风而去。自此之后，二人阳限已满，来到阎王案前。查他二人生前并无过犯，游魂二十年，大有功于濮氏，着他二人托濮氏胎中，为陆门子嗣，贵显异常，光门耀第，到也是一宗因果。

不说二人托生，且说陆友生得了这梦，想那千金小姐，必是陈公之女，十分欢喜，道："若得此女为妻，不枉了奔波二十载。"因是把这小姐想来想去，书也不读，饭也懒吃，恹恹的害起相思病来。叹道："小姐深闺独处，受尽凄凉，我陆友生客馆孤寒，耽尽寂寞。天呵，何不将我们二人赤绳系足，偕老白头，到也两人都有着落。只是有个缘故，陈公为人执拗，他如何肯将女儿配我这个浮萍的过客？即使陈公肯了，那小姐也未必乐从，嫁我这个教书的先生。就是两人都肯，我却也无阶而入，不便央人作伐，又不好自己开口。就是自己开口，此老若不应承，反讨他一场没趣，师友之间亦不雅道。其实想来，他是千金小姐，我是饱学秀才；我不嫌他丑，他不嫌我贫，就嫁了我，也不委屈他。"千思万想，这事毕竟做不来，只好望梅止渴而已。

且说文宗落学，发牌岁试，陈公子要先生改了陈姓，随任赴考。友生改名陈冲。两人进去，俱是得意，先生进了批首，陈公子进在第三，两人俱准入场。到了秋闱，三场已毕，先生中在八十名外，陈公子中了闱□□□□□□□□□□□□□□□□□□□□□□□□□□□□分宾主。一则是年侄，二来认做亲子中，三来陈公向有此心，要将大乔许配先生，所以这日大乔不出相见。陈公夫妇坐了上席，先生西向，公子东向，大家欢饮，尽醉方休。到了次日，少不得会同年兄、主考，接连忙了一月方闲。

一日，陈公对夫人道："我向要将大乔配与先生，如今他已中了，不要错过这个好机会。"夫人道："只是女儿容貌粗陋，年纪又大，先生倘若不中意，如之奈何？"陈公道："且做了亲，再作道理。"当日就去拜了一个相知，姓柯名冰，央他作伐。柯冰应允，即便来拜友生，说起陈公小姐姻事，你道友生正是渴想不到的人，今日陈公俯就，有个不纳的理？便满口应承。选了吉日，寸丝为定，就在府里成亲。

到了花烛之夜，合卺之完，归到洞房，那友生搂了小姐的香肩，将个银缸所把他花容照子一照，叹口气道："我的命，我的命！"小姐答道："我的心肝，我的心肝！"友生笑了一笑，便走了开来。小姐怒道："我不过因你见爱，叫我这声，我不好拂你意思，答你这句，为何你就笑我？"友生道："卑人也不是笑小姐，也不是叫小姐，卑人只怨自己的命，故此叹息。"小姐更怒道："你落泊江湖，亏我兄弟留你栖身，如今又亏我父亲随任得第，我一个千金小姐，翠绕珠围，难道配不得你这个瘟举人过？你还要怨命？"说罢，号啕大哭起来。友生再三哀求苦劝，他越发哭得响了。一头哭，一头嚷道："你分明嫌我貌丑，要思量逃走么？你若走了，我就叫爹爹上你一本，革你前程，害你性命。"说罢又哭。友生忙了手脚，恐怕陈公夫妇听见，不好意思，连忙双膝跪下道："小姐暂饶初次，以后再不敢冒犯龙颜。"便将衣袖去掩他一尺阔的大口。大乔见他十分周旋，也便住嘴，问道："必竟你这怨命，为着何事？可一一说与我听。若有半句谎言，罚你跪到天亮。"友生道："卑人十八岁时立定主意，要娶个盖世无双的美女为妻，不料一时父亲为我配了濮小川的女儿，十分丑陋。拜了花烛我就逃走出门。后来又娶了孔方的女儿，也是一般，我又不别而行。如今娶着小姐，相貌端庄，十分中意。这个叹息只为卑人命里该娶千金小姐，故不肯与这些出奇丑妇为婚，岂不是我的命？"

小姐听了这篇说话，纳不住的笑了一笑，扶他起来道："你的命就是我的命，我当初嫁了一个陆士善，拜了花烛逃走去了。后来又嫁了个严豫，也逃走去了。如今嫁着相公，恐怕你又要逃走，所以这才含羞答应你这一句。"友生道："听你说来，那陆士善是我，严豫也是我，今日娶小姐的陈冲亦是我。难道小姐就是濮家的女儿、孔家的令爱不成？"大乔道："我也不必瞒你，那濮小川的女儿是我，孔方的阿爱也是我，今日嫁你的小姐亦是我。"友生道："我说天下那有第二位，毕竟还是你。真姻缘□□□所难违。"两个说笑一场，解衣就寝。方才言语参差，少不得被窝中去和事。一个是半老含花的闺女，一个是老童久旷的花男，何须谦逊，不必推辞，携云握雨，竟赴高唐。友生到了此时，也不管他上边的丑陋，只受用下面的珍馐。心里犹是怨怅自己不是什么要紧，两人丢却了二十载风流，空自匍匍匐匐，到头总是夫妻，一夜欢娱自不必说，次日对陈公□□□□，各各称奇不已。

且说□□□□□入进京不及，□□□□□□□□□□□□□□□□□□□□□□□□□□□□只有严太守寄得一封信来，方知下落，后来音信杳然。幸喜又生了一个女儿，小名代儿，以女代儿之义，年已一十六岁，天成夫妇庶几膝下有人，不致晚年寂寞。

一日，正在厅前闲谈，忽见一人欢容满面走近前来，双膝跪下道："爹爹，孩儿万死，今日回来了。"那天成老眼朦胧，仔细定晴一看，一把扯住道："我的儿，你撇我二十年，好教我想杀也。"一时悲喜交集，鼻涕眼泪哭个不住。萧氏在内听见老儿啼哭，不知甚么原故，同了女儿赶将出来。友生见了，跪拜一通，三人抱头大哭。只有代儿不知，连忙回避。天成对代儿道："这是你的亲哥哥，出去二十年，今日方回，快些走来见面。"代儿见了友生，福了两福，四人坐下。阔别已久，一言难尽，友生且把自己中举娶濮小川的女儿的情迹，说了一遍。父母不胜欢喜，即差人到船中搬取行李，请媳妇上岸。琴司在陈公处亦配一个义女，路上服侍，一同回来。

天成又差人通知濮家，濮小川夫妇不一时俱来。大乔已到，满堂点了香烛，友生夫妻从新拜了家堂，参拜两家双亲。摆下团圆筵席。不胜欢喜。酒席之间，把二十年事迹，你说一通，我诉一遍。说到欢喜时，大家笑一场；说到苦楚时，大家哭一会。此时只有濮小川夫妇十分赧颜，当初说女儿死了，缘何又在这里？陆家虽然不题，他却于心有愧。当晚尽欢而散。

友生次日问起巧巧、朝云，俱说死了十七八年，友生不胜痛悼。追思昔年恩爱，一旦无影无踪，那知这巧巧、朝云，又到你家接代香火！这都是前缘宿债，暗里分明，

离合之间，如有神助。

　　过了一年，陈公任满，就同儿子进京会试。道经苏州，来拜陆天成。友生即排筵席。饮酒中间，就说起陈公子姻事。友生要将妹子代儿配他，陈公应允，对天成道："路途仓卒，不曾备得聘金，奈何？"天成道："小儿久蒙骨肉之爱，安用礼仪？"次日，陈公差人送金如意一握，银鼎一座，以为纳吉之敬。盘桓数日，即同友生上京应试。到得春闱，二人俱中三甲进士，该选知县，候缺领凭。陈公已补了海道，一同回来，友生就与妹子完了姻事，大家荣任。

　　后来友生二子俱登两榜，夫妻二人寿登九秩。子子孙孙，於万斯年，可见天下的事，人莫之为而为，莫之致而至，都是天也、命也，非人之所能为也。思之省之。

卷四·第一则　建月宫嫦娥遭劫

诗曰：

月明风静野云间，把酒高歌乐自然。

世事如同棋一局，但存正道对苍天。

天道不正，则风雨愆期，人生灾励；君道不正，则政治不修，民多奸诡；人道不正，则帷薄不修，家多邪冈。尧时廿年大水，周朝六月阴霜，汉代白虹贯日，玄宗遍野飞蝗，这是天道不正的所在。还有君道不正的，如当初秦始皇灭了六国，天下一统，若肯忧勤惕励，修德行仁，传代子孙万世，也未可知。忽然听信方士之言，赴海外去求神仙。其时就有一个黄冠道士，见始皇东巡，伏谒道左，夸袴仙术，变幻神奇，历历如见。始皇听他言语，半信半疑道："朕因东巡，未遑接教，待回朝之日，差人召你与朕细谈。"道士告退，即驾一朵白云飘然而去。始皇见他如此奇异，懊悔当面错过神仙，空劳海外跋涉，匆匆封了泰山，立时回朝。早已这道士俯伏朝门之外，内官启奏始皇，即宣入宫，对坐谈玄，十分起敬。始皇问他行踪，使答："贫道苍梧北海，顷刻翱翔，那有定迹？只因天上玉清宫门槛，向□□檀槐梓，八宝装成，因年深日久，尽行蠹坏，贫道意□将银子筑实造成，以耐永久，并壮观瞻，不识陛下肯鉴微诚，大开弘愿否？"始皇道："门槛之费能值几何！但不知宫门长短阔狭，也要比个数来。"道士道："贫道已曾量过，长一丈一尺，阔二尺，高一尺，须得三万六千两方毂。"始皇即遣宫人将内帑钱粮如数发出。即唤许多银匠，立限五日造成，四面雕凿龙凤花鸟，水□云纹，极其工巧。始皇对道士说："这样一条重槛，如何上得天去？"道士说："不烦陛下过虑，贫道五日后亲自来领。"果然，到了五日之后，只见一只白鹤飞入宫来，将门槛衔于口中，犹如一苇之轻，飞向空中冉冉而上。始皇仁目久之，见他竟入云中去了。满宫之人，无不骇异，俱道天子福洪，有此奇遭。始皇亦道自己福德所致，各各称扬不已。

谁知到了五年之后，那道士改扮俗妆，将一块银子到银铺内倾销。银匠认得上有凤翅龙纹，向在皇宫所造的，即将银子兑换于他，施从所之，首告在县。县官即差捕役多人，亲自到彼捕获。那道士见了众人，知觉来意，将身一缩，竟入地中去了。差人四下搜寻，并无踪迹。直搜到大树根头，见有衣裳露出尺许，知县晓得是个妖道，即将猪狗血从空泼去。众人掘下，这道士直僵僵立在土中，银门槛就在脚下，众人拿起，将绳捆了，便把门槛掘开，用百数人扛拽而出，一同解赴始皇。始皇旨下，将道士问了剐罪，银门槛依旧抬入宫来，归子内帑。

这是民生奸诡的所在。如今单说一个人道不正的故事。在嘉靖年间，浙江严州府遂安县地方，有个进士，姓郭名林，号仙公，曾任山东兖州太守，丁艰在家。夫人元氏，年及五旬，生有一位公子、两位小姐。公子名唤郭宗贤，年方一十九岁，早已采芹入泮。大小姐年方十六，乳名珍珠，二小姐年方十二，乳名掌珠。珍珠小姐生来情性闲雅，喜怒不形，爱吃的是清茶淡饭，爱穿的是缟衣素裳，身面上若着一点浓艳的颜色，他就坐卧不安，必欲去之后已。这样一个性情，要晓得体貌自然出人头地的了。母亲见他如此妆束，常戏以嫦娥呼之。

一日中秋佳节，桂花盛开，郭仙公与夫人在厅前赏月观花，正是月映杯中，香浮席上。酒至数巡，仙公道："今日玉宇无尘，冰壶映彻，只少嫦娥开了月宫，幻作霓裳之舞。"夫人听见嫦娥二字，只道唤大女孩儿，忙对丫鬟道："请大小姐出来。"丫鬟走进绣房，随了小姐行至阶下，夫人笑道："嫦娥来了。"仙公将女儿定睛一看，浑身缟素□□□映花容，顾盈窈窕，宛然玉人相似。对夫人道："女儿虽似嫦娥，奈无广寒宫贮之。"只见珍珠小姐款步登堂。见礼已毕，依旁坐下。三人饮了几杯，看看月转西斜，收拾绮筵，归房就寝。仙公想道："女儿有此美质，俨似嫦娥，不若把后园起造一所月宫，将女儿贮在里面，然后招他一个状元的女婿，岂不光显门楣？"正是：

月中扳桂迎仙客，天下瞻云贺状元。

仙公一夜寻思，次早梳洗已毕，踱到后园，前前后后揣量一番，觉得基址蜗窄，难于布置，须得十亩闲旷之地，才可展舒。踌躇道："只好在城外择地便了。"当下随了两个家人，乘了小轿，离城数里，是个静僻去处，中有平洋大地，四望皆山，景致甚雅。仙公差人访其业主，用价买了。不日鸠工，费却五六千金，整整造了一年，果然十分齐整。那时正值中秋前后，只见：

素宇横空，银河耿汉。檐牙高琢，无须五彩施妆；地势纡回，却借天花点缀。管弦呕哑，常邀帝子之灵；笑语喧和，半鼓湘妃之瑟。明星炯炯，妆镜齐开；冷袖□□，晓鬟初启。脂水绝涨流之腻。□兰霏冷艳之香。白云片片飞出洞房，皓雪层层堆装素壁。桂蕊散黄金之粟，蟾光吐白璧之烟。漫拟琼楼琬室，偏宜玉女瑶娥。

却说仙公造完月宫，门楼上置一匾额，写着："广寒清虚之馆"。珍珠小姐梳妆雅淡，点缀萧疏。即差几房家人、十数侍女左右服侍，送往在宫中，终日登山临水，赏月观花。

一日，到了黄昏，月朗星稀，云闲风静，小姐登凌霄阁上赏月。到了二更时分，只见窗外膻风四起，草木震栗。俄而鸦飞鹊乱，狐啸猿啼，都是伥司厉鬼，杂踏而来。小姐即忙欲归卧房，又见临后走来却是一个白额猛虎，跳入阁中，将小姐一扑，衔了就走。侍女在旁，惊得魂飞魄散，连忙传与苍头。众人赶来，却不见了小姐。大家忙了手脚，即时点走火把四山搜寻，绝无影响。星夜赶入城来，报知仙公夫妇。仙公十分追悔，怨着夫人道："好好一个女儿，将他比为嫦娥，如今离却月宫，不知那里去了。"夫人怨着仙公："偌大女儿，本该放在身旁，谁人叫你造这勾魂的月宫，送了他性命！"两人互相怨怅，不胜悲楚，便随了家人出城来到月宫，痛哭一场。差人满山寻觅骨殖归葬。家人寻了数日，并不见影，也只得罢了。仙公夫妻望空哭祭一番，将这些从人使女，依旧收拾回去，不在话下。正是：

广寒宫里无人伴，哭杀嫦娥被虎衔。

且说山后就是兰棱地方，有个樵夫姓金，原是市上卖柴为业。夫妻二人年老无嗣。忽一日街头遇着一个小子，年方六岁，身上衣服甚是华丽，相貌却也端庄。两眼望着，南北张皇，东西回顾，却原来是个迷失路途，汪汪泪落。金老领他回来，当作螟蛉之子，取名金玉。恐他晓得父母的来历，日后认得回家，金老到搬家眷入山居住，远却市上百有余里。日常也不许他轻易在人前出口，所以山中人不知来历，竟认以为亲生儿子一般。后来金老夫妻去世，他就接着砍柴生意，年已将近一十。

一日，早起上山砍柴，阴风惨惨，白露漫漫，转过山湾，只见一个陷虎阱中隐隐妇人啼哭声响。金玉上前张望，却是一个绝美妇人，珠翠满头，仰天号泣，叫道："救命！救命！"金玉想道："这样一个妇人，救他起来，不要说嫁我为妻，只这一头珠玉，

也应谢我。"连忙把那阱木放开，解去绳子。无奈这阱底有数丈之深，难于布摆。想了一会，便向扁挑头拿条缚柴索子，解开放下。那妇人捏定索头，随势而上。将金玉倒头四拜。金玉正待开口问她来历，那妇人向空□跳，变成一个老虎，咆哮而去。惊得那金玉满地乱滚。少顷看时，不知去向。金玉想了，甚是诧异，依旧上山砍柴。

不说金玉一路寻思，且把这老虎的来历说个明白。却说兰棱山中□嘴崖上有个道士，姓萧，名道延。他在这个所在，餐松食柏，养气修元，功夫已成八九。一日魔头到来，思量要吃生人脑子。闭目坐在崖上想道："须是变了老虎，方得此食。"偶然到一庙里，佛柜之下藏着一张虎皮，道士将来穿了。想起《云笈七签》内有黄鼠三变神咒，变成一个猛虎，雄心陡发，横行山曲，见人便啖。因此惊动地方，人人畏怖。官府差猎户随山掘阱，即地张罗。那日这虎走出山来，陷入阱中，他就变为妇人。刚刚遇着这个樵夫，救他脱离罗网。道士每每感念金玉活命之恩，怜他孤身独处，要觅一个佳偶与他。正撞着郭仙公起造月宫与小姐居住，那道士就发这点报德的心肠，将这珍珠小姐衔去，要与那樵夫为妻。却是不知樵夫住在何处，且把小姐放在洞中，自己去念了脱皮的咒我，依旧变成道士，去访椎夫住居。不题。

且说小姐被虎拖了五六个山头，惊得四肢酥软，胸中只得微微一线喘息。那道士烧了滚汤，拿了一丸定心宝丹，灌在小姐口内，看看苏醒，复知人事。晓得被虎衔来，幸而不为所噬，慢慢起身，四围一看，只见石床、石凳、石桌、石灶，在一个石室之中，开门七事，无一不备，却似一分小小人家。小姐想道："这老虎拖我至此，不知何意。我且走出洞门，取路寻着自己月宫，回去便了。"只见洞外古木寒鸦，凄风绝涧，人烟不到之处，豺狼驰骤其中。小姐行行且止，不胜苦楚，复人洞来，大哭一场，不觉中饥饿。看见盆内□光影影，小姐便到灶下举起火来，煮好了饭，哽哽咽咽吃了一碗，坐在那里。

这道士提了些獐麂鹿之肉，走进洞来，见了小姐，放下行礼。小姐才晓得是个道士修真之所，便上前拜道："妾本郭知府女儿，被虎拖到此处，望师父送回，多谢你些金帛。"道士道："这个使得。待贫道先打听了小姐府中住处，然后送小姐回府。有屈小姐宽住几日。只是深山之中，饮食卧具不称小姐应用，望乞恕罪。"小姐道："有个缘故。孤男寡女居此山僻，未名李下瓜田，被人嘲笑。"道士道："小姐差矣！贫道苦修三十余年，将有所得，岂生此邪念而亏我一篑之功？小姐不必过虑。"道士即转身出来。小姐想道："这道士对我如此礼貌甚恭，料无觊觎之心。且看他晚间动静如何，便可放心。"道士走到山外拿了一扇芒帘，将石洞中一宅分为两院。小姐在内，道士在外。

到得晚间，吃了夜膳，小姐和衣就寝。这道士在帘外灯光之下，大咬大嚼。吞唾咭之声甚是触耳。小姐轻轻走下石床，在那芦帘缝中张望，只见道士拿了一个人头在那里咬嚼。小姐吓得心如小鹿，魂不附体，晓得自己的身子将来必为所啖，但事已如此，大着胆子张望许久，只见□□□□□吃□，把拳头在那脑（下缺）。

卷四·第二则　施神咒弄假成真

却说珍珠小姐看见道士如此凶横，胆战心惊，依旧睡了。想道："这道士到此黄夜不来污我，我回家日子有望了。"又想道："他既是个老虎，我在这里是他口中之物，他如何肯放我回去？"翻来覆去，一夜无眠："且看明日动静，便知吉凶。"到得天明，道士进来见过小姐，看那昨日供进的野味全然不动，他就拿了出去。少顷提了一筐瓜果，放在厨下，依旧去了。小姐看见这些瓜果东西，勉强吃了几个。当晚又去看他动静，依然如此，知他能变人变虎，起初觉也心慌，后来看看，不在意了。

一连过了半月，小姐对道士说："妾离家半月，思亲若渴，求师父送我回家。所许之谢，决不食言。"道士道："贫道已出山打听，郭老爷府上离此一月路程，贫道一时缺少盘缠，故此耽搁。"小姐想道："我来止得一夜，如何就有一月？这分明是道士弄鬼。"再三哀求，要他送回。道士只得把自己陷阱、樵夫救他，要将小姐配与为妻这些情迹，细细说与小姐听了。小姐道："既要如此，何不送我回家，对父母说了，明媒正配，何等不好！"道士道："使不得，使不得！你家老爷如何肯将花枝般的女儿，配与樵夫为妻？小姐且自宽心，待小道觅着了，自有好处。"小姐鼻涕眼泪，苦苦哀恳，道士只是不从，没奈何只得回报肚肠，着他怎生发付。

看看不觉又是一月。小姐想道："这道士恁般作怪，缘何穿了虎皮，念起咒来便变成虎？他念的咒，我也听得耳熟，只是他这虎皮日日藏过，急切不能到手。"

一日，道士起早出门，小姐走到洞口，四下寻觅，只见石室之上有一虎皮。小姐将凳儿爬上，拽将出来，欢喜不胜。将来穿在身上，念起咒来，翻身一跳，身子忽然有力。耀武扬威，咆哮一声，山川震动，草木零落，摆尾摇头，竟出洞门而去。心下想道："我如今回到家中，父母也不认我，况城市中又不便安顿身子，不如且先到月宫去看一看，再作道理。"

中国禁书文库

民间藏禁书

走过几个山头，望见楼阁巍峨，亭台峥嵘，想道："此必是我故土了。"便一个虎跳，打到门前。只见门庭萧索，草木凄然，不似旧时宫阙。小姐便将头在门上一撞，那门已是洞开。□□□索走将进去，四顾凄然，悲楚不胜。看了一回，想道："我如今不若脱去皮毛，依旧成了人形，寄信与父母，接我回去，何等不好？"便把浑身抖擞，全然布摆不脱。心中大怒道："我这张虎皮若脱不去，终身成了畜类，将我这花月容貌撇却东流，如何是好？"便放声大叫起来，舞爪张牙，横冲直撞，气喊如雷，把一座月宫顷刻掀得七歪八倒。埋头丧气，依旧入山中去了。不题。

且说山前山后人家听见郭仙月宫坍了，都来观看。这些断椽碎槛，众人顺手抬些回去。不料郭仙公知道，即差家人赶来收拾。看见众人拖拖扯扯，家人捉了几个，放在黄保正家里送官。私下先是吊打，众人叫苦连天，千求万告。只见门前走过一个道士，听得哭声惨切，进内来看。其中一人是救他出阱的恩人——樵夫。访了月余，不获靓面，今日不期而遇。便走上前对管家道："列位老施主，贫道不识时宜，有一言相恳。"众人道："师父，你是地方长者，有话说来。明日要借重你做个证见。"道士道："众人我也不管他，只是这个后生，是贫道的侄儿，砍柴买卖，养我老身。今日一时短见，得罪列位，贫道有一薄礼奉送，望乞宽有。"遂递出五两一锭雪白银子过去，众人欢喜收了。道士谢了众人，要金玉回去，众人扯住道："承你见惠，只除不再吊打，明日送官是要去的。"道士再三求告，众人不肯。金玉将道士一扯，到门背后问道："师父，我与你什么相交，你将这五两银子救我？"道士道："你不要管他，我慢慢与你说明。只是今日他们不肯放你，奈何？"金玉道："若是师父救得无事，生死不忘。"道士想了一想道："有了，明早你看见一个老虎走来，众人毕竟躲避，你却不要动身，我自有处。"金玉领命，二人散讫。正是：

施恩不知恩，施怨心常念。

君看祸福临，恩怨有定见。

按下不题。

却说珍珠小姐回到山中，想道："这狗道士的皮被我穿了，又不知他怎生猴急。我且走到洞边，听他说些什么。"取路来到洞门，只见这道士正在里面吞皮嚼骨，口里连连叹气道："好奇怪！好奇怪！一个小姐不知那里去了。"小姐暗自好笑。少顷吃完，便向石室上去取虎皮。却又不见，跌脚捶胸。叫苦不迭。哭道："这是我养命之本，如

今失了，岂不饿死？"又自言自语道："我到也罢了，只是这个樵夫，我约明早到黄保正家里去救他的，如今没了这件东西，岂不失信于恩人么。"说罢又哭。

小姐在外听得明白，一路竟到黄保正门前等候。只见众人正在里面吃早饭，小姐跳入中堂，众人躲避不及，骨骨碌碌滚做一堆。只有金玉心照，全然不动。小姐把他一口衔了，打了两个虎跳，跳到洞边。此时洞门尚闭，道士在内叹气连天。小姐放下金玉，将头在门上撞了几下，避在侧边。道士听见门响，披衣起来开门，只见直登登一个死尸横在门口。道士定眼一看，认得就是昨日要救的樵夫，欢喜不胜，连忙烧起汤来，将定心丹研磨，和汤送下。金玉渐渐苏醒，道士扶进洞中坐下，问他来的缘故。金玉说知，道士就十分诧异，暗合己言，也不说出。道士把自己陷阱，变作妇人，感他救出，要将小姐与他为妻，一一说了。金玉才知旧时这段奇迹。今日方明。吃了午膳，作别归家，不在话下。

且说这伙管家、地方，见金玉为虎所食，带了余党入城，送官究治。官府问明，责了二十赶散。不题。

且说珍珠小姐听见，想道："听这道士说来，他是我的丈夫。我方才仔细看他，相貌魁梧，眉目轩豁，像个贵家之子。眼前虽则采樵，他日必然成器。我嫁了他，也便罢了。有个缘故，只是我身上这件皮毛，难于卸下，肚中饥饿，无物可餐。我如今不若去坐在樵夫家里，显个神通，一者聊度口腹，二来图个出身，成了佳偶，却不是好！"一径先来，将门扇捽下，坐在里面。金玉走到门前，见门大开，知是家中失贼。四下检点，并不失脱，转到房中看见这个东西，惊得两眼如弹，口如簸箕，望外就走。想道："这个此老我却认得，就是早间救我到道士家去的，如今又来，敢是索谢不成？难道早间不吃得我，特来领情的么？想来殊为不解，待我再去张他一张。"

小姐见了金玉，把头乱点。金玉惊得直跳，又跑了出来。正遇着邻家一只狗子走过，他拿了丢在老虎面前，说道："阿哥，些许薄敬，求你饱吃饱餐，别处顺溜。"那狗子惊得四脚朝天，只是嗷嗷叫喊。小姐将鼻子在他身上嗅了一嗅，掉转头颅。金玉欢喜道："好了，好了，这老虎是吃素的，狗肉不吃，何况人肉！"大着胆子走到身边，将手要在他头上挠他几下，看他动静，又缩手道："且住！不要如此放肆。俗语说得好，老虎头上岂是挠得痒的？想来无计可施，只得由他罢了。"且到厨下烧水做饭。只见这老虎走向灶边，摇唇鼓舌，似有求食之状。金玉盛了一碗饭。放在地下。老虎把舌头不消一活而尽。金玉又盛些与他，吃完依旧坐在那里，自己也吃了夜饭，点灯上床就寝。老虎也就走到床前，埋头瞑目，也自睡了。

金玉睡梦之中，只见一个如花似玉的女子走到床前。金玉看见，问他来历。女子道："妾乃郭太守女儿，与君有缘，偷荐枕席。"金玉晓得道士日间所言，便亲亲热热抱在床上，解衣就寝。两人极尽欢娱，如□□密，捧定腰肢，沉沉睡去。一觉醒来，却不见女子，只见这老虎的头已在枕边，惊得一身冷汗，连忙换在里床睡了。次日想了，十分疑惑。

这女子晚间睡去又来，曲尽枕边情趣，要与金玉立誓，彼此不嫁不娶。金玉那时不但要做夫妻，就是要他性命，他也肯和盘托出，当下应允，枕边发下千条誓愿。次日起床，金玉想道："这分明是老虎作怪，迷惑人心，我须立定主意，远他才是。张得老虎出门，连忙去收拾被席衣服，一道烟去了。正是：

落花有意随流水，流水无情恋落花

毕竟不知这虎走向何处追寻，下则自然详悉。

卷四·第三则　道士血污还本性

却说珍珠小姐，自与金玉做了两夜梦里夫妻，十分亲热。到了晚间，不见樵夫回来，次日往外追寻。那知金玉住在一个朋友人家，正走出门，劈面撞着。小姐欢喜不胜，摇头摆尾，随了人内，那些人见了老虎走来，惊得摇旗呐喊。金玉道："你们不要慌张，这老虎是我养家的，吃得一口长素。"众人以为奇异，走拢来看。果然温存如人相似。大家拿些荤腥与他，他却不吃。若拿面筋豆腐到他面前，就如吞蝴蝶一般，轰动了村前村后，拿了素来看老虎。到教这老虎吃得不耐烦。

自此月余，人也看得平常了，老虎也看看没得吃了。金玉想道："此处人烟稀少，不能供我两个衣食，不若远走他方，再生计较。"一路竟到金华地方。把老虎藏在山谷之内，自己扮作仙人模样，大言道："我能伏虎以安静地方。只要布施钱粮百金，盖造茅庵，施主若肯凑成，我便骑着老虎到来，与你们看。"众人道："你果然骑得虎来，我们就凑银子送你，还要你传授徒弟，以防后来有猛虎之变。"

金玉去不多时，果然骑着老虎而来。起初人都害怕，后来看得老虎势甚驯良，众人就把银子攒凑送他。金玉仍骑老虎回山中去了。一路想道："做此生意胜于砍柴，想是这虎前生少我的债，日间与我挣银子，夜间与我做老婆，如今这个地方处处走到，人人看见，不以为奇，且再到他州别府，多趁他些钱钞，做个富翁，岂不是好。"便拾收好包裹，牵了老虎，一路趁钱。沿途耽搁，走了一年，到得处州地方。身边约有数百银子，行李沉重，不便远行，就在此处觅了一间房屋住下。不题。

且说道士自没了这张虎皮，只得住在洞中，把着清斋，实是打熬不过。走出山外，并无一物可餐，饿得腰瘫肚软，骨瘦如柴。想道："上年我要去救那樵夫，只因失了虎皮，不得去救，樵夫又被一虎拖来，全了我的信行，必竟这小姐将我虎皮穿了变的。我如今满山寻访，若见得他，须要求他还我。庶不致于饿死。"郎郎当当拿了一条杖儿，无山不到，见人便问，要晓得这样一桩奇事。人人听在耳里，放在心里，见这道士动问踪迹，正是三人口阔一尺，便晓得虎之所在。

直寻到处州地面，劈头撞着，这虎同金玉正在人家门前坐着。道士道："郭小姐，你缘何在此？你弄得我好冷淡。"老虎见了道士，竟走到身边坐地，似有亲热之状。金玉认得道士，也上前施礼，谢他上年相救之恩。这些街访上人，不知其中就里，都来盘问，道士随口回答去了。

金玉留道士到酒店饮酒。二人坐下，酒保拿上酒来，领了几杯。道士对老虎道："郭小姐，我好好留你在洞中，要寻着这位金官人和你成亲，缘何你将我虎皮穿了，做此勾当？你一个千金小姐，变此畜类，成何体面！"老虎朝着道士两泪汪汪，把身子乱抖。道士晓得他因身上毛不下，故此做作。金玉对道士道："师父所说，我在下竟不懂分毫，望师父明示。"道士把小姐的来历，并虎皮的事端，细细说与他听。金玉道："怪道我与这老虎同处，夜夜有个美色女子来睡。如今求师父替她脱掉这张毛皮。感恩不尽。"道士道："这皮在我身上我会得脱，在他身上教我怎样脱来！"想了一会，问道："这女子如今夜里还来么？"金玉道："没一夜不来。"道士道："只好如此如此。"金玉道："师父有何妙计？"道士道："吃完酒，到你家里商量。"

两人又吃几杯，道士起身，金玉算还酒钱出门。回到家里，道士对金玉道："我将这脱壳咒儿教会了你，夜间他来，你去教他便了。"

是夜，金玉将这咒儿教了小姐。次日清晨，老虎喉内咯咯有声，望地一滚，这虎皮竟自脱下。小姐立起身来，整衣京带，端然似嫦娥般美丽个女子。金玉不胜惊喜，对小姐笑道："夜夜来□□□□么。"小姐含羞不应。道士要金玉与小姐□□□□□□为媒妁，从新拜了花烛。道士得□□□□□□□□在身上，念动神咒，跳出大门，竟望深山去了。

谁知这个山中合该晦气，有了这个东西，不论男女老少撞着就吃，不上半年，把那山中的野兽、村内居民，吃个尽净。看看吃到后来，变人变鬼，骗来到口，十分利害。正是：

虎居市上终非虎，人在山中不是人。

世上遭逢颠倒事，只因家道失论评。

按下不题。

東郭指西郭姓惟
朱與陳耶逢皆叟
咸承擬喚嘉賓穀
賤桂繪喜糯收酒
六醇每圖幽雅意
真柿愧周臣

癸巳季秋下澣
御題

且说郭仙公自女儿被虎所食、月宫值□两桩变事，心下好生怅惘。过了几时，只见京中有书送来。仙公拆看，却是同年张存恕新升吏部尚书，知仙公服满，特来恭请进京补任，不胜欢喜。就写回书，打发来人去讫。即收拾行李，买棹上京。

不一月间，已到京都，去见张公。礼毕，张公便道："年兄草堂高致，白云自娱，真人中龙也。小弟虚受纳言之职，实有愧于杜郑诸公，深为惭愧。"郭仙公道："老年翁位尊北斗，材擢中台，当今治平之世，正好夹囊置册。老年翁才量法天，推贤举能不忌同年，□□公。"张公听他这几句言语，似有出山之意，便道："□□□，尊讳小弟已贮囊久矣，故此差人□□□□□□□推用。"仙公假谦让一番，遂告别去。次日□□回拜，就议上本补□之事，旨意下来，该部知道补了福州太守。郭仙公别了张公离京，一路无话。到了家里，打点到任之事。选□吉日，□□上□，不月余已到任所。行香已毕，开门放告。

且不说郭仙公为官一清如水，却说公子郭宗贤在任一年，□□打发他回家赴考。公子回家候岁试过了，依旧□到任所。经过处州地面，半途之中只见阴云密布，霹雳交加，不能前进，便对管家道："风雨并作，且在这庙中躲一躲。"走进庙门，抬头一看，却是伏魔大帝。公子拜了四拜，就在拜□上坐着。待雨止便行。不料这雨转落转大，直到黄昏尚不住点，因问管家道："此去饭店还有多少路程？"管家道："还有十余里。"公子道："只好就此安歇。"便叫庙主整顿夜饭。众人吃了，就在庙中安寝。

到了二更时候，只见殿上金刀恍恍，铁甲森森，一位尊神站在公子头边道："郭宗贤，听我吩咐：

孝妇□□哭墓田，须涂戌亥矢三千。

要知照乘根由事，水畔鸡飞好信转。"

说罢，郭公子惊醒，叫道："好奇怪，好奇怪。"管家已醒，公子道："适才分明关爷吩咐我七言诗一首，义理甚不明白。"管家道："小人睡梦中也听见的，只是一个字也不记得了。"公子逐句念来。管家道："不差，不差。"公子模拟半晌，不觉天已明亮。众人吃了早饭，谢过庙主起身。

公子一路想道："须将戌亥矢，必意是将猪狗血涂箭。孝妇哭墓田，难道将箭去射那孝顺的妇人不成?"又想道:"要知照乘根由事,照乘是珠。呀,好奇怪,我妹子名唤珍珠,他已被虎所食,难道在此地知她根由?末一句实解不来。"踌躇未决,不觉已到饭店门首。众人下马。

晌午,只见门前一群猎户跑过。公子问店主人道:"这些是甚么人,如此慌忙?"店主道:"俱是猎户,前面想是那老虎又来了,众人去赶。"公子道:"这虎为何走出市镇上来?"店主道:"相公,说起话长,这老虎甚是利害,他会变人变鬼,把山里人尽数吃完。如今看看吃到市镇上来了。前日我们一个邻舍王小二,在山脚下拾柴,遇个孩子在那里啼哭。王小二只道他是个失路的,要领他回去。走不上三五步,那孩子翻身一跳,变成一虎,竟把二小拖去吃了。众人看见去赶,绝无踪影转来遇着一个妇人没命奔来,道'儿子小二被老虎衔去。'哭哭啼啼来寻骸骨,向众人问讯。众人尚未开口,这妇人变作老虎,一口拖了两个,大家惊得星散。因此家家惊心,人人落胆。就是相公坐在这里说话,谁知你是虎是人?我们如今遇着面生之人,心里着实提防。"公子听了这番说话,暗想:"那梦中神道之诗,分明教我除此凤害。"也不说出,对管家道:"我们在此住一二日再行。"就着管家到城内买了弓箭,又央店主买猪狗血涂在箭上,作了几千个喷筒,注血在内,自己备了腰刀,家人带了喷筒弓箭,走进山来。

只见一个坟墓上,古木扶苏,苍苔联络,祭石上摆着三五碗下饭,坟头边坐着一个妇人,年约二十上下,一身孝服,在那里冷声热气,哭天哭人。公子想道:"这个妇人扫墓,既无香烛,又无纸钱。"慢慢走去,看那盛中下饭,却是鹿脯猿羹。公子记得昨日店主所言,叫家人准备停当。那妇人见了公子,立起身来对公子行礼。公子答他一礼。妇人道:"妾身不幸,早丧先夫。先夫在日曾嘱咐道:'我死后,若扫墓之日遇着少年,汝即以身许之。'今日幸遇贵人,却与先夫之言符合。请到舍下,结为朱陈。"公子道:"岂有此理!山僻露野,焉有面订佳期。"这妇人走近身旁,摇唇鼓舌,似欲变虎之状。公子急叫家人发箭。众人将血箭喷筒乱发一番。这妇人身中七矢,遍体恶血,望空乱跳。这虎皮已出脱来,却上身不得。

公子叫管家将索子捆了,拿了虎皮,扛到市上。众人观看如蚁。居民以手加额,感谢公子除此恶兽。公子道："这个妖物不可□□时刻，快快抬他入城，送官究治。"众人走得饥饿，□□道："我们且在店中吃些酒食再行。"

公子走进店中，坐了头座。酒保摆上菜蔬，众人吃完会钞。只见店内一个女子，听得门前人声嘈杂，揭起帘儿，伸出头来瞧望。对着公子打了一个照面，连连缩了进去。家人看见道："相公，这是小姐，缘何到在此处？"公子道："我看来却也相像，或者面貌相同，也不见得。"这女子竟走出来道："啊呀哥哥，缘何你在这里？公子仔细一看，果然（下缺）。

卷四·第四则　樵夫遇鞠得团圆

却说郭公子带了多人，写下手本，差家人进禀知府。知府升堂，将这妇人严刑拷打，一一招成。不容时刻，发在十字街头枭首示众。将虎皮给与郭公子酬荣。公子差家人到饭店，算还饭钱，收拾行李，带了珍珠小姐，望福州任所进发。不题。

且说那萧道延坐在那铁嘴崖上，忽然身子十分痛楚，顶灌热油，大叫一声。开日看时，只见身旁草深三尺矣。萧道延道："我一时邪念，魔头到来，不觉闭目坐着，做了两年罪过。前前后后，想来不胜骇异。难道我魂梦所致，世间的人果被我害不成？"便往村坊城市，逢人便问，寻踪觅迹，果然与梦中一毫不差。依旧回到山中，心下十分懊悔："害了数千生灵，如何得成正果？这个铁嘴崖边，下有万丈深潭，不免投入崖中，粉身碎骨，以谢苍天。"将身一跳，半空之中白云一朵托他上来，白日飞升去了。萧道延到了此时，已晓得这些被虎伤者，都是一定之数："上天不过借我形骸灭却，与我无干。"逍逍遥遥，自在而去。后来这张虎皮，又成就了金玉夫妻完聚，这是后话。

且说珍珠小姐亏得道士替他脱去虎皮，与金玉成了夫妇。金玉虽有积蓄，却无生息，□逐日消磨，故此门前开下一个酒饭铺儿。这日金玉正在城外讨账，傍晚回来，不见珍珠小姐。访问邻里，俱说他亲兄抬去了。金玉想道："她向来说父亲是个知府，哥子是个秀才，如今得知他抬到那里定止，教我何处寻觅？我们又是无媒无聘的夫妻，就是寻着了，他没得还你，你也无可奈何。或者小姐不忘恩义，后来有日相逢，也未可知。"终日啼哭，不在话下。

且说郭宗贤公子，捉了虎妖，得了妹子，拿了虎皮，三桩俱是意外之喜，大家取路而口。一路想着关爷诗句甚深，事后方露。末句水畔鸡飞是个酒字，妹子却在酒店相逢，十分灵验，不胜欢喜。只有珍珠小姐，她只道父母就在近边，随了哥哥回去，相见一面即便归家，谁知行了十余日尚不下马，心下十分懊悔。早知如此远别，丈夫

二一五八

也该说声，箱笼也不曾关锁。一路踌躇未决，不觉已到府门，公子一同进衙。父母见了女儿，悲喜交集。珍珠小姐把月宫遇虎的情迹说与父母得知。公子也把途中擒虎的机关，说与二亲知道，各各称奇不已。

且说一个吏科给事，姓朱名荩臣，夫人陶氏，年过五旬，生有两位公子、一位小姐。公子长的名朱钰，次的名未珏。朱荩臣新发时，曾选到青州去作理刑，家眷作途中遇盗惊散，朱钰不知去向。朱钰时当议婚，郭仙公已将珍珠小姐配与朱珏。六礼既成，三媒已就，只待古期便过门，□□□□□□□夫一妇，道："如□一□，我岂□□□□□□□□□□□夫。我已在父母面前再三□□□□□□□□□□□□□。得一个计策方解此围。□□□□□□□□□□，晚间小姐假作心痛，十分叫□□□□□□□□道："这是孩儿为虎时的旧□，只要□□□□身上便止。"夫人即将虎皮盖了，小姐痛声方住。自此数日，时刻在身。

到了吉期，花轿已来，小姐打扮停当，夫人将虎皮垫在轿内。小姐上轿出门，仙公作送，迎到朱家。小姐将虎皮穿好，念起神咒，只待傧相掌礼，诸亲揭起轿帘，小姐窜出轿来，几个虎跳，竟出大门而去。惊得诸亲躲还不及，俱各说异。郭仙公气得没法，众人面面相觑。外人不解，郭仙公也不便说出前因，只好随众人推个不解其故，席也不止，竟叫打轿回衙。诸亲也不敢强留，当下告别。朱荩臣道："这个分明是老郭欺我，我须计较参论一本，才气得他过。"众亲道："别样可假，这老虎如何假得?"朱公想来想去，实是没理会处，只得罢了。

且说珍珠小姐，既出了门，便越城而下，一路如飞，不消几日已到处州。脱去虎皮，来到自己门首。金玉在店中看见小姐，连忙出来迎接。欢喜不胜。小姐到家将前事说了一遍。金玉道："难得小姐深情。只是卑人庸陋之夫，不堪为黄堂太守的门婿，如何是好?"小姐道："既订白头，何论贵贱!"正是新婚不如远归，两人一夜欢娱，自不必说。

且说仙公做了送亲回来，气得十生九死。夫人见女儿依旧变虎去了，不胜悲泣。公子道："二亲不必愁烦，不如且着一家人，依旧到处州酒铺内访他，或者他不愿更嫁，依旧随原夫去了，也未可知。"即着家人出门，一路无话，竟到酒铺内来，对店主人问及小姐之事。小姐坐在里面听得了，叫家人进内。小姐对家人问了父母的起居、别后的情况，家人一一禀明。小姐便叫厨下准备酒饭吃了，次日即打发回家。

中国禁书文库

民间藏禁书

　　家人回到府中，将所事一一具告。郭仙公想了，无可奈何，只得与夫人商议，差家人同儿子去搬他回来，庶几骨肉团圆，不致女儿受那贫贱之苦。夫人欢喜。当下就唤郭宗贤，说知去就。

　　公子即便起程。到得金玉家里，公子见了妹子，金玉也来见了内兄，十分款待，自不必说。公子把父母这命一一说与二人知道。金玉五次日就把酒铺收拾，欠账一概不讨，打叠行李，雇了夫马，即便登程，一路不题。

　　且说朱苠臣得知郭太尊小姐来历，不日迎接回家，差了许多家人小使，要截其路。果然郭宗贤公子簇拥车马回来，朱府管家拦定，将金玉并小姐抢了就走。公子随着众人追赶，直到朱苠臣门前，看见抬入府中去了。公子气得没法，急急回家说知，郭仙公道："你们且不必慌张，你妹子若从了他。也就罢了。若不从时，他依旧变成老虎会走，那时我们问他讨人，看他将何发放！"商量已定，俱各不题。

　　且说来人已将小姐藏在卧房，写了一个名帖，把金玉送在县里，要知县立时处死。家人带了金玉到县。知县升堂，家人将贴子递上，禀知情由。那知县叫金玉问道："你叫金玉么？"金玉道："小人原名朱钰，曾记起父亲名氏，叫做朱苠臣。初时曾选青州府理刑，家小到任，途中遇着强盗。彼时黑夜，人皆逃奔，小人迷失在严州府地方，一个姓金的人家收归抚养，故名金玉。"知县道："那时有几岁了？"金玉道："那时六岁，今年二十三岁了。"

　　知县听他这番说话，到合口不来，想道："这个朱老先又来混帐了，一个亲生儿子，到教我断送他的性命。且叫管家，问他就里。"对管家道："你家老爷十七年前曾遇盗么？"管家想了一想，道："是。家主十七年前选了青州府理刑，家小到浙江严州府地方，不见了一位大公子，想是跌入江中死了。"知县指着金玉道："你可认得这个人么？"管家把眼睛擦了几擦，仔细一看，面庞有些相似，叫道："你可是我家朱大相公么？"金玉也认得这个管家叫做朱恩，叫声"阿呀"。朱恩连忙抱住金玉，知县就叫管家带了金玉，归见家主。朱恩回来（下缺）。

　　"（上缺）年不见的亲人，生离远别，俱是天生注定，人也无可奈何。只有那伏魔大帝灵诗，到后来般般皆应。"话未说定，不觉月照西廊，东方既白，酒筵告散。正是：

　　　　昔愁妖孽事，今作好姻缘。

自后朱钰同兄弟二人延师苦读，竟成名士，遂登黄榜，历官铨衡。珍珠为一品夫人，郭宗贤与朱珽亦发乡科出让。两家俱有儿孙，世代绵长，官星显耀。

只有这张虎皮，小姐一似珍珠，以为护身宝贝。谁知一放三年，取出如同癞狗，皮毛两下分离。果然是个无价之珍，不值一文一贯，到为后人笑话。正是：

见怪不怪，其怪自败。

前边说了一段天道不正的指实，后来又说一段君道不正的摊头，这个本传却是说人道不正家生异端的故事。单只为珍珠小姐，父母若看得女儿平平淡淡，却也无见元闻，缘何比似嫦娥，直向深山起造广寒宫阙，刚刚遇着道士魔头，脱不得他的罗网。幸喜多年挫折，不致沦落匪人。这也是姻缘数定，该在巧里团圆；会合偶成，却是奇中生就。这回说话似乎太悬，苏东坡有云："故妄言之，姑妄听之。"可也。

卷五·第一则　江上渔翁居□□

诗曰：

蜂蝎螫人犹可药，妇人嫉妒却难医，

古来多少须眉汉，半向帘前巾帼低。

天地间无知草虫，中怀蕴毒，出于不意，偶尔螫人，是他仗着爪甲自性命。本来如此，无心害人。惟有妇人的肚肠，神奇变幻，愈出愈奇，人想不到的去处，他偏藏秽伏□，害得人最惨最毒。这是有心害人的，其毒岂不胜虺头蚕尾乎？此时过来人受了妇人大冤大枉，才说出这几句，以泄胸中不白之气。盖妇人秉性阴柔，阴能制阳，柔能克刚，是以最刚强不屈的男子，见了妇人不觉锐气消减，弥眉帖服。若明白的妇人，见了这样男子，益加谦庵礼貌，过于小心。两下水里调那，琴瑟协好这就是有德的妇人了。若是个不贤的，他就装腔做板，逞娇撒痴，任着自己肚儿，稍有不到之处，他就不茶不饭，无夜无晨。要争得有□有理，未便就服，还要找几句落场诗，比几个旁州□，方肯住口。

当时有个妇人，嫌鄙丈夫贫窘，生起外心，唱出别调，把一顶八宝嵌成的凤冠，五彩织成的霞帔，现现成成戴在头上穿在身上的，轻轻脱卸去了。岂不可惜！这就是烂柯山朱买臣妻子崔氏，憎嫌丈夫贫穷，卖柴度日。已到四十九岁，不肯耐烦，另抱琵琶，苟图温饱。固是妇人家水性杨花，胸无定见，也是小人家素无约束，容那唐尼姑上门说是挑非，酿成这个孽障。又有的说道："这妇人命犯铁扫帚，若不出门，朱买臣一世衰落，断没有发迹之日。"人的议论虽如此说，到底贫困守着丈夫的是个正理。这些旧话，自不必说。如今说一个极毒恶的妇人，明瞒众眼，暗约阇黎，害了丈夫性命，到受了恶报，比那崔氏更恶加倍。

此话出在元朝至德年间，四川富顺县有个秀才，姓张名飚。父亲张履，家私殷实。椿萱早逝，幼时不事生业。坐食有年，家产荡尽。荆妻柳氏，小字春娘，是个小家女子。为人悍毒异常，勤吃懒做。张飚贪他有些妆奁，柳氏贪他是个秀才，以此两下结姻。做亲不及一月，便有许多絮繁，这也不在话下。

彼时年岁，劫丁乱后才得小康，一旦遇着荒年，你道甚么时候？正是：

未了蚕桑要种田，家家老小不曾闲。

黄霉骤雨连朝发，一望平川思惘然。

这场大水比那洪荒之世更加汹涌。龙门瀑布竟作平川，高阜丘陵尽为巨壑，整整落了两月，才露青霄，要晓得这场大水，黍稷没收，水又不退，农夫伸头缩无颈计支吾。直待立秋前后水势才退。县官惧怕钱粮没得征收，下乡劝农，家家努力，个个殷勤，把一片巨浸之田种得十之八九。苗头正长，秀色方新，农夫盼望，喜不自胜。

岂料天公正布灾殃，人民合遭厄运，初时要晴的时节他偏落雨，此进要雨他却偏晴。所谓夏末秋前，雨珠雨玉。田沟干壑，尚可借润河津，谁料日渐枯焦，竹叶蕉皮俱带灰色，河中鳞甲半吐苍烟。到了这个时候，水也没处车了，晒得绕田龟拆，满地鳞飞，眼见得秋成少望。这样时年，富户闭籴收藏，穷民颠连无告。正是：

釜底尘生，灶中烟断。

呼去嗟来，叹声载道。

这叫做骄阳作祟，旱魃为殃，水潦半收，亢旱全没。草根树皮犹如珍宝，沟渠滴水一似琼浆。那些百姓饿得口里生烟，面如菜色。当时官府动了荒本，皇帝熟知民情，看了这本，心怀恻惕，发票赈民，在任在籍的官员俱派等次，捐取俸银，普同赈济。

且不说天子发票济贫，且说张飚夫妻遇着这个荒年十分狼狈。柳春娘在家终日闹炒，不管有无，只是要酒要食，若还缺欠便啼啼哭哭，吵个不休。一日，春娘正与丈夫厮闹，要他生意出息。张飚是个读书人，担轻不可，负重不能，叫他做什么生意？因此两下争差，打将拢来。适有门前走过一个老儿，见他夫妻争闹，进内劝解。这老儿不是别人，三年前在张飚间壁住的，因生意不便，如今移在江边住了，打鱼为生，家中只有一个女儿，年约十二三岁。为人忠厚志诚，因此人都唤他为杨

老实。杨老实见他夫妻二人闹得十分利害。因念旧日之情，进去解劝，只因这场劝闹，有分教：

　　楚国亡猿，祸延林木。

　　城门失火，殃及池鱼。

　　惹出一场祸来，几乎一命黄泉，西风抱恨。这是后话，不题。

　　且说杨老实走进门来，他夫妻二人已打得停腔住板，在那里数一数二，哭个不住。两人一见杨老实进来，就如原被告见官的一般，你告禀一番，我诉说一顿，到弄得杨老实没耳朵听。接口劝道："大娘，当此荒时荒年，人家难做，你们夫妻二人，不该闹吵，只该好好商量，寻些生意做做。趁得一升半升米落锅，将就度过去罢了。自古道：'过了荒年有熟年。'此时读书的兼做生意绝不为奇。"

　　杨老实劝他寻生意，单中了柳春娘的卯眼，便欢喜道："杨阿爹杨阿太终是老人家，说话有理。自古道：家有千贯，不如日进分文。多少趁些回来养家活口才是，只管坐在家中，对着老婆相白面，成何格局？"张飏见杨老实也说教他做生意，也就有几分的生意肚肠，只是想来自己斯文人，做恁般生意才好，心里十分踌躇。开口倒不题起自己，到问杨老实道："你近来生意何如？"老实道："生意颇好，只是无人相帮。我老人家独自一个在江边，觉得寂寞。"春娘接门道："你独自无人，不若待我官人来相帮，不知阿爹肯否？"老实道："这样到好，只是你官人那里吃得这般辛苦！"春娘道。"也说不得了，清晨起来，淘箩三击响，那有分文来路？若捉得几个鱼儿卖卖，也好图这苦日子。"老实道："大娘虽如此说，不知你官人意下如何？我也不好应允。"张飏想道："娘子这一番苦口，若不依他，他又要发那雷霆之怒，不如暂且应允，再作区处。"对杨老实道："这个使得。"

　　柳春娘见丈夫应允，便生下一天欢笑，欣欣的进去烧茶，与杨老实吃。张飏与老实叙些旧话，问些新闻。不多时，茶已到来，两人吃了一杯，约定拣个好日头，到江边生意。三人欢天喜地，说声聒噪而别，不题。

　　且说柳春娘自小在娘家时节，柳老年及五旬，艰于子嗣，只养得这个女儿。将及十岁，父母的宠爱过于异常。家私颇厚，爱惜这个女儿犹如乘之珠，连城之璧，口里不舍得骂他一句，手里不舍得打他一下。随他要风是风，要雨是雨，吃的好食，穿的

好衣。小人家儿女，到胜于公子王孙。

一日，柳老放他在膝前抚摸，叹口气道："可惜是个丫头，若是个儿子，吾门继续有人，日后也好棺材边假哭泣一会，墓田中假闹热片时。女儿系别家之人，养他终成虚度。"不觉吊下几点衷肠泪来。只见对门一个卖菜的，早间称了他的菜未曾数钱与他，到了下午，他同了一个一十三岁的儿子来讨菜钱，正走进来，见了柳老捧着这个女儿在那里掉泪，不知是何缘故，爷儿两个不敢开言，直瘪瘪立在门外看着。到是柳老开口问道："要什么东西？"卖菜的道："柳阿爹，我们特来讨早起的菜钱。"柳老连忙唤女儿进去，对母亲讨铜钱与他。

春娘走得性急，不料头上堕落一只金耳。柳老也不看见，这个小子到也乖巧识趣，急忙里走去拾起，递与柳老。柳老看见，吃了一惊道："这耳环是我女儿头上戴的，缘何在你手里？"小子道："方才进去，在头上掉下来的。"柳老见他递还耳环，便定睛把他脸上相了一相。只见他眉清目秀、齿白唇红，只差身上衣衫褴褛，若穿几件好衣服，人也估不出他是个卖菜佣的儿子。便问卖菜的道："这是你的儿子么？"卖菜的道："正是。"柳老道："今年十几岁了？叫甚名字？"卖菜的道："今年一十三岁，叫名无难。"柳老道："小名为何是这样取的？"卖菜的道："只因小时算命，说他常多灾难，因而命名。若还过继他人，也免得过。"

柳老见他眉宇精洁，又还了他的耳环，心下十分到有九分眷恋，因问道："若过继，你肯与怎么样的人家？"卖菜的道："过继必须要没儿子的方好，若是有儿子的，过继与他，他就半当儿子半当奴才，服侍自己的儿子，拿书包，驼雨伞，打打骂骂，就不值钱了。若还没儿子，过继了去，他要接代香火，自然珍重爱惜，小时送他读书，大来必定婚娶。习此行业，也好了却终身。"柳老道："譬如我们这样人家，你肯放心么？"卖菜的道："啊呀，柳老爹府上，怎得能够仰拔？"柳老道："不是这等说。若还结亲婚配，论个门当户对，说什么仰拔。过继儿子，只要人物像个有长养的，靠山亲父是老实的，不论贫穷贵贱，便好成就。"卖菜的道："阿爹府上自是妥贴，只恐怕我儿子没福。"柳老道："你也不必谦虚，若还真个肯，明日十四，后日我到东首李瞎子家卜一课，就成起来。"卖菜的听了柳老之言，喜出望外，那里肯推辞，便道："柳阿爹，已准的了。"两家主意已定，只等神明决疑，便知下落。

跨天虹

只见春娘拿了铜钱，已立在旁边等了半日，直待他们说话完了才递出来。卖菜的接了铜钱，说声多谢而去。柳老将这耳环与春娘戴在髻上，遂同他进去见母亲，说知此事。柳婆听说，欢喜不胜。不题。

且说这个卖菜的，就是那起课李瞎子的兄弟李三。李三一心要将儿子过继柳家，恐防问卜不吉，打脱了这样好人家，一时难得，次早连忙去递一个话与李瞎子，将柳老过继儿子的话细细说了一遍。吩咐道："若还他来问卜，千万周全一二，待侄儿过继了去，后来慢慢孝敬你。"瞎子道："这个不难。"

却说柳老到了十五，斋戒沐浴，带了课金，向李课店来问卜。通诚已毕，那瞎子执了课筒摇了几摇，起将出来，却是拆单单、重单单，是一个卦。那《易经》中断说："末者，遇也，一阴而遇五阳，则女德不贞。"其象如此，大约是不该做的。那李瞎子得了兄弟的春，对柳老道："末者，遇也。末字，女字逢着后字，后来大有厚福，相遇好人。"柳老已信，送了课金，一拱而出，竟到家中。对柳婆商量已定，选了吉期，过继儿子。

李三打点齐备，央了一人邻舍老儿做了靠山，送儿子过来。一进了门，少不得拜了家堂祖庙，然后拜见继父继母。就是春娘，兄妹二人也要见礼，摆下一桌酒饭，大家尽欢而散。自此之后，做几件新衣服与他穿了，就择个开心日子，送他上学读书，取名叫做柳章台。他也是吃苦过的，落了这个好处，便安心乐业，见了父母妹子，恭恭敬敬，大家欢喜。兄妹二人过得十分亲热。父母看了，犹如亲生一般，把他同抬同桌，同坐同行，毫不介意。那《内则》篇中说，男子一交七岁，就男女不同席，不共食；八岁九岁之后，交了十岁，出就外傅，居宿于外。要晓得书中之言必有至理，如今人家那里晓得这个情弊，混混帐帐，不知隐瞒了无数，漏网了许多。就是父母知觉，只说是个家丑不可外扬，定是遮瞒过了。

大凡人自小生来，那一件物不经自眼里看过才晓得？那一桩事不经人嘴里说过才明白？惟有那个春心的情窦。小鬼头儿正是不教而善，那细微曲折他偏理会得来。春娘年当十岁，正是又晓得又不晓得之时，未免床头察听父母的施为，他便津津有味，只道这桩事是人晓得的，随人做得的。不上一年之内，就与章台看看有些鬼头鬼脑，眼去眉来。起初还在父母面前，不离左右，后来渐渐胆大，彼此心照，只到没人的所在，常是探囊取物。父母见他不在，不过叫到面前就罢了，全然没有一点疑惑的心。两人看看竟做起那磨脐过气的手段。

一日，柳婆做了一条自编裙儿，与春娘刚刚穿得上身，就同章台到后园闲耍。去了有两个时辰方回。母亲说了他几句，已撇开手。大家吃了夜饭，到房安置。走到床前，将裙儿腿下，柳婆与他折叠。不料，在灯光之下看见，着实吃了一惊。只见上面：

点点若胭脂染就，纷纷如桃杏妆成。才子贪心，佳人娇怯；一朝狼藉，粉褪香消。分明是豆蔻含香，揉碎了花心玉露。

不知这裙儿上甚么东西，柳婆如此着忙，下则毕竟明白。

卷五·第二则　房中妖艳抱犹黎

却说柳婆问春娘道：“女儿，你下身生了疮疖，却不对我做娘的说。”春娘道：“没有。”柳婆叫女儿到灯下，将裙子扯开看，道：“这是什么东西？”春娘看了，只见：

桃花欲谢，看看脸上飞来；绽蕊初开，渐渐腮边生就。蛾眉蹙损，浑身如坐针毡；凤眼迷离，满怀似生小鹿。颜色不宁之状，语言恍惚之间。

脸上好似开果子摊儿的一般，青一堆，紫一堆，竟无一言回复。柳婆此时，一似田中蚯蚓，满腹皆泥，思道：“我女儿难道被人破瓜去了？”不然，这裙上的腥红从何而来？此时柳章台已听得明明白白，假装睡熟，只是不响。娘儿两个东扯西拽，说些闲话，都去睡了。

柳婆这一夜仔细推详，再不料在章台身上。巴到次日早起，待章台学中去了，闭上房门，拿了一根大柴，叫春娘跪在面前，细细盘问。

那春娘只道这事是当官做得的，说也不妨，竟一五一十不打自招。柳婆听说，气得十生九死，到不割舍打这女儿，倒自己跌天跌地号啕大哭起来。正遇着柳老回来，只见房门闭上，婆儿在内啼哭，连忙叫开问道：“为甚缘故？”柳婆将女儿干的风流事情告诉柳老。柳老听得，一口气跑到学里，扯了章台回来，竟要打杀这个小畜生。柳婆劝道：“且住！饶他初次。”私下扯了老儿，附耳低言道：“不要乱打。倘若打得利害，逃走了去，反要受那李家的臭气。邻里得知，说出实情，成何体面？正是家丑不可外扬。都是我们自己失于检点，也不要只怨着他。且再从容三五日，寻些事故，打发他回去便了。”柳老依言，原旧教他学中读书。

却说章台晓得这事发觉，雷风雷雨一场，就丢开了，也不在心上。只说柳老要寻章台的衅端，无奈他为人依娘本分，绝无间然，便心生一计，与柳婆商量道：“如此如此。”柳婆道：“有理。”

柳老即忙出门，唤一个算命的，私下与他几钱银子，要他依计而行。一进门来，故意叫章台立在面前听讲。那算命先生先将柳老四柱排开，算了命。次将柳婆八字推完。然后将章台的年庚月日说与他。那算命先生推了这命，想道："这几钱银子落得趁他的。这个命原是十恶大败、遭刑犯法的八字。"便将手在桌上扑了一下，叹口气道："好呆命！好呆命！"柳老假意慌张，心下转生欢喜，问道："为何先生慨叹？"先生道："这位是何人？"柳老道："是亲生犬子。"先生道："不要怪我说，我是据理直谈，一言无隐。"柳老道："君子问灾不问福，那个要你奉承？"先生道：."这个尊造叫做虎坐中堂，惊散一家骨肉，这个小官不该放他在身边。再过一年之后，交了败运，亲人死得一个也没，家私败得寸土皆无。"柳老道："过继出去何如？"先生道："过继也没相干。他命犯两重华盖，若还出了家，到免得损伤骨肉，日后到有升腾。"只这几句话，已说得那柳章台毛骨悚然，心中那知是计？算命完了，柳老送了命金，先生去了。不题。

却说柳老竟去见那卖菜的李三，把算命先生说儿子的话分外增添几句，备细说了一遍，竟要将儿子送还。那李三见柳老言语真实，像个挽回不来的，只得勉强应承。柳老回家，就唤章台说明就里，把他日常间的衣服铺陈，都与他拿去，自己领着同行，竟自完璧归赵去了。你道这件事情，没主意中又有主意，做得干净，彼此无□。

不说柳老家中出脱了这个□□，且说章台自与春娘含花初试，新得甜头，虽然是外貌有亏，其实不曾走到那真正极乐的世界，却是他心下十分情重。不料回到家中四五日，染成一场相思的大病。这病其实利害，真是形容枯槁，颜色憔悴，服药无效，祷赛无灵。李三见儿子恁般形状，只得到神前发下一愿：若还此命重生，舍他出家做个佛门弟子。这不是李三自发的愿心，只因前日柳老说了算命的言语，因此发愿。过了三两月，这病果然痊愈，真是逃得一条性命。看看将身强健，就送他在琵琶寺里出家，法号叫做静空。后来春娘嫁了张飚，父母俱已双亡。那卖菜的李三亦已去世。

柳章台自出了家，学些经卷，随着师父，到也相安。后来师父圆寂去了，他就接着当家，手里着实从容。只是有个毛病：见了酒肉，就是他的性命；见了婆娘，连性命也不要了。寺中的小和尚轮流歇宿，小门外的俏花娘次第盘桓。正是：

空门里面修真，风月场中闲耍。

且说张飚当初遇着静空，只因妻家有一面之熟，常常照顾他念些经卷。说起小时

来历，又是兄妹相称，常常走来探望，吃杯闲茶，谈天说地一回，斯斯文文去了。一日，张飑不在家中，静空走来，春娘陪他坐了一会。要晓得这和尚是个色中饿鬼，酒底下的蛀虫，看见四下无人，又是小时私相做一手儿的，他便大着胆挨挨擦擦起来。问道："妹妹，可记得当年和你后园中的勾当么？"春娘笑了一笑，低着头不做声。大凡端正的妇人，遇着狂妄的男人，言语之间略有不尴不尬，他便正颜作色抢白他几句，那男人就晓得这妇人是踏不入的，此心就已死了。春娘笑而不答，已先写一肯字。静空便搂搂抱抱，做出无数的丑态。春娘假说道："不要如此，倘有人走来，不当稳便。"静空连忙四下探望，并无一个人影。转身进去，便双膝跪下，要妹妹求欢。春娘道："你妹夫出去已久，这时候大约就回，宁可改日来罢。"正未说完，张飑已到门前。又是春娘眼尖手快，把静空推了一推，道："妹夫来了。"静空连忙就坐，张飑进来，作了一揖坐定，扯些寡淡，就告别去。

春娘就有心这和尚，只因丈夫终日在家，难于布摆，因此闹闹吵吵要丈夫出门作生意。不料又遇着这个荒年，衣食缺少，一发逼得要紧。因见杨老实之言正中他意，便拣定次日，打发丈夫江边捕鱼。张飑走到杨老实家，提了罩网同行。也是他时运不济，合了张飑便生意淡薄，打来的鱼，卖了不够一日三餐，十分愁苦，不在话下。

且说县官奉了上司明文，发米万斛，救济一县生灵，满城晓谕。张飑看见，回家对娘子道："官府济贫，明日我要到城中关粮。"春娘道："该去。"次日□□□□□□□□□到县前，只见人人不回，个个争先，好不闹热。张飑想道："到了此处，用不着那斯文手段，要放出气力挨将进去，先得者为强。"连忙放开两手用力一挨。到也好笑，把众人劈栗剥碌都推倒在两边。你道为甚么缘故？只因荒年，都是饿得有气没力的，略略推动，就跌倒了。张飑忙赶上前，关得五升粮米，一路回来。

走到一个去处，只见两个健汉在那里相争，你一拳，我一脚，打个不住。张飑看见，连忙上前劝解，那里劝得这两个定？直待他打得罢战收兵，然后问道："你二人为何相争？可对我说。"一人上前道："老官，你有所不知。这个小遭瘟，十年前因娘子要到东岳庙里进香，对我房下借了一只脚带，至今未还。问他讨讨，他到说这脚带是你娘子送我做表记的。你道他有理么？"张飑对着那人道："你原没理。借了脚带不还，反说什么表记不表记。"那人也上前告诉道："老官，你只听一面之词。这个狗亡八，七八年前老婆行经没有草纸，到我家借了一百五十八张草纸。问他讨讨，他到赖得一

抹光，发起愿来道：'借你的揩脓揩血！'"正是你说来的是你有理，你说来的是他至公，连张飏到也没得开口。两个又打拢来。

张飏道："这样打法，倘若打杀一个，什么要紧！"拼命扯开劝道："你们不要打了，我与你们调停。"二人住手，听张飏发落。张飏道："你不过要他这五升米，他若与了你，你就罢了？"那人道："正是。我只要他这五升米，就饶了他。"张飏道："我将这五升米替他还了你，你意下如何？"二人道："我们两个讨冷债，怎好难为你老人家？不要你的。我们当此荒年，左右是死，大家打个好的！"又要打拢来。

张飏拼命扯住，两人就不动手。张飏再三劝解，将自己五升米千求万告要他收去。那人只得收了，作谢而别。走了半箭路程，二人从新复将转来，问道："承你美意，不知老官尊姓大名，特特转来请教，后图报答。"张飏道："在下姓张名飏，住在东首安乐村里。"三人一拱而别。不题。

且说春娘见邻舍去关粮的俱已回来，不见丈夫，独自一个只得倚闾而望。那知这个张先生也起了一个清晨，进城关粮，直到下午未回，一路想道："我因一时好心，将米劝了人闹。如今回去，娘子盘问，难道说与人去了不成？"想了一想道："有理，有理。只说被人抢去了。"正是：

夫妻且说三分话，未可全抛一片心。

算记端正。然后放心回去。

一进门来，假意敲台拍凳，大哭起来，道"关得五升米，被人抢去了。"春娘大失所望，到陪丈夫出了几点泪儿，只得到邻舍人家借了一升米。正要到厨下去做饭，只见两个人急急赶将来，见了张飏说道："多谢，多谢！聒噪，聒噪！"千揖万揖，作个不住。张飏恐怕娘子瞧见，连忙扯住，眨眨眼睛。两人都不理会。春娘在门背后看得分明，赶出来道："什么鬼头鬼脑，有话直说。"二人道："张阿奶，我们因米厮打，多谢你家老官将米来劝了我们，故此特来相谢，并无半句隐瞒。"春娘一听此言，气得星眸直竖，两眼横开，嚷道："他说被人抢去，原来与了你们。""狗乌龟""狗亡八"骂个不住。二人见势头不好，晓得是瞒着娘子的："到是我们多礼数了。"两人请罪而出。

却说春娘早已生了二心，如今又为了米儿的事，竟把丈夫视为陌路，骂了半夜。那张飏也自知无理，并无一言回答，只索闷闷而睡。到了次日，依旧江边去了。

且说近村有个张真儿，家中失火，把家私烧得罄尽。后来父母双亡，真儿哭了三日三夜，两眼血枯，竟成双瞽。成熟时年，那些亲儿眷儿，东家留他一顿，西家吃他一餐，还好苟延残喘。遇着这个荒年，那些亲眷自顾不暇，那里还去养他？瞎了这双眼睛，只好束手待毙，有死而已。一连饿了两日，并没一些汤水沾唇，真儿想道："这命想来逃不出的了，饿死沟渠，不如葬于鱼腹，做个屈原的故事，到也清高。"一道烟摸到江边，哭了一会，正要跳入江心，必竟孝义的人，难中有救，绝处逢生，后来报冤雪耻，享那富贵荣华，这是后话。

且说张真儿到那生死关头的时候，忽然一人拦腰抱定道："你这小官，为何投江自尽？有甚冤枉，可对我说来。"真儿挣扎不动，只得立定说道："小子并无冤枉，只因遇着荒年，饥饿不过，只得寻个短见。"那人道："我看你不是下流之辈，难道没有亲眷济助孤寒，一至于此？"真儿道："当日也有人扶助的，如今遇着这个年成，谁还肯顾？"那人道："你这双尊目为何坏的？"真儿道："我因父母双亡，哭了三日三夜，两眼血枯，成了瞽目。"那人道："这样，你是个孝子了。我看你这段光景，料来没处存身，你肯到我家去么？"真儿道："你不要取笑。我是个吃得做不得的人，要我何用？"那人道："我家只得夫妻二人，我出门生意，家内无人，不过要你在门前屋后照管照管，并无用做。"真儿听得那人语言真实，料来不是骗我，便倒头下拜道："若得阿爹救取，就是我重生父母，我就拜你为义父。"那人连忙扶起，挽手同行而回。

你道这救他的是谁？就是那不怕老婆骂，将米劝闹的好人张飏。途中问了些家常住处、来历姓名，张飏欢喜道："我与你五百年前共一家，不必改名易姓，就叫张真儿罢。"闲话之间，不觉已到自己门首。春娘见丈夫带了这个奇货回来，心下着实一个蹬心拳，连忙问他来历。张飏将他投江的事情说与娘子知道。春娘最怕者是有人碍眼，不便与静空往来，见他是个瞎子，料来不妨，勉强放在家中，再作道理。张真儿拜了义母，安心乐业，聊度余生，不题。

且说那静空见张飏不在，便日日走动，胡为作乐，未尝间断。一日，张真儿站在门前，静空走到。真儿听见，问道："你是甚人？"静空竟不答应，索的一声望内便走。张真儿喊叫道："是那个乱走？敢是贼么？"手之舞之，摸来摸去，喊个不住。静空见了春娘，问道："这是何人？"春娘道："这是你嫡嫡亲亲的外甥。"静空道："从来不曾见你怀胎，又不见你生产，缘何一养就偌大一个儿子？"两人笑了一场。春娘将真儿来历细细说与他听，静空才知就里。真儿听见母亲与他说笑，想是熟客熟主，就不喊了。春娘叫真儿进来见了舅舅，原打发他门前坐地，两人鬼混一场去了。

要知静空走来，春娘是瞒着真儿的，不料这次冤家撞着对头，隐瞒不过，只得与他说明。自此之后，真儿听见声音，定是相叫，一连来了十余天，真儿眼虽不能鉴貌辨色，耳也会得察理聆音，心里也有八九分怀着鬼胎。一日对春娘道："我们爹爹不在家中，全亏舅舅日日走来看管。若还舅舅四顾无人，何不移来我们同住？彼此都好相依。"春娘道："你话固虽有理，只是舅舅是个出家人，与他同处，外观不雅。"真儿道："嫡亲兄妹，何怕外人谈论？"春娘应而不答。要晓得真儿这番说话，有心打在他拳窠里，正要察其暧昧。春娘无心应口，未免日常间脱出几句露马脚的话儿，真儿一一记在心里。

到了次日，是春娘的生日。静空提了些鱼肉，打了些好酒，为春娘称觞。大家吃了一会，叫真儿厨下暖酒，两人走到房中，竟去干那楚襄王游巫山的云梦起来。真儿将酒烫热，走至堂前，不见有人坐席，只听得配房里面就如那三月三的懒蛤蟆，急急哈哈叫个不绝，又像那七八十岁的老头儿害了疾火病，嘻嘻呀呀喘个个尽。真儿听了，十分懊恼，正是：

一个色胆包天何惧死，一个忠心贯日岂偷生。

捶胸跌脚道："什么哥哥妹妹，分明淫妇奸夫。我父亲志诚君子，到讨这样一个淫妇在家里出丑。"连忙放了酒壶，走到厨下，拿了一把厨刀："待我杀了二人，以雪父亲之耻。"正待出来，回想道："我是个瞎子，倘若持刀进房，到被他先瞧见，反受了一个大大罪名。凡事须要三思，不可草草。"依旧放下厨刀，走了出来。

那春娘并和尚将次及席，春娘问真儿道："这酒壶是你几时拿来的？"真儿道："你们在房里的时候我拿来的。"春娘红了脸，把和尚瞧了一瞧。静空接口道："就是我方才毛厕里出恭的时节。"东扯西拽，两人心里桩着凹口，胡乱饮了几杯去了。

且说张飏日间打鱼，一个也无。到了黄昏时分，白露漫天，那鱼不知罾网，却有几个游来。连试了三五次，果然夜里生意胜于日里三分，因此夜夜也不在家中。春娘见丈夫行踪果有准绳，未尝参差迟早，又想真儿必定看出破绽，因是两人约下，黄昏进门，清晨出去，一则便于同床共枕，二来乐于□眼真儿。这个算计胜于六出祁山、七擒孟获，一举两得，却不是好。那知祸福由天，一报还施一报，吉凶有命，冤家到底冤家。

偏是这一夜却也作怪，打鱼的直打到三更时分，要一只小小虾儿也没得游进网来。两人心灰意懒，欲待归家。只见那江中：

清波滚滚，听来叠鼓鸣笳；白浪漫漫，看去雪飞云舞。玉盘金饼，皓月当空；火部红轮，太阳出海。光客夺目，犹如出蚌之珠；影耀逼人，却如他山之玉。澄清一派奇观，凭吊千秋罕睹。（下缺）

卷五·第三则　仙镜偶然联异眷

却说杨老实与张飚看了半晌，张飚道："不好了！看看近岸来了，我们快快走开。"不料，这个东西远看觉得骇人，近来也便平常，圆圆的一团亮光渐入网内。杨老实道："在你网中来了。"张飚打眼一看，只见罾爪四垂，网儿觉得沉重。连忙去扯，那里动得分毫！两人只得走入滩中，相帮扛起。你道是什么东西？却原来是那：

> 云鬟罢梳还对此，罗衣欲换更添香。

却是一面菱花宝镜，两人欢喜不胜。杨老实道："张官人，是你的造化，这镜在你网中得来，可拿回去与娘子受用。"张飚道："岂有此理！我与你一同生涯，这镜必须你一半我一半方是。"杨实道："若要分作两半，须得锯子斧凿打开才好。"张飚道："不是这等说。明日将此镜到街坊卖了，分一半钱钞与你。"杨老实道："悉凭悉凭，你且驮回家去，明日商量。"张飚看了，这件东西十分沉重，搀了一搀，到瞪目呆看。杨老实道："你不□□将这镜子翻转来，把那缚罾的绳子穿了镜纽，背在肩上，却不省力？"张飚依他调度，果然妥贴，提了灯笼而回。杨老实也收罾网去了。

且说春娘与静空正在温柔之际，梦寐中忽听得门上剥啄连声。春娘道："此时我丈夫断不回来，为何声音似我丈夫？"忙忙的推醒静空，披衣出来开门，只料黑地里一个放进、一个放出，做得手快就是。谁知张飚雪亮亮一个灯笼提在手里，春娘开门，不及弄那移星换月的手段，静空也不及念那降龙伏虎的真言，只好蹲在春娘背后。张飚放了镜子，因脚下鞋心湿儿湿了，提了灯笼各处搜寻旧鞋替换。寻到春娘背后，黑影里只见一个光头。张飚道："是什么人？"春娘不及遮掩，被张飚推开，扯来一看，却是静空和尚，止披得上身衣服，腰间还露出一个小和尚来。张飚看了，正是怒从心上起，恶向胆边生，一把扯住，嚷道："你和尚黈夜入人家，非奸即盗，登时打死勿论！"春娘嘴强道："我们兄妹，什么奸？什么盗？"被张飚两个嘴掌，打得昏晕。张飚连叫

真儿，真儿睡熟不应。张飏竟把他扯到门前，意欲叫喊地方。

春娘看事势不容己了，一不做，二不休，索性断送了他，方免外人耻笑。春娘与静空放开手，将一床绵被把张飏蒙头一罩，掀倒在地，就将那缚镜子的绳儿，夹咽候系定，两人并力分头紧收。可怜一个扶危救困的好人，化作南柯一梦。

二人商量将这尸首放在他外，静空道："掘个泥潭埋罢。"春娘道："做得不干净，日后倘若露出形迹来，反为大患。不若我们将他扛到江边，丢入水里喂了大鱼，尸骨无存，岂不干净？"静空道："有理，有理。"连忙走到房中，将裤子、鞋袜穿好，两人放出气力扛将起来，望江头走动。不多时已到江边，扑咚一声，竟入水晶宫去了。

此时已是四更时分，白露微澜，水光摇漾，不料水面上一个黑簇簇的东西浮近前来，竟把张飏负载而去。春娘与静空看见，只道是大鱼吃了，欢喜不尽，竟自口来。两人商议道："事已做得停当，并无一人得知。"故意去叫真儿，真儿还未曾醒。静空道："只恐邻舍盘问，将何言语回复？"春娘道："这个不打紧，只说同杨老实打鱼不回。过一两日，先叫真儿去问个消息，然后再自己去吵闹一场，生根在他身上便了。"静空道："有理。"话未说完，不觉早唱晨鸡，东方发晓，急急出门去了。

你道这江中万万千千的鱼，那里便来管这闲账？要晓得，张飏是个救□投江的好人，今日遭此大厄，上天暗里保护。这物就是金甲神人，背负而去。正是：

虚空自有神监察，湛湛青天不可欺。

按下不题。

且说彼时有个夔夔宰相，威权赫奕，享用豪华。五十余岁尚无子嗣，止生一位小姐，名唤鸾绡，年方二八，翰墨精工，女红亦备，真正有沉鱼落雁之容，闭月羞花之貌。终日花前饮酒，月下吟诗。一日春光明媚，天气困人，小姐把线帖收藏，同了一个侍女湘春，到后园闲耍。

湘春扶了小姐，金莲款款，玉佩珊珊，从角门出来。果然一派好景，看了十分羡慕。怎见得？

纷红□绿，春光九十将阑；滴翠浮芳，景色三分未足。桃艳李，看来一似降青霜更飘红雨，粉脂涂就苍苔。燕语莺啼，听见犹如诵明月再咏关雎，高下和成仓口。亭榭参差，楼台曲折，柳眠花笑，水秀山青。胜于金谷园亭，不下阿房宫阙。

这园说不尽的景致，写不尽的繁华。鸾绡小姐处于深闺，一时看了这个境界，不

觉徘徊再四，还要走远□□□个心满意足。遥望见那壁厢景致，问道："那是什么所在？"湘春道："这是内花园，那是外花园。"小姐道："内花园如此□□，那外花园不知怎样好的了。我们有心出来，也要□□一看。"湘春道："这内花园老爷尚且戒严，不许小姐和□□□在外边嬉，外花园是去不得的。"小姐道："不妨。只是□□□老爷知道。"湘春心下也是要去看看的，口虽如此说，那双脚儿早已同小姐行了多步。

不一时已到外花园，二人定睛一看，这外花园比内花园虽然眼界宽宏，却是凄凉寂寞。鸾绡小姐与湘春看了半响，便要抽身回去。湘春道："小姐有心到此，便再闲耍一回。"要知鸾绡小姐是个深闺弱质，闹攘攘珠裹翠围的，走到这个旷野之处，虽然是天气艳阳、花柳争妍时候，只觉四顾无人，眼前寂寞，便生出一段凄惨不胜的心肠，急欲回还。只见太湖石背后闪出一堆红艳艳的物件来。小姐连忙叫湘春看，湘春道："并没有什么。"鸾绡小姐渐渐看得明白，叫道："这个分明是个菩萨神道！"惊得面如土色，寸步难移，口里不知叫些甚么，身子蹲将倒来。湘春慌了手脚，又不好丢了小姐去报知夫人，又不能背负小姐进走，只好捧着小姐啼哭。鸾绡小姐挣了半响，一时气绝。湘春发了极，放声大哭起来。

只见一个年老的园丁在园中挑水，听得哭声，走来一瞧，见小姐晕倒在地，湘春丫头在旁啼哭，连忙去报夫人。不多时，赶了许多丫鬟小使，并夫人一一出来。大家看了，目瞪口呆。夫人连叫不应，哭了一场，把湘云着实打了几下，七八个扛了进去，放在床上。连忙去请太医服药，求神祷赛，浑身都是冰冷。幸喜尚有心里兀自火燃，不忍得殡殓他出去，几个亲人日夜守在身边，眼巴巴望他转回阳世。

不说鸾绡小姐一命黄泉。且说春娘自那夜断送了丈夫，过了三五日，即同真儿走到杨老实问信家。一进门来，变着脸道："我家官人四五日不回，你留他在家则甚？"杨老实一听此言，就如青天一个霹雳，竟不知那里来的，忙应道："你官人前夜打鱼，网中得了一面镜子，背了回去，这数日不来，我正要来唤他。"春娘道："何曾见来？同你打鱼，人在你身上，若还不见，我要问你讨哩。"杨老实道："一个人身长六尺，难道藏得过的？"春娘道："你方才说了镜子，莫非你要这件东西，将他谋死了？"杨老实见他势头不善，口内多凶，气得个捶胸跌脚，没叫屈处。春娘打台扑凳，哭了一场。他的女儿出来相劝，留他吃茶吃饭，春娘再三不肯，竟自去了。

杨老实听了这番说话，心下也就着忙，急急央人四下抓寻，并无踪影。春娘这番埋伏，计较甚高，倘若邻里盘问他，就把杨老实做个出场；若没人说起，他也就拖绳放了。

春娘自此之后，放心与静空朝朝寒食，夜夜元宵，好不畅意。谁料受用过度，不觉害起一场病来，十余日不得起床。

一日，身子稍强，勉强起来梳洗，就把那丈夫拿回来的镜子照了梳头。果然这镜子委实有趣：表里通明，可照奸人之胆；清空闪烁，能招仙侣之来。春娘初时一照，看得怀开心畅，漫把花容傅粉，云鬓添妆。不多时，镜子里现出一道黑光，迷朦了春娘面目。只见都是些奇山异水，怪柏乱松。山凹之中布出许多楼台殿阁，更有虎豹豺狼在山脚下狰狞跳跃。春娘见了这个境界，头也不梳，只把两只秋波仵定在那镜子上面，周回仔细观看。过了一会，那格阁之内走出一人，体貌魁梧，须眉豁达，头梳丫髻，袒腹披襟，踱踱索索走将出来。春娘看了又惊又喜道："这个此老，我眼里从不曾见他，仔细认他一认。"只见后面一个一个都走出来了。

春娘看得心慌，连忙走开。不料，这七八个立了一屋，惊得那春娘魂飞魄散，没处躲避。偷眼一看，都是面面相窥，不开口的。只见内中有一女人，春娘勉强上前福了一福，问道："大娘，你们是那里来的？"众人都不答应。连忙叫真儿，真儿又不在家。正没理会处，背后走出一个黑脸金盔金甲的人，右手拿着铜锤，左后带着张飚，蓬头垢面，把春娘赶个不住，打了一锤。春娘明晓得丈夫索命而来，也只好听其发落。自经打了一下，登时晕倒在地。众仙与这金甲神，都往镜中进去了。春娘直到下午方才苏醒，就把这段希奇说与静空知道，也在将信将疑，不在话下。

且说天上定婚姻的月老，玉帝命他掌管生民配偶，正在月下将书检看，查得鸾绡小姐该与富顺张飚百年夫妇，因是一贵一贱，结契无阶，恐成皓首之叹，因差金甲神赐他这面摩仙宝镜，以为径路之媒。不料张飚先世尚有宿孽未消，得了此镜别起风波，陡遭惨毒。月老趁此机会，先差金甲被采摄了张飚魂儿，与鸾绡小姐面订佳期。因此差花神来摄鸾绡小姐的魂灵，到月老宫中，两人折证。

且说二人同趋月老案前跪下，月老吩咐一场，姻缘的定理，会合的关头。他两人叩首谢恩起来，彼此偷看了一会。即命取出摩仙宝镜，交与张飚收藏，对鸾绡道："须查此镜此人，即是百年夫妇。"说完，就放二人还阳去了。正是：

夫妻数字不能移，勉强图谋总是虚。

五百年前曾识面，注在姻缘一部书。

却说张飔还魂转来，颈上那条绳子已松去了，就如捧定着一株大木的相似，佘到江边，却又是一个地方。抬头一望，身子却在沙边滩上。连忙拖泥带水走到岸边坐定，仔细想了那奸夫淫妇下此毒手，咬牙切齿恨了一场，悲悲戚戚哭了一会。想道："上天可怜，留此余命。如今天色已晚，不存不济，少不得命丧沟渠，不如原赴江中，寻个自尽。"哽哽咽咽又哭了一场。

只这一场哭，惊动了五升米洪恩未报，一年前大德难忘。只见两个人手执梆锣，随口唱些歌曲，一路而来。听见哭声，喝道："你是甚人，在此啼哭？敢是奸细么？"张飔道："我是受难之人。"那两人道："快快说来。"张飔将自己的名姓并家中的淫妇与奸僧的勾当，细细说了一遍。二人惊骇道："听你说来，你是我们两个的大恩人了。"张飔道："不知二位尊姓大名？"一人道："我叫施恩，他叫布德。"张飔道："你们不要错认了，我从来并不曾施恩，亦未尝布德，缘何有你们二位？"施恩道："你记得上年，我们二人为米相打，你将五升米劝了我们的闹。自那日之后，我们两个因你感激，拜为弟兄，如今就如骨肉一般。只因荒年无计，投在山中做了强盗。今日该差巡逻，不料在此遇着恩人。你且同我们上山去，再作道理。"张飔听了这话，方才信以为然。二人将手扯他同行，方知浑身是水，连忙每人身上脱下一件衣服，与他换了。张飔道："我若上山，倘你大王不容，叫我到何处安身？"布德道："不妨。我大王为人仗义疏财，只差肚中少些墨水。若得你这样一个朋友，这头目他还要让你了。"施恩道："不但让你做大王，他还要替你报冤哩。"张飔听见"报冤"两字，便欢喜起来，就随了二人同去了。不题。

且说鸾绡小姐晕去，父母守在床前。到了次日，陡然一个翻身，口中叫道："张飔，张飔，拿那摩仙宝镜与我看。"父母再三叫唤，只觉口中微微有气，连将汤水灌下，便四肢温暖，举动得来，叫了一声母亲。父母欢喜不胜，擎拳拱手，证天证地。看看吃些饮食，不上三五天，觉全愈了，把魂游的事情，说与父母知道。那夔夔宰相即刻传檄行文，遍天下贴了告示："若有摩仙镜献者，即以女妻之。"又差几个得力官儿，叫他微服私行，察访的实。只这一桩事也是不小，几月之间，早已传遍天下。

且说静空听见这些说话，亲自到城中看了告示，心下想道："妹子有面镜子，他说有人走出来，必定就是摩仙镜了。我若得了这面镜子，拿去献与夔夔丞相，他那如花

似玉的小姐配我为妻，胜于这个打和尚的婆娘。我如今回去，不要与他说知，且骗他的到手，再作商量。"一路踌躇，不觉已到门首，进去见了春娘。

那知春娘早已得知这个缘故，心下筹之熟矣。静空不曾开口，春娘道："哥哥，我有一主横财来了。"静空道："什么横财？分些与你哥哥用。"春娘道："自然有你分。"就说着这面镜子："若得万金，我即卖与他去。"静空到打了一个灯心棒，呆了半晌道："那有这许多银子卖？便得了十廿两，也就勾了。"胡乱说些闲话。

　　过了三四日，静空想道："这面镜子，若要骗他的，断断不能到手。俗语说得好，千讨不如一偷，"候得春娘在厨下做饭，便钻入房中，翻箱到笼，影也没有一个。那知春娘晓得这物是值钱的，□□藏在一个夹巷里，并无一人得知。静空寻了半晌，并不见影，只得床下来寻，将身钻入。不料春娘走来，恰见这和尚似狗的一般爬入床下，甚是可骇。春娘轻轻拿了一条门闩，照腰里用力打了一下。这和尚十分痛楚，连忙退得出来，也是立不直了，便眠倒在地骂道："贼淫妇，为何下这毒手！"春娘见他□□，举门闩又要打去。静空急了，连往床下钻进躲避。停了两个时辰，这痛方住。

　　春娘晓得他要偷这面镜子，问道："你爬到我床下做甚么？"静空道："你床上许我爬，床下到不许我？"春娘道："如今床上也不许你爬了。"静空到不好意思，陪笑道："偏要来爬一爬。"将手扯春娘撤在床上，要与他云云赔罪。春娘放落脸来，用力洒脱。静空见话不投机，发怒道："你要将待张飏的手段待我，你休想哩！"春娘听了这句，发急起来，道："你这黑心秃驴！我一身被你玷辱，丈夫性命又被你害了。如今与你这秃驴打伙，怎有出头日子？你到快快请行。"将手推静空出去。静空见他这个推法，气得一天之火，想来是要断恩绝义的，将手撤春娘在地，着实打了一顿，竟自去了。

　　可见恶人的心肠，易于反复。两人起初十分恩爱，翻转脸来，又是十分仇敌。这个情理，人所不知。要晓得春娘与这和尚通奸，只是一时失志。但既勾搭上了，无由割断，候着丈夫不在，便落得与他偷闲，何曾有个害丈夫的心？不意那日遇着张飏回来，叫起地方，那是骑虎之势，恐怕出乖露丑，发起这点毒心。后来丈夫死了，静空就如夫妻一般，不离左右，摆在面前，觉得也有些厌恶。就是两人并肩交颈，那和尚未免装娇作痴，把光头在春娘脸上擂擂擦擦；若是新剃光的还好，略略长了一二分，便要弄得个不耐烦。干起事来，又像那饿虎攒羊、馋鹰搏兔的相似。偶然一次，也经受了。如今日日上场，未免倒戈弃甲，投递降书，把他十分狼藉。春娘到也有些气他不过。比着自己的亲夫，终是读书之人，那惜玉怜香的心肠大相悬绝。所以日常间比前大不相同，疏疏淡淡，任其去来，并没一点眷恋之心。每每听到五更，一梦初醒，

平淡之气，良心发现，想着丈夫无罪无过，把他一命黄泉，尸骸零落，就出了几点迁善改过的泪儿。欲要拒绝和尚，又没处生端，今日趁此机会吵闹一场，赶他出去。

柳春娘虽有此心，也还未肯踢开。只因有了这面镜子，得了这主大财，唯恐静空在此，未免私下要打他些后手，当官要分他些用用，便怀了一个忌刻的心。他思量有了这主财帛，嫁个老公，明公正气成个格局，终日守着这个光头，也羞见故人邻里。这些都是恶毒肚肠，奸巧肺腑，人所想不到的。

那静空也不是个好人，他要弄了这面镜子，将来做个大富大贵的人，就把这旧相知视为冰炭。若还把他偷去，他就断了这条路子，死也不上门的。当初没有老婆，遇着春娘如同活宝；及至久在身旁，也便如此，他就起了这点贪心。这是恶人得陇望蜀的念头，自不必说。

哪知这场闹吵祸起萧墙，惹动了：

假盲儿留心看破，真孝子为父伸冤。

要知两人口舌自然生出祸来，看他下则，方快人意。

卷五·第四则　盲儿宛转雪奇冤

却说张真儿坐在灶下，侧耳听见二人吵闹，从前老底听得十分明白。到了次日，捏根拐儿，走到一个亲眷人家，央他写了两张状子，怀在身边，连忙寻到黄龙寺里去见静空。

适值静空正在山门前与人讲话，见了真儿叫道："外甥何来？"真儿听见是静空声口，上前作揖，欲待开言，恐人听见，又住了口。静空也防他说些甚么，一把扯了，直到自己房里，问道："你来何干？"真儿道："外甥特来通知舅舅，你昨日与母亲厮闹，却被邻人得知，都说舅舅谋死父亲，地方保甲要出首哩。"静空忙了手脚，想了一想，对真儿道："我如今也顾不得了，明日我到县间，先出首一状，说你母亲谋死丈夫。"真儿道："若还如此，舅舅洗得干净，只是难为了我的母亲。"静空道："只要光鲜，那里顾得！"真儿问些父亲死的来历，静空一一告诉。两人说了一会，送真儿出了山门。

到得家中，真儿便大惊小怪。春娘问他何故，真儿道："适才走到门前，只见东边也说张大娘谋杀丈夫，西边也说柳春娘谋死老公。孩儿问道：'你们从何而知？'众人道：'你母亲将绳缢死，尸骸丢在江中。'"春娘听了这些说话，果然一字无差，没法起来，千求万告要真儿生一计策，以免此祸。真儿故意不说，当不得春娘哀求不过，哭将起来，就倒头下拜。真儿连忙扶起道："母亲不必慌张，我且问你，这舅舅你还是要与他来往么？"春娘道："这样人，还要说什么来往不来往！你母亲被他玷辱，父亲又被他害了性命，我恨不得将他茹毛饮血，方出此气。"真儿道："如此我们先去出首一状，说舅舅谋死爹爹，方好保全母亲之罪。"春娘道："这个有理。"真儿也将父亲的形迹，细细盘问。春娘不打自招，却也与静空的口词一样。

到了次日，真儿将一张状子与春娘递了，静空也去送了一张。那县官看了这两张

人命状子，你说他害，他说你谋，其中必有原故，立时出签，拿这两个原告听审。不一时，都已拘到。录了口词，却也都辩得有理。问道："你家还有何人？"春娘道："家中只有一个瞎子。"县官即拘张真儿讯问。

真儿一到堂上，竟不开口，也递一张上去，即是告这两个的。县官看得了然明白，竟要这两人原告供招。二人你推我，我推你，推个不落地。县官把静空夹了一夹棍，打了五十敲；春娘拶了一拶子，打了三十个过船钉。两人受痛不过，只得招了个奸。那杀，既无尸首，又无凶器，县官也不好定罪。放了夹棍、拶子，带起明日再审。三人一齐赶出。

走到一个空隙之处，春娘对静空道："我们到被真儿陷害了。如今事已至此，奸是招了，那杀是招不得的。若还再要用刑，只好推在杨老实身上。"二人计议已定。

到了次日复审，县官又要用刑，二人竟将杨老实一口咬定。县官出了火签，立时拿到。也夹了一夹棍，杨老实只得招了，是扛入江中死的。县官叫收监定罪。就取一面双连枷儿，枷了这奸僧淫妇，遍游四门。

不说柳春娘的风月冤家。且说张飚自江头遇着施、布二人，同到山上。见了寨主，即忙行礼。那寨主名为鸟山大王，为人到也温雅，绝无一些强盗的气味。一见张飚跪下，慌忙扶起道："你是个仗义之人。今日遭此颠沛，且宽心住下，容当与你报冤雪耻。"看了一个坐儿与他坐下。茶罢，即设席以待。两人一见如故，遂成莫逆之交，即拜为军师之职。张飚是个来得的人，与他捣鬼出些告示，票些押条，寨主十分乐意。过了月余，即差数十名喽罗，到张飚家里拿这两个人来，听凭军师煅炼。

这些喽罗领了将令，俱扮作百姓形状。行了数日，已到富顺地方。打听张飚住处，到了黄昏，便打门进屋。四下搜寻，并无什么和尚、婆娘，走到灶下，只见一个瞎子睡在那里。一把扯将起来，问道："这里有一个和尚并一妇人，至那里去了？"真儿睡梦醒来，打头不应脑，答道："和尚、妇人枷哩。"喽罗说："家里没有。"真儿道："他枷在城里。"喽罗道："张飚明明说在城外，何曾在城里？"打真儿一个嘴巴，惊得睡梦才醒，耳朵里听见说什么张飚，连连问道："你们方才说什么张飚，敢是见他么？"喽罗将张飚的来历，说与他听。真儿方晓得是强盗，因把这两人的事干，说与喽罗得知。喽罗道："既然如此，我们将何回复大王？"一人道："就将这瞎子去便了。"真儿哀求道："小人正要与这两个做个对头，若拿了我去，他们的罪就轻松了。"

中国禁书文库

跨天虹

中国禁书文库

民间藏禁书

众喽罗只因无物可为折证，到踌躇了半晌。只见手中火把已过，众喽罗慌了手脚，没法摆布。一人道："弟兄们，莫要慌张，我且说一个故事与你们听。"众人道"什么时候，说些故事。"那人道："说了故事，就有火把。"众人见说故事有火把的，只得洗耳恭听。那人道："当初三国时节，关云长同甘、糜二夫人降汉，住在驿所。曹操差人馈送下程，其余俱备，唯有蜡烛，只得一枚。这是曹操见他只身陪着两个□□□的嫂子，故行此计。谁知云长是个智谋□□的人，他见烛影将残，即把那驿中的壁落尽行拆毁，将那些竹片放起火来，烧了一夜。这叫做焚燎之策。我们如今没火把，四面皆是，何必踌躇？"众喽罗听说，登时□□□□，拆了无数，缚成火把。只见拆到一个壁厢，骨碌碌一件东西滚将出来。大家一看，却是一面镜子。真儿听见说是镜子，就对众人说："大王们不要烦恼，这镜子是我父亲打鱼得来的，你可拿去与父亲看了，便是折证。"众喽罗背了镜子，竟自去了。不题。

且说张真儿听得父亲下落。想道："若还我不去问他讨人命，这杨老实如何出头？如今且作□□，背上书一黄布'为父报仇'四字，沿街求讨。"不料生意甚是兴旺。你道为什么缘故？只因背上有了这个大大招牌，人人道他是个孝子，铜钱银米，到挣得衣食丰隆。

一日，走到一个荒僻去处，只见三个人叫定了真儿道："你为父报仇，我们如今要拿你去处死哩。"真儿道："你们是什么人？"三人道："我们是官府差来的。"真儿道："我正要伸冤，就同你去。"三人道："你若同去，自分必死。不若你不报仇，我们放你逃生去罢。"真儿道："我这恩父死于非命，今日之冤，虽赴汤蹈火亦所不辞。我只伸了这冤，死亦瞑目。"三人见他孝意谆谆，虽将言语试他，竟不可解，便道："你这孝心果然真实，只是双目不明，难以作事。我们有眼药在此，将你两眼点开。"真儿欢喜道："若得如此，我真儿得见天日了。"三人将他两眼一点便开。真儿定眼一看，却是三位道人，连忙倒头下拜，到磕了七八十个头。走得起来，三人都不见去向。真儿又惊又喜，想道："必是三官大帝，怜我孝心，特来救度。"便丢了拐儿，散步而行，好不快活。

只是杨老实自受了这番苦楚，坐在监中，亲人也不见面。家中止得一个十四五岁的女儿，又是娇娇滴滴，独自在家。幸喜间壁王婆过来陪伴。杨老实在监□不想回家的日子。不意张真儿两眼光明，讨饭生意顺利，讨来的先送到监中，待杨老实吃了，

跨天虹

然后自吃，朝朝往来，未尝间断。若有银钱多余，就拿去与他的女儿买柴籴米。亏他一人到养活两口。不题。

且说这些喽罗，将了这面镜子回到山上，复了大王。又却见张飑，说明此事。张飑收了镜子，放在房里，□□进房歇宿。只见许多仙人鱼贯而入，望□□□□□□□□□不自解。想了一夜，次日即说与鸟山大王听，大王欢喜道："听先生所言，这必是宝贝了。如今夔夔宰相差人画影图形，遍地挨查，如有摩仙宝镜献上，即以小姐妻之。先生何不将此镜献人，博个功名富贵，也未可知。若只在此山中，终无了日。非是小将见辞，实为先生筹画。"张飑暗想，魂游月老宫中所说之事，与今符合，即便应允。

二人商议已定，次日即差两个喽罗，背了镜子，备了行囊，鸟山大王送了五十两赆仪，办了一席饯行酒，亲自送到十里长亭。握手（下缺）。